國家社科基金重大招標項目

國家古籍整理出版專項資助項目

北京師範大學中華文化研究與傳播學科交叉平臺項目

清代詩人別集叢刊

杜桂萍 主編

魯一同集

朱德慈 魯家用 輯校

人民文學出版社

圖書在版編目（CIP）數據

魯一同集／杜桂萍主編；朱德慈，魯家用輯校. --北京：人民文學出版社，2023

（清代詩人別集叢刊）

ISBN 978-7-02-018282-4

Ⅰ. ①魯… Ⅱ. ①杜… ②朱… ③魯… Ⅲ. ①古典詩歌-詩集-中國-清代 Ⅳ. ①I222.749

中國國家版本館 CIP 數據核字(2023)第 193481 號

責任編輯　杜廣學
裝幀設計　黃雲香
責任印製　張　娜

出版發行　人民文學出版社
社　　址　北京市朝内大街 166 號
郵政編碼　100705

印　　刷　三河市中晟雅豪印務有限公司
經　　銷　全國新華書店等

字　　數　530 千字
開　　本　880 毫米×1230 毫米　1/32
印　　張　22.625　插頁 2
印　　數　1—1500
版　　次　2023 年 12 月北京第 1 版
印　　次　2023 年 12 月第 1 次印刷

書　　號　978-7-02-018282-4
定　　價　135.00 圓

如有印裝質量問題，請與本社圖書銷售中心調換。電話：010-65233595

清代詩人別集叢刊總序

昔人謂『文以興教，武以宅功』。古時國家以興學崇教爲首務，議禮以定制度，考文以興禮樂，乃有文治彬彬稱盛。於今『文化强國』，亟需傳承弘揚中華優秀傳統文化。古籍整理作爲其中關鍵之一環，具有極爲重要的意義。近三十年來，古籍整理日趨興盛，已經成爲學術研究的時代熱點和文化傳承的日常內容。各類型的整理工作可圈可點，各維度的文獻整合則又增添了別樣的景觀。新世紀以來，明清文獻整理和研究異軍突起，引人注目，如今已成爲古籍整理領域的重頭戲。

相比於清代戲曲、小説文獻的整理，清詩文獻的整理工作開始並不算晚，幾乎與清詞文獻的整理同步啓動。可惜的是，儘管有好古敏求之士多次倡導，皆因時機不夠成熟而没有形成規模和氣候。其中主要的因素，當與清詩數量巨大直接相關。據估算，清人各種著述總約有二十萬種，其中詩文集超過七萬種，存世約四萬種，有作品傳世的詩人約十萬家，有詩文集存世的作家當在萬人以上，詩歌作品近千萬首。皮藏情況尚需進一步調查，大量文獻尚散存於民間，以及相關文獻狀態駁雜不易辨析等，也是很多工作推進困難的重要原因。總之，難以一時彙爲全璧，始終是《全清詩》文獻整理不能全面展開的歷史與現實之惑。

儘管如此，相關的學術準備始終在進行著，且日見規模。譬如，上世紀开始由上海古籍出版社出版的《中國古典文學叢書》、中華書局出版的《中國古典文學基本叢書》（以別集論，前者約收一百二十種，後者約收九十種），都包含了一定數量的清代詩人别集（至二〇一六年，前者共收九種，後者共收四種）。新推出者新意頗多，如陳永正《屈大均詩詞編年輯校》（上海古籍出版社二〇一七年版），而一些修訂重版者則顯爲精進，如俞國林《吕留良詩箋釋》（中華書局二〇一五年初版，二〇一八年再版），皆以不同面相爲清代别集文獻的整理和研究提供了新的理念和視野。其他出版機構也在留意清人别集的整理和研究，如國家圖書館出版社影印出版《清代家集叢刊》（徐雁平、張劍主編）、鳳凰出版社陸續推出《中國近現代稀見史料叢刊》（張劍、徐雁平、彭國忠主編）等。人民文學出版社也在高度關注這一重要領域，先後出版《明清别集叢刊》、《乾嘉詩文名家叢刊》等，集中力量於明清文人别集的整理和研究，實有後來居上之勢。凡此也表明，學界和出版界皆已體現出高度的學術自覺，意識到清代詩文文獻的重要性。尤其是人民文學出版社，已不僅僅著眼於名家之作，對那些於文學史、文學生態結構中發生重要影響或特殊作用的文人及其文獻遺存也予以關注，這既符合文獻整理的基本原則，又有利於彰顯文學研究的開放性視角，進行多面向的學術路徑的拓展。

正是在這樣的學術語境中，由我擔任首席專家的國家社科基金重大招標項目《清代詩人别集叢刊》於二〇一四年獲批，有計劃的系統性的清代詩人别集整理工作得以展開。相關成果陸續成編，彙爲《清代詩人别集叢刊》，以奉獻給學界。

我們並沒有選擇原書影印的整理方式，而是奉行『深度整理』的基本原則。以影印方式整理，固然可以使研究者得窺作品之原貌，也有利於及時呈現和保護一些珍稀古籍版本，如上海古籍出版社出版的《清代詩文集彙編》、國家圖書館出版社出版的《清代詩文集珍本叢刊》等，都具有重要的學術價值。

不過，點校、注釋、輯佚等整理方式無疑更能體現出古籍整理的學術深度。事實上，隨著文化語境的改變和學術研究的深入，文獻整理的功能也在不斷拓展，不僅應提供基礎性的文獻閲讀，還應具有學術研究的諸多要素，即在學術史的視野中呈現文獻生成的複雜過程和創作主體的生命形態，而這正是《清代詩人别集叢刊》選擇『深度整理』方式的理念和前提。

『深度整理』指向和强調『整理即研究』的古籍整理思想與學術精神。以窮盡文獻爲原則，以服務於學術研究爲目的，於整理過程中注入更明確、豐富且具有問題意識的科研内涵，使古籍整理進一步參與當代學術發展。也就是説，在一般性整理的基礎上，借助於多種方法的綜合運用，爬梳文獻，考證辨析，去僞存真，推敲叩問，完成既收羅完備、編排合理，又在借鑒以往成果基礎上推進已有研究、表達最具前沿性的科研創獲的詩人别集整理本。這既是古籍整理基本要義的延伸和拓展，也符合與時俱進的學術發展訴求，應是整理工作之旨歸所在。

如是，《清代詩人别集叢刊》突出了以下幾個方面的整理工作。

一、前言。『前言』的撰寫，不泛泛介紹作者生平和創作的一般狀況，而注重於文獻、文學、文化等視角，對著者生平進行考述，對著述版本源流加以梳理，對别集的文學價值、影響進行具有文學史意義的判斷。『前言』應是一篇具有較强學理性、權威性和前沿性的導讀佳作。

二、版本。别集刊刻與存世情況往往因人而異，或版本複雜，或傳本稀少。『必先定其底本之是非，而後可斷其立説之是非。』（段玉裁《與諸同志書論校書之難》）本叢刊堅持廣備衆本，謹慎比對，選出最佳的工作底本和主要校本，力爭使新的整理本成爲清詩研究的新善本和定本，爲學界放心使用。

三、輯佚。清代文獻去今未遠，除大量别集、總集外，清人手稿、手札、書畫題跋等近年時有發現，散存於方志、家譜的各類佚文亦在不斷披露中。故以求全爲目的，盡力輯佚，期成完帙，並合理編纂。務使每一種整理本成爲該詩人别集的全本，這也是提升整理本學術含量的重要舉措。

四、附録。附録豐富與否是新整理本學術含量高低的重要標志，實爲另一種形式的研究。如年譜簡編以及從族譜方志、碑傳志銘、評論雜記中勾稽出的相關研究資料等，對全景式展現詩人生命歷程、深入探究詩人乃至其時代的文學創作十分必要。有時文獻繁雜，需精心淘擇和判斷，强化『編纂』意識，避免文獻堆積，充分體現深度整理的學術含量。

古籍文本生成於歷史，負載了豐富的歷史文化信息。對於整理者而言，不僅應使古籍文本能夠被有效閱讀，還應借助閱讀活動等促其進入公共和現實視域，成爲當下文化結構的有機組成部分。也就是說，整理活動本身應始終處於在場的文化狀態，立足於學術史，並直面其所處之研究領域的一些難點、疑點和熱點問題，進而通過整理過程中的辨析、考論解決文學演進中的某一方面或幾個方面的問題，形成專題性研究，這是深度整理應達成的重要目的。所以，整理活動其實是一個思維創新的過程，指向的是知識和觀念整合的結果。考訂史實，發現文本之間的各種意義和多層面内涵，使之成爲當代人可閱讀的文學文本，並參與歷史與現實文化建設，其實也是在回答我們進入歷史的方式。

總之，以窮盡文獻、審慎校勘爲路徑，以堅實、充分的文獻史實研究爲基礎，通過對文獻的慎用和智用，借助歷史的、邏輯的思路甚至心靈的啓迪，系統、全面地收集、篩選史料，勾連、啓動其内在聯繫，從而將古籍整理與史實探析深度結合，强化了整理性學術著作的研究内涵，是一種真正包含了主體自由性的學術實踐活動。這種由專門研究完善古籍整理、由古籍整理深化專門研究的深度整理方式，對整理者的研究意識和整理本的學術含量都提出了更高的要求，不僅標示了整理觀念和方法上的更新，更是當代學術發展的必然訴求。我們願努力嘗試之，並推出一系列具有較高水準和重要學術意義的整理成果。

杜桂萍　二〇一八年十二月十六日

總目錄

前　言

魯一同（一八〇五—一八六三），字通甫，號蘭岑，一號季連，江蘇安東（今淮安市漣水縣）方渡人。清代道光、咸豐年間著名古文家、詩人、畫家、方志編纂家，堪稱是一位在文藝創作與學術研究兩界均負盛名的大家。然今日之讀者對其知曉卻相當有限，甚至諸多誤傳，故有必要對其家世生平、文藝創作與作品的結集流傳等作一簡要介紹與澄清。

一、家世生平

魯一同遠祖魯堅，山東泰安人，生子東泰。東泰生子爾先。爾先为崇禎間武進士，任吳三桂幕僚。隨吳三桂西征甘肅，積功封甘涼世將，崇禎帝賜堂號『龍靈堂』。崇禎末年，勸阻吳三桂降清未果，喋血京城。夫人杨蓮率子銘調、銘詞、銘詰自京城南下山陽，投奔爾先的老娘舅。順治二年（一六四五），多爾袞率兵進駐兩淮。爲避追究，楊太夫人復攜諸子至安東大程集瀕海荒灘，托庇於娘舅之連襟薛甫仁，從此定居安東。銘詰生三子：洛門、郊門、天門。天門（一六六二—一七三五），字希文，娶楊氏，偕至團盧河北方渡建籍（現名魯莊），生子一，名紹曾。紹曾生子六，依次爲長春、長泰、長傑、長榮、長

輔、長輝。魯長泰生子二，長子一成，次子卽一同。[一]

魯長泰（一七六七—一八四四），字瞻岩，號特山，別號小魚頭道人。乾隆辛亥郡庠生，『工書善畫，閉門養素，以道自貞』[二]，尤善繪花鳥蟲魚，世人重其畫雞，有『魯雞』之譽。魯長泰始別居，距魯莊數里，稱後魯莊。

嘉慶十年（一八〇五）十月初六，魯一同出生於後魯莊。六歲入塾開蒙，師從戴兆鴻。十多歲時，曾醉心學習過桐城文派開山祖方苞（字靈皋）的文章技法，見《補過軒四書文》自記及堂兄子秋注。十七歲進學，十八歲舉副貢，二十二歲迎娶楊旗杆處士王名瀾之女。道光十五年（一八三五）中舉人，時年三十一，座師林則徐、卓秉恬、單懋謙。此後，分別於道光十六年、十八年、二十七年、三十年、咸豐二年、六年六應進士試，均不售。平生以教書爲業，館地主要在阜寧、沭陽、清河三縣，亦曾至徐州雲龍書院任教席。道光十七年，座師『林文忠公則徐總督湖廣，請與偕，欲行而以親老止』[三]；二十年，座師單懋謙（字地山）出任廣東學政，『凡三書召與同行，以親老辭』[四]。也就是在道光二十年初，吳昆田進京應會試，魯一同爲其估擬兩題，並代做了底稿。爲表示感激，吳家遂奉送百畝良田作爲謝禮。魯一

[一] 《魯氏宗譜》（五修本），魯家用纂修，二〇二〇年家印，頁八十。
[二] （光緒）《安東縣志》卷十三《人物四・魯一同傳》。
[三] 吳昆田：《漱六山房全集》卷七《魯通甫傳》。
[四] 魯一同：《重有感》其八自注，見《通父詩存》卷二。

同於是攜妻王氏及子女遷至該田所在，距清河縣城北三十里左右之大興莊（今屬淮安市淮陰區）安家落戶。〔一〕咸豐三年（一八五三），太平軍攻陷金陵、揚州，威逼清河，他協助同年生、知縣吴棠擘畫籌措，『爲之明部分，决機宜，傳檄鳳、潁、淮、徐、滁、泗、宿、海各府州若縣，辭氣奮發，指誓天日，共期滅賊。河北人心大定，清江浦屹然成重鎮焉。人或以是稱其能』〔二〕。曾國藩薦其佐安徽巡撫江忠源，仍『謝不出』。咸豐十年（一八六〇）春，捻軍佔領清河，魯一同已病，由次子魯蕡侍奉逃往方渡故里。在這裏最終完成批點杜甫詩集，後人彙爲《魯一同評杜》六卷。翌年，爲避捻軍襲擾，復潛至山陽城。同治二年（一八六三）秋初，以狂易疾卒。楊慶之《憶魯通甫（一同）孝廉》：『獨負文名三十年，長淮南北莫爭先。如何怪得新奇病，宿慧詩文盡惘然。』自注：『末年得狂易疾，一字不識，前此熟誦者，百試杳無一知。』〔三〕一代文豪，淒然離世。卒葬五里莊黑松林（今屬淮陰區西宋集鎮湯集街西湯圩八組）。

魯一同之所以爲世人推尊，能夠名列《清史稿》及《清史列傳》，主要憑藉其創作與學術成就，《清史稿》將其列入《文苑傳》，理所當然。綜觀其經歷、交游，他之所以能夠取得如此耀眼成就，除了自身具有過人的天資，外在因素主要得益於三人：潘德輿的獎掖、曾國藩的揚譽與吴昆田的支持。

潘德輿（一七八五—一八三九），字彦輔，號四農，山陽（今淮安市淮安區）人。道光八年（一八二

〔一〕《魯氏宗譜》（五修本），魯家用纂修，二〇二〇年家印，頁八十。

〔二〕吴昆田：《漱六山房全集》卷七《魯通甫傳》。

〔三〕載《一草亭憶逝詩》，稿本，淮安區圖書館藏。

八）戊子科舉人第一。乙未大挑一等，以知縣發安徽，未赴而卒。著名古文家、詩人與批評家，有《養一齋集》、《養一齋詩話》等傳世。無論從年歲，還是從成名早晚而言，魯一同都是潘德輿的後輩。所以，當其於道光七年（一八二七）結交四農以後，一直師事之，敬稱『丈』或『先生』，如其在《潘先生行狀》中所言：『一同與先生游處二十年，先生始以弟畜，而一同師事先生。』〔一〕潘德輿也特別欣慰讚賞魯一同這位鄉後學，初見面即謂其詩文『有長沙、敬輿之風』〔二〕，即賈誼、陸贄文風，給予剛嶄露頭角的他以莫大的鼓勵，增强其文學自信。此後，不僅在淮安，四農『遂逢人稱道之』〔三〕，以鄉先賢詩人張耒相期許〔四〕，而且進京應進士試時，亦多攜其來回同行，一路口授作詩心得，恰如魯一同自述：『往來長安，連牀接軫，聞教甚詳。』〔五〕居京期間，介紹其結識四方詩友名家，參與詩人雅集，如著名的道光十六年（一八三六）丙申四月四日陶然亭展禊等。總之，經過潘德輿不遺餘力地說項與推介，魯一同聲譽日隆，直至名動公卿。連魯一同自己也深感『潘侯潘侯絶世姿，愛我不啻瓊與瑰』〔六〕。

如果說潘德輿是引領魯一同走向文壇的導師，那麼曾國藩便是促進魯一同『文字交游盡一時四海

〔一〕魯一同：《潘先生行狀》、《與孔宥函書》，分別見《通甫類稿續編》卷下、《通甫集外文》卷上。

〔二〕魯一同：《潘先生行狀》、《與孔宥函書》，分別見《通甫類稿續編》卷下、《通甫集外文》卷上。

〔三〕潘德輿：《答魯通甫書（一）》，《養一齋集》卷二十二。

〔四〕潘德輿：《與通甫》其一（《養一齋集》卷七）：『宛丘七百載，豈得無繼者？』

〔五〕魯一同：《潘先生行狀》，《通甫類稿續編》卷下。

〔六〕魯一同：《長歌贈吳稼軒孝廉》，《通父詩存》卷一。

之名士』〔一〕的貴人。魯、曾二人訂交至遲當道光三十年（一八五〇）初。由於四農的延譽，魯一同在道光年間早已與朝廷重臣黄爵滋、徐寶善等結交酬唱，曾國藩或許正是從他們口中得知魯一同才名。吴昆田之子吴涑説曾國藩在外出途中讀到魯一同的題壁詩《望月懷遠》〔二〕，驚訝其才，『抵京至淮安會館，詢得之，遂訂交』〔三〕，亦不無可能。總之，當本年會試期間，『曾文正公國藩尤敬異。庚戌，試禮部，居淮安館舍。數屏騶從，就問天下事。時當揭曉，文正爲禮部侍郎，例鈐榜，先言於衆曰：「淮安魯通甫若成進士，天下之幸也！」及見榜無名，爲懊喪，如失左右手』〔四〕。咸豐二年（一八五二）二月初，魯一同第二次進京，參加當年的恩科會試。本次應試，魯一同依舊未售。鈐榜日，曾國藩再次深深失望。四月十五日，魯一同致函曾氏：『鄉人尹儀部傳語，鈐榜之日，深以一同被黜爲之嘆愾，雖一人之私在於其身，能無感激？』〔五〕作爲主全國文枋的禮部侍郎，竟公然多次爲魯一同抱不平，天下文士還能有幾人不因之而獲知並敬重魯一同才名？此次魯一同離京返鄉之際，曾氏出於對魯一同的愛惜，特作《酬魯一同卽送歸山陽》相贈，對魯一同的人品與文品給予了高度評價：

〔一〕吴昆田：《漱六山房全集》卷七《魯通甫傳》。
〔二〕魯一同：《望月懷遠》，《通父詩存》卷三。
〔三〕吴涑：《抑抑堂集》卷十二《劄記》。
〔四〕吴昆田：《漱六山房全集》卷七《魯通甫傳》。
〔五〕見《湖南圖書館藏近現代名人手劄》第一册，頁五七四，嶽麓書社二〇一〇年版。

畸士青松姿，但爲冰霜顧。平世不崢嶸，時危肝膽露。淮海魯夫子，大圭無點污。詩名塞九州，例受鬼神妬。昨歲客下邳，緣麟紀邦故。上寫河山壯，下記租庸數。因革三千年，牛毛晰法度。擲筆一長嘆，浩歌出郭去。日落弔戰場，傾酒繞吕布。著述如有靈，終藉英雄護。書成祕篋衍，御踏春明路。我憐桓檀智，强索《太玄》趣。低頭拜床下，微波一相呴。高論揖孟荀，小心察巾屨。日月不自盲，斯人會有遇。豈謂韶咸音，難爲里耳喻？又被春官放，得非天所錮？東南兵甲腥，海岱蛟龍倨。進寸未爲良，退尺未爲誤。黄鵠一盤旋，雙眸納六寓。大哉乾坤内，知君翔何處？〔一〕

檢吴敏樹《柈湖詩録》卷一，有題《壬子都下曾侍郎見示魯一同〈邳州志〉及詩，因次其詩韻》〔二〕，所酬正是曾氏該詩。曾氏對魯一同讚譽之影響廣泛由是可見一斑，無怪乎魯一同要將曾氏視爲平生『性命交』〔三〕諸子之首。

也就是在此前後，曾國藩進一步加深了對魯一同才具的認知，至以『國士』相期〔四〕，曾有意招邀魯一同入其幕府。魯氏後人競相傳説，『曾國藩對他很器重，在府第裏辟一所廳房，題爲「待蘭軒」，意爲

〔一〕　曾國藩：《贈通甫》，《通父詩存外集》卷末。
〔二〕　見校點本《吴敏樹集》，嶽麓書社二〇一二年版，頁三十二。
〔三〕　魯一同：《途中懷人五詩》小序，《通父詩存》卷四。
〔四〕　魯一同：《途中懷人五詩》其一：『吾愛曾侍郎，憂國如飢渴……媿枉國士遇，寸奇無由竭。』

此廳專等魯蘭岑到來，幾次三番請一同祖出外爲官。一同祖決心不作清室官吏，他總以身體多病謝絕。後來在不得已的情况下，才把長子葵推薦出去，搪塞友情』〔一〕。雖無確據，恐也並非完全空穴來風。儘管他自己沒能將魯一同招攬入幕，但當好友江忠源任安徽巡撫，亟需奇才輔佐以平定太平軍時，他卽刻舉薦魯一同以應之，可見他對魯一同是多麼高看。魯一同的詩文寫作之才、治理亂世之能在曾國藩的一次次揚譽過程中得以日漸擴大，終至名滿天下。

知識分子要進行文化與社會活動，總需要一定的財力支撑。魯一同家境原本一般，甚至可以歸入困頓類。他自己『少小謬識字，不習把鉏犂。筋肉日緩散，文弱同嬰兒』〔二〕，只能靠四處坐館謀生，『解橐三五金，稍稍羅升斗』〔三〕而已。長兄一廛力耕薄田十數畝，閑時到五港集市賣點日雜貼補家用，所謂『蒼涼海上田，老兄躬耕之。無人共力作，蕪漫爲荒蹊』〔四〕，顯然也不能給他多少支持。然則他憑什麼經濟來源六上京城應進士試，遠足南通、上海諦觀形勢？考諸文獻，主要是靠吴昆田家的援助，其次是靠王夫人的勤儉擘畫。清河漁溝吴氏原本亦較寒素，至吴昆田之父吴以詔始『廣殖財』〔五〕，一躍成爲當地首富，有田數百頃。魯一同自道光十六年（一八三六）春於京師結交吴昆田後，便時常得到吴

〔一〕見《魯氏宗譜》（四修本，魯桂橋主纂）第九《一同祖軼事》，一九九九年家印，頁十三。

〔二〕魯一同：《秋雨雜詩》其二，《通父詩存》卷二。

〔三〕魯一同：《夏日歸田》，《通父詩外集又鈔》。

〔四〕魯一同：《秋雨雜詩》其二，《通父詩存》卷二。

〔五〕魯一同：《誥封中憲大夫少鶴吴君家傳》，《通甫類稿續編》卷下。

家在經濟方面的照拂。先是贈田百畝，使其由海濱荒野遷家至清河縣城近處大興莊；後又資助其購置洪澤湖現灘，令其家境越發富裕。魯一同有詩《河決後填淤肥美，友人藉資爲買田宅，夏日遣奴子往視黍豆，歸報有作》志之。其中有句云：『况多素心侶，結念棲林丘。百畝費百金，感此友誼周。』〔一〕友人者，主要指吴昆田。王乃揚《也談魯一同之先世及後代》：『黄河北徙，洪澤湖畔大量現灘，官府招領。筆者聞故老言，又系一同摯友吴昆田出資，助其領得灘田數頃云。』〔二〕據《通父詩存》之編年，事在道光二十三年（一八四三）。至其居處距漁溝吴家不過二十里，平日里更多蒙吴家周恤。且觀孔繼鑅《心嚮往齋集》，其每至清河，必偕通甫至吴家之田莊浪石、娘子莊、東莊等處，便不難窺見端倪。可見摯友吴昆田的經濟支援，乃是魯一同生活中毋庸輕忽的重要組成部分。

魯一同平生的創作與學術成就，以及『於田賦、兵戎諸大政，與夫河道遷變、地形險要，以及中外大勢，無不究其端委而得其機牙』〔三〕的能力，令人景仰，而其立身處世的態度卻頗詭祕。一方面他熱衷功名，頑强不懈地考舉人，考進士，直到去世前七年才罷手，並且不止一次地向執政者表白『尚懷魏闕心』〔四〕；另一方面，當執政者向其伸出橄欖枝的時候，他偏又屢屢婉拒。如果説文正公薦之於江忠

〔一〕見《通父詩存》卷二。
〔二〕載《淮陰文獻》第六輯，臺北市淮陰縣同鄉會二〇〇三年版，頁一五九。
〔三〕吴昆田：《漱六山房全集》卷七《魯通甫傳》。
〔四〕魯一同：《留别曾滌生侍郎》，見《通父詩存》卷四。

源，其婉辭尚屬情有可原，然則如座師林則徐、單懋謙招邀，其亦屢『以親老辭』，就令人費解了。誰都明白，『親老』云云，只不過是體面地托詞而已。然則爲什麼只有心動，卻不肯行動呢？對於魯一同這一自相乖戾的行爲，曾國藩也看不透，所以他一面稱讚通甫品性高潔如『青松姿』，同時又難解其中味，不得已而謂之『畸士』。原其心跡，約有二因：

（一）先世隱祕的制約。在特別注重承傳譜系的明清兩朝，通甫的先世卻顯得格外模糊。最瞭解他的吴昆田爲其作傳時稱：『其先不知所自始，或曰甘涼故世將，或曰燕京人。國初嘗從吴藩平雲南，已窺其有異志，挈孥而逃於淮安之山陽，遂占籍焉，世居安東。』〔一〕湯紀尚《魯通甫先生傳》亦云然。現在，此謎已可解。據二十世紀八十年代末安東魯氏家傳新修《魯氏宗譜》，魯氏先祖有壯烈的抗清史，通甫當然不敢輕易出仕，以免被人追蹤躡尾，惹出事端。除非通過正規科考，由清政府正式任命，加之已經事過四五代，且易地數百里，也就不會有問題了。

（二）自視甚高的個性。魯一同天資聰穎，六歲通古音，十七歲補博士弟子員，可謂少年得志，自然自視甚高。他在《述舊長歌寄李朗山》一詩中曾毫不掩飾地說：『我少落度材不羈，心高氣大無所推。千金散盡一盃酒，拍手笑殺淮南兒。』〔二〕因爲心高氣大，所以他睥睨權貴，斷然拒絕任何來索討諛文的顯要，哪怕是摯友作伐。刑部主事孔繼鑅轉請其爲文壽一巨公，他拒絕了（《與宥函》）；運河通判黄

〔一〕吴昆田：《魯通甫傳》，見《漱六山房全集》卷七。

〔二〕見《通父詩存》卷一。

斌受託請其爲某觀察夫人作壽序，他同樣拒絶（《與黄通判書》）。如此心高氣大的魯一同，豈肯爲五斗米折腰，去做一個無名無分的幕僚？他要博取正途出身，否則老師請也不去，朋友請就更不去了。

魯一同既心心念念出仕，但非正途又絶不肯屈就，終於在矛盾糾結中走完了悽惶的一生。

二、文藝學術

魯一同的創作與學術貢獻，大要可分四類：

（一）古文詩歌

『豪傑之文』、『自成一隊』——獨具一格的古文名家

無論在當時，還是在後世，魯一同主要以古文名世。清人稱其文『多閎肆而謹嚴，演迤而峻峭，幾於篇篇可傳。道光以來，殆無第二手，梅曾亮輩，不足道耳』〔二〕。『俊偉切實，特立深造，與常州、桐城兩派無所毘，乃豪傑之文』〔三〕。近賢謂：『往者桐城姚姬傳氏承其鄉先輩之學，蓋嘗以古文辭義法授天下學者，而天下學者之言古文辭類，無不宗仰姚氏，而以桐城爲歸，若無以易之。先生崛起於其間，獨披露心腑，而以通才達識者爲論列，經緯往復，不一切循用其矩度，而文之俊偉疏達，脈絡條理貫輸

〔二〕 李慈銘：《越縵堂讀書記》，上海書店出版社二〇〇〇年版，頁一一六四。

〔三〕 謝章鋌：《賭棋山莊餘集·通甫類稿跋》。

而融聚。考以桐城家之言，有或過之而無不及者，此以見文章之變無窮，而志士豪傑所由卓卓樹立，固在此而不在彼。』[一]『通甫文善學東漢，雄駿驅邁，自成一隊，雖曾文正亦重之』[二]。縱觀魯一同古文寫作，初由桐城派入，終自桐城派出，盡力摒棄桐城派文風的種種弊端，開徑自行，理直氣壯，洸洋縱恣，終成一代豪傑類文章魁首。其代表作《關忠節公家傳》迄今仍被諸多《中國古代文學作品選》奉爲珍品，良有以也。

『詩名塞九州』——道光詩壇的悲壯歌手

魯一同詩現存已刊約四百八十首，見《通父詩存》、《通父詩存之餘》； 未刊約二百六十首，見《通父詩存外集》及筆者輯佚。對這些詩内容或藝術成就，古今專家評語甚夥，無待饒舌，謹摘錄部分以見其概。清人稱：『骨高氣雄，已摩古作者之壘。若音節之激宕感人，在近今實無敵手矣，此天人均到之詣。或驚其姿分，或賞其雕飾，皆未盡也。』[三]『拜讀大集，五古直追漢魏，七古出入杜韓，近體婉約清超，亦不落宋元窠臼，真騷壇霹靂手。』[四]老輩語曰：『通甫詩蓋私淑潘四農，幾欲出藍。鴉片戰爭

[一] 陳三立：《通甫類稿跋》，見光緒本《通甫類稿》卷末。
[二] 李詳：《藥裹慵談》卷六《魯通甫自定文稿》，鳳凰出版社二〇〇〇年版，頁一一四。
[三] 分別見《通父詩存外集》附錄潘德輿評語與汪承德評語。
[四] 分別見《通父詩存外集》附錄潘德輿評語與汪承德評語。

時，所爲哀時感事之作，尤蒼涼悲壯，足當詩史。』『在道光年代，他是江蘇詩壇傑出的一人』〔二〕。今人論云：『在内容方面，一同詩多繫時事，甚至不避時忌……抨擊黑暗現實、同情民生疾苦、反映鴉片戰爭諸作，都具有强烈的進步意義。在藝術上，一同詩有著堅蒼老重、氣勢雄渾的主要風格。其詩絕大部分與其古文一樣，有一種陽剛之美。在清代詩歌史上，魯一同無疑有著重要的地位。』〔三〕。

（二）繪畫書法

受魯長泰的濡染，魯一同也酷愛繪畫。十三歲時，拜師巢湖楊欲仁爲師。楊氏工繪梅花，且『向者畫梅多用交枝偃蓋，巢湖先生始用勁筆直幹，於此花性情爲近也』〔三〕。魯一同向其學習勁榦梅畫法，得其神髓。道光十六年入都，於座師卓秉恬家見顧蒓畫梅真跡，輒好之，遂復心摹手追。然後相互融通，於是形成了其自己的獨特的畫梅風格，『老榦屈拏，蒼勁如鐵，間綴兩三花，愈古愈秀，吐棄凡近』〔四〕。

魯一同畫梅的最大特徵是枝榦勁挺，態勢奇崛，花姿矯健，大氣包舉，富有陽剛之美，給人以惕厲振奮之感，與其古文精神頗有相通處。友人丁晏之子丁壽昌《題魯通甫丈畫梅》云：『蒼龍夭矯天上

〔二〕　錢仲聯：《夢苕庵詩話》第二九九條，齊魯書社一九八六年版；《三百年來江蘇的古典詩歌》，《夢苕庵學術論集》，齊魯書社一九八三年版。

〔三〕　趙杏根：《晚清詩人魯一同的詩歌創作》，《蘇州大學學報》一九八六年第二期。

〔三〕　魯一同：《題巢湖先生畫梅兼憶南雅先生畫·序》，《通父詩存外集》附《陳畏人輯通甫詩》。

〔四〕　段朝端：《三洲畫史》卷上，鈔本。

來，槎枒鱗甲生風雷。一朝墜地不復去，化作千枝萬蕊之寒梅。寒梅豈是人間物，白玉爲心鐵爲骨。生綃秃筆初掃成，二月高堂有寒色。梅兮梅兮誰先栽？汝本玉墀雕檻之奇材。竹籬茅舍荒江隈，有酒不飲胡爲哉？直須先向春風開。』〔一〕孔繼鑅一《題通甫畫梅》稱：『魯侯奇奇匹者誰？飢腸崛曲鳴春雷。得酒醉倒地上臥，突起離立寫老梅。羅浮兀兀萬千樹，大枝百丈纏霜露。巖壑不敢第摧藏，衝寒直向青天去。』再《題通甫畫梅》曰：『初視如枯石棘枝，生香勁氣。久久視之，乃拂拂從毫端畢現。夫以通父之畫難測且如此，無怪知己之難也。』〔二〕他自己也曾夫子自道：『通甫作畫如寫詩，興之所到揮灑之。有時一朵復兩朵，倏忽千枝與萬枝。離奇誕漫李長吉，佶屈聱牙樊家師。』『春意著枝太偃蹇，狂根拔地何查牙！祇應笑倒林君復，坐對東風老歲華。』〔三〕今存魯一同墨梅寫本至少二十幅以上，絶大多數都呈現這種意態。

主打畫梅而外，魯一同也畫松鷹等，風格更爲排奡破空。吴昆田《題通甫畫松鷹》道：『通甫畫梅絶代姿，興酣落筆何淋漓。通甫畫鷹獨矜慎，寫上蒼松益清俊。墮落塵土入市廛，閲歷滄桑出灰燼。丁郎易來三百錢，寒光滿紙生雲烟。飢軀不作依人計，絶壑深岩忘歲年。懸之素壁風生閣，可笑驚飛

〔一〕見《睦州存稿》卷一。

〔二〕分別見《心嚮往齋集》卷四與卷十九。

〔三〕魯一同：《爲潘丈四農畫梅》、《畫梅》其七，《通父詩存外集》附《陳畏人輯通甫詩》。

徒燕雀。嗚呼！紛紛燕雀胡爾爲？不見豺虎中原無已時。』〔一〕他有一首自題《松鷹圖》，表現其亦喜繪松鷹的心理祈向尤爲明白：『百尺青松拂遠峯，浮雲萬里繫長空。天青海碧無窮路，都在雙眸一瞬中。』〔二〕

魯一同書法除見諸題畫者外，單獨存世者不多。本人所見其草書立軸數幅、行書立軸數幅、扇面數幅、對聯十數副。尤以行書結體精悍，氣脈暢達。

（三）方志年譜

『方志所未有也』——獨纂二志，特立新派

曾文正公讀到魯一同所爲《邳州志》，盛稱其『史例之精、考證之覈、文辭之古，皆方志所未有也』〔三〕。作爲後期桐城文派領袖，能對一位應試者之著作如此推崇，頗有些與當年賀知章激賞李太白，解金龜換酒類似。《邳州志》共二十卷，分疆域、沿革、建置、山川、民賦、學校、軍政、官師、人物、列女、古跡、雜記十二類，在體例的創新與文辭的簡潔等方面的確有許多創意，成爲公認的辭章家方志代表作之一。兹録不同時期的三家考評以窺斑見豹。鄭裕孚《歸綏縣志序》：『竊謂方志之學，明清兩代爲極盛。概而言之，可分爲兩時期：自明初迄清康熙爲一時期，可名之曰舊派；自雍正迄同光爲一

〔一〕見《漱六山房全集》卷三。
〔二〕段朝端：《三洲畫史》卷上，鈔本。
〔三〕曾國藩：《贈通甫》自注。

時期,可名之曰新派……新舊兩派,各有依據。求其體質通方,終歸新派。要而論之,辭章家之志,簡而文。明代作者,橅經仿史,務趨雅贍。清代則以方望溪(苞)、姚姬傳(鼐)、魯通甫(一同)、王壬秋(闓運)、吴昆田、魯仲實(蕡)諸人爲代表。義理家之志,簡而質,明代作者如章楓山(懋)、耿天臺(定向)、蔡松莊(元偉)、呂涇野(楠)、唐一庵(樞)諸人之書,俱辭尚體要,清代則以陸稼書(隴其)、孫西峯(景烈)諸人爲代表。』〔一〕朱士嘉《對魯一同〈邳州志後序〉的按語》:『魯氏修志義例,主要散見於《邳州志後序》。王葆心歸納其修志之法四條,特别指出其對於「上下十九代之史,旁及《通典》、《通鑒》、《通考》、山經、地志、官書、吏牘,反復研索,證之以舊志、府志、淮安舊志七八家,參以己意,斷爲一書。其自明以前,宗諸正史……明以後,史所不詳,則以志證志,兼考官牘,旁采輿論。」王氏推崇魯氏説:「於材料辨之也精,則其取捨也必嚴。觀此四類取材,於志家應具之程途,可云能踐其要矣。」據此則知魯氏不愧爲志家新派中一鉅子。』〔二〕《續修四庫全書總目提要·方志部》:『此志蓋道、咸間所稱名志也。其文雅健深雄,不懈而及於古,其體簡要完備,筆不繁而義無剩,故非他志所可及。』〔三〕

其實,博得衆人好評的《邳州志》還只是魯一同修志的牛刀小試,他真正著力的志書還得要推咸豐

〔一〕鄭裕孚:《歸綏縣志序》,民國二十三年鉛印本卷首。

〔二〕朱士嘉:《〈中國舊志名家論選〉的説明與按語》,《朱士嘉方志文集》,燕山出版社一九九一年版,頁三十二。

〔三〕《續修四庫全書總目提要》(稿本),第十册,齊魯書社一九九六年版,頁七十五。

四年（一八五四）纂成之《清河縣志》，畢竟清河是其桑梓緊鄰、第二故鄉，他對此地山川人物更富感情，更加熟稔，所以他對此志傾注了全部才情。范耕研《讀咸豐清河縣志劄記》論曰：『咸豐清河縣志，魯通甫先生之所修也。清河舊志今可考者凡四：嘉靖一修，康熙兩修，乾隆一修。而疆域沿革不盡明，人物登載不盡允，疏舛之處，誠有如勤惠所譏者。加以縣治東移，黄流北徙，其變遷興革諸大端，所關尤鉅。通甫先生以命世鴻才，任纂修之責，義例精嚴，而文辭華贍；固已度越前賢，亦復爲後來所不可加。較之章（實齋）、洪（北江）諸公，何多遜焉。其後一再賡續，而總輯於比部。比部之書既行於代，咸豐志遂漸不顯。世之論者，多稱魯氏之邳州志，而罕道此書。實則邳州志徒以簡勝，尚非其至。此書訂訛證謬，博大精深，有非邳州志所可及。愚以謂魯、吴兩志，蓋若史、漢，宜並行而不可遷祧。庶幾考里閭者，有所兼資耳。』〔二〕從方志編纂學角度審視，『此志之最關實用者，在川瀆三卷。蓋其地左湖右黄，淮貫其中，運穿其脅，交動交害，牽一髮而動全身。茲志貫穿爲一，一明蓄泄機宜。亦分明，亦融洽，真能得治水之道者。又於工程别立一卷，立言尤有體要。志書之有裨治道，若是其重，通甫誠通才也』〔三〕。若從文學角度而言，該志尤以人物傳部分，奪人心目。大多敘述生動，性格鮮明，踵武《史記》列傳筆法。其中典型如汪椿、蘇秉國、孫長源三傳，『文特奇偉，差可比後漢三賢』〔三〕。

〔二〕〔三〕　范耕研：《讀咸豐清河縣志劄記》，《藠硯齋叢書》之十二《學林》，臺北文史哲出版社二〇〇一年版，頁一〇五、一一四。

〔三〕　見《續修四庫全書總目提要》第十册，齊魯書社一九九六年版，頁五十八。

茲錄《蘇秉國傳》末節，略見風采：『諸大吏聞秉國接運過壩法，笑爲迂漫不切。秉國走京師，欲有言於當軸，卒不果。每酒後誦少陵「許身稷契」之語，中夜嘆吒，至於流涕。秉國貌樸素豐髯，家奇貧，敝衣粗食，好研精深思。年四十，鬚髮盡白，猶健步强飯，終日無惰容。或駁異其書，應手改定。疾亟時，猶勘定《易注》爲《周易舉正》。屬纊前數日，授其子，改定《大衍數章》。少時嘗夢韓昌黎古貌嚴肅，自號夢韓。晚更蒿坪，痛念二親，「匪莪伊蒿」之義也。道光初，舉孝廉方正，尤與同邑汪椿、孫長源善，皆篤老碩學而各有專精。汪以三式，蘇以易，孫以琴。』〔一〕

援據精確，筆尤雅馴——年譜編纂

通甫的兩部人物年譜，即《王右軍年譜》和《白夰山人年譜》成就也不俗，至今仍是研究王羲之和閻爾梅的學者繞不開的地標。《王右軍年譜》甫出，楊以增即指出：『余細閱之，其生卒之歲及與人書帖之年月，非獨於張懷瓘、黄長睿諸人有所糾正，即史傳之差誤，亦因是而得之，其用心可謂密矣……昔曾子固作《臨川墨池記》，以爲羲之不可强以仕，而極東方出滄海，又嘗徜徉肆恣而自休於此，似未詳其曾守臨川者，則是譜也亦可補曾記之缺云。』〔二〕後來劉聲木亦曰：『《王右軍年譜》援據精確，筆尤雅馴。』〔三〕今人雖有所訂補，但整體上超越該譜的新型《王羲之年譜》尚未見問世，可見其含金量之高。

〔一〕 見咸豐《清河縣志》卷二十一。

〔二〕 楊以增：《王右軍年譜序》，《魯氏遺著》本《王右軍年譜》卷首。

〔三〕 見《桐城文學淵源考》卷十一。

《白奋山人年譜》經今人原思訓先生查考，乃是在邳州孫運錦原稿基礎上修訂而成：『魯一同是在孫運錦的《白奋山人年譜》節鈔和《寅賓録》基礎上細加編校，才完成了增訂的《白奋山人年譜》』[一]。這一考證成果可以訂正《白奋山人年譜》爲魯一同獨著的陳説，但並不能完全否認魯一同在該譜最終完成過程中的學術貢獻。據筆者撰作年譜的經驗，越是到後來，需要解決的越是最難考明的有關時間、地點、人物關係等肯綮筋節。所以即便在將來印行《白奋山人年譜》時，有必要注明『孫運錦原纂，魯一同增訂』，我們也依然可以認定該譜的主要學術貢獻應歸於魯一同。《白奋山人年譜》第一次詳實地考察了明末清初遺民詩人閻爾梅的生平行跡與詩文繫年，對於研究閻爾梅本人及明清之際的歷史與文學生態都具有積極的意義。

（四）文學批評

魯一同志向閎远，涉猎广博，雅不欲以文學自限，但畢竟平生主要磨礱的對象在文學，所以於文學形成了不少頗具特色的理論觀點。

首先，文學創作要切實致用。『夫文章無他，徵理於實，從實入微，從微得彰，因彰得暢，制暢以約，調約以和。六者無戾，文乃大昌……實以始之，和以終之。夫文之有實，譬射有的，射於空虛之處，何知巧拙已？射有百中，歸於一的，的可百移，惟實不移』。他稱讚王效成的文章『獨經世綜物，出入董、

[一] 原思訓：《孫運錦與〈白奋山人年譜〉及〈寅賓録〉》，《文獻》二〇一四年第五期。

賈間』，批評潘德輿詩作『不患不高，不患不深，但當緯以實事耳』〔一〕，無不在强調文章寫作需針對現實的要求。其《胥吏論》五章，剖析清代官場中胥吏毁政現象，《擬陳南河積弊疏》痛陳河道管理中的種種弊端，以及癸丑論時事諸文等，更以親身實踐有效地推廣著自己的理論。

其次，作文要達性適情，不可勉强違心。其言曰：『文章之道，期於達性明事，自非言之有故，則拒而不爲。』〔二〕又曰：『夫文，情之精者也。今之作者先苦無情，假手之文尤隔秦、越。』〔三〕他表彰熊有筠詩文『言必成理而質實委曲，誠意周至』，讚許潘問奇詩『新警稜露，悲鬱有致』〔四〕，皆以性情的淋漓宣洩爲詩文寫作的快意。

再次，詩文的審美極則爲外閎中實，亦即以閎俊的形式傳達充實的情意：『凡文章之道，貴於外閎而中實。中實由於積理，理充而緯以實事，則光采日新。文無實事，斯爲徒作，窮工極麗，猶虚車也。』〔五〕以切實致用爲指歸，經由達性適情的途徑，造就外閎中實的審美境界，構成了魯一同文學創作論的核心内容。

〔一〕 魯一同：《與左君論文書》、《伊蒿室集敘》、《孔宥函詩敘》，分别見《通甫類稿續編》卷上、《通甫類稿》卷三。

〔二〕 魯一同：《與黄通判書》，《通甫類稿》卷二。

〔三〕 魯一同：《致宥函》，《通甫類稿》卷二。

〔四〕 魯一同：《熊大司寇集敘》、《拜鵑堂詩敘》，分别見《通甫類稿》卷三、《通甫類稿續編》卷上。

〔五〕 周韶音：《通父詩存跋》。

魯一同於詩學有一套更細密的理論，見其未刊稿《通甫評杜》和《千家注杜》批點。撮其要者有：

其一，詩之所以感人的本質力量在於情之至正、氣之勃鬱。『詩之足以感人者，必其情之正、情之至者也。余少讀此諸篇，只知詞采之工耳。至載經亂離，又逢荒厲，飄然東歸，冬寒雨霽，萬木悲號，展讀《哀王孫》以下四篇，忽不知涕淚之流離也』〔一〕。『文章之亦道，無論有韻無韻，到真氣勃鬱處，自然激蕩瀠洄，其妙處全在用襯用墊，用回復，用轉折，用掩互，如黄河之水，噴薄湧溢，大波小淪，隨時變生，而歸於元氣之鼓鑄』〔二〕。

其二，詩境的高低往往與詩人所處境地相發明。杜甫『四十歲以前律題，清省圓通，未能遠過流輩。自遭喪亂，壯思幽緒，勃發無端，遂爾冠絶今古。豈非身與境相發，乃能爾耶』〔三〕？『入蜀以後，自《泛溪》《早發射洪》《通泉驛》諸篇外，多信筆漫與，少有沈聲壯色，此章精神氣魄何減鳳翔、秦隴諸名篇？蓋久居其地，則神志湮鬱，今將遠適吳、楚，不覺精爽爲之一振，詩固不貴於境地相發耶』〔四〕？『「三渡」、「三閣」，皆稱精妙。《白沙渡》之雄渾，《水會渡》之幽迥，《桔柏渡》之淵雋，殆難軒輊。而《水會》尤爲入神，飛仙石櫃，寫景警覺。《龍門閣》一篇，奇險在目，殆疑神工。則山川與文章相發，非

〔一〕見評《哀王孫》。
〔二〕見評《八哀詩》。
〔三〕見評《春日憶李白》。
〔四〕見評《將適吳楚，留別章使君留後兼幕府諸公，得『柳』字》。

可力構者也』〔二〕。少陵詩境風格的變化生動形象地詮釋了魯一同這一命題。

其三，長詩結撰宜借鑒敘事文體結構法。試看其評杜詩《自京赴奉先縣詠懷五百字》：『此篇如演劇，有白有唱，有開場，有掉尾，作者無意爲之，而結構之妙，不可思議。長篇至此，真入化境。總由根本盛大，浩然直達，非可以法度求。要其用意用筆，亦有可窺而見者。大段則以斷續助波瀾，每聯每句則以開合便轉換。轉折多，故不平；離合多，故不漫。間以景色，則情詞動人；潤以藻采，則聲光震耀。至其陶鑄之工，如金銀鉛汞鎔爲一器，如長河九折，魚龍沙石隱見出没，則非才大力雄，斷無從望其涯涘。公之聖於詩，天實縱之，吾且如之何哉？』『此篇直如夾敘夾議一篇散文，議論魄力，海涵地負，讀之如遇大敵，使人心目震撼。』《奉先劉少府新畫山水障歌》篇亦然：『「反思前夜風雨急」二句，前後實景中間，忽插議論以間之，此史家敘事手也。其前後寫景處，又分虚實。元浦瀟湘，虚景也；野亭春還，實景也。長篇解此，則筆陣不窮。』凡此固是杜詩祕技，更是詩人須知。魯一同詩長篇多承其妙，錢仲聯先生譽爲『筆力堅蒼，敘事簡淨』〔三〕，正與魯一同詩論相契合。

其四，古律不宜混同律古。『古律之與古詩，似同實異。此篇乃古詩，非古律也。集中此等詩，選家多誤編。何以辨之？但看音節何如耳……古律雖拗，猶是律之音節。古詩雖諧，猶是古之氣質。

〔二〕見評《白沙渡》。

〔三〕錢仲聯：《夢苕庵詩話》第三〇一條，齊魯書社一九八六年版，頁二五六。

此等不分，何以操選？有古律，有律古，二體不同，當細辨之』〔二〕。杜詩《岳麓山道林二寺行》『自是律古，非古律也。音節之妙，讀之琅然』。

魯一同還曾編有《白奋山人詩選本》〔三〕，於批點中推尊勁健哀厲詩風，讚美閻爾梅詩『高氣蓋世』（批《陶靖節墓》）、『氣象昂藏』（批《伏村雜詠》其一），表彰其『老筆深悲』（批《單子寄我圖書二方謝之》）、『自咎之言，惻愴無盡』（批《黄龍潭三月十五有感》）等，亦頗堪注意。

要之，魯一同的文學觀，尤其是其詩學觀，正待後學進一步深入研究。

三、版本流傳

魯一同著作，據《清史列傳》卷七十三載：『著有《邳州志》二十卷、《清河縣志》二十四卷、《通甫類稿》四卷、《續稿》二卷、《詩存》四卷、《詩存之餘》二卷，又有《右軍年譜》二卷、《白奋山人年譜》一卷。』凡此均存世，傳至今日。惟限於本叢書體例，此集僅錄魯一同的文學創作，而於其所纂方志、年譜等，祇能忍痛割愛。故以下著重就其文學著作的主要版本及其流傳情況稍作説明。

〔二〕見其評《覽柏中丞兼子姪數人除官制詞，因述父子兄弟四美，載歌絲綸》。

〔三〕魯一同：《白奋山人詩選本》，稿本，安徽師範大學圖書館藏。

（一）《通甫類稿》四卷

咸豐刻本。湯修《序》：『未幾，先生以《類稿》寄示屬序。』據此可知《通甫類稿》四卷應爲魯一同生前自行選定。周詔音《通父詩存跋》曰：『戊午出都，謁先生於家，適湯通政刻先生文集將成，竊喜。』湯通政卽湯修，其時官居通政司副使，正丁憂在家。湯序尾署：『咸豐九年季秋中旬，蕭山湯修謹序。』又，此本扉頁爲南豐譚祖同題簽，署時『咸豐己未孟冬』。己未卽咸豐九年（一八五九）。因知《通甫類稿》初刻竣於咸豐九年冬，資助刻印者是湯修。該本目録尾署：『門人沭陽周詔音，南豐譚祖訓，甥安東黄虞，男葵、蕡仝校。』或因之稱初印爲家刻本，誠然。此本有多次印刷，今日通行之《續修四庫全書》、《清代詩文集彙編》均據該本影印。

光緒印本。陳三立《通甫類稿跋》：『右魯通甫先生文稿，凡四卷。家大人早歲購録於京師，歸而藏於家有年矣。三立童子時卽讀而好之，既而隨侍來湖南，間於時賢選集中得稍稍見先生所爲詩，而持此編以語人，則别無刊本，未有能稱述之者。今年春，湘中友人始以機器聚珍字法板行各書，工良而事易，於是三立爲審校其文，梓而行之。』尾署：『光緒三年（一八七七）春二月，分寧後學陳三立謹跋。』是卽光緒三年酉腴仙館鉛印本。與咸豐刻本相較，文字確有差異。

（二）《通父詩存》四卷

魯一同《通父詩存自敘》：『起乙酉，終戊午，録詩三百二十二首。惟質性疏陋，學之不勤，開之不廣，研之不精，所從去古人遼遠。』此《通父詩存》四卷，正是起於乙酉所作之《送王慈雨入都》，終於戊午所作之《宥函殉難江浦遥哭以詩》，計一百八十七題，三百二十二首。周詔音跋云：『右詩四卷，吾師通甫先生所手定也。』『是編之初定也，亟出貲付諸梓，因承先生命而識其後。咸豐九年孟春，沭陽受業門人周韶音敬識。』可知《通父詩存》或編定於咸豐八年（一八五八）歲末，出資刻印人爲魯一同門人周韶音。鑒於初刻本扉頁亦爲譚祖同題簽，並署時『咸豐己未孟冬』，故可以肯定其與《通甫類稿》爲同時竣工。版心曰『通父詩存』，卷尾附錄楊彝珍、葉名澧、孫鼎臣、朱琦四人識語及周韶音跋。今日通行之《續修四庫全書》、《清代詩文集彙編》均據該本影印。

（三）《通甫類稿續編》二卷、《通父詩存之餘》二卷

與《通甫類稿》、《通父詩存》版式同，亦刻成於咸豐九年，作爲《魯氏遺書》之二種。《續修四庫全書總目提要》將其與前兩者並稱云『《集》爲手訂』，時賢或斷言『亦爲魯一同生前所編』[二]，未詳所據。

（四）《補過軒四書文》一卷

咸豐元年（一八五一）刻本，《自敘》尾署：『咸豐元年十二月，山陽魯一同。』收錄制義習作二十七篇。

（五）《魯通甫集外文》二卷

該集收錄《通甫類稿》及《通甫類稿續編》以外的魯一同文四十四篇，分作上下卷。民國二十五年（一九三六）刊印，作爲《淮陰叢書》之一種。當時主其事者是淮陰縣長徐鍾令。卷首有徐氏《弁言》，段朝端（字笏林，號蕉叟）與張須（字煦侯）序。卷末有魯一同外曾孫丁保恆（字子久）跋。據諸序跋，

〔二〕　郝潤華：《魯通甫詩文集版本述略》，《文獻》二〇〇八年第二期，頁一八八。

知《魯通甫集外文》原稿藏丁保恆處，徐鍾令爲搜集鄉邦文獻，編纂《淮陰叢書》，特通過張須向丁保恆訪求得之。

（六）《通甫類稿補編》二卷

鈔本，上海圖書館藏。收通甫遺文四十五篇，文後間有魯一同自注或時賢評語。卷首段、張二序，卷末丁保恆跋。即《魯通甫集外文》之底本，僅《郭橋傳》一文爲《魯通甫集外文》刊落。丁保恆跋尾署：『民國十一年仲夏，外曾孫丁保恆子久謹識。』是知該鈔本或即是年鈔竣。

（七）《通甫遺稿》一卷

鈔本，南京圖書館藏。收文四十四篇，文後間有魯一同自記或時賢評語。篇目多同於《通甫類稿補編》，惟溢出《汪先生七十壽序》、《王壽巖明府四十序》、《陸小巖七十序》三篇。

（八）《通父詩存外集》三卷

鈔本，淮陰師範學院圖書館藏。分爲《通父詩存外集》、《通父詩外集又鈔》、《通父詩外集三鈔》三部分。民國十九年（一九三〇）陳畏人倩董安和鈔。據其於《通父詩存外集》目錄後所附按語，可知該鈔本源自魯一同手稿，爲『通老自乙並志選者，間有眉批、旁評，亦通老手意』。三集相加，連同陳畏人所輯，計得詩二百七十餘首，多爲魯一同早年作品，可彌補《續修四庫全書總目提要》所謂『少作又多不豫』之憾。除去少部分與《通父詩存之餘》重複者，至少可新得魯一同詩二百三十首左右。詩後或附時賢評語。陳畏人（一八八三—一九七〇），淮上藏書家； 其子陳慎侗（一九一〇—二〇一〇），與筆者爲忘年交。

（九）《白耷山人詩選本》

稿本，安徽師範大學圖書館藏。館簽：『白耷山人詩選四卷，閻爾梅撰，魯一同選。』卷一題下鈐陽文印『合肥師範學院藏書』。是書爲殘鈔本，二册，内有缺頁，且次序亦稍亂。第一册輯七言律詩與五言律詩，第二册輯七言律詩與五、七言絶，書中有大量的魯一同批語。頁九行，行二十四字。有山陽宋振仁跋，但訂置於全書前。

（十）《通甫類稿再續編》二卷

王欣夫《蛾術軒篋存善本書録》云：

稿鈔本。此《再續編》未刊稿與前二編（案，指《通甫類稿》及《續編》）一貫，非屬删餘……往往有曾滌生、周止安、潘四農等評語，並極推重……一九三六年淮陰徐鍾令刻《通甫集外文》，即據是編，而佚《譚桐舫太守五十敘》、《陸小巖七十敘》、《王壽巖明府四十敘》、《代作安徽巡撫蔚亭府君行狀》、《郭橋傳》五篇，溢《論文篇》、《再致孔宥函書》、《賞音圖敘》三篇，並不載篇後諸家評語。當出段朝端所增删。[一]

今不知該本下落。

〔一〕王欣夫：《蛾術軒篋存善本書録》卷四，鮑正鵠、徐鵬校點，上海古籍出版社二〇〇二年版，頁六五二。

此外，魯一同還有多種批點杜詩之作，因卷帙較繁，擬另行整理，故不收入此集中。

本書編校過程是，初由朱德慈設計整理方案，組織工作人員。後經北京大學張劍教授推薦，納入北京師範大學杜桂萍教授主持的國家社科基金重大項目《清代詩人別集叢刊》。具體分工是，魯一同族裔魯家用負責完成《通甫類稿》及《續編》部分的初錄與句讀，並輯佚部分詩文，研究生程黯黯、朱辰辰完成《通父詩存》及《詩存之餘》的大部分錄入，其餘一切工作均由朱德慈完成。淮安市文化局副局長李倩提供若干魯一同書畫，陳畏人先生嫡外孫陳廷順提供魯一同畫像及相關史料，淮陰區南吳集中學王守林老師提供《御書堂丁氏族譜》，沭陽王宜功先生提供《沭陽仲氏族譜》，安徽師範大學圖書館劉和文研究館員提供通甫選批《白夻山人詩選本》。初稿完成後，復經中國藝術研究院趙伯陶編審、人民文學出版社葛雲波主任、杜廣學博士相繼提供若干修改建議暨訂正意見。凡是皆有裨益於本集質量的提升，藉此一並致謝。十年前，時賢郝潤華教授輯校《魯通甫集》，開當代魯一同詩文整理之先河。我們此番在輯佚、校勘、斷句諸方面再行磨礱，試圖百尺竿頭，更進一步。但古人嘗言，校書如掃落葉，旋掃旋生。我們雖懷揣向讀者提供更完備、更精準的魯一同詩文集的良好願望，但限於學殖與見聞，仍難免舊錯未糾盡、新錯復又出的尷尬，歡迎識者賜正。

朱德慈　二〇二一年八月於揚州大學

凡例

本集的整理包括三個方面：校勘、輯佚與附録。

一、校勘

（一）通甫文。《通甫類稿》、《通甫類稿續編》以咸豐九年刻本爲底本，校以光緒三年酉腴仙館刻本、《通甫遺稿》本，以及相關別集。《通甫遺稿》溢出《通甫類稿》及《通甫類稿續編》的諸篇，則以原鈔本爲準。《通甫集外文》，以民國二十五年印本爲底本，參校以《通甫遺稿》等。

（二）通甫詩。《通父詩存》、《通父詩存之餘》以咸豐九年刻本爲底本，校以鈔本《通父詩存外集》及相關總集、別集。《通父詩存外集》，徑録陳鈔本。集後曾國藩贈詩及四則評論，移置附録『評論』中。凡與《通父詩存之餘》文字同者，題目保留，文本删之。所繫編年或評語，移置《通父詩存之餘》相關題目後，用【校記】標示。

（三）《補過軒四書文》，從原刻本過録。底本小字夾批，原在句旁，今移到句下。

（四）校勘原則：凡底本衍、訛、脱、倒處，一律出校；對底本有參考價值的異文，一律出校；凡形近致訛者，如己、已、巳之類，徑改本字，不出校；凡異體、古今字，除生僻者外，徑改不出校；避諱字亦須改回本字；凡字跡漫漶不清、空缺而無法校定者，用缺字符（□）標示。

二、輯佚

整理者通過私家别集、族譜、稿本、公立館藏、期刊、網絡等各種途徑，輯得通甫佚詩及詞七十五首，佚文二十二篇，成《通甫詩文輯補》一卷。

三、附録

附録分爲傳譜、題跋、題詠、評論等板塊，以有較高學術含量的材料爲入選標準。其中包括通甫摯友丁晏的玄孫丁志安先生之大作《魯一同先生簡譜》，該譜雖不無瑕疵，但截止目前，尚無超越者。筆者撰有《魯一同年譜考略》，約三十萬言，因體量過大，不宜附録於此，容俟單獨推出。

目錄

卷三

卷四

通甫類稿續編

卷上

卷下

魯通甫集外文

卷上

卷下

補過軒四書文

通父詩存

卷一

卷二

卷三

通父詩存之餘

卷上

卷下

通父詩存外集

三鈔

通甫詩文輯補

詩

詞

文

附錄

通甫類稿

序

湯　修

通甫先生，江南名宿，修未得敘一日之雅。丙辰四月，先君子棄養，既卜吉於山陰璜琥山。秋月扶輀反葬，埋幽之文乞而未就，遷延負疚，至於次年。吳稼軒比部見修皇皇然，若有求而弗得應，舉先生之品詣文章，謂足以表先子之墓，不遠數千里走書爲修達忱悃，閲數月而先生之文至矣。先君子生平、學問、事功、性情、氣象，無不呈露，敬以壽諸貞珉。未幾，先生以《類稿》寄示屬序。修尋繹數過，見其通達治體，根基理要，洵非近今文章之士所能得其仿佛。修不敏，素不習古文詞，然愛其緒論足與心相發明也，爰述所由締文字緣者，爲之序而歸之。

咸豐九年季秋中旬，蕭山湯修謹序。

通甫類稿卷一

蓋寬饒論

漢宣帝時，蓋寬饒爲司隸，刺舉無所迴避，又好犯上意，下吏自剄死，天下哀之。魯子曰：『是宰相之過也，魏侯於是溺其職矣。』

宰相者，將佐人主，進賢退不肖。以宣帝之明，魏侯爲相，同心一德，而使國有殺諫之名。時諫大夫鄭昌傷寬饒如此〔一〕，爲文吏所詆，上書訟之。假令相以此時從容出一言，繼昌之後，如辛慶忌免冠救朱雲，諫收劉輔，上卽未必不從。卽不從，相可告無罪於天下。且夫慶忌，一武夫耳，猶能出萬死，叩頭流血，爭一罪在不測之朱雲，而迴庸主之聽於俄頃之間，況以孝宣之明哲、寬饒之任職、魏相之得君！假令不知此義，不可謂賢；知而不爲，不可謂忠。不識二者，將何處焉？史稱寬饒深刻，在位大臣貴戚，人與爲怨，則意相於寬饒，有利其死之心。許伯之入第也，寬饒後往，曰：『毋多酌我，我乃酒狂。』丞相笑曰：『次公醒而狂，何必酒也？』則相之不滿於寬饒久矣。夫以趙廣漢之賢，徒以案事不實，摧辱丞相夫人，竟坐腰斬。方是時，吏民守闕號泣，欲代趙京兆而死者數萬人也。使相爲賢者，身先請於帝曰：『廣漢雖按臣不實及有他坐，然臣相實爲國家惜此人，臣不敢以私怨殺天下良吏。』如此，上獲忘私憂國之忠，下有負荊請罪之效，豈不光明震耀照千古哉？

大抵漢之賢相，皆嚴覈幹練之才，而識度有所不足，如魏相殺趙廣漢、蕭望之殺韓延壽、翟方進黜陳咸，皆非大臣器。不學無術之誚，獨一霍子孟也與？

【校記】

〔一〕如此：光緒本無。

范增論

蘇子曰：『項羽之殺卿子冠軍，是弑帝之兆也。其弑義帝，是疑增之本也。』愚以爲不然。

夫蘇子果能必殺卿子冠軍、弑義帝之非出於增之爲乎？增素稱好奇計，度其爲人，險賊變詐，何所不有？其立義帝，爲項氏，非爲楚也。方宋義之救趙，逗遛四十日不進，增固知其不足有爲，而帝之位義於羽與增之上，增所不服也。卽安知羽之爲此，增不與有謀焉？觀其辭羽曰：『天下事大定矣，君王自爲之。』則增之心無帝久矣，而以爲疑增在是，豈理也哉！

人必巧言以欺人，而後人疑其詐；必詭謀以害人，而後人知其姦。夫項王與沛公，同北面受命懷王，約爲兄弟。一旦有大功，先定關中，乃忌其能。既已講解，而欲刺之樽俎之間。事會不偶，沛公間道逃去，猶誚讓羽曰：『豎子不足與謀！』然則增固素與豎子謀者也。晨朝帳中之事，豎子之可與謀者也；上游之徙、江中之要，豎子之可與謀者也；新安二十萬之衆，豎子之可與謀也。增平日教羽如此。羽雖利其能，然其陰險狠戾，蓋忌之久矣。故一旦形跡疑似之際，而其間易入也。

夫項王叱吒喑啞、暴厲好殺，蓋古之忍人也。增猶曰：『君王爲人不忍！』然則增之心豈可問乎？此亦項王所不能堪也。項王有失天下之道十：弑義帝；封諸侯不平；不都關中；坑降卒；燒秦宮室；殺子嬰；不識韓信、陳平；不封陳餘；去成皋；殺韓王成。有可以得天下之道三：立義帝，順人心；救趙有大功；不忍殺沛公，有帝王之度。增又壞其二焉。項王之不帝，增爲之也。韓信使使請假齊王，漢王怒，陳平、張良躡漢王足，卽封爲真王。假令以此時勸漢王絕齊使，發兵急驅襲齊，豈不大繆也哉？嗚呼！是增之智也！

秦論

秦之得志於天下也，我知之矣。周室衰，王綱廢，五霸力政，經營天下，秦嘗從事其間矣。以穆公之賢，百里、蹇叔爲之輔，由余、孟明主其謀，西乞、白乙效其力。然嘗四戰於晉，三敗而一勝。茅津之役，僅霸西戎，未嘗逞志東諸侯也。康、桓以降，令狐、河曲、輔氏、麻隧屢挫於晉。至十三國之伐，遂泯然無聞。而山東之國，方日從事干戈盟會〔一〕。晉人世爲盟主，盛於悼而衰於平。楚人繼之，共、康、靈、平，咆哮中國。晉、楚告退，吳、越代興。天下諸侯，如蓬從風，宛轉委靡，未有底止。秦人拱手事外，不發一兵，不與一會，天下likewise然不以爲意。後數十年而三家分晉，田氏代齊，驅除掃滅，並爲六國。秦人一出其師以撓山東，諸侯莫能支，鯨吞蛇噬。不及百年，天下席捲而入於秦矣。豈秦衰於前而盛於後與？抑諸侯强於昔而弱於今與？推原其故，天下諸侯皆好動，而秦人能靜。動而不已則疲，靜而不用故全。天下皆疲，而秦獨全，故秦一動而不可止。方晉、楚之盛，出其獨力，足以制秦之死命，故以穆、康之强，不能踰焦、瑕而有尺寸之土者，東諸侯未疲，秦力未全也。

二百年來，冠帶之國，無歲不會，無日不爭。小國困誅求，大國倦摟伐；小國困而滅，大國倦而分。八姓十二國之侯王，輾轉蹂躪，卒至於不可用。秦人奮其百年不試之威，以無道行之。諸侯相顧錯愕，負十倍之强，百萬之衆而不足當秦之一怒。今有十人分曹而鬭，一人袖手而觀焉。及其困破夷傷，則十人必就斃於一人之手。而後世之士方咎六國不合力擯秦，不知擯亦滅，不擯亦滅。六國空有强大之名，而不悟其力之不可用也。秦既以力取天下，動而不已。於是北卻强胡，南取百越，力既竭矣，山東豪傑待其敝而收之。由此論之，秦之强，不强於惠、孝之耕戰，而强於哀、景之息民；秦之亡，不亡於二世之荒淫，亡於始皇之雄武。曩令始皇守之以靜，則秦不可滅；令景、哀以前日與晉、楚驅逐中原，則亦敝耳。而秦何自大哉？

嗟呼！楚之横也，天下莫與抗，動而不已，而吳乘之；吳之强也，天下莫與抗，動而不已，而越乘之。苻堅伐晉，而慕容中興；隋氏營遼，唐宗受命，皆好動，自疲其力，爲人所乘者也。有天下國家者，慎毋自疲而爲靜者之所乘哉！

【校記】

〔一〕盟會：光緒本作『會盟』。

舜論

孟子曰，舜相堯二十有八載。堯崩，三年喪畢，舜避南河之南，朝覲、訟獄、謳歌皆之舜，然後踐位。以予所論，是蓋權宜之說，非事情也。天下，大器也；受天下，重事也。以聖人受大器、行重事，此其辭受取予，豈特苞苴饋問而已？以堯命當受，則受之不待，既避，天下之民從之然後受，是輕堯之命也；以堯命不當受，又不得以朝覲、訟獄、謳歌故强受，且受不受在我而已。以此知其不然也。

解者曰：『受天下，非舜意也，民心所歸，不得已焉耳。』則對曰：『舜之攝政幾年於今矣，覲嶽、巡守、柴望、告天、誅罪、命官，皆天子之事，而舜行之，其歸舜豈一日哉？堯崩而朱立，猶事堯也。率天下之民以服事唐，不亦可乎？朱不肖，奈何？』曰：『既知朱不肖，不足承大統，有堯之命，何嫌、何疑而不受？必故避以觀天下之心而皆從而後受，聖人固如是乎？且古君薨而世子立，未有踰年無君者也。堯崩，三年喪畢。此三年中，天子者誰乎？舜乎？丹朱乎？以爲丹朱。朱既爲天子，舜爲宰輔，歷三年之久。忽憂天下歸己，棄職而去，天下之民紛然從之，遂歸。廢朱而自立，是王莽、劉裕之所爲也。以爲舜。舜爲天子，三年既免喪，乃復避朱南河，以待天下歸己。吾誰欺，欺天乎？非朱非舜，勢將無君。唐虞雖云太平，安有三年無君之理？又不知此時朝覲、訟獄，誰主之也？』

解者又曰：『古者君薨，百官聽於冢宰三年，周公、成王是已。周公返政，舜避南河，一也。』余又辨之曰：『周公於成王，攝政而已，爲天子實成王，非周公也；舜總百官，則亦朱之冢宰而已，爲天子實丹朱，非舜也。豈有三年之中冢宰與天子疑似而莫能定〔一〕？且丹朱何人也哉？彼其傲虐嚚訟，晝夜頟頟，使免喪之後，舜避南河，正位居中，不須時而定天下之人。社稷有主而外求君，則是亂政之民也。舜又安能從亂民之意，以强受其所不欲哉？』『然則舜有天下，孰與之？』曰：『堯與之。二十八年以來，舜之爲嗣天子久矣，朱之廢決矣，故帖然無有異辭。不然，雖堯有命，朱豈讓天下之人哉？借令易代之時，稍有纖毫梗介，上以損堯之明，下以虧舜之德。』『然則舜、禹受人天下，何以無讓？』曰：『堯、舜既崩，朱、均既廢，無所可讓。』『禹之薦益也，猶舜、禹也，何不爲天子？』曰：『禹未嘗薦益，有啓之賢可以負託，豈必慕讓位之高名，翹翹然效之哉？』『然則孟子妄説乎？』曰：『有爲言之也。孟子見當時燕噲之流，輕與人國，覆宗絶祀，故託之於天，以爲可以止天下之篡。不知天下後世篡其君者無不託之天，朝覲、訟獄、謳歌無不託之天下之民，無不讓之，至再至三，篡益横，術益巧，又豈「天與」之説所能預救其弊者哉？』

【校記】

〔一〕能：光緒本無。

祭仲殺雍糾論〔一〕

天下有難處之事，則務求乎一心之安，而勿爲自全之計。昔者鄭厲公使雍糾殺祭仲，雍姬知之，謂母曰：『父與夫孰親？』其母曰：『人盡夫也，父一而已。』卒以其謀告祭仲，殺雍糾，出厲公。論者至今以爲訾笑，而不得其處之之術。

夫就仲而言，專權逼君，不得爲無罪；就厲公而言，不能正名定罪，而出於盜賊之計，是爲失政刑；就雍糾而言，承君之亂命而賊殺罪狀未明之大臣，是爲從君於昏；就雍姬而言，順夫而殺父，是爲大不孝，順父而殺奉命之夫，因以叛君之命，是爲大不義、大不忠；就其母而言，教其女以弑其夫，與教其女以弑己之夫，皆謂之亂大倫。

『君子亦何順何逆？何從何違？』曰：『是不難。仲雖罪，不及死，然君命殺之，無可逃矣。雍糾度其力，能諫而諫之，不能諫，不任其事可也；雍姬度其力，能諫糾而諫之，不能諫，死之可也；雍姬之母度其夫之罪，及死則殉之，不及死告之，而勸其逃焉可也。姬可以死爭糾之殺仲，而不可以告於仲；姬之母可以止仲之不反殺糾，而不可以不告於仲。此其爲事坦然明白，並行而不悖矣。』

曰：『是其爲有君命則然。使糾與仲私仇相殺，姬宜何如處之？』曰：『糾以私仇殺仲，姬知之而不以告，天下豈有無父之人哉？雖然，告仲而仲殺糾，姬之罪不容誅矣。爲姬計者，莫若以糾之謀告仲，而即告糾，以己之告之也，而先死以謝仲與糾，以明己之兩不與焉，而後可免於罪。』

曰：『如此言，所謂無策者。』曰：『天下萬難處之事，當以無策處之。李璀之事，唯其有策也，而君子卒以不能無憾。使璀與雍姬皆知先事而死之一法，則心安理得，可以對天下而告萬世矣。』

孟子曰：『瞽瞍殺人，舜竊負而逃。』亦無策之說也。不然，海濱之地，皋陶獨不能執而僇之也哉！

【校記】

〔一〕論：底本無，據光緒本補。

胥吏論一

天下之斷然自棄於惡，又不能不用，用之則卒有害必無幸者，在內爲宦官，在外爲胥吏。當宦官之横也，舉天下士大夫嘗相與疾首痛恨，環顧而無策。而我國家二百年來，弭首帖耳，周旋宫掖外廷，寂然不知誰何者，誠御之得其道也。今天下之於胥吏，蓋亦疾首痛恨，環顧而無策矣。果不可制乎？抑御之者非乎？

今之制胥吏者曰：『嚴刑以威之，額數以裁之，二端而已。』人果愛肌膚、顧恥辱，必不爲胥吏，胥吏之不畏刑明矣。而胥吏必不可裁，何也？法密也。法密，官不能盡知，必問之吏。吏安得不横，法安得不枉乎？法密，何也？事多，法不得不密也。事多，何也？官多也。官少，事不逾多乎？

天下之患，蓋在治事之官少，治官之官多。州縣長吏、丞、簿、尉，治事之官也。州縣以上皆治官之官也。天下事無毫髮不起於州縣，若府、若道、若布政按察使、若巡撫、若總督，其所治者，即州縣之事也。州縣者既治事，而上之府矣，不足信；通道，又不足信；信布政、按察，又不足信；信總督、巡撫，又不能一信也，而兩制之。自府、道以上，益尊且貴，事不足分州縣之毫髮。爲州縣者必以公文書遍達之，不合則遞委而仍屬之州縣。故一縣之事，得府、道數倍，得布政、按察又數倍，得巡撫、總督又數倍。縣令一身兩手，非有奇才異能，而常身任十數倍之事，勢必不給。不給不已，胥吏乃始攘臂縱横而出乎其間。自州縣以上，莫不有胥吏，凡文書皆胥吏治之、胥吏受之。非吏悍而官不勤也，吏治而吏受，州縣之事已棼而不可理矣。故官多者非事之利也，胥吏之利也。

自知府以上，少其治官之官；自州縣以下，多其治事之官。治官之官少，則事少；治事之官多，則事皆自治。彼胥吏者，能攘臂而奪之哉？如此，則胥吏必大衰少，而事得理矣。

胥吏論二

『所謂少其治官之官者，何也？』曰：『重府之權以統州縣，而並道、按察於布政使，得詳察所屬，專達於天子。其鹽、漕、軍、政興革之大者，設總督若巡撫一人主之，而地方之事不得撓布政使之權；布政使者，亦不得越府而苛責州縣，則州縣之事減。夫總督、巡撫之並設以爲相制乎？以爲大省事殷而分任之乎？其人果才且能，一人足以治天下；其人果不才，兩人一心也，又何足以制？夫巡撫之與總督，弟之與兄也。匹夫小家，兄若弟交治之，其家必敝。權疑地逼，雖皆君子有意見焉，況乎其不然也？故宜並去道與按察，不已甚乎？』

曰：『以其事屬之府，以其權歸之布政使，布政使不已劇乎？』曰：『州若縣治之，府統之，布政使總其成，何病於劇？昔漢之盛，太守上有刺史，以六百石而刺二千石，近於小加大。今若仿州牧之法，赫然伸其方伯之權。府有不稱職若不法者，升若降者皆主之。其有疑訟大獄，府所不能決，然後上之。小者勿聽，惟錢糧爲國利所儲，納之勿改，知府不已重乎？』

曰：『今天下之弊，蓋在於知府擁其虚名，以容與於屬吏上官之間，其實無所能爲。法令之不行，吏治之不如古〔一〕，皆此之由也。知府者，親民之首也。誠重知府之權，以制所屬長吏，又其統轄不甚遼闊，耳目易周，情僞易悉，賞罰與奪，朝發而暮至。門鑰未峻，百姓愚民呼號而易達，佐貳丞尉詳察而周知。苟得其人，委以數百里之地，卽事必舉。又有大吏鎮撫其上，以專達於部。如此，府之去部，一階之間耳。天子一旦下詔書訪問賢否，瞭然立見，無有扞格之苦。合於古重二千石之意，於法誠便，而制得其宜也。』

【校記】

〔一〕如：光緒本無。

胥吏論三

『治官之官少，則州縣不擾於無益之事，得厲精以當吾胥吏矣。然而胥吏猶未可遽減者，何也？』

『官不親事，事不在官也。今自縣令以下，若丞、若簿、若尉者，事何事乎？催科問胥吏，刑獄問胥吏，盗賊問胥吏，今且倉監、驛遞皆問胥吏矣。彼丞若簿、尉之權，乃不如一横吏。爲州縣者，寧以其權與吏，不與丞、簿、尉，其意以爲丞、簿、尉易掣吾肘，而胥吏惟吾欲。爲丞、簿、尉者，亦自眂不胥吏之若，平居相爲首尾，仰面取意旨，飲食驩呼，兄事而弟畜者，比比也。百里之地，知縣一人〔二〕，耳目精神，紛擾倥傯，獨坐窮山，與羣狐爲伍，莫若求二三兄弟僶俛而共事，庶有濟乎！且今法、刑、名、錢、穀，盜賊之大者，民辭之重者，佐貳不得一問。意將以一州縣之權，不知反散其權於千百虎狼之手。爲今之計，莫若州縣之中量增佐貳二三人，少分以權，左提右挈，而長吏董其成。其州縣胥吏、佐貳得以指揮驅使，有不自尊重與交通者，立與鐫奪。胥吏事佐貳如長官，呵責鞭笞，惟所欲爲，上下清肅，門戶洞達，官皆親事，事皆親官。彼州縣者，上無上官駁責審覆之煩，下有丞尉僇力同心之助。文牘衰少，綜覈有餘，然後胥吏之數可得而減也。成周之時，閭胥、比長、鄰長、里宰，以及掌因、司隸之屬，皆中下士爲之，舉非吏也。計《周官》一書，吏之數不能十官。今且千百至於無算焉，豈不繆哉！』

或曰：『丞、尉果必賢乎？』曰：『丞、尉未必賢，要爲賢於胥吏，胥吏易辱而無恥。丞、尉故官也，愛名求進之心視胥吏爲重。奈何此之不爲而彼之久行。誠使一縣之中，長吏以下常有十餘人親民聽訟、偵盜刺姦，長令可以暇晷勸農興學，雍容而有餘。彼胥吏者，畱今日三分之一，制爲定額，足以集事。役亦如之〔二〕。如此，則有宋以來七八百年積弊紕政一旦更易，根株絕矣。』

【校記】

〔一〕 知縣：光緒本作『府』。

〔二〕 役：光緒本作『彼』。

胥吏論四

『有官則有吏，不能相離也。多設丞、簿、尉，吏不逾多乎？丞之吏、令之吏，一間耳。』曰：『不然。吏非能害人也，必假官以害人。官尊則吏横，官卑則吏弱。以今言之，州縣之吏，病民而止爾；司道之吏，能病官；督撫之吏，病大吏。去其大病，則小病易治。』

今夫人讀書取科名，親受天子之簡擢，冢宰之銓選，寄以百里，寵之章服，乃與上官之奴隸分庭而抗禮。此誠士大夫所悲憤而庸吏所以苟且而無恥也。彼爲州若縣者，豈不知此之爲辱！而爲大吏者，曷嘗不申飭而約束之哉？然而不能者，吏假官之尊，雖彊令無如何也。今使督撫不制州縣而委重於布政使，布政使又不越府而苛責焉，府之權重，則上足以抗司之吏。州縣去府近，必無畏其胥吏之理。且夫州縣之吏與督撫、司道之吏，其勢必相爲首尾，交通固結，姻婭而往來。故裁道與察按〔二〕，而減督撫之權者，非徒省官而少事也，所以掘發豪胥、横吏之巢穴，使州縣之吏憷然失其所恃，而後可以獨斷而有爲。然則誠去督撫、司道之吏，雖州縣小醜，吾已不畏之，況乎佐貳之徒隸耶？彼丞、尉者，其官甚卑，其所用吏役不過鄉里愚民，欲少而易滿，才猥而易制。丞得制之，尉得制之，縣令得制之，府得生殺之，其能爲患者，亦鮮矣！十丞尉吏不當州縣一，十州縣吏不當司道一，尊卑之勢然也。天下莫患乎以至輕之人而寄以至重之權，朝笞暮辱，頤指而氣使。其人固已輕矣，而其權乃能操縱闔闢一縣之事，故作姦易而畏罪難。

今既設爲州縣佐貳胥吏多寡之定額，而其待之之方，不妨稍存寬大，無輕笞責，重其顏面。其有不道不法、罔上作姦，赫然告之太守，請於方伯，殺一二人以徇其餘，則內外肅矣。

【校記】

〔一〕察按：光緒本作『按察』。

胥吏論五

或曰：『去道與按察使並督撫，而以權與府州縣，爲減胥吏，則得矣。如此則州縣專行自恣，法令必頗，冤民必多。』應之曰：『民之所以多冤者，州縣冤之乎？爲大吏冤之乎？』必曰州縣。民冤於州若縣，則往訴之府；府仍飭縣，則往訴之道若司；道若司仍飭府，則往訴之督撫；督撫仍飭道若司，轉飭之府，府乃親提而鞫訊之，其審判必與縣斷略相等。民於是不得已，控之部，部飭督撫；督撫者不得已，使省會州縣雜治之，地方州縣又先往爲之地，曲徇鍛鍊，何所不有？民冤之獲伸者，蓋百而一二。而當事之身家，局外之株連，證驗之旁逮，奔走道路，經年累月，干冒寒暑，死喪相繼，財殫身冤，痛入心髓。故能冤民亦能不冤民者，州縣也；不能冤民亦不能雪民冤者，督撫也。一案下司，動費千數，轉相研駁，毫髮皆病，賄賂一到，纖悉脗合。徒傷吾民之肌膚，而傾州縣之囊橐。囊橐一盡，又將剝民。其大姦巨賊，州縣畏到司之費，匿不成案，不在此數，何取上司之纍纍？名爲詳慎，實漏吞舟。且州縣冤民與否，本心自然，非必大吏所能檢制。太守耳目最近，喘息必聞，苟畏上司，莫此爲甚。今不責之府而責之司道，何以天下之府皆不肖，而司道皆賢？此愚所謂舛者也。誠能得一廉平公正之方伯，正身率屬，府必得其人；府得其人，州縣莫敢爲姦，天下不過須十數輩。聖天子詳察於侍從、公卿之間，親擇其可信風裁素著、寬重有體者，付以一面之事，久任而責其成功。其視督撫、司道叢治一方者，功相萬也。

嗟呼！上寄其地方於方伯，下寄其民於州縣，以知府轉輸其間。親民之官多，治官之官少；胥吏之數減，長吏之權伸。彼州縣者，以趨承上司之力治吾民，以申詳反覆之精明治吾吏，必將公務脩舉，耳目清明，文法簡易，然後議久任之法，復代耕之制，使民庶烝烝，三代之治不難再見，豈徒漢文景、唐貞觀之間云爾哉！

正統論

正統之論，得歐陽氏而尊，得蘇氏而辨，得魏氏而嚴。然則將奚從？曰：三子之說善矣，而不能無蔽。歐尊而不辨，蘇辨而不嚴，魏嚴而不精。所謂一端之論，非善之善者也。歐陽氏重以予人統，而不能不予晉、隋。彼晉、隋者可謂得統矣，可謂得正乎？故曰『尊而不辨』。蘇氏曰〔一〕：『「正統者，猶曰『有天下』云爾。」』『歐陽氏重予之，吾輕予之。』『故不以實傷名，名亦不能傷實。』夫君子所恃以與篡奪爭者名爾。《傳》曰：『惟名與器，不可以假人。』名莫大於正統，器莫大於有天下。彼不幸而竊吾器，吾又從而假以名，名既去矣，而區區持賢不肖之說以繩其後，庸有濟乎？故曰『辨而不嚴』。魏氏曰：『天下不可一日無君，故正統有時而絶，而統無絶。』『於是有正統，有偏統，有竊統。』『三統明而天下之統不絶，簒弑之人亦終不得以干正統。』可謂嚴矣。而以西晉、北宋爲竊統，以東晉、南宋爲正統，此何説也？夫居得其正之謂『正』，相承勿絶之謂『統』。是東晉與是南宋，其所承者，何統乎？非其祖若宗所竊之統耶？其父盜人之物，其子據而有之，斷是獄者，以爲是盜耶？是其所自有耶？且夫以太宗、仁宗之昇平郅治，不免爲竊；以高宗、孝宗之擾攘偏安，進之爲正。論正，則高、孝不足；論統，則高、孝之統，卽太祖、太宗之所貽留也。故曰『嚴而不精』。

然則正統之論遂不定乎？曰：天下名實之淆，自有正統始，去正統之名而後名實定。且夫居得其正之謂『正』也，相承勿絶之謂『統』也。不幸而得正者無統，得統者不正。當此之時，仝名則喪實，全實則喪名。是故由歐陽氏、魏氏之説，則正統重。正統重則義不得不絶魏、梁；絶魏、梁則不得不絶晉、隋；絶晉、隋不已，不得不絶北宋；晉、北宋絶，而東晉、南宋勢不得不相隨，而並絶之。自漢以來，更千數百年，獨得唐爲正統，而唐之受隋禪也，又何以服晉、宋之心哉？是千數百年而無正統也。由蘇氏之説則正統輕。正統輕則予晉、隋，勢不得不予魏、梁；予魏、梁，勢不得不予宋、齊、梁、陳、唐、晉、漢、周，而新莽亦在所不容絶也。

嗚呼！吾不惜夫統而惜夫正也，故重正統則窮於奪，輕正統則窮於予。且夫既已謂之正矣，而輕以予夫盜賊簒弑極不正之人，此人之所以滋不服也。故曰：莫若並去正統之名，去正統之名而後可以惟吾所予。簒而得者謂之簒，盜而得者謂之盜，而皆不絶其爲君，而卒亦不予之爲正。《春秋》之法，用夷禮則夷之，通上國則進之，予奪何常？惟變所適。今一去無實之名，而各如其所。自爲帝則曰帝，王則曰王。高、光崛起，李、趙彷徨。魏、晉盜竊，秦、隋彊梁。偏安割據，畫土分疆。無所拘滯，安所紛擾哉？

【校記】

〔一〕蘇氏：光緒本作『蘇子』，下同。

通甫類稿卷二

致宥函

士君子不輕爲尊貴人作文，非徒遠權勢、厲風節。爲吾輩之文，必不足悦勢要，雖勉爲之，疏直野樸之氣，豈有合哉？其不必一也。古人贈言，不過數語；後世序述，率累千言；介祝之章，變益加厲。繁縟無節，直穢筆耳。今欲遠宗古誼，則寂寥寡驩，沿流增波，無以相勝，其不必二矣。《傳》曰：『祝史正詞，蓋雖頌禱之章，必有敦勉之指。』若用此於今之大人、長者，往而見憎，其不必三矣。

夫文，情之精者也。今之作者先苦無情，假手之文尤隔秦、越。於是多陳官閥，塗澤芳菲，結體等於碑銘，選言近於詞賦。今將壹切芟薙，胷膈之間又無他語，直須閣筆，達以空函。若以人世酬酢，理不得辭，便如曩旨云云。以無情之文應無情之事，不亦可乎？必欲使僕代斲者，將肆其狂直，爲足下得罪於當塗，將安所用之？

覆潘四農書

枉書首尾三千言，舉六説〔一〕，委備曲折。於天下之故，如良醫視疾，望色、聞聲、洞癥結、察腠理，又善用古方出新意，與病者强弱、時氣、寒燠相副，誠經世之宏謨、練事之老識。雖世之病者未必假藉一試，然善吾方，謹藏吾藥，必有鈔撮薈萃獲效者，毋恨溫繹流覽。又嘆今之病在經脈，有見端矣。而起居燕笑，充好如常，但覺筋骨緩散，善睡而惡藥。此其證未甚深而特難治。何則？外實，則庸醫不知所從受；惡藥，雖有國醫奇方，廢格不施。且天下病者多而率相類以同自證，謂人生常然，不復是患苦。今無故執康强安逸之人，謂且大病，製方投劑，强使立飲。强者必怒，弱者謂此妄醫中風狂走人耳。然則醫者既苦於不信，病者又苦於不知。而病又不可久待，久待益深，益不信醫。獨宜委之而去乎？天下之所以惡藥者，惡聞病也。其惡聞病者，由於言病者少，言不病者多。舉世拱手相慶，而一人奮臂狂呼詉號，此賈生所以見逐而陳亮所以不免囚伍也。

方今聖天子宵旰求治，大臣恭儉在位，而天下惡言病者，何也？天下有氣有習，二者相乘鼓蕩，還轉一世於不自知。今天下多不激之氣，積而爲不化之習；在位者貪不去之身，陳説者務不駭之論；學者建不樹之幟，師儒築不高之牆。尋尋常常，演迤庸懦之中，叨富貴、保歲暮而已矣。他莫敢誰何？今鄉里愚人，雖其長老與其子弟，暖暖姝姝〔二〕，若恐驚怪，燥髮鄙友，莫敢規督過失。卑屬對尊官，謙屈無度，一字不敢駁復，又況敢對揚天子之大廷，冒雷霆，犯斧鉞，以見丰采，論當世之事者乎？至於作姦犯科，則敢爲之，非勇於彼而怯於此也。天下卑賤之於尊貴，必有所自伸。不伸於正，必伸於邪；不伸於剛直，則機巧伸焉。善治天下者，務伸其氣於振厲激發之中，而杜其旁出於陰佞之門。伏見有明之世，綱維法度、康和豐美，不及本朝遠甚，又多邪臣巨姦，苛法弊政，然且支持二三百年，禮樂不廢，文質炳然。無他，士氣伸也。今國家太平，度越百祺，而所未復於三代之隆者，獨士氣萎薾不振。嫗孺呫囁，容容自安。海内昇平晏熙，風烈不紀。獨恐一旦猝有緩急，相顧莫敢一當其衝。今之隱憂蓋在於此。而士大夫方容與委蛇，順風靡波，溫顔浮説〔三〕，更相欺謾。雖無大患苦，而營衛擁塞，神志惛媮。所謂病在經脈，骨節緩散，又善睡者。可一藥而愈，而舉世不以爲病，或稔病不敢言，豈非習深氣錮使之然也！

愚以爲習氣牢固，於下不可破，則上當有以激之。風之發也，伐木蹶石，毁山動屋，及其離披渙散，不能揚腐灰。故氣之始盛也，刀鋸、水火不能沮於前；其衰也，張目而視之，縮首而退。氣倡於一二人，而應於天下，鼓舞蕩飈，久則合天下爲一氣。漢、宋黨人，明三案諸公，豈必皆英豪蓋世君子哉！一夫大聲，衆人奮響，忽不知其勇之何從生也。國家恩禮大臣，未嘗誅一言者。雖大罪止黜削，而人懷觀望，莫敢激發，或毛舉細故，無關痛癢。一違忤，即終身結舌，此張目而視之之説也。今欲反其習，一作其氣，獨宜尊勸敢言之士，設不諫之刑，廣上書之路，削誦諛之章，起廢退之人，使天下明知朝廷風旨所在，示中外無拘禁，以震動一切之耳目，内至部郎，外至郡守、州縣吏，皆得言事。天子取其善者，而恕其失中，則方直之士來矣。居諫垣者，不以時規切主上，究當時利病，徒飾小説爲巧避者，置之刑典，則庸懦之風革矣。山野布素之士有深識遠略者，許其獻納，雖未必稱旨，其言多樸拙，藉以風天下，如此則耳目廣矣。上封章者，必取裁經義、陳要道，茸闒依違，沿習陋詞勿采，則情理之説伸矣。往御史上疏，有婞直獲戾者，其人至難得，雖言失當，投棄草野，非所以觀天下也。宜加甄録，始終保全之，則忠讜之心固矣。惟陰詞告訐，在所必禁，以杜澆風，兼閎雅道，如此則大化光矣。

或曰：『宸躬萬幾，豈得人人垂省？』愚以爲不然。自三代、漢、唐，洎宋、明盛時，皆言禁疏闊，不聞煩瀆。皇上聖明天縱，達聰自易。且今法，大吏用一丞倅纖葦斷小小一獄，動輒請旨。引條牽例，千百爲詞，改抹塗飾，盡失本真，徒費精神，無裨大化，而朝廷不以爲煩。若少減庶事一二，垂聽獻納，其爲宏益，豈有劑量？前年一舉人論事，言多迂直。皇上恕而容之。後卽有一舉人條上封事，言涉妄濫，旋蒙錮斥。此皆白面書生，未悉時務，宜見擯逐。然天下深沈闊達之士，必不輕於一試，其冒險始進者，獨此輩耳。脱少寬此人，矗加顔色，誘引豪俊，必有通才魁士接踵而來。在位窺見意旨，亦將矯厲振奮以自顯。善羅鳥者必設媒，迂妄者，豪傑之媒也。天下習於庸淺，見瞋目論事，粲然皆笑，宜激一二人以變其心，漸激漸變，筋骨緩散者强，睡者醒，滯者通，人人思自伸而不忍盡棄於陰佞之途。雖復手足、皮膚小有病痛，隨發隨醫之。言病者多，惡聞病者益少，然後斟酌當世之利弊。而來書所謂六説，可得而行也。天下事深遠切至者，非吾輩所宜言。縱言之，善及身親，多齟齬不易措手，然其大端要可閉門定。臨事變通，在苦持而力行之耳。然使惡藥諱病不改，雖言，亦不必所謂『無故而製方投劑，强人立飲』者也。

丈人，今醫之良者也。製方善矣，合古今〔四〕。一同竊推方之意，又加引焉。其稱説近煩駁，更審定東之高閣上。如其施用，以竢君子。論快手滑，黷冒道嚴，伏惟飭正。不宣。

【校記】

〔一〕 舉：光緒本上有『所』字。

〔二〕 暖暖姝姝：底本作『喛喛妹妹』，據《莊子·徐無鬼》改。

〔三〕 顔：光緒本作『言』。

〔四〕 今：光緒本上有『宜』字。

與左逸民書

書來，推大雅明哲之義，葆愛茂勉甚厚。材猥知下，不能盡明。竊怪足下謂士人好論時勢，中賈生之毒，殆非明識所宜言也。又漢文不用賈生，善守家法，益不然也。

人生要不立天地間，一日踐毛土，不可不求毫毛補益，仁賢用心，自古以然，何必賈生獨爲狂惑？漢興，承千載之衰周，踵暴秦之覆轍，風紀蕩佚，法制乖迕。賈生一痛哭而明主迴心。史冊所載，文帝遇大臣有禮。先仁義，後刑罰，廣積儲，興禮樂，以化天下，開梁、代以制六國。延及孝武，推恩分封。坐制强藩，皆師其意，何謂不用哉？孔子曰：『三年無改於父之道。』又曰：『武王、周公，其達孝矣乎？』因時立政，與世推移，斯爲善守。藉令漢文不用賈生之言，箕踞怒罵，不好儒術，豈非其家法哉？斯以頗矣。周公承文、武之德，乃作《周官》，及其所用又不盡合，夜而思之，坐以待旦。孔子告顔淵四代禮樂。帝王御世，如日御天，歷年既久，必有差忒，動煩推算。

足下乃謂守成之世，一切不宜更改，則周公不當兼三王，孔子不當論四代矣。又謂人以才智加友，友必嫉之；加其祖父，嫉之彌甚，以明臣子不宜議法。一不知忠臣亮士日夜焦心苦思以求天下之故者，將以利國家、安社稷邪？將嫚其君父，以才知加之也？不求其端，不責其是，而曰故事。故事，此漢、唐中主飾非拒諫之常談。足下又黜大義而伸小忠，益便於人臣持兩端而保爵祿者也。一代之興，規模大體，萬世不易。其小小節目，日變月易，自以不同。宣、成之制已殊文、景，開元之禮變於貞觀，推移漸故也。且如本朝二百年來列聖相繼〔一〕，未嘗一議更革，然宂官漸多，歲出浸廣，文法浸繁，準之開國，已難悉合，而論者不以爲非。今汰宂官，省歲出，易文法，則以變易爲罪，不知變者爲變乎，不變者爲變乎？天下安常習故，庸人樂其無事，而不肖有所容。彼自全軀畏禍耳。至如草野講求，何畏何忌？乃欲卷舌入口，以無諱之世爲重足之憂，非所望於士君子也。足下抱觀古之識，究極物變，汪洋其文。僕每目駭心怖〔二〕，常欲極論以拯足下之惑，而足下先施教戒，其敢不盡言以報大德？夫足下推禪讓，薄世及；進退堯、舜，抑揚禹、文；降湯、武於莽、操，進范、蔡爲知機；謂泰伯、伯夷有心爲善，此皆衰周大亂之世，莊、惠、騶、慎之徒所以惑世而害民。方今聖人御寓，正教昌明，猶守此不變，以爲奇怪可喜，則談鬼說夢，頗足娛心，何必詖詞陳陳厭耳。若實見爲如此，則是衰周數子之學待倡明於足下也。萬一遠近流傳，詫爲詭誕，採風之使密以上聞，事後之悔殆不可諱。

數十年來人心漸肆，士大夫爲大言以毀前聖，小人鬬私智而抗國法。此宜深識所用隱憂，足下又從而張之，殆加甚焉。

凡人議論貴平實，文章務切事情。至於求高好險，譬猶舍菽米而吞馬肝，毀冠裳而衣木葉，甚非所以養性命之道也。耳目所及當世之故，粲然易明，猶扞格不入。唐、虞、殷、周，去今數千載，法度、典籍，百無一存；壁書、冢史，真僞參半；上聖用心，凡近迴絶。今舍當時之得失，究皇古之是非；掇斷爛之詞，參私臆之說；推常人之腹，測聖哲之心，已乃不合，一切詆毀，首尾橫絶，黑白混淆。人稟天地之餘氣，百年如駛，精爽幾何？徒棄擲於無用之地，使當世斥其狂愚，後世指爲異學，豈不哀哉？推足下之心，豈謂往聖可非，羣籍可燬？徒以流俗文字奄弱，一出高論，震驚萬物，大名立致，不知文章如水、火、土、穀，可以養身，其餘以養人，其餘以養天下後世，要其指歸，無足驚喜，若畫布爲龍，張革爲虎，以詫鄉里小兒，則譁然走矣。宇宙甚大，後來無窮，豈皆童昏幼稚可以鼓而驚之哉？

聞足下爲詩，雜取子史，追琢爲詞，儲而待遣，大才氣盛，何所不可？要之，此事須從心出。夫假物於人，雖十年不還，其主亦不追索。要之，吾心豈不搖搖如傳舍哉？足下疏達而和，深明退讓之理，必受盡言。吾輩議論，不厭十反，直諒之友，古人所貴。若鄙論可採，感動於心，去其曼衍，割其假借，則足下之清空邁往，足以自雄於天下，僕將執鞭而從其後。若足已自是，聽言不答，則足下之業止矣。天下之人必無能如僕之愛足下、進苦口於足下者。異才難成，直口易忤，交臂之間，可爲浩嘆。又前贈詩，誠欽澹泊之風，高素尚之志，不圖怪異，以爲見輕。足下十年不入城，五年不入市，猶以貧賤爲羞耶？

文章事業，皆以靜儉爲根柢，誠不願畸人高德效此俗懷也。僕見足下文詞奇質，愛重不已，至於昕夕不能去懷，又感教戒之意，於鄙心私有未盡，故敢布其區區，狂言傷直，惟恕而賜覆，幸甚！不宜。

【校記】

〔一〕 繼：光緒本作『承』。

〔二〕駭：光緒本作『驚』。

與左君第二書

書未發，又得來教。喜足下議論漸確，實多可採者。雖然，足下殆未明於今日之大勢也。《傳》曰：『高言不止於衆人之心。』又曰：『法後王。』何也？爲其論卑而易行。昔蓋寬饒剛直高節，好犯上意。王生傷之，寓書相規，以爲數進不用難聽之言匡拂左右。夫言不取高，務在切時。高而不切，猶乖時用，況於匪高？

足下之言曰：『國家取利多途，政源不清，下流易濁，於是欲罷烏喇採珠之軍，止吉林采蔘之貢，革三姓徵貂之官，辭葉羌搜玉之使，卻波斯珊瑚之琛，去關市之征，開魚鹽之禁，絕外洋之商。清心寡欲，以風天下。』陳議甚高偉，糾時甚直切。抑足下徒觀前世之失，未睹今日之弊。若陳此論於漢太初、宋大觀、明萬曆之世，豈不識時務、明政體豪儁士哉？惜乎獻闇主之規於有道之世，繩墨雖切，肯綮未得，譬奏刀於無用之地，雖不缺折，亦無解焉。國家列聖相承，世德繼美。皇上御極以來，躬行節儉，爲天下先。聞諸近臣，皇上御澣濯之衣，卻珍奇之味，後宮無盛寵，外戚鮮恩私，匪頒有節，出入有常，可謂恭儉矣。未明而視朝，既晡乃罷，綱紀庶政，一日萬幾，可謂兢業矣。且今吉林、三姓、葉爾羌之屬，昔稱絕遠，悉隸版圖，物貢其方，何有費帑勞人、上困下敝哉？天下大利所在，聖人必操其權，節其出入而救其敝。關市有征，鹽利有禁，外夷有市，所以權衡百貨，消息萬物，歷漢、唐、宋、明千數百年，踵沿不改。今乃欲引隆古迂遠之事，一切罷去，不知天下地丁、雜税，歲入四千餘萬，災荒停緩在其中。而戶部奏歲出至三千三四百萬，脱田賦之外，悉取裁革。軍國事體重大，匪如足下匹夫小家可以拮据補苴，僶俛卒歲。此真經生之迂談，宜吾不敢服也。古之税民，有田有口。《周官》九賦，漢有口率，唐稱兩税，所以警遊手、恤南畝也。今天下之丁皆並於田，法取簡捷，農夫重困，遊民滋多。足下又議去雜税，農人焉得不流亡，姦民焉得不滋横？錢之與銀，流通貨物而已，非可煮而食之、裁而衣之也。不在於此，則在於彼。上下轉輸，無關息耗。足下以銀貴爲外洋通商之故，此朝士已議之矣。不思天下之困，不專銀少，由衣食之源不足；衣食不足，由物力之艱；物力之艱，由糜費之衆；糜費之衆，由風俗之奢；風俗之奢，由百官之侈。官侈於上，士華於下；工作於市，農效於野。斲樸爲彫，皆官之由。以今日河員言之，一飯之費，八口數月之食也；一衣之費，中人一家之產也。河水非金穴，隄防非銀鑛，何由而致哉？

足下謂僕節省工帑爲言利聚斂。僕誠不肖，不至爲桑弘羊、裴延齡，而足下必欲庇此積習，至引漢高、陳平之事，縱其出入以爲大度，而專一責取。朝廷以節儉之意，是猶治家者聽奴僕之逋竊，而疏食飲水以求無貧，不可得也。足下但識嘉慶年間河費至五六百萬，謂今日省減，不知當其有事，千萬不恡；當其無事，則兩河四百萬之帑漏卮非小。吾見其長姦而病國，未見其爲大度也。足下又謂胥吏無能爲弊，官不勤也；官之不勤，捐職多也。今捐職漸少矣，由科甲者未見其能勤民而制吏也。古之治天下者，皆略於上而詳於下。三代封建數千，皆州縣也；方伯連帥，落落數十人，分土而治；諸侯以下，卿、大夫、士，無慮數百，胥吏減少，足以爲治。漢法極重守令，刺史之秩甚微。唐縣七等，節度、觀察爲數亦少，其後失制，乃更加多。明初，督臣用之沿邊，中葉以後，浸以遍設。由此言之，封疆大吏在得其人，不在多設。夫州縣所以不能制胥吏者，牽制太多，文牒太繁，駁覆太密。窮日夜之精神，以承總督、巡撫、布政、按察、巡道五六公之意旨，而恐其不給，又安能親民而督吏？足下以督撫爲心膂，司道爲耳目，州縣爲手足，胥吏爲袖履。心膂不太多乎？耳目不太多乎？袖履不太多乎？吾則以爲，宰相，心膂也；近臣，耳目也；院司，臂也；州縣，指也；胥吏，犬也。兩臂不能運一指，故院司宜少；一指不能御千犬，故胥吏宜減。夫牽一指於兩臂，尚不能御犬，況爲臂者又縱犬而齧其指，指益困矣。足下切齒州縣之弊，由今之道，雖足下爲之焦心苦思、傾產破家，亦不給〔一〕，又安能去弊？誠牽制之患深、長吏之職難也。天下事必有受病之處，不得其處，東指西斥，愈紛愈亂。論國用則減賦額而縱官貪，論治術則樂牽制而護胥吏，皆由好高不求情實。由君子言之，欲國不貧，先覈浮冒；欲吏不擾，先一事權。浮冒覈，則出入有經矣；事權一，則臂指相使矣〔二〕。足下幸留心當世，熟思其宜，無徒高言，匡拂朝廷，寬縱臣子，以從王生之戒。

【校記】

〔一〕給：光緒本上有『能』字。

〔二〕臂指：光緒本作『指臂』。

與王學博

一昨論張貞女事，猥以旁觀據理，言辭少激，在君子有容善之美，使鄙人有盡言之失。道路所由，經過張里，乃知壹切傳述之謁，非其事實。足下與張垂白知舊，申之以盟誓，重之以婚姻，何圖末路乖迕梗塞，獨令此女積二十年幽貞苦節，泯焉就湮，且使長逝者魂魄抱痛無窮？每一思之，中夜而九起，故復申其前論。惟平心察之，人情見善則敬，聞悲則哀，血氣之倫、知識之類，苟非木石，豈能無感？足下爲人父母，悼念存歿，何可爲懷？所以遲之又久者，乃深究事變以堅其節。此實過於保全之初衷，並非聞善則疑之褊志。非僕洞察無形，誰爲足下解者？

夫貞女，非他，由今日言之，張氏之孀女也；由昔日言之，賢公子之聘婦也。其視足下猶尊嫜也，尊嫜猶父母也。子於父母有求不得，號泣隨之，哀痛之下，情激語悲，何所不有？就如所傳，詎足爲怪？若謂貞女有挾制尊長之意，則古之割耳剺面皆悍惡之人，磨笄斷頸非善祥之類，揆之情理，豈得謂然？屈指高門之內，如此等事，復有幾何？清素之美，不無裨益。足下官雖庳也，職在司鐸；分雖微也，顓掌風化。設遇此等，在所旌乎？在所斥乎？朝廷以皇太后恩覃叀四海，貞女節婦、孝子順孫，獎用優典，籍在庠序，十年備官，豈未之聞？上違國家之典，下爲清議所加，此之爲惑亦已甚矣。僕與張君拱揖周旋，何至代爲遊說？惟念兩地闋隔，必宜疏解。幽貞之性，萬冀矜全；風化所關，尤當扶植。惟足下沛父母之初心，釋後來之疑釁，始終厥志，則生死均安，鬼神交感。

與黄通判書

通守足下：

僕生東海無人之鄉，質行無所底，學不更師授，顧少喜爲文，頗爲流輩所見推許。竊嘗以爲文章之道，期於達性明事，自非言之有故，則拒而不爲。昔孔刑部嘗命僕爲文壽一巨公，僕辭不肯，孔亦不强。近年以來，不能自堅，往往爲人代作，輒削其稿。或稍涉諛妄，汗發忸怩，心愓愓累日不安。既牽於世故，少喪其本真，又自喜徇知悔，而復爲者數四，蓋特立之難也。

夫文有體，自漢以後，更增疊創，名類滋多。至於壽序，其體之卑極矣。蓋起於明人，以此爲酬酢饋贈，如金帛紈綺之屬，非遂可以陳要道、明性情。然古人爲之，亦各有道。大抵貴於華而不諛、簡而有要。若侈陳官閥，多述事跡，則近於碑、銘、傳、誄；塗澤芳績，又類辭、賦、讚、頌。四五百年，老師巨手，言之明白，審矣。

一昨以李淑人壽序見屬，僕觀其事略，多陳觀察居官行事，歸美淑人，此近日文體類然。私心竊有所不韙。夫觀察嘉績善政，敭歷中外，卓卓可稱紀。必以爲内助之力，此爲非體非義，名爲頌揚，乃更倒置輕重。其他内行可舉，惟慈於前母之子，事近平實而卓可稱頌。又以其五世同堂，親見八代之盛，恭奉御書褒美。蓋貴室大家，承國家恩寵，令善福禄，繼繼承承，用是推原其美，歸本於朝廷慈孝之化，如古《采蘩》之詩，《鵲巢》之應，《鳲鳩》均平之德，既以宣揚恩德，又申勖其臣子，益勉爲忠爲孝，以承福蔭，其理近迂闊。要之，頌美之章如是，是亦可矣。不知何所乖謬而横被口語？僕文不足惜，斯事得失要須明白，果文章榛蕪，是非失中，其所隱憂，豈徒僕一人見訾議而已哉？

昨一友人寓書見責，以爲以李二曲之賢，求亭林爲其母作碑，辭而不爲，古人審慎如此。意謂僕好爲文，自取侮辱。僕意不然。夫亭林親見有明之季，讟讟訾訾，文章道窮，故重自錮閉。今國家文治昌明，士大夫以其時涵泳、沐浴、歌詠、頌禱。僕既謬負一日之長，何嫌何疑而懼取辱？重以知己之求，若絶謝不爲，諸君子謂我『何既以此』見譏。僕且益自喜，無益之作，自此當無以至於僕之前者。僕將自遂其狂愚，求古人之所爲，而人亦無如何也。足下素見推許，不知於此事云何？隱而不宣，非直諒之誼，故私布其區區。

與高伯平論學案小識書

伯平足下：

承示唐氏所纂《學案小識》，問有所疑滯者。竊少繙閲，麤盡指要，頗謂唐氏有志於道矣。其書體義不敢苟同。今條其一二，私於左右。

君子之論人也，是非功罪，粲然明白，猶所難言。至於學術，藏之於心，未易高下。人非親習，事隔時地，徒憑纂述議論以相差等。且班氏爲《古今人表》，高下踳駁，遺議到今，無他，分晰太多，不無蹉失故也。昔孔子以上聖之姿，操人倫之鑒，其於列國公卿子產、平仲、文仲、公綽之流，祇是各就其人，抑揚是非，未嘗較分等列。子張問令尹子文、陳文子，皆曰：『未知，焉得仁？』孟武伯問：『子路仁乎？』子曰：『不知也。』又問，而對以其才，『不知其仁也』。冉有、公西華亦然。師之於弟，何所諱忌？隱微之地，誠未易爲測識也。今唐氏之書横列三等，曰『傳道』四人，曰『翼道』十有九人，曰『守道』四十有四人，綜計一代老師、耆德、魁艾、大賢，而第其上下，進退率於胷懷，輕重憑其位置，雖具尚論之識，實乖虚己之義，不可一也。

傳之與翼，似殊高下；守之與傳，何判優劣？昔孟子謂：『守先王之道，以待後之學者。』吾以爲必如孟子足以當之，若三千之徒皆傳孔子之道，未必人能守也。帝王卿相，下逮匹夫小家，莫不傳諸子孫，子孫莫不傳其先業，或乃中更零落，墜宗失緒。繇此言之，傳者未必能守，守者斷無不傳。今更顛倒其次。《詩》曰：『有憑有翼。』《傳》曰：『輔之翼之。』翼衹是輔，守乃爲主。加翼於守，尤所未喻，其不可二也。

蓋傳道之説始於韓子，韓子託於孟子而頗失其義。孟子述聞見之知，乃是麤舉大概。故曰：『若禹、臯陶則見而知之，若湯則聞而知之，若伊尹、萊朱、太公望、散宜生皆然。』且如稷、契並履帝廷，契掌五教，尤當斯道大宗。周公親承文謨，今皆疏脱。古人文字弘簡，不爲促促苛細。韓子則不然，曰：『堯以是傳之舜，舜以是傳之禹，禹以是傳之湯，湯以是傳之文、武、周公，文、武、周公以是傳之孔子，孔子以是傳之孟軻，軻也死，不得其傳焉。』推其義例，直如佛祖傳燈，支派可考；書家筆訣，遞相口授。後世儒者因緣推廣而有道統之説。又以爲孟子既歿，直至宋，河南程氏始出，自時厥後，乃更流衍，遞相祖述。至宋歷元逮明，先後相望，俎豆紛如。總覽上下四千年間，唐虞迄周，每五百年裁一二見，總五六傳而絕，中間曠一千五百餘年，至宋而復興，興六七百年不絕，而治不加古。古之傳道，世遠而人少；今之傳道，世促人多。中間曠絕，理不相接，天地氣運不應，疏數乃爾。愚則以爲道無不傳，而傳不必統，正如子貢所謂：『文武之道，未墜於地。賢者識其大者，不賢者識其小者。』漢承秦敝，遺經廢缺，諸儒修明麤跡，未遑精微，識小爲多。宋世遺經大備，因藉前資，乃復講求微言奥義，識大爲衆。要之，是非不謬於聖人，行己無慚於天地，代有其人，故足扶樹世教到今。今必標樹風旨，區别猥多，既列三等〔一〕，又述經學，不知經者爲是道耶，爲非道耶？經不蹈道則非學，道不宗經則非道。適開門戶之私，又非文章性道合一之指，其不可三也。

有傳則有統，有統則有爭，稟質既殊，致功亦異，各循從入之途，遂有彼此之説。蓋在聖門，子夏、子張之論交，曾子、子游之言禮，子夏、子游之言教，迄以不合，不無優絀，而義並兩存。往者象山標『尊德性』之旨，姚江開『致良知』之説，率其高明，自趨簡易。承學之士，沿流增波，浸以放濫。要之，二子未爲披猖，今必斥之爲異端，爲非聖無法，比之楊、墨之邪説，商鞅之壞井田、廢封建，甚以明社之屋歸罪陽明，掊擊之風於斯爲甚。或曰：『陽明之徒排擯程、朱，拒之不得不嚴，攻之不得不力。』君子立言，期於明道，不尚意氣。非曰『彼攻之，我乃攻之』，如愚夫之詈於市，爭勝不已，於何窮極？昔孟子生衰周之世，楊、墨横行，無父無君，故毅然辭而闢之，不遺餘力。陽明立教，不無任心，自便高論動人，要其立身自有本末，功業軒天地，忠孝感金石，作人如此，愚曰：『可矣！』今謂事功，豪傑所爲，聞道則未。不知豪傑復是何人，聞道又將何用？要而言之，程、朱之學，模範秩然，聖哲由之以利用，中材循之以安身；陸、王之學，高明得之爲簡易，愚頑蹈之爲倡狂〔二〕。此其優劣乃在疏密之分，非關邪正之别。意見一勝，彼此鑿枘，遂使吾道之内矛戟森立，歧畛横分，世變日下，人材至難，何苦自相摧敗如此？推尋唐氏一書，不過攻王尊朱，用意良厚，然持之過堅，有一言攻擊王氏者，雖其底藴未盡可知，而必加褒美。或少涉出入，雖以李二曲之篤實、李文貞之醇深，而不無抑揚。孔子惡鄉愿，孟子放淫辭，祇是生平一事，未見兩經之中，連章累牘盡是此言。著述如此，誠所未喻。三代以下，有無欲之君子，無無意之君子。『意』之一字，七百年中賢者不免。子張所謂『執德不弘，信道不篤』，諸君子信之篤矣，執之恐未弘也。追尋空虚之弊，豈惟陸、王？實開其端，利器示人，有由來矣。昔聖人教人，因事各殊，大要即其日用之常，求其燦著之跡。自子貢之徒索之高深，每加裁抑，曰：『天何言哉？四時行焉，百物生焉。』曰：『下學而上達。』及其積久有得，乃曰：『夫子之文章可得而聞，夫子之言性與天道，不可得而聞。』性與天道，固非談論之資，豈是口耳所涉？自宋以後，言性益詳，言天道益精。妙義一開，横流歧出。勝衣授學，便講無極之精；毁齒操觚，已談五常之藴。淺者尚欲循途，高者輒思任道。辯論太多，不能無生得失。得失既分，遂成同異。人人有直接心源之意，而道幾乎裂矣，陸、王特其甚者耳。救斯之病，惟當原本忠孝，推崇節義，綜取先儒立身、行己、居官、立政之大方，如《先賢傳》、《言行録》之例，以風化流俗，標舉當世。其有空文無實，雖極精微，概從刊落，庶幾允蹈大方，亦可少息羣論。檮昧無聞，率其胷臆，曼衍遂多，知不免見罪於當世。足下篤道勵志，必有發明，惟恕其狂愚而裁正之，幸甚！不宣。

【校記】

〔一〕等：光緒本作『章』。

〔二〕 倡狂：光緒本作『猖獗』。

癸丑二月二十三日與于司馬書時江寧失守，信尚未至

一昨奉詣執事，適閱勇於安鎮局，不獲一見，翼日見存，又相左也。時勢孔棘，非可坐論制敵，故不敢數數煩瀆。然私心有所欲效愚款，覬或裨補智勇萬一，謹徹於左右。

逆賊東擾省垣，困迫清淮，民庶無故驚擾，自相煽惑，一夕數變。非人情好亂，患生於所不見而動於所猝也。譬如羣居密室，乍聞鬼魅，人各自孤，便若赤髮星眸，森列左右，非徒民不見賊也，乃至兵不見兵。平日訓練，輕如戲劇；符檄一下，面色灰死，未望塵而肝膽迸散，豈有所謂行列部伍、坐作進退耶？夫以如是之民情，如是之師律，賊行數千里，皆出空虛之地，其爲潰敗，非爲不幸。旬日以來，消息百端，日益危逼，然而鎮江之師不西，瓜、儀之勇不南〔一〕，皖帥變易，擁符離之兵而不進，坐視金陵之危，勇懦一轍，環而相顧，欲僥倖於狂寇之未必至，豈可得耶？清河蕞爾，河垣寄重，地小而衝，民多而散，前無可枕之險，退不能據河以爲固，聞聲聽息，荷擔而立。明府吳君以寬勇之姿，久獲士民之譽，重撫此土，下車之日，驩聲雷動，人情固少戢矣。又得當事諸君子提挈而翼導之，籌饟日益集，練勇日益習，以此坐鎮，必無他變。

僕瞀儒也，逍遙其間，喜託身之得所，然意少有所未愜者。竊謂當事之籌畫善矣，所可議者，國容多而軍容少。夫院、道、府、縣相承，貴賤有體，容服有章，請謁有度，文禮繁重，傳呼而後進，拱揖而退，

此國容也。將帥偏裨，卒伍相統，期時而集，金鼓爲節，坐止有方，分合有部，裁減小禮，嚴靜耳目，此軍容也。國容主於詳雅，軍容貴於簡質，虛文足以費日，盛禮足以隔情。應請大帥自今以後皆至總局公見，上下不隔，耳目交通，其三、五、八、十之期悉免，司總局者日一至，三道間日至，大帥三日至，以此爲率。惟縣令至無時，或疏或數，惟其事而已〔二〕，此之謂省事以惜日。夫容觀所以變視聽、肅心志，應請自今以後大官乘馬出入，不得緩服肩輿〔三〕，佐貳統領改用戎裝，結束嚴勁，與士爲伍。章服既改，耳目易觀，此之謂變容以作氣。局委十數，總統各勇，十羊九牧，部分不明，應請以若干人爲一隊，每隊領以佐貳官。簡閱之日，分隊領赴，編諸冊籍，無事相與，講說恩義，撫摩疾痛，使隊各自親其主，此之謂分部以明分。簡閱之日，大帥居止必有賞罰，勇與兵異，賞優以體貌，罰止於聲色。昔路文貞練勇一萬，大閱三日，手觴賞賚，士皆感泣，此清河往事也。情義既聯，勒以兵法，賞加財帛，罰及鞭貫〔四〕，漸以增重，十日五日，犒賚羊酒。勇士固多，徇寵一餐之德，報以七尺，此之謂推心以收威。練勇各於寺觀棲息，非可常此卽安。應請築立壕塹，製備鍋帳，分番駐守，漸與之習。營數百人，官爲統領，同止共作，亦以番代使，平居無事，常有嚴敵之意，此之謂變節以防猝。本邑十八坊，烟火三萬戶，請家自爲守，分爲三等，各簡壯丁制牿器械〔五〕，報名縣籍，已與吳明府言之矣。縣諭一出，地方之人欣然願樂，此非能用之戰也，所以陰爲部勒，呼吸靈便，每當簡閱兵勇，調取數坊，晷刻畢集，排立左右，觀習陳勢。閱畢，間錯編入，率以周巡，整齊行次，少識旗隊。攻戰之意，久益親狎，所以重固根本，鈐制梟桀，此之謂練民以歸兵。

總此數端，皆以軍容改易常調，逸者漸而趨勞，脆者漸而趨堅，紛者漸而趨一。恩勢固結，膽氣自

勇此練之子君諸知不一『。之行致而誠設』：曰子董『。成而謀好』：曰人聖。焉進有又要大其然，倍

倍，然其大要又有進焉。聖人曰：『好謀而成。』董子曰：『設誠而致行之。』一不知諸君子之練此勇也，將以備非常而報國家邪，將姑爲聲勢以鎮一時之人心已邪？將知其必至而全力以待之邪，抑徼倖於不必然而聊與之試邪？以浦垣之重、諸君子之仁武，苟堅意必行，無所回惑，則當思四郊多壘，枕戈待旦。減徹服御，與士卒同甘傾身，養士不以名位自異。破除意見，以收偏桀之才；召詢父老，以聯上下之恤。夫江介之士，去妻子家室，上霧下濕，蓐食不飽；部臣節將，親冒矢石之地，而數百里外窖金寄孥，人自擇便，艅艎交於川瀆，鞅轡絓於衢路，豈惡忠義而不與軍壘之士共主哉？一鳥飛，百鳥鳴；一獸走，百獸驚；一夫跛足，則千人掉臂矣。夫去者有與倡而守者無與徒，雖斬刖之法弗能禁，而虛文祇取侮矣。人者在上，所以率之，伏惟諸君子自堅而已。

草士衰劣〔六〕，不能荷戈，仰慙天日，惟貢其區區，裁督幸甚！

【校記】

〔一〕瓜：底本作『爪』，據地名改。

〔二〕事：光緒本作『時』。

〔三〕服：光緒本作『步』。

〔四〕貫：光緒本作『筩』。

〔五〕艪：光緒本作『備』。

〔六〕士：底本作『土』，據文意改。

癸丑十一月與吳中翰論時勢書

流賊之禍，其起於郡縣之世乎？漢之張角、唐之黄巢，勢數倍於今日而卒以掃除者，漢州郡之勢强，唐節鎮之兵勍故也。至明之季，州縣積輕，而鎮侯之權不如一監軍道，尊貴相壓，非復初制，寇之在楚、豫、秦、晉，如瀉水平地，東西南北，惟其所之。雖以盧象昇、孫傳庭之忠勇，曹文詔父子之驍健，隨撲隨熾，無他，大帥有攻勦之兵，州縣無堵禦之力。且官家之兵，有朝廷之節制，有文書之往來，有供頓之繁費，有驛站之稽遲，有支給之浩穰。賊則不然，行如飄風，止如蟻集，一切取之於吾民，民不勸而輸，兵不調而集，行不請命，戰不尅期，野掠所獲，各肥其私〔一〕。上無吏議，功罪無所營，惟盜之是騖，狂悖暴虐，而其心乃齊一堅定，故不可制也。以古況今，亦略相同矣。自正月以來，粵賊北犯，漢、黄不守，據長江之勢，恣其蕩軼，破皖桐，下金陵，踞鎮、揚，又分其羣醜，涉汴入晉，東擾畿輔。國家興師十萬，南北攻圍，曠日持久，兇鋒未損十一二，而力已不支矣。

夫賊無定勢，衆多而散，行疾無方，此非尾擊之兵所能制也。制之以吾民。民各守其家室，統於一令。令各守其城垣，統於一郡。民不變賊，殺一賊則少一賊。四面而蹙之，賊無所走則窮矣。國家休養二百年，兵且畏賊，奈何責之民？曰：不然。夫賊卽吾民，非有奇材異狀也。民去而從賊則勇，民居而捍家室、衛鄉里則怯，此故可思也。賊無紀律法度而能用其權。今之守令無權，非獨無權，以東西南北之人强之爲父母焉，爲公祖焉。或三月而去，或半歲、一歲而去。其視民與民之視之也，萬不能如賊與賊之親而能用其權，亦明矣；　或小有建樹，監司制之，督撫制之，臺省又制之，萬不能如宿賊與新附之賊之能必用其權，亦明矣。　苟能用權，以狂虐無賴，數千之醜徒橫行八九省而不可制；　苟不用權，雖以朝廷之威德，賢士大夫之聲望，不能使一城一鎮之人臨變而不去。　爲今之計，獨使天下之守令各私其郡縣，郡縣亦各私其守令，則賊無所乘而入。　如之何而能私？　令不十年不遷，終其職者，即削其故籍而居焉；　守不十年不遷，終其職者，即削其故籍而居焉。　令之加官，可至四品而仍令；　守之加官，可至二品而仍守。　守令之上，獨留一督以主軍事，而民事民兵全付之守與令。　城垣其牆宇也，倉庫其囷窖也，四境其田里也。　民知守令之爲吾守令，則忠義有所效；　守令知民之爲吾民，雖欲虐用濡惜而不忍竭其力。　欲苟且而後顧，無所諉讓，而權乃能行乎其間。　今天下州縣，慮無不言。　團練比如團沙，膠之而不固，擲之而仍散。　非權不能團，非久且親，團亦不堅；　久且親矣，民之耰鋤、白梃賢於十萬師可也。久任而削其故籍，略用顧氏《郡縣論》之說，要爲近日救弊良策，不必說之自己出也。

今天下之大患，蓋莫如貧矣。　興師十萬，日費萬金，軍興四年，計所用不下二千萬，籌饟之艱，固非意外事也。　誠重守令、團鄉兵，則可省客兵之半。　夫以西北之兵而救東南，遠者數千里，動經旬月，兵未至而賊已去，賊未見而帑已竭矣。　凡兵行糧，人日三百，若以守令督率鄉兵，人得百錢使有飽騰之效，又無道理之費、驛站支應之苦。　愛其家室，知其道路，家出一丁，雖小縣可得二三萬人。　當賊未至，以小村並大村，小堡並大堡，勸其長老私相董率，官與旗幟，凡旗幟勿令私造，既慮參差，且權之所在，不可假也。時訓練而約束之。　賊至百里以外，然後支用官錢，勒成部伍，追賊不出境，遷徙不出境，出境有誅。　凡支官錢，動用地丁，正雜準與開銷；　正雜不足，私相捐輸，皆登簿籍，報部而奬之。　凡本縣貧瘠，許一府之内或有殷實，相爲輪將，仍不得抑勒。凡輪錢粟於鄰境，奬有加。凡錢之與粟相爲低昂，錢出之官，粟出之民。今年以來，粟價頗低，凡富家捐粟加二三成入册，鄉兵得粟便可坐飽。粟有所洩，其價必平。凡一縣之鄉兵，與四鄰分日而會於境。凡賊至一縣，則四縣交出兵而會於境；凡賊至一府，所屬之縣各分三之一交出兵而會於府。惟此不在出境之例。凡出境者，糧有加；凡用鄉兵，皆報府；凡督撫、提鎮以下，皆不得調用鄉兵。如此則遠近相聯，村與村團，鎮與鎮團，縣與縣團，如手足之捍頭目，不呼而集。兵無遠涉之苦，國無籌饟之艱，賊之平也有日矣。

額兵不足，於是有招勇。勇須鄉也，鄉須勇也。今之招勇，大概募兵。昔人有言：『輕去其鄉，安望其勇？』旨哉言乎！招勇有二，非飢餓無賴，卽梟傑不逞。苟錢粟豐裕，賞賜優渥，可激使一戰，亦浪戰無法，乘勝爭利，易蹶主將。脫或支用不給，小不如意，睢目而疾視，沙行而偶語，一旦有急，鋌而走險，不能有益，適足爲禍。夫無故費數十萬之帑，招羣無賴不逞而養之，以待一日之變，計之不得，無過於此。前勇既散，後者復招。拾人之餘，轉蹈覆轍，甚無謂也。古者招勇不出其鄉，用勇亦不出其鄉。故曰：鄉兵或有山陬海涯，兼興屯田。自昔行之，成效尤著。議者多以東南之民柔脆，招用西北之勇。於是有川勇、楚勇、壽勇、徐勇，時或用之得力，亦必强宗豪姓，素昔蓄養，自成一隊，多則千人，少亦數百，固非臨時烏合，取濟又苦，大帥統之無方，馭之無術。良者弭首而就法，强者長嘯而遠引。此不足喪豪傑之心，開禍亂之門乎！古之賢將，多蓄牙兵，握手親暱，與共生死。衙隊强盛，雖有客兵降將，力能鉗制。今之法制，臨敵命將，素無爪牙，猝與之以大隊之勁勇，本輕末重，上疑下貳，彼皆各爲其主，萬無相能之理，亦非大帥之咎，勢使然也。故莫若各用其鄉，自戰其地，得賢守令撫而練之，使耕戰相雜，一歲之中便成勁旅，何必遠徵輕猾，自取驕散。昔劉裕稱京口爲勁兵，項籍用江東之子弟，豈有東南之人不可用之理乎？夫潁、亳素稱强悍，漢、黄古多獷桀，然而賊衆一至，大股裹脅，乃反而爲之用。近日揚州潰勇〔二〕，濠泗居先，至如六合一黑子之地，丹徒爲文柔之鄉，雖逼近賊巢而民氣自固，鄉兵若此，招募若彼，明效彰彰矣。

【校記】

〔一〕各：光緒本作『自』。

〔二〕潰：光緒本作『清』。

乙卯四月復戴孝廉書

前復一函，知尚未徹左右。四月十三日，由李君遣送手書並大刻及藁本，讀賢嫂以下死難事略，惕惕欲涕。天未厭亂，乃使弱息成名。足下遭遇慘變，流離道途，此真有識所共悲痛。惟願重自割遣，韜景匿跡，以待一時。幸甚，幸甚！

桐城再陷，牧庵以屢勝之兵一蹶不救。方進兵之前三日，有書見告，心常耿耿，道路阻絶，傳疑百端。足下身在行間，所見既真，又無所庸，其愛憎當有確論，書以示我。足下初意就曾侍郎，不果，而就袁都憲。今侍郎駐兵何所，都憲被議入都，足下一身，將安之乎？海内擁重兵、持節鉞者，不下六七公，其才器志量果足以當大難之衝、固畺圉於磐石、拯斯民於水火者，不過二三人。又皆更事未久，獨恃其志氣以馳驅，於倉卒受命之際，根基未立，籌略未定，兵分而無統，勇驕而難馭，餉缺而不給，於以乘機蹈會，僥倖一勝則可矣，遂欲蕩掃羣氛，肅清萬里。蓋事之不可幾者，此江帥之所以死，而曾侍郎之所以邅迴而不得進也。今賊已掠漢、黄，躪武昌，旁趨廣饒，死守廬、皖，九江之師不能進尺寸以擣江左。綜覽天下之大計，決非歲月所能定。比如一人之身，癰疽流注，先當壯其元氣，使心膂肢體之間血氣融固，瘡痏不生，然後可聚一身之力，以攻其毒。昔王逸少諫深源北伐，謂『須根立勢舉，謀之未晚』，祇此四言，深明大略，所謂識時之俊傑、活國之良方。而英拔之士乃欲取成於一戰，僕未之前聞也。今天下不被賊之省尚有八九，被賊而未劇者尚有二三。竊謂深謀老算之士〔一〕，當先注意於此。須近賊之邊，各自爲守〔二〕，重守令之權，勤畊戰之務，復一城則一城守，得一險則一險固。夫曾帥擁數萬之精卒，乘新勝之全勢，蔽江東下，而豫章不能翼其南，皖、桐不能犄其北，是謂孤軍單進，勝則旬月可以成功，敗則進退失據。此智者之所共知，而曾無一人籌全局以善其後，可爲長太息也。

來書謂江帥赴皖時，侍郎以僕與足下薦諸幕府，資商大計。惜哉！不見此公一拊掌也。足下若決計北行者，試以此言誦諸當路。天下非孤注，功業難幸成，非智深勇沈之士不足與共事，亦不可與共言。古之報國復仇者，不期早發，期於有成。惟願忍而固之，以待事機之至。若屢試不中，則鋒鋭消亡，盛壯之氣、慘痛之情，不可復追，惟足下忍之而已。使便悤悤，不及端書，以草奉寄，風便時示近履爲幸！

【校記】

〔一〕士：底本作『事』，據光緒本改。

〔二〕 爲：光緒本作『有』。

乙卯六月復戴孝廉第二書

懷遠使至，得五月二十二日及二十五日兩書，癸丑、甲寅文錄。僕方下痡委頓，離牀快讀，至牧庵《救桐殉難事略》、牧倓《鍾繼昌張平兩典史》諸傳，扼腕流涕。海內破壞，漢、武、廬、皖最爲慘酷，足下居其地，親其事，身受慘禍。親其事，故耳目真；受其禍，故言之深。痛而有旨。僕交牧庵二十年，中多間闊〔一〕。得足下文，近傳信矣。比年勦寇時，奉書尺樅陽授命，讒口橫生，恨傳聞悠謬〔二〕，頗欲證訂，勒成一書，以慰冤愍。論者徒以城不速拔，致狂寇啓心，此自事會未至。古之名將，臨敵審慎，不中不發，且如小關之捷，匹馬當先；呂亭之戰，推戈直進。駐二將於東關而身偪城下，絕安慶之援，斷樵汲之路，破敵勝算已操八九。二將急欲登城者乃是貪功，儌幸堅守遲重，實冀萬全不虞之變，世所不圖。孤軍無援，竹林遇伏，數盡理極。原其本心，故亦無媿成敗之談。吁嗟難已！

來旨謂僕問舍求田，賢者見幾，若望僕不相知而以不入耳之言相慰勉者，人苦不自知。當今禍亂方始，非有出羣之雄，乘藉勢力，扶倡名義，財足以結州郡之豪，義足以動遐邇之心，苦身力戰，以樹基植業。勢不足以抗拒羣兇，遮罩方域。至如隴上之夫，太息俟風雲；幕下之英，指揮分楚、漢。要是腹背之毛，須憑藉乎六翮，故不能遡風而獨往，已嘗試頓五指而計之。今海內長者，誰爲憑藉乎？昔者張、陳之交驩，分身泜水；曹、呂之親密，闔門並命。今之達者無古人之儁快，而谿壑之間動相什伯，故有武士露刃，猝起兩柱之下；銀章白簡，密陳溫室之上。積愛生信，積信生畏，積畏成猜，積猜成殺。雖復流涕動三軍，撫孤感行路，又安能以不貲之身取償日暮之一悔乎？足下國仇家恥，並在一身，疾首痛心，思有所藉，以恢大業，惟願慎其所憑而已。

來書又以僕所陳『根立勢舉』亟得滅賊之本，而未免迂緩，請更得而申言之。粵事初起，僕在京師，頌言當路，以爲潢池小醜，何勞天師，但復土司數姓，責以成功。其人宗姓豪强，山蹊磵岗，徑塗熟習；跣足趫捷，長技皆同。復一州鎮，便以相假；得一磎洞，永許填壓。昔時改土歸流，今仍改流歸土，不費京帑，不勞征調，期歲之間便可大定。先時泗城黄姓土司之後，宗黨頗盛，賊犯泗城，黄率子弟城守，殲其黨羽殆盡，此其成效，昭然可覩。假令此策遂行，何至勞師五年，流毒海内，至今爲梗哉？當時朝士不能遠慮，謂爲迂談。故計有似迂而實切，事有似緩而實要，此類是也。賊在潯、梧，初無遠計，及翻然度嶺，便有長驅江、漢，窺伺河、洛之心。故長沙未下，先擾鄂、岳；武昌一破，順流東趨；金陵襲踞，遂窺宋汴。逾太行之嶺，叩臨洺之關。横擾畿南，迴翔齊右，如狂風盲雨，瞬息變滅。賊之言曰：『不怕殺一千，祇要走一天；不怕殺一萬，祇要破一縣。』其用兵大略，可以想見。獨於金陵盤踞三載，似有規爲根本之意，而分兵沿江死守廬、皖，屢殘漢、黄，三破武昌。窺賊之意，初欲出奇竊發畿輔，以震動天下。北略之不行，然後横踞長江，往來策應，亙天下之腰旅，斷南北之襟喉，此其志不在小。曾侍郎起湘南之衆，下巴陵之船，一戰而復漢陽，再戰而奪江夏，乘勝長驅，有破竹之勢，然而兵阻於九江，船阸於湖口。賊救死扶傷，死守不下。羅大綱、石達開之黨，悉鋭來援者，攻其所必救也。假令以此之時，以一將綴金陵，一將綴廬州，按兵不動，而獨命一上將將水陸之師捲甲疾走，不攻一城，不接一戰，直造二賊之背，西面以爭湖口之利，則九江必下，從此以東便無堅壁。袁副憲久鎮臨淮，留討諸塢，而僅遣忠壯營之二千人行收城邑，即無桐城之挫，亦理不得達，何者？兵少而將輕，留戰不足，孤進不能，逆賊生心，反用吾術以撓曾帥之後。曾營所將皆三楚輕俠，聞賊走其上游，勇氣自然挫衄。凡用兵如布碁，先後輕重之間，不可不察也。側聞朝廷已命大將率北方新勝之兵，專救武昌以壯東師之氣，然而廬、鎮、金陵皆攻圍數載，征輸浩竭，誅求徧海內。晉、陝之富室，吳、越之商賈，兩淮之鹽筴，朘削搜括，骨髓枯耗，奉行之吏不能深固根本，銖求箕斂，以斂怨於下。於是楮弊之法行，重錢之局設，抽釐之令下。其近賊之邊州縣各有募勇，募勇百人，歲耗千金。官吏因緣爲姦利，橫索抑勒，爬搔疏櫛，關津坊市，百織千羅，民怨深矣。故今日之憂，不再已被賊之省，而在未被賊之省；不在已殘破之州縣，在未破而先自殘之州縣；不在已從賊之民，在未從賊而岌岌思爲賊之民。故愚之計以爲，今日經營天下之大勢，當先注意於此。

首重州縣之權。自漢、沔以下，東至海門，州縣百數，賊一日不平，州縣一日不得升遷移調。貪酷者革之，甚者殺之，賢者進秩。平時勸農練勇，支動正課，要以稽穀多而訓練勤〔三〕，戶口實、關隘脩者爲上考，上考之令加秩進律。凡賊涉縣境，力戰卻退，或圍城日久，堅守不下，皆爲首功，許蔭子弟。其有臨變寄孥、心懷去就、藉辭越境、巧避賊鋒者，一繩以法。夫戰勝則子孫邀其榮〔四〕，變至則骨肉不得幸而免。一日到官，更無他望。其於愛民勤職，不期自奮，民便久職，自親其上。寇至出戰，用素練之民，出必死之地，有如手足捍頭目、家人衛親長。縱不百勝，其與今之視若傳舍固相萬也。其城池已爲賊據，民心去就未定者，吏部且停其選。縣有強宗豪姓能復一城即權縣事，復一鎮者權丞、簿、尉之職，需待賊平，編入流官。人情劫於久威，易致幡然，須令常有所繫。又其本土族姓，恩威易洽，强者希覬富貴而榮居其鄉，殺賊必力。羈以名器，則常爲我用；予之分地，則上下協力。盡停入貲銓選之塗，使近賊之郡，仕途畢出於武功。如此則沿江數千里皆爲賊敵。凡賊所守，不過一城之地，過師枕席之上，駐軍藩籬之中，有何長江之不能斷〔五〕、金陵之不能拔哉？

次講耕戰之法。凡被賊之省會州府，不難克復，難於堅凝。且如武昌一府，向軍門復之於前，曾侍郎克之於後。去未移時，旋皆陷沒，人物彫散，倉庫空竭，金城蕩蕩，莽若丘墟。節帥式臨，徒抱空器，寇至則靡，固其所也。昔唐季之亂，東都居民不滿百戶，荊南兵餘裁十七家。史稱張全義尹河南，韓建刺華州，皆能招懷流散，勸課農桑，數年之中，民富軍贍，安集殘破，莫良於此。今計克復之省會大府，須駐嚴軍，檢察近城坊地戶口，死亡、逃徙絕遠者，興種官屯，以充軍食。其丁口尚存、被兵殘破、力不能耕者，戶給牛種，取三之一。立之冊籍，勿有侵暴，緩刑減租，廣爲招徠，人畜漸集，烟火接望。兵護其外，民作其內，不過期年，形勢自成，庶有堅凝之望。若聽其荒敝，則常爲賊蹊。節將守令視若畏途，雖云克復，實同破甑，豈朝廷之所願哉？

其次，重捐輸之選。軍興以來，天儲耗竭，求助於民，未爲弊法。惟是逐戶以求，貧下不免，所取無多，最易騰怨。比如京官捐俸，乃至緡錢數千，明示中外，似爲非體。又聞山西、陝右州縣至於拘擊富室，長跪向闕。凡此舉動，何可流聞？ 邇者江北州縣，抽釐指捐，名目紛繁，既責印官，復遣雜流。貧劣閒員、輕薄子弟，夤緣差委。一縣之內，卡局猥多； 一戶之家，歲番三四。川塗百里，橫網截流，榷算相望，商賈不行。甚者託名幕府，橫動軍法，民訴無所，羣聚而譟之，因勦除以爲功，所謂未破而先自殘，有見端矣。安可不知儆懼乎？究其所捐，剔萬家之髓不足以供一日之用，搜羅羣碎，所得幾何？愚以爲國家所求助之財，必其家有敵國之富。巴清、沈萬，前史所有通計，海内千萬巨貲，約若干姓，人少則勢不及衆，財鉅則無傷肌膚。其勸諭之法，不由大吏，不假守令，朝廷命一二重臣有德望爲四海所觀瞻者，馳傳而往，降以璽書，寵之茅土，集此諸姓，各借家財之半以佐軍實，事平之後十載分償。如此則數千萬之帑，咄嗟可辦。此事似駭聽聞，思之實無流弊。其他壹切抽釐、重錢、捐銅、捐米，皆取停止，惟鈔幣酌而用之，少輕其值。省各立司，按數準兑，立見流通，而賊亦無所利之。

財足則兵强，弊政除則人心奮，加前二事順輔以行，其於滅賊可期旦夕。然其施之也有方，而攻之有序。賊之初起，數十輩愚妄人耳，脅從既多，遂出梟桀。又有縉紳科目之無恥者閒廁其間，指使引導，於是其教則參以泰西，其軍制略仿《周官》，軍師卒旅，其官雜取漢、宋諸目色，而其用兵之法，令嚴而法簡，行速而多詐。既得金陵，志意少滿，僭立制度，然而未有立國之勢也。自古戰伐之朝有立國之勢者，則先攻其本。桓溫之直走成都、王鎮惡之泝舟渭水、韓擒虎之順流三山、李愬之夜入淮蔡是也。無立國之勢者，則宜先翦其枝。張角死而飛燕、黑山熾，仙芝殛而黃巢、尚讓横，迎祥滅而自成、獻忠狂，皆繇賊基未立，東西遊走，合散無常，殲厥渠魁，則各自雄長。益多樹敵，翦除黨翼，首惡自孤。夫賊猶蔓草，寸寸而斷之，隨地滋長，根株雖絕，枝葉轉茂。爲今之計，莫若暫緩金陵之攻，而耑收旁郡。豫帥壁信陽，收蘄、黄；　皖帥仍壁廬，收舒、桐；　江帥壁廣饒，收宣、歙；　蘇帥壁江南，北兵壁江北，仍同收瓜、鎮，皆觀釁擇利，而專責西帥以上游之任武昌，若復深駐大軍，營繕畊戰，益具舟船，練習水師，以虞變待時，而以曾侍郎九江之圍爲綴賊之勢。西師既盛，出一不意，順流東下，直踞安慶，突出九江之前，號召南北，使羅、石之黨外牽於曾、塔之師，急不得返顧，沿江諸賊必當同時解散，入穴金陵，則成功可望。若不論先後之序，不權輕重之宜，曠日持久而勞費不休，軍民咨怨，釁生難測。萬一先破金陵，使賊分而勢散，卽首逆就擒，蔓延之禍未知所底。此僕前書所謂宜待『根立勢舉』，籌全局以善其後。

區區狂愚，聊一發憤於足下也。若夫將有能否，時有利鈍，兵勢百變，難可遙度。要之，先翦枝葉，再圖根本。重州縣之權，繫豪傑之心；急屯種之務，振荒殘之略；去苛細之政，收捐助之實。他時決勝，必由於此。

足下有濟世之大略，而志存仇恥，不怵於利害，不震於功名，抱策皇皇，必有合也。大箸《草茅一得》，及續得前後數萬言，當有英謀祕計。開時成務，返王路於清平，聚鯨鯢爲京觀。僕意遠才疏，老加傭散，久欲充耳不聞世事，因枉來指，故縱言及之，以廣足下之所未備，而不覺云云之多，至於如此也。伏惟英略咨商詳密，冀可假手。道路悠悠，祕密幸甚！

【校記】

〔一〕閒：光緒本作『離』。

〔二〕恨：光緒本作『憾』。

〔三〕訓練：光緒本作『練勇』。

〔四〕孫：光緒本作『弟』。

〔五〕有何：光緒本作『何有』。

通甫類稿卷三

淮郡節孝祠志敘

祠創於乾隆三年，修於嘉慶九年，再修於嘉慶二十五年。今皇帝十五年，恭遇皇太后覃恩，大吏宣風廣仁，董督所屬採訪節婦孝女，上之部，總淮郡六縣千三百三十三人，皆入祠如令。既新其堂廡，廣增祭田，恐久湮沕，捃摭爲志，以備稽考，傳示永永。蓋發於好善之公心，用以闡微揚滯，彰往而勸來，備諸條例，嚴禮則，明質劑，俾後祀有所承述，不致浸怠浸弛。其文期於詳贍，兼通里俗，雜沓公牘，旁及謠諺，不務藻績，具載實事而已。士君子觀於幽德之必彰，則知善之必可爲；思風化之起原於閨門，則知教俗之所由厚；詳觀於廢興之故，搜揚措施之宜，則知王政之必可行，而善舉之不可不傳於後。其所係，豈不閎遠矣！道光二十六年二月。

安東歲災記敘

《計然》曰：『歲在金，穰；水，毀；木，饑；火，旱。六歲穰，六歲旱，十二歲一大饑，天之行也。』故有風雨不時，陰伏陽聟，螟螽所傷，鼠豕所嚙，歲用不登，民乃告饉。然十室之邑，或有封家；萬戶之縣，不皆宅草。故開一家之困，百夫救其餒；平百錢之價，一方享其利。何者？富者得錢，貧者得穀，中者饜麤糲，下者拾粃糠，救死而已，何贍之有？故民饑而不斃，盜熸而不横，疫行而不虐。比歲間登而生齒不耗，古所謂『十二歲一大饑』，蓋謂此也。

昔在乾隆丙午之歲，天下大旱，赤地千里，斗穀千，人相食。然其時流戶多死而有產不貧，何者？近古民樸，家有蓋藏，穀貴錢輕，農以不困，故失業者委溝壑，地著者獲保全，其勢然也。然且流亡憯酷，至今歌之。自時厥後，屬有小饑而無大祲，四十有六歲。而當今上御極之十一年，歲在辛卯，湖決於淮、揚，江漲於荊、襄，連饒、豫，迫皖、桐，東南無乾土，而京師乃望雨澤。朝廷大發倉粟以贍江南，民乃其蘇。而安東以區區縣廁大河之北，江湖所不及，歲乃小稔，南人逃而歸者，日千百爲羣，號哭震村堡，顱鎖交道路。明年麥半登夏，大雨水四十日不絕如繩，晉、陝、荊、浙皆災，而江南自大河以北抵朐、贛，田盡沒，其河南十餘縣，承積困之後，湖復瀰漫。而姦民陳端決河入湖，湖倒灌鳳、泗，鳳、泗受其累。自江以北，北抵齊，西距徐、鳳，東盡海，延袤八九百里間，鞠爲茂草矣。江南隸府八、州二，其五在江南，二在江河之間，惟徐、海跨河北而淮屬。瀕河下流，河以南，多產稻，利雨澤，自安東以北，北近海，地尤顆，產麥、菽、秫，無水利，故漣、朐之災常劇於他郡縣。

自皇上登極之歲，歲在辛巳。前一年災，明年壬午又災，乙酉、丙戌連災，戊子則又災，壬辰又大災。十三年之間，災居其六七，於是而極焉。是年冬，水涸，種宿麥。而盜起，千百爲羣，鳴銃，佩大刀、長鎩，比戶鳥鈔。居民好爲備，競賣牛種，買刀。小村八九家，刀必浮其人數。日出陳刀於門，刀詭異百狀，光霍霍照人〔一〕。薄暮，子婦藏密，壯者謹守望，連村相應有聲。其被劫，雖巨室大家，下至貧不舉火，靡擇也。盜之繫於獄者，至不能容趾，則外繫，減其食十日，期必死，然獄中率不見減少。歲且盡，道路有死人，鄉人醵錢爲蕿具，後益多，則徑移之，卒乃不復移。天寒風壯，死者或坐或臥，倔强蹲墟里間，野犬聚而咋之甘，乃漸噬生人，有被其害者。民食盡則菜，菜盡則草，草立盡，遂有父子、夫婦而甘心者矣。其賣生口，貴無過千錢，賤或不滿百，而斗麥價七八百，米倍之，黍、麻石萬錢。大率賣一口充一夫十日食，而其後癘疫復大作，死者空村。野麥垂垂熟，鳥雀旦暮下，宛轉哀號，蒼蠅之飛蔽天。自父老以爲丙午以來五十年中所未見，而江南他州縣及他省，或至是或否，道路言者紛錯。要以余所親見，及聞之不妄、確而有徵者，綜其大略著於篇，使後之人有所觀覽焉。

【校記】

〔一〕人：光緒本作『天』。

沭陽仲氏族譜敘代

古者家國相維，在上有封建而在下有宗法。宗法明，則人紀修而國勢振，所以尊祖收族，安庶民而成百志也。有百世不遷之宗，有五世則遷之宗。宗其繼別子者，百世不遷者也；宗其繼高祖者，五世則遷者也。三代之時，世家大族枝葉扶樹，宗庶相守，皆數百年。故《記》之言曰：『適子、庶子，祇事宗子、宗婦，不敢以富貴入宗子之家。』又曰：『支子不祭，祭必告於宗子。』又曰：『宗子居於他國，其祭祝曰孝子某使介子某執其常事。』蓋大宗之重如此。秦並天下，遷虜六國，改制郡縣，宗法大壞，世冑之家徒以門望相承，不幸遭遇變故，遷徙播越，鐘簴淪於絕域，車服委於草莽。際會時主，興廢繼絕，往往以支庶承祧，而大宗降焉。若東野氏之於魯子，南君之於周是也。至於世閱百代，歷年數千，子孫昭穆，秩然敘列，雖中更播越，而繼承弗墜，豈非明德之後，源遠而流長者乎？嗚乎！當其變也，以子姒、姬、嬴之冑降於甽畝，夷爲皂隸，而莫之省卹，如其常也。褞袍韋帶之士〔一〕，南面正其不祧之位，綿延百禩而馨香弗輟於時。其或遭世蕩潏，支庶承統而大宗之布滿於天下，猶且根葉槃茂，按冊而可推，尋源而弗紊，然則緼袍韋布之澤，其不過於南面有土之君遠甚矣乎？

沭陽仲氏，先賢之裔。自下大夫以上遠溯高辛，芒矣渺矣。仲子以下，九世遭秦亂而有嶧山之遷，又八世遘赤眉之禍，有任城之避。洎乎有唐開元之代，始建廟橫坊，稱中興祖，比四十九世，皆大宗相繼。宋室南渡，祕書正學士基以扈蹕渡江，留其弟虔避亂南陽，應金主詔，歸魯奉祀。歷元、明以迄國朝，奉明禋、稱博士者，皆虔後也，而基以大宗降爲別支矣。祕書之南渡，占籍吳江，其後子孫或在泰州、興化、萊陽、贛榆，而惟遷沭者爲最久，且未遷。沭之祖曰淑誠，元末爲登州守，遭亂，道死，其子奉以來葬。故仲氏之遷於沭，初非擇而居之也。自遷沭以上至祕書凡七世，自遷沭以下爲世二十有二，歷年五百，名德相望，食指於今且數千人，而皆原於祕書一人之身。原祕書之與奉祀公，兄弟耳。兄弟其初一人之身耳，而至於今則繁衍徧於諸郡，皆大宗之苗裔。而陪位上公，恩榮累代，乃承統之支庶，豈非天地變化，而世家盛族、先德明禋亦顯晦之有時乎？故不明南渡之謚，不知長幼之所以易位；不明遷徙之故，不知大宗之所以分析，而皆原於遭時屯難以篤祜發祥。綜覽周、秦以來二千餘載，御世宰物之主數十姓於茲矣，而仲氏若存若亡於其間，愈久而彌光，自他而有耀也。故曰：『德彌博者勢彌遠，發不極者脈愈長。』旁枝揚於上，則本根槃於下。仲氏之族之盛，豈非天道哉？

余同年生仲君承武，官宿遷廣文，承其父兄搜輯編次之後，彙爲《仲氏支譜》，而屬余序其意。其言曰：『自基祖以上，譜在《仲氏里志》，無庸敘也；自虔祖以下，世爲博士，又吾譜之所不及也。基祖之降爲小宗，天也；基祖之後，儻再至於遷流失緒，則子孫之過也。』

嗚乎！推承武之意，不在於侈門閥，而在於綴族姓；不在於明大宗之失職，而惴惴於後世子孫之忘其初本。此意以尊祖敬宗、收合庶姓，於是有巨族，有巨族而後有彊宗，有彊宗而後有立國。先王以宗法維封建，意蓋託諸此。《周官·司徒》『九兩』之職曰：『師，以道得民。』又曰：『宗，以族得民。』承武清門高宗而居師儒之位，以此率其族姓以風其人，庶亦其職也。俊不敏，肅承簡命，有旬宣之寄，念民生之流散，思維繫之多方，重嘉承武之能其官，又不徒爲仲氏多賢幸也，遂不辭而爲之敘。〔二〕

【校記】

〔一〕 帶：光緒末刊《沭陽仲氏族譜》卷首同，光緒本作『布』。

〔二〕 《沭陽仲氏族譜》有尾署：『咸豐八年歲次戊午冬月望日，賜進士出身江寧布政使司布政使年愚弟何俊頓首拜撰。』

丁氏族譜敘代

《丁氏譜》一修於某年月，再修於某年月，始鋟版有成書，後遭河患散佚。司馬君既歸田，有志於統宗合族，未竟其緒。今乙藜兄弟踵而章之，其族之賢者皆奮起爲之助，遂觀厥成，蓋事之難也。

國則有史，邑則有乘，家則有譜，皆所以綱維天下之風俗，而陰行其法度以統人心，而治畔散於無形。然古之是非明而統紀立，雖一代之史出於一人之撰述，而天下信其不欺。今則一邑之書，或百年而無成；一家之譜，迺已修而中輟。人有競心而從善者寡，雖勉爲之，其弊極乃與敗壞之者等。古之譜學盛行，故世重門戶；重門戶，故鮮離散。雖經世亂，不墜家法〔一〕，故史失或求之譜。今之譜不能紀遠，則莫若篤近；不能立宗法，莫若詳世系。取其質實可信而已矣。苟有所私意增飾，其弊極乃與敗壞之者等。

丁氏之爲是舉也，以守舊也，司馬君之志也；大占吉諧，諸君之緒也。乙藜兄弟於是乎能守矣。士魁娶於丁，謂司馬君爲外舅，而乙藜則妻之兄也，能言其家世。然有汪、陸二君之《敘》在，故不更詳，而詳其修輯之大意如此。〔二〕

【校記】

〔一〕家法：底本作『法家』，據光緒本改。

〔二〕《御書堂丁氏族譜》卷首錄本序，有尾署：『咸豐元年九月，山陽高士魁謹敘。』

王氏旌孝錄敘

霞九觀察既編其《兩世贈言錄》十卷，復編其尊甫《旌孝贈言錄》六卷。兩世者，兼舉乙莊、立齋兩先生而言之也。《旌孝錄》則專主立齋先生而言之也。立齋先生之得請於朝也早，其贈言也居先；乙莊先生之得請也晚，贈言居後也。贈言後者反先，先者反後，何也？尊卑之序也。旌先父而後祖，何也？時未至也。

觀察少孤貧，力不能及遠，既貴於朝而後上推及於祖也。旌孝非孝子意也，子若孫意也。推父之意，惟知有祖之孝而已，不有推子孫之意，先彰其父之德而後推恩以榮其祖也。禮本仁而制義，自仁率親，等而上之至於祖，名曰輕；自義率祖，等而下之至於禰，名曰重。喪重父而輕祖，祭先祖而後父。觀察之請旌也〔一〕，先父自仁，率親『等而上之』之義也；其編言也，先祖自義，率祖『等而下之』之義也。明尊卑之序，順輕重之等，所以親親而尊尊也，等序明而萬事各得其所矣。

【校記】

〔一〕請：光緒本作『遺』。

熊大司寇集敘

鉛山熊大司寇自刊《穉泉》、《半泉》諸集，板皆無存。公歿後四十餘年，曾孫存泰來官江左，暇日搜羅藏篋，屬一同司參校之役，得詩一卷，雜著一卷，奏疏二卷，附以《四書義》一卷，既成而敘之曰：

國家幸休明豐美，士之起家科目，入居清要，敭歷封疆，類不獲以殊功奇節表襮當世，則必以文章爲潤色之具，以傳世而行遠者，爲美且賢。至於砥身勤職，以修於家而施於政，或不欲以文辭顯，而世亦罕傳焉。豈非時和運泰、萬彙昭蘇，無所獻其奇而發攄於此歟，抑世趨文明而闇修者少歟？何其爹也，何其爹也！

鉛山司寇起家阡陌之中，早歲飫聞性道之旨，中年友教，幾强仕而後通籍，然猶迍邅郎曹，出守遠郡，遍歷諸藩。年餘六十，始貳秋官，長刑曹。觀公所紀《行年録》，皆拳拳踐履篤實，而以暴棄、狂妄、門戶諸病根爲深戒。其學長於名律，自觀政以至掌司邦憲，率皆用心於輕重，比擬仁心爲質，而晰義至精。此豈嘗留心辭翰，抑世之所謂雄文妙墨，公亦無競焉。今觀所作，言必成理而質實委曲，誠意周至。然則公自無意於文人，亦鮮以文章推公，而不知此乃達心之言，積中而後發，而非壹切枝葉之辭，苟爲炳耀者可同年論也。公自郎署出守，已再受知於純皇帝。洎乎丙辰、戊午之間，聖聖相承，重熙繼照，公驟繇外藩晉登卿貳。於時大憝殲除，仁宗皇帝於中正殿孝廬召見，遂蒙倚畀，卒贊大計。逾年而督畿輔，總風憲，長秋官，委任稠疊矣。觀公奏議之文，與先皇帝所以詔公者，其誠意符契，蓋有水醴之合，又以見太平朝著之間，明白洞達。而公之宣勞國家，細而至於一民一婦之微，大而至於數十年之積弊、數百萬之逋脱，無不披露周詳，籌措款備。至如雨澤沾浹之期，穀麥低昂之數，他人視爲具文常調，而公一將以至誠。蓋公生平反求篤行之學，無時不具，而布爲訏謨以答君父，自公視之，一如家人帛菽之相告語。斯固文章之本源，不知者乃以爲藻采之弗耀，無怪乎百年之間，承明著作之林，至於如是之盛也。

公之諸孫聲谷方伯，嘗承宣江浙，文章政事，後先標映。今其曾孫復以典郡需次於此，才譽方隆隆起。余故樂誦公之文，思公之心，竊願後人光大前業，以惠我江南北之疲甿，則斯集之傳，固將家尸而尸祝之也，遂拜手而爲之敘。

伊蒿室集敘

盱眙王明經約甫自刊其文曰《伊蒿室集》。明經既歿，門人梓其詩餘一卷，板皆無存。咸豐二年，李方伯求其詩將刊布，遭亂不果，遺稿散佚矣。於是吳刺史仲仙方宰清河，盱人士往來，皆歎明經以彼深沉奧博之才，蹭蹬抑塞以死，文采不見於當世，道不被於將來也。乃網羅放失，得邑王孝廉蔭樾所撰撮，並初稿塗抹蠹蝕腐敗之餘，總九冊，而命兒子蕡爲之勘校，裁其複蔓，得文六卷，詩二卷，詩餘一卷，都爲一集。而敘之曰：

國家承有明之季，易堂、梁苑諸子以才氣議論轉輸運會。後數十年而桐城、毘陵分塗繼軌，其流風效慕之者到今不衰。承學之士，耑守一師之說，更非疊勝，黜八代以尊韓，祧三唐而祖宋，沿襲遠久，稍不厭眾望。於是矜奇振異之徒出，而秕糠遷、固，揖讓管、荀，標舉元古，以揮斥一切。意斯文其非人情乎？何其嘐嘐也！明經生長淮泗寂寞之濱，少攖貧蹇，啬身劬行，其學務究極天人之故、陰陽百彙之變，内返之身心而推之倫物、庶務，覬以挽季俗、救敝世，已乃鑿枘於時。苦識性狷疾，不能容容浮湛，無所攄其結轖而壹發憤於文章。余嘗往復其議論，至於申田制、盡地力、立品節以厚風俗，一篇常三致意。嗚乎！而今不幸而爲陳言矣。曩令以中外萬里全盛之力，當百年重熙之朝，有命世大人之佐，參錯邦伯，因循守宰，得君說而通之，可以陶成、康，鑄文、景。或曰：君嘗嘆桓譚不生，子雲難再，取所著書燒且哭。由今日觀之，君不此之哭而誰哭哉？君故與吳山尊、李申耆友善，二人深引重，而意殊落落於時。桐城之學行於世，君獨經世綜物，出入董、賈間，劣與牧之、可之相出入，竟其身名不出百里。行年五十餘，卒自湛於淮以死。悲夫！

君詩長於樂府，他體不逮其文，而雅自矜慎；長短言率精潤，多可歌者。仍其前刻，弗可易也。仲仙刺史嘗得見君，飫聞其緒論；一同則茫茫終古，神交而已矣。用是低徊流連，而爲之敘。〔一〕

【校記】

〔一〕刻本《伊蒿室集》卷首錄本敘，有尾署：『咸豐五年歲次乙卯，山陽後學魯一同。』

孔宥函詩敘

往二十年，與宥函稱詩都下，中朝士大夫方相與導揚中聲，追蘜正始文章，敦槃之會無虚日。後數年，宥函改官南河，與余里居相近，於是海内魁艾英達之士凋落略盡矣。獨余兩人時相磨切，而宥函之詩一變而清夷沖約，今世所行《和陶》諸刻是也。又數年，宥函棄官歸養。歲月流衍，忽忽十餘載。天下方苦兵興，沿江二三千里，焚殺不休，戎旃四出，宥函始以其髮膚遺體之愛慨然許國以馳驅。當是時，東南諸將連數萬之衆苦戰三城之下，矢石交於几榻，斬馘纍纍，旌竿而左右，君猶磨盾瀝墨，按劍高吟。然則君詩之不暇求工決矣，然其高深沈露之旨，豈與夫嚮者稱名士爲詩人之時同年而並論哉？憶君之師潘丈四農，嘗以其詩見正，余拱手曰：『君詩不患不高，不患不深，但當緯以實事耳。』斯時海內承平，謳吟之士發奮感慨，而常苦於事實之不彰，言不足以稱吾情也。曩令當時諸詩人稍延數年之算，睹海宇之騷然，傷公私之耗竭，親見覆軍殺將之慘，民生流離、斬艾剝割之狀，其詩之煩冤、沉痛，必數倍於疇昔。然則君詩之每進益工，豈君之所願哉？豈君之所願哉？

邳州志後敘

《邳州志》，創自明嘉靖中者曰陳《志》，修於康熙十二年者曰蔣《志》，今並無傳焉。今所傳者，一成於康熙三十二年，主之者，前知州孫居湜，纂修者，學正孟安世也；再成於乾隆十五年，主之者，前知州鄔承顯，編輯者，中州吳從信、州人鄒西川也；三成於嘉慶十五年，主之者，前知州丁觀堂，纂修者，學正陳燮也。

孫《志》主於指陳利弊，撫卹凋傷，其言往復諮嘆，然而稽古不泝其源，臚今不縱其要，體亦疏矣。要其卹民之心不可不察也。鄔《志》載職官不及河務，紀水旱不及祥異，志河渠不及他境，知所限斷矣，然而援舊文、踵謞謬，有不免焉。丁《志》自以爲詳且覈矣，至其乖戾乃不省見。或文增而事反減，或裁舊而情轉隱。至於接續舊文，使六十年中有所憑藉，不可沒也。天下州縣無慮千數百所，則莫不有志。由州縣而上有府，府之上有省，其志皆下根於州縣，於是合十有八省以彙爲統志。州縣志或謞謬羼駁，等而上之，至於天府之圖籍、職方之掌載，舉受其弊。然邳以區區百里之地，二百餘年矣，纂修至於四、五，豈獨官斯土者政通而多暇？彼其士大夫誠顓壹淳樸，樂成事而少議論。樂成事故功易集，議論少則理不黷矣。嗟夫！使夫一州之士，人握靈蛇之珠，家擅和氏之璧，雖使龍門執槧、扶風操削，欲以成一方之書，豈可得哉？

余以己酉之歲，薄游彭城，道止於下邳，逆旅有縉紳先生五六人者，儼然造焉。語及於是役，乃喟然而嘆，余避席再四。其明年夏，自京師南歸，而同年生董君作牧茲土，乃具書幣，禮甚恭，且曰：『志與史同體，一人爲之，則專精而條貫，衆舉之則裂。吾豈以官書相溷哉？』辭不獲命，歸而發篋，陳書上下十九代之史，旁及通典、通鑒、通考、山經地志、官書吏牘、世家譜牒、金石文字之類，反復研索，證之以舊志、府志、淮安舊志七八家，參以己意，斷爲一書。其自有明以前，宗諸正史，大都正誤者十之三，補缺者十之四。明季以後，史所不詳，則以志證志，兼考官牘，旁採輿論，增損匪多，而劬勞倍至。又自以爲文無定體，不欲以例言，敢以私意所裁，條舉數端，證諸當世。

自島夷、索虜更相指斥，加兵則輒云討伐，稱名則相爲中外。凡所援引，悉改舊文，但以彼此爲辭，以明一家之作。此私意所裁者一也。

宋武、齊高、梁武諸君，史家於其微時便已正名稱帝，衡義準法，未爲精允。今悉裁革，必待受命，始崇尊號〔一〕。此私意所裁二也。

歷代官守，必由王命，非是族也，雖正必削。夫以呂布、劉備之雄俊，關、張之忠勇，然非漢官之威儀，終屬權時以承乏。此私意所裁三也。

梁習事魏，而繫漢官；石苞佐晉，列之魏代。君子不以不肖度人，彼自踰其短垣，於論古者何有？若夫向靖、劉鍾、孟懷玉之倫，雖策名義熙，斷歸霸府，或求之而不與，或欲蓋而彌彰。此私意所裁四也。

陳珪父子馳驅曹、劉，觀其本懷，乃心漢室，比事論蹟，不入當塗之代。至如宋、齊以降，百年數姓到垣，諸宗雖名德相繼，難以代分，比諸歐陽《雜傳》，豈得云過？此私意所裁五也。

凡厥官師人物，或稱位號，或舉謚法。詳則紀其始終，略則櫽括數語，既昭情實，兼寓抑揚。此私意所裁六也。

世代相嬗，略用編年，如當分裂之秋，各以本朝爲次。至若靖難革除建文年號，義士猶或非之，迺於官師則書『建文四年』，捐振書『洪武三十五年』，一以明臣子之義，一以誅成祖之心。此私意所裁七也。

有明州佐，職本臨民，本朝以來，耑司草土，内州職而外河務，登邳北而削運河，限斷之義，不得不爾。此私意所裁八也。

人物裁取綦嚴，列女實繁且衆，士有百行，女惟一終，於婦德則先節而後烈，於女道則先烈而後貞。先王尊生而重身，婦道無成而代終，故先節而後烈；女子無以身許人，有殺生成仁，故先烈而後貞。此私意所裁九也。

繫壇廟於建寘，明神人之依；入水旱於民賦，觀天人之應；附貢舉、藝文於學校，思國家之所以用之。德行本也，文章末也。此私意所裁十也。

若夫雜記所載，於戠變之萌，三致意焉。言有所不能盡，意有所不能詳。其他單詞孤義，考疑正惑，皆本心自運，旁靡商榷。既愧譾陋，益滋悚惕。世有助我攻瑕袪纇，蒙小子實受其賜。

肇始於道光三十年七月初吉，成書於咸豐元年十月晦，凡十七閱月。主其事者，前知州事董君用威，今知州事馬君軼羣。贊之者，州人優貢生聾嘉玉、廩生徐景山、朱錫組。採訪鈔薈者，生員吴瑗、盧錫宇也。於例得備書焉。

【校記】

〔一〕尊號：《（咸豐）邳州志》下有小注：『以上二端，惟《雜記》中悉仍舊文。』

書林侯官手札後

公前戍伊江時，南中諸君有贖鍰之舉，公婉謝之，而公子汝舟言尤切。至一同，敬惟人臣，事君猶天，惟義與命，無所逃之。雖昔人有言，曷若歸命投誠，乞憐君父。要之，心跡今古一時，未可一概量也。公辭之甚正。今公已奉天子簡命，巡撫秦、陝，移督黔、滇，恩寵眷注日隆矣。藉令當日義舉果行，權重媲美，其不如少遼緩之，以待天心之自轉明白。然方諸君爲此時，豈逆料有今日事？情發於中，而事迫於會，苟可取濟，將不復權衡審度而爲之，於義甚可嘉。夫天下義有所不暇精，而情有所不能待。至於天人訢合，主臣道隆，果有以大慰中外之望，則又非一二人意氣所能感格，而國家景福無疆之徵驗也。於虖遠矣！

吴城義塾記

吴城義塾者，南清河吴氏所創也。吴城，鄉名也。吴氏舊有臨川書院，復創義塾於吴城，所以養人材，不一而足也。不曰書院者，教其鄉之子弟，不足乎書院云爾。

魯子曰：非也。蓋國家所以教育人材之具，其亦多矣。於内則有諸宫八旗之教習，宗室子弟入焉，勳戚之士造焉；有國子監，四方之貢士教焉。於外，府、州、縣皆有學，民之秀者入焉，三年學臣按部而試之，學官教之。天子遣使者校其良楛，達之部，禮部試之，取其秀者而進之，廷試而官之。其鄉試見遺者，學臣擇其尤異而貢之，太學教之，廷試選之。其繁且密如此。猶以爲未足，於是有書院。通都大省、山僻小縣，書院之布於天下無慮千百數，隆禮以聘當代之通儒爲之長，封疆之大吏、州縣之長官執主人禮焉。其尊且重如此。

今太學居輦轂之下，近臣清德重望，或不尸厥職，猶不能如古。至如州縣學官，率皆疲老昏瞀，積資累年而後得之。或以貲入，以罪降者，益不自厲，資望積輕，爲教亦苟，月課不徵文，讀灋不涖事。而書院之長，必視薦者之氣力爲進退。内官外吏，請託相屬；門生姻舊，遥領兼權。於是教法大壞，人輕其師，竄名易卷，苟且塞白。師益不自重，或乃考校文藝，黜優升劣，市潤分腴，情同儈歛。推薦煩多，主者厭倦，羣相歔欷，以爲呰病弊繇。教者饕廩餼之入，學者羶膏火之資，以利相求故也。

今吴氏建義塾於鄉，事不在官，師不由薦，試高等無所得，利孔盡塞，道乃益尊，以視通都大邑高名宿望以相市不反復勝也哉？其不謂之書院，不亦宜乎？塾爲室若干楹，東偏則文昌宫，爲室若干楹，址故石氏地，庀工鳩材，則吳君一人力也。建於某年月日，以某年月日告成。於例得備書。

二燕記

沭陽老諸生耿君家有燕巢於廳事，雌忽死，雄別挾一雌哺諸雛甚勤。日未晡，雛紛躡墮地，則哺者蒺藜也。耿大怒，毁其巢，盡殺雄若雌，且曰：『雌誠毒矣，雄尤甚焉！』後二年，余復至沭，以語門人周生。生曰：『然，嘗聞之，自是尤惡燕，嘗捕其雄以弄小兒，斃焉。雌獨居，有雄入其室，轉鬭七八日，毛盡脱，而雄不能犯雌，日夜哺諸雛，哀鳴上下，至今撫心爲恨。』燕一也，豈善惡懸越有如此邪？豈雌之性不難於守貞，而難於不妬其匪所生邪？豈雄之性易忘其故雌，而雌爲雄撫其孤，固宜然邪？豈前雌惟不貞，故妬而淫殺其子邪？豈後雌或爲人撫其雛，亦不至是邪？又或視他雛，終有間邪？

嗚乎！美惡之理，賢不肖之相去，豈惟人然哉？以予所聞二燕事尤奇。

通甫類稿卷四

王翁小傳

去山陽東北百二十里曰廟灣鎮，康熙中升爲縣，曰阜寧縣。縣北行六十里瀕河地曰東坎，同常居之。或稱於同曰：坎有王翁者，好藝菊，菊大蕃盛有異。問翁何爲，曰：『童子師也。』不知其名。翁惡人問其名，人亦不問之，但曰『王翁』云。

己丑秋，將去坎而歸，與友人李儀一過翁。巷宇湫隘，門壘石，石高二尺許，書聲出戶。外屋三楹，菊居十七八。翁乃言曰：『老人年七十餘矣，所種菊數百種矣，此皆其選也。年老貧病，不出此門者近五十年。』遂大笑。李儀曰：『翁居市廛之地，足不出門戶，名不可得聞知，蕭然與草木爲賓主，豈不異哉？』

後三年，有龎生者自坎來，叩以翁，曰：『然，有之，吾師也。』翁蓋名秀良，有二子，顧常獨居，其好菊亦天性。從遊者必醇謹，能蒔菊，然後受。或損其菊，必大慟。有愛之者，持去不惜也。因笑曰：『吾師跛於足，顧高其中門限，高可及踝。』從先生皆垂髫，晨暮抱書至，扳而入，扳而出。或欲損之，先生怒：『不可！』人以故怪先生，多不至門。蓋嘗有一人至者，與論大合，整冠往候之。其餘雖造門，先生不送，謝曰：『老夫蹣跚，此門高不得出矣。』

魯子曰：吾於王翁，得守身焉。在《易》，『艮』爲小石，爲門闕，其初六曰：『艮其趾，無咎。』其翁之謂乎？翁性嗜酒，每秋月之夕，命酒向菊而坐，若有所語者。嘗爲屋所壓三日，得不死〔一〕，人咸異之。龐生云。

【校記】

〔一〕得：光緒本作『而』。

沈貞女傳張貞女附

貞女沈氏，沭陽人，許字同邑張廷鈐。年十九而廷鈐死，弔焉。年八十有四，卒。

女之來張也，張別爲一室寘匱焉，女朝夕一木牀，坐匱側，相對如生。宅有火，風盛，列屋皆燼，女所居故草舍，左右入，嘑女，不動。强之，女哭曰：『我所以來汝家，爲此匱也。匱出則可。』而家人共引匱，匱堅不可舉。棄匱挽女，女攀匱大號，誓與俱焚。衆知不可强，竄去。火滅，女屋巍然，邑人靡不歎異。女守匱六十有五年，足未嘗出戶限也，所坐牀損八寸許。及歿而後，與張同殯云。

魯一同曰：余適沭陽，其地有東營者，貞女坊在焉，輒瞻仰其下，不能去。女歿去今二十有三年矣，居人往往道其軼事，且曰：女之節，路人哀之。然其姑遇之無禮。女曰：『吾命固然。』無怨色。嗚呼！豈不賢哉！而明儒歸有光之論曰：『女子未有以身許人者也。男女不相知名，女子在室，惟其父母之許於人而已，無所與，純乎女道而已矣。六禮既備，壻親授綏而後爲夫婦。一禮不備，壻不親迎；無父母之命，女不自往也，猶爲奔而已。女未嫁而爲其夫死，且不改適，是六禮不具，壻不親迎，無父母之命而奔者也。且女子固不自知其身之爲誰屬也，有廉恥之防焉。』異哉！歸子爲是言也。先王緣情定禮，而不强人所難能。夫未嫁不相知名者，果不知身之爲誰屬耶？婦之於夫，與臣之於君一也。在室之女與未仕之士一焉爾。女未嫁而身許夫，歸子以爲無廉恥；士未仕而身許國，歸子亦以爲無廉恥乎？歸子謂『女子未有以身許人者』，不自許爾，父母許之矣。彼女子之心將違其父母之命而不之許乎？將姑許之而恐其一旦出於不可測，而託於不知身之誰屬，而豫爲之地乎？幸其父一許而已。設既許甲，復變許乙，亦以不知其身之誰屬而從之乎？六禮不備，壻不親迎而謂之奔，先王以恤夫不能備禮而失時者，非淫奔之謂，王制所不禁也。今人守志不改適，且爲之死，而歸子禁之，是以爲淫奔也。此宜商鞅之法所不忍，而謂先王之意乎？

夫禮之不行於今多矣。歸子引《曾子問》婚有日而壻有父母之喪，使人致命於女氏，既免喪不娶，而後嫁之。使今日有爲此者，豈不亦大怪矣乎？先王之制禮也，凡皆以中人爲率其上焉者，則其所尊異而不欲以率天下。禮不禁再適，以爲難率焉爾，不再適則以爲賢也。貞女之與節婦，難又相倍也。今貴節婦，賤貞女，謂爲無廉恥，同於無禮而奔，則是守志之女不如改節之婦也。予既備論貞女之事，而予里中有張貞女，事與沈貞女尤相類。

貞女父名鶴立，安東貧諸生也。幼字阜寧王象賢。象賢應童子試，以瘵卒。女再縊不死，刺其喉，喉不絕如線。父抱之，蘇而告之曰：『兒無自苦，爲語若翁姑，以汝歸王氏矣。』女頷之。而其後王氏屢許迎女，愆期至於今十九年。女鬔鬙白髮，素食，嚴凍著單衣，凜凜霜雪中，而王家素裕。女時時見象賢坐堂上，大聲嘑曰：『曷不歸吾家？』則應曰：『若翁不見許，無所歸。』淚被面雨下，卒不果。沈女有姑，張女有翁。異乎哉！

關忠節公家傳

公名天培，字仲因，一字滋圃，姓關氏，山陽人也。起家行伍，歷淮安城守營守備、揚州中營守備。獲私鑄王國英等十八人，署溧陽營都司；獲逆嚴加烈等二十五人，移兩江督標左營守備，歷中軍都司、外海水師奇營守備、奇營遊擊。道光二年，外洋獲盜最。三年，署吳淞營參將，旋卽真。後二年，東南方議海運。海運自明以來輟數百年，議者紛錯，大府舉公任其事。六年二月，督米船千百四十五艘、米百二十四萬一千餘石，自吳淞抵天津，先期功最，署太湖營副將。明年，署蘇淞鎮總兵官〔一〕，旋卽真。十三年入朝，上御便殿召見，五軍機記名。

明年，夷事萌芽。先是，西南諸夷暹羅、真臘、安南之屬皆龔順受職貢。惟英吉利最遠，强黠。嘉慶間一入貢，嚴衛出海。至是夷目律勞卑來，不如約，兵船駛至黄埔河，兩廣總督盧坤、水師提督李增階坐疏防落職，而以公爲廣東水師提督。公至則親歷重洋，觀阨塞，建臺守，排鐵索，軍務肅然，東南倚以爲重。公容貌如常人，悛悛畏謹，而洞識機要，口占應對悉中。暇則習弓馬、擊技，技絕精。在廣著《籌海集》，識者比之戚少保云。

公居虎門六年而禁烟事起。當是時，洋烟流毒徧天下，前侍郎黄爵滋發其事，上命内外大臣雜議，議定，著爲令。而英吉利躉船適至。躉船者，販烟船也。公既習於海，而前欽差大臣林公則徐威略素著，與公尤協力，至則拘夷目，錮其船，船不得發，獲烟土二萬二百餘箱，焚之。奏聞，上大悦，敘功有差。夷計不得逞，明年四月，驟師入浙江，據定海，分船泝大洋，上天津，詭投書乞和。而前直隸總督琦善，馳傳赴廣東，林公以罪去，於是和議興，海防撤矣。

廣東邊海門户曰香山、虎門。香山奥衍，易盤踞，去省少紆遠；虎門險狹，海道曲折，去省近。虎門外列十臺，最外大角、沙角二臺，屹爲東南屏蔽。是年十二月，夷攻大角、沙角，壞師船，而大帥日以文書與夷往來，冀得少遼緩。夷不報命而爭戰，戰方交，則投書議和。書報復戰，晝夜攻掠不已。時諸軍集廣府者，駐防滿兵、督標、撫標兵，兵不下萬人，又調集客兵、團練、鄉勇、民兵數萬。而大帥所遣助守臺者，撫標二百人，駐東莞提標兵二百人，備策應。由是二臺日益孤危，相繼陷没。

二十一年春正月，夷進攻威遠、靖遠諸臺，守者羸兵數百。公遣將慟哭請師，無應者。初，公之以海運入都也，時從故人飲酒肆中，醉而言曰：『日者謂吾禄命，生當揚威，死當血食。今吾年四十餘，安有是哉？』已而嘆曰：『丈夫受國恩，有急，死耳，終不爲妻子計。』公老母年八十餘。長子奎龍，吴淞參將，前卒。幼子先遣歸，及是乃緘一匣寄家人，堅不可開。公死後啓視，則墮齒數枚、舊衣數襲而已。公既自度衆寡不敵而援絶，乃決自爲計，住靖遠臺，晝夜督戰。已而夷大艅奄至，公率遊擊麥廷章奮勇登臺，大呼督厲士卒，士卒呼聲撼山，海水沸揚，杳冥晝晦。自卯至未，所殺傷過當，而身亦受數十創，血淋漓，衣甲盡濕。事急，呼其僕孫長慶，使去。長慶哭曰：『奴隨主數十年矣，今有急，義不使主死而已獨全。』手持公衣不可開。公怒，拔刀逐之曰〔二〕：『吾上負皇上，下負老母，死猶晚，汝不去，今斬汝矣。』投之印。長慶號而走。比及山半，迴顧，公隕絕於地。時二月六日也。

長慶既去，懸厂自縋下，下負水，多蘆根，刺體如蝟，卒負重創。送印大府所，而身復至臺求公尸。夷人嚴兵守臺，則乞通事吳某以情告。吳某者，嘗爲漢姦，公得之，宥弗殺，給事左右，恆思所以報公。至是爲長慶說夷，誠懇反復，夷人義許之。入求尸，鈹交於胷。長慶膝行前，遍索不得。卒詣公所立處，舉他尸數十，乃得之，半體焦焉。事聞，天子震悼，予騎都尉世職，謚『忠節』，賜葬如禮。喪至之日，士大夫數百人，縞衣迎送，道旁觀者，或痛哭失聲。而長慶得公尸後，復求得麥廷章之半體，與公尸皆徒負以歸，水陸七千里。公葬後，恆鬱鬱不樂，言及公，必泣下。未幾卒。

論曰：甚矣！虎門之敗也。悲夫！可爲流涕者矣。方公之經營十臺，累戰皆捷。奏上，公卿相賀，主上爲之前席，嘉歎至於再三。然而釁發於定海，詐成於天津，夷不爲無謀，要豈夷人能死公哉？《詩》曰：『誰生厲階，至今爲梗。』厲有階矣。長慶義士，誠感犬羊；吳某姦耳，知感恩爲一日之報。異哉！

【校記】

〔一〕鎮：光緒本作『營』。

〔二〕逐：底本作『築』，據光緒本改。

書裕靖節公死節事略

道光二十三年四月朔，晨起發篋，得吳人陳時《上誠勇公書》，論裕靖節公死節事。陳故靖節客，親見公死狀甚覈。獨恨其文弱，又不載舟山戰事。公既死，頗有異論。故謹次其事，明公非智窮數極，倉黄於一決，而處心積慮，成於死者蓋久。

公起家兩司，巡撫江南，所至有威。東南事起，公駐節寶山，夷不敢犯屬。伊相以罪廢，天子命公督兩江，充欽差大臣，屬以東事。公聞命，赴嘉興調度，而廣東和議屢敗，最後以銀大萬千餘爲城下之盟，飽而去。公知不足恃，守益嚴。二十一年七月，廈門失守，得報，集兵鎮海，躬率文武僚屬，刑牲釃酒，誓於衆曰：『逆虜悖天寒盟，得氣於廣，閩爲不備，罹茲瘏毒。今聞其乃揚飆起椗，捲衆北趨。鎮軍葛、鎮軍王、鎮軍鄭先帥偏師急趨定海，幕府總統大衆相機援應，且虜數和以要我。今日之事，有死靡貳，幕府四世上公，勳烈不沫，受命專討，義在必克。文武將佐敢有受夷一紙書、去鎮海一步者，明正典刑，幽遭神殛。』音詞慷慨，聞者震奮。當是時，鎮海守兵數千，隸麾下者惟親兵及徐州兵，而提標兵隸提督。提督者，余步雲也。公與步雲約分險而駐軍。公遣知府黄冕守金雞山，而步雲守招寶。自夷入中國，戰則懸紅旗，和則白旗，變易耳目以猜我師。至是公巡師登城，見招寶山之旗有異，懷而未發，而步雲果稱疾不行禮，怏怏懷兩端。步雲者，用鄉勇起家，勦川、楚等賊，積功爲大將。趙金龍之叛，步雲功最。自以久歷行陣，頗易公。公治軍嚴，夷在廣東時，謠言『公得虜，必剝其皮』。公聞之曰：『虜謂我不能爾邪？』遂捉兩夷目，剝其皮，以故夷人怨公次骨，而訹步雲以牽制公。公之誓師也，道經學宮泮池旁，石刻巨字甚偉，而心動私念：『脫不測，尸我於此矣。』歸則以語左右。已而夷分兵，寇盛嶴石浦，遣將擊走之。

八月十二日，夷犯定海，先登自竹山門。總兵葛雲飛禦之於半塘土城，破其巨艦。明日復進竹山門。明日攻曉峯嶺，處州鎮總兵鄭國鴻卻之。是晚虜據五奎山。十六日入吉祥門，夜戰，火其舟。十七日，夷三道並進壽春鎮，總兵王錫朋首當其鋒，衆皆殊死戰，頗有所摧敗。而大艓掩至，我軍連戰六晝夜，士卒飢疲。虜持皮梯登岸越嶺，勢如風雨。於是海風大作〔一〕，濤奔山湧，文報斷絕，三帥同時畢命，軍中奪氣。公以定海既陷，虜必揚艓深入，益激厲將士憑城固守，而鎮海單弱，援兵未集。公知不濟，嘆曰：『昔先義烈公以乾隆二十一年八月死於難，今二十一年八月，謙在此，命也夫！』謂其客曰：『明日將戰，戰則不及言。今欲有言，凡軍中諭旨、奏疏及他文簿置行館中。』又曰：『余無子，妻弱，一女在襁褓，可以德峻承祧。喪葬之費，取給而已。』又曰：『吾所草諸疏，藏之家祠，朝廷有所推問，以此進。』將戰，又曰：『公等皆去西城數里外觀吾破賊，急草露布。不者與家人會於餘姚，勿顧我。我死，提督必以我說於夷，夷雖得鎮海不能有也。朝廷復命大將斷曹娥江而西，東南尚可爲。勉之！』

二十六日，夷淩晨而軍。公登城督戰，親援枹鼓。戰方交，而步雲單騎上城有所謁，公不答。去旋復來，曰：『我死固當，如百口何？且步雲有息女今日嫁，何如哉？』公曰：『兒女情，君故不免，然忠義事大。』既語步雲，而急戰自辰至未，所殺傷過當。而招寶山兵遽潰散，威遠城失守，金雞之卒擾亂。公所遣黄冕不能軍，麾而退。夷乘勝亹午，礮火雨下，延燒民屋，守兵皆散。公徒步下城西，北面叩頭，奮身入泮池，有呼救公者，聲未絕而逃。千總馬瑞鵬曰：『公之奴淩喜之聲也。』泅水而出公。公昏頓，縛一小肩輿，健卒負之，步而從。於是夷人以十萬金購公尸甚急。薄暮奔寧波，明日易舟奔餘姚，而息尚屬。僕余升者追及舟，登而號。少頃，目微眴，猶述城上語一二，不可辨。舟行五里而公死矣。後五日渡江，貌如生。劉中丞斂之而瞑，見者莫不悲異。而余步雲以二十六日晡退，保寧波，果以公死説於夷，夷繇是益輕中國。明年五月，遂寇寶山，掠上海，據京口以犯金陵。朝廷始歸咎步雲，逮捕至京師，斬於西市。

論曰：公可謂從容就義者矣。或曰：公爲大言多易，駐淛經年，不能止鴟張之寇，窮蹙而死耳。烏乎！心跡未易明，明者亦不易。當兇懿豕突，沿海七八千里壁壘相望也，老謀宿將起家而推轂，重臣懿親擁節而臨戎，虜以鳥翔蛇竄貪亂數千之衆，横行溟渤之表，擇利而食，曾無門關之限。中朝自一二武夫免胄喪元，僅乃不辱。其他奔息唾涕、望影驚風，或乃交通談讌，坐魍魎於堂皇，揖猰貐於壇坫。公常誚『事夷如父母』，其亦有所憤而然也。廣州之盟未寒，廈門之師旋辱。齰舌齧指、剝膚擢筋，少存顧畏，義不出於此。觀其忼慨誓神，從容遺命，此豈匹夫臧獲激烈一時者哉？而成敗之論，引繩批根，成人之美，固如是乎！方之朝衣就市，身首異門，又爽然失矣。

【校記】

〔一〕於是：光緒本作『是日』。

書張秀

張秀者，沭陽小吏也。沭諸生王某，以墓地與邑豪訟詞，引秀。豪嘗決水衝冢墓數百所，懼，行千金啗秀，不可；倍之，不可。豪賄諸官，反坐王生，鍛煉幾成獄，王不能堪，昏仆階下。官引問秀，秀曰：『決河者實某，非王生。』官張目叱秀，秀曰：『實某，非王生。』箠楚雜下，暈絕良久。既蘇，垂頭久不語。王生顧曰：『張秀，汝之爲某至矣。盍誣服乎？』秀笑曰：『秀不愛千金之利，關三木筋骨剉斷，至死不忍誣君者，以有天耳！君何德於秀而曰相爲？』因大呼：『實某！實某！』獄不得具，人皆稱秀長者。而其後頗通賄賂，擾公事。或曰：『秀變。』

魯子曰：嗟乎！此其所以爲秀也！天下大縣吏役常千人，小者不下數百。此人皆無食於官，復不少受人財物，有餓死耳！且夫卻千金之賄，冒萬死以直冤獄，此士君子所難。鬻期會、通關節，取微利以活妻子，乃吏之常。今舍所難，責所常，不已傎乎？士有束身自愛，然不能爲秀之爲者多矣，奈何責秀？

新撥中營養馬灘地碑代

南河總督初設於雍正七年，以漕標之徐州、宿遷城守三營改隸，是爲河標兵。後三年，設河標中營副將，駐清江浦。中營有兵六百八十九人，馬百五十九匹〔一〕。中營之職掌，司河轅、稽營務、催漕運。國家承平未久〔二〕，鮮徵調劇役，而中營以當南北衝要，視他鎮稱煩苦，兵勞馬疲。嘉慶十九年，副將徐建功請撥洪澤湖灘地四百頃有二十畝，分爲三則，上、中則以贍兵，下則留於養馬。下則之地二百十五頃二十畝，以其荒下，謂之『養馬灘』云。其後數年，豫河多故，每溢而南趨湖，湖益高，高堰蓄水多，灘盡淪沒，兵以重困。道光十二年，桃源姦民決河入湖，濱湖東北邊稍稍填淤。二十九年，黄復洩入，湖益高廣。民人少私佃作，或執契要什佰遮訴，而前副將許聯鑣請還養馬灘地，依違未果。咸豐四年，今河督聊城楊公以湖灘先經淪沒，崖略雖是，界至荒失，請悉歸公招佃，以杜僥倖爭奪之漸。奏上報可，而聯昌奉天子命來居是職。竊惟國家自用兵以來，凡五六年，攻圍南北，行糧坐饟，日益困絀，司農畺吏仰屋愁嘆。苟可以佐戰守一日之用，不惜銖求而箕斂之，而況以故府之所載，天地自然之利、沃膏之壤，而聽其甌脫弗取，溺職之罪斯大。因亟請於公，既得允，而守土之官、當事之佐，咸以爲事久荒落，厥區弗詳。學田、民田，佩離參錯，偏徇所請，釁將叢開。公乃集衆議，秉和衷，舍舊弗給而新是圖，棄汙就隆，擇腴舍蕪，惟多惟寡，勿貪勿競，惟分所安。

凡新撥養馬灘田五十七頃八十七畝有畸，田少於舊，厥利維倍，與民殊畔，農勞不擾，坐而享租，兵無愁怨。自茲以往，士伍飽燠，馬壯蓄息。繄我公之賜，爰述顛末，詳書界址丈尺，深刻兹石，以垂永久。在事諸弁，並得附名於碑陰云。

【校記】

〔一〕百五：光緒本作『五百』。

〔二〕　未：底本作『來』，據光緒本改。

誥授光禄大夫太子太保銜頭品頂戴致仕光禄寺卿湯文端公神道碑並銘

公諱金釗，字敦甫，一字勖兹〔一〕，姓湯氏。先世自浙江處州青田縣遷蕭山河斗里，再遷縣治西門外，謂之西門湯氏。曾祖克敬，妣王氏。祖成德，妣王氏、華氏、戴氏。父元裕，妣來氏。自曾祖以下皆太學生，世增其德，飭身砥行，以公貴，封贈皆如例。公生而端靖，寡言内朗。四歲患痘，幾不良於行。家世服賈，而公獨淫於學，以名諸生舉省試第一。嘉慶四年成進士，改庶吉士，授編修。朝貴爭羅致之，謝不往。而時時徒步從大興朱文正公遊，請業督過如古聖賢，相爲師友。前後大庾戴公、鉛山熊公延館其家，雖居門下後進，諸國老大人皆已憚之矣。十三年入直上書房，母憂服闋，遷侍講，視學湖南。三遷自祭酒爲内閣學士，充江南正考官，因留視學。補禮部侍郎，復命仍在上書房行走。明年七月，仁宗升遐，召公赴熱河襄理喪儀，紓哀供事，事皆辦，轉吏部左侍郎，充經筵講官。

初，宣宗在潛邸，尤敬禮公。公之典試江南也，宣宗及諸皇子賦詩贈行，榮重無比。公内剛外訥，師道自處，意所不可，即變色不寘對，雖在大廷亦如此，以是見憚，然亦浸嚮用公。時尚書英和以州縣陋規日盛，奏請分别清查以定限制。公奏言：『陋規皆出於民，州縣猶未敢公然苛索者，恐上知之而治以罪也。今若明定章程，即爲例所應得，勢必明目張膽，求多於額例之外，雖有嚴旨不能禁已。況名目碎雜，所在不同，逐一檢察，轉滋紛擾，殆非區區立法所能限制也。』疏入，上甚嘉悅。道光元年，兼戶部侍郎。總督孫玉庭奏以南漕浮收，不能盡去，議請八折收漕。公又爭之曰：『前此絲毫不準浮收，而浮收過甚者，且到處皆然。今準其略爲浮收，則不肖者益無顧忌，以爲功令不禁浮收，而浮收且十倍於往日。雖告以收逾八折卽予嚴參，而前此逾額者，何嘗不干嚴辦？卒不聞爲之減少。獨於新定之額恪遵而不敢踰此，臣之所不敢必也。在督撫奏定之後，不慮控告浮收，在州縣縱有發覺，又將巧脫其罪，是限制仍同虛設，徒爲盛朝開加賦之端，臣竊爲皇上惜之。』其事遂寢。明年，調戶部右侍郎，兼吏部。丁父憂。起復，署禮、工二部侍郎、倉場侍郎，入直上書房。遂自戶部左侍郎遷左都御史。

是時，宣皇在位〔二〕，久熟於情僞。自京師以及十九布政使司，民風吏治之淳雜，窮櫩蔀屋、含冤負釁，嘑號而赴闕，上必立遣重臣馳傳，周歷窮治以申枉鋤强，而公以公廉强正，屢蒙委任。自七年九月奉使山右，明年使宣化，十月使四川。明年四月，還至褒城，復奉命循漢江，而東治獄於武昌，六月抵京師，尋以十月奉使閩中。又明年二月，便道還家上冢。前後三四年中，週迴萬里，軺簜所屆，虛衷約己，以盡下情而宣上德。雖在要荒之遠，一如輦轂之下。先帝嘉公勤勞，每奉使還，賚進有加。其使山西也，遷禮部尚書；使宣化還，賞紫禁城騎馬；自川、楚歸，充上書房總師傅；使閩還，拜吏部尚書兼戶部尚書。而公亦以南北馳征，久虛輔導。屬皇長子遘疾，聖心憂軫，啗公者因巧構機牙以激上怒，於是有降補侍郎之命。重賴天子神聖，亮公樸誠，曾不崇朝而震電開霽。惟公通道篤而自守堅，雖獲譴謫，而當天心覺悟之後，猶必從容登對，以畢申其情理之說，而上亦不以芥蔕。信乎古明良相遇之際，有出於尋常萬萬者，而人亦罕得而知也。公既降補之二年，復自左都御史拜工部尚書，轉吏部尚書，明年復兼工部。先是，京畿道御史許球劾陝撫楊名颺諸溺職狀，詔公往鞫。審擬有差矣，而言事諸臣必欲傅治重罪，至謂公有所徇縱。或構蜚語，以爲名颺嘗致厚賻於粤撫梁章鉅，因以得款曲於公，將興大獄以撼公。於是公方由陝入川，清查兩川百有十一廳州縣軍需出入及長吏貪擅不法事。有旨確實，具奏。公嘆曰：『吾豈可以避嫌而骫法哉？』公則條上諸言者，可信與不可信，折衷平準。萬言疏入，上可其奏，而命公暫以尚書巡撫陝西。公之治川、陝獄也，署按察使李廷錫、知涪州事楊上容、知江津縣郭彬圖，皆公門下士，並呈吏議。公當官而行，無所避就，人稱其平。

十七年正月庚子，上諭：『内閣吏部尚書湯金釗，品學醇正，奉使公明。』蓋上至是而真有以喻乎公之志矣。是年冬，奉使至張家口〔三〕。改歲，治獄太原。五月，命以戶部尚書，協辦大學士，尋調吏部尚書。會有安徽民人赴刑部省門自剄、上封章者，公偕侍郎吳文鎔往讞。既而由皖入浙，還至江寧、淮安，稽察河漕諸利弊。當是時，中外乂安，朝廷無事。明年而夷禍首發於廣東，不得逞，則東陷定海，南絓廈門，北至於天津，沿海騷然。天子以爲海島遠夷，蛟螭蜃蛤之性不足與計是非，且以中國方制萬里，獨奈何與區區醜虜爭一旦之命於不測之淵乎？既而事連不可解，朝議遂歸咎於首發難之人，以轉圜救敗。一日上坐便殿，從容問公以廣事可付託者，公以林文忠對，坐是失旨。蓋強中國以制夷狄者，大臣謀國之義；忍小忿以全大計者，聖人如天之仁。公之心以爲熊羆、不二心之臣，四夷之所敬憚，不當無故自去爪牙，坐撤藩衛。先帝之意以爲制夷狄如猛虎毒獸，當使之弭首帖耳，雖有材官勁弩，制其死命，所傷必多，此則天地幬覆之量。雖以公拳拳之忠謀，終無以仰測聖慮之深遠，而公自此退矣。

公歘歷三朝，四典鄉試，再充會試總裁，一知貢舉，四掌留鑰，周歷五部侍郎，再長風憲，歷授吏、戶、禮、工四部尚書。自官翰林時，布被脫粟，後常不使有過。其學以治經爲務，主敬爲木。自明季姚江之學盛行，本朝諸儒矯之，遂成水火。公不立門戶，不爭異同，大約本明道敬義，夾持而兼有，取於良知，卽慎獨之說，以刻意礪行爲宗，尤篤於本行，烝烝色養。當辛巳假歸時，公年已五十，封公猶命同牀臥起，曰：『吾以爲十歲兒也。』其當官廉而不峻，察而不徼，務在安靜，持大體。嘗視學海州，大風發屋，多士恟懼，公移座號舍，神色自若，良久乃定。其長諫垣也，有控邪教者，株連甚衆，公察其妄，卽攜狀歸，而以誤燬於火告同官，事竟熄。其鎭定皆此類也。

公去位凡十有五載，初授光祿寺卿，以衰老乞骸骨，蒙恩以二品頂戴休致。自陳家無室宇，乞留京邑。雖閉門卻埽，每遇朝廷立一法、用一人，喜戚見於辭色。先帝之季年，恩眷彌篤，每對廷臣垂問再四。公子寬出守鳳翔，陳謝之日，召問公病體增減、起居服食甚悉。二十九年，賞頭品頂戴。今天子御極之四年，重赴鹿鳴，加太子太保銜。耆耋優遊，兩朝篤禮之盛，近古所未有也。公善楷、隸，自七十五歲後，每日晨起鈔經二百字，凡鈔《論語》、《大學》、《中庸》、《爾雅》、《禮記》、《毛詩》、《尚書》、《周易》、《孝經》、《孟子》、《左氏傳》。尤好《抑戒》之詩，寫至數百過，疾作，乃止。然猶日讀《通鑑》、《周易》，終公之身。寢疾四日，值太夫人忌辰，猶肅衣冠，强起行禮。及彌留之際，以遺摺授次子修，公手書也。其言曰：『伏願我皇上以慎德爲理財之本，以愛民爲敬天之實，天心眷佑，妖氛自消。』

嗚呼！公自乞休以後，其心猶是陳善責難之心，其所望於今皇上者猶是。先帝敬天勤民之事，然卒不可以復出者，則是古大臣難進易退之本懷，可謂自信特立者已。生於乾隆三十七年十一月二十三日，薨於咸豐六年四月十九日，享年八十有五歲。薨之明日，遺疏入，上心軫悼，卽日遣官奠醊，照尚書例賜卹，賜謚『文端』。五月己巳，皇上命禮部右侍郎杜翻致祭於喪次。十有一月戊辰，公之喪至蕭山。越翼日甲申朔，行諭葬禮，葬公於山陰縣東山夏之璜琥山。配來氏，誥封一品夫人，先公二十五年卒，享年六十歲，至是合葬，禮也。子二：長寬，由廕生官鳳翔府知府，先公一年卒；次修，己亥舉人，官通政司副使。孫四：學淳，附貢生，大理寺評事；學治，增貢生，候選訓導，俱寬出；學彭、學喬，俱修出。孫女四，長適翰林院修撰翁同龢，餘未字。曾孫二。於是通副君乃具公之系族、行治、歷官、年壽爲書介。其同官吳君昆田使人自京師南走二千里，請爲公墓道之文。

一同束髮就試，當公視學江南，曾一望見顏色。及壬辰入場屋，薄祜淺植，不克出大賢門下。後來京師，蒙公親賜手蹟，以爲榮幸至矣。曾不自意，得以文字測量山海，以自附於私淑之末。謹沐浴齋宿，拜手而爲之銘曰：

洪惟國家，政在樞府，道在師傅。公歷臺閣者三十年，而曾未與聞乎機務。蓋居論思之地，不可勤以職；銜四方之命，亦不能久其處。惟公立朝侃侃，自將中蹶而隆，不易其方。汲黯之戇，周昌之强。養以中和，道德文章。晚如司馬，優遊洛下。彼勤述作，公嚴自課。如古武公，飲酒自警。彼晚乃蓋，公守一靜。公去不畱，公道大光。白日青天，見公帝旁。

【校記】

〔一〕勛：光緒本作『勳』。

〔二〕皇：光緒本作『宗』。

〔三〕至：光緒本無。

文學孫君墓誌銘

道光二十九年春，薄游彭城，觀其山川鬱勃〔一〕，慨然想見古來文武豪俊之士。退遊里巷，問求明故老閻、萬之遺蹤，而後生少知其事者，蓋耆舊凋喪盡矣。暇日批覽圖籍，得邑明經孫君運錦所爲《銅山志》，問之教授潘君，曰：『然。吾知之。』明日偕以來，篤雅君子也。出其所纂閻、萬二公遺書，網羅周詳，蓋好古而能言者。語及邑志，嘆曰：『斯事之難也。運錦雖與是役，實有所不盡意。』且曰：『先君子葬二十餘年矣，其行事在斯志，而銘幽之文缺如，願有請。』一同避席，逡巡再四。其秋東歸，而明經以書及狀來，其言尤篤至。一同雖不文，其敢辭？

按狀：君名文蔚，字振宇。其先李氏，元至正間，自真定遷徐州，是生五子：曰恭、曰賓、曰謹、曰讓、曰武。傳十餘世而有修撰蟠、敏達公衛，以文武忠孝受知於聖祖、憲宗之朝，李氏始大。君蓋與修撰同出。恭祖傳十一世，名邦璽，爲君高祖。邦璽生毓蓁，毓蓁生歲貢生芳聲。自毓蓁以上皆姓李氏。邦璽有女，字江寧孫國章。國章隨其父宦游來徐，單門無嗣。李太姑以爲慼，毓蓁嘆曰：『吾幸多子，何憂？』太姑遽起謝，抱芳聲以歸。芳聲生四子：曰大猷、大謨、大本、大任，皆從孫氏。大本字景黎，由武舉成進士，生四子，長卽文學君。

君生而奇慧，十歲通九經。叔父大任奇之，授《項羽本紀》，一夕覆誦，略無譌脱。十五丁父憂，服闋，補博士弟子。一應鄉舉，不樂而罷。乾隆四十六年，河決，注微山湖，夷村舍，斃人畜。明年旱蝗，地料土方、采柳捕蝗之役紛然四出，吏益束濕。於是諸孫家皆破。君稍稍轉徙，期復舊業。而其後歲在丙午，九省大饑。嘉慶改元，河連決，所居北陂田盡沒。君尤以其時周急卹難，自内外親及他士之寒者，往往貲給廩食膏火，死喪製椑衽衿，傾貲無難色。家故多客，諸宅賓坐恆滿，歲暮或不歸，歸文學君家。當是時，滇南闞南枝、毘陵馮生以書畫，韓亦大以琴、以弈，師鎮標以醫、以詩，沙老以詞，吳公、卞公、丁翁以酒，蕭生以清談，君各以所長酬對，其他弦管博塞之客，各從其所適，要以談藝、論道、辨說今古爲笑樂。性尤疏峻，遇人面折之而退無微辭，坦中豁如也。居母權安人喪，哀毁盡禮，不隨俗作佛事。諸弟貧或數與易宅，縱所取而自拾窳瘠，不以厚薄累其心，以故晚益困矣，而氣岸不衰。年八十有二，以道光七年正月二十三日無疾終。著《北陂詩草》若干卷。

蓋運錦之狀如此。運錦又言曰：『先君晚而生運錦，前母藺孺人早世，老母杜今年九十一歲。運錦亦六十，頭童童髮白而脫。每念先文學少時賓客文雅交遊意氣之盛，去今都五六十年，里中長老親見其事益少。失今不圖，後遂茫如矣。』以余觀明經收羅放失，及讀其家乘，所與文學往來諸人，皆類古賢達。然於今不一二見，何也？余既重明經之爲人，又樂觀彭城先賢之風，遂爲之銘。〔二〕

允義文學，斯藏有年，厥子象賢。溯名氏之舊，而慎乞銘於阡。宅永孔安，係之以辭，德美不刊。

【校記】

〔一〕 觀其山川鬱勃：孫運錦《與我周旋齋百一詩錄》附錄四收出土魯一同撰、史致煒書《文學孫君墓志銘》作：『見其山川鬱特而沛歷，其土風强毅而疏闊。』

〔二〕 銘文，底本闕，據孫運錦《與我周旋齋百一詩錄》附錄四收出土魯一同撰、史致煒書《文學孫君墓志銘》補。

文學陳君墓誌銘代

譚祖同曰：　士遭時阨陿〔一〕，齎志摧折，挫衂以死，非浮競之士，則才而不篤於道者也。至於盛衰興廢之感，雖古仁賢，亦何能無愍？　然昔三代盛時，家國並建，卿、大夫、士，守其先澤。故《詩》有《大田》、《黍》、《茨》，禮陳鼎銘，所以詠歌舊德，垂示子孫。後世公卿，罔有食采建邑，猶勳閥相守，州郡推其門望，與一代相終始。豈非篤忠孝之道，謹於禮法者然哉？　故有高門望其亢宗，晢墓憂其殄祀，不幸宗祚衰落，淩競紛起。其賢者憂傷念亂，愳及先人，卒至摧殞。如陳君者，其可悲也。

君諱廷錫，字東瀚，建昌之新城人。曾祖諱道，贈某官，世稱凝齋先生。先生以理學行誼高天下，新城之陳始大。是生五男：　長諱守誠，中憲大夫，浙江金衢嚴道；　次諱守詔，朝議大夫，河南陳州府知府；　次諱守訓，通議大夫，江蘇按察使司按察使；　次諱守中，內閣舍人，君之祖也；　次諱守譽，內閣舍人。凝齋公年四十餘成進士，一爲縣令而歸，有先人貲百餘鉅萬，盡以寘鄉學、義田、社倉之屬。凝齋公既歿，諸子敭歷中外，勳幹偉如，孝友廉謹，天下稱之。其後有倉場侍郎觀、禮部侍郎用光，君之從伯父、叔父也；　監察御史希祖、工部侍郎希曾，君之從兄也。當是時，陳氏顯名，四世羣從子姓，位望煊赫，文章政事甲江右。而君祖舍人公，性恬退，早罷秩家居。所居西水園，林亭溪壑之美，優遊簡素，爲士族冠冕。鄉里有所爭辨，及有大事，皆就公取平，足不出戶庭三十年，而聲望猶在伯仲之右。舍人生君之考文學諱耀，文學生二子：　長文學星緯，次卽君。

君蓋生而猶及見舍人公，比數歲，有奇童之目。性樸訥重謹，篤於祖訓，雖處勢勝，恆布疏自屬。弱冠與兄補博士員，累躓於鄉。益究心經術，旁及技數、百家之説，曉其大義。文學君晚而多病，君侍疾多年，乃並力於醫，醫絶精。自陳氏諸老相繼殂謝，家中落。子姓支屬蕃衍萌蘖，其間内外相煽惑，懦願或不自存〔二〕，則牽率以去。君獨守正，見怒，益相與蹈藉之。其後進通顯於朝者，又族屬卑疏，力不能取正。道光丁酉，祖同之官淮上。君嘆曰：『吾寧舍而去乎？』則痛哭别墳墓，相隨以北。蓋自丁酉迄乙巳，八年之中，嘗一歸哭先隴，過昔日之西水園，殘楹斷甓，徘徊不能去。平居再三言，言必泣下。每家書至，引燭焚之，曰：『吾不忍見也。』卒以憂傷客死。

嗚呼！如君之明達，豈以困窮顛蹐動於心哉？其所遭際亦有不得已也。君次子夔，甲辰以副榜準貢。幼子學厚，爲九品官。君不色喜而謂祖同曰：『吾心如吞棘，雖使吾子登巍科，列清要，吾滋不懌也。』嗚呼！其可悲，孰甚焉？祖同，陳氏所出，悉其家世，知君之心與君之所以死，其深至者弗能言也，言其一二，使後世知君不死於困而其中有不能自存者。君生於某年月日，没於某年月日，得年六十一歲，配某氏。子男四人：某、夔、某、學厚。孫二人：某、某。以某月日輿櫬歸葬於新城之某原。銘曰：

大儒之裔，名賢之孫。雅素道喪，君豈獨存？繄君之初，瑤林璿源。隆極而顛，君丁其屯。中歲無家，爲壇載奔。髦馬素籢，賈涕墓門。今也歸止，丹旐翩翩。先民之思，首丘斯敦。篋姑峩峩，松柏高原。而返其真，毋媿前人。我勒幽珉，永詠來昆。

【校記】

〔一〕 陿：光緒本作『塞』。

〔二〕 自：光緒本作『相』。

孫節母墓誌銘

道光二十有八年春，一同東歸安東之故居，聞孫子春巇居母憂，趣往唁之，殆無人色。嗚乎！悲者不可爲累噓。一同與孫子同里閈，先母與太孺人戚婭過從，歲時慶賀，兩老人聚會，語瑣細曲折。一同長不及膝，遊戲於側，太孺人所以憐愛之甚篤。今忽忽四五十人〔一〕。一同失恃已十年，而孫子重有大戚。迴思兒時狂走老人左右，恍惚如宿昔事，而終已萬萬不可得。於是孫子哭，一同亦哭。《禮》曰：『五十不致毀，六十不毀。』孫子老矣，太孺人又福祿令終，疑其情有所止者。

嗚乎！孫子，孤兒也！方太孺人以青年稱未亡人，遷徙流離，艱難危苦百端，所以撫育、教督其子與其前母之子若孫，四十六年如一日。人子之情，雖百歲，誠不忍一日離其親之懷抱，況太孺人之苦節。而孫子所以報之者，雖極人世壽考富貴，可願之事無足以稱其情。五十，孩提也，孫子其何以無悲？一同前年歸謁，太孺人時兩目已昏。一同自名，太孺人撫其頂曰：『五兒。』嗚乎！自吾母歿，未有呼是名者，今並是不可得也。其忍不銘？孺人歿於某年月日，享年七十有五歲。子二人：春巇，太學生，嵇孺人出；春巇，郡庠生。孫七人，孫女七人。銘曰：

歲在申，月在巳，諏良辰。祖嵩里，松柏之森森，上有貞禽。是爲節母之室，於千萬年害不侵，我勒貞珉諗來今。

【校記】

〔一〕人：光緒本作『矣』。

兵部職方司員外郎韋君墓表

君諱坦，字竹坪，姓韋氏，淮安山陽人。曾祖某，祖某，父某。三世隱德，自祖以下，皆贈奉政大夫。君少沉靜，讀書寒暑不倦。道光十六年成進士，授兵部武庫司主事，調職方司。母憂服闋，加員外郎銜，仍管職方司事，鋭意任職。補主事一年，擢員外郎總辦職方司事，充則例館提調。國家承平日久，法令繁密，事之下六部者，吏引條牽例，意爲高下。掌印官拱手受成，莫得其要領，少一動卽挾其短長。君事無鉅細，反復研核，文書小疵，親爲釐正，而意存大體，吏以故畏而服之。

二十六年，上謁東陵，明年謁西陵，均從。是年秋，隨文大司馬赴河南察振，得馳驛。君太息曰：『使臣以振荒來而重擾民乎？』自備車馬以行，至則周歷稽察，閱十五日，歷十縣四千五百餘村二十六萬餘戶。驗銀封，訪錢價，考城、長葛有浮冒者，密請入告，郡縣肅然。時大荒之後，疫氣盛行。君抵省，病甚，甫汗，啜鬻一甌，卽登程行。風雨驟作，泥淖深尺許，令或以狐裘進，君力卻之。退而嘆曰：『吾豈有失德與？無因而至者，何也？』君體素健，及是遂羸憊。而明年秋，隨大學士耆英治獄綏遠城，出居庸關數千里，升鷄兒嶺以望青冢，歸，裝所攜青鹽一裹而已。

二十九年秋，復隨相國閱兵浙江道，東南兩河裁減浮費，而南糧折色之議興。朝廷以度支空絀，注意甚鋭。相國以訪君，君歷陳通漕利弊及折色不可行狀。相國曰：『然。然此上意專屬，我且奈何？』君曰：『卽不可遽止，姑以災荒求遼緩，皇上仁聖，冀可得俞允〔一〕。』遂草書入告，報可。先是，相國在兩廣綢繆夷務經年，少不厭時論，及折色議寢，東南數千里百萬戶之衆賴以紓息，皆一疏之力，而贊成者君也。當是時，相國奉上面諭，按事多，多祕密，惟君得與，退而未嘗一語泄於外，由是益重君。及新天子御極之初，有詔，詔中外大臣各舉所知，而君病已劇。相國日候起居，使者屬於道。比卒，嘆曰：『吾獨念韋君可恃耳，今已矣！』遂無所薦。

君前後奉使者三，嚴飭廉從，一無所擾。嘗謂：『辨事易，防弊難。每至一處，左右內外，百計揣摩，飲食起居，褒貶皆弊，而褒之爲弊尤甚。』聞者以爲名言。性孝友，侍贈君病，衣不解帶者兼旬。忌日，伏地哀號，十年如一日。嘗隨兄省試，兄病，卽日同歸。幼弟墉在都，相從最久，寒燠飢飽如恤童穉。及病劇，每見墉至，輒陽爲好言，言無所苦。至忍痛，弗呻吁〔二〕，可悲也。桃源房君以貢入太學，君延教其子，房病殆不起，或以爲言。君嘆曰：『吾豈以生死易心哉？』比歿，封匣中金，而以己財厚斂之，居於主位而受弔焉。其平生他行事多類此，要一於克己厚物，以故病歿之日，知與不知，無不扼腕流涕。

君歿於道光三十年三月十四日，得年五十歲。娶同邑張氏，封宜人，晉封恭人。子二：長福臻，邑庠生；次福英。君之歿也，福臻、福英侍母淮上。比訃至，福臻病不能興，惟福英奔喪至於是。福英扶服，泥首於一同之前，曰：『先君行事，已乞曾侍郎爲之傳，而表墓之文弗敢他求。』一同與君交三十年，知君最悉。當君未卒前十日，猶親問君病，比禮部試畢，而君柩在殯已三日矣。君弟有言：『吾兄何者而當得死？』嗚乎！天可問哉？君歿月餘，一同獨游城南之野亭，遇刑部李君清鳳，初不相識，語及君，遂相持而哭，一座皆驚。其公誠之心感於人心也，君可以死矣。是爲表。

【校記】

〔一〕俞：光緒本作『俞』。

〔二〕吁：光緒本作『吟』。

缺壺銘

市有鬻壺者。視其一，光澤而堅緻，與衆異。問其值，廉。審視之，口完而鼻正，質重而體厚，無疵也。觀其下處，乃有微缺，一不爲害。顧私心竊獨不喜其缺，曰：『壺無如此不缺者乎？』曰：『壺之類是多矣。以其精好，一日而空其匱，而是壺以缺獨存。市者之過吾門，適然而見之，必就而問吾價。稔視其缺，不顧而退，而吾價爲之減。價少，人益疑，後之來者乃不復問價。其他麤惡醜拙日以市者千百計。論是壺之缺，無損於用；論是壺之用，他壺之不缺者弗若也。而人之過之者舉以是爲詬，吾將捶而碎之，尚安以是爲？』予曰：『毋然，予將市之。』反復觀其缺，而心乃有缺之見存，卒謝之。歸而悔曰：『噫嘻！壺其碎矣！以予之憐是壺而以缺廢，彼安望哉？』明日視之，巋然存。如其值與之歸，而反復視其缺，而心猶有缺之見存。客有自外來者，示之，以得缺壺爲笑。

烏乎！壺之用未損也，光澤而堅緻自若也。市者不過問，鬻者不珍惜，幸而有憐者又將沮於世俗之見而狃於尋常之議。而天下之不沮於世俗之見而狃於尋常之議者，又往往爲人所譏笑。既已不顧衆議，悍然而致之，又未嘗不終以爲憾。而肆市之間，陶冶之舍，不幸不爲憐者所見，毁棄破碎，湮没於亂草之間、汙穢之場者，可勝道哉？銘曰：

爾聲琤琤，爾質纍纍。爾體一虧，人則爾疵。匪人之故，職由爾自爲。烏乎！日月有時而剝蝕，山嶽有時而傾攲。璧何爲而瑕？桐何爲而炊？微葑菲之詩人，而吾將安歸？

檄鳳潁淮徐泗宿海八府州屬文〔一〕代

狂寇稽天，討之日久矣。自正月以來，兩省不戒，蔓延江北。維揚士庶，怵於邪説，開門揖盗，坐受殘辱。皇上赫然震怒，大軍徂征，毁其土壕，燒其船隻，脅從而來歸者，日以千計。賊勢窮蹙，嬰城自守。節鎮大臣方爲百全之謀，環攻而待其斃。乃三月中旬，有賊數千，豕突江浦，蜂擾六合〔二〕。六合義民操白梃而蹈之，殺賊千餘，燒船數百。賊負殘創，掠滁，來走鳳、宿。此皆驚喪之餘孽，迸散之醜徒，非有器械之堅利、旗隊之整肅也。然而清流之險不守，臨淮之關不閉，俾賊遊魂假息，蕩漾中土。夫徐方古多英傑，鳳、潁風氣勁快。豈今昔之殊勢，而勇怯之情異與？備預不素，而久安之民易搖；聯絡不堅，而自孤之心多危也。棠，泗産也，官於淮楚，南當廣陵之衝，西承洪澤之委，地散民龐，衆情岌岌。待罪三月，幸不辱命。每當簡衆誓師，聆江介之悲風，望淮西之烽火，何嘗不按劍衝冠，撫弦流涕〔三〕？

嗟夫！猘犬狂噬，久而自斃。天厚其毒，於斯極矣！淮右吾桑梓，緣河盡股肱，縣地千里，一潰如帶，形勝都要，遮蔽中原。齊乃心力，何寇不殄；守乃險隘，何鋒不遏？至於賊情，可得而言。夫賊無徵調之繁，無文法之密，行無紀律，居無部次。千里不齎糧，發掘擄掠，去則委棄，走如飄風，聚如蟲蟻，此其所長也。至於兩陣相敵，礟火齊發，則賊之藤牌布障不能當也〔四〕；平原善地，戈矛進退，則賊之短刀竹竿不能支也；馬步並進，更番休息，賊之芒屩赤足不能敵也；村堡自守，野無所掠，賊之飢困不能給也；連城犄角，遠近相救，賊之徒衆弗能應也。由是言之，賊之長在剽疾，遇堅則退；賊之情在恫喝，能必則全〔五〕。豈有八屬義衆，不及六合一隅之民；千里維城，竟無六合一戰之效！竊爲士大夫羞之！敬陳約言，各勉忠義。

一約心。有惟恐見賊之心，賊斯至矣；有惟恐不見賊之心，賊斯去矣。譬如十人同居密室，忽疑鬼至，則左右皆鬼矣。使十人操戈而逐鬼，則無鬼矣。奉約八屬官紳軍民，各自磨礪，時存恐不見賊之心，膽氣自倍。賊有不來，來則殲旃。

一約耳。聞急報而不驚，恐以驚我衆也；聞捷音而不喜，恐以懈吾志也。其言自賊中來者，安知非妄語；其言不自賊中來者，安知非妄傳。奉約八屬官紳軍民，塞耳不聞，以止煽惑。

一約足。足用之立，奈何乎徒行？足用之進，奈何乎徒退？能行而不能立，終無立足之地矣；能退而不能進，終無可退之地矣。奉約八屬官紳軍民，思進有不死，而退無十全，何必紛紛遷徙，自蹈危亡爲？

一約力。人各用其力，則勇生；一人倡而衆人從，則勇生；知衆進之不能俱死，則勇生。奉約八屬官紳軍民，齊心同奮，如左右手，則前無强寇矣。

一約財。窖金藏幣，爲盜守也；裹囊負橐，爲盜饋也。盜不有之，人得而有之矣。下智守財，散十之一；中智守財，散三之一；上智守財，全散之。十之一者，可以守；三之一者，可以戰；全散者，百戰而百勝。奉約八屬殷富之家，散財養士，以衛厚資。

一約官民。官非民何衛？民非官何與衛？棄其民而思苟免者，是匹夫也。出城一步，童子制其命矣。棄其官而思逃亡者，是鳥散也。出鄉一步，豺狼食其肉矣。奉約八屬官民，相愛相結如父兄、子弟，雖有黠寇，不敢正視。

一約城鎮。城鎮之民，主客各半，其情必貳。貳者，盜之乘也。客財多浮，思捲而趨，主人弗恤，與客齟齬。雖有秦越之人，不親於盜賊乎？雖有仇郤之家，不恩於盜賊乎？奉約八屬城鎮之人，破除彼此之懷，庶得同舟之濟。

一約鄉野。小村並大村，塹而守之；小堡並大堡，塹而守之。五里一小聚，十里一大聚。聚少百家，多及千戶。晝穫於野，暮藏於室。丁壯處外，婦子處內。警至鳴鼓，連聚畢集。不集者罰，聚必有長。苦樂必均，飢飽必恤。出入必察，恩分相得。賊之散而之鄉，必非大衆也。四面而攻之，無噍類矣。

以上八約備矣，尤有請者。國家休養二百年，朝廷旰食近三載。自粵賊踞桂管，破湖湘，走九江，下皖桐，陷金陵，虜維揚，前後興師十萬，屢經創艾，而其烽未熸者，節鎮有追剿之師，郡縣無堵截之力。逐西則走東，攻南則竄北。犄角之勢未備，而守令之權散也。計賊大衆，不過數千，並其裹脅，不過數萬，總其數不能敵一大縣。江寧分其一，鎮江分其一，揚州分其一，臨淮又分其一。其勢已散，力已孤。

今向大臣圍金陵，戰江南；琦大臣圍廣陵，戰江北，漏而出者，僅數千人。誠使郡縣各守其疆，連城相應，則立時散破。遷延日久，滋蔓可憂。

棠不自揆，敬與守土八屬僚友遥申歃血之約，共指天日之誓：賊至一縣，四縣應之；賊至一府，府屬諸縣應之。其或不應，鬼誅神殛。既上不以憂貽君父，而下以安其民業，流福子孫，不亦美乎！麥熟急刈麥，禾熟急刈禾。殺賊所獲，恣所取。從我者生，背我者死。吳棠謹約。〔六〕

【校記】

〔一〕此文爲魯一同代吳棠作，吳棠《望三益齋存稿》題作《敵愾同仇作約》。

〔二〕擾：光緒本作『擁』。

〔三〕弦：光緒本作『膺』。

〔四〕能：光緒本作『可』。

〔五〕必：光緒本作『忍』。

〔六〕《敵愾同仇作約》文後吳棠附記曰：『此山陽同年生魯通甫（一同）代作。癸丑，髮賊陷江寧、鎮揚，淮南北震動。棠由邳州倉遽回清河任。其時内撫外攘，一切規畫得魯君力居多。告以敵愾同仇，人心同然。請爲八約，飛布諸郡，幸揞危局。癸亥，魯君歸道山，爲挽聯云：「患難篤交情，列郡記飛誅賊檄；文章憎運命，空山竟老著書才。」蓋紀良朋急難也。』

擬論姚瑩功罪狀

臣聞齊有黔夫，燕祭北門；楚殺得臣，晉人相賀；趙用李牧，秦不加兵。列服之君，猶有爪牙之佐。爰及後代，守邊之士，魏尚、郅都、班超、梁瑾之倫，皆威信千里，坐摧强寇。用之則邊境安，舍之則戎心啓。故延壽不賞，漢臣寒心； 道濟見殺，宋亹日蹙。何者？ 忠孝勇猛之士，敵人所構忌，讒間所繇横生。徒以纖芥之間，疑似之釁，卒絓吏議，使折衝奇士旋踵及身，爲世深戒，誠可痛也！

竊見前臺灣道姚瑩，忠勤文武，守邊數年，横塞夷虜之衝。虜嘗三犯之，摧敗奪氣以去。軍興以來，南絓廣閩，北連江浙，失地喪師者駢肩望於道。臺灣地廣不過一大郡，卒不過千人，其所摧陷，足以暴白於天下矣。往者和議初成，僉謂可恃。廈門旋覆，淛東再躪。準今視昔，和之不可信，可見於此矣。今信逆虜反復之説，輕折捐命之臣，摧敗士氣，爲夷復仇。夷自定海以來，小入覆軍，大入奪城，焚殺淫掠，動以萬計。就如逆虜失風被剿，送死東陲，亦足雪數年之深恥，償士卒之冤痛。奉命守土，惟敵是求。皇上天容地載，沛大恩於上； 諸臣守義，死節於下，以守則固，以和則久，國體事機，亦無損缺。臣見其功，未見其罪。竊料夷人張其兇暴，咆哮中國，深入腹地，得而不有，非有餘力而不肯施技，止此也。使邊將皆如瑩等，出萬死不一顧返之計，縱不百全，勝負之理亦當相較，或未易量。

今怵其詭説，變易有功之臣，瑩等一去，海外孤危。後有來者，避畏吏議，孰敢擊賊？ 邊吏解體，辱軍之將有所飾其恥，率相委以去。東南之禍未有艾也。且國家誅諸將以委城，而罪瑩以敢戰，進退之義，臣未得其中。謂宜湔雪瑩罪，激厲有功，以勸來者。謹狀。

通甫類稿續編

通甫類稿續編上

平王論

蘇子曰：『周之失計，未有如東遷之謬也。非有大無道之君，然終以不振，則東遷之過也。』予嘗考平王所以失諸侯與東周所以弱，蓋不盡出於此，因廣其意而爲之論。

夫王者欲伸大義於天下，必有不得已於君親之志、真誠惻怛之心、文武忠孝之略、抑遠苟且之圖而著信義之實，然後功業可成、禍亂可息、祖宗之業可繼、恥辱可遠也。今平王之事，毋亦有不然者乎？方周之衰，昭、穆、共、懿之際，陵夷墮壞，至於荊人有三王之立、徐偃抗九國之師。厲王立，不修德，嚴法峻刑，以苦天下，貪貨黷武。民不堪命，叛而襲王，出居於彘，太子匿諸臣之家，僅而後免。當此之時，禍變極矣。然而宣王卽位，南征荊蠻，北略太原，東平淮、徐之亂，車攻之會集於洛邑，海內翕然向風。無他，昭德著義而不爲私圖，罰罪賞功，無所苟且故也。幽王之禍，非大臣內怨，而諸侯外叛也；非匹夫橫行，而萬民土崩也。徒以廢嫡立庶，結怨外戚，一旦稱兵犯闕，山東之師未集，而禍發於驪山之下。平王立，遂孤弱陵遲，以至於亡。何哉？信義未著，仇恥未雪，嗣立之故不明，而諸侯失望也；賞罰不信於天下，而萬民不親也。

夫申侯親舉兵爲叛逆，繒人助亂，實召西戎，此皆與周有不共戴天之讎。衛武、晉文、秦襄蓋嘗親督兵而與之戰矣。借使平王稍知大義，迎立之初，布告天下申、繒之罪，諭召諸國以復讎之義，泣涕誓衆，以身之無可容，臥薪嘗膽，必得罪人而後已，親帥六師，臨討二國，函其君臣之首，瀝血先王，獻俘太廟，披草萊，斬荊棘，命一大臣以西方之事。彼西戎內不得援，固將心裂膽破，逃遁絶遠。因裂地而封秦、晉之君，賞功賚賢，以旌死節之士，卽天下莫不肅然有更新之望。當此之時，雖遷於東，庸獨異乎？計不出此而忘親德讎，恬不知怪，天下皆曰王有死親之志而受成計於申侯，賞弑逆之臣而無以爲立忠者勸，是教之叛也。雖不遷都，而內失諸侯之援，外絓戎狄之禍，其事可忍言哉？

嗚呼！方申侯之舉兵，太子故在申也。使太子有仁親之實，申侯何敢然？忍親棄祖，自絶於天，豈能振乎？鄭伯，親也，而奪之政；申侯，賊也，而戍之兵。取禾之役、繻葛之戰，有由來矣。自古中興之君，未有無復讎之志者也。少康興於一旅，靈武起於偏隅，豈有周畿之地堂堂方六百里乎？宋構有天下之半而志在苟且，方將聚忠臣義士而刀鋸之，又豈盡遷都之咎哉？

春秋論

《春秋》弑君，書『臣』者十有六，書『國』者四，書『國人』者三。傳者曰：『書「臣」，臣之罪也；書「君」，君無道也。』《春秋》爲天下亂臣賊子而作也，君苟無道而可弑，非所以治亂賊也。且傳者之意，將以懲天下之爲君者也。君無道而見弑，足以懲之矣。死而加誅，適足以快弑者之心。而君之無道者，卒未知也。後之爲無道之君者，殺身之不恤，何恤於惡名？ 義不足以懲暴君之一豪，而爲亂賊勸者萬萬於天下，《春秋》立法不如是之迂也。

解者曰： 君無道，則不直在君，而臣之罪爲薄乎云爾。

曰： 然則臣之與君，特以爭夫曲直，如途人之相格鬭，蔑冠履之大分，伸情理之小說。《春秋》爲法，又不如是之疏也。且彼所謂書人與國者，吾將求其實。文十六年，經書『宋人弑其君杵臼』； 十七年，『齊人弑其君商人』，『莒弑其君庶其』； 成十八年，『晉弑其君州蒲』； 襄三十一年，『莒人弑其君密州』； 昭二十七年，『吴弑其君僚』； 定十三年，『薛弑其君比』。此皆《傳》所稱『君無道』者也。此七君者，果皆無道之甚者乎？ 必若無道之甚，則宋昭不能其大夫，非有十年十一戰之虐也； 晉厲多外嬖，非有彈丸殺宰夫之慘也； 齊懿之無禮，未若襄莊之極也。必若無道之甚，則莒庶其密州，無以異於楚成於商臣也； 吴僚、薛比又非若陳靈、楚圍之淫詩荒虐，剖竹弗能罄也。自宋殤、晉靈、齊襄、楚穆之倫，皆以弑逆罪其臣，而宋昭以下七君者，反以無道責其君。《春秋》用法顛倒參錯如此，非所以服天下也。

然則如何曰書『臣』者罪一人也，書『國人』者罪衆人也，書『國』者罪一國也？ 夫宋鮑驟施於國君，祖母以下皆爲之用。欒書、中行偃爲國大臣，首造弑逆，賢如韓厥而曰：『殺老牛，莫之敢尸。』此即舉一國之人加以弑逆之罪，豈得謂言之過哉？

或曰： 商臣弑其君，既與莒僕展輿比矣，曷爲不書『國』？

曰： 國人不與乎弑也，莒僕展輿，國人與乎弑者也。然則齊商人固弑君而得國者也，齊人殺之宜若無罪，然以國人書，何也？

曰：商人弑君不能討，既立之爲君，又從而弑之，所謂『置君如弈棋』者，齊人之罪，可勝誅也哉！夫《春秋》以君父治臣子，不以臣子加君父，所以謹亂萌也。《唐律》：『奴告主者斬。』太宗中主，猶知背上之非，故知《春秋》不赦也。

周公誅管叔論

《傳》曰：『周公誅管叔。』其實不然。管叔畏罪窮迫死耳，曷嘗取而誅之哉？《書》曰：『周公居東二年，則罪人斯得。』又曰：『致辟管叔於商。』彼皆非與？

曰：《書》之所紀者事，吾之所言者意。如其事，則雖畏罪窮迫，不得不正名曰誅，有國法存焉；如其意，管叔苟不死，周公未必加誅也。

難者曰：管叔倡亂，首危王室。周公大義滅親，奚爲而不誅？

曰：倡亂者非管叔，乃武庚也。人謂武庚賴管叔之計，不知管叔受武庚之愚。彼親見祖宗六七百年之業見奪於人，父死國滅，宗廟蕩燬，心非木石，誰能忘仇？然而甘心就封，束手受制，其心有所待而然也。武王崩，成王幼，周公當國，羣疑滿朝，此武庚一時也。武庚以爲將搖王室必先去周公，欲去周公必先得管叔。叔爲宰相之兄，天子之叔父，勢足以震動天下。武庚挾震動天下之勢，而縱其反間之謀，使骨肉肺腑之間互相殘毒，横生疑貳，然後連兵徐、奄，號召遺民承間而收山東六州之地。當此之時，天下大勢不歸周公，則歸武庚。成與敗，非管叔之有也。然而管叔爲之用者，彼受武庚之愚，以爲舉天下而授之叔也。流言之計未行，而叔已入武庚之彀中矣。故其《詩》曰：『鴟鴞鴟鴞，既取我子。』言叔爲武庚所取也。其《書》曰：『殷小腆，誕敢紀其敘；天降威，知我國有疵。』言武庚誘叔爲亂也。《大誥》一篇，無一語咎之叔者，豈惟爲國諱惡哉？其情事實然，如是而已矣。然則叔之所以死，豈其良心之發，義不可復見公，故自殘而死耶？抑爲亂兵所殺耶？《棠棣》之詩，致悼於原隰之裒，使之尚在，度如蔡、霍等比足矣，豈必親碪礩、膏鈇鉞而後快於心與？

然則大義滅親，非乎？

曰：大義滅親，親私也。管、蔡之親，親於王室，非周公所得私也。恩義之間，猶有權焉。唐建成之事，當時必有以周公之舉爲名者。

嗚呼！伊尹未嘗放太甲，後世以爲放，故有霍光、昌邑之事；武王未嘗誅紂，後世以爲誅，故有閻樂、望夷之事；周公未嘗殺管叔，後世以爲殺，故有秦王、建成之事。聖人之意不明，往往卒爲後人藉口。不有以辨之，則亂天下者聖人也。嗚呼，殆哉！

趙盾論

《春秋》書『趙盾弑其君』，三子以爲趙穿，歐陽子以爲趙盾，然則將奚從？

曰：事從三子，論從歐陽子。《傳》稱『趙穿緣民衆不悅，起弑靈公於桃園』。天下雖悖亂，狂惑之人，未有無故徇衆情、舉大事者。穿身在列卿，誼託骨肉，靈公爲無道，未有害於穿也。穿非有田常、王子圍之謀，子羽、慶父之事，崔杼之怨也，乃無故而動於惡，何哉？方盾飲靈公酒，使力士衛而入，則趙氏害公久矣。而穿故德盾，嘗有罪，以盾得免，意必深銜公，誠欲一得當以報盾。及盾走而出，公怒必且未解，穿素藉盾而積怨公，故出萬死以報盾。然則盾誠忠臣，當其聞變遽歸，必將痛哭，泥首跣足，奮劍斬穿頭，瀝心血以報先君，刎頸自明以謝天下，然後告無罪於萬世。卽殺穿而盾不死，吾猶將議之。而乃晏然朝班之間，辨論曲直，恬不爲怪。又遣穿迎立，希圖新寵，轉相庇覆，忘戴天之恥，快報復之心，可謂有人心者哉！且公之立，非盾意也，麑不能賊，獒不能傷，公不能一日忘盾，盾不能一日安公。彼趙穿者，盾之麑、獒而已。假令穿非逆，料盾不見討，獨何敢弑君以迎盾？盾非逆，知君將遇弑，何爲亡不越境哉？歐陽子離《傳》以獄盾，而盾之罪疑；吾卽《傳》以獄盾，而盾之罪實。弑逆之獄，固未可以疑處之也。

許世子論

《春秋》書『許世子弑其君』，三子以爲不嘗藥，歐陽子以爲弑，然則將奚從？

曰：事從三子，論從歐陽子。

許悼公患瘧，止進藥，而悼公卒，亦自傷與！弑而死則誤爾，非真弑君也。

曰：罪之有誤，此自爲敵。以下言之，豈有君父而可以誤者哉？匹夫過而殺人，於法有眚災，聖人權其情之輕重，而亦未嘗以爲無罪之人。至於君父，則所尤致謹於律，誤傷父母者斬。聖人慮天下後世有以誤文其姦者，故雖誤而畢誅。假如曰世子誤也，然則霍顯亦誤也，梁冀亦誤也，劉裕亦誤也，亂臣賊子將接跡於天下，孰得而詰之？且夫藥之足以殺人者，夫人而知之也。至於虛實寒熱之相反，人或不知，醫盡知之矣。不知止之進藥，由醫而進之乎？自進之乎？如由醫而進之，醫無故投其君殺人之藥，此必有主者；如其自進，是知藥也耶？不知藥也耶？知固不免矣，不知而以父之命嘗藥，何異於以刃傳人，而自謂誤殺之之心者？《春秋》之法，君薨必書地，所以正始而正終也。今悼公之薨，事情未明，許之太史不得以正書，欲求亂首，賊由太子。然則無論誤與非誤，顧君何自死也？縱止摧心傷骨至於夭折，乃分之宜，彼且自責如此，而聖人何自赦哉？然則止之罪與故弒等乎？

曰：情固不同矣。《春秋》之討亂賊，或以其情，或以其事。趙盾無其事而有其情，故聖人誅其情，曰：『晉趙盾弒其君夷皋。』許世子無其情而有其事，故聖人誅其事，曰：『許世子止弒其君買。』

介之推論

有過人之節者，必有容人之量。古君子之立於世也，可以進而進，可以退而退，非其義祿之千駟弗顧。如其義高，萬鍾而不爲媿，其自處如此。而其於人也，不激世以爲清，不垢俗以爲高，循循中乎人情，不爲一切矯强之論，故遺世獨立，而非於物有所競。今推一不見畣，發憤極怨，斷然自絕，不自聊賴，其氣毋有未平者乎？方重耳之在外也，窮困顛踣，乞食不得，賴偃、衰、犨、頡之倫，左右奔走，克復舊物，功業既就，慶賞爰及。當此之時，文公與之無溢情，諸臣受之無愧色，而推至擬之爲姦盜，不亦過乎？論推之功，未必如狐、趙之盛也。而文公之賢，又非薄待功臣之比，推以此時不自言祿，没齒無怨，豈曰不賢而必隱，相訾謷至於怨懟？果若推言，則伊、周爲貪天，湯、武爲賞姦，漢高之殺韓、彭爲當誅，而范蠡之辭句踐爲盛德，使君臣之間泛然如萍，遊於江湖而適相值，祇以爲名而不知適流於無義也。然則推誠高節，要亦出於激成，欲與太伯、延陵季子比烈，難矣！

予嘗論古今賢人逸士，如太伯、伯夷以下，至於魯仲連、莊光之倫，皆出於性成，非有矯强。至如所傳巢父、許由飲牛、洗耳之事，或出於戰國好事者之所爲。若果有其人，必將淡然夷曠，超乎方外，不當峻厲陿隘如此。峻厲陿隘者，於陵仲子之流，所以傲物而抗俗，非世之賢聖所宜有也。雖然，世之哀推者至比之屈平，誠悲其志而慕其風。世變甚，風俗衰，士或以名高爲捷徑。如推之志者，又可以不論也夫。

與左君論文書

書詞反覆以求至是，具見賢者用心寬謹。誠一善問如此，其敢不增飾固陋以塞盛懷？夫離朱遠見千里，近察豪毛，天下之至明也。然欲炤眉目，不能無假於明鑑。僕之鑑則已昏，要過於自眡之目遠甚。

夫文章無他，徵理於實，從實入微，從微得彰，因彰得暢，制暢以約，調約以和。六者無戾，文乃大昌。故辨而不實，浮游之理也；實而不微，疏麤之致也；微而不彰，恍惚之詞也；彰而不暢，轄結之章也；暢而不約，奔逸之品也；約而不和，微芒之累也。實以始之，和以終之。夫文之有實，譬射有的，射於空虛之處，何知巧拙已？射有百中，歸於一的，的可百移，惟實不移。先發命中，在手與目，手巧萬端，非目不行。龍文、魚目，天下之駿也。伏櫪三月，夜秣晨刷，臨風振尾，蒙其兩目，據鞍而三鞭之，倏息數百里。抑吾不知其至齊耶？抑吾不知其至楚耶？時乎通𨕖，騁彼逸足，亦有山陵曲折，川谷茫乎一放，斷筋折髆者有矣。足下御千金之駿骨而乘霧冥行，危矣乎！何不和鸞清道，俟東方之既白？故曰：安步可以致千里，終日跳踉不出戶几。夫能跳者，未有不能行者也，不屑行耳。願足下緩其急足，整其安步。語曰：『披沙可以揀金。』金固易焉，披之實難。混茫坌鬱，唱籌而量之，檀江州之金，可勝既乎？奇文生於至精，雄文生於至靜，麗文生於至樸，險文生於至平。至精故不多，至靜故不煩；太多故不奇，太煩故不雄。

夫足下終日仰屋，馳思八極，再撫四海，以求所爲文，文豈在茲乎？莫若多蓄而少發，卽事而後作，無事不作。夫事者，天地之所，日出而無窮也，因之而成，吾文亦無窮也。無事而習文，必窮之道也。凡吾之所論，比於足下土壤耳，然昏鏡可以正冠，濁水可以去垢。

與吳稼軒書

兩日河湖緊報未到，國家幸甚！諸公幸甚！僕竊妄以謂今日之事須小有變動，以振作當路一切婾慢愒娱之習而悔其心。而今日湖運關繫重鉅，萬不可變，不變益狃，事故之來，豈有止極？自甲申之歲，湖水東潰，乙酉、丙戌大工疊舉，議遷議濬，迄無定局。大府被罪以去者相屬。當此之時，朝廷震動，疆吏慴息，視南河若畏途，以挂冠爲得計。天其或者大儆百寮，肅恭震懼，以承其敝。轉運之機，正在此時。自後逶迤補苴，經營二載，費帑千萬，汔可小休。十餘年來優游偃息，向之畏途于于然來，仕路膏腴，軫駢輻湊，叢弊如山，治絲逾亂，天使數臨不能有以正也。乃更法制，洊揀京曹，明示上意。而積習所趨，衆流東下，緇纁染人，一入遂改。總內外大小百職，未有優閒美濫如河員者也。天意將大有所震懼，改革屬當，景運休隆。聖天子寅畏懋德，不欲上累朝廷，故小小示警。初四、五日之事，天意可知矣。當事諸公不知刷厲振奮，杜門雨泣，望洋叩頭，作此瑟縮，成何舉動？天下事大於此者萬萬，變故之來，難可逆覩。一旦猝有緩急，欲恃此等調度，折衝千里，從容而夷大難，豈不難哉？卽日天氣澂肅，陽侯順軌。竊恐諸君子痛定不思，以寶珪白馬爲可恃，不知天意所助佑，貪芟芻竹楗爲己功；霜隕瀾清，復優游而頌太平也。

夫有事則舉止錯莫，事過而拱手相賀，非所以承天意也。夫惟天不可恃，夏秋以來，淫霖愆期，南接皖、豫，北連齊、兗，數千里內，人其流離，憂來方大。邇者淮海八縣，一望淪胥，大府垂慮，州縣鉏鋙。時勢如此，通爲一局，作吏故大難，民生亦不易。《詩》云：『天之方蹶，無然泄泄。』當事諸公，必有碩畫；杞人之愚，本性不改。潘、周殂謝，誰與談此？恃足下知我心耳。質庵兄弟，僶俛從公，此書或可與見。外人滔滔，毋使僕以直翹禍。

念石子敘

《念石子》者，潘子窮理致用之書也。潘子嘗六試禮部不第，一簡縣令不就，退而明天人之故，六經道德之本，體極人情，歸於反身植節，以攘剔俗學，扶樹世教。其書粹於荀卿，質於楊雄，切於王通，取類也遠，而觀物也微，辨而不繁，直而婉，篤而不迂者也。潘子既歿，其文章著述多有好者，此書獨未出，余故論列之。世盡采華遺實，惡知所寶貴？要其始終本末之際，可謂彬彬大儒之風矣。

拜鵑堂詩敘

《拜鵑堂詩》一卷，錢塘潘雪帆問奇作，安東張文學從敗簏中檢得，遭河變，漶漫已缺其姓氏，考之阮侍郎《雜說》，乃復明。

士窮阨於時，不得已以文章自喜，則無弗思傳於後，而後世愛我與否，既不可知，果足自樹立，必當有其人。而其間又有時勢遷異，風彯雨濕，蟲蠹鼠齧，庸兒市儈糊壁覆瓿，污泥蕺墮溷廁，若滅若沒數十百年，而遇其人搜剔而庋藏之。又往往遭不測之變，兵刃水火百端，將顯而復晦，幾盡而僅存也。文人一寸之心，既死之餘氣，而所以挫折摧敗之者，極萬物之變而未有窮已。烏乎！其可悲也已！而古之以文傳於後者，慮無不經此十數者之變，卒不聞銷滅泯沕，光耀有加焉。亦可知文章之力，天地不能忌，風雷不能取，刀戟不能傷，水火不能濡且爇，又何壯也！

雪帆詩新警稜露，悲鬱有致，其能爭此十數者之變，蓋非偶然。獨張君嗜奇好古，一致其纏綿於異代不相屬之人，得則喜而失則悲，若骨肉親戚相保護，盟約質劑以相要。古人不惜挫辱於世，而恃後世之知我，豈不然乎？曹子建曰：『後世誰相知定吾文者？』嗚呼！不有後世，彼能以其貴介之力、聰明富贍之奇，孤行於數千年之久哉？敘雪帆詩，又懍然失矣。

鞠譜敘

予幼讀書漣東之野，荒園半畝，春時蒔鞠百種，壅培剪插，終歲爲命。其時里中家有藩籬，擢英相望，涼秋告厲，風日淒緊，隣黨存問，流連娛樂。後數年，東之射浦，有王翁者以鞠名。造其居，壚鎗案榻，與鞠參伍。翁故跛者，足不踰戶，蓋五十年與鞠相守。辛卯，自江南歸，舟出廣陵，廣陵之鞠縱橫千畝，列塍爲肆，遊人仕女袨服靚飾，鞠亦夭斜，失其故態。庚子，渡江登臺城以望後湖，城北之鞠亞廣陵，得江山霸王之氣，鞠乃偃蹇蕭散，如王、謝舊家，勛伐衰謝，存其崖略。今又三年矣，天時人事之遷改，城市之變異，昔之殷繁侈麗、摧挫頓折，往往多有，獨鞠也哉？今年七月，東歸漣上，道出王君之居，斜日在地，有踐其行，鞠乃大茂。王故不相識，又迫河警，鞭馬徑去。既王君介友人以斯譜，乞爲之敘。《譜》所載搜植之富、培灌之勤，色別部分，乃至三百六十種。其世所不能知名、不得而繫者，不可疏舉也。余平生四見鞠之盛，未有如斯之奓且異者也。廣陵、臺城，兵火震動，度不復如昔；射浦王翁八九十人，不可定其死生，鞠可知焉。顧瞻鄉閭，水旱凋散，禾黍之不蓺，蔬藿之食，其能優閒偃卬藝華品卉以相樂也哉？君益葆護珍蓄，余將訪焉。詠『裛露』之章，歌《南山》之句，余非車馬客，猶能從君賦之。

黃小松嵩麓訪碑記敘

嵩高維嶽，作鎮中土，帶以孟津、太陽、轘轅、伊闕，郤略而羅峙，俯眎周京。鼎邑隆隆，炎精再耀兩魏；繼宅楊、李，東都鑾輅時遊。天水、西京，耆邁詠集。山川之氣，綿發千百年。劖石範金，奇文奧字，出沒於榛莒砂礫之表。耳目之所接，搜剔隱括，其所不及十常八九，莫得而際也。然終明晦有時，維好之篤。或出矣不遇珍惜，及珍惜之過，羣趨眾騖，反摧壞之者其有焉。黃君簿領跋涉，遂有嘉想，炳焉箸錄。石卿掇其殘蠹，表而章之。天下嗜奇振異之士，瞑默夢想，如造其域，亦各適其適也。日月易得，山川可遊。君若歸乎玉女、少室之閒，余將振策蹤其後焉。

馮子昭主簿五十敘

丞、簿、尉之設，所以佐縣理物、導民善俗也。國家以淮楚爲重鎮，控引東南，襟帶湖海，重臣星列碁布，視會府爲加劇，於是有治河使者，有觀察使，有治中通守，慎固茨防，節宣啓閉。而又有管河丞簿，分司隄岸，畫畫而界，比之其職，不係於民，耑壹是以河防水利爲務，視州縣之佐若稍清暇，以居會垣之下，大吏之出入，過客之迎送，繁文虚禮，乃復劇於州縣之佐。吁！士之沈屈下僚，求偃仰傲寄，以蜕出於風塵之表，豈不亦難矣哉！甚矣，其不易也！

吾友子昭馮君，少以佐幕起家，來居是職，獨能澹泊夷曠，雖處忽遽之中，不改暇豫之色。其言曰：『吾之居是官，非以爲榮利也。吾慎吾防守，而勤吾畚挶，其他何與焉？』然吾嘗飲子昭所，方舉杯進箸，而門以外有騶哄導引而過者。其小史常先期而戒事，則投箸以往，輿卒之行如飛。既抵其治所，拱手鶴立，候大吏過而罷，蓋體統之尊嚴如此。子昭雖傲吏乎，其亦不能不屈於職守，以從當世之事也。子昭喜爲山澤遊，既縻於官，則命其友人爲《溪山垂釣長卷》，巖壑蔥翠，風柳翛然，而繪己於其中，如將往也。以彼其志而能俛首降氣常局之中，其所懷不既亦深遠矣哉！

子昭以今年正月五十初度，力謝客，雖予亦不獲奉觴焉。然嘉子昭之志，爲文以喻其意，使子昭亦知鮑子之知我焉。

黄質庵五十敘

丙申冬，與吴子過質庵於袁公浦，質庵煮魚作不托餉客，極驩。明年十二月，質庵養痾湖上，去浦二十五里。酒酣微雪，向夜，吴子騎馬披氊衣，余乘二羸車，急驅造門。主人掖二僮出應客。吴子繆曰：『稔客爲何？』主人笑曰：『雪夜而能過我者，必吴生、魯生也。』今年歸自都，旬月間，三造質庵於家，交益密。方質庵爲秀才時，翛然文弱士也。及作吏中州，風塵河壖，而質庵有聲沁、汾、伊、洛間。今皇帝登極之五年，南河多事，觀察鄒公以廉幹受特達知，銜命淮楚，請君自隨，悉心匡贊。及觀察廢，而君漠然無所向矣。

君生而羸，常病目。今積勞轉劇，退營草閣於淮、黄、湖、運之交。晝日開軒窗，風飄萬里，雲波渺漫，夜濤入屋，震動牀榻，琴鐘有聲。君則急起，呼僮子視藥鑪火，手執白拂子，憑高遠想，莫喻其懷。每過從，酒間語世事至深處，輒攤手曰：『吾昏於目，而瞭於心益深。』則又笑曰：『我止酒久矣，爲君盡此意。』未嘗一日不思發奮於當世，惜其病而不能用也。君居家嚴密，諸弟雖老大作官，無忤色。一盂几必秩所在。嘗謂君非養病法，質庵曰：『天下事我思之不能言，言之不能行也，吾試之吾家。』余媿其言切，弗能應也。以今年七月二十八日五十生辰，力謝客之以文來者，余則何能已？謹述其所能窺於君者爲之序，若君之高懷遠想，余亦不得而知之也。

譚桐舫太守同年五十敘

余覽《晉書》，至王内史傳，未嘗不歎，以彼清簡朗散之姿處之劇郡，近是違才易務矣。及觀其賑荒減運與臺司往復，陶士行之綜密，卞望之之幹實，無得而踰焉。豈非攄性則簡，慮事則詳？故其言曰：『虛談廢務，浮文妨要，非當世所宜。』然則名山滄海所以寄其神明，弘謨嘉政所以練其物理，尋常尺幅之士，烏足以語度外之意哉？

桐舫太守，以大臣賢吏之子孫，標寄清遠，襟度融暢，有晉士之風。顧迺從事都水，日親木石草土之事，簿領期會之所宜，而頗抗邁不屑，不能俯同羣倅，評裁者或謂用違其材。僶俛數年，卒無廢事，蓋君之所能者性也，所不能者情也。天下之患，常在士大夫以不急爲急。不急爲急，故私勤而公敝。於是以瞻奉爲職理，馳競爲才力，俯仰爲通，圓捷爲敏，巧密爲練，盡心畢氣於周旋罄折之途，而不知爲無實不根之浮務。及其臨政治官事，而力固已疲矣。既習爲風會，或少方雅，便成簡脫。

古之爲政者，一日之中，朝而聽鼓，晡而通刺，十九酬接，餘一治官書，披覽遊息無少時焉，卽安得不困？其勞逸。今也不然，朝而治事，晡而訪訊，夕而披覽。又以其餘遊心息神，疏濬其積滯，而節宣又況蒱博、聲色、酒食之是娛？然則虛譚浮文之譏，不在安石輩矣。

桐舫爲人澹於榮願而骨鯁辨贍，具琅琊之體氣，未知於陶、卞何如爾。又篤嗜翰墨，爲余論二王，蹟入玄解，豈非性術襟抱有懸合者乎？若夫傾身障簏，爇燭散籌，並是談宗。此真晉士之華僞，逸少之所訶，而桐舫所唾不顧者也。豈不勤於細務哉？乃不如虛廢已。

桐舫以今年九月五日五十初度。先期，余與同志三數人集湖上黃君之別墅，音旨始暢，君率意徑造，理詠永日。儻後史有述孫興公、許玄度之倫，故應在我輩矣。一觴一詠，猶能從君後焉。

顧秋碧六十敘

昔夫子說夏、殷之禮，寤懷文獻，而余讀班、范以下諸史所系《儒林》、《文苑》，慨然嘆焉。夫一代之興，匪獨朝廟刱制，類有白首魁艾，堙蹟山澤，導佑來者。其後生英特，飈起代勝，質愨醇懿，亦以遰降，降而必復其始。於是又有篤道深勤之士，蚤接緒論，晚勵貞節，砥柱波流之中，鍛鍊老壽，以轉輪運會，消息風軌，非一朝然也。大清初興，搜衰明之餘珍，學士如林。故順、康之世，吳、錢、施、宋、王、朱之倫，鳳騫鸞驟於上，顧、李、彭、魏之徒嘆詠於下。百餘年來，張皇淩夷。逮於乾、嘉，姬傳、竹汀，僅乃繼軌。自時厥後，文路驂騑，海内紛如也。

金陵顧子秋碧，蚤遊二子之門，喟然復古，嘗以偉博奧麗之文，嘘噏一代，天下靡然傾歎。中歲顛蹃，益趨篤雅，究極沈鍊，著書數十萬言。當吾南中相見時，姚、錢已前殁，而顧子掉鞅南北，意氣翕赫甚盛。於時止安鬱於毘陵，生甫奮於吳中，月南翔於海表，彥輔樹於淮南。二十年間，參辰錯莫，奄忽雲變，而君亦白髮垂垂老焉。比年遊止淮壖，相距一舍，每過存，余必呼童子出拜，曰：『使它日曾見顧先生也。』蓋余以晚出，恨不及見姬傳、竹汀，而同時周、毛諸子，年都未登六十，或四十八七，獨顧子龐眉偉齒，精潤之色浸滿大宅。又常聞先正之微言，矢窮搜於晚歲。方其官燭夜秉，雙瞳炯睟，望之以爲精勤少年。

噫！天意其有在乎？何其窮且老而不衰也！顧子少號任俠使氣，中年爲文士，悽怨斐惻，晚迺著述，根極道要。余嘗論其人凡三變，變而益上。過此益三數十年，申公、轅固之倫，玄纁、蒲輪之召，其有焉。余將撰杖履以從。

許肅齋先生八十壽敘

岱宗拔起莽蒼之中，南走瑯琊，東並海，古齊、魯、莒國旋繞其麓，山氣厚而民敦固，篤學而多壽。太史公曰：『夫齊、魯之閒於文學，自古以來，其天性也。』而其時於魯則申培公，於齊則轅固生，又有濟南伏生、高堂、胡毋、田生之倫，皆耆老篤艾。而伏生、轅固，年皆逾九十，申公年八十餘。朝廷使使者束帛加璧，安車駟馬以迎。至則與天子相揖讓，論爲治之要，廉正直言。此數公者，古之耄期篤道不倦者與，何其彬彬也！

今天子十五年，山左許君瀚與一同南北舉於鄉已，聚首京師，心識其爲人。後十餘年，在南清河，益相切磨道要。稍求讀其書，遂得敬觀尊甫肅齋先生所爲《說詩循序》、《大學中庸總義》諸書。於是先生年八十矣，而著誦不衰。

先生少苦貧，嘗牧牛，誦書弗輟。一日失牛，家人大恚。先生曰：『不可返而讀乎？』由是益攻苦，晏寢早起。鄰人夜興作，每以書聲爲候。家距濟南八百里，嘗挈瀚應舉，徒步往返，攀崖捫葛，扶路誦說，見者以爲異人。數十年來，海內談者協然知有山左許氏瀚之學，而不知其得力於家庭之際蓋如此。先生於他經多所考說，無成書，尤好治《詩》。一同允惟《詩》之爲教，溫柔敦厚，習之者性情得其理，故血氣得其平，於以彌性篤祜，於理爲近。太史公傳儒林六人，其附見十餘人，而申公、轅固生以言《詩》爲稱首。異日天子一日下詔書，安車蒲輪，迎致先生，所謂『正學以言，無曲學以阿世』，先生將以其尊身者推其道於國家，而民和人壽，致休福於無窮焉。

先生夙有心血虚證，每著書多輒發。瀚以爲言，則曰：『心不能無所著，吾亦不知其何以不自已也。』此則先生之養身，非夫世之熊經鳥伸、苟焉以保耆長年者也。一同敢敬申其説，以當乞言之義云。

吳仲仙明府同年四十敘

天下之大勢在州縣，自州縣以上，積尊累貴，爲古方伯、連帥之職，而今之所謂總督也，巡撫也，監司道府也。古方伯、連帥與小侯蓋分域而治，有大事若朝覲、會盟、討伐，乃訓率以聽於天子。其治民行政，一不以撓侯伯之權。名爲統帥，實亦儕等而已矣。自督府以下六七公者，皆得下而行州縣之事。州縣者徒擁百里之地，一不得行其意。卒有大政，令期會旌節，輻輳駱驛而往來，朝夕燕見，晷刻而不爽。其親民之時，十不得一。嗟夫！一日之中，至無一時之親民，又從而掣其肘，雖有子產之才，孫叔、公儀之志，其鮮能以濟也。唯賢者能確然自知職守之所在，撥煩去劇，而必欲行之於吾民。於斯時也，又有大吏者知其人，俾遂其志，又必六七公者交相知也，不則輕重生焉。故州縣難。

予同年生吳君仲仙之治桃源也，如治其家。其聽訟不爲刻深，惟以理喻。催科弗煩，賦亦無缺。暇日單車郊野，父老子弟，草服相見，民用大和。予過而訪焉，曰：『夫治有宜，若以此治劇邑省會，有不能者矣。』又曰：『神明之用有限，而久宦之志易衰。故地有衝僻，而政有醇秕。』其明年，果調任清河。清河水陸所輳，河漕大吏碁置，而是年有豐北築塞之役，空垣而往。君以其時約民督吏，浩穰獲安。又明年夏，朝廷以淮、徐洊災，遣大學士、將軍銜命南來，而江蘇大府自制府、漕督、兩藩以下，回翔往復，治河諸大吏又先期畢集。當是時，清河繁劇甲天下，而君以一令奔走往來使輶諸大府間，請謁上下，百務叢積。於時方盛暑，君又有妻之喪，壹切不顧，每出則衣襦濕淋漉，歸不需時，已坐堂皇決庶獄矣。予竊觀其心夷而思詳，雖甚悤遽，猶日竟數十事。蓋非獨其才之肆，應彼其心，誠知職理所在，必不以上官之事易吾民事。雖以諸鉅公嶽嶽，不苟爲和同，而於君皆庶幾能諒其心，而不欲甚撓其權，猶爲盛事，不可及也。

予讀《明史》，李信圭治清河，設條教，免徭役，至他郡被其澤。彼其時縣令得上疏天子言事，令萬不可得。獨是信圭作令在洪熙間，至正統中去職，中蒙選擢，以知州理縣至二十有二年。蓋盛明之際，吏久其職、民安其上如此。今君一歲之中，登薦牘者三四，其能久於此也？雖君靜退遺榮，顧勢不可畱，他日專城方伯尤當推恕及人，不以下撓州縣之權，以庶幾古率屬之義，萬物吐氣可待矣。一同辱同歲之雅而寄茲土，則部民也，用敢因君之生辰，推頌其美而終之以勗勉。至於宦成而志衰，則君暇時爲予言之久矣，有以知其無此慮也。

江寧布政使吴公仲仙同年五十敘

天下事窮變通久，至於事會之極，則必有人焉首當其任。天若特爲斯人設一艱鉅之職，而斯人出，而力肩其難，搘拄補苴，而功名之所就，遂赫然在日月之際。昔河、漕之任常合矣，至明之中葉而分，於時淸、淮相去一舍之地，乃爲河、漕分治之所。入本朝來，二百餘年，相沿不改。先皇登極之初元，河決於豐北，再塞再決，遂由豫東東趨入海，由是河、漕之官皆爲虛寄。

粵賊東竄，皖北羣盜，揭竿紛起，漕帥主江北之軍餉，而河帥專策應西寇之侵軼。咸豐十年春，西寇驟入浦垣，百官瓦解，天子慨然用言者之計，裁河工諸職，並之漕督一人，又並淮揚、海兩道於淮徐，而吳公仲仙首膺淮揚、徐海道之命，與賊相支拒者年餘。先帝升遐，新君龍興，朝廷念江北重地，特命公以江藩署漕河總督之任。公聞命疾趨受事，而西寇已先期東擾。乃今年正月，寇遂由沭陽東竄安、阜，直抵海上，迴翔淮南北。公艴然命將追捕斬艾，凡三四閱月，寇窮而西奔。公以其時外輯荒殘，內贍軍實，命淮北數百里塹圩寨，保穡聚，而分遣水師沿運河上下固守。自淮以西北，直抵山東東境，賊後數出，皆扼於運，不得渡。屬西師攻其巢穴，賊無所棲，大都迸散矣。向使河、漕不並，公不任事，則賊之東竄如入無人之地；河、漕兩帥，或仍如十年之交相推諉，其受禍必有數倍於往日者。然後知天之特設此變通之局，以畀公於艱難之會，所以成公之功名，而奠安此數百里之人民，非偶然也。

憶咸豐二年夏，一同自京師歸，就公於南淸河。公方作宰此邑，周旋兩帥之間，值四十初度，一同爲文壽公。於是粵寇尚在桂林、長沙之境，江左地方全盛，事務殷繁。明年春，金陵不守，鎭、揚相繼陷沒，公以百里之宰，屹然當東南半壁之衆。先皇帝知公深，親垂璽書勞問。旋以憂去，奉旨奪情。恩遇稠疊，至於數四。今日舉江北之任，盡以付公也。追憶十年以來，如怒濤驚雨，震撼心目。天高風勁，公乃爲長松大檜，河山棟梁。今年方五十，精神純固，足以馳驅戎馬之郊。天子一旦奮神武，芟榛蕪，撲螟蟘，公以其時秉元老之壯猷，贊絲綸而擁旄節，炳炳乎方叔、召虎之盛也。其威名譽望，當遠出昔日河、漕諸貴公之右，而公一出以靜儉，雖處擾攘急迫之中，而所行多寬大閒暇之政。變通權宜，而不失經制悠久之意；赴機蹈會，而始終不忘乎人心風俗之原。然後知公之才始大展，而其志業之所就，且逾遠而不可測也。

一同衰病侵尋，不能出而效贊襄之百一，僅於公之生辰，述公十年之間騰踔奮興，以在此位如此之非偶然也，以庶幾爲公進一觴焉。

高母車太孺人七十壽敘

道光二十有八年，嘉興弘文館堧栽。館故試士所，是日府令君悉放諸試者，倉卒相蹈躪。而高子均儒客南清河，其子行忠與試。問：『火何時？』曰：『夜也。』曰：『行忠其免乎？』已而果然。或以問，曰：『均儒之幼也，母氏教之嚴，每郡縣試卽出，少遲暮，則曰：「自汝父官西川時，未聞小試逮暮出者，汝孤兒，固宜爾。」均儒跪受教。今吾母督行忠也，嚴於教均儒時，其敢惰慢以卽於戾？』於是高子之友魯一同聞而歎曰：『美哉！太孺人之賢也，先君之思也，行忠之謹也，高子之教也。四美具矣！』益進而問故，則又曰：『先君之官邛州，吾母以繼室來歸。歸我十四年，而先君卒。先是，大父按察貴州，爲仇家所齕，籍沒，暴卒。與大母毛淑人前後廥蘇州之僑居，嗛者猶未已，則轉昇至嘉興。先君始婚於河東道沈公，公卒，依其家歸常熟。已復供事實錄館，而前母先卒。十餘年間，門戶蹉跌，仇間側目竊發。先君婚宦四方，惴惴以先人未葬爲隱痛。及卒官所，均儒甫六歲，吾母挈以南歸。道長壽，外家堅留之，曰：「盍子長而歸乎？」太孺人曰：「夫子以兩親未葬屬諸我。今留此，死者且不瞑。且子成立不可知，而四喪久暴露，吾不忍待也。」流涕而行。遂歸葬祖父母於嘉興，而爲先君卜兆於海鹽，沈母合窆焉。』蓋孺人明於大義而不私其外家，間關萬里，於流離困踣之餘，卒苦其身，以成其志，茹苦食淡幾四十年，俾均儒克有成立，非偶然而已也。今孺人年七十，耳目精明，猶能督諸孫向學，而令均儒游學四方，益交當世長者，以光大其志業，可不謂賢與？

一同辱交於均儒五年，觀其立身植節，皭然不涅於泥滓，固知有所秉承而然。然安知孺人素節高行，至於如此之盛也？以今年十一月二十六日爲設帨之辰，諸與均儒交者謀爲文以壽，均儒畢辭，且曰：『吾母有言，凡爲人子，論學取友，有善足稱，斯之謂孝。浮辭祝嘏，俗之陋也。』一同用是不敢以世俗之辭進，而心有所不能已者，姑私於均儒，且以示其子孫，世世守孺人之教無厭斁焉。

安東清漣書院記

清漣書院，所從來久遠，後少弛，官占房屋，士無所棲息。乃牒大吏反侵地，杜濫薦，絕遙領，薙宂費，皆著令。今吾以鄉里長者推，與二三同志相切磨也，惟不學不明，無益於職，甚自愧。夫明一經以上爲童子師，尚覬裨補鄉子弟。至如南面升壇坫，集邑人士而良楛之，迺黜優升劣，交通相屬，隳壞教法，辱二三子，此主講之罪也。與課者或不飭厲，更名並卷，譁嚚相欺，亦何益之有？夫徇無益之名，務豪毛之利，背鄉黨之訓，長華僞之風，賢者不爲也。故備爲記於院之堂，期開通相見。其有升降失實、品目乖剌，執卷以請者聽，又悉糊名示吾，無所左右，藝多不悉，裁一二見意而已。

庚子四月，山陽魯一同記。

字說

門人周韶音既冠之明年，來受學。正月上日晨，具衣冠見於先生而問字。先生詔曰：『音，來前。惟古有冠，責成人禮焉。既冠而字，非美其稱，亦箴其缺。汝虹氣闐闐，鋒才僊僊，懼躋險而顛；汝彪文英英，鶚志稜稜，懼遇勍而輕；汝步闊二尺，目前尋匹，懼遘眾舌齕；汝口霈六籍，目隘八域，懼浮厥實。今字汝諧伯，厥號琴父，汝其慎哉！毋諧於朋則爲圓，爲通，爲徇，爲從；毋諧於俗則爲染，爲溺，爲黷，爲濁。汝其若彼高峯之桐，直外理中，斲之，漆之，絲之，玉之，細羽鉅宮，醞釀六樂，鹽梅八音，亦莫如我尊。』音拜受，誠書厥座右。

通甫類稿續編下

解氏三世家傳

咸豐八年十有二月，丹徒解君爲榦遺使者具書尺奉先集而言曰：『爲榦伏處江海之上，仰下風之日久矣，不獲自通於左右。行迫歲暮，騎蹇驢，攜襆被，西游彭城，訪古齊魯之郊，登泰嶽以觀日出。將以明年正月造先生之廬，敬惟先人三世之行誼文章，大恐弗傳於後。惟先生哀其志而賜之文，則死且不朽。』明年正月果至，適一同他出，不獲親接言論，爲一夕之歡，畱書拳拳，猶以先世爲言。一同哀老慵廢，見擯於世，其文章果足爲君先世增重乎？其不可也。而君獨涉江河、犯霜雪，不遠千里，求一言以彰先世之懿美，可不謂賢歟？由君之賢而知君之勞身苦思以褒揚其三世，其必不肯構虛詞、飾遊說，以欺當世而厚誣先人，可知也。雖欲不增飾，固陋以副盛意，其又焉辭？

按狀：君之曾大父諱基趙，一名連璧，字玉培，太學生。太學少孤貧，貿遷江淮間。舍於逆旅，得遺金二百，守之弗去。良久遺金者至，分其半以謝。君正色曰：『以吾利若金耶，不當待君至；以吾不利若金耶，何謝之有？』遺金者感泣。君娶於趙，年四十無子。後賈淮北，置側室時氏。踰年攜歸，趙愛之，委家政焉。生子摺颺，九年而君病殁。初，君還金事未嘗語人，獨時知之，至是撫摺颺而泣曰：『吾聞汝先世未嘗有顯者，然知汝他日之必能成立也。既則奉以朝。』趙孺人泣而言曰：『先君有隱德而無年，後有昌者將在此子，願夫人勿以常兒愛之也。』趙孺人謝家政，常臥病，調護周至。比殁，搢颺哀踰所生。尋得瘵疾，孺人嘆曰：『先君之德未彰，此子不當夭死。』病良已。一日與客圍棋，孺人怒，取其具投之，搢颺長跪，請改乃已。其嚴明如此。

搢颺後更名檈，字輔山。長身偉幹，吐音琅然。嘗自錮一室，穴其戶以通飲食，盡納家所藏書，朝夕披覽，不問家事者三年。嘉慶辛酉舉於鄉，三試禮部不第，退而築介石山房，講學其中，有遺世之志。先是，鄉人苦里長之役。里長者，歲選殷實之家輸充之，遇水旱偏災，里人力不能輸，責之里長，多破家者。輔山力白當事，更爲分圖寘長，大約謂所轄近則勸諭易，戶口少則賠累輕，當事至今行其法。輔山既不得志，頗勇於著述，纂有《讀書疑義》、《律呂指略》、《晉論》、《求故錄》、《康衢閒語》十餘種。年四十有五而殁。子二：長載賡，庠生；次載言。

而是時時太孺人猶在堂，年七十餘矣，猶能治家，課孫如輔山幼時。載賡，一名南，字伯雅，能傳輔山之學。輔山之築介石山房也，四方來學者衆，皆因伯雅以請業。輔山謝世，諸弟子念先生之教，不徹几席。每朔望，伯雅衰絰，率塾中諸弟子上酒脯訖，朝夕課誦，如先生在時，三年之內未嘗更他師。已而太孺人命延長洲韓先生主講，文懿公之來孫也。韓先生負盛名吳下，少所許可，獨其教人一循輔山之法。於是伯雅哀集先世遺書，請韓先生爲之勘校，將次第栞行。殺青未竟，而君不起矣。子四，爲榦，其仲也。

論曰：世盡走利如騖耳，茍非其有不取者，天必相之。解君力行於不見之地，身未獲報，孀母孤雛，終載其德。吾觀時孺人之訓子若孫有旨哉！家道之隆，必由內教允矣。輔山力學，授經伯雅，再世纘緒。道雖未光，所以佑啓後人，不亦優乎？

徐漢槎小傳

徐漢槎，山陽人，名潢。其先世嘗爲霸昌道。祖某，遷安東，故又爲安東人。少聰穎，讀書數行下。年十二，爲文操筆立就。十五試於郡，太守閻公奇其才。明年補博士弟子，與同邑沈生相友善。漢槎爲人恂謹，居常與人言，溫溫如處子，其胷中乃有不可一世之氣。

沈生疾，馳書召漢槎。漢槎有姊亦病篤，漢槎嘆曰：『不去負吾友，去負吾姊。然姊有父兄可託，友一而已。』遂往。天寒大雪，往返四百里。至則生已屬纊，一見成永訣。爲部署喪事畢，遽歸。道凍且濘，蹣跚盤辟，下馬徒步，泥深沒髁。比歸，姊沒已數日。漢槎大痛，遂遘病。明年省試歸，嘔血升餘。

自沈生之沒，獨與余爲性命交。每相見，或三四日無一語，然與他人所不能言者，必以告。及病且篤，積旬日不與人言，雖至親與語，不獲。但語及余，則喜見顏色。以是家人窺其意，常爲詭言某且至。余客他縣，實弗至也。

道光七年六月二十一日卒，年二十有二。時余亦病。一日夢見漢槎，起謂人曰：『徐君得毋死耶？』後十日，訃聞，哭於客邸，悲沈生得一訣於漢槎，而漢槎不得一訣於余也。

梅君父子家傳

梅君，名觀成，字雲峯。始祖某，明中葉爲鴻臚寺卿，始居海陵。雲峯性峭直卓立，於物無所畏。年七八歲，有朝貴騶呼過市，市人趨避。雲峯從諸父往觀之，直前指曰：『若非彼也耶？』諸父掩其口，告曰：『貴人也。』曰：『人耳，何貴爲？』神色自若。年十八，丁父憂。家酷貧，持錢入市，取膏油少許，夜誦書，油少亦盡，多亦盡。既長，通百家學，久困州舉。貧甚，授書里中，門徒漸眾。有譚生者，常從遊，後去而賈。雲峯廉知之，盛怒往，遭譚於途，詬而曰：『汝父意云何？而爲市井兒乎？』譚懼，立棄其貲，請卒業，遂爲令士。里中諸子弟皆樂梅先生之教，而畏其嚴也。子年壯大，未嘗敢隅坐，有所詔，立受而退。時出行里巷中，方襟高冠，羣兒望見輒走避。然久與之處，人得盡情。好講論，至於義利是非之際，聞者洒如也。年六十卒，子一，英。

英，字節齋，少承其家學，該洽詳贍，海陵諸學者經事雲峯者，往往改事節齋。其爲人和易，善言笑。人以爲梅氏兩世之間，若趙氏之衰、盾而相反焉。

論曰：余友徐昫，雲峯之外孫也。道光二十五年冬，其諸梅修《梅氏譜》，介昫乞余傳其軼事。世日益諧薄，長者呴呴卑，幼益居居。雲峯，古之遺直哉！獨念譚生棄千金之利，長跪而請業，非獨師教過人也，蓋亦俗尚敦謹然焉。兩世之間，易介而和，親承過庭之訓，猶不得不爾，要爲兩君者，皆不苟於世云。

王綸堂家傳

綸堂名韻芳，字虵員，姓王氏，廬陵人。其先五世皆有清白異行。祖光昇，父殿墀，以篤孝旌於朝，事載《一統志》。韻芳幼溫敏，十歲作大字，斐亹可觀，甚有體勢。二十而孤，母劉氏躬自教養，與弟贈芳清苦力學。母既賢明，而家方落，燈火機杼之旁相泣也。年三十二補弟子員，有聲，五試於鄉，不獲解。後以弟官京朝，遂奉母家居。贈芳督學湖北，一往視之。及出守大郡，分巡滇南，數迎不往，曰：『豈以是累吾弟哉？』然性雖恬退，每樂言當世事，及方州利病，感激往復不厭。嘗寓書贈芳曰：『仕宦或不旋踵，豈皆尅覈寡恩、貪黷網利哉？衣租食稅，視民秦、越，漠焉無所動於中也。或有務名之心，無意病民，民弊滋甚。力所能爲，一無所委；心所欲爲，必求其是。願汝如是而已。』又曰：『大府務殷，或未易了，宜量力行，否則引身急退。吾先世未嘗仕也。』其卓雅如此。『又以鄉里大水，歲屢洊饑，生資既絕，其心將亡，目擊如此而不爲之所，吾食得下咽乎？』贈芳爲之減俸，糴米以歸，獲濟甚眾。

平生不營生產，而賙恤罔倦。或詭以急告，及屢負之，悟亦弗悔。與人言恂恂，雖臧獲有過，斥之不能成詞。夜行庭除，持燭始出，舉止詳畏，而臨義勃然。嘉慶四年大疫，有族人困殆，同舍引去，孑身留侍，躬執猥褻，如是月餘，寢食殆廢，人咸偉之。幼時，母見諸子作字欹側，正色曰：『字不正，不成字；人不正，不成人。』由是終身不作草，雖年老與弟書，累數千言，細楷竟幅，一無譌脫。遭母憂，蔬食終喪。疾革，遺命割田以助祠祭，語不及私，其篤孝蓋家法云。卒年六十有一。子二：其瀚、其濬。

魯一同曰：余讀《王氏旌孝録》，載世明德，喟然歎曰：『爲之後者蓋難及。』觀先生行狀，雖無奇卓可表，見意深遠矣。棲心皓素而憂樂，當年赴人急如不及，其志量何如哉！平生周慎，臨事大勇。孝之推也，夫何遠之有？

誥封中憲大夫少鶴吴君家傳

君諱以詔，字紫綸，晚字少鶴，姓吴氏，清河人。始祖通海，明初自滁遷淮，五世至祁，北京五城中衛倉副使。祁生璜，鄉貢生，廷試第一，兖州教授。璜生居廣，居廣生鉅，恩貢生，以經術顯。鉅生泓，廩貢生，正藍旗教習，考授知縣，能文有聲，縣志皆有傳。泓生邑庠生作梅，是爲君曾祖。作梅生邑庠生焯俊，次焯佳。焯佳生朝觀，封中憲大夫，出爲焯俊後，有田十六畝，棄書而耕，已復就賈。生五子，君其次也。

幼與伯兄以訓就外傅，日不再舉火，而甚勤學。既而嘆曰：『吾父勞苦如此，欲安坐作博士耶？』遂棄去。太公好施與，君請於兄曰：『吾家中産，力不足贍鄉里。吾願廣殖財，而兄散之，何如？』由是畝無靡草，家無腐穀，市無棄窳。則又請曰：『大人所欲事事，謹簿而待命。』則首修書院，振糜粥，散衣絮，施棺槥，掩遺骼，如太公教。

嘉慶十五年，歲大祲，助振金二千。學宫圮，助修之。道光四年，洪湖決，助金散民錢米。十一年，河南北大饑，太公當食而嘆，君知其意，則之齊、豫糴黍麥數千石，平市價，設四廠，飼餓者日萬人。二十年，又饑，振益衆。明年亦如之。歲良稔，濬便民河，通水利。於是大吏前後上其事，朝議加君息大田四品銜，封及二世。而君居恆深抑下，曰：『吾父之志，伯兄之力，而吾子獨邀其榮乎？』論者以是多焉。

君長身豐幹，白鬚飄然，性樸重。盛寒氊冠，一羊裘，織毛爲履，而儀容甚偉。市人識其履聲，竦然知君之至也。平生無妄語，不容人過，而峻外疏中，一言合則開懷相示，教諸子嚴察不少假。

道光二十年冬，朝議以中書乏人，召天下舉人。來年正月，集試京師，大田與焉。時迫歲除，君體小不適，促之行。疾劇，力戒家人勿使大田知。比訃至都，中道錯迕，大田歸，而君沒已四十日。於是匍匐泣涕，奉狀跪而言曰：『先大夫數十年經營力苦，以承先大父之志，有功於鄉甚鉅，不可無傳，傳莫如子。』用是綜君生平大略，而爲之系其世，以備吳氏之家乘云。

書事

梁學典，沭陽人，爲安東張氏佃，獷悍不法，去佃於王，去爲鹽梟。黨稍衆，黨魁張福者弟畜之。福爲人豪健，役使常數百人。梁有兄犯法當死，福拘送諸官，會事解，福懼，遂殺之。學典怒，日夜伺福便，卒殺福並其黨三人，支解之，吏不敢逼。其舊時所與共佃王姓田者，學典時時往來藉蹈。王不勝憤，誘學典，濳白諸縣，別要佃湖營都司張家桐會兵擒捕，縣不應，而家桐故緩期，學典驚去。道光二十五年春，王挾重貲舟市於無錫。學典率數十人要之王而道相失〔一〕，遂歷劫江南諸富家。捕之急，戕營將三人，剖而投諸江，遂北走。六月三日，游擊黄永清奉制軍檄捕賊。賊走安東，五日劫麻垛朱氏，焚其樓，殺馬於中堂。明日南走，連劫二家。八日，夜劫頭堡張氏，執主人而燎之，獲貲萬餘。會家桐亦承檄至，賊渡河而南，官兵尾之，並河東至高陵。賊方休，見塵起而大驚，列陳蔽河隄，而别遣人取隄下居民材木樹柵，架火器爲固。官兵攻良久，不下。而永清及山陽知縣陳綬清率二百人馳赴賊，賊驟進，傷永清馬，永清墜地，賊攢而刺之。千總薛舉連殺三賊，救得免。賊火盡，將潰。當是時，高陵人有聚衆應官兵者。學典服五品冠服，乘馬執紅旗，遥謂曰：『吾辦賊，諸君助我，助我！』高陵人不知爲賊也，得逸去。而東從童家營渡河，復西至頭堡，之月來集，市爲之罷。官兵前後十餘至，不見賊。賊黨時時草屨，執農器爲人傭，或相聚至村落，索羊豕、鵝鴨、酒蔬，人莫敢拒。諸富室無不人人惴恐。月餘而獲其黨嚴如。如兇酷亞學典，兄事學典。外委董廷貴蹤得之，乘馬追三十里。如渴倦，顛，顧而罵曰：『不可生得也。』拔刀自刺者二。然廷貴之功卒未上聞云。初，募購學典二千緡，如千緡。及獲如，遂以爲首惡，而學典不知所終。至今，夜犬吠，居民輒相謂梁賊且至，有遷者。

論曰：學典販傭耳，用報仇亡命，縱横江南北，行數百里，破殺數十家。官兵窮半歲之力，十數州縣之供億，大戈利鈹，奮勇而交馳。使者相望於道，若禦大敵。卒禽其箠，而魁乃晏如，然已議功授賞，擁旄相望也。蓋國家因撫夷之後，優厚武臣，望其自樹立如此。

【校記】

〔一〕王：底本作『汪』，據文意改。

書劉氏女

劉氏女，南清河人，嫁某氏子，不慧。家徒壁立，有姑老矣。女日夜縫紉，易粟以養。每操作，夫坐其旁，與食則食，衣則衣。時時兒啼，女則取衣裓中二三錢市餅餌，諵諵啖不已。便溺皆女教之，無怨色。每過從戚黨，無戚容。處其家十七年，姑死葬姑，夫死葬夫，獨居自若。上舍某聞其賢，聘之，無拒詞，生三子焉。上舍告人曰：『婦初來，猶處子云。』論曰：『劉氏可謂達節者矣！』

或曰：『何不遂爲北宮嬰子？』曰：『女無父母，且女卽有父母，亦不必爲北宮嬰子。當女來壻家，病姑騃豎，女獨以其身養生送死，恩周兩世。十七年中，飲食、撫育，無幾微見顔色，豈非安命畢志篤道大丈夫哉？且女子守志，分所應爾，而古未嘗以嫁爲嫌也。近世禮法嚴，於是有拂抑之性，憯鬱之悲，其隱微至不可道，乃更自矜貴，傲睨翁姑，淩轢娣姒，四德踰矣。』

曰：『守節。』『守節，吾未見其可。』

或曰：『女何以不死？』曰：『程嬰、杵臼之言曰：「死易，保孤難耳！」十七年中，淒寂㫚沒，焉往而非死境？安於義命，全付所託，義烈者不能堪也。女之不死，賢其死也，奇矣哉！』

光禄大夫兵部侍郎安徽巡撫蔣公神道碑

咸豐三年正月十七日，賊陷安慶。大中丞蔣公既授命，事聞天子，以公遺疏自裁。而前漕督周天爵疏論遺摺與呈報不符，又以十七日尚在安慶發報，何以一日遽被攻陷？疑有先期退避，推問反復。於是欽差大臣向榮具奏城陷本末，及先自裁後被害狀甚晰。天子乃始加恩賜卹，尋賜祭葬，給騎都尉世職，入祀京師昭忠祠，皆如禮。其年九月六日，葬公於定福莊之原。後三年，一同來京師，親至公家，求公遺事。公子常綬、常紱乃出所爲狀及史館列傳，乞爲公墓道之文。

蓋公之死，出於倉卒。其所以牽制錯迕，俾公不得盡心力以畢一日之志，而蒼黄於一死，既死又不能遂引決之初心，至於慘毒備至，心跡幾於相違，厪乃得白而猶不盡者，則非獨朝廷及中外大臣不能盡明其隱，天下萬世之人有不能爲公諒者。公自本藩開府，經營戰守累年，而不能嬰城爲一日之拒。雖今起公於九原，亦不足以塞衆口。而公之隱，則固可得而論也。竊嘗讀公遺疏，推見當日陷敗之故，由於壽春鎮之去。自古以孤城當賊衝，未有不爲犄角之勢而能禦敵者。壽春鎮固公之手足，而皖省之肢體也。制府既奪公之手足，而斷皖省之支體矣。易之以江南新兵二千駐之城外，二千人皆客兵，王鵬飛又客將也，以客將馭客兵，其心與撫標固不能以一矣。彼見制府統大衆趨上游，耳目聲息，皆視上游爲進退：制府走，則二千人之心去；二千人去，則守城數千之兵與城中數萬之衆之心皆去。雖有孫武之法、墨翟之守，不能善其後矣。藉令制府奏調之日上疏力爭，以本鎮之不可調新兵，客將之不足爲援。萬一見從賊，雖乘勝大至，而內有扼江之嚴城，外有本標之策應，猶可一戰，以挫賊鋒。縱不百全，萬不至一日之間遽被攻陷，昭昭也。公之明，豈不及此哉？公舊爲制府屬吏，而制府矜而褊人也，而朝廷新向用制府知恩鎮之能便於自助，而不恤其他，恩鎮有治軍之長，用違其方，而卒見杜害。公有深遠之慮，抑於統帥，孤立無援，而全局去矣。

按狀，公名文慶，字蔚亭，姓蔣氏。始祖坤，以從龍功涖正白旗漢軍。高祖元勳，陝西河州等處都督僉事。祖成章，上江協副將，世有武功。父煥，獨好文學，由乙科歷官廣西興安、懷集二縣，以剛見忌，採銅滇南道死。公八歲隨母楊還京師，母課之嚴。年十八領鄉薦，嘉慶甲戌成進士，觀政吏部，升員外郎。那文毅公爲冢宰，有所請屬，公偘偘執法，事竟不行。簡雲南曲靖府署永昌，調雲南府，所歷稱治。道光十二年，分巡甘肅、寧夏道，在邊十年，渠利大興，遷浙江按察使。值英夷內犯，公常總糧臺。二十四年，召見稱旨。明年擢安徽布政使，於是王侍郎植巡撫安徽，凡振災清查皆倚公以辦。今上登極，侍郎首以公薦，逾年遂代其位，時論美焉。

時粵賊蔓延，上盛意保甲。公言保甲宜與團練並行，而江岸灘洲遷徙靡定，難與城鄉一體，因條上巡江四事。當是時，賊已入湖，南趨長沙。湖北巡撫常大醇奏調安徽精兵一千赴楚，而總督陸建瀛又以江西單弱，恐賊從蓮花廳窺吉安，請改所調赴江西。二年八月，公上言：『前調各兵，大半起程，折回轉需時日，當飭已起程之安慶、潛山等營七百名仍赴湖北，未出境之徽、寧二營兵三百名改赴江西，再於安慶、徽、池、蕪、采、壽中右等九營續調一千，分赴兩省，各足一千之數，俾資應援。惟賊情詭譎，一經痛勦，未必不順流下竄。計安徽兵不滿萬，見存僅溢六千，各有分防汛地，省垣實慮單危。臣思潁、鳳二府民風强勁，不乏精壯驍勇之人，今先募二千，以五百人調省操防，五百人留於廬州操演，餘一千人分駐界連楚西各要隘，以資防守。如湖北、江西賊氛益熾，請再調江蘇兵三千名分布防勦，以免竄越。』又言：『安省庫帑撥解甘肅四十三萬兩，河工二萬餘兩，本省兵餉十餘萬兩。近又解湖南十餘萬兩，庫藏已無餘存，加以顧募壯勇，添備器械，製造船隻，需款實多，而宿州、鳳陽、靈壁、五河又以災告矣。請刺部將司庫續收地丁契雜，蕪、鳳兩關征存，一並存留，以備接濟。』事下戶、兵二部，而督臣以爲跡涉張皇，漸生異議。十月，請修望江、東流二城。十一月，賊至岳州，復申募勇，留餉前議，始命總理安徽防勦，會同壽春鎮恩長計議。公遣按察使張熙宇、遊擊賡音布守小孤山，而自與恩長調度，出則並騎，察形勢，修城壕，按營壘。十二月，奏調江蘇兵三千名，浙江、山東各二千名，徽州兵一千五百名，督臣以江蘇重地，靳不與，有旨陸建瀛撥兵二千。而是時賊已陷漢陽，燒漢口，攻武昌。朝廷命建瀛爲大將，統兵迎赴上游合勦。建瀛意氣甚盛，每對將佐陳說慷慨，以爲羣盜指日就擒，獨前漕督周天爵憂其不濟。朝議卽命天爵助守安慶，而鳳、潁、徐、宿盜四起，天爵請留討諸塢，不時進，建瀛猶豫未發。初，建瀛奉命撥兵二千，卽日奏調恩長爲行營翼長，易以福山鎮王鵬飛帥二千人而西，至則駐兵安慶北門之外，所謂城北之兵也。恩長既去，公益孤。公母楊年八十餘，久病瀉。公外總戎政，內侍湯藥，已而嘆曰：『人臣許國而以老親累乎？』公則夜起焚香叩天，病少間，卽日送登舟。已而建瀛師至於皖城，公戎服出見，因乞海防之三板船。陽許之，已又不與，遂行，尋劾公。三年正月，賊陷武昌而東出，與官軍遇於九江，賊艅蔽江數十里。建瀛望見而大懼，舟師前後失次，壽春鎮恩長獨遇戰，敗沒。或告建瀛急斂兵入九江，縱賊過而尾其後可燒也。建瀛惶惑不知爲計，遽登輕舟東走，順流倏息達皖城，遣人報曰：『賊衆不可當，制府歸守江東已過矣。』公遣飛騎邀建瀛入城計事，及江，不見舟，沿江守兵皆散。明日天爵以書來，盛陳退守廬州之計。公太息曰：『旦夕望若來同死守，乃教我走乎？退將安往？』公卽奏上天爵書，而賊大至。公登城督戰，立持箭促王鵬飛自北門進兵，鵬飛遯去，而本標右營守垛兵猶力戰。城中人先聞制府敗走，已驚擾，及見城北兵散，以爲退守廬州果信已行矣，紛紛縋城下，斬之不止。公知事不可爲，急草遺疏。草甫屬而城已破，間使馳詣天爵奏上。公起向闕叩頭，吞金不死。家人進藥飲，悶絶而息，尚屬縛入肩輿。遇賊於門，遂被害。陳貴者，間以席覆公尸，賊去，殯諸關神武之廟，而身赴桐城呈報。報中漏言自裁事，至煩朝廷推問。烏乎！自裁之與被害，死均耳，而公之所遺恨者，在於不戰而城破。一夫輕退而兩藩相隨陷沒，則固有任其責者矣，於公何尤哉？公之子常綬聞變，兼程行羣盜中數百里，至安慶，而賊已東下。常綬乃始邀同在城文武僚屬、薦紳耆老集視，然後敢殮。

嗚乎！此尤可痛也。公天性篤孝，雖居官，未嘗離膝下，出入必稟命。當公致命時，太夫人在途，莫敢白。及審聞狀，歎曰：『有子如此，吾可告無罪於祖宗矣！』卒不哭。公生於乾隆五十八年正月二十日，歿於咸豐三年正月十七日，誥封光禄大夫。配彭氏，誥封一品夫人，先公卒。子六人，存者三人：常綬，辛亥恩科舉人，廕工部主事，襲騎都尉世職；常紱，議敘同知銜，彭夫人出；常繼，妾楊氏出。孫三人，春愷、霖愷、旭愷，皆常綬出。一同與公之子有一日之素，故敢推論公之心跡，以告世之臨敵變易將佐，其有關於成敗之局甚鉅如此！

誥授昭武都尉淮揚河營遊擊黄君墓碑

君諱廷珠，字殿光，姓黄氏。其先安徽人，曾祖成，遷徐州宿遷縣。祖以龍生仕忠，仕忠有三子，君其長也。自曾祖以下，贈如君官。

君起家行伍，河督徐公分巡淮、徐，時陰識君，稍擢至守備。時里河數潰決，五年之中文武被議者七。相國蔣公以爲非君不辦，徐公聞之嘆曰：『黄某才幹，兩河無雙，然此極弊區，深爲憂之。』君受事數年，卒無事。嘉慶十七年，河決睢入湖，湖大漲，劃七堡以洩，既築而圮數十丈，大帥惶急，面詢君。君曰：『得半月保爲了之。』未期而完。二十四年，河大決，蘭儀灌湖，湖壩畢啓。已而馬營壩潰，黄流北徙，湖不竭如盂水，下若建瓴。君築東清壩以資收蓄，功尤鉅。君敏果，精物理，尤長治湖。每豫河決而南必歸湖，湖不支則潰，過洩則竭，潰病民，竭病漕，是二役，微君幾殆。

道光三年遷淮陽游擊，明年權參將，又明年而有武家墩之役。時奇寒，西風大壯，甃石崩泐。君馳往，湖波雨下，冰著體如鑄，士卒無不一當百。然猶旬日之中塞五壩，檔内堵息浪，庵缺口者四五，幾獲濟。洎大吏被罪去，君例得罰，猶留工，旋奉檄探海，絲網濱風，駛船驟從，兵雨泣，君神色自若。六年春，東河督張公奉命至。當是時，黄驕清懦，禦壩不啓。張疏力陳茆良口之議，而節使琦善主開減壩。張執議，後不敢堅對，依違其間。君兩陳其不可，且言：『河北生靈百萬，縱放河有功，公何以堪之？』言甚危切，卒弗聽，既而委咎。君落一官，非其罪也。復爲里河守備。臨湖舊無石工，公建議得請。自嘉慶十三年，里河數十決，君始居是職，至是而告成，前後幾二十年，無蟻子之漏，誰居君之力焉？

君天性孝友，贈公疾，未嘗解帶。撫寡妹，數十年如一日。貧而好客，客大至。嘗除日召諸子前曰：『逋負了未？』對曰：『已辨。』君大笑曰：『飲酒。』故事，同知官過境，必齎銀物爲饋。一無所受，以是人皆笑君。子女九人，婚無顯者，曰：『華族無再盛。』其達識雅致，皆此類也。配孫恭人，佐君孝養，雖產蓐侍疾不衰，總櫛洮頮皆親爲之，撫君弟妹如同產生，嫁女薄其奩，曰：『毋使過諸姑。』蓋非是不足以配君之德。君以道光十年六月二十五日卒，年六十有四。恭人先君三年卒。男子子五人：長斌，東河縣丞，候補通判；次佩，淮徐營遊擊；次宣，從九品；次戊，安徽南陵縣丞，候補知縣；次晉，漕務千總，候補守備。女子子三人，孫四人。以某年月日葬於某原。

自君歿之八年，一同始獲交於君之長子斌，聞君事尤詳。又七年，而以狀來乞文其隧道之石，表君之風，風於有位。雖不文，其敢辭！銘曰：

湖水清，君則瀦之。湖水濁，君則渠之。既瀦既渠，既奠厥居，是宜尸之。下相鬱鬱，我公歸。今之人兮，公不來。

太學丁君墓誌銘

道光二十一年，清河文學丁樞從遊於吳城。明年，黃河決崔鎮。樞奉其尊甫太學君以來，而先君子適自安東就養館舍。先君子年老衰疾，然喜對客，談說不倦。君少先君一歲，病脛足痺濕。時方隆冬寒凍，僦屋距百步，兩老人相慕也。明年歲朝，先君命謁太學，於牀下方圍爐，火煨榾柮，見客，離牀立，敬謹拳曲而爽氣灼爍眉宇間。顧竊獨恨未從君少年游也。

君家不過中產，獨喜結客，擊技拍張，所交四方大俠，專赴人緩急，或窮亡命，解救不以在亡爲辭。暇則嗚絲彈筑，歌嗚嗚，無風雨寒暑。具十人食，然自處儉讓，恂恂鄉曲間，有魯朱家之風，而願篤殆過焉。

國家太平二百年，豪俊樸異之士，無所發其奇。其嗜好、蹤跡，雖不盡純素，要爲有以異人。一同常欲就太學問天下奇士，後稍稍聞太學所舊與遊皆已前老死，其流風效慕之者，往往豪暴武斷，君絕不與通矣。晚而抱病杜門，蓋有漠然無所向之悲，而人不知也。一同見太學之明年而先君棄養，又六年而太學君老病以沒。

嗚乎！以余所見，天下耆俊魁壘之士，大都生於高廟之中年，彫謝略盡矣。今儒衣冠多弄文墨，世俗之俠虓亂虎而冠耳，曷足比乎，曷足比乎？

太學君名淑問，卒年八十有二歲。配蔣孺人。子一，即樞。銘曰：

赤雞之年月在丑，十日癸酉觜星守。漆燈照泉光黝黝，俠骨所藏貞不朽。我攜隻雞奠笏酒，蛇竄蟻遷百邪走，子孫萬千保永久。

周母李太宜人墓誌銘

昔昌黎韓子稱，歐陽詹『捨朝夕之養以來京師，其心將有所得於是，而歸爲父母榮也。雖其父母之心亦然：『詹在側，雖無離憂，其志不樂也；詹在京師，雖有離憂，其志樂也』。斯説也一開，而世之急功名、貪進取者皆得曲爲之説，以爲吾親之心固爾，其親亦不得已而曲徇其子，以爲吾心誠如是。至於絕裾就道，負杖倚門，夢寐顛倒，食飲不甘之狀，人子固無由而知也；千里寓書，浮沈乖舛，倉卒疾病，呼號莫達之情，人子固無由而聞也。蓋世之所謂聲華仕宦之場，至是而不能無憾於心者多矣。雖其親，豈誠願爾？而舉世相牽相率而入於不得已之途，是豈可不爲動於心哉？

門人周生韶音官農部之明年，母太宜人故有幽憂之疾，至秋而劇。農部方趨郎署而心動，遽假歸。太宜人已危篤，見子喜甚，命進食，霍然若有所失者，病良已，而督韶音入朝。遷延未發，屬封公驟得肺疾，太宜人勤視湯藥，旬餘疾大作而殁。於是韶音泣涕扶服，以狀求爲銘幽之文，意甚不自安者。嗚呼！使君非以假歸，或歸而遄返京師，必有抱恨終天者矣。其得視湯藥，親含斂，抑有天幸焉。則是豈可不爲動於心哉？

謹按，太宜人李氏，沭陽世族也。曾祖榕，知營山、樂平兩縣事，權直隸平定州事。祖世犖，考衡壽，隱德不仕。太宜人年十八歸封公，性明肅，持家四十年，門宇靜密，無敢高聲者。尤謹於財，尺絲寸布未嘗妄費，而賙恤族黨，稱人而施。道光中，歲大祲，有流人數十家將棄其稚而逃，太宜人慰留之，計口給食，人賴以全。有傭某以無賴被逐，至是在給中，門者不爲通，餓而死。太宜人爲逐門者曰：『以志吾過。』婦功之暇，輒召諸子説古今，至蘇母許子以范滂事，嘆曰：『教子當以篤慎，蘇公之召禍，母實啓之。』仲子早卒，遺孫在抱，視與諸孫等，曰：『孤子失教，起於溺愛，此端不可開也。』太宜人於家庭之際，大都以法勝恩矣。及中年以後，連遭子女及孫之殤，深悲極痛，然猶强自振厲。雖以農部供職京曹，恤乎不忍其遠離也，而無幾微牽繫介於詞色。嗚呼！其心藏於仁而割於義者邪？其受摧損固有莫知其然而然者乎？

以咸豐九年二月丁未終，年六十有三。男子子三：韶音，户部郎中、福建司行走，娶耿氏；韶儀，邑庠生，娶湯氏、王氏；韶振，候選州同，娶王氏。女四人：長適錢，次葛，次朱，次未行殤。孫五人：履，早卒；次謙，次復，韶音出；次豫，韶儀出；次益，韶振出。以十一月丁卯葬於縣東鄉新建之原，銘曰：

人有恒言，父嚴母慈。慈不衷道，而流爲嬉。儼乎如齋，凜乎如師。如錫如珪，宜人是宜。彼慢用欺，此敬弗違。云胡不弔，中壽而摧。僕御汍瀾，宗黨涕洟。既戒既飭，而去見思。嗣音後人，視此刻辭。

許母孫太安人墓誌銘

純皇帝御極之初，有名臣曰孫文定公，以清正剛介聞於時。文定公之孫曰批驗大使鑄，沈屈下位，禄不稱才，是生太安人。年二十有一，歸贈翰林院庶吉士許君長恩。許先世籍平陽，以業鹽筴僑揚州，雄於財。贈君獨力學，致貧，學久不達，抱奇而死。有子宗衡，年三歲，太安人抱之以適外家，遂居金陵。大使君又殁，孤貧不能就外傅，太安人親授諸經。冬夜，風雪單寒，相對讀《周禮》、《爾雅》。苦其聱倔，恒爲助句繼聲，必背誦無觝觸脱複，廼命就寢。八年，學大通，顧窮益甚，復徙揚州。道光中，宗衡舉於鄉，後十餘年，通籍，入詞館，始謀迎養，而太安人病目已五年矣，以咸豐四年七月二十五日告終京師里第，年六十有七。六年七月十七日以喪歸山西，穿贈公壙，合葬於平陽府太平縣北柴莊涼馬寺之原。子一，卽宗衡，翰林院庶吉士，改官內閣中書、起居注主事。女一，適同邑王太學西澗。女孫一，適某。

先是，道光二十二年，夷人自圖山犯京口，前鋒抵金陵，揚人恟懼。太安人謂宗衡必無輕動，夷且去。未幾，夷果受撫去。及宗衡取孥揚州，粵寇尚在湖湘間，而長江自蘄黄以東，九江、安慶、蕪湖、博望、采石戍守相望。制府陸公奉天子命，以舟師五千揚帆西討，中外望其成功，無不人人以手加額。太安人曰：『必速行，江、揚不可居也。』比入都，未至數程，而賊已襲安慶，破金陵，不數日連陷鎮、揚諸郡，蔓延半天下。聞者奇歎以爲神。由今思之，夷當中國全盛之時，孤軍溯流，張牙虛喝，得飽則去。粵賊乘和夷空敝之後，關梁不閉，長戟不守，順流長驅，遂成破竹之勢，皆情事自然。當局惛不悟耳，何神之有哉？

方宗衡年七歲時，驟嬰危疾，巫言爲僧則愈。愈以他氏子代，既而悔曰：『吾子不僧，誰當僧者？』卒以所買朱氏子還其家。鄰有以貧告者，至損衣物以應，或謂其欺，曰：『欺亦貧。』其慈明豁達多此類也。

幼精楷法，曉音律，尤工六法，尺幅中山水樓閣分刌不失。及得目疾，乃潑墨爲大小米山，六十後始輟筆。宗衡雖官近禁，性頗疏散，太安人爲寫《秋林曳杖圖》，題其後曰：『此汝他日必至之境〔一〕，斯圖所以志也。』

余於道光丁未、庚戌間往來京師，始識宗衡。居平獨未見其盛服請謁，意不類輩下人。後稍從友人吴比部昆田所聞太安人行事，而宗衡適寓書求爲銘幽之文。嗚呼！太安人生長勢勝閥閱之家，而終身涉歷勤瘁劬苦之境。宗衡幸晚得禄養，而官庳性介，又不能僶俛襲取世俗壹切華腴諸美好物，苟焉以奉之吾親，雖其心慽然，似有所不足。君子以爲立身敭名，在此不在彼，其可不銘？銘曰：

相門之裔，嬪於素士。垂五十年，勤斯育子。既屯而康，象服瑜珥。不媿死者，同穴故里。式此貞石，以告彤史。

【校記】

〔一〕他：底本作『池』，據文意改。

王孺人墓碣

孺人王氏，漣水名族，作嬪延陵，吴君仲深之元配也。幼嫺姆教，婉嘉其儀，奉箒高門，中表譽歎。吴君以温肅之姿，抱羸緩之疾。孺人稱藥量湯，衣纈弗解，焚薌露禱，甎額無移。夫急絲生其悲調，烈氣感於勁風。當君緜篤牀幃，孺人毁身紓難。金剪一斷，玉膚霜落；重湯百沸，啜焉有瘳，諸姑伯姊，莫或知也。後迺頗洩，君迫而觀之，齒痕瑳如，相向涕落，如何不弔？一疾而萎，春秋二十有一，道光二十八年四月也。

嗚呼伊嗟！豈獨匹偶之情，實深肌髓之慟。余與吴君，交比孔懷。屬表賢懿，炳厥幽志，昭於將來。

朱孺人墓碣

孺人朱氏，浙江山陰人，吳君仲深之繼室也。敏慧柔嘉，傳其家學，工爲端書，兼通六法。吳君既免妻之喪，遂委禽焉。送嫁之物有：盤螭曲水之研，錦江桃華之箋；秦尊漢洗，文管斑然。琴瑟既穆，綺疏愔愔。福實憎才，宛轉遘疾。既少閒矣，吳君有百里之行，一夕遂卒。既瞑，而視若有恨者。空房塵鏡，無故自裂。家人上下，靡不嗟異。春秋二十有一，以今年某月某日，葬於王孺人之壙。雙冢並高，文梓交樹。必有芳靈，時其往來。君屬紀焉，遂刊貞石。

安涉橋碑代

昔先王之治天下也，有司險以達其道路，有遂師以巡其道修，有候人以掌其方之道治。故其詩曰：『周道如砥，其直如矢。』言王道蕩平而無所底滯也。故水潦既降而無淫淖之患，輕車重馬而無頓踣之憂。澤有陂障，川有舟梁。歲十一月，徒杠成；十二月，輿梁成。寒不病涉，行旅如歸，此先王之所以不費財賄而廣施德於天下也。王政缺微，官典失序，於是火覿而道茀，水涸而橋梁未成。而單子至，以是卜陳之將亡，其關於興廢之重如此。其在後世，則趙充國治湟中以西，至於鮮水，爲橋七十，所過師枕席之上，遂制西戎。五代時，定州橋壞，覆民租車。節度使王周曰：『橋梁不修，刺史責也。』乃償民粟，爲治其橋。由此觀之，周公大聖，而單子賢卿，充國名將，王周良牧。其於興教圖治、守邊牧民，皆以兢兢矣。今乃塗潦横於通馗，津梁阻於郊甸，嘉賓迴車而不前，行人釋擔以太息。豈非有司之責，而詩人所爲『睠焉出涕』者乎？

余之復蒞南清河也，治以北有孔道焉，蓋自南來朝京師者，以斯爲登陸之首塗。雍正六年，建石碼頭，十有八丈。嘉慶中，引而長之，厥功未竟，輪擢蹄陷，行者勞苦。又其上游兵六堡迤下，疏爲小河，横貫而東，木柱之梁於是乎建。日月崩阤，弗堅弗任，顧以方隅之未乂安，歲事之不稔。自大府百執事以迨邑之人，謳往吟來，懷而有待。釋子廣達結庵河上，愍斯道之崎嶇，慨焉奮其願力，袒臂大呼，手口俱瘁。自道光某年至咸豐某年，凡建石路若干丈。又自咸豐某年至某年，續建石路若干丈〔一〕，已而改建木柱之梁以爲石橋，既礱，既鍛，欄楯翼如。工既成，乃謁余而名以命之。

夫治平險岨，繕葺津濟，有司守土之事也。至於具畚挶、侍木石，又將率其民庶以期於司里。今有司實不能厥職，而伏莽在郊、我疲旷又弗堪於鼛鼓，用是恤焉營建之不時，道路之若塞。夫當官不能以動其眾，而游乎方之外者，顧乃頗能畢數年之弘願，以普濟於艱難，豈佛力之恢閎，有非徵發期會所能迨乎？書之，其毋迺滋余之媿也。抑民之愚，有時不願效其財與其力於長上，而福善利益之事則勇爲之，以是佐王政之所不及，而彌縫天地之缺憾，不亦美乎？余故樂著其事，以告後之君子，有所紀循焉。

【校記】

〔一〕此文代清河知縣吳棠作。檢吳棠《望三益齋雜體文》卷四載此文。『自道光某年』至『石路若干丈』四句，吳棠集作：『自道光二十九年至咸豐元年，凡建石路若干丈。又自咸豐三年至五年，續建石路若干丈。』

敕授承德郎黄君行狀

君姓黄氏，諱斌，字雙允，號質庵。其先自安徽遷徐州之宿遷縣，是爲君之高祖，諱成。成生以龍，以龍生仕忠，仕忠生廷珠，誥授昭武都尉、淮揚遊擊。自高祖以下，皆贈如其官。都尉生五子，長卽君。

君少沈密，力學不倦，補博士弟子員。入貲爲東河丞，大吏稱之曰『能』。道光五年，今雲貴總督侯官林公、前淮揚道鄒公分巡淮、揚、海，請君隨行，多所弘益，補滎澤縣主簿。自以一命不足以有所建白，而違親千里，意怏怏不自得。會丁母孫恭人憂，哀毀骨立。當是時，都尉公年六十餘，猶勤於奉職，顧性恢擴，不省家人生計。卽公事少暇，與所好三數人者談讌終日，家事悉付君。都尉當官廉介，又好施與。每歲時，悉召故人子弟與飲。既醉，恣取所有。卽有餘，盡以付酒家償責。以故都尉沒而逋負至鉅萬。

先是，都尉爲君入貲爲府通判，至是服闋，需次於家，而君諸弟祿入微薄，君内外搘拄，心力耗竭，少有目疾，遂失明。君雖病廢，而每日晨起，董督公私，人無違用，物無虚材。其綜理至於竹頭、木屑，罔或不舉。十年之間，君弟佩由守備洊至淮徐遊擊；弟戊通判安徽；幼弟晉爲漕標千總官。蓋國家大政、州縣守土而外，惟河與漕，而君家兄弟均與其事，其精微竅會、纖悉畢萃於君之一心。瞑目而思之，必期當理而後止。嗚呼！幾何其不病也。

君生平篤於交遊，專赴人緩急。當兩湖總督周公被逮時，家屬浮江入淮，將歸於東阿。太夫人年八十餘，倉卒卒於舟次。於是公罪且不測，江淮故吏無過問者，君獨毅然出三百金爲喪具，命諸弟往經紀，期三日畢辦。至於衾衾、池翣、灰蜃之屬，靡不中禮。既而公奉命防夷淮楚，過君所居，撫膺而哭曰：『微黄君，吾不復視息人世矣。』及復爲漕督，將乞假守制。時内外方倚重，而公終以不可違禮邀榮首訪君，君力贊成之，其持正如此。侯官林公之遣戍也，中道改往河南塞決口，遣人視君疾，願一見。君以目疾固辭。及公至祥符，君馳書千言，爲言河勢曲折，修築疏濬所宜。公悉嘉納。十餘年來，海内巨公繫天下重望，四夷之所敬憚，中外所賴以無恐，必以林公、周公爲稱首，而皆敬愛君。君之深沈大略，雖不用於世如二公者，其不妄有所稱許，可知其不誣也。

君疏鬚白皙，神骨晶瑩，其愛客如都尉。晚益專靜，求身心之學。嘗以夜分思一日所爲，計其功過，每嘆理不勝氣，以是爲憾。中世士大夫一切蕩佚爲禮，君獨講求儀節，喪祭婚娶，斟酌今世之所用，以求合於古人之意。雖知交狎見，必整衣冠，拱揖周旋，如對尊貴人。既失明，使人扶掖見客，舉步尺寸詳審，未嘗一失禮。性强敏，箋候酬答，口授累數千言，無可增損者。或人與書，曠隔經年，皆識其端委，檢對時日無舛。一室之中，盂几鼎鐺、名書妙墨，位置秩然。或少敧側，必責主者，以是人不能欺。或勸之曰：『此非養心法。』君嘆曰：『心以用爲養。凡吾所爲，以媿夫放逸其心者也。』

君生於乾隆五十四年七月二十八日，卒於道光二十六年九月初一日，得年五十有八。娶白氏，封宜人。側室生子一人鳳銜，南河候補守備；女一人，適湯世熙。

一同辱君交十年，每見必反復議論，至夜漏三四十下，或對牀語不休。當君病困時，每謂：『我有五憂：憂歲、憂國、憂家、憂子、憂友。』余謂：『君子憂其身之不修，若君之五憂，誠切矣。』然非衰病所急，君反復辨難，良久曰：『子言當是也。』屬纊前三日，余自徐州歸，過君別業，執手流涕。君嘆息曰：『十年知交盡於此矣！』於是君之諸弟及鳳銜以狀來屬，不可以辭。

嗚乎！君用不盡於當世，余所論次大略，其志竟可考而知焉。

安徽候補知縣鄉賢潘先生行狀

安徽候補知縣潘先生既歿之二十年，郡邑之士追思先生之道義文章，清明剛大之氣，足以扶樹世教，激挽流俗。古稱鄉先生歿而可祀於社者，於先生宜。乃相與歷牒郡縣吏，達於撫部，使者以疏聞於朝。天子喟焉嘉許，乃以己未之歲仲冬月丙寅朔越二十七日壬辰，嗣子亮彝、亮熙敬謹奉先生神位，晨入於學宫。兩學博士先生率鄉大夫後生髦俊之士百有餘人，齋宿盛服，恭詣祠下，牲酒維虔，鼓樂成列。神主既升，皆降拜，成禮以出。擁庠門而觀者數千人，罔不歎息嘖嘖，以爲學成而不遇於時，卒享千秋之報，亦惟先生克稱是典，非是典足以歸重於先生也。

先是十餘年，先生之弟子刊布遺書數十萬言，頗求當代能言之士，狀先生家世年壽、行學大凡，久而不成。至是，衆命一同曰：『夫士蓋棺論定，今先生墓木十圍，可謂久矣。道允孚於鄉里，名聞當宸，可謂光大矣。既久且光，而行實不錄，遺事闕如，後死者之責也。』一同承命戰懼，不敢以辭。

謹按，先生諱德輿，字彥輔，一字四農，姓潘氏。明右副都御史、河南巡撫塤之後。高祖常度，隱居易代之際。曾祖建武，祖兆贇，皆邑諸生。考宗睿，歲貢生，候選訓導，以品望爲一邑宗師。娶於盧，蓋晚而生先生。盧孺人雅善病，先生五六歲時，行坐視孺人而哭之，母食乃食。既卒，哭不絕聲。訓導君患咯血疾，每進藥，必跪牀下。既而割臂肉以進。訓導君察其色動，泣曰：『固知兒有是也。』既洊臻大故，而王母金猶在堂，色養彌至。及以嫡孫承重，自小斂以至反哭，事求合於先王之禮，而準度時制，柴瘠傫然，殆不勝喪。潘氏之族，有僑居廬州及陳留者，於其歸也，收恤之恩遠過所望。其所飲食教誨於族戚之孤貧無虛日，而己恆蔬布不屬。其篤厚殆不可學，抑性使然也。

淮郡自邱氏、張氏、阮氏諸達尊相繼殂謝，後起則汪文端公、李尚書，用大科，致通顯。文端尤以詁經博物負海內重望，致位宰相，顧於著述謙讓未遑也。先生孤童晚出，一露鋒鋭，盡掩前人。每提學使者行部至，皆拱手贊歎。既而屢困州舉，年二十六，乃盡棄科舉進士之業，力求古人微言大義。其宗旨以爲挽迴世運莫切於文章，文章之根本在忠孝，源在經術，其用在有剛直之氣以起人心之痼疾，而振作一時之頑懦鄙薄，以復於古。其說經不袒漢、宋，而以近儒之破碎穿鑿爲漢學之糟粕，語錄之空虛玄渺爲宋儒之筌蹄。其論治術，以爲天下之大病不外一『吏』字，尤不外一『例』字，而實不外一『利』字。近世一二魁儒，負匡濟大略，非雜縱横，卽陷功利，未有能破『例』字、『利』字之局，而成百年休養之治者也。其爲文章，入幽出顯，沈痛吐露。

蓋先生應鄉舉者十有二，而後領一解以貢於京師。至則與四方之士議論追逐，以求文章之真，亦陰以覘氣運之贏縮衰長，而庶幾波流之一返也。是時先生座主長白鍾侍郎館先生於家，謂人曰：『四農乃吾師事也。』宜黄黄司寇亦云然。然先生與禮部試者六矣，卒默默無所遇，主文枋者至以不得先生相詬病。而一時新進少年，翰林文學之臣，往往竊觀先生之文，諷頌闇記，以期佹一識之也。先生笑曰：『吾豈若是難知耶？』先生居京久，所與往來若永豐郭儀霄、建寧張際亮、震澤張履、益陽湯鵬、歙徐寶善，窮精畢力，研悅劘切，盡當時之選矣，要皆以文辭詩歌相推厭。至於先生深心大用，尚有知之不盡者，而豈所望於流俗之士也？

先生學以克己爲要，以有恥爲歸，進退取與，細大一節。初，儀徵阮相國爲漕運總督，招先生，力辭不往。後朱公桂楨、周公天爵以清剛大節爲世名臣，於先生皆願納交。周公至欲微服郊外相訪，先生以爲義無所居，徒駭流俗。公以是有喟然望塵之嘆。

少時與同邑邱君廣業、黄君以炳，相命以懲忿窒欲之學。所居故柴氏宅，柴素無賴，毒其家人以駕禍。先生還其宅，斂其尸，終不與較。時年未冠也。中年所養益純，和順之氣，布於四體，而臨義勃然，猶善剸斷大事。嘉慶末，郡人以白役妻裴烈婦當入祠與不當入祠，分左右袒，傾城以爭，爭久不決。先生爲書數百言，開解竅會，平其牙角，聞者帖服。道光中，濬城東澗河，上下游居民萬家，用異議相牴，亦得先生言乃定。蓋其平日公誠之心感乎於人人，而言中理會，又足以解膠結而定危疑。一旦立乎廟堂之上，與天子宰相相可否，遇非常之原、一國之大是非，必能從容言笑以靖中外之人心，可以俟諸百世而不惑也。惜其無所設施，而空言之垂於世，祇於如是而遂已焉。然得先生之書，尊而信之，以視夫玄虛穿鑿，靡心力於無用以取世資者，其關於人心世道何如也？

先生生於乾隆五十年六月二十八日，卒於道光十九年七月二十七日。戊子科舉人第一，乙未大挑一等，以知縣發安徽，未赴而卒。所著《養一齋詩文集》二十四卷，外集未刊者十四卷，《詩餘》三卷，

《詩話》十三卷，《念石子》一卷，《春秋綱領》一卷，《喪禮正俗》一卷，《黜邪家誡》一卷，《傳恭堂祭儀》二卷，《示兒長語》一卷，《養一齋劄記》九卷，《四書義》、《試帖》共五卷。《九經人表》一卷，《論語權疑》三卷，二書皆未成，蓋絕筆也。

配史孺人，事先生有禮。先生歿後，教子收族，一遵先生之戒。後二十年卒。子三人：亮弼，郡庠生，後先生十七年卒；亮彝，邑廩生；亮熙，郡廩生。女三：適鮑掄秀、郭斗、鮑掄弼。孫六人：蘭嶲，亮弼出；蘭實、蘭同，亮彝出；蘭璘、蘭華、蘭章，亮熙出。先生始以歿之年十一月，葬郡城東南潘岡上。咸豐八年九月，遷葬於車橋陳家河北岸。史孺人合葬焉。

一同與先生游處二十年，先生始以弟畜，而一同師事先生。往來長安，連牀接軫，聞教甚詳。先生之歿，遺戒力辭哀輓、墓誌、誄文，故不敢以爲。門人刻遺書時，先友長德，尚有存者，又不敢僭以爲。今則無可辭矣。先生盛德事多，有已牒上禮部者，人皆能言之。余獨綜其立身教世之大旨，以揭於篇。孤貧崛起，學究天人，名聞四海，不虛也。

適馬氏姊年四十行略

道光十九年正月十日夜漏四十刻，姊病革。一同抱孤甥鴻賢伏於側，泣而問曰：『欲何言？』目微眴，嘆曰：『兒幼，都不記。』一同曰：『第說我，他日姊語語之。』氣喘喘不屬，舌彊鞕，徐曰：『讀書學成人。』鴻賢哭，姊亦哭，暈絕，左右皆哭。良久蘇，摩鴻賢頂，曰：『毋號，兒不得餓死。』稱『傷心』者再，遂瞑。念吾姊苦節至性，不可無傳於後。屬先母病危，不暇爲。後十五日而棄養，後百五日而三姊亡。三遭慘變，心骨摧裂，何能次敘文字？然姊遺訓不可沒。既格於國家律令年例，不得旌諸朝，而私無所述，是委盛節於草莽也，孤兒何觀焉？乃瀝血書之曰：

一同有姊三人，姊其次也，諱芝仙。性鈍，略識文字。樸誠，家貧，鮮婢嫗。佐母操作，暑爨寒漱，汗衣裂膚，無倦色。年十六，許字馬壻曰天成。天成少病瘵，久不愈。姊疑其死，私涕泣，寢以成病。兩家遲婚事，年二十七始歸焉。天成病甚，有弟景良，日詬兄不事事，益大困，矢溺著牀褥。姊方娠，躬自湔洗。既免身，三日，而天成亡，痛不欲活。念呱呱在抱，强進粥。數月，先君取以歸。鴻賢生三歲，病癩，體無完膚。姊以淚和藥而洗之，中夜爬搔，爪血淋漓，母子同聲哭。吾母起坐太息，燈熒然達旦。如是者十年。姊嘗患巨癰，遍體隆起如椀，猶與兒眠起，體著席處都爛，聞者酸鼻。姑病，侍湯藥，衣不解帶者兩月。姑葬，歸居一年。鴻賢少瘥，就外傅，督課甚勤。道光十八年秋七月，先母病劇，家君亦患痢。一同時在外，姊乃揞竹榻於中堂，撫鴻賢就臥，則危坐或和衣偃其旁，夜四五起。勞瘁憂灼四旬而一同歸，相見直視無一語。彌月，大病，百藥不救。當姊之病革也，母昏瞀，每問則曰『漸愈』。易簀之夕，姊恐驚母，言於母曰：『兒不樂居母旁呻吟，使母不安，請移別所。』母猶豫，促左右舁而行。及門，大聲呼曰：『母親！』母耳聾，不聞。姊歿後數日，猶時時問姊食幾許。以數對，輒頷者再四。烏乎痛哉！

景良聞嫂死，不臨。一同兄弟爲營殮，歸葬諸天成之兆。馬不告期，故不書日。姊無它可述，獨孝節出天性。謹書其大概，貽鴻賢，它日無忘暈絕時兩語，則一同兄弟不媿於九泉。姊生於嘉慶五年七月四日，殁於道光十九年正月十一日，得年四十。子一，鴻賢。棘人弟一同抆淚述。

適黃氏姊年三十八行略

姊適黃氏，高明簡重，志慮過人，貞疾以死，宗黨哀之。姊長一同三歲，幼偕入學，長乃從授書，師事一同；缺必規，惰必勉，又師事姊。及歸黃而病，病十三年而死。死前八日，一同自遠歸，語三日。枕上爲詩，泣而授一同。哀其志，不可以無述。

姊諱蘭仙，字靈香，生而有異，家君尤愛之。九歲讀《毛詩》，不肯竟學，去，習女紅輒精。十四五觀《小史》，日竟四五冊，無當意者。一日讀《論語》、《孟子》，歎曰：『得我心矣！』晨夜研誦，豁然都解。習《詩》、《書》、《小戴記》，一以《論》、《孟》相印證。年二十，讀《通鑒綱目》，竟首尾未嘗棄一字。尤好《文選》、韓、柳、歐氏之文。間爲詩，清樸近古，王考功歎曰：『世久不見曹大家、班婕好，今見之矣。』年二十六，歸黃氏。姑先亡，事翁孝謹。夫照怠於學，背人長跪泣而勸之。會舉女而病，病久不愈，髮半白，齒脱且盡，目昏眊，似七八十人，益憤懣。遭翁喪，毁甚。明年，先母及二姊相繼見背，扶病視，含殮，每哭，嘔血布地。歸三月，遂不起。遺命曰：『吾身後以素服殮，囊毁齒置柩中。吾平生所讀書，葬三日焚諸墓。』既殮，不瞑。烏乎！其有所恨耶！

姊幼解吹笛，曉切韻；工棋，能爲飛角遠勢。海村長夏，布席大樹之下，家君移榻，臨決勝負。涼秋奏笛，明月滿家。冬擁爐火，稱說文藝，詞鋒競出。十餘年間，家門雝雝之樂，未有盛焉者也。少慕辛憲英之爲人，好論事，能鳴銃百步外。嘉慶末歲荒，盜起，家君、伯兄游於外，姊及二姊每夕侍母，結束爲嚴備，及服習書史，更爲沖靜。每侍親上食，端坐凝視，飯已乃退。中夜聞雷雨，整衣坐母側，一夕數起。其讀書有神解，屬纊前一日，語一同曰：『吾觀今世人，皆未嘗讀書。吾少時誦《論語》，每一章竟，必驗之吾身，有不合，立起自責。如是乃及次章。弟勉之，無忘此言！』遺詩百篇，皆少作。《擬騷》一篇、《書〈小石城山記〉後》一篇、手疏《論語》數十則，歸黄後遂絶筆。子一，未名。女一，令儀，一同爲兒葵聘之。生於嘉慶七年十月十二日，卒於道光十九年五月十一日，年三十有八。棘人弟一同拉淚述。

祭嵇佩之文

烏乎！自有明以來，士之以才行、學術見於世者，舍科第奚由？而科第之取人，非果論才行也，特決於一日之文、一人之耳目。此一人者，果足憑邪，果不足憑邪？於是乎又決於一時之喜怒焉。烏乎！四百七八十年，君相之旉求、士大夫之出處，類取決於一人一時之喜怒。而士之不遇者，何由鳴其不平也哉？其遇者則曰：『是有術焉。得則利，失則否。』吾見用是術而不遇者多矣，又何説哉？

若吾佩之者，所謂不用其術者邪？然嘗試郡邑，五冠其曹，未可爲不遇也。弱冠應州舉，八薦而不售；明經貢太學，一取而見遺。其間司文柄者，未嘗無巨公相激賞之人，又豈得咎術哉？君長余二十歲，先後遊戴先生門。壬辰、甲午同在金陵，河亭秋夕，風月淒美，管弦有聲，與余論文至漏四十下，已而嘆曰：『遇不遇，命耳！終不以易吾文。』烏乎！君自信篤矣。然所謂命者，又何據哉？君嘗爲詩四章，曰《瀛洲怨》、《弱水游》、《桂林嘆》、《寒門悲》，嘅然遠想，有平子《四愁》之思焉。將毋於命之說，猶未能釋然乎哉！

君之殁也，余在都下，未得親奠而盡哀焉。數年以來，南北奔走八九千里，益嘆賞音之難，幾欲悔吾術之未工，而於命之說幾幾乎且信之矣。獨君超棄塵凡，翱翔大荒，俯視區區之得失，當不以介意。又未知所謂命者，今已洞知其故邪？將區區者不足言命，而命之道有大於此者邪？抑文人阸塞之悲，雖當骨化形銷，而青燐蓬顆之中，猶有幽怨太息者邪？或者鬼神之重文翻過人世，所謂修文地下，玉棺降天，不誣邪？抑不知佩之死後之文章，尚有愛惜而甄錄之者邪？將冥漠中無此事邪？或有之，去取與人世都不異邪？未知吾輩役役語言文字間者，死而後悔其無用邪？抑尚戀戀於生平之著作，望其傳世行遠，以博無益之賞邪？此數者，一一問之先生，靈而不昧，庶幾歆享。

哭胡介眉同年文

烏乎！介眉死矣，死矣。哀哉！與君雖同邑，吾家河北，或三數年不至郡。當吾在郡時，君年十六七，不相聞。乙未舉於鄉，同出房考洪先生門，始相知。君時有妻之喪，數語而別。明年僦車入都，暮抵桃源驛，連牀語一夜不休。自是相厚逾尋常。每四更登車，辰入店共食。食已就車，抵暮見，見必握手喜笑視數刻。別如旬時，如故人乍見千里外，慰藉交至，二十程如一日。在都，與君隔巖城而居，慮無三日不見。既報罷，君欲歸。余曰：『奈何去？期十日必與君陟西山，游碧雲石甕，周覽西湖，觀天子宮闕乃歸耳。』則許諾。而里中諸君督歸甚力，君不獲已。唏噓！而余亦登車，道正陽門入寓邸，心惘惘，還穿宣武門，至少宰李公第，見君停車，欲下，將告别於李公者，搴簾而語曰：『行乎？』曰：『行矣。』風漂塵冥，欻忽不見，自是爲永訣矣！

先是，七月間，有書寄君，期九日爲吳中之遊。余以侍疾不獲來。十一月十二日過清河吳君，將渡河而南，期必見。甫入門，以君耗告，不信。明日見君族父大鏞者，説益詳。嗚呼！死矣，死矣，不可見矣！使君少牽就留京師，計可得同歸。不同歸，而余非侍疾故，度必能一來，而今無望矣。介眉，介眉，向無三日不見者，今可日計邪？向之小别若旬時者，今可時計邪？吳中可遊邪？桃源之夜雨可聞邪？死矣，不可能矣！雖然，君用何而死也？孱弱其死徵邪？未見孱者之盡死也。多憂死徵邪？早達死徵邪？未見達者之善死也。或曰：『君平昔常背人涕泗，若有大患苦。』或曰：『君之死，亦有所溺焉。』若然，則君之過也。君老親六十，弱弟十齡、七八齡，君可以死乎？前婦無子，新婦入門十九日，可以死乎？不可也。不可將不死邪？又未見世之夭折、短命皆其可者，而責君無已時，何也？君死在十一月十日，而余以二十八日至君之家。君老親已病不能起，新婦哭無人聲焉，則君信未可死也。不可死而死，命也！又奚尤？君殯所懸君象，抆淚視之，不甚肖。問之家人，追爲之也。烏乎！吾半載不見君，乃見君象，又非君也。痛忍言哉！余返里後，夢君賓來，遷延不進。余曰：『君既死人邪？』曰：『然。』『奚不進也？』曰：『不敢也。』君亦欲見我邪？不敢何也？

烏乎！介眉，與君同鄉里，生二十一年乃相知，同舉於鄉，同出師門，同計偕報罷。幽明一隔，茫茫千古。早知其如此，吾不聽君使先歸也。而余明年行復計偕，道路經過，昔日與君食者、宿者、側目望者、傾耳聽者，山川墉壑，風沙慘澹，了然不殊，所少者，君也。余與君夙世慳薄如此，彼冥冥者，何苦爲此作合，使我常抱無涯之戚也哉！歲月有時，余又不能來，來亦不能見君，謹揮淚爲文，用當永夜之語。臨風痛哭，長無見期，哀哉！

魯通甫集外文

校刻魯通甫先生集外文弁言

徐鍾令

清代文章逾越元、明，審矣！昌黎薪火、眉山衣鉢，繼起足當一代大家者，魯通甫先生其一也。曾文正推重於生前，張文襄見稱於身後。文如《正統論》、《秦論》、《隋論》，皇皇諸作，韓、蘇殆將避席。世傳《通甫類稿》暨《續編》，均先生自定。凡從己意編定已製，未有不加取棄者。集外有文，余蓄疑久矣。曩交志剛太守、蔭亭大令，皆先生諸孫，而並無所藏。果也張煦侯君得之於丁子久君，巍然先生遺文四十餘篇，近三萬言，蒙叟雋永、《檀弓》峭厲，盲左之厚、腐遷之博，兼之哉！一展卷如讀《南華》諸書，未覺優游先生文中，而博厚雄奇爲一代文筆巨手，實無忝也。

余既退閒，深思求得鄉先輩遺著以傳來者。賴吾友煦侯及范耕硯二君相助搜討，惟是百年以上，淮陰當黄、淮交匯，水禍頻數，文獻多逐波浪，無復存焉，何幸而獲此乎？乃者二君過存語余，子久母氏，先生之女孫，珍藏先生手澤七八十載，遺命謀刊，未適願也。

余乃承剞劂氏任，顧不諗先時取棄之意何在，文後間有先生自注或時賢評語，疑先生欲然不自滿足，斯其不錄之所由也。評註無涉事實可勿錄，鈔本訛奪勢所難免。余淺陋未敢審定，遂託二君，甚繁重矣。循昔人續刊名稱有曰『補編』，曰『補遺』、『拾遺』，曰『遺文』，曰『續集』、『別集』、『外集』、『後集』，種種不同，彼各有取爾。若用於先生自定之餘，似俱未安。意當徑名《魯通甫先生集外文》，較質實也。《方望溪全集》中嘗有此名，《元氏長慶集》有《集外文章》一卷，『章』字贅矣，亦不從。比與二君晤，言未始及之，尋走書商，得同意而後定。二君且囑識其原委，謂余不可少也。爰述經過，用弁簡端云爾。

民國丙子夏至後十日，淮陰後學徐鍾令謹識。

序一

段朝端

清道光間，吾淮潘、魯兩先生以文章學行雄視一世，海内外尊之無異詞，所謂天下之士，非一鄉一邑所得而私也。潘先生《養一齋集》爲門弟子所刊，刺取較夥。《通甫類稿》正、續，由先生手定。先生天才駿厲，亮拔不羣，生平爲文不下千百首，而選刻止此，蓋孫搴『精騎』之意。揣其時必以次乘編入《外集》，咳唾珠玉不自收拾。欲就其後嗣問之，而副墨之零落盡矣，讀者憾焉。

丁子子久，魯氏之所自出，潘先生文孫伯彬茂才則其堂祖姑壻也。毁齒卽往來兩家，濡染舊聞，染翰操觚，遠有耑緒。其母夫人篋中藏有乃祖未刻文及晚年遺稿數十首，時時循諷，屢欲傳布，因事中輟。今者北堂凋謝，子久鋭欲刻之，將以慰寒泉之思，而竟彌甥之責，並以饜薄海内外之喜讀魯氏之文者，使無抱殘守缺之患，豈不旣盛矣乎？

或曰：『其中容有先生所已删者，補刻非先生意。』余曰：『不然。先生及身删定，寧簡勿煩，寧苛勿濫，此前輩虚受之道則，然後人網羅放失，雖單詞賸意均在所惜，況煌煌鉅製多繫垂暮筆墨乎？』一擇之嚴，一蒐之廣，義各有當，宜子久之不欲閟爲鴻寶也。屬爲詮次，爰加慫恿。潘先生本有《外集》

十四卷，原稿計尚在，伯彬其謀所以不朽之，毋讓子久獨爲君子，余日望之矣。

壬戌仲秋月，邑後進段朝端謹序，時年八十。

序二

張須

通甫先生之文，其魁岸而深厚者，根於性； 明通而昌博者，因乎識。其奇辭大句，排奡盤折，出入《史》、《漢》、百家，則雖唐之韓、柳，亦堪肩隨，宋以下不足論也。然世人多務眈悦先生之文辭，而真有以深識夫立言之故則鮮。蓋嘗取《類稿》之書而三復之，然後知先生憂危之旨深，而風議之慮切。彼其撫時念亂，揣時陳策，無事則譏選耎之非，有事則作忠義之氣。其言出於不得已，而所憂動關天下之大。至今讀其文者，可以知先生，可以知世變。昔人有言『文章之事，莫大乎因時』，先生道光之文，杜公天寶之詩也。

顧《類稿》出先生自定，所存不及百篇，太山豪芒，讀者憾焉。顧寧人曰：『文之不可絕於天地間者，多一篇便多一篇之益矣。』嘗持斯義顧廣所聞，且意先生精氣所寄，必有不止於此八九十篇者。去春同邑黄君憩園過揚州，語及此事，憩園爲言淮安丁君子久寶藏先生未刊稿，愚聞之驚喜。又數月，子久君以《補編》來，且附書徵序於余，待刊以行世。君與憩園皆魯氏之自出，而藏弆典護皆出於君，銓次則出君同里段笏林先輩之手。愚受而讀之，爲篇凡四十餘，而經世之作多足與前編之意相發。其《擬南河積弊》一疏，旨深語直，同符《罪言》，與潘、顧諸君論事，亦忠憤耿耿，躍然行間。別有題贈小篇，流連感歎，並爲心聲，可以厚俗。

昔《太史公書》得外孫楊氏而傳，今先生之文，亦賴子久君之結集而益備。其事之美，心之公，將使先生閟識孤懷彌綸昭著，足以明前代之故，給後生之求。會吾縣徐丈庶侯方有《淮陰叢書》之輯，既見是編，亟屬余與范耕研讎校入焉。丈又點勘至再，然後授雕，而命之曰《集外文》，於是丁君藏護之意得以畢遂。愚雖譾劣，不足以序先生之文，然是編也，實合藏者、刻者而雙美具，其事甚盛，焉可無述？故謹識之，亦冀後之讀者能心兩君子之心也。

民國二十五年十二月，淮陰後學張須煦侯拜序。

魯通甫集外文卷上

潁考叔論上

嘗論左氏至『潁考叔純孝』一言，未嘗不啞然笑也，曰：孝且不能，純於何有？方莊公置姜城潁，誓之黄泉，惡莫大焉矣。考叔以『舍肉』一語動其善念。當此之時，考叔若曰：『人孰無過，過而能改，善之善也。君誠肉袒謝罪，泣涕自責。若不能容，躬至城潁蒲伏前導，奉迎以歸，雖過於前而復於後，誰曰不宜？』如此，母子之恩全，君臣之義正，悔過之誠見，諫爭之道光，一舉數善備，謂爲純孝，不亦宜乎？今叔之言曰：『掘地及泉，隧而相見。』是欲復其言也，是遂君之過也。彼姜氏者困於幽宫，若在囹圄，日夜望其子之一悔，而尋彼泉途，頫首聽命。吾見其嗚咽涕泗淋漓沾襟耳，烏在其能融融洩洩乎哉？夫黄泉之悔，是萬惡之中一善，而叔又絕之，則是悔固不必悔，誓真不妨誓也。苟有人心，不忍出此，而謂考叔純孝，施及爾類，豈其食肉則思之，啓口則忘之耶？厥後爭車，大隧亡身及親，此其見端也夫。

潁考叔論下

或曰：考叔之不爲孝，則旣聞命矣。若所謂『母子如初』者，抑亦有說乎？何吾子繩之刻也？

曰：子以莊公真能悔於心以迎姜氏乎？夫人情發於中，如水流濕，火就燥，勢不能禁，理不能奪。莊公果知天性之愛不可終絕，悖德之事理所不容，悼往事之悖謬，傷前言之狂惑，思怨愁慕，立起自責，朝以悔則夕以迎，夕以悔則朝以迎。雖千萬人嗷嗷然從而笑之，曾有所不能禁，有何不得已而遲疑若是？原其所以如此者，徒以言不順理，見嗤於人，欲以虛情掩其實惡，非爲姜氏而然也。潁考叔進權宜之說，思變通之方，忍心悖理，不顧常倫，穴地而出其母，幽隧以達其親，誓守黃泉之約，不改相見之期，一舉而洩公氣，折姜心，排眾口，掩己惡。此公所樂從而無難者，又非考叔誠孝，足以感公而迴其心也。彼其入隧而賦，『樂也融融』，不識公此時何樂耶？姜出而賦，『樂也洩洩』，又不識姜氏此時抑有何樂耶？苟有人心，方將痛哭流涕之不遑，固知公所以爲此態者，特詭其情以欺天下，又愚姜氏而安其心，而姜氏又知公之愚之而安之也。而反其道以用之，因以釋其怨而消其疑。公以樂詐其母，姜卽以其詐詐之。所謂母子之間交相詐以成此舉，安見其爲母子如初也哉？

嗟乎！莊公以詐御其弟，又以詐待其母，至伐許之役，則以詐待列國矣。繻葛之戰，則以詐待天子矣。莊公以詐待天下，無不墮其術中，而不知萬世之後，有起而鋤其姦者。公而有知，其以吾言爲何如哉？

范增論

范增勸項羽殺沛公，羽不聽，增曰：『奪項王天下者，必沛公也。』然則增之計是乎？曰：『不然。』羽之失天下，不在不殺沛公，羽卽殺沛公，未必得天下。何以知其然也？

夫項氏起江東，西北之定陶，再破秦軍，斬李由，進兵渡河，九戰虜王離、降章邯，威震天下，遂將諸侯兵會關中。當此之時，天下未有强於項氏者。羽以此時修明信義，割裂天下，封建諸侯，不以其私，諸侯卽莫敢不從。然後據上游之地，擅甲兵之强，號召山東，尊賢養士，以致天下除苛急之政，薄賦省役，以甦元元。體湯、武之心，規五霸之跡，使海內翕然而望太平，不出十年，天下焉往？卽不然，王沛公漢中，而自居三秦，因秦之故，改紀其政，塞褒斜，據武關，荷戟而守之，則沛公心裂膽破而不敢東。不知出此，而以其私廢立天下，固已解體。又不居關中，據形勢之便，其敗固宜。雖從增計殺沛公，天下英雄豪傑庸可盡乎？且諸侯之所以從項氏者，謂其能存弱趙，破强秦，爲有功於天下也。今首滅秦，定關中，待諸侯有莫大之功，無纖芥之罪，以其疑似而殺之杯酒之間，使諸侯謂有功終誅，英、蒲、豹、歇之倫，誰不惴恐？此其禍變眉睫間耳，豈待五年之久而後滅哉？然則如增言，乃速亡之道，羽之不從，蓋有以見之矣。

夫人一朝能坑降卒二十萬，刺所立君如嬰兒，何愛於沛公而不忍一決也哉？嗟乎！增所謂好奇計者，特傾險之士，非知天下之大勢者。使張良、陳平處此，必勸羽都關中，塞沛公。夫沛公之智，未有以大過於項王，獨以所任得人。成敗異勢，得失相反，有天下之志者，在人哉！

潘四農云：議正氣雄，直與古作者爭席。

自記：骨聳精爽，反覆穿透。

韓子

吾始讀書，聞古有韓子者，魁傑人也。既聞人之相與議者，曰：『韓子爲文信美矣，於道概乎未有聞也。其言仁也，舉用而遺體，述《大學》而不及格、致，性一而已，以爲三焉。其於佛也，始闢，終信之。《上宰相書》是急進也，《潮州謝表》是干祿也。儒、墨並稱，孟、荀並列也，舛莫甚焉。』聽其説，燦然而有理，牢乎不可破。唯余亦疑韓子非有道人也。乃今讀其爲文，反覆潛究其義意，考證其始終，參之以時事，而觀其中心之所蓄，韓子未可非也。

人之有性，曰仁、義、禮、智；自後儒解之，又以爲有體、有用，古無所謂體、用也。孔子言仁、智，孟子言仁、義，因事各殊，其歸一而已。如曰博愛非仁之體也，謂博愛非仁，可乎？博愛不可謂非仁，而所謂體者，何物乎？體，一仁也；用，一仁也。體、用不相離，安見其偏廢也？唯聖人之荅樊遲亦曰『愛人』，其許管仲則曰『如其仁，如其仁』。所謂體者，安在乎？今以後人私立之意，見强古人以必合，不合則曰彼非知道者也，而可乎？

韓子之作《原道》也，其詞約而該，其旨閎以簡。至於吾儒之道，舉其大，不暇及其細也。今日奈何言誠、正而遺格、致？ 夫韓子之意，爲夫寂滅治其心者言之，故及乎誠、正而止，且格、致在當時固有經而無傳矣。性有三品，其實一也。今曰上知下愚非恆性，夫韓子果曰性有三乎哉？ 品則然耳。上知下愚，非恆性，將不謂之性乎？ 昔孟子闢楊、墨，明王道，今其書與夷之告子辨論，反覆數百言，未有議之者。韓子處道喪文敝之後，明六經，黜百氏，爲絶學倡，然一與潮僧接，人之狺狺，如恐不勝。夫韓子因諫佛，去國萬里，吾方意其悻悻自負，見此等事，欲唾欲罵，顧乃與之往來，略不介意。正其度量越人遠甚者，不宜復用爲譏議也。今之人所學皆圣賢也，所言皆性道也。考其行事，呷嚅澒涊，作文章取科名，得志驕恣自喜，一有不得，奔走無虛日，咨嗟憤恨，憂鬱形於色，怨懟出諸其口，而反動曰『古之人，古之人』，意有不滿焉者，何其悖也！ 當唐中葉，其才其學如韓子者幾人？ 宰相知之矣，不能舉；天子知之矣，不能用。三月皇皇，自道其學，以希大用，所由殆與搖尾乞憐者殊。及夫道之不行，極諫見斥，身處蠻夷之中，繫心輦轂之下，此古大臣愛君之深心，安在其不可也？ 儒、墨、孟、荀、秦、漢以來，並稱已久。韓子亟稱孟子，距楊、墨，又曰孟醇而荀疵，大旨昭昭甚明，又不當用此譏議也。

嗚呼！ 人爲善極難。少年力學，積數十年不得用，用矣而屢蹶，及其人功名成矣，德業尊矣，其身已死。死之後，名之所至，謗亦至焉，議論如毛而起。人入室而家操戈，字索瘢而句求瑕，爲善者懼矣。吾儒讀書學爲忠厚，惟成人之美是務，烏用利口喋喋爲哉？ 夫以韓子之學，本末終始燦有可觀，而談道學者謂之未聞。道至於今日，議論愈精，向之道學，亦將不免矣。嘗論《春秋》責備賢者，賢者多也。至如漢、唐以後，如晨星相望，落落不可多見。正宜尊奉之、獎勸之，爲來者勸，安得自附《春秋》之例哉？ 吾儒相攻，異端之資也，誠使世之學者學韓子之學，言韓子之言，吾道之衛也。不然，彼欲畔道則已耳，何惡於古人？ 且於古人，又何損乎哉〔一〕？

【校記】

〔一〕 何：《通甫遺稿》無。

名實論

天下之患，非偏廢不舉之足慮，而名存實喪之可憂。 兵不强則時訓練、明約束，而弱者可振； 財不阜則勸農桑、務節儉，而耗者可豐； 人才不足，則興學校、慎選舉，而庸者可奮。 此三者，經世之大務，明君賢相所宵旰而謀者。 然一有偏廢，應時修舉，近者朞月，遠不過數年，可以詳明委備，無有隳壞之患。 至於有其名而無其實，則在上喜於因循，在下便於姦蠹。 仍之則有旦暮不可恃之慮； 革之又無機會可乘，難於破羣疑而違衆議。 故偏廢之患，一識時之士，可以救之於已敗之後； 而實喪之禍，雖英明之君、忠藎之相，不能防之未兆之先。 何者？ 知之未必言，言之未必聽，聽之未必行，行之未必不見阻撓抑遏而底於有成。 此事之所以不可爲，而亡國亂政所以相隨屬也。 唐、宋之季，蓋皆患此。 近時明神廟亦是此弊，而馴致熹、烈之禍，豈不深可嘆也哉！

刳木爲舟，斲木爲車，舟車之用至利也。 不幸而柁折轅摧，而必使匠修治之，然後敢游於千仞之淵，而馳於百尺之坂。 幸而不摧不折，蟲蠹於中，濕腐於下，不知者以爲完整無患，一旦中流遇風波，中道遭險阻，檣傾櫂折，輻敗輪毁，四分五裂不可收拾，然後命匠石而呼工師，不亦晚乎？ 夫爲之既敗之後，既苦於不及，而言之於及爲之時，又苦於不知與知之而不信。是以古之賢君，日夜淬厲，朝有箴官、有警事、有會要，信賞而必罰，察邇而見遠，唯恐一旦蹈於無實之禍。及其端倪已兆，隳壞已萌，尤當詳審。持重與老成之士，持其敝而圖其終，又不當與輕進好事之人議所以更革。蓋名存實喪者，獨患於無實。無實而其名猶足小小支持歲月，不遇險阻，不大壞也。輕議更革，則將並去其名，名去實之禍益見。是猶惡舟車之腐朽，加以錘鑿，施以剝削，不待遇風歷險而已不可行矣。宋神宗之發奮有爲，苟施得其術，未必不可致太平。唯其信一好事之王介甫，更易改革，至於不可救，宋遂以亡。此實喪而去名者也。然則如何？曰：在知人。

守約論

人惟一身，身惟一心，達於耳目百體，綜天下之勢務，成萬物之理。故心達於耳而萬籟授聲焉，心達於目而萬彙授色焉，心達於手足而萬事授成焉。心起於一，成於萬，至人者不以萬紛一，而以一制萬。一者，至精之府，至約之原也。通於用之謂才也，達於情之謂智也，不阻於物之謂勇也，不絀於應之謂辨也。四者，御世之大權，不可以多取。多取多任，反受其困。故以多御多者紛，以少御多者成。善御者不數六馬之足，善將者不視萬夫之目，振策援枹，可以歷萬險、出百死，況於居常守順，經綸當世之務乎？心者，百體之鞭策也；身者，萬眾之枹鼓也。折其鞭策，棄其枹鼓，橫奔四潰，誰恤所底？故任法者與弊相生，任術者與詐相成，任察者與惑相熒。如是則才智困而勇辨絀，耳目不給，手足疲役，萬悔一轍，莫如守約。故曰：『修其身而天下平。』枹鼓，鞭策之謂也。棄專用紛，一室之内，戈戟紛列；寸晷之陰，首尾瞀亂。欲以理海内、垂萬世，未之或能也。諸葛亮曰：『吾心如枰，不能爲人作輕重。』陸贄曰：『此事不勞神、不劬力，在約之以心耳。』三代以後，命世之才無逾二子者，其所論如是。極而言之，追配精一之傳可也。

論文篇

古之爲文也，如不得已，涬然後起，詘然遂止。爲其鬱之也，故涬然起；不欲盡所蓄之也，故詘然止。凡起止之數各有所反，起其所止之處，止其所起之處。起其所止，則不費矣；止其所起，則不匱矣。

理，君也；意，將也；氣，鋒也；力，後勁也；詞，軍士也。軍不調者敗，無後勁者敗，無鋒者不大敗，亦不大勝。鋒强、兵多、將弱者，有大敗無大勝；鋒强、兵强、將强、君弱者，雖大勝亦大敗。六經如坐，管、荀如行，《左》、《國》如趨，晁、賈如驟，《史》與《漢》也，時行、時趨、時驟。跳蹄爲文者，市人之文也。莊如笑，屈如啼。無故而笑者，心疾之人乎？無故而啼者，哀必及之。凡文，虚也必實之，實必省之，省必調之。無事而習文，仰屋而思，負手而吟，其猶飲氣乎？不可以飽，故必實之。事叢如榛，必斬必艾。其棼伊絲，必緝必治。順序相比，錯以成美，一縱一横、一緯一經，謂之成章，其道乃明。或亂其行，必斬以徇，忍而忽割，多則爲殃，故必省之。君子之爲文也，以爲衆人也，衆人明之則明之；

衆人弗明，君子不爲也。毋苦天下口吻爲，故曰必調之。不調不習，爲爲文而讀書者，是爲將溺而取飲也。讀書而不能爲文者，是娶不孕之婦也。二者所謂大愚。不法之民，教無所施，殺之而已矣；不法之文，修之不可也，潤之不可也，殺之而已矣。故賢者殺人以活人，通者殺文以活文。醫者之視疾也，吻吻然，腴腴然，望而卻走，脉亂故也。夫文有脉，大文如海，無畔無涘，與天無垠；雄文如河，不風而瀾；小文如澤，得風則瀾；俗文如污，雖得風不瀾矣。

文之美者，有六病焉：曰嶙峋之病，曰波瀾之病，曰頓挫之病，曰曲折之病，曰詭譎之病，曰錯綜之病。此六者，文之美者也。意爲美而美其齲齒與其枝指乎？至文無美，無美無不美。已法者，心之精者也，非古人之謂也。古人之法，古人之精者也，亡矣，芒矣。善爲文者，厲精以合精。盜與攘孰愈？攘與假孰愈？文，我事也，歸視吾篋，毋寧禦諸國門。

覆潘四農丈書

手教拳拳數百言，往復鬱積，想見長者用心。爲世道憂，爲吾道憂，至深至切。所以教同愛同者，若更有千百言，於紙墨不到之處，誠感誠激。伏聞尊履違和，良由積勞所致，幸千萬珍重頤養。同自五月下旬來浦，前後染寒疾亦十許日，近已脱。然此間寂寥，惟日讀《舊唐書》數十紙，間旁考河防時務，輒令人發憤，又心思苦雜，坐廢時日，可惜！

自别京師，有一快事、一恨事。廉峯溘逝，非徒失一文人，實失一好人，此可恨也。洋烟流毒遍海内且三十年，樹齋鴻臚一旦奮發上疏，首除鉅害，此可快也。昨龍門來，脱帽甫坐，首先舉手相慶，謂今年都下小住，天意若特爲此一事設耳。如此類比，更去十數事，則海内清和咸理，雖有微疵小纇，不足憂矣。嘗論天下有三患：有人事之患，有人才之患，有人心之患。人事，率數年相推積，便稍稍頹廢，而其救也資乎人才。人才，率數十年一消長，而其變也視乎人心。天下患莫大於人心，數年壞者期月而可復，數十年壞者數年而可復。惟人心之敝起於隱微，其來也必漸染於百年，而其轉也非期月數年可以猝挽。

今夫用天下之才以治天下之事。自唐虞、三代，歷漢、唐至今，斷無一日匱缺之理，獨視其一時之人心爲何如耳。今人心或少惰矣，而論者徒歸咎人事，並若有深憾人才，然者果才乏耶？將毋用其心者别有在也。聞近來各大府覆奏此事，有堅實過原奏者，尚有依違兩可者，誠恐綱密而網疏，不久當成故事耳。來教謂近來文人無磅礴鬱積之浩氣，而徒有爭先討好之小識，此亦人心之一證。爭先討好者，即趨名啗利之一念，以治文則陋，以治心則鄙，以治事則機捷便佞，何所不可。誠治人心，則文章安得不昌？人才安得不足？矯而挽之，殆非一人事，鍵戶自治，則不可不奉爲準的也。伏以長者抱厲世之雅懷，紹大儒之絕業，童晳如同而愛教之若一家子弟，同敢不以中所蓄者徹於左右？索居少督過，積痗良多，惟時有以董教之，幸甚！

與孔宥函書

天禍斯文，老成凋謝。周既下世，潘又云亡。僕年十七，初交王考功慈雨，稍識度外，作爲文章，篋衍盈寸。年二十二，見潘丈於本郡，時方被酒，與里中人士會於城西之道觀，疎鬚飄然，劇談大暢，顧謂余文有長沙、敬輿之風。三十而獲交周丈止安。止安論文少許可，獨愛余文，謂歸震川後無能爲此事者。僕以菲才獲與當世長者游，以三君子知我也。考功既先死，止安蹤跡少闊疏，中間數年，潘丈爲密，道路寒暑，勞瘁必共，疾病患難相呴卹。當此之時，亨父翔於閩海，羽可耀於豫章，香鐵鬱於嶺表，龍門奮於皖桐，足下與僕揚舲展轡，徘徊上京。輦下諸公則有樹齋鴻臚、海秋農部、廉峯太史，居中振挈，弘此宗風。至於登壇執耳，手捧珠盤，雖當代大人、四方英士拱手相向，必曰『潘老』。方其城南置酒，吾輩數人私心默語，謂千載一時。洎乎酒闌客去，顧見潘丈欹枕呻吟，白髮垂垂委地，又未嘗不懼其老而衰也。潘丈之病發於丙申歲東昌逆旅中，謂車徒勞瘁耳。數年南北奔馳，寖成虛瘵，痔疝交攻，淋血凝澀。六月三日與足下往視，雖心知其不濟而夢想覬倖無窮，其後傳聞或減或否。七月中在漣城見同郡劉茂才，遽言止安死於漢上，聞之驚眩。念周丈魁幹壯偉，負當世大畧，六十之年，握槊上馬，蜚矢百步，不當無故忽然殂摧。復念魁幹者如此，尫羸困踣，尚復何望？憂疑兩日而稼軒之書至矣，屬先母誕辰，羈哀客邸，偃床嗚泣。得書驚眠，五內迸裂。

烏乎！少處坦夷，行年三十五，未更憂患。入此年來，先母棄養，兩姊喪亡。四月之間，天親三變。骨肉交游，前失慈雨，三日噩耗，再殞潘、周。內顧門闌則形影淒如，我瞻四方則晨星零落。足下視僕日生斯世何如也？六月之杪，家君患痢，危而後安，復涉訟事，纏綿經旬。今始西來，孤館塊坐，雲日淒薄，萬緒一絲。忽然雨集，湖水告警，霖雨僭期。事變繁興，側身無所。而深沈奇士、典型碩人，九泉滔滔，日夜不返。獨吾輩疎才闊學，思有以自樹於天下，德業靡所稟承。出身攖世，言無和而行無與。足下視僕日生斯世何如也？亨父、香鐵之流既散失萬里，一二鉅公四方銜命，雲泥闊絕。惟吾與足下、稼軒居處二百里內，又不時見。追維都門之樂，光景一變，俯仰全非。憂能傷人，如何可遣秋涼？侍奉萬福，進業何如？此後遂無可就正矣，幸各存勗，勿負九原期獎。心悲語漫，臨紙沾濕，不知所云。

再致宥函書

壽文竟不作，歎宥函勇於從善、勇於自愛，當如是，當如是，當如是！同說人多矣，未有如宥函者。異日處大事，當如是，當如是！抑同所謂遠見千里，近不見眉睫。惟宥函以其剛明果斷，時時匡我，無以我幼懦而舍我。它日或不終隳棄，皆宥函賜也。《牧齋集》寄上，試少展，當不能終一卷。文章見根性，彼其少年卓犖奇雅，負天下洪名，豈不清流魁傑哉？宥函試觀其文，於得失榮辱之際，何其拳拳也！草間求活之態，具見於此矣。文人不足恃，要自非真文人，與宥函約存其真者，用此老爲鑒。

與顧秋碧論地方情形書

一昨㠯論，少輸憂軫。翼日過浦，送亦民作郡，信宿卽返，亦以風鶴驚心，非高論之日。逆夷披猖，日益危迫。有劉生南中來，見焦山中流火輪兩隻，迤東飄檣如林，是夷非夷，莫得其實。大抵夷靜而我動，夷專而我紛，一方騷動，四面受害，洲匪鹽梟，因利乘便，搜劫財物，擄掠婦女。南人避兵北渡，多走白塔河，此間私關三處，飛鳥不得度。劉生行李親被剽劫，跳身獨免，對人陳說，嗚咽流涕。而沿江上下並無一兵，大兵聚於鎮江，閉門堅守。夷人遣漁舟登岸，脇遷居民，聲言欲攻鎮府北門。此初九日事也。未知浦中作何舉動。而僕所深惴惴者，不在夷而在姦，並不在從夷之漢姦，而在地匪。昨此間自北來者，道見二百許人，云往小房子結盟，並云彼所尚有三百許人，或云陳三虎羽黨，或云一等侯火眾。大抵此輩本無色目，不過鄉里無賴，聞夷燄凶熾，近在江坰，意謂國法無奈我何。烏翔烏集，煽誘滋多。幸而漕渠一線逆夷未遂北窺，一旦風起塵動，揭竿而起，大呼而響應者，卽此輩也，何夷之有哉？就令夷人絕不北犯，姦民斷無久蓄不發之理。當今京口、袁浦，南北襟喉，京口勢若累卵，袁浦必思鐵鑄。設令逆夷綴我於南，姦民交訌於北，則我淮百姓不可期於世矣。語曰：『涓涓不絕，流爲江河。』勢當初聚，未敢橫決，誠能密定大計，調發官兵，數百幺麽小醜，斬馘三數人則奔潰解散。如此，地方靖謐，聲威凜如，且使兵民少知迅奮激昂，亦可徐議團練，成固結之勢。

僕一介書生，去就綽綽，杞人之憂，亦復何謂？誠念剝膚之勢，豫爲徙薪之謀，而當道諸公路阻，請謁足下，試一啓白。事始萌芽，若下縣訪察，必以無案爲解。且聚衆太多，畏發大難，反以人言爲張皇，此從前州縣處常之故習，非今日應變之良算也。自來姦民蓄變伏禍，或罪大惡極，無案可坐；或事狀明白，持吏短長，莫敢究詰。當此烟塵不驚，尚可制以全力。南風少厲，舉動之間，事變非常，發與不發，皆難措手。宜得堅實曉事之人，相度機宜，迅速擒捕，靖地方以壯浦垣，壯浦垣以威外寇，在此行矣。一同不勝憂惴之至。

與顧秋碧

往得手覆，詞危意苦。在都見黔中溫君，說足下事甚悉，又足悲也。秋思來南不果，又以入此年來，遭遇大故，心如亂麻，闕書甚恨。客自南中來，說足下在華亭，或云在浙，或見之金陵市中，不一，尤恨恨。竊意足下近必更窮，遇更蹇。清溪舊宅已賃他主，遯蹟城北亂山之中，蓬蒿不掩，井垣蕭條。足下以悲秋搖落之才，值家世淪散之際，處江湖悽愴之地，有知交謝絕之風。此馮生所以搤掔，而李子所以致嗟於運命也。然念畸士雖有阨隘，不墮其志，《雞鳴》之義也。若以當世之夸榮，爭浮生之炳耀，足下三十之年已唾之矣。本志撰述以垂輝千春，已乃圖與鄉里小兒歐逐銜轡，校一瞬之後先，是猶反眷而指的也。其被擯放，不亦宜乎？且以考功之章章而浮湛郎曹，以考功之志畧而齎志短命，以考功之敦懋而家世衰徂。人生固有命，足下雖窮不死，努力著述，以終大業，世有知者，舍我其誰？近海内白首魁艾之士，如潘、周倫比，相繼殂喪，危乎斯文，幸甚自愛！

與左君第三書

一昨肆其狂直，獲罪左右，不圖大雅乃復拳拳恕其失中，而獎其不及。美哉，淵乎！可與言道矣。抑足下謂天下原有二是，吾輩不必水火。異哉！吾子不達余心乎？魏禧之言曰：『考古以用今〔一〕，求友以自大。』生平服膺，無逾斯語，故常汲汲朋友議論，冀以開通肝鬲，閎寔是非。而世人悋情惜己，交訑滿口，兩謗塞胷，終日讎接，不得洞達。幸獲不諱之友，容吾猖狂，方大快樂，一洩憤懣，並馳中馗，納於大道，過蒙聽察，而以爲有水火之懷，豈達識乎？天下止有一是，所謂二者，乃各是其偏，必非至極。或者指趣判殊，本原一致，又非二也。夫水之與火相攻相尅，頃刻不容。若取交劑爲方，則日月相從，寒暑代嬗。譬猶雌雄偶正，兩體一心，安在其爲二哉？今之以文至於僕者多矣。蹈常習故，旣無大美，焉有大惡，故不足乎一論。惟足下不然，高則入天，卑則墜淵。金沙同器，蘭棘共域。譬乎西施、夷光，蒙垢溷廁之中，孰不呼號而攘救之？而足下以爲有黃池爭長之意，此所謂陋也。又謂蛙聲聒耳，任其自鳴得意，不必焚牡鞠以止之，此又遜詞以自護也。夫足下旣能爲龍吟虎嘯矣，又爲駝鳴，爲牛吼；金鐘而玉璆矣，又爲市鼓村笛，甚者爲梵音焉。足下何惜一大振刷！足下自愛，旣如僕之愛足下，乃復疑其冰炭之懷，求爲兩是之說，僕非能是也。然欲去足下之所不是，統歸於一是，此則僕之是矣。

若夫莊周卮言，史遷紕繆，固非二子之美也。其所美者，吾輩萬萬不能至。未至其美，先效其醜。足下何不表其美者而效之？擇美而美，猶思醜焉。奈何擇醜而醜乎？文章妙無過清空，病無過假借。足下畏人譏清空，此俗人誤足下。理至則清，累盡則空。博綜毋弗，乃造斯詣。吾輩材質有偏，至意見多專主。正須如怪石相撞，磥砢自去；怒流交匯，巨浸斯成。奈何乎足下無意於僕，而欲交訣相蔽，以從當世之議。僕少作千餘篇，繆累百出，抹塗殆盡，春融繕錄，就足下礱而鍛之，今兹未能。僕豈抱殘守缺，挾怨見破之私意哉？方將炊溷足下之耳目，不一而足焉。因使附上，幸畱神裁擇。

【校記】

〔一〕用今：底本作『練今』，據魏禧《與富平李天生書》（《魏叔子文集外篇》卷五）：『僕竊謂考古以用今，練事以驗理，求友以自大其身，造士以使吾身之可死』改。

與左君第四書

書詞益勵，若望僕不相師，而責以虛心求教，幸少安！僕將往焉，抑吾子所以教僕何道哉？自不佞前之言曰：『慎言取容，明哲所貴。』今也則曰：『何無直氣？』是兩也，何道之從哉？自不佞言之，慎言者，慎其不直之言；直氣者，直其已慎之氣。若足下之氣直矣，未慎也。夫伏處草土之中，伸眉而論當世之故，快己而已，豈復顧其事之輕重曲折哉？夫論天下之大勢，中國爲重，九邊爲輕；論國家之大政，河漕爲重，關鹽爲輕；論今日之切務，風俗、吏治爲重，餘皆輕也。不識足下所論，採玉、搜珠五六事者，重乎，輕乎？盛京，國家發祥之地，建寅陪京，深固根本。特弛鹽禁，以從優渥，比於豐、沛。而足下切譏政體未一，此未喻其曲折也。東省延袤四五千里，山高土沃，俗務農桑，人民土地之饒不逮中國。然所徵地丁，裁三萬八千兩，米五萬八千石，賦減若此，而謂丁不寄畝，邊民咸怨，所未聞也。關稅浮冒，咎在筦榷，足下懲噎廢食。至如今日州縣之浮收，折色火耗之侵濫，比於關榷，爲病滋深。足下亦舉正供而去之乎？又未喻也。前在京師，聞朝議銀貴，其說裒裒，視足下尤覈，當時建白，實參主議。顧念今日困敝之故，有等威不辨，服色無章，奢侈病國，不專咎銀。是以深惟本原之計，頗欲朝廷下明詔，吐德音，一申厲禁，以風天下。嚴懲官貪，痛核浮蠹，使普天臣庶烝烝向風，何虞醜夷黠狡難制！

今足下不審輕重，不究曲折，泛施雜陳，放言極論，以干當世之禁。抑僕聞之古之君子將進說於其君也，必有誠敬之容、儼肅之志，求申其情，不犯非禮。其立說於世也，必有深淺之則、次第之序。求廣其說，不在游譚，所以明士君子之風，而消山野鄙倍之氣。足下以吾爲蘇、張，而自託於孔、孟。至於稱引，非宜干犯吏議，豈惟策士所羞，抑亦上聖所誡。僕欲終言之，則疑於攻訐；默而不發，重違詩人提耳之義。且僕與足下非有平生之雅，猝然執於風塵之際，而譏繩太切，非所以全交而盡歡也。惟足下自審之而已。往復已多，豈能無失？古人朋友文字相競，易敗夙好。僕與足下則何慮此？然所貴雅士者，當必有以鑑乎此也。歲序將盡，明日東發，不復走辭，惟道履自愛，慎言養氣，以副夙懷。不宣。

與陳子堅書

一昨聞耿君言張秀事，作有《書張秀》一篇，又爲《胥吏》五論，前後數千言，塵左右。蓋聖人之治天下，能驅天下小人爲君子，今也驅天下君子爲小人。天下苟賤無恥，至胥役而止矣，而其剛直堅鯁，乃有如秀所爲。方秀對簿堂下，鋃鐺木索，環顧而左右拶勒搒掠，不擇術而施，去爲鬼分寸間耳。然秀從容申說，指天喻義，無屈顔撓色。雖古獨行烈義丈夫，何以加茲？洎乎情申而理得，從容宂闒之間，而卒以賄著，何哉？天下之積重在州縣，州縣之積重在胥吏，胥吏之積重在乎以姦爲食。去姦無所得食，則是非受賄鬻獄、罔上犯科，無往而不得死也。夫死於飢者，固不若死於刑者，一決而可忍也。夫是故不以飢易刑，聖王所不能禁也。老子曰：『民不畏死，奈何以死懼之？』此之謂也。乃者州縣之勢，蓋亦非姦無所得食矣。上官供應之煩，部院吏之需索，幕友之束脩，動逾千百，而解省之費，餽問之禮，過客之取求，日用之薪水不與焉。計長吏養廉，不足當二十之一。彼起於遠方寒賤，跋涉數千里，候選數年，候補又數年。逋負集如蝟，無郭家之金、王陽之術，將枵腹以從公耶？夫州縣之作姦而犯法也，蓋亦有性而然者，有爲胥吏所賣、幕友所誘者，有爲逋負所逼者，有爲上官責受虧空、無所取償而爲此者，有爲巨案所累而爲此者。故有始廉而終貪者，有得善缺則廉、惡缺則貪者，有傷心媿恨、强顔視息不得不貪者。其嗜利無恥，僅居一焉。凡此州縣之不法，非一人之故，天下之勢也。勢者在人，所以返之。僕作《胥吏論》，州縣積重之勢，將於是乎返，何者？併督撫去司道，則不貲之費，當減十七八，而幕友刑名錢穀以外，無所用之。上有方伯舉其綱，下有太守察其弊。非大無良，必不致以身試法。然後清銓選之積滯，使無逋負；慎過客之交際，使無滋擾。再有嗜利無恥之徒，朝廷明正綱紀，不過殺一二人，天下吏治蒸蒸矣。凡吾所以論，非遂精覈而詳備也。大數得矣，致治之道，或不外此。故寫爲一通，係張秀事於後，以明積重所繇，求先王驅天下爲君子之意，而深思今日之所返。足下幸審正焉。

與薛仲賓

來書沈達瀏亮，快逾面譚。新詩數首，清雄秀發，得山海之氣居多。昔與慈雨約居雲臺，於今迴首一十二年。息壤在彼，而孤雲不來，未嘗不慮山靈笑人也。足下掉臂竟去，覽蒼梧之茫茫，與猿鳥相上下，高步邴生，脱屣世事，遂乃自號『雲臺山樵』，欲以此傲僕耶？慈雨既負約，游玉清而翔紫霄。足下復全不關白，躡蹻先來，令人惘然有向禽之嘆。丈夫能吞雲飲淥，使名山由我而傳，足矣。烏有偃蹇塵莽，與雞鶩爭食，而好爲得意者哉？小雪已過，晚寒逼人。無事，但讀范史，急欲與足下見譚山中事。予前日冒風雨從袁江來，勒馬河堤，北望秦東門，意未嘗不在鬱洲縹緲間也。

自記：前半似唐人小品，一結仍是汪、魏套子。汪、魏畢竟沿明人習氣，終須化去。

與王秀才考功之弟

道路往來，得耗不審，甚在念也。去年見阿咸，促促未罄，新聞有太原之遊，未識家下大小何如。喜子來，稍欲問之，不悉。此奴子向在長安，高與案齊耳。今乃復長大，爲之嗚咽流涕。雨暘不時，山田少收，諸子復何以爲生？其最小者聞最喜讀書。記八九歲時，在京師新簾子里第，搖太平鼓，狂走如犢，尊兄考功指而歎曰：『此兒，吾家千金犍也。』詎意俛仰之間，逝者新阡，草芽已茁。而此子嶄然頭角，行將褎大其宗，顧考功不及見耳。

前屬阿咸搜輯先人之遺集，將加勘校，並條具生平，爲之行述。因循二年，未見報章，將此事可視其湮沕耶，抑尚有待也？足下好爲鈔摘，存其正本，而取其副者以來。前山陽丁孝廉、白下顧上舍，皆移書見責，謂朋友之過，無以復命。故敢布其區區。

與楊山人書

不到白下，於今五年矣。不念它人，獨念欒山。無室無兒，童然衰禿。獨坐荒城大山中，撫念宿昔裘馬賓客，謌譁感慨，倏然散爲風烟雲鳥，影滅迹絕矣。又以佐存殁新舊之感，雖復達觀萬物，齊一百致，猶不能無慨然，矧吾子之貇貇乎？夫以吾子之貧老鰥獨，苟壹切不顧，將焉往而不怡，何至今猶見吾欒山也？衡廬之厓，滄瀛之濱，有拱而竢者，吾子其行矣。

自記：一小幅耳，自爾遒潔不盡。

魯通甫集外文卷下

賞音圖序

夫善音者，不必善賞；能賞者，不必能音。心手高妙，出於自然，引宮刻羽，或不盡了，故善音者不必善賞也。意愜神解，縱情獨遇。遇於山水而得音焉，遇於禽鳥而得音焉，遇於風雨草樹而得音焉。聲不在指，意不在弦，以天相交，故曰能賞者不必能音。故嘗試論之：知酒者不必飲，飲者不必知酒也；知禮者不必相，相者不必知禮也；能詩者不必論，論者不必能詩也。故嘗試論之：按圖而索馬，按陳而論兵，按典籍而譚王霸之畧者，皆不善賞音者也。彼皆游方之內者也，其於達識，不亦遠乎？吁！吾見天下士多矣。孰能不目而視、不耳而聽、不心而思，以游於空明之鄉、混芒之野者乎？曠世而不一遇也。朱子能曰：『美哉！吾子之論音也則疎，其論賞也則合。』吾知之不能告吾友，吾友知之不能告吾友之友，吾友之友亦不能告吾也。猶相賞也，不必音也。何必不音哉？

耿山人集敘

予初渡江〔一〕，與王慈雨居金陵之僧樓。酒既醉，幘而步於街。見長者，貌甚偉，道揖而與語甚久。察慈雨意甚恭，顧而曰：『吾鄉耿先生也。』是時，余年十七八耳，已識山人非常人。後五年，慈雨成進士。又六、七年，而識山人諸姪，皆閎雅修偉，顧與山人不相聞。

今年來厚丘，至山人家，沒三年矣。觀其所居水木林麓之盛，入門見怪石、偉樹、花竹之美，几榻、屏軒、鼎鐺、盂鉢、鑪銼之潔，書史、圖畫、丹黄、籤軸之精。與其諸郎遊，而觀其笑語容止之嫺，兄弟恩分之治，僮婢灑掃滌灌之勤，一一如對山人。迴思南中相見時，距今十有四年，若七八日間事，又如相去數千百載，邈不可及。既長君抱遺集而屬之余。夫余之識山人以慈雨，而是集慈雨所定也。自慈雨官中朝，不相見六七年，其與山人，度亦如余與慈雨相思之深而相見之難也，又卒相類。而山人又已死，不及見。見其文章，思一得與慈雨上下議論商榷，借報山人地下，萬萬不可得。

嗚呼！死生之際，離合之感，又一悲也。山人詩清贍閒淡，有古人風，傳世行遠無疑也。而山人之才之志，有不盡於是者。非親見山人，至其家，觀其遺事，未必知也。遂敘而歸之〔二〕。

【校記】

〔一〕予初：耿全美《具庵詩草》（《耿氏家集》第二編）上有『壬午秋』。

〔二〕歸之：耿全美《具庵詩草》下有『時道光十五年歲次乙未，山陽魯一同拜序』。

詩餘小敘

通父昔居海上，多病少事，撰《詩餘》二卷。丙申攜走京師，抵汶上，與同年生胡介眉寘酒，酒間爲歌數闋。生大感嘆，自是魚山之夕、易水之晨，介眉下簾坐贏車中，亢朗高唫。或曼其聲，緩其節，有不能自勝之懷。蓋介眉年甫弱冠，溫敏沈慧，新遘黃門之戚，見北中風沙颸颸，冰雪黲怛，觸緒增惋。而予又助以湫湫委激凄變之音，宜其悲念至於此極也。至都無三日不見，見則挾余詞佐酒。既罷禮部試，約同歸，而介眉以父命先，且曰：『此冊吾所愛，宜見餉。不然，長途之苦，吾弗堪也。』烏乎！而今不幸而死矣。死之旬日，余哭諸其家，問所攜，亡矣。明年春，居建陵，稍稍暗書之，纔十一三。夜深天黑如釜，篝燈覆視，忽然如見吾介眉憑肩低吟時。記去年此日，並在齊南魯北怪風沙雨間，而今瞑然長爲隔世之人矣。吾寧舍吾詞以節吾哀耶，亦存吾詞以志介眉知我愛我於弗忘耶？遂收淚而敘之。

燕山話雨圖後序

嗚呼！士求友當世，或畢世不見一人，或一朝得數士，樂可知也。至於死生契闊之際，向之樂者，適足以動其悽愴怳悢、涕泣無憀之悲已焉。然則朋友果足樂耶？當丙申、戊戌間，與潘丈往來都下，未嘗規步離也。是圖則與潘丈、吳子同居孔比部宅時作也。方三人者，皆被放，猶相與牽衣躑躅，謳吟而忘其苦，及巾車出都，置酒右安門外，賓主相向，舉杯飲淚，淒黯無色，而後知謳吟懽宴之不可以久也。然則朋友果足樂耶？悲夫！失手一散，不過數千里，而幽憂涕泗，如將隔世。孰知夫皤然一老，遂戢影於北風高原、寒砂荒榛之下，求復抆淚相向、握手長號且不可得，而況聽城南之夜流，望西山之寒雲，謳吟躑躅，忘其勞苦者哉！

先是，比部乞假歸。明年冬，吳子且北，共出斯圖而觀之，有李三者在側，比部嘆曰：『是奴日操研而從吾師者也。今喪家，惘惘隨吳生以北，至吾宣南故邸。當日聽雨之庭、賦詩之堂，車馬主客，泯然非舊，能無張吻哀鳴者乎？』座客皆嘆。後八日，吳子就道。是夜，夢潘丈來坐，頃嘔血布地。噫！其信若死者有知，其能忘燕遊耶？嘔血布地者，心未死也。追維疇昔之言，他年追尋舊驩，南望天末，一老人戢景獨居，又孰意夫死者死，散者散，師友淪落，一旦而至此。人欲廣求友，歡聚笑樂，而甘此死生淪散之悲。抑獨何哉？抑獨何哉〔一〕？

自記：是兩宋人脩潔之文。近人爲桐城之學者，遂以此種爲家法，而不知非古人之所尚也。

【校記】

〔一〕何哉：《通甫遺稿》下有『己亥臈日，山陽魯通甫序』。潘德輿家傳《燕山話雨圖》題冊下有『道光十又九年，歲次己亥，臈月日，通甫魯一同序於浪石齋中』。

書王慈雨遺札後

嗚乎！此皆吾故人王考功慈雨手蹟也。凡札四十三，爲紙百三十有二，半生交期，盡於此矣。此外猶有金陵歸舟書言：『大江秋月，孤篷獨征。』又云：『舟過泖湖，風浪大作，幾從屈靈均把臂去矣。』又一札云：『自青口帆海登泰山，觀始皇刻石十三字，今蓋無從可見矣。』二札皆失所在，它不省記者，不可勝數。蓋當時予與慈雨年皆壯盛，意氣甚高，以爲從此後更三四十年當得常聚處，脱南北乖暌，要並在天地間，尺一之使，可以時至，故所得不復愛惜珍護，而不料其一旦而至是也。由今觀之，雖復殘牋敗楮，求一點半畫於百三十二紙以外，其可得也哉？慈雨性强敏，作札日盡數十紙，皆能盡意。與人書，視紙之長短，紙盡亦盡。字或敧斜，墨濃淡任意，或至不可識，脱誤不復糾正，蓋其天性坦易然也。與余書，尤委曲復沓，不能自已。其稱説或過當，然大旨要歸於正，而勉之以小心壯氣，以底於有成。嗚乎！其可謂厚也已。詩若干紙，別爲一卷，名紙二，背有寓伏魔寺小籤，記皆箸錄。

毛生甫云：抑揚頓挫，淒咽動人。

周止安云：筆筆哀豔。

桂林傳後敘

友人戴君郵書言沭陽伎桂林死事，且爲之傳，而稱之曰『烈』。同之鄉人有笑之者曰：『異哉！烈由節著，桂林之不爲節，明矣，奚以烈？』余應之曰：『子所謂烈者，名乎，實乎？若其名，則桂林賤者，烈之若過。然如舍名而實是求，苟守其志，不變其操，要之以死，是則烈矣。何爲不烈？』

鄉人曰：『夫君子論人，將大者、遠者是求，故於忍親之子、失節之臣，雖有小善，君子不錄者，爲全者小，失者大也。桂林以烈著，可以訓乎？』曰：『失節之士，不足存錄者，是君子勉人立節之深心，乃其取人不如是也。荀文若失節曹魏，後世稱王佐才；楊子雲失節新莽，韓子以爲大醇小疵；王休徵失節司馬氏，天下重其孝義。之數子者，以節則不足稱，然其才、其學、其行，無賢愚皆重之者，以爲嚴以責其節，而寬以論其人。嚴以責其節，則人知厲；寬以論其人，則人皆僶勉乎爲善。今夫桂林之不得爲節，行道之所知，奴隸之所共曉，不待士君子貶絶而後見也。而吾許之以烈，天下之人將曰：是桂林之賤，而以烈稱，況賢於桂林萬萬者？吾將以桂林激天下，安在其不可訓也？』

鄉人曰：『雖然，子以桂林爲烈，天下之烈者，羞與桂林齒。烈之途日雜，而人不自愛矣。』予曰：『子又未得其實。夫所憂乎途日雜，而人不自愛者，謂名實不相副也。今吾許桂林爲節，然後爲名實不相副，而其途雜，何者？桂林實不節也。今不許其節而許其烈，而桂林實烈。且子能以桂林之故，謂天下之桂林皆烈乎，不可也；則子能以桂林之烈之故，謂天下之烈皆桂林乎，不可也。而天下何羞於桂林哉？ 吾將以桂林恥天下之不桂林而不列者，而天下之烈而不桂林，則尤吾所珍重愛惜，不以桂林損其烈，亦明矣。』問者退，遂書以跋其尾。

自記： 此文筆筆矯異，故自可存。

送張亨父序

國家三年大比，天下之士聚於京師，非徒文酒宴笑之樂，蓋各抱其性質才術，用相磨切，期一旦奮發，自效於世。 雖不能盡然，或得一二人，則道不終屈，而失志者有所恃以歸。 其或遇之不偶，聚合之不常，乃並文酒燕笑不可多得。 至於臨歧牽袂、相向欷歔，亦可悲也。 往在京師，與江右郭羽可、嶺南黄香鐵、閩中張亨父最驩。 羽可、香鐵歸，皆不復出，度終無見期，悲矣！

今年來都，與潘丈四農偕，亨父先至，此三人者，跡尤密。 既下第，潘丈暨余歸，亨父獨道東郡，過大梁，出樊、鄧，而下武昌，思覽楚風以自廣，雖其意氣固在，又烏能以無悲乎哉？ 余嘗論賢人君子之生於世，非盡交當代儁異通川深谷之士，則陋而不廣。 至於聚散離合之際，乃反以結交遠友爲恨，何者？ 里巷嬉遊，毁齒征逐，暮告别而晨奉袂，猶有黯然之容，何況異體而同性，異氣而同情，失手一涕，瞬息千里。 昔人謂天涯爲比鄰，信知其爲妄作也。 然亨父去余家三千里，遊蹤半天下，顧三年得一見。潘丈與余隔百里，别亦三年矣。 以此嘆困窮奔走，朋友會和之難，又不繫乎所交之遠若近。 遂與亨父比門接巷，饑寒一至，伶俜四出，亨父其可以無悲也。 且吾儕性質才術，毫不益於人，而衹以文酒燕笑爲樂，而以散失爲悲，卽何異於野人之讙飲於城市者也？然非出有效於世，則歸亦無可自恃，而不能不悲。然則悲不悲，又非可倉卒自持者也。吾與潘丈、亨父各自知之而自厲之，其可乎？

琴山云：無取粉飾而悲嘆之情往復百折，惟真故摯，尺幅中無限低徊。

何亦民六十敘

咸豐六年三月，望江何君自兩淮轉運超擢江蘇布政，蓋君前以蘇松糧儲，曾攝是任，尋調署寧藩事，駐淮安者經年，中間雖有鹽榷之命，朝議以江北事體重大，留未赴任，未幾而有今日之擢。遂以五月前旌渡江，而一同適自京師歸，送君於淮上。

竊惟國家承有明之舊，分天下爲十八省，省各設布政司，以宣化承流。蓋成周之方伯連帥，季漢之州牧，元代行省平章之職，而西京之十三部刺史，其秩尤爲不及焉。斯固外臺之總會，所以統攝省務，屏藩天子，自畿輔以及邊方皆然。獨江蘇一省設有兩布政使，豈非以地大務殷，東南財賦甲天下，非一人所能董率，故分而治之歟？自平世而已然矣。大盜內侵，金陵陷踞，明年移寧藩於淮安，於是大兵沿江攻圍，而淮安爲南北襟要，藩府外輯荒殘，內修綱紀，籌餉助軍，日不暇給。而蘇藩自籌辦海運以來，百務紛紜。金陵、上海，左右策應，留漕以充餉，籌捐以抵賦。蓋天下大計，十九萃於東南，雖以兩司分治，而其煩重艱鉅，猶什倍他省。然而君以特簡糧儲，三年之中，疊荷巨任，南北兩藩，不以屬諸他人，而交畀於君之一身者。當粵賊之犯金陵，趨汴、晉，擾畿輔，京師之望南漕甚亟，而君首以其時赴天津，交米八十萬石。由是京倉充實，軍民帖然。大兵一出，而河朔肅清，由南漕之無誤也。昔唐之中葉，征戍雲擾，有劉晏以主度支，有韓滉以通江淮，故瀕危而屢濟。今賊勢未熾於曩時，而國用不可謂不絀矣。朝廷知君深悉東南財賦之源，而君實能竭心力以應緩急，故輾轉而必以相屬，此則國家倚畀之深心，惟君可以當之而無負者也。

君起家詞館，改官南河，皆草土畚掮之事。及出守桂林，觀察大名，所爲雪冤滯，厚風俗，察姦猾，和軍民，而君以吏治流聲湘、漓、漳、衛間。比年以來，江楚多故，戎車不休，慨然奮其謀畧，内實根本，外贍軍實。雖處擾攘急迫之中，而所行多寬大閒暇之政，變通權宜，而不失經制悠久之意；赴機蹈會，而始終不忘乎人心風俗之原。然後知君之才始大展，而其志業之所就，且愈遠而不可測也。君以八月二十有一日，爲嶽降之辰一週甲矣。顧以東南勞敝未已，深拒固讓，獨以余有三十年同歲生之誼，許一言以侑觴。余惟君之生也，當純皇内禪之明年，重離繼照，太和翔溢，爲本朝之極盛。自兹以來，更歷三朝，地大物衆，萌蘖漸生，於天十日十二辰相配，周而復始，天時、人事，於是乎更新。一旦聖天子奮神武，芟榛蕪，撲螟螣，如霜風之振槁木，春融膏澤，循生而方來。君以其時秉元老之壯猷，贊絲綸而擁旄節，炳炳乎方叔、召虎之盛也。余雖衰遲山澤，猶將簪筆從其後焉。

劉曉山刺史五十敍

余少時多交老蒼，每朋輩遊集與之，齒皆過余遠甚。道光紀元，余年十七，始識二劉兄弟於袁江，年顧皆出余下，其仲曰元朗，季則刺史君也。方三人者，隨侍兩家父師側，秩秩進退。及退居私室，相與劇談，吟詠笑謔，常夜分不寐。以齒相次，故相愛爲尤甚，甚於他交遊。

後十餘年，而元朗爲總運官，君以州別駕需次皖江，而余亦南北奔馳，日以疏闊。又十餘年，而君攝六安同知，歷攝五河、靈壁，所當皆艱鉅煩劇，動譽驟起，最後宰潁之霍丘。於時粵寇東擾，江、皖兩藩相繼陷歿，霍丘當皖、豫之交，民悍而俗勁，羣盜蠭午。君日練兵整衆，與猰貐相角逐，歲數十戰，以次翦除矣。屬真令來視事，君乃謁大帥於臨淮，扁舟東下，與余相見於湖上，因問今日制寇之長算，君謂：『選將集兵，所以用之於敵國外寇。至於姦民煽亂，蔓延出沒，惟在州縣之長吏，團結民兵，因地險易，互爲聲援，則帑不費而攻守皆易爲力。』余嘗持久任州縣、安集殘破、聯絡鄉兵諸議以示人，則掩口皆笑。及與君論機宜，察形便，竊益自負余說之果可用也。未幾，大帥以全椒當江北衝要，檄君視事。值歲大祲，旱蝗數千里，斗米錢數千，自滁、和以北，山民煽誘，與寇表裏。君縛其黨魁，立時解散，會江浦之賊突出數千人犯城南之小湖營，君倉猝出，禦衆不盈千，相持十數晝夜，賊潛於下游造浮橋三，全人恟懼，君絕南嶺馳下，鼓勇渡橋力戰，而和州大軍亦分道夾擊，殺數百人，賊衆大潰。當是時，金陵之賊日鏖戰於句曲、瀨上之間，淝水之師力復居巢、舒城而不能有，東西迭勝迭負。而六合以一隅支江北之全局，賊出不意，以窺全椒，則六合之勢孤，而首尾之禍成。非君小湖營之捷，則事有不可知者。然後知君平日結民兵，因地利之說，洵有成算在其胷中，而非僥倖於一勝者可同年論也。

君之移疾東下也，配馮宜人攜其子女北歸，而勸君赴行省城南之戰，羽書日至，宜人動止自若，及捷聞而後，出君書以相慶。蓋君之教行於家，故其家人有《小戎》、《驷驖》之風，而無『卉木』、『鳥鳴』之感。獨念余初見君時，當少小承平之際，如琪林玉樹，風日庭階。曾幾何年，天高風勁，君乃爲長松大檜，河山棟梁。而余與元朗寒燈相對，時望平安烽火，以相爲驚喜。俯仰之間，余獨何能以無感也？

君以今年四月既望爲攬揆之辰，宜人亦同年生。君自縣以書來，戒勿稱觴。余特本其始終契合之故而質言之如此，蓋有不能已於中者，惟君當相視而莫逆也。

揭同笙太守五十敘

士之欲有爲於天下者，當其伏處時，必有所以自見。窮則觀其守，富則觀其施。故使財得當，則事畢理；事畢理，則人望歸矣。一介之士，必有及物之量。古人指囷推宅，麥舟解贈，其意度豁達，常有包舉萬物之氣，豈與鄉里善人斤斤升斗之惠云爾哉？夫鄉里善人，未必能有爲於天下，而士之真有爲者，苟事柄不屬，所爲不過鄉里善人之事，而其器固殊焉。器之大小，不於其事，於其識。識之小者，分多潤寡，均及貧乏，鄉里善人是也。識之大者，疎節闊目，舉動偉如，子敬、純仁是也。

昔者張率，使人將米三千石還宅，歲耗太半。率問故，曰：『雀鼠耗。』率笑曰：『壯哉，雀鼠！』率一文士，然其器量乃如此。陶士行竹頭木屑悉皆舉掌，爲中興名臣。故器之大小，不於其事，於其識。其疏闊至於不問三千石之米，其密至於竹頭木屑，要皆有非常之識。余嘗以此相天下士，於使財疎密之際，陰觀其爲人，多患於『疏者不疏，密者不密』，鄉里之人而已矣。余是以偉同笙揭君。南豐譚氏少宰之曾孫曰：『爲堃從予遊，君女之夫也。前數年，君以同知謁選，來一接席。今年春，爲堃入贅君家，而君已觀察權守安慶矣。』爲堃進，曰：『君以今年五十，乞文爲介。』余叩以其故。爲堃曰：『君事親孝，兄弟穆如。』余曰：『蓋內行人也。』又曰：『君豐於財，捄貧濟困無倦色。』余曰：『鄉善人也。』又曰：『當夷寇閩、粵之交，君以南豐、東楗、寧邵南走韶、雄，獨出金鉅萬，修城隍以備不虞。其明年復廣義倉，籌積貯以活流宂。』余歎曰：『君蓋非常士。』

今天下之患，獨在於士大夫好爲優游偃蹇之論，而以先事設備爲無憂而戚；及事之殷，則變色而卻步；脫僥倖萬一，又拱手而賀昇平，比比也。雖然，君方修城建倉，時一諸生耳。今已服官爲方面，行將建牙開府矣。海宇承平豐盛，孽牙其間，桂、管之寇，連年而不芟；豐、沛之河，橫流而不塞。安慶，江左之屏蔽，而豫章之後阻。君方新進，出其意氣之盛，壹切掃除疲歠瞻徇之習，左顧右盼，必有英謀至計奠定於無形。一同竊推前論，願君以其疏者治財，而以其密者治事。

夫兵食者，聖人之所先；而富强者，子輿氏之所鄙。彼各有其時也。賢者能斟古以合道，强兵治賦以靖一方。君所得爲宜，莫亟於此矣。至於謌詠頌禱之章，或非君所願聞。故敢縱論之，以爲服官政之一助焉。

自記：此文甚有氣勢，可匹魏冰叔。

羅藹亭太守六十序代

余讀嵇康《養生論》：『修性以保神，安心以全身。』意惟巖棲谷汲、熊經鳥伸之士能之。及觀

《詩》，稱衛武公年九十五，猶勤《抑戒》。《書》載召公勤王室，年蓋百餘歲。史稱張東之年八十二，手匡唐祚；文潞公年九十餘，精强過少年。始歎古之登上壽者，皆忠實勤練，非有呼吸吐納之術，至於載歷憂患而神明不衰，實理數自然，非鑿而致也。

吾鄉藹亭羅公，起家縣佐，歷通守、司馬，洊升郡伯，一攝觀察而歸。今年六十，而氣體充健，恬然自樂。鄉之人咸謂：『公福祿壽考，有以頤養其天和。』蓋所見者今日之公，非昔日之公也。當公舅氏觀察張公被逮時，公以戚屬牽連，禍且不測，議者惕然爲公危。公時在金陵，去京師二十四程，盛暑隆隆，隻身鞭馬七晝夜，馳至都，見觀察公，圜扉中相向泣下，蒲伏營救，卒脱於難。今世士大夫好議論，曰『知幾』，曰『明哲』，平時若可恃，緩急則顧而之他，卒未必不遇禍。以視公之慷慨赴急，身名俱泰，何如也？

公在河東時，裴昌工一夕暴漲，奇險。大府檄如飛，人情恟恇。公日夜防守，纔旬日，鬚眉皓白。竊念公此時雖愚人，度不復計有其身與有其家，然卒不以汩其天而傷其和，又何也？余在沁園，與公共事八載，知公最詳。今養痾河干，度無所可用。獨嘗私議論，國家雖費帑四百萬，東南兩河所望於諸臣者獨此。心常知有河，則百年可以無憂。如公者不負河矣，而河亦未嘗負公。十餘年來，由佐貳登大府，勇退歸林，子孫煊赫，何其盛也！奚必泄泄者是而蹇蹇者非哉？

今以七月某日爲公誕辰，謀所以侑公觴者。竊推公福壽之由，皆本忠實勤練，而佗無術。至公之生平，封臂以療親，捐財以活衆，建學以教人，要皆忠實所推暨，而公又不欲以此聞於人。若公家世盛懿，及公諸子孫姪歇歷通顯，分耳，不必侈談以爲公重也。

琴山云：推蕩盤鬱，屈至清遒，議論慷慨激發，足使懦立頑廉，得之壽序，大奇，大奇！

田藹堂七十序

有靜儉之守，濟人定變之才，可以爲士矣。士用科目起家，率耗心簿領文法。其退處山澤者，優游文雅以相尚，視當世事蔑如也。然則濟人定變之才安在乎？天下之變起於無形忽微，非道力素定，鮮能從容措置而不亂。於是夸譚大畧者又不足恃，必得乎靜與儉者而後濟焉。故曰『澹泊以明志』，又曰『識時務者存乎俊傑』，不俊傑不足識時務，不澹泊不成俊傑。

濰水藹堂田先生，以諸生棄進取，皓質粹然，尤好左氏書，著撰數十萬言，其學以主靜樂義爲先。當丙申、丁酉間，山左大祲，道路額頷相屬，公首倡，活數萬人。屬姦民乘便，奮臂夜呼，蒼黃四出。當事恇擾，不知所爲。公年六十餘，身先帥衆，乘城冒矢石，數日而難定。且夫公膠東老書生耳，非有擊技材武之能，衆又不素集，徒以舉動合機宜，指畫顧盼而消釁起之禍於方萌。及退處一室，口不言功而講論晏如。蓋公之靜定足以退衆慮於無形，故能臨危鉅而不惑。

余嘗按天下圖籍，攬山左形勢，維登、萊最要。自濰以東，東薄海八九百里，突出孤懸於重洋浩淼之中，內帶沂水、瑯琊，東走金蓋、遼陽，南通閩、浙，遠與天際。蛟蜃潛蹤，出沒隱突。自明以來，常爲重鎮。當海寇游魂假息舟山，乘東南風溯萊州大洋上天津，意公於時必有奮袂扼腕，不能假一旅遏之於成山高島外者，惜乎不及就公而請其說也。

公少以孝友稱於鄉，長而篤義，功在州郡。次君名儒方，益用公學，出宰百里。公得以其餘閒，怡養道攝，罕與世故。洵乎靜儉之道，老而愈懋者焉。某辱與次君交，用敢敘辭以介純嘏。若公之定變，雖小試乎，有當世志者，可以慨然興矣。

范步衢貳尹四十序代

天下事起於至細，極於至大，以簿書期會爲俗吏，其說起於賈誼。然世變多詐諼繁，非綜覈勤察，何以御天下之故哉？史稱武侯讀書，觀其大畧，其在軍中，罰二十以上，皆親決之。豈非觀理貴略，御事則詳哉？陶士行綜理微密，至於竹頭木屑悉令掌舉。或盗諸營柳，駐車問曰：『此是武昌西門柳否？』於時士大夫好爲閎雅，侃獨纖密，用以孤寒小吏致位州督，綜覈之效也。

步衢范君，少羈孤，佐幕河上，去而爲賈，今起家佐縣。余觀其爲人，有古人纖慎之風。往漕河諸閘，鉅工數舉君甃石、庀材、課功，稱既如治家事。嘗謂：『治河先治百物。木、金、土三者，精其用而水奠焉。故州郡責理人，河防責理物，兼商賈之材，權五行之數，而後可以治水。』今年海上兵罷，大吏以善後鑄礮淮北，君又與其事。蓋君性敏勤，能察良楛，辨物理，有密思而無瑣懷，倘亦有竹頭木屑之風乎？天下汲汲所深憂者，獨夷與河。是二者交爲國家之患，固非纖才小數所能辨。然論者徒爲美譚闊說，盛氣以當大難之衝，而不求之物理、人事之近且實，則鮮以獲濟。如君所設施，固九牛之一豪，然不可謂豪非牛也。充一豪之用，以至於髖髀眾理，則萬事得其序，百物得其理，可以捍劇寇，澹天災。

余衰且病，不復論事，未得如君者，而觀其事事焉。四十强仕之始，君又甫服官縣佐，一末倅。然官無小，細者治細，大者治大，救大敝必自細始。用敢敘其說，以廣君意焉。

自記：全學魏冰叔，中有精語偉論。末尾句句轉，筋節遒密。

李母胡孺人六十序

壽序非古也，其風盛於明之中葉，施於士大夫，稍被於令妻、壽母，以介繁祉，頌勣豸美也。至若孀孤不辰，冰蘗逾厲，蘭茝未育，門祚淒如，其何頌焉？而何夸焉？在君子則謂不然，《書》不云乎『明德惟馨』。或康娛而祇辱，有惸獨而加榮。若胡孺人者，其意豈在福祜壽考哉？然譚者美焉，豈非以其達生知命有足異者乎？

孺人幼淑而文，嫺於《內訓》。其稱未亡人也，家虧官錢，絓吏議。近世有司，法疎或漏吞舟，當其煩密，寡婦不免焉。孺人既破產償官，介獨一身。妾遺息女，躬教而遣之，乃歸外氏。奉西方教。年六十，手爲疏曰：『古人云：「雖不讀書，惼知大義。」平生祇識得「來清去白」四字耳。吾身後，時衣以爲殮，薄田以爲祭，餘貲與後人。吾向此年來，在城、在鄉、在庵，惟其所適，不愧先人，不愧古人，於願足矣。』然則揄狄以爲美，則不如荊布焉；山河以爲容，則不如椎髻焉；孫曷以爲福，則不如彤煒焉。孺人處人世之極窮，觀生死而若悟，不嶢嶢以爲節，不悒悒以傷生，從容告誡如古君子，其於世之榮悴豐嗇何如也？又焉用諛詞虛美，以相侈張者乎？孺人於余，爲宗舅之妻，介其姪某屬敘其手誡，乃推而論之，不欲以壽敘常詞進，亦其志也。

自記：脩潔，雅近秀水朱檢討。

黄母鄧孺人壽序〔一〕

濟一人，則量一人而止也；濟十人，則量十人而止也。推之，濟一鄉、一國以及天下，所濟彌廣，量亦彌弘，要其心不能有加於一人之外。心之運也無窮，而量也有涯，以有涯運無窮，則量不能爲心病，心亦不病之。故夫濟一鄉、一國以及天下，其心必起於一人，不具濟鄉、國、天下之全心，一人亦不濟。

美哉！鄧孺人之論濟人也。曰：『人有疾，吾力可濟而不濟，是心病也；隨在而濟之，則心安矣。』禍莫大於心病，道莫大於心安，充是志也，以濟天下可也。孺人爲某先生配。先生勤於學，不事生計。孺人内外操作，由貧得裕。晚善病，多儲藥餌以施諸人，自服者恆少。曰：『吾以治吾心也。』其所施與，自外内宗以至鄉里窮獨、餓夫、丐婦，隨分沾浹，恩彌其量。或以爲謝，孺人曰：『吾行吾志，何謝焉？』門下士張際亮曰：『孺人尤孝於親。自春、秋家祭外，必親至外家饋奠，哀誠數十年如一日也。』孝者，濟人之大本也。士大夫吝嗇刻覈，薄於宗鄰朋友，禍及民物者，必先自薄其親。孺人推一本之愛，以事尊嫜，則孝達於上矣；以治閨門，輯中表，則孝達於下矣。濟人非婦人事也，量不及也，其亦有所濟者，心也。惻怛慈愛充溢不自已，則隨在而可以有功於世。故曰『道莫大於心安也』。《詩》

曰：『孝子不匱，永錫爾類。』孺人當之矣。福禄壽考，不亦宜乎？遂拜手而爲之序。

自記：雋峭似半山。

琴山云：峭潔。

【校記】

〔一〕王欣夫《蛾術軒篋存善本書錄》卷四《通甫類稿再續編二卷》附目錄，於本篇題下有『代』字。

字說

吴生賓田來問字，告之曰：

老子曰：『我有三寶』，『其二曰儉』。儉甫可乎？夫儉，非度身量腹、羸馬敝車之謂，謂静止其方，謂動跬其常，謂吝汝精以塞汝情，目不獵色，耳不營聲，故曰『瞿瞿休休，儉也』。凡儉之生節，節生静，静生有餘，有餘生肆，肆生侈，侈生不足，不足生懼，懼生歛，歛生儉。凡儉，喪於有餘，而生於不足，故明者樂不足而惡有餘。凡有餘，耗象也，惟儉爲能反耗，故禹有儉德，唐有儉風，念之哉！國儉則康，家儉乃昌，身儉以强，心儉日寧，道儉有常，其福無量，念之哉！

郭午餘傳

郭午餘，廬州合肥人也，名常夏。先世爲明太祖功臣，家世舒城，遷合肥。午餘廣顙大腹，多力善射，詩歌雜技，出入名公貴人間，無不敬禮也。性傲，稍不合，輒引去。

趙太守來守淮，午餘從之遊。余年十三見午餘，午餘年五十有五矣。每從飲酒，醉後輒言其少時事。午餘少任俠，所交多豪健，仗氣使酒，鄉人不禮焉。其兄常炘爲翰林典簿，篤學，工文章，合肥人師事之，而午餘夷然不以爲重。年二十四喪妻，遂不娶，撫兄子，時有小過撻責之，嫂弗善也。午餘太息曰：『我則無子，安以子爲哉？』即棄家遊蜀，遊荊襄、中州、廣陵、淮上者三十年。得家書，輒焚去，曰：『祇亂人意。』午餘雖不讀書，顧多通曉，喜論事。國家轉漕東南，官艘過淮，水淺不得進，丁夫滋擾，太守不爲意。午餘曰：『今日即不戢定，何以靖此一方人？且朝廷不以官病民亦明矣。吾言不用，即當去耳。』太守改容謝之，午餘既不得志，思放浪山水，所在留滯，晚而困躓，益頹墮。見尊貴人，或箕足大罵。而時從少年泥飲酒市中，坦腹擊缶，爲秦、趙聲，或吳歌，已而拍案大笑，繼以痛哭，一市聚觀。嘗從容謂我曰：『吾平生無他恨，惟未至京師觀天子宮闕及游太湖耳。子他日能貴顯，當從子偏遊四方，然後退，老死於巢湖之上。』已而泣下，嘆曰：『予老矣！恐終不得見，子無忘我此言！』予童稚不能盡記，所記如此而已。

午餘詩甚敏，作字縱横放誕，然深自重。見窮困，解衣質錢相助。喜漫罵，然後輩見之稍放縱，必加譴責。嘗謂人曰：『少年志氣未定，勿令見郭午餘也。』趙太守之去，午餘悵然無所歸，北之彭城，遊芒、碭間，年餘歸，自是不復出矣。

論曰：午餘爲人詼諧，面多麻，嘗自號『麻郎』。人呼之，卽笑而應曰：『諾！』壯遊四方，垂老而歸，貧病以死，是可悲也。與我言時，方酒酣，脫帽置前，白髮委地。今十餘年矣，縱不死，年六七十，度益衰。而余方貧臥鄉里，終不酬所望，感其見屬，爲敍軼事著於篇。

潁上縣教諭徐君墓誌銘

年月日，潁上縣教諭徐君卒於安東里舍。次年十月二十四日，將卜葬某原，其子應琦來言曰：『先君宿友盡矣，自吾子之幼也，先君深愛重，亦惟吾子知先君深，敢乞銘？』

君諱孝思，字念劬，號耐堂，安東人。曾祖某，祖某，父某，皆不仕。君生八月而孤，母劉孺人兩刲股，以孝節重鄉里，旌於朝者也。君幼遘家難，幾死，賴叔父冠喬君撫以有成，補縣學生，十試本省及京兆。戊寅，舉於鄉。試禮部，七不第。晚得潁上教諭。五年歸，無疾終。當冠喬君之歿也，君以從子居喪，次朝夕，爲孺子號，聲盡，見者莫不感動。自以童牙孤露，與人言，輒嗚泣。宗人健安，官潼關參將〔一〕，卒不克歸。於是，君年六十餘，盛暑欲往，諸子環而諫，三日乃許，仍爲書致戴湘圃學使，厚賻歸。湘圃者，與吾師雙橋先生宗兄弟三人交尤篤。雙橋師歿於碭，諸子相繼殞者二人，君招其幼子及孫，館諸家。今歲除，君時窘甚，有門人饋歲錢二千，撫而告之曰：『以此市酒，脯奠先人，餘者棗栗啖。』諸孤流涕而遺之。

嗚乎！其至性如此，而平生伉爽多奇，頗不自貴重。世人共引爲繩墨，相齟齬，持小節爲論端。如此卓犖大者，豈非古之質直獨行丈夫哉？雖古人，何以加焉？君所遊處，如安吳包慎伯、海州許月南兄弟、本郡潘四農，皆天下奇士。劉芙初尤重之，平生汲引後進，自鄉里、都下迄潁上，成就百許人。晚而究心世務，爲《懷窗十議》，文多深中，然未嘗示人，策當世不能用也。

君生於某年月日，得壽七十。妻某。子二：應琦、某。孫五。曾孫一。女三：張、嵇、韓，其適也。銘曰：

余幼也，君摩其首。君逝也，余升其阜。松耶，柏耶，永惟夫子之室耶！嗚乎哀哉！此文中段疑有脱誤。

【校記】

〔一〕將：鈔本《通甫文補編》作『戎』。

孫貞烈女墓銘

貞烈女孫氏，鹽城人，許字海州李氏。年十七，適李壻，幼，未笄也。邑無賴子豔其色，託嫗媼以導之，不可，醉而逞。大詬，某乃縱穢語辱女，闔戶死焉。孫氏，小家子耳，辱甚微而竟死。事發，某故健訟，又有姦人左右羽翼，幾不白。賴通判龔君湔雪，卒得理，擬某如律。葬之日，通判龔少尹、趙少尹冉爰及四方之士，車數十乘，馬百匹，鼓吹前導，會於壙者千有五百人，皆下拜，一市爲傾。嗚乎！小家子耳，乃如此。龔君屬爲銘。道光乙未十一月。銘曰：

皎兮雪，堅兮玦。彼狡童，拔汝舌。視我珉，字不滅。誰聽之？龔君烈。

弔淮陰侯文

烏乎！窮而爲餓夫，達而爲王侯。盛而四海在其掌握，衰不能爲其身謀。此英雄之故轍，亦又何求？惟君侯之牢犖，豈布、越所能儔？其出處勳業，蓋將超管邁樂而與伊、呂遊；其英謀密計，又庶乎孫、吳所不能測，而廉、李所未足侔。方其韜光晦迹，寄情一鉤；固已神遊六合，心馳八丘。洎乎困辱於斧鑕，流離散亡，迍邅淹滯，忽焉登壇而運籌。席捲山東，轉戰河北，天下已定，卒未免於俘囚。理耶，數耶？何怨，何尤？

蓋嘗觀君侯之一身：生之一女子，殺之一女子；始之一淮陰，終之一淮陰；用之一高帝，忌之一高帝；薦之一蕭侯，讒之一蕭侯。固已風飄塵散，雷驚電逝，草荒烟滅，渺乎太虛之雲浮。獨英風與偉蹟，日月懸而江河流。其忽起忽仆，又似乎神龍之在天，攫拏槃屈，倏然不見，雨止而雲收。

烏乎！人所以悲君侯者，蓋以生置萬家之冢，死無噍類之留。豈知良史之筆削，士大夫之歌詠、流涕、痛哭，生君侯於千秋？又烏識夫解推之爲恩，而烹斬之爲仇？用懷古而興弔，尚含笑而無憂。

祭漂母文

嗚乎！勇足以冠三軍，不足以取太倉之一粟；知足以屈萬物，不足以謀糟丘之斗槳。提三尺之劍，足以雲興雷奮而取侯王，不免槁項黃馘而泣路旁。此古之志士撫膺而同傷。豈獨王孫之垂釣，無門託足而徬徨？唯我母之高義，實曠古而無雙。窮途飯客，義心俠腸。施不求報，高風激揚。方其虎跧豹伏，豈遽知其顧盼中原，咆哮六合，連兵百萬，决劉、項之興亡。徒以壯士失路，落魄而悽愴。然使信不活，則漢不興，楚不滅，而海内之禍將猛於蹈火而烈於探湯。然則母誠漢氏功宗，宜廟食百世，豈千金之能償？

予觀秦、漢之際，得二人焉，惟母之飯信與力士之佐良，皆有蓋世之功，母更至今有耿光。此天下後世莫不欽仰。況予之生於其鄉，又窮困而無所望。烏乎！安得見此人兮，唯臨風懷想，敬奠一觴。

哭徐健安將軍文

徐將軍既歿之七月，其友人魯一同始得聞，爲文遙哭之曰：嗚乎！健安死矣！始，健安以武進士賜及第，余尚童齔，客有過而談者曰：『徐狀元雄勇天下，奇人也。』後數年，余在楚州，飲酒友人所。健安騎白馬，從一人款門入。客皆起，健安長揖就位。則大驚，以爲健安乃如此。明年，被召入都。又五年而余東游海上，健安居母憂，一見如平生，時時過從。又明年，健安入朝，握手河上久之，登車去，遂成永訣。

竊怪夫天之生才，苟無所用之，則如勿生。假如以健安之忠勇奇偉，生聖祖皇帝時，屬天下初定，四方蠢竊，必能鷹揚虎嘯，爲國佐命，分茆剖土，巍巍無窮；又令生高宗皇帝時，朝廷有事四夷，北畧青海，西拓金川，南征緬甸，東勦甌閩，卽不大用，得一障而乘之，必能斬將禽馘，收功拓地，不致沒沒死。今天下方制萬里，內外乂安，無雞鳴狗吠之警，四方小蠢，應時撲定；九邊之士，解甲而眠，雖百健安，無所用之，則天之所以死健安，非無說也。

健安之賜進士也，上在潛邸，深加賞異，會以失朝期落職。天子登極之明年，召入，賞侍衛。健安平居言輒感激，奮袂起而曰：『國家待開業如此，開業不立寸功，無以對天地。』時方燒燭夜坐，面色正赤，目光睒睒照人。去年，健安在關中，西逆未靖，上書願往者三，幕府格不許。嗚乎！國家太平久矣，介冑之臣，習爲懦怯，飽食鼾睡，若將終身。猝有烽火之警，遠隔萬里，莫不變色失步。而健安以新進一偏裨，輒思奮臂爲國家出死力，忠誠大畧，卓然過人，信所言不虛也。而卒以軍興勞瘁死。嗚乎！丈夫不能馬革裹屍，死於王事足矣。此固健安所禱祀求者，吾有以知其不恨也。當健安入都時，行李蕭然，同人爲經紀就道。今君沒陝西，去家四千里，一棺權厝何所？薄田數百畝，不值一錢。近世士大夫習氣，好趨勢熱。當君在時，尚可稍稍補綴，死矣，誰爲謀者？

嗚乎！健安！識君太遲，別君太早。君才太大，命太蹇。我力太薄，以此負良友地下。

潘四農云：此文方消得『雅健』二字。

哭王考功文

王考功慈雨，以丁酉之三月没於京師，其同年生魯一同後二月始得聞，北向號而哭之曰：嗚乎！天之所以厄我者，豈不甚哉？

吾年十八，以副貢生與君舉同榜。明年，君罷禮部試，相見於東海。又三年，君成進士，以憂歸，訪君於家。明年，君入朝，哭而別。後七年，予計偕入都，主君家三月。余與君誼則朋友，恩若兄弟，嚴事若師保，相須如手足、如耳目，相爲用如形影，不能暫離。今喪吾友，失吾師，殘缺吾兄弟，去其一手一足，盲吾目而聾吾耳，影雖在而形已忘。天乎！何厄我至此極也？方君之没，聞諸道路，輒大言：『慈雨必不死！』吾鄉潘君、清河吳君皆來問，吾報書曰：『慈雨神明强固，厚德不耀，又未大展，無死理。』歸見家君，家君曰：『慈雨有英靈，與汝若骨肉，審死，必以夢見我及汝。今無夢，未死也。』吾兄曰：『慈雨死，是河北無人也。天必不然！』烏乎！君之不死，吾信之，吾父兄信之，吾友信之，而竟死！君幼失恃，弱冠走萬里，出入大同、宣府、塞上，飢渴憂危，冰雪慘毒，得死道甚多，乃不死。必俟毒苦備嘗，少少能自顯，不竟其志，而悍然死之。豈君之身宜於飢渴毒楚，不宜康吉耶？

與君别七年，無歲無書慰問，篋中積一寸。在都每促膝，夜漏三四十刻，及别，謂我曰：『吾有所欲言，然不能爲君盡。』烏乎！君之所欲言未盡者，吾自忖無之。豈君逆知其將死，不欲爲吾顯言之耶？吾去年郵遞一書，未知得達與否？今年三月，由君弟付一書，聞其至在三月二十六日，而君以十一日死，則君固未之見也。君所欲言者，吾不知；吾所已言者，君不聞。與君交十六年，而兩心耿耿不釋，遂決然以去也。吾出都時，君贈研一、筆四、柬牋四、墨丸八，刀子、冠、履各一，又爲吾評數年來文，不可勝記。今君死，而吾目中所見，無往而非君也。吾欲舍一哀，而紛然者環吾側而刺吾心也，痛忍言哉！君死後，逋負盈巨萬，無一瓦之覆，百畝之產，待食二百指。遺書百卷，刊布何時？君才大、質重、器遠，相國師每對予嘆息：『它日肩大事，非君莫屬！』

吾輩三數人好論時事，意欲有所云云，而竟去。吾異日一共事之人，君已矣。駒影一逝，萬事蒼茫，如吾輩者，復何望哉，復何望哉？

周止安云：精悍，直入柳州之室。

祭潁上縣教諭徐先生文

嗚乎！國家承有明之舊，州、郡、縣皆立學官，以迪教化、造俊髦、明經義、端學術也。往者立法之始，樹義閎達，近世稍輕其選，或以貲入。於是譾陋儇薄之士，參列並處。朝廷若特設是官以待天下疲瞀之書生，而豪俊魁通者至不得已而就之，終以鬱鬱。而耐堂徐先生以十困州舉、七試禮部之餘，蹭蹬伊悒，就官於潁上，五年而歸，歸而死。於時先生壽七十，又無病終，其年其福，舉不足爲憾。獨以飛揚迅奮之材，伉爽亮特之姿，低頭降氣，卒不能有所施設，非其志也。

先生學無師授，幼遘愍凶，經患難，獨拔起於荒寒僻隘之中。其學以敦氣誼、篤倫理爲先，而尤斤斤以汲引寒畯爲己任。推其意，常欲一得枋以振拔一世之人材，而卒以儒官終，蓋學校之不足以造士久矣。先生既罷歸，值宗人之喪，青衿而弔者，粲然四五十人，皆及門士也。顧而頷者再四，遂以明日化。今執紼臨窆，安定門人峩峩皆來，念先生沐浴而薰陶之，其能無潸然出涕者乎？余雖未從遊，念在始孩，先生摩其頂，以孔文舉、楊德祖相期。今知交半天下，顧瞻鄉梓，不見斯人，乃爲文曰：

苜蓿闌干，天馬羈兮。瘦羊氍毹，哲士飢兮。惟天生材，桷櫨棨棟，有攸宜兮。尺潢之水，以困鯨鯢兮。先生齠齔，敦敏齊兮。長靡不學，無耑資兮。渡淮涉江，走京師兮。大人先生，奉手推兮。晚局一官，謀鹽虀兮。折翅而歸，逝天池兮。白雲帝鄉，可遊嬉兮。於嘑噫嘻！古今輪旋，六合風馳。忌者磨牙，愛者涕洟。蓋棺掩壙，茫茫爲誰？非其賞音，逝將安歸？

代祭徐先生文

年月日，潁上教諭徐先生將卽宅於幽。文曜弢暎，霜鋒長薶。邑人士咸共唏噓，以爲先生懷經抱緯，襟度豁如，載歷偵躓，老而弗闉，則亦惟吾邑土疏水淺，不振其光，用厄斯人，弗少憖遺，以廸我俊少。

哀哉！惟先生幼遭不造，蘭蕙當門，大懼用隕。太夫人惟勤惟育，亦惟家有宗祏，克覆用翼，乃濟於艱難。先生深惟幬覆之恩，報逾其分，禮也。越自成人，翔聲州黨，才鋒銛利，忌構弘多。木出林而風摧，土矗岸而流湍，然且外扞垣墉，內修品序，以至於鄉。鄉不能舉，遂游太學，徧交當代雅士。雖器望駿發，而利鈍有時，年屆知命，仍自本藩，俶登公車，七戰而七北。視天下事無當意者，遺棄時榮，晚就薄宦於潁之濱。潁水漣淪，歐公、蘇公之所昔遊也，飲而甘之，曰：『不足行吾志乎？』修飾鐘簴，塗塈堂皇。鳴弦而歌，邑人大諧。蓋其所設施止於此。遂棄人羣，遊彼帝鄉。烏乎哀哉！

夫嶢嶢者缺，佼佼者污。先生以權奇之姿，處喔嘎之會，愛者駢肩，忌者接武，此則人也；昔在壯年，未試乎英鋒，洎乎衰白，乃投之散地，此則天也。屈信之理，一龍一蛇，昔之達人，其知之矣。先生之居於鄉也，修濬水利，葺治黌舍，遇公事必發憤，故在鄉則益，在官則益。潁之人曰：『孰使我家經戶史，含潁而華者乎？』漣之人曰：『孰使我去沈卽陸，飽食而嬉者乎？』獨使吾儕捧蘟徵文，負劍問業，瞻言遊處，邈若山河。歲月有時，靈奕弗留。英思壯藻，如聞肸蠁。已乎傷哉！尚其來格。

自記：此作極橅唐人，雅潔生動，頗近李北海。一味莊雅，自八家之風盛行，此種風調不復講矣。

擬陳南河積弊疏

臣聞治河不貴求奇功，而貴求實濟。舉通工之人，文武員弁，精神智力畢注之於河，雖潰爛百出，臣知河之不足治也。舉通工之人，文武員弁，無一注之於河，雖歲慶安瀾，臣知河之不足恃也。故錢糧節省之時河必治，帑藏虛糜之日河必敝。錢糧節省者，河工多事，經費不足，上下憂虞，侵蝕無所，少不自力，法隨其後，其意惟在於河也；帑藏虛糜者，河工無事，經費有餘，上下晏安，利孔百出，少不自愛，利隨其後，其意不復注之河也。故善治河者，必核錢糧之數，非徒爲國裕財，所以清河員之心，而作其勞苦精強之氣，今日之河可謂治矣。

以臣觀之，會逢國運休明，諸臣食其福耳。因仍不改，殆可隱憂。何者？頻年無事而大臣不知憂，經費有餘而計臣不知節，文武恬嬉，借河爲市，趨弊如鶩，而勞苦精强之氣漸衰也。自兩漢以來，歷代疏濬修築有歲費帑數百萬之多者乎？卽我聖祖皇帝時，河患孔殷，決口數十處，前後十餘年，挑築塞決，數工並舉，然當時河臣靳輔纔請二百一十四萬，兼舉東、南兩河，有安瀾無事，南河一屬歲耗二百七八十萬之多者乎？嘉慶十六年後，河道無大變革。道光六年，開通減壩。事以人興，非河之由。數年來雖盛夏異漲，不過半槽以上，旋卽消退，陽侯順軌而帑費不貲，何哉？臣聞古之治河，以河爲敵；今之治河，以河爲天。河工從事，動用軍法，盛漲暴臨，惴惴如當大寇，故曰『以河爲敵』。今也不然，防河之臣惟恐河水之不盛，工段之不窳，報案之無由，銷款之無地也。誣無以爲有，加少以爲多，移甲以當乙，指東以冒西。計南河二十三廳、二十二營文武官備，無不藉河以肥其身，以裕其家，是官『以河爲天』也；河兵萬人，衣食惟河，日用惟河，薪河之料，楝河之柳，是兵『以河爲天』也；往來游客，盤踞幕友，星卜陰陽，雜技並湊，是游民皆『以河爲天』也；倡優歌舞，衣錦綴玉，晝昏夜明，縱慾無度，是匪民皆『以河爲天』也。自兵弁、客幕、技術、倡優皆取辦官，官取辦帑，帑取辦河。河當其名，官當其實。河取其三，官取其七。上下一體，文武一轍，復何從而減之？河臣之言則曰：『帑不可輕減也，與其惜費而生事，何如多費而安瀾？』臣以爲不然。與其糜帑以填無盡之欲，何如省費而修可據之工？臣非爲河惜費也，惜夫帑費而河不知；臣非爲國省帑也，懼夫帑糜而工逾敝。夫省河所不知之帑，以修河所不敝之工，爲今日計，無過於此。臣謹條上當減者二，當修者一，伏惟皇上留意裁擇。

其一曰料價宜減也。河工舊例，計料以方：每料一垛，長三丈，寬二丈，高丈二尺五寸，計方七十有五，報銀七十五兩爲率。嘉慶初年已前，南河多事，料價騰踴，經前河臣疊次請改七十五方爲三十七方半，計重四萬一千八百斤，定價以工次遠近，百二三十兩至百六十二兩，每石計銀三錢一二分至三錢八九分有差。方減以半，價增以倍，出入相乘，遂至四倍。邇來二十餘年，河流安瀾，海蘆瞾茂，料價低平，銀價踴貴，每石銀不及二錢。計料壹垛購價七八十兩，而每廳歲料防料率七八百垛，動需十餘萬。核以今價，實可減銀三四萬至五六萬兩。通工核計，除淮海廳屬兼用蕩柴不計外，減銀可六七十萬兩。此其於河，何裨何益？年復一年，良已不貲，因仍不改，誠所未喻。或曰：『物價消長，月異歲殊，一旦騰貴，必形支絀。』不知二十餘年，雖有低昂，不聞懸絕。苟無它變，何至頓增？究令有時昂價，亦當既貴而請加，不應懸價以待貴。臣不知此數十萬帑存於誰何之手，以爲異日加價之需乎？此二十年核實節省不已在千萬以上乎？國家歲入幾何？而我皇上御極以來，南河料價一端，已擲此千萬於不知誰何之手，欲國之無貧，不可得也。

其二曰正料宜減也。河工庫貯，正料爲多。正料報銷，埽工爲大。臣聞各廳埽工皆外抛碎石，從無蟄動。間有埽眉朽爛，拆廂數尺，已可整齊。譬之築牆，石猶磚甓，埽猶土壤，苟外砌之甎甓既堅，彼在中之朽壞何害？此理最明，人所易曉。近年河員或於臘正月間，縱聽偷竊，以便請廂及上司計估，反將整潔之工草草塞責，其卑矮者仍留報險。蒙蔽如此，然猶曰『歲料春廂可核驗者，若伏秋防料及續添防料』。名曰報採報驗，大都一面採辦，一面報用，僉謂行蟄行廂，歸入水底，不惟無料可驗，亦且無工可量。更有另案工程，或曰溜勢上提生工，或曰溜勢下移生工，多生名目，虛張形勢。請料報完，更稟險要，自行墊辦，然後詳請。上司受其恫喝，照例準行，不知乘險飾報，情弊尤甚。夫所謂歲料者，守其常年應修之工，意之可想者也；防料者，防其新生異漲之工，意之不及料者也。既有防料，又有續添；續添不足，更生另案；另案不已，轉成報險。工工新生，歲歲異漲，勢同定例，牢不可改。臣則以爲歲料得實，防汛何致多虞？防料得實，亦復無險可報。何者？南河自黎督建議碎石拋工，此在將來，不無流弊，而托溜護埽實有立刻奏效之奇功，並爲節省正料之良策。今拋石以禦險，險既平矣；坦石以護埽，埽既堅矣。而報蟄如故，報廂如故，外隱化險之真情，内吞節省之大利。料數不減，石費徒增，其實歲料未盡用也，而全數業已報銷。卽指存工之歲料爲防，防料未必購也。而詭云『行廂不足』，復指架稱之防料爲墊。一料而開數款，一款而冒數名，安坐無事，而帑之入私橐者十三四矣。司稽察者必責河督，河督能偏履乎？能任勞能任怨，詳察而周知乎？必責河道，河道能不與河廳相首尾乎？不得已，欽差大臣以臨之。大臣公正矣，隨行之司員可必乎？司員守法矣，左右可信乎？就令人人可必，人人可信，而京員乍到，未悉情形，河工老手，狡窟多端；長堤千里，堆垛相望，參差掩覆，形勢迷離。何者蕩柴，何者購料，報用幾垛，存工幾分，名實混淆，耳目炫易；帳冊轇轕，首尾蟬聯，口畫手指，莫可究詰，以此稽察，固已難矣。臣以料價之贏餘如彼，正料之浮冒如此，斟酌情勢，總無四分到工。南河正料，歲報萬垛以上，每年購銀百六七十萬，雜料五六十萬。其實不過四五千垛，餘皆前後互充。正料既虛，雜料隨之，通計核減可八九十萬。再加五千垛之料價，照臣前數核算又可減三十萬，通減銀可百二十萬。若以事體重大，無取束溼，亦當實減十成之三，可得銀九十餘萬。此皆未及到工，捲入私橐。一旦裁革，必滋浮議。廳訴於道，道訴於督。或謂庫貯過仄，必致草率誤工；或謂料價未寬，深恐賠累太苦。不知河工誠有草率之患，正以苦貯太多，意在侵蝕而甘心於草率也。河員間有賠累之時，正以贏餘太多，肆行奢侈而自趨於賠累也。侵蝕不改，加請百萬而何庸？奢侈不已，富兼金穴而立匱。懲蠹化奢，正在核實。皇上誠能赫然內斷於中，酌定數目，責成河督較量各工之多寡，便爲所減之重輕。若到工果能確實，卽核減仍自寬然。倘更以支絀爲辭，足徵其營私未遂。至核減以後，或因防守疎失，以致誤事，仍請從重治罪，不得藉口錢糧不敷，以絕其僥倖之路，凡此皆其當省者也。

臣更言其當修者。臣聞五行之敘，惟土勝水，河身千里，全賴土爲堤防，埽工不過敵溜備險耳。順河大堤無埽之處甚多，高寬不過二三丈，底寬不過五六丈，盛漲一至，實嫌卑薄。河勢變化，莫可端倪，朝僻暮險，殆難定執。卽灘面寬闊，名爲極僻，意外之虞，尤屬可慮，東河馬營壩其炯鑒也。臣愚以爲多辦無形難查之柴料，不如多辦有形可驗之堤工。而今日堤工，亦非可猝驗者。聞各廳土方，歲不過萬金，內外皆曰『調劑營汛，否則津貼候補人員』。夫工而曰『調劑』、曰『津貼』，有名無實，已可想見。於是墊陂、偷底、騙頂，諸弊種種生矣。近日民間鄙言，有『堤不加高不卑，堤不幫寬不薄』之語，雖近已甚，豈曰無因？夫埽工必掘埽尾，土工必量土塘。埽眉新而埽尾舊者，虛飾之埽工也；有土方而無土塘者，虛飾之土工也。臣請自今以後，飭下河臣，先將舊堤高寬灘陂一律量準，分列段落，注明舊堤底寬若干，頂寬若干，高出平地若干，較各處城垣、寺署高下若干，灘陂若干，確切估計。然後卽以每年所減料銀添辦土工，審其緩急，次第興舉。每屆完竣之期，大員臨工量丈，造取結冊：加寬若干，加高若干，灘陂必均，土塘必對。次年再估，便蒙上年之數，統計新舊高寬若干。數或不符，則以浮冒之罪坐從前經手之人。增加不已，五年之後，工之急者可完，歲當節省銀若干兩；十年之後，工之緩者可完，歲當節省銀若干兩。果然一律高厚，便將減數全裁。計南河自碭山縣界，東至海口，長堤千里，兩岸約長三十六萬丈。除埽臺高厚無庸加寬，及雲梯關東少從末減外，約三十萬丈。高下寬窄相乘，約高三丈、寬三丈。每加高一尺、寬二尺，底加寬四尺，見丈計土十二方，共計土三百六十萬方。每方堅土，當近日銀價昂貴之時，取土遠近牽算，作銀三錢，水硪在內，共需銀百八萬兩。以臣所減之數，加以每年歲修土工二十萬，猶爲有餘。十年之後，通舊堤便爲高四丈、頂寬五丈、底寬十丈之堤。縱有狂瀾，足可永保。省帑濟工，莫此爲便。

然而河工諸臣非不知土工之宜辦也，而語及省埽工以增土，則曰『不便』。不便無他，埽工多在水底而無憑，土工全在水面而有據也。夫河工所謂便者，非河之便也，非國家之便也。若河員勦爲飾說，謂長堤無用增培，卽請將所減錢糧歸入節省，以塞其覬望貪員之心。而臣知河員必不願者，有工可辦，則舍土工而就埽工；無工可辦，則雖土工而亦辦之矣，爲其猶愈不辦也。夫辦工至苦也，風雨櫛沐，寒暑勞悴，至勤也；泥塗在上，濤洑在下，至危也。而河員每樂於有工而憂其無事者，皇上不可知其意乎？內外官員語及南河無不欣欣色動者，皇上不可知其猶乎？南河廳營，坐擁厚實，習爲汰侈，此等素有老成之目、諳練之名。不知河工所謂老成，老於銷款，老於生工，老於稟險，而非老於防守之謂也。所謂諳練，諳於逢迎，諳於把持，諳於回護，而非諳於修濬之謂也。臣聞每年霜後，河臣將出力人員奏請鼓勵，於是同知皆知府銜矣，通判皆同知、知州銜矣。伏念聖恩高厚，原以激發其天良，而河員習爲故常，轉視本分所應得。臣以河工本勞力之事，卽出力何足爲勞？以後保舉務飭河臣聲明工段如何堅實，錢糧如何節省，再行鼓勵。若止泛稱出力，卽屬恩典濫邀。至於數十人中驕侈浮靡，指不勝屈，何以但見褒賞，不聞斥革一人？有賞而無罰，固宜賞多而不勸矣。應飭河臣取其尤奢侈浮冒者，指參數人交部，將前後帳目核實結算，一有侵貪，立寘重典。如河臣仍然庇護，一經發覺，治以曲徇之罪。河工各廳，除徐屬並揚糧、揚河等廳，尚或僑居汛地，餘皆盤踞清江，交通聲氣，曲事逢迎。應飭下山盱、高埝、桃南、北山、安海、阜海防等廳，各歸汛地，其淮海道亦例駐安東，無任叢集，以資防守。庶可塞弊竇而挽頹風，一作其勞苦精强之氣。論者又謂：『河工辛苦，不宜刻求；修防重大，詎存節省？』夫河工所謂辛苦，廂埽做工率皆營弁爲之，河廳優游容與其間，不過錢糧經手之人耳。若復不知撙節之宜，損益之理，此爲木偶矣。江蘇大省，額征地丁三百一十萬，而南河經費數幾相埒。不求核實到工，是直以數千里之脂膏，潤數十人之囊橐。政體如斯，良可深惜。今減埽工以辦土，乃是發私橐而歸公。取之於廳，非取之於河；用之於河，非歸之於國。事體光明，名實相副，何傷寬大，何礙修防？

臣伏見近年河工習氣太深，漏卮太巨，深惟本末之計，兼權輕重之宜。伏乞皇上兼權熟計，一意堅行；不惑浮言，不牽舊例；裁無名之費，辦可驗之工；嚴懲官貪，肅厲臣節。下臣此章並及東河，使大小工員咸知易轍，庶幾積錮可清，奠安永賴。

此卷乃近日論事體，不當以古文體製論。若欲删而存之，又恐失一代奉行之意，讀者當觀其議論何如，勿作文觀。自記。〔一〕

【校記】

〔一〕《通甫遺稿》於此後尚有復記三條：一、胷中所欲論者正多，此特其一端耳，然見者已怖若河漢。曩有《胥吏論》五篇，周制軍、姚廉訪及毛生甫上舍、周止安廣文皆許爲經論巨手。今生甫、止安已奄忽棄世，制軍歸老符離，廉訪被逮入都，天下事誰可與譚？付之浩嘆而已。癸卯八月又五日，自記於吳城私塾。二、此疏作於戊戌夏袁江官署，後竟無敢上聞者。至癸卯秋，有周侍御見之，大爲稱歎，卽索一底本以去。邇來河變孔棘，急籌堵塞修築，此疏爲不急之譚矣。留待方來，不無小補云爾。癸卯八月，通甫自識。三、事故繁興，側身無所，每一念之，中夜起坐。當路諸公，直同瞶瞶，奈何奈何，當復奈何！此懷難與俗人譚。通甫又識。

郭橋傳

郭橋者，廬江諸生也。少佐幕楚中，有女子寃者，既抵法矣，郭爭之太守甚力，且曰：『公固可寃人，某書生不忍爲。請辭！』太守變色曰：『君廉知之耶？今爲君解之。』

後數日，郭出遊，遭大雷雨，至一村止焉。主人出問，曰：『太守之客郭生也。』主人喜曰：『有以報矣。小人有女，爲仇家寃，賴先生得脱，請薦之先生。』郭大驚，曰：『所以脱君女者，爲君女之寃也。今娶之，則非爲君女之寃也，且太守將見疑。』主人曰：『小人之女蒙再生之恩，今壻家離絕，無所歸。先生將殺之耶，活之耶？』郭怒欲去，主人呼曰：『阿奴出！』則一女子赧然出，跪於郭生之前。主人曰：『是郭先生也，實活汝，事先生乎〔二〕？』女子則再拜泣涕，徐曰：『先生活我，我事先生，先生不知所爲？』而雨方盛，無所可避，乃曰：『請以異日。』主人曰：『先生受之則受之，否則殺之今日矣！』不得已而受之，故郭生之受此女爲不得已也。

居無何，太守會罷官，生告女曰：『吾固不願也，今太守且去，此地去某家數千里，單身不能留一負汝。』女曰：『君第去，妾不怨也。雖然，事固不可知。幸而有子乎，則謂之何？』生曰：『梓也可。』

郭生去楚十八年，成進士。梓生，假籍於楚亦十八年，而成進士。謁於主試者，主試怪之，問：『汝父名何？』曰：『郭橋也。』『在乎？』曰：『吾父廬人也，遊於楚，生我，今去楚十八年。梓生不見父。』因泣下。曰：『今進士郭橋者，廬人也。』曰：『人固同名，梓不敢識也。』主試曰：『非汝母不辨矣。』乃馳傳召其母，至則召二人者置酒後堂。侍婢行酒，而雜其母諸婢中，親行郭生酒，屢顧而目郭生。生亦怪而目之，念主人婢耶，何乃類吾婦？又念吾婦何由至？於是婦復行酒郭生，郭生益目婦，且目郭梓。梓且目郭橋，且目其母之目郭橋也。而主人若不知也，酒酣，從容言曰：『橋生家有婦乎？』生曰：『曩曾娶楚中，今不見十八年矣。』主人佯曰：『是何也？』告之故。婦聞之，淚逐頰而下也。主人乃言曰：『若識此也耶？』郭不敢言，曰：『不識也。』於是婦乃釋壺觴，長跪而前曰：『君今貴，不識妾乎？風雨之夕，跪君前而見收憐者誰也？』則大哭，郭生亦哭。其子起抱郭生足，痛哭不能仰視。主試先生喟然仰天太息曰：『豈非天乎！』廬人至今稱之曰『橋、梓同年』也。

野史氏曰：余幼時見廬人郭午餘，好談此事。午餘爲人感慨，酒後每對客言，至於離合之際，爲之泣下。余時在家君側，聞之熟，故能記。同時有趙太守、楊明府，皆能道之。十年以來，太守官豫章，明府退老無爲州。午餘遊河北，歸死巢湖之上。後二年，哭之金陵客邸。明年，家君遊朐，同臥病鄉里，追感往事，書於篇，蓋十三年於今矣。其時代不復記憶，不具載。

【校記】

〔一〕事：南京圖書館藏《通甫遺稿》上有『汝』。

汪先生七十壽序〔一〕

歲戊戌，余再罷禮部歸，假館於南清河令唐公之第，獲交汪子承德。盛夏，積雨淋漸，蚊蚋晝見。比屋吟誦相答，暇則縱論文章家世。既稔尊甫雲壑先生，隱德績學，以通家子禮求見，足數及門，一揖客而返。承德具談大人嚴靜，罕與人事，蓋不見客者數年矣。後二年至金陵，謁於客館，先生方出遊，見承德起居。明年，先生正七十，承德乞余文爲壽。

先生家世休寧，占籍於淮之諸汪，多以財雄，獨先生與前相國文端公奇貧。文端微時，先生以猶子行受學焉。當睿皇帝初，文端由翰林出典大試，入爲司成，遂登卿貳，參大政，天下士仰之如高山嵩嶽，與當世接。今夫世之所謂師弟朋友，類用通顯相稱許，援繫登進相後先。蓋有無一日之素，躬執弟子，受一日之知，而聲名遍於海內，歘歷通顯而去者歲常數百人。而先生蕭然寄跡於河壖闤闠之區，一不拳拳負劍，以邀末光而趨後塵，其意嘗資推挽而樂就之。如先生之不請謁於文端，文端之不強先生以所不欲，豈非傳所謂『古之人』乎？

先生既少貧，若苦食淡，而學尤猛，爲文磅礴雄厲。前後視學江南者，咸咨賞嘆息。卒落落無所遇，或幾得而復失之。人能弘道，無如命何？然則先生之不詘折以求一日之知，非無故也。余與承德居良久，得先生事益稔審。往戚屬中有無賴子，以先生長者，多肆無禮。先生厚遇之，某媿不敢見。它日遇諸途，囚垢如丐，泫然曰：『子非昔日某耶？』引歸作食，冠而衣之。去明日，丐如故，人皆服先生而咎無賴子。先生嘆曰：『吾不能使悔而成立，是吾德不足也。』其寬通如此！而世多畏先生嚴謹難近，蓋天下方相循於浮名，諛虚美，而先生介介，深痛當世名士輕衣緩帶，冠蓋遨遊之習。雖以同之固陋，夙爲先生所不棄，而不獲時奉杖履，此同之所以景仰嘆息而不置者也。

【校記】

〔一〕此篇底本無，據《通甫遺稿》補。

王壽巖明府四十序〔一〕

古之舉進士科者，既及第，始試爲簿尉，而舉人之注令者無有也。自有明而舉人始得注選，其入試之途，視前代爲優。本朝大挑之法行，又加優焉。嘉慶中，舉人初挑河工，始至皆籍補丞貳，稍遷致佐，迴翔數年，或得一道，取監司以去。然有士之懷才望而樂仕進者，試何必三省；奮動譽而致顯榮者，官何必近禁？故曰：人能弘道，亦各遭其時也。

昔者壬子、癸丑之歲，天下蓋多故矣。河流再溢於故豐，粵寇去驅於江表，天下士之就試禮部者，至倉皇愓息，不終試以去。而是科值大挑之歲，肥鄉王君壽巖與其曹十餘人者，皆以一等試用南河。是時前清河令吳君方受天子特達之旨，墨衰視事，余以同歲生數從之遊，因得識君於座上，岸然魁磊士也。於時大江南北並遭殘破，游魂之寇，西逾太行，北竄畿輔，軍府匱竭，九省騷然。而袁浦當南北衝會，戶口十萬，官寺數百，公私窳弊，勢甚岌岌。諸官人之奉檄而至者，行李之弗供，牽餼之弗給，則往往長假以去，或更他途，假名戎幕，以謀升斗之潤。君獨於與遷安馬君連榻凝塵，襆被相對，枯棋雨夜，雞鳴不已。大府或以新政邀君從事其間，重幣輕厘，權宜取計。君奉身旅進，雅不欲有所建白，巧捷以取當世之貲。蓋君之質性敦厚，處擾攘困迫之地，而能不改從容之適，雖當巧利營競之場，而無所動於眾人之遇。其立身本末，豈有非淺見之所易爲窺測也？會歲旱蝗，濱海尤甚。君權阜寧縣事，縣頗荒廣。君善順人情，挹注有法，貧者獲濟，富民不擾。竊聞君之先大父以乙科宰清苑，齊人至今謳思。清苑之弟今作宰晉中，家傳信譜。故君之所以立官行政，寬大祥和，不改承平之舊，而非近日纖夫小才，行一切苟且旦暮之政，以赴時會者可同日語也。

吳君十年老吏，雅號知人，聞君將新有山陽之授，則固吾父母，而一同異日之部民也。夫信人於友，不可謂私；以民頌上，不可謂諛。用敢託『春酒』、『羔羊』之義，而進《南山》臺萊之頌焉。

亦是酬應作，而頗有雅懷。

【校記】

〔一〕此篇底本無，據《通甫遺稿》補。

陸小巖七十序〔一〕

今天子御極之元年，詔天下郡邑舉孝廉方正之士。於是耆德碩齒，魁艾通流，咸奮起幽滯，跂踵而待徵。而安宜陸先生積道纍素，闇修弗曜。鄉士大夫咸奉手曰：『先生其人也！』先生允執退讓，以衰老固辭，至於再，至於三，咸曰：『先生有其實而辭其名，名去而實愈高。』自守令以下弗敢敦迫，遂其乃心，亦所以勵末俗、砭浮譽。而其明年秋，爲先生七十生辰，同人實喜，求文爲壽。

夫湍流激清，非褰裳所能涉；峻峯横雲，非屐齒所能探。謏聞陋說，烏足以壯志度之崇深，諭性理之澄澈哉？一同爰自弱冠，求友本郡，得交潘丈四農、王丈古鄉。介於二子，遂申末契。炳之以文章，假之以談宴。中更闊論，殆及十稔。丙申紀歲，初偕計吏。先生祖道河橋，作而言曰：『夫進趨之路有常，退修之事靡盡。立德立功，惟君所擇。』意不以金紫爲榮顯，而所以覬望者無窮故也。日月易得，追維少時奉杖撰履，邈若山河，而先生已登杖國，親被國家玄纁束帛之召，脱屣而飈舉。而一同年將始滿，文質無所底，其何以從乞言之末而慰望塵之顧願者哉？先生童牙孤露，徇齊性成，宗黨有後生化其淳至。嘗有少年貴介相遭於途，岸巾曳履，意氣散蕩。先生趨正其冠，俯爲結襪。少年惶退拱手，退而告人：『不衣冠，不復敢見先生也。』其化人之速，感人之誠，古之所謂得鄉先生爲一方矜式類如此，而遺榮逃名，徵解所不能加，去之如恐或浼，意殆有諷乎！昔吳人陸慧曉宅間有池，池邊有二株楊柳，何點歎曰：『此池便是醴泉，此木便當交讓。』今先生所居，繞宅清流，趨命予駕往酌，而飲之必有異味，使人滌昏解膠，毛髮灑淅者，先生其亮許焉否也？

【校記】

〔一〕　此篇底本無，據《通甫遺稿》補。

跋

丁保恆

通甫魯公，恆之外曾王父也。余生也晚，未獲承侍顏色。比束髮受書，先慈授以一冊，曰：『此余之祖父、爾之外曾祖父手澤也。其《通甫類稿》正、續兩編，久已梓行，傳誦海内。此其未刊之作，世無傳本。汝其誦習勿忘，且什襲珍藏之。』恆謹受教，伏而讀之。惟是年尚稚，而性又芚愚，僅熟其字句而已，文之精深美備茫然也。悠悠忽忽更數十年，而先慈見背。秋霜春露之餘，乃搜摭遺編，翻覆熟讀。其樸實說理，如布帛粟菽之切於日用也。恢詭譎怪無取焉，其含弘突窔而包孕今古也；小言詹詹弗尚焉，駸駸乎軼漢、唐而窺《左》、《國》。然後知公之文足以範世諷俗，非一人之言，乃天下之言也。雖然，小子何敢私哉？爰繕寫一本，期付梓氏，俾世之愛讀公文者，得以窺全豹焉。嘻！日月邁征，歲不我與。含失恃之餘痛，感二毛之交侵，眷懷先民，徒增嚮往而已！

民國十一年仲夏，外曾孫丁保恆子久謹識。

補過軒四書文

自敘

時文之體勢備矣，百餘年來益放軼流宕而不知返。嗟乎！處今日思以區區制科之文挽一世之風會，有是理哉？一同少承先訓，中更窮困，不能絕意科舉，榮利動於外而嗜欲昏於中，痛學殖荒薄，自樹不堅，見異趨改，日月之間，頓失故步。十餘年來，扃祕所作。庚戌之歲，薄游京師，洩之於武陵楊性農，大相賞好，謂爲絕出，然終自疑去古來遠。其明年，修《邳州志》成，剞劂餘工，掇拾數篇，刊而布之。或諧或倨，趨無定體，聊用自娱，至於羽翊經訓，扶植世涂，非蒙小子所敢任焉。

咸豐元年十二月，山陽魯一同。

補過軒四書文

信近於義言可復也

義大於信，則復不復不必一一而覆校之也。夫尚不知有義，則信適足以成其大不義之事，復之，患乃更深過於不復。有子深睹後世之流極，而示以人理之中正，以爲古之君子，將有言也，將有爲也，必度勢揆理，無纖毫作致其間。故無先後横決之患，始終不酬之事，亦無堅明約束之心，無勉强掩覆之跡。蓋義之爲用大矣！蹈之於始，而逆知其所終，天時人事不足以阻遏其志氣。卽少有參差，而於理皆足以觀其通。吴云：菁義高論。持之於暫，而無改於其常，順事恕施自有其本末之貫注。卽加以變通，而於心亦足以思其反。道義失而爲氣節，氣節衰而爲然諾，然諾降而爲質劑，其始非有人情天理之不可移易。苟感激於意氣，覬取償於將來。吴云：輪囷盤鬱。然且忼慨一節之士，負絕異之姿，自苦以成其志，名字行乎州域，衆庶榮而慕之，背公死黨之議成，奉身守正之義廢矣。夫始不思其可，而終規規焉於必復之意，是就小義而犯大不義，伸小信以成大不信，大不信或莫甚焉。若聽其虚擲於不可知之言，俗之薄也，豈有既乎？吴云：作如此說，人不能到。今縱未能悉衷於至當，而去之不遠，異日猶可黽勉以踐其途。況於理非有所大不安卽力成其初，天下不至訾議而隨吾後。夫溺於一己之私昵以堅持其終始，迫於當年之血氣以負異於流俗，皆小以喪其身，而大以亡宗覆國者也。烏乎，可哉？烏乎，可哉？

沈鬱瑰瑋，議論氣魄，純乎孟堅。稼仙。

信近於義言可復也其二

人之易其言也，大賢無多求焉。夫縱不能言必合義，第求其相近，亦庶乎可矣。去之愈遠，則豈有幸乎？有子之意曰：夫人一生至遼闊，前後之事，豈必一一檢察？吾以爲有道焉。一言動之微而無不符事理之定則，扼要則終身若質要可也，而不能概望之天下也。夫天下日尋於欺僞狙變之途，莫若卑論儕俗，淺語皆含精氣。第相勉以不侵然諾之風。顧列國日習於盟約質齊之煩，下至匹夫許身，亦相忘於無玷白圭之義。此無他故，古人信與義合，今人信與義分。其始特氣盛情至，期勉强以終其事，真閱歷語，使讀者涕淚滿懷。天時人事，間關阻絶，勉强之力衰。其繼方心堅意苦，或迂迴以望其成，情遷勢異，計變心生，迂迴之謀澮。卽萬萬不然，而勉强於此，決裂於彼；迂迴於今，敗壞於後，必復其不可復者，以取信於天下。背棄名教，而不欺其一念；扞犯文網，求無負於一人，其何貴焉，而何取焉？然則權衡精密之事，不能遍責之常流。但使舉念依於法度，必不敢以非常快心之論，大言於君臣朋友之間。幾微出入之途，容或可恕其偶疏。要在立身明於大體，必不敢以無端許與之忱，輕露於飲食笑言之際。若而人者，容貌詞氣無足以動人，而觀其吶吶如不出諸其口，知爲他日可恃之身，慷慨氣節不聞於列國，而惟此區區未嘗輕以與人，亦何至有始終橫決之事哉？

深心苦語，一出以清整柔勁之氣。其風力意度，實開前人所未有。稼仙。

無適也無莫也義之與比

君子無意必之私，比於義而中有主已。夫當其合義之後，則有適也、莫也。然必先無之，而後能協於宜焉。君子何容心乎？且事必始於無定見，而終於有定理。世人之所謂定見者，定之於心也，非定之於理也。心定而使理從之，則其偏僻執滯，有不可知者矣。吾因是而思夫君子之於天下也，天下之理無窮，而其事亦無定例。君子之心有主，而其用亦無定則。故當其權衡之既審，則專主而往從之，『適』字確詁。雖有持不可之說，百端而與之爭，而君子有所不計，亦似君子之有適，而不知無適也。且當權衡之既審，或深拒閉固而不納，雖有持必行之說，百端而與之爭，而君子有所不計，亦似君子之有莫，而不知無莫也。夫君子既中無所執持，而其見諸行事或有時堅定而不移，何也？天下有大義焉，萬事萬物，以至於一舉一動之際，莫不從容而受範。君子立義於此，乃取吾當前之所行一一而與之例，『比』字確詁。或比而上，或比而下，在在皆有成法之可循，而不敢冥心以決事。古今有通義焉，大義通義該備。一時一事，以至於天時人事之殊，必求通變而適宜。君子精義於此，乃取吾當前之所行一一而與之校，或比而輕，或比而重，在在皆無成法之可守，而後能變化以取中。是故當前祇一事，而義之所比附，則由一事以推之萬事，使大小長短無有顛倒參差之患。其時行而時止者，人見之爲錯綜，彼見之爲整齊也。且當前祇一事，而義之所比方，則由一事以推之終身，使立身行己無有始終橫決之病。其時可而時否者，人視之爲萬變，彼守之爲一轍也。不比諸此，而徒曰無可無不可，非鄉愿之無非刺，則異端之猖狂宕往而迷於所向者也。君子豈爲之哉！

適訓往從，比訓例，訓校，恪遵古義，字字精老。

德不孤必有鄰

決德之應，愈思之而愈有不待遠求者焉。夫君子特立不懼矣，又有輔之者，奇氣。又必於其近有輔之者，何必前思古人，後思來者哉？夫子曰：士苟自命爲不可一世之人，即惟恐其身羣居比跡之太多而莫之相遠，吳云：出題之背。又以孤立爲憂乎哉？且亦安得有此？海至遠也，百川畢赴；山至高也，衆峯朝焉。物之精者必有氣，氣必有應。氣之所至，上燭於天，下燭於野。氣之所感，異類和聲，殊形合體。又況於人，百物之靈，德之於人，又其靈焉。仁以仁之，義以宜之，禮以招之，智以別之，是有好惡，如同風雨，德孤乎哉？今夫莽蒼之野，荒穢之區，俄焉止於斯，廬於斯，聚族於斯矣。東海一人，西海一人，言語嗜欲，不相往來者，非地不接其人小也。吳云：精絕。賢者德高一國，輝采照乎四境；聖人德高天下，光華溢於八表。於斯時也，又有聖人、賢人出焉，日月並照，江河同流，其光足相接，氣足相敵，九州密於比屋，八荒同於庭除。舜生東夷，禹出西羌，萬一當日不登堯朝，畢生不一見風聲臭味，亦必遥遥冥合，交輝聯映，而左右無疑。士生卑陋之俗，闤闠雜遝，姻婭而往來，茫乎若不知有是人，詎知精神性命期我於何所？忽然千里而外，一面不接，感歎思慕，如日造膝，寤寐款摯而不厭。其生也，若相求；　其死也，唏嘘累涕而不能已，豈不以其鄰哉？　豈不以其鄰哉？

渾灝精深，讀至篇終，令人欲涕。稼仙。

夫子之文章可得而聞也　一章

觀聞不聞之異，而聖教之宗旨定矣。　夫文章卽所以闡性道，而或過求之，豈嘗宗訓於夫子哉？　昔夫子旣詔子貢以下學上達之說，而又告以多學一貫之旨，於是子貢深知夫子之道，無精粗本末之異，而學者亦斷無舍粗得精、舍末得本之理，恍然曰：　夫人之學聖，將以求有聞也。　雖然，不求聞其所可聞，而求聞其所不可聞，豈夫子之心哉？　蓋夫子之教詳矣，動容周旋，無不中禮，時行物生之妙，不待言而顯也；　贊修刪定，以待來者，信好傳述之事，亦藉言而彰也。　其事似乎委曲煩重，而粗涉其門庭，卽一端而亦有受益之處；　其理未嘗不精深廣大，而但領其餘緒，卽中材而皆有循持之方。　故聞亦不勝聞，而循分以漸進，則亦各有所可；　卽可亦不盡可，而隨事以觀理，要皆不無所得。　蓋可得而聞也，而或因是而求，威儀定命，皆性中事也。　六經載籍，與道爲昭也。　性原於天，則道在性始；　道率乎性，則性又在道初。　以吾夫子之聖，二三子之聰明特達而嗜學也，宜盡棄夫日用行習之故，而相賞於深微；　或少涉夫形名跡象之途，而亟談夫奧窔。　然而二三子卒罕聞，非徒罕聞，夫子亦罕言，其故何也？　性與天道之隨在而見者，詳言之而幾微疑似之辨，只以啓天下之紛；　性與天道之卽心而具者，精言之而返觀默契之餘，原不關口語之末。　故以理本無可言，早流示之無行不與之際；　而其人苟可與言，又無待於語言文字之煩，夫是故所聞常在彼不在此也。不明此義，後世言性益詳，而異端曲學各持形似變幻之說，與吾徒爭執而不休；言天道益精，而老師大儒且雜陰陽運會之說，使學者惝怳而失據。其又甚者，以窮理爲務外，而聖人之教且分爲二焉，豈非言語階之厲哉？

直將不可說煞。七百年中言性命者，恐不樂聞是言。少時曾見靈皋先生作而愛之，案頭無時文久矣，聊復仿其體勢，他日當與印證。自記。

欲速則不達

舉不達之弊，知速之非可欲矣。夫既達不必不速，而徒速未有能達者也，欲累之耳。且天下有不疾而速之一境，則達是也。事至於達，亦斷無寬緩遲滯之理，而特不可有所作意於其間，急之而反遲，迫之而反緩耳。試言欲速之弊。夫苟知政之可以漸而達也，豈復存急遽之心？其欲速也，蓋妄意不達之由於不速也。夫苟知達之可自然而速也，豈復存操切之意？其欲速也，蓋妄意不速之不足爲達也。而不知政必欲其相及，欲速則情迫而勢沮。有顛倒而布之者矣，奏功之意太鋭，一切皆以成法爲迂，朝建一議，暮更一法，令繁而人不信，事多而吏不知。於是或舉後而遺前，或舍近而責遠，而達之機滯矣。達之機滯，求速之心不已。其究也，紀綱紊亂，名實混淆，雖欲盡反其所爲，別求一順布之方，而勢已有所不及。且政必求其實致，欲速則心急而願奢。有苟且而成之者矣，責效之期太驟，百官苦於救過不遑，人百其事，事百其人，姦生於簿書之煩，弊積於更代之屢。於是或指無以爲有，或諱罪以爲功，而達之實亡矣。達之實亡，求速之心亦倦。其究也，上下惰窳，公私推諉，雖欲復奮其初心，一振夫精强之氣，而情並有所不能。蓋天下事莫速於從容就序，而敏捷者次之。達而不速，何損於達；不達而速，何貴於速？躁氣乘而中先擾，平易之途，皆顛躓之途也。卽吾人之心莫速於委婉赴功，而果鋭者次之。事事皆達，縱不速而必無濡滯之憂；事事皆速，縱偶達而不勝倉黄之慮。矜情勝而理必疏，竭蹶之時，皆廢弛之時也。汝戒之哉！

剴切。

子曰道之將行也與　一節

道之行廢歸諸命，而小人爲無權矣。夫行也廢也，雖聖人不能以自主，而謂寮能違命乎哉？且從來廢興之故，不知者以爲人之所爲也，夫何嘗無人焉與乎其間？而究之隆汙既定，並其人之或使或尼，未嘗不陰受其轉移使徒歸咎於人，是猶不啻畀其權而助之焰也。子欲誅寮，固以寮能沮吾行也，致吾廢也。子之意良善，雖然，子亦知行廢之機何如者哉？行非徒行也，吾行而道卽行。夫道豈遽行者？必有一代之事功，百年之運會以赴之，而後知道之將行也。廢非徒廢也，吾廢而道卽廢。夫道豈輕廢者？是必斯人之厭亂未深，天心之悔禍未極，而後知道之將廢也。此非人之所爲也，亦非吾所自主也，凡此者命也。命在天而道在吾，行固行，卽廢亦不忍視其廢，吾固不能任命而與爲浮沉。乃道在吾而命終在天，行則行，卽廢亦不過聽其廢，吾尚不敢衡命而與爲計較。夫以微尰之材，工讒善媚，不過惡直醜正之常情，必謂欲與吾道相抗衡，寮尚未必有此志。況以謠諑之口，鑠骨銷金，亦不過良莠虺蛇之本性，即謂是亦天命所不佑，寮亦何足伏此辜？夫天下之人讒吾忌吾，才氣勢力百倍於寮者多矣，卒未聞斯道之興與廢繫於一二人之口舌者，而況寮之渺小乎哉！而如命何哉？子果爲吾道計也，姑聽寮之訴焉，以觀吾道之繫於天命其相感之際，爲何如也？

夫子不用世，而僅一子路又屈身私門，何足行夫子之道？寮一小人，又何足沮子路之行？向來都將寮看得欲沮夫子之道，縱極議論，已落三四層矣。文乃置身百尺樓上，並注中不待計較，於命義，亦須補幹也。

子曰有教無類

教道宜弘，不以類而殊也。夫人之有類，爲無教也。教之而仍有類，猶弗教矣。且萬類皆受氣於天，天不能使有善無惡，而人不憾焉者。天生一出乎其類之人，即畀以陶成萬類之責，而或過爲區別於其間，非獨其量不弘，抑操之無其本也。吾與天下言教，有不得已於萬物之懷，而後其心足以相及，皆吾度內，而外視之，仁不足也；有必可以濟乎羣倫之術，而後其理足以相周，皆吾門內，而歧視之，道不高也，皆不得謂之有教也。夫教非欲化不類以歸於類哉？萬類各挾其才能而不能以一也，無教以爲之範，亦紛然而無所統耳。小師俗儒，門牆自峻，其人尚在受教之列，即其品原在庶類之中。有統之者，而類與類無相角，然後教定一尊焉，猶有不入範圍者乎？無此理矣。萬類各分其黨徒而不能以合也，無教以爲之宗，亦流別而無所歸耳。異端曲學，門戶自高，其學似不在大教之中，其人要不在衆類之外。有歸焉者，而類與類潛相引，庶幾教會一源焉，猶有各殊宗旨者乎？無是患矣。然則謂教以化類猶後也，一日既揭大道之宗，卽一日可免羣生之憾，非有教而後無類，乃有教之時卽無類也。過化存神，甚速也。然則謂類統於教猶分也，生不妨落形器之中，道總不遺曲成之表，非有教可期於無類，乃無類而後爲有教也。因物付物，何殊也？吁！此孔子之教所以統萬世而集大成也。孔子沒而異學日興，類始分也；孔子沒而大道不泯，教常存也。

讀至『小師俗儒，門廧自峻』數語，使天下才人、學人一齊頫首，入手二義尤偉。

可以怨

處怨亦有其方，學於《詩》而其氣平矣。夫人情不能無怨，顧處之何如耳。試學《詩》焉，不又有其道乎？今夫人有七情，怨不與焉。意者憤懟之風，聖人所禁，而正不然。使羣天下湮鬱愁苦之氣拂抑兒女不得自伸，其發也，必至橫決而不可救。故夫謳思吟詠，聖人所以安天下窮者之心而已，其亂也，而教卽於是乎立焉。不然，《詩》三百篇，無聊不平之作多矣，將以登斯世於和平，而反人心於渾穆，何取於窮者之辭乎？聖人曰：『嗟乎！怨毒之於人，甚矣哉！』自賢人君子以下，均以不免也。吾無以止之，故舉而通之於《詩》。且夫《詩》亦何爲而有怨哉？其在政煩賦重之朝，民生流離，囂然無復有生之樂矣，於是寫其家室道路之苦，傷夫拯救之無人，進不蒙於膏澤，而退不忍爲叛亂，反覆嗟悼，而卒歸於無如何，蓋其思深，而其音愈悲矣。若夫逐臣棄友之作，憂愁憤懣，悵然無復迴天之望矣。於是道其始終離合之故，而推其讒間所由生，上以冀夫悔悟，而下以致其私情，纏綿悱惻，而卒安之於義命，蓋其聲銷，而其志無窮矣。學《詩》者卽《詩》之怨，而求其所以怨，旣以得《詩》之心，因《詩》之善於怨，而知己之過於怨，又以定己之情。嚮以爲失意之境，我生獨罹其苦耳。觀於古人其所謂君臣、父子之際，皆極有生之痛楚，以我居之而不能以一日安者。然且瞻顧徘徊，欲絕而不忍自絕如此，其厚也殊自顧爲人之淺矣。賢者勉爲忠孝，不肖亦化其囂凌，協然歸於性命之正，則《詩》之爲也。嚮以爲創痛之深，亦遂不復擇言耳。觀於古人其所謂鬱悒侘傺之情，類皆人情所難堪，以我當之而幾欲大聲以呼者。然且長言詠嘆，欲盡而不忍遽盡如此，其婉也殊自慚面目之非矣。善歌謠者，勞苦胥忘；工文章者，窮愁亦樂。隱然消其觖望之萌，則《詩》之爲也。嗚乎！此先王所爲慮人情者密以周，而杜禍亂者深以遠也。

而違之俾不通

嫉彥聖者，使之有無形之困焉。夫彥聖足以自通於人主，而不通者，有違之者也。術何工乎？且夫有傾陷之心而不能泯排擠之跡者，此小人之不工於術者也。工於排擠者，若無所事事焉，而人材已困矣。相臣之嫉彥聖也，嫉其能自通也。德業勛望，蚤蒙特達之知，此尚得而壅蔽乎？不必蔽也，使之自蔽焉而已。恩寵眷遇，久擅當朝之重，此尚得而離隔乎？無庸隔也，使之自隔焉而已。夫彥聖之所以能自通者，心爲之通也。精白之懷，天日監之矣。而相臣日在左右，善窺人主之意旨，喜可使怒，怒可使喜，使夫人主之心與人臣致主之心兩相違，而乖其所之，乃至虚前席而傾心，讀諫書而太息，已幾幾乎可以一合，而愈求合而愈不可合者，有誤之於所投之地者也，而奚自通焉？且彦聖之所以能自通者，事爲之通也。職業之理，夙昔使之矣。而相臣地居樞要，獨操事幾之綱維，收能使發，發能使收，使夫國家之事與人臣報國之事交相違，而不中其會，乃至勛名盛於末路，勇決冠於垂成，已幾幾乎可以一當，而愈求當而愈不當者，有牽之於不相值之途者也，而奚自通焉？此不必顯與之違也。當其從容論議，方自託於愛惜人才馳驅豪傑之盛心，而貌厚情深，一顛倒而頓成煬蔽，則雖明良交語於一廷，而咫尺之堂簾有隔於帝天者矣。亦不必已與之違也。當其款密周旋，尤自託於將相調和中外一體之大義，而外寬中忌，因彌縫而轉益猜嫌，迨至忠良屏於荒野，而從容之宴笑有視若故常者矣。此娼嫉之極致也，而術彌工矣。

洞見機牙，如與晚明人論朝局，可爲拊膺扼腕。自記。

君子依乎中庸

君子之於中庸，並非擇守之所得而言也。蓋盡乎擇守之道，而泯乎擇守之跡者，君子也，故曰『依』也。且天下之艱難勞苦而赴乎是途者，其於分皆有不能盡副者也。副乎其分者，常寬緩餘裕，若不甚經意於其間，而循持之密，則天下之艱難勞苦者，累百思而不能效。吾之弗爲隱怪，而又弗能半途也，凡以其人非君子耳。夫君子何如哉？君子以事理之百出而相競也，而獨有一至當不易之道，隨所之而不乖。而凡天下之深於是、淺於是者，皆其可廢者也，則舍是而必無可以宅吾心者矣。君子以吾身之泛應而無方也，而獨有一無過不及之則，循之久而可安。而凡天下之高於是、卑於是者，皆其難據者也，則舍是而必無可以置吾身者矣。所謂中庸也，君子之所依也。物必先離也，而後有合。吾則既與之二矣，乃爲之想像仿佛於紛紜淆變之中，以求所謂至精至粹者，夫豈不一合焉？顧其所謂參差之跡，必不能泯者也。若君子之於中庸，本未離也，適與相符焉而已。物必先失也，而後有得。彼則既不我屬矣，乃爲之竭蹶奔赴於齟齬曲折之境，以求所謂弗能弗措者，夫豈不有得焉？顧其所謂偪促之形，必不能適者也。若君子之於中庸，本未失也，適與相準焉而已。蓋中庸之理之流行於萬事萬物之內者，隨地賦形，而非有方體之可據。故雖信道篤者，不能不誤於所之，而惟君子能倚心以爲衡。確。在物之中庸不可依，而在心則可依也。中庸之事之推行於一日百年之際者，隨時異用，而非有轍跡之可尋。故雖所已經者，不能復合於其既，精奥。而惟君子能師意以爲通。中庸之事不可依，而其意則可依也。故自人見之，直以爲君子神妙不測，無不適乎人心所其然，而不知有所放而效焉者也。自君子居之，亦自有所戰兢惕厲，不敢一念之疏於自持，而人直以爲習而安焉者也。君子之於中庸如此，豈有時而或悔哉？

此吾弟幼時刻苦學方桐城之文。嘗自謂其痕跡未化，讀至後幅，精思健筆，豈復庸近所有？兄子秋。

詩云鳶飛戾天魚躍於淵言其上下察也

觀鳶魚於上下而得率性之説焉。夫飛躍者性，而率之卽道也。上下之間，不昭然乎？且道不可得而名也，人皆求道於道，而不求道於形形色色之中，而皆有與知與能之故，而道行乎其中矣。《詩》不云乎：『鳶飛戾天，魚躍於淵。』鳶生而能飛，魚生而能躍，其生而能者，性也，天所命也。鳶生而不離於天，魚生而不離於淵，其須臾不離者，道也，率乎性也。因是以思，上天下淵，乾坤定矣；上鳶下魚，品物形矣；上飛下躍，性命正矣。不能不上，不能不下者，各循其性之自然，而各不相知。其視上猶下，視下猶上者，交動於情之所發，而各中其節。故言乎氣機之事，則鳶魚爲上下所鼓動，而不知成形之後，鳶魚卽能各全其所賦，而氣機特輔之而行。言乎化育之理，則飛躍爲上下所安排，而不知受生之初，鳶魚早已全付以所天，而化育轉行所無事。然則鳶魚不可爲知道，而不得謂鳶魚之飛躍爲非道；飛躍不可能爲行道，而不得謂飛躍之在上下爲非道。之在上下，言其上下察也。

人都誤看『化育流行』四字，遂説成鳶魚之飛躍，爲道所鼓舞。是道爲一物，鳶魚爲一物矣。此以氣機爲道也。又誤認『活潑潑地』四字，説鳶不知何以飛，魚不知何以躍。此以禪機爲道也。向來名作都不免此。雖方百川亦未了徹，劉大山少有見地。然説到純粹以精，無聲無臭，又入魔障矣。作此以正之。自記。

驅而納諸罟擭陷阱之中

以身罹禍，有驅之者也。夫天下未有無因而自至者，乃罟擭陷阱當前，而竟驅而納之乎？且人世之故多矣，其或懵然罔覺，身罹其中，人亦相與愍憐嘆息，傷其無識而陷害，以爲擇地而蹈之不至於此也。不謂羣情共畏之地，偏遇夫自矜特識之人，蓋天下事之巧於相試，亦往往而有焉。今之曰：『子知者，吾知之矣。』事變之來，曾不擬議而已喻，危機所伏，一經坐照而立明，其心之密也，奚啻罟其心之機也，奚啻擭其心之深也，奚啻陷阱也哉？以此制天下之變，而究萬物之情，則凡境之不可蹈者，必深悉其利害，而能周謹以自防；卽人之欲陷害者，亦預譎其精明，而不敢多方以相中。然而難測者，情也；無窮者，事也。天下隨在有罟擭，隨在有陷阱，工於進退，使人深思。而中材之士委心任運，或終身而不涉其途。天下何嘗有罟擭，何嘗有陷阱？而巧捷之才力竭智殫，乃舉足而卽逢其境。於是有畏罟擭而得罟擭，畏陷阱而得陷阱者，微明注於一隙，而前後左右，轉沓至而紛來，其爲去也，乃其所以爲驅也。於是有施罟擭而就罟擭，設陷阱而入陷阱者，機械本以擬人，而倚伏循環，乃借兵而受刃，其自出也，乃其所自納也。蓋天下機深智隱之事，本智者之所設施，故以類相求，而非人情之巧於相軋；卽人世網羅傾陷之謀，因難者而益加密，故以奇相中，而要在吾身之善自爲謀。而卒莫之知辟也，尚得以爲知乎？

『驅』字卽從『予知』導脈，深心危論，令人言下悚息。

敬大臣則不眩體羣臣則士之報禮重

『敬』與『體』各著其效，王心一而臣心純矣。蓋不專其任於大臣，而又薄其施於羣臣，是不獲一臣之效也。敬焉體焉，效何遠乎？且天下之大，不能獨理也。人主分其責於二三輔弼，又分其任於羣僚百執事，此輕重之所由生，而得失所由起也。大臣輕則羣臣上撓宰執之權，而腹心之寄靡託；羣臣輕則大臣下兼簿書之事，而臂指之勢不成。至於親者日疏，疏者日遠，則人主大不利。然則大臣遂足恃乎？苟非其人，退之可也，黜之可也。且大臣卽不足恃，奈何使少年新進，執簡從其後乎？國家有大興作、大政典，與尊者謀之，而使卑者間之；與賢者議之，而使不肖者阻之。在大臣奉身畏罪，詎不足以自全？獨是衆論盈廷，而曾無一人坐鎮於其際，非獨其才分素絀也。羣臣卽有大臣之才，而無大臣之望，則不足堅天下之信，而獨斷於危難之交。故敬者非苟以隆其禮，乃中心與之殊異，而自致其專一之誠也。且使大臣精白其心以報人主，人主又厲其精白之心以待大臣，則上下交通，而無形之釁不作。而爲羣臣者，亦可奉法承流而罔後矣。然則羣臣遂足信乎？苟非其才，斥之可也，罪之可也。且羣臣卽不足信，獨不與一二大僚，比肩而事主乎？士生寒賤之中，巖谷之下，旣不敢側足私門，而不復望天子之顏色；又未能致身公輔，而曾不獲有位之恩榮。在羣臣守分趨公，亦何敢以自薄？獨是積資累勞，而曾無一人感激於其心，非獨於職理有虧也。今日爲羣臣之人，卽異日可爲大臣之人，則未必立子孫之朝，而生其祖宗之感。故體者非徒以悅其心，乃磨礪以成其材，而不自棄於茸闒之地也。且使人主一其心以待百吏，而百吏卽不敢百其心以報人主，則中外一體，而本朝之勢不衰。而爲大臣者，亦可以優游坐鎮而有餘矣。

篤至，似北宋名臣奏議。

魯平公將出　一章

將遇而見沮，可以觀天意矣。蓋平公之出，固臧氏沮之而莫非天也，樂正子何歸咎焉？昔魯欲使樂正子爲政，孟子聞之，喜而不寐，蓋以爲斯道將行慶也。至是以師之賢語平公，平公爲之命駕將出。嗚乎！遇矣。有嬖人者，平公他日將出，必命以所之，曰臧倉，謬爲不知公之見孟子者而請焉。具告之，乃佯驚曰：『何哉君乃自輕如此？匹夫而君先之，必賢乃可，賢必禮義乃可，則吾未聞後喪逾前喪而爲賢者也。』方是時，乘輿已駕矣，敘法妙。而倉直斷曰：『君無見焉！』而公果曰：『諾。』無何，樂正子入，怪公之期而不往也。公媿其意，不欲以實告，則託爲不知誰何之人者。且夫倉之所謂『逾前喪』者，蓋是誑誕不經之談，讀書於無字句處得間，寫來咄咄逼人。原未嘗明指其爲棺槨衣衾之美也。而公乃曲體其說，曰『殆謂是』。公與倉可謂同心之言矣，而克猶解其非逾，不已贅乎？『贅』字妙，公並不答也。於是具以其言告孟子曰：『君固信克也，乃信克不如信倉之深也。君已來見也，乃愛賢不如愛倉之專也。』夫君以爲或，而克知爲倉者，意平日倉之沮賢，公之受譖，固非一事。觀其自謂必命以所之，則今日舍倉，無有能使孟子不遇者。而孟子曰：『嗟乎！臧氏之子，而能使我不遇，則豈有天而聽命於倉者哉？夫行止各有所遭，使尼必非由人。我不能使倉不沮，倉又焉能沮我？平情之論。不能使君必來，倉又焉能使不來？』天自不欲用賢，而小人乃爲得計，而惡小人者，又以小人爲得計，而小人果得計也。悲夫！

多使議論，轉恐豪氣未除。且似末一節文字，非法也。寓刻峭於夷澹之中，足使高邑孟旋爲之失步。男蕡謹注。

配義與道

道義不能自行，知配之爲功大矣。夫義與道似無賴乎氣，而要必待氣而行，其配之功爲何如哉？且吾心之裁制謂之義，而斯世之範圍謂之道，義配道而行者也。『與』字出。義非道不立，道非義不行，則比而聯之，而謂之義與道。赤歷歷。比而聯之而仍不能以自行，則以義與道配，而更有配乎義與道者。君子觀於直養剛大之際，而益恍然於其爲氣之説矣。氣非義也，義必權乎兩端，氣惟主乎一往，似乎義精而氣粗，而不知合精粗而其用始神。精語。氣非道也，道必本於自然，氣惟主乎奮發，似乎道靜而氣動，而不知貫動靜而其業斯大。是故道所性而有者也，義接時而生者也。精理灝氣，相輔而行。義與道不相離，而氣復與之合。率乎吾之義，以赴吾之道。參相合也，卽參相配也，而不後不先，遂同時而並見。行而宜之之謂義也，由是而之焉之謂道也。義與道兩相資，而氣復往爲助。堅乎吾之義，以守乎吾之道。還相助也，卽還相配也，而相摩相盪，遂入焉而俱融。就其未配言之，氣自氣，義自義，道自道，各有主名而不相干，理之所以各正。及其既配觀之，氣卽義，義卽道，道義卽氣，聯爲一體而交相動，化之所以同流。取義明而見道審，則道義在氣之先，追而配之之義也。赴義速而任道勇，則氣又在道義之先，往而配之之義也。夫是以無所疑，夫是以無所懼。

義道不平『與』字出，而下節單舉『義』字，亦於此發凡矣。文筆堅實，在臨川、二大之間。下語如鑄。立夫。

堯以不得舜爲己憂舜以不得禹皋陶爲己憂

以得人爲急者，帝王之憂也。夫堯之於舜，舜之於禹、皋陶，心之至急者也，而有不得焉，得不深憂之乎？且憂民之主，無世無之，而憂民之效不多見。彼不求乎治世之本，而漫爲無窮之慮，則雖焦心苦思，蒿目四海，乃與闇於治理者等。其與世主，何以遠哉？其於民物，何以相濟？堯、舜，憂民者也。當夫草木禽獸之世，混濁而雜糅；逸居無教之人，流離而渙黷，人以爲堯、舜所憂者此也，舜分堯之憂以爲憂者此也。固然，而吾謂非堯、舜之所以爲心。今夫堯、舜，一重華之聖人也；禹、皋陶，一敷文邁德之聖人也。此其人得之則大亂之天下，變爲成平無事之天下；不得則未平之天下，流爲凶害無極之天下。然而當堯之時，天下不必有舜；當舜之時，天下不必有禹，有皋陶。此數聖人者，曠世而一見，且終古不再見。充堯之力，能使天下無洪水，而不能使天之必生舜；充舜之力，能使天下無草木鳥獸之禍，無龍蛇之災，無阻飢之患，無寇賊姦宄之虞，而不能使天之必生禹、皋陶。然而天既生堯，又生舜，又生禹，生皋陶，則可知當日脱無此數聖人，則一堯之力必不能使無洪水，一舜之力必不能使無草木鳥獸之禍，無龍蛇之災，無阻飢之患，無寇賊姦宄之虞。夫世之需人也若此，其不可無；而天之生人也若是，其不可必。夫是以彷徨衢室之上，屏營土階之下，卿雲日月忽昧鬱其無光，雷雨烈風亦悽愴而動色，則豈非古今之一大憂？而二聖人之引以爲己憂者，至簡而有以極天下之重，至約而有以御天下之煩也哉！

奇恣，妙有控制。男蕡謹注。

匡章曰陳仲子　一章

蔽於廉者，窮之卽所以悟之也。夫仲子之避兄離母，徒以廉之故耳。避兄離母而猶不得爲廉〔一〕，亦可知廉之不在是矣。甚矣，好名之誤人也！至於遁天倍情〔二〕，忘其所受，君子憫之，以爲是其人之初念不如是也。惟其所操之途既誤，其後遂窮於無所復入而卒不可悔。爲之指其迷而動其初心，則庶幾乎其可返矣。不然，陳仲子亦人耳，誰無父母，誰無兄弟？而仲子悍然而避之，而離之也，徒以爲吾將以成吾廉，則勢不得不避兄；避兄，勢不得不與母離；與母離，勢不得不居於陵；居於陵無所得食，勢不得不織屨，使妻辟纑；織屨辟纑不足給，勢不得不三日餓；餓且死，勢不得不食井上之李；苦於無聞見，勢不得不匍匐往。嗚乎！仲子以一念之廉，自鞠自苦，至於如此，而齊國之士皆稱之曰『廉』。雖以孟子所素禮貌之匡章，亦亟亟然稱之曰『廉』。而仲子既喜以成其名，則甘九死而不悔。

孟子惜其迷而不悟也，曰：『嗟乎！天下豈有廉焉若此者哉？』充仲子之操，則必無食與居若蚓而後可。既食且居矣，則必皆伯夷之所築與樹而後可。而仲子固已不能，則是自處其身與妻以伯夷，而處其母與兄以盜蹠。於陵爲首陽之巔，而蓋邑爲東陵之地；井李卽西山之蕨，而生鵝是胠篋之餘。顛悖若此，不亦悲乎？嗚乎！天性之愛，生理斯同。使仲子不念其母與兄，他人必不歸，觀其惠然肯來，而知仲子未嘗無人之心也。徒以骨肉之恩不勝其好名之意，致使立身無所而進退失據。孟子於此反覆咨嗟，蓋不啻垂涕泣而道之，而不知者乃以爲諧謔之言也。

從前名作，劖刻極矣。文一出以平允，而啓悟愈深，安得此長者之言。立夫。

【校記】

〔一〕猶：底本作『尤』，據文意改。

〔二〕倍：底本作『陪』，據文意改。

匡章曰陳仲子　全章　其二

爲廉士正其操，惡人以不義遺其親也。夫以廉自予，而以不義遺其母與兄者，仲子之操也。以是爲廉，惡乎可？且齊有二士：匡章、陳仲子。二人皆清苦自厲，然章則蒙不孝之名，而仲乃得廉士之稱。微獨齊人稱之，卽章亦雅好之，數數以稱於孟子。嗚乎！章之不孝，蓋以得罪於父不得近故耳，仲子之母何負於仲子，仲子之兄何負於仲子，而辟之而離之也？且章以責善故，出妻屏子，情良苦。

仲也不惟棄其親，又挈其妻而逃焉。一毀一譽，顛倒不平，齊人之好惡如是！說者曰：『此仲之操也。』審是則仲子何不爲蚓？仲子何能盡天下之人伯夷不盜蹠也？仲子何能盡居食之築與樹伯夷不盜蹠也？說者曰：『此與仲無傷也。』審是則織屨無傷也，辟纑無傷也，何獨於兄之祿與室而又有傷也？吾知之矣。蓋仲子視其兄之居與食皆不義，雖至一鶃之饋，亦不義也。仲子視其身之居與食皆義，雖充之以至於井上之李，亦義也。其兄不義，雖以母之至親而不能離兄，是同於不義也。其身義，雖以妻之至卑，而苟能離兄，是同於義也。雖齊之人亦曰：『是果義也，是果不義也。』雖匡章亦曰：『是仲子義也，是其兄、其母不義也。』舉仲與章與齊國之士，皆以不義歸其兄母，人理有不澌滅者哉？夫章之責善亦惟以不義歸其親，故終身不得近也。使章能知仲子離母之不義，何至冒惡名如此哉？仲子以不義遺其親，而齊人義之，是齊國之人舉不義也。不廉猶可言也，不義不可言也！彼伯夷者，廉士乎？真古之義士哉！

以母則不食　五句

窮廉士者，卽於其類窮之焉。夫以母不食，而妻何有矣？以兄室不居，而於陵何有矣？仲子未之思乎？今夫朝夕與居之人一類也，日用食息之事一類也。其人無所於分，其事無所於辨，而好異者偏畫地以自處，則不必斥其用情之過當，第依類以窮之，而其說有不可通者矣。仲子者，視天下之食與居大類不義，不待言矣。至妻與於陵，則不得已而審處焉，以爲是義之類也。仲子自視其食與居大類皆義，不待言矣。至母與兄，則雖以至性之地，而必決去焉，以爲是亦不義之類也。夫仲子卽甚無良，亦何至以母與兄爲不義，而特以欲去不義之類。苟不並其母與兄而絕之，則其類不能充。乃既去不義之類，而僅並其母與兄而絕之，而其類猶不能充。且仲子以可食可居爲義乎？以不食不居爲義乎？如以可食可居爲義，則妻可食，而母未必不重於妻；於陵可居，而兄未必不親於於陵。可則均可，而其類充矣。如以不食不居爲義，則母且不食，何有於妻？兄室且弗居，何有於於陵？不可則均不可，而其類充矣。而仲子兩無所託，則是仲子未嘗以義權食也，以母則不食，以妻則食之耳；仲子未嘗以義權居也，以兄之室則弗居，以於陵則居之耳。夫母兄之與妻與於陵，其輕重厚薄，誠不暇爲仲子辨。而第以仲子之廉，充仲子之類，將謂母與兄爲一類，妻與於陵又一類乎？將謂母兄之食與居爲一類，妻與於陵之食與居又一類乎？辨之太真，其辨益迷；分之太明，其分益謬。於義則吾不知是尚爲能充其類也乎？然則仲子何以不遂充之？曰：『三日不食，亦庶幾矣。』惜乎其不忍於螬食之餘甘，而遂以敗此名也。

體勢自然，而題之窾竅盡出。

其有不合者

事有必欲其合者，而不覺不合之顯相值焉。夫事本有不合者也，然非周公之欲兼而施之也，不幾忘其爲不合者耶？今夫古今之際，時異世殊，所謂離合之跡，蓋已多矣。自昧昧者處此方，且瞶然不周公之思兼三王以施四事也，蓋必欲其有合也。雖然，能盡合哉？道與時爲變通，使三王之事而盡合於今日，則事之在當日必有不盡合者矣。何也？事未有久而不變者也。法因人而異用，使周公之事而已盡合於三王，則事之在今日必有不盡合者矣。何也？事未有執而能通者也。雖然，吾以爲處事而能知其有不合，爲最難耳。事之顯然判別者，雖衆人皆知其謬。至所爭在合不合，此其間亦極微渺耳。精至入骨。夫唯精其心焉其知者則以爲不合，其不知者則概以爲合也。而不知概以爲合之中，得失常至於相懸。事之截然符合者，雖衆人亦無異詞。至其間有合不合，卽愚者亦稍覺不適而後不合，乃顯有其象也。其不適者身未安乎不合之用，而旋以爲適者心未達於不合之境也。而不知旋以爲合之中，義耳。更妙。夫惟高其識焉而後不合，乃確有其地也。既身處羣聖之後，則參差之跡，正先哲模範蘊終有所未愜。其無所不合者，必其粗；而有所不合者，乃其精也。蓋不爲統同，固其所以爲妙用也。況事之可尋。則疑似之間亦斯道權衡之所托。乍見而以爲合者，止其法；深求而以爲不合者，乃其意隔數代之遥，乃其所以爲神明也。凡此皆周公因思而後見其不合，卽因不合而益用其思者也。得也。蓋不甚接續，而亦安得有所謂不合者哉？桐城意度。事而能知所謂不合，而不合亦已僅矣。知所謂合，而行之，復何疑哉！

以澹語寫其精思，字外出力中藏稜。

故誠信而喜之

聖人獲有弟，喜可知也。拙而妙。夫舜至今日而始聞象之一言也已，不喜而何，不信而何？今夫逆億之心，以待他人且不可，而況於骨肉之際乎？夫骨肉之際，不幸至於創鉅痛深之後，忽有迴心之一語。此其情真有大喜過望者，而一切乖剌謬戾之事，誠有所不暇計爾。象之以愛兄之道來也，則象固居然弟也，夫舜之無弟也久矣。友于之情，一旦欲得而甘心，雖欲弟蓄之而無從也。而何以惠然肯來也？猶吾弟耳矣。殘毒之行，直欲掩之於不備，雖欲兄臨之而不得也。而何以翻然頓改也？始有弟也已。故不論象之果誠與否，而自舜視之，是固畢生未有之事也。向之恣睢暴戾、絕不聞目色之加，而今乃尊之曰君也。雖素敦友愛，不是過矣，而猶及計較乎？抑不論象之可信與否，而自舜聆之，是固從前未聞之語也。平日傲狠陰鷙、無復周旋之雅，而今乃親之曰思也。雖素稱式好，蔑以加矣，而猶有嫌忌乎？蓋聖人親愛之心，無日去懷，而常苦於無可施。一旦有弟而片言相感，則未泯之天良與純全之天性入焉而融，睹忸怩如睹婉孌之狀也。警絕。即傲弟兇虐之謀，詎堪自返而已窮而無復之？一旦有兄而當前自失，斯沈迷之本性與媿悔之虛情無不可憐，聞鬱陶如聞急難之聲也。故誠信而喜之，而有何僞之有焉？

講家但從『道』字討生活，將舜竟看成騃腐人矣。畢竟如何誠信，凡驗之吾心，無此情理者，皆非情理之至者也。文乃字字打入心坎。自記。

故誠信而喜之其二

喜出於誠，實有可信之故也。夫象不可信，而愛兄則情理之可信者也，蓋舜至是始有弟矣。告萬章曰：『子亦知舜之於象也，無一念不以弟視之乎？』舜以弟視象，而象自不弟，舜所無如何也。舜以弟視象，而象忽以兄視舜，舜所樂得而有也。此而猶曰不喜，則必天下絕無愛兄之道而可也。則必天下皆可有愛兄之道，象必不容有愛兄之道而可也。夫象烏得有愛兄之道哉？顧象之無愛兄之道，天下之人信之，舜反不信之；象之有愛兄之道，天下之人不信之，舜反信之。信之而且喜之，且誠信而喜之，則何以故？天下之人皆曰象，而舜獨曰弟。人之有弟也，欲其爲友于之弟乎？畢生狂蕩，而一念肯來，是無弟而有弟也。象之心未嘗曰兄，而舜獨曰弟。夫兄之視弟也，欲其爲無兄之弟乎，欲其爲有兄之弟乎？萬念恣睢，而一言愧服，是無兄而有兄也。疊經創鉅痛深之後，至今日而忽聞斯言，是昔日水火之兄弟，一變而爲壎篪之兄弟也。蓋相傾相軋數十年，而後得同託體於父母也。追維呱啼孩笑之年，至今日而忽反其故，是中年禍變之兄弟，猶是同懷之兄弟也。卽令相親相近無多時，而居然不等於行路也。而猶曰不誠，不知象之愛兄不可知，而其忸怩形容，何獨非愧悳之真情乎，念至此而能無動乎？而猶曰不信，不知象之思君不可知，而其鬱陶片語，不居然齊栗之苦衷乎，念及此而亦何遠乎？然則舜之誠信而喜之也，愛兄之故，實愛弟之故也，奚僞焉？

中二比使人心痛涕落。兄子秋。

終去仁義懷利以相接

仁義不待教而去，不如是不足以相接也。夫第以爲所懷在利耳，庸詎知仁義自此去，且終去乎？以此相接，吁可畏也。且人苟有所欣慕之一事，則凡事之與此相妨者，必決去而不少留，正不必其初指之所在也。妙。示之以取，而得所舍；示之以向，而得所背。雖復加以防維膠固，而悍然有所不顧者，不如是不足以專注於一途，『終去』字。而允符於衆志也。『相接』字。則有如今日之君臣、父子、兄弟，先生不過示之以利，豈真欲滅而天倫喪，而名教廢，而相愛相敬之道？先生之明哲，斷不忍出此，而懷利者已紛紛若此。此正不必教之以不仁矣。夫仁之可好孰如利？日導之仁，猶懼其利，而日導之以利也，必去仁，此正不必教之以不義矣。夫義之可好孰如利？日導之義，猶懼其利，而日導之以利也，必去義，卽又不徒此而已。今夫利之一說，不過以權一時之宜。至於一國之中，熙熙攘攘，皆爲利來，皆爲利往。上之人亦稍稍厭倦煩苦，懼坐受其敝，於是大明法禁，殷勤訓誥，極力攫拏，如挽千鈞之弩。飾先王之說，盛先儒之教，冀或挽其流極，收利之益而去利之害，豈非名與實而兩得，始與終而並美？然而機一動而不可遏，雖日臨以君父之分，而卒無以回其不一反顧之心。俗已成而不可更，雖橫加以鉗戮之誅，而愈以速其鋌而走險之勢。蓋念旣結於隱微之地，『懷』字。而勢又習爲酬酢之常，『接』字。惟利而後可以相接。苟非利矣，雖仁足覆物，義可格天，祇寥寥孤行於衆人共去之地。夫不懷其可以相接者，而懷其萬不可以相接者，使一國之君臣、父子、兄弟違心咈志，背衆而獨馳，終已不能。夫以先生一言之微，而驅策一國之中盡棄其爲人之道，滔滔一去而不返，豈先生之初指？ 然不至是不止，卽至是又安得止也？ 軻也輒爲危之。

峭悍盤屈之筆，兼有嘉魚、大力二家之美。 搏捖題字，個個出力，真如龍爪入石，隱隱可辨。 男贇謹注。

所以事天也

人與天接，而存養之功密矣。 夫自有生以後，人日與天離，而天未嘗不與人相見也。 存養以事之，可不務乎？ 孟子以爲，吾言盡心知性，而極之知天。 或且疑爲惝怳之説，而其知非有實境可憑也，乃非徒知之也，固將事之焉。 吳云：輕妙，有雋味。 人第謂精禋之對越，必其分足相屬，而後與吾身有相爲感通之故，而不知事天實儒者事也；人第謂崇卑之合撰，必其德足相配，而後與吾身有相爲陟降之理，而不知事天真常人事也。 吳云：二義精絕。 今卽存心養性而思之。 人方有欲自肆，日擾擾於人事之混濁，卽明徵以有赫之天，而彼固不省，乃至暮夜無知之際，曖昧猝投而精神忽悚，此時之天直在咫尺之地。 蓋人所不知之處，皆天也。 夫存心者惟於不知之處，嚴其昭事而已矣。 人當知誘物化，日汶汶於情欲之雜糅，卽顯飭以不爽之天，而有所不顧，乃至平旦清明之氣，百情告退而一靈微醒，吳云：八字如精金鑄成。 此時之天卽在寤寐之交。 蓋念所甫動之處，卽天也。 夫養性者惟於甫動之處，肅其將事而已矣。 然則所以事天者爲遠乎，爲邇乎？ 爲顯乎，爲微乎？ 明乎此義，王者親至南郊，而德馨上帝。 其事極於堂皇雍肅，而夙夜基命。必先與下士同其潔，斶聖人功，極參兩而位成，上下其事，普於彌綸高厚，而不顯純一，亦衹先衆人，全其彝德者也。

全從源頭說下，不煩言而解，精心妙理，淳意高文。稼仙。

子莫執中　一節

中以權定，執之則失矣。夫事必先有權而後有中也，子莫徒執楊、墨之中，與二子何遠乎？且天下有至美之名，而竊其近似，適足以負謗於天下。非美名之不可居，彼其中之精微，有未可以懸合者。而一斷以己意，彌似近而大失真矣。楊、墨之失中也，以其所執者一也。能取楊、墨之中，則不偏於一矣。兼通楊、墨之一，則允洽於中矣。信斯說也，而子莫乃以執中特聞。今夫執中之說，蓋自堯、舜以來相傳之心法美名也，聖謨也，極詣也。使子莫果能如是，則何止於近。乃子莫雖竊附於是，抑猶將許之爲近。深悼夫邪說詖行之歧出而漸返其本，則心固無他，遠託夫聖神傳授之心源而顯據其名，則說難遽破，楊、墨遠之，而彼則近之。彼縱不近之，而視楊、墨爲近之也。抑徒近之而已，近之而固非中，近之而愈不得爲中。天下事必有一定之方，而後離之則遠，附之則近。而中無方，更於何者指其爲近之之方？天下事必有已然之跡，而後背之則遠，向之則近。而中無跡，彼於何者得其爲近之之跡？夫子莫徒知有執而已，不知所謂中也。彼以其所執者爲近之而已，不知中之所以爲中也。則權是也，權移而中已移，而子莫之所執者不移；中移而並其所爲近者亦移，而子莫之所執者卒不移。能建難顯之情。然則子莫不獨不能執中，並不能執乎中之近；子莫不獨無權，卽有權亦無所用權。而規規焉以此傲楊、墨之一，楊、墨亦將以其一傲之也，猶執一也。夫以執中之旨，古聖賢相傳之心法，而失之毫釐，至下與異端同科，則近誤之也。推而言之，卽一亦何嘗非堯、舜之所以授受？無不了徹。惟其執之太固，而辨之不精，遂支離謬戾，以至於此。故道必始於至精，惟精故一，惟一故中。而不然者，賊耳廢耳，是以君子惡之。

筆力破餘地。周韶音謹識。

其進鋭者其退速

決退速之弊，卽於其進決之也。夫真能進者，必不鋭者也。鋭則退乘之矣，豈待既退而後決乎？今夫人爲一事，苟存一寬而有待之心，其不足有爲昭昭矣。雖然，寬待之心不可有，迫不及待之心亦正不可恃。蓋迫不及待者，真其不能少待者也。大抵天時人事之故，必曲折以赴之，而後能歷百變而不搖其心。而精神血氣之用，必遲固以守之，而後能定一念而不隳其始。故進可喜而亦可懼也，而有如進而鋭乎？恃其才力聰明之用，期一蹴而就功；初無次第節度之施，欲當前而程效。此其退不待言矣，而豈但已哉！蓋鋭者，倖心也，艱難勤苦之況有所不能忍，而始以一鼓兼衆勞，則不待勇化而爲怯。乃其躍躍欲恃之時，本非勇也，進退皆躁氣而已矣。兩『其』字合並。且鋭者，窘象也，更精。寬平正大之途有所不敢居，而直以百奮爭一險，則不必强變而爲懦。乃其岌岌難安之懷，本非强也，進退皆苟且而已矣。學問之事，尺寸不能爭。而彼欲超而取之，卽使不退，亦非真進。直窮到盡頭。浮光一去，而萬事無情。雖欲如庸人，豈可得乎？才氣之用，豪釐不能强。而彼直虛而張之，設令不鋭，彼必不進。按候以稽，卽須臾難忍。試問其初心，豈求益乎？是以君子之觀人也，成敗之途，始終之故，皆決於此。乃或於其退而咎之，晚矣；乃或於其未退而獎之、勸之，迂矣。夫天下進鋭之人，父兄所不能督，師友所不能助也。彼其意中，時時有一退速之念存也，可不懼哉？

莫認作欲速不達論頭，須知鋭本不是進，則兩『其』字不鑄而合矣。自記。

通父詩存

自敘

敘曰：起乙酉，終戊午，錄詩三百二十二首。惟質性疏陋，學之不勤，開之不廣〔一〕，研之不精，所從去古人遼遠。又重疾夫世之噉名鶩進，以詩爲贄爲刺，利祿之涂紛如也。竊重自閉錮，不欲苟焉自見於天下，且古之修詞立誠，豈徒然哉！世有督過吾者，吾師也，敢拜受賜。

【校記】

〔一〕開：疑爲『聞』。

通父詩存卷之一

送王慈雨入都乙酉

我昔十七齡，意氣高軒軒。君從塞外來，紫色鬚眉蜷。傾蓋秦東門，置酒蒼梧巔。騎馬大澤中，一月去不還。明年初渡江，方舟踏怒瀾。論兵北固樓，感歎周郎賢。歌呼振林壑，蛟龍驚洄漩。歸來孫卿宅，夜夜分寒氈。寶劍明月光，玉壺頗黎泉。睥睨天下士，放浪《白雲篇》。意將千萬乘，致主軒羲前。行復隨赤松，跨虎遊名山。此志竟蕭條，徒步歸田園。嚴秋沙草枯，狐兔驕長阡。臂鷹出漣城，鳴鏑東海邊。秫田佳釀多，河鯉登盤鮮。跌宕少年場，功名何有焉？君今往大都，得意須聯翩。飛狐關峩峩，巨馬波湲湲。奮翼欲從君，私懷難共言。莫以參辰別，各在東西天。飛雲鶩窮野，萬里相周旋。

昔游

昔游莽迢遰，今望獨蒼茫。落日見孤隼，驚風吹大荒。蛟龍秋改窟，鴻雁夜違霜。搔首歌《哀郢》，鯨波萬里長。時湖決。

送徐健安之官潼關己丑

黄河旌旆去悠悠，終古雄關踞上游。百二河山尊白帝，五千文字拜青牛。泥丸地險車聲壯，沙苑天寒馬骨秋。回首玉京人萬里，朝朝風雨夢螭頭。

秦雲隴樹路悠悠，新息平生憶少游。榆塞西風窺牧馬，桃林春雨望歸牛。地分四塞咸京固，人立三峯太華秋。見説遊魂棲雪海，更無心看大刀頭。

鬱金篇庚寅

楊花爲浮萍，一氣變化之。張羅待高鳥，毋乃所願非？皎皎天邊日，團團園中葵。吴人懷寶劍，忽與徐君期。鏡裏芙蓉花，對面空爾爲。可憐白璧光，照耀青松姿。忍令清路塵，化爲濁水泥。白雲與紅葉，倏忽成離披。夢中捉蝴蜨，笑殺莊生癡。多種鬱金香，佐以萱草枝。莫將支機石，説與河濱兒。

雙燕離

雙燕相傍飛，飛飛入人家。青天游絲挂白日，飄然銜出雲中花。初入烏衣巷，還過青瑣門。交飛瞥見語不息，金刀碎剪玻瓈聲。誰家女公子，紅絲苦相殛。自從花間離，一去無消息。東風搖蕩珠簾開，雙燕朝飛暮獨來。銜泥墮落亦不拾，雕梁繡戶久徘徊。

春曉齋中作

東方猶冥冥，禽聲在高樹。卻看檐際白，已照屏間素。羣動尚未作，微夢忽已去。因悟人生初，澹然無百慮。起看庭中條，零落滿朝露。青春若可留，吾與爾同趣。

有所思

玉階青草滿，修竹生蘭幃。落日百花掩，細雨春蟲飛。靜想情已結，起佇空猶夷。所願了不諧，悵爾東風歸。

酬潘四農自都枉贈之作

故鄉空雲水，望遠何寥廓！緊昔此追涼，舊歡惘如昨。一罷淮陰酒，中更丹楊郭。遠念日下人，果枉京華作。高鳥擁歸雲，長天倚秋嶽。寤想空陵緬，飛沈兩寂寞。安得駕雙龍，烟霄破羈縛？

送王孝廉之山左

前年君自潁川來，相逢海國傾金罍。去年君向燕臺去，我亦南問横江渡。燕齊吴越萬里天，與君立馬相周旋。臨行滿酌一杯酒，笑看新月懸秋烟。側聞君歸不得意，北遊欲辨澠淄味。竹溪流水生微波，遥瞻魯國何嵯峨。堯祠擊鼓白日晚，徂徠山前風雨多。君不見昔時太白酒樓春，樓下荷花笑殺人。如今人去花亦落，銜杯一望愁心神。不然岱嶽峯頭看東海，仰穿御道窺天門。七十二代委春草，萬古歷落松風聲。君家家在鏡湖側，若耶溪水照人碧。何不歸臥雲門寺，何不歸耕謝䓘宅？五侯七貴不足攀，黄塵滿目行路難。魯壺美酒對君飲，臨風惆悵凋朱顔。

太華篇

友人新自郃陽歸，道出華陰，具言三峯之勝，爲賦此篇。

黄河五月聲喧豗，聞君西從天上來。終南太白不挂眼，華嶽三峯何雄哉！穿雲裂日九千仞，舉頭問天天欲應。芙蓉峯接芙蓉城，玉女明星照明鏡。太乙蓮花十丈開，蒼龍極望迷雲臺。雲臺下瞰氣深黑，洞穿河底忽東出。魚龍翻倒人上行，耳畔不斷嘈嘈聲。朝陽峯前坐朝日，桃都山上天雞鳴。仙人長爪五百尺，横空擘破青冥冥。函谷關前氣猶紫，龍興虎視如流水。秦皇漢武可憐人，東望蓬萊心欲死。五嶽尋真約向平，願從此地説無生。攜來小謝驚人句，白帝宫前呼白雲。

讀青山李翰林新墓碑歌

東方仙人去不還，長庚老子留人間。丹書劍籙不去手，騎龍跨虎游名山。九十六君太平世，西來偶坐飛龍騎。昭陽宫裏一顰眉，倏如青天墮平地。東過商洛遊梁園，燕姬趙女如春烟。吴山桃李不稱意，西來高卧匡廬天。廬江軍聲夜半起，淮南諸侯作天子。赤金不受五百斤，白首西行九千里。大江茫茫洞庭秋，三年歸及青山頭。玉棺一降金斗渚，明月空懸鳷鵲樓。鵲樓牛渚浮雲改，青山萬古幾人在！姑溪流水蛾眉雲，依舊隨波到東海。君不見當時身穿宫錦袍，如今腐化生青蒿。不見御賜天廚羹，如今麥飯知誰陳？頗黎明月難長久，遺珠去作民間婦。空持死後千秋名，不換生前一盃酒。依稀記得謫仙人，興聖皇帝九代孫。遥將千點瓊瑰淚，灑向蒼梧萬里雲。

徐健安兩上書幕府求從大軍西征壯其志氣慨然寄詩

將軍帝室之虎臣，先帝之末攀龍鱗。十年落度謝朝謁，歸卧淮南白氎巾。湖上騎驢覓詩句，儒雅風流何恂恂！一旦提兵赴西極，快如俊鶻穿雅羣。黄河五月風濤奔[一]，挺劍躍馬當關門。八川形勢繞太華，二陵風雨悲亡秦。潼原萬里一孤鳥，屹立已是千人軍。側聞崆峒多烟塵，雪山北接葱河源。防秋勁卒數萬騎，苦戰往往連冬春。將軍上書不報聞，忠憤一湧黄河吞。眼前不識尚結贇，胷中已無吐谷渾。花門朝朝試劍士，戍樓夜夜占星文。憶當西寇初遊魂，君也海上來相親。荒街古寺暮沽酒，劇談夜雨天傾盆。男兒願作李西平，不願老作中書君。何時一掃欃槍淨[二]，横槊高歌看塞雲[三]。

【校記】

〔一〕奔：《國朝正雅集》卷八十作「渾」。

〔二〕欃槍淨：《國朝正雅集》卷八十作「巢穴清」。

〔三〕横槊高歌：《國朝正雅集》卷八十作「日上闗樓」。

揚州五臺山寺辛卯

山寺晨光清肅肅，四無人聲數聲竹。入門萬个綠照人，上下參差一寺雲。林幽殿古佛像大，燈明香細經壇尊。朝暾浮瓦萬象出，山果墮地百鳥喧。梵聲出林似流水，白頭長老眉過㞕。旁行疏寮幽絕處，但有桂香無桂樹。門外風帆來笑人，午鐘未動悤悤去。

述舊長歌寄李朗山

我少落度材不羈，心高意大無所推。千金散盡一盃酒，拍手笑殺淮南兒。就中惟君推莫逆，甘羅城畔始相識。白苧春衫烏角巾，皎皎知是青雲客。三年不見思頗深，東來海上尋同心。海上茫茫沙草晴，黃河濁浪春風聲。君家瀕河我近市，五里之隔聞雞鳴。興來便騎果下馬，直到門前楊柳下。楊柳蕭蕭拂溪流，野水彎環容一舟。黃雞白犬各蕭散，紅藤翠葛交清幽。雙鬟十三巧梳頭，纖手自奉花瓷甌。佳人中廚鸞刀柔，紅鱗上市芹芽抽。梨花春酒照眼綠，一醉便作三日留。買舟更探射湖遠，六幅蒲帆溯流轉。四月五月海雨鹹，蘆葉沙沙暮潮捲。湖雲作夢迷東西，醒來微聽沙禽啼。烟波來往無相違，明年我逐秋風歸，君亦改卜南湖陂。鳳谷邨邊多草樹，欲訪仙源不能去。書來似惜別離深，相呼相喚淮南路。勺湖水淥如瓜瓤，淮南女兒名月香，喚來尊前彈《履霜》。城頭月出天微黃，小艇穿花花低昂。天風吹空笑聲舉，美人張袖登城舞。水光雲氣不分明，塔鈴忽送瀟瀟雨。老子祠西落月明，仍呼道士吹玉笙。朱門玉洞盡秋水，樓臺似欲浮空行。此間一月足千古，相逢盡是海鷗侶。歡場回首總茫然，黄葉西風又一年。大江月白秋無邊，瓦官雪浪高連天。南朝攜手作重九，花枝插遍秦淮船。方將西尋采石渡，更欲東試中泠泉。雲漂雨泊不稱意，朔風大雪心憂煎。人生有情類春草，紛紛離合知多少？我家阿葵君愛之，花紅雪白頗嬌癡。君來如放山陰櫂，爲君呼出教吟詩。

吴環九牛圖

古來畫牛傳戴嵩，後有吴環筋骨同。畫牛取肥不取瘦，蹄尾圓大尻脽豐。沙新水淺柳葉闊，林香岸古桃花紅。幾家漠漠社公雨，一川蕩蕩蘆芽風。春秧下地麥苗秀，髣髴邨落江淮東。一牛齕草一牛卧，兩牛掉尾穿烟叢。旁行三牛齊渡水，回波貫鼻聲洶洶。兩牛蹩珊下遠坂，半露腰脊行從容。太平田家盛畜牧，此間豈有多牛翁？今年秋水半天下，荊襄饒豫纏蛟龍。江淮南北猶横絶，萬屋風捲隨秋蓬。耕牛如山餓欲死，往往屠宰山村空。三公自古問牛喘，陰陽之理吾所懵。側聞有詔下都邑，普貸牛種歡春農。小臣夜兆維魚夢，何時考牧賡《新宫》？

哭健安參戎

出塞誇猿臂，還朝戴鶡冠。夜霜千帳白，春雨九門寒。御騎空營立，遺弓戰士看。傷心說飛將，何必雍門彈？

風雨淮南夜，狂歌正爾思。豈止苦吟日，已是蓋棺時。燈影鬚髯竪，風聲劍戟馳。分明前夕夢，嘆唶萬人姿。

十口家何在？三軍涕共揮。英雄生易別，貧宦死難歸。座冷同官奠，塵昏舊賜衣。傷心一老校，間撥紙錢飛。

無地堪薶骨，平生願裹屍。音書身後達，奴僕死前離。壯氣歸西嶽，陰風折大旗。峭潼天一線，更比玉關危。

臺城晚眺

矯首青天二水明，西風寒陗亂鴉聲。樓船似馬爭趨海，鍾阜如龍欲進城。璧月淒涼宮樹老，金甌殘缺佛燈清。寒潮夜打荒山腳，猶認浮刀百萬兵。

徐鶴孫涉江渡河千里見訪詩以慰之壬辰

八月九月江水清，獨鶴飛過吳王城。余方歸臥烟波裏，鶴亦尋余渡淮水。相逢一笑口不言，手指金杯姑飲此。當時見君淮南垂，與君醉裏攀桂枝。吳船滿裝百斛酒，勺湖九曲尋逶夷。魚燈影小夜榔急，風蒲力弱沙禽啼。西遊不遇思南渡，長泖湖邊孤舟去。秋風吹入五雲溪，布帆遥挂毘陵樹。迴船伐鼓昇州行，江楓岸荻凋紛紛。錦袍紗帽笑攜手，酒樓對捲青山雪。青溪小姑嬌於花，河亭四壁花爲家。微霜夜打石城柳，當筵勸客小垂手。一聲風笛金川門，離心已到鑾江口。竭來萬事嗟不遇，衝風踏雪海東路。望門投止多然疑，市南大宅誰當推？已分今無李元禮，安知世有鄭當時？徐鶴孫君勿憂我，不能覆君千間之大廈，尚能臥君三層之高樓。日飲亡何醉卽休，青絲白舫消春愁。相期更踏蒼梧頂，下看蓬瀛萬里流。

李元忠歌

吾愛李元忠，長揖渤海長頭公，露車濁酒來雍容。國士到門門不通，急還吾刺非英雄。高王握髮前致恭，素箏一曲彈未終。幽定六州如捲蓬，頃刻關洛分西東。當時建義聲轟轟，敖曹真虎公真龍。丈夫要在能活國，十五萬石隨東風。歸來一笑酒盃空，不愛將軍僕射與儀同，何況刺史太常與侍中！

葛巾幞被大樹下，滿庭花藥秋濛濛。少府顛躓步兵窮，眼前鼠子多於蟲，臥龍而後無此翁。

過張處士崇弼隱居

偶逐閒雲去，因逢流水源。歸牛徐隱樹，小雨久藏邨。柳茂嵇康宅，花狂庾信園。賜書因借讀，先澤溯清敦。君之先祖舉康熙中鴻詞科。

雨泊灣頭

蒼山不可極，一櫂且孤征。寒雨白遮驛，遠燈青入城。鄉音鄰舫認，湖氣暮天明。住近吹簫地，蘆花有雁聲。

荒年謠癸巳

饑沴洊疊，瘡痏日甚，聞見之際，潸焉傷懷。爰次其事，命爲《荒年謠》。事皆徵實，言通里俗，敢云『言之無罪』，然所陳者，十之二三而已。

賣耕牛

賣耕牛，耕牛鳴何哀！原頭草盡不得食，牽牛躑躅屠門來。牛不能言但嗚咽，屠人磨刀向牛說：「有田可耕汝當活，農夫死盡汝命絕。」旁觀老子方幅巾，戒人食牛人怒嗔：「不見前村人食人！」

拾遺骸

拾遺骸，遺骸滿路旁。犬饕烏啄皮肉碎，血染草赤天雨霜。北風吹走僵屍僵，欲行不行醜且尪。今日殘魂身上布，明日誰家衣上絮？行人見慣去不顧，髑髏生齒横當路。

縛孤兒

縛孤兒，孤兒縛急啼聲悲。主人出門呵阿母，阿母垂涕洟：「已經三日不得食，安用以子殉母爲？不如棄兒去，或有人憐取。」主人聞言淚如雨：「家中亦有三齡女，前日棄去無處所。」

撤屋作薪

撤屋作薪，雪霰紛紛。三間老屋昏無燈，朝撤暮撤屋盡破，竈下濕烟寒不温。大兒袒，小兒羸，餘草布地與包裹。明日思量無一可，尚有門扉堪舉火。

小車轔轔

小車轔轔，女吟男呻。竹頭木屑載零星，嘔呀啁哳行不停，破釜墮地灰痕青。路逢相識人，勸言不可行。南走五日道路斷，縣官驅人如驅蠅。同去十人九人死，黄河東流捲哭聲。車轔轔，難爲聽。

送人南遊寄題金山寺甲午

泉是中泠好，樓從北固分。送君風瑟瑟，相憶水沄沄。僧臘逢殘雪，江晴見斷雲。遠公如借問，爲誦《北山文》。

江夜

已失盧龍紫，來看幕府青。浮空天淰淰，攲枕水泠泠。廟火懸孤嶂，江風捲亂星。腰間玉犀在，月黑走精靈。

寄徐廣文潁上

老輩靈光在，他鄉暮景偏。春來懷楚信，盼斷過湖船。萬卷清時俸，諸郎海上田。雪中歸雁少，寥落杪冬天。

舊業餘青史，閒官稱白鬚。懸知帳前滿，不向府中趨。問俗經黄霸，論交到灌夫。還憐秋水色，晴浪蹙西湖。

吴子野畫東海營圖乙未

黑風捲海倭船來，銀濤雪浪如山積。洋山高島不復見，鷹游之門安在哉？金門萬里傳烽戍，行人夜過恬風渡。悤悤朝議撤藩籬，長釘短柵牢關住。烟火如雲二萬家，一時驅逐隨飛鴉。瓊宫玉殿燒狐火，深巖大壑盤虬蛇。二十年來海疆閉，部臣一去漕臣至。重開鎖鑰洞門垣，十萬峯巒有生氣。建牙吹角邊風生，朱旗落日千山明。詞人水殿拋毬曲，龍女春遊拍浪聲。香秔野麥連山藪，遊兵不到朱蓬口。小校閒攀洞口桃，將軍解種營門柳。吴生健者寫此圖，撮米山川定不如。君不見大洋東望海水黑，青天一髮窮夫餘。弢弓臥鼓君莫娱，鬣帆犀甲光模糊。太平有道四夷守，乘風破浪無時無。

諸郎〔一〕二首

阿葵年七歲，讀書自不歇。雖無驥子姿，見人畏嗔喝。阿蕡今四齡，心孔大狡黠。跳地作彪兒，人誇好毛骨。最小名夢官，墮床裁逾月。恖恖爲人父，眉目那能說。自來厚丘縣，宿昔頗忞切。判無果餌致，畏見衣袴裂。壯夫抱奇懷，四海多孤孽。詎爲兒子慚，卓哉古人節。

小甥吾所憐，三日生早孤。零丁頭白姊，珍重匣中珠。九齡病癬癩，身無完肌膚。遲迴依我家，視與諸兒殊。每當風雨夜，達旦聞啼呼。母子同一哭，終歲無乾襦。起來索鐙火，爪血腥模糊。吾母不忍見，背坐聞唏嘘。此景那可說，說之肝腸枯。安得腰千金，四海尋扁盧。

【校記】

〔一〕諸郎：底本作『諸兒』，據底本目録改。

履霜行

鴨鳴鴨鴨雞朱朱，母雞爲鴨哺其雛。生兒不看長成，留與他人爲奴。阿父出門，後母持家。兒來前湖中，草實多纍纍。朝出提筐，暮黑方來歸，不敢告飢。汲水前溪滌溺器，爲嬌兒澣中衣。亡母位在堂，兒來焚香。房中呼不應，奪手中香。拉雜蹴踏之，小子心不良。九月蒼蒼，晨起履霜，往哭亡母墓旁。阿叔騎大馬，出門勒馬爲兒下。不敢告阿叔，紛紛淚雨交墮：『往告汝父，汝父當自可。』父兮歸來問阿母，一字未吐。阿母怒目錚錚弩，作父大難兒不苦，黑風打頭天欲雨。

春雨示同學諸子

牢落不成點，蕭寥晚更匀。春雲如遲客，高柳漸依人。渺渺黄壚夢，飄飄白祫身。吾門二三子，久亦狎吾真。

明月

明月非春水，如何滿地流？離離出海嶠，盎盎注金溝。花露時翻鵲，風江有去舟。多愁拚看汝，扶影傍南樓。

古別離

快刀不斷路，快馬不斷塵。君聽塵中輪，是妾腸中聲。丈夫懷四方，隻手牽長纓。君行爲黄金，妾心那得平？君愛終身別，妾愛終身貧。將妾來比金，君心自分明。

古歌

汲水當汲泉，插花當插蕊。不復歸本根，向君瓶中死。常恐斷君腸，不結青青子。

響水口

海上樓臺事久虚，東來匹馬意何如？萬家滷氣驕晴日，五月雄風送大魚時逢閏夏。入塢帆檣首銜尾，出泥螺蠃骨專車。蓮舟太乙飄何處？祇欲浮家從老漁。

莽莽乾坤水一杯，秦船漢舶散爲灰。雨餘海馬乘潮上，風急神魚拜廟回。陰火沈烟迷島國，青山如黛湧雲臺。揚帆破浪非吾事，小試張郎作賦才。

和友人登雲臺絕頂

大洋東望渺無垠，獨上丹梯近紫宸。九點烟迷三島月，十洲風轉六鼇身。番僧結屋棲山鬼，夷舶刲羊祭海神。聞說桃花開似斗，不知可有避秦人？

哭王郎炅

八年哭汝祖，五年哭汝父。汝叔歸重泉，汝兄尚淺土。汝姊未笄亡，汝姪痛不舉。連顛六七喪，新主滿廊廡。堂上何所有？三四老寡姥。庭前何所存？弱弟行踽踽。出入何所賴？老僕當門戶。十五解讀書，蚤夜事攻苦。十八能持家，部署頗縷縷。謂汝真夙成，每共親串語。誰知中道乖，驚風催蘭杜。傷心雙眼枯，無淚能哭汝。頓足一長嘆，夜黑蒼天雨。

門後青桑枝，門前白楊條。大宅空無人，九夏風蕭蕭。去年聞汝病，踏雪溪南橋。對牀相就宿，爐藥翻秋濤。今年聞汝病，在遠心遙遙。急驅方入門，但見殘楮飄。骨肉尚未寒，高冢已嶕嶢。哀哀越巫言，禁忌何譊呶！家人不得送，孤魂出遠郊。藁葬既非禮，況乃同犴牢。永絕骨肉恩，俯穴心忉忉。

懷孫進士檠廣州

海外仍諸國，天南限一隅。士兵船載象，番客斗量珠。翡翠搖春帆，檳榔入夜廚。如聞酌泉水，可帶越裝無？

吴陵〔一〕

三十功名未肯閒，酒酣走上鳳皇山。寒雲落日不稱意，數遍開平戰壘還。

【校記】

〔一〕《海陵叢刻》題作《登鳳凰山》。

登通州城樓

畫角營門亂鳥還，朱旗微散夕陽間。海風吹酒不成醉，立馬城頭看劍山。

舟夜感懷

歸路疑天上，羈心晚鬱陶。逆風過午驟，危岸入冬高。市酒連泥甕，江魚剖竹刀。深閨砧杵響〔一〕，應念寄征袍。

【校記】

〔一〕砧：底本作『枯』，據詩意改。

曉起

曉起寒生袖，推篷霜滿天。西風燒竹路，北客載棉船。鸜鵒穿林小，車鳌入市鮮。客囊任蕭索，羞用賣文錢。

白邵伯逮西至引塘橋遂遊梵行寺

共說南塘好，何人此地經？湖天寒變白，冬樹水留青。螺女眉痕闊，魚舟鲊味腥。徘徊仍獨去，斜景下冥冥。

奉題卓海帆夫子居庸題壁圖丙申

雄關上千仞，古色立積鐵。摩空界燕雲，元氣何時裂？少宰建星軺，下馬清興發。腰間白豪筆，飛動虬龍掣。墨噴遼海雲，氣貫太陰月。慨想嬴劉來，乾坤幾戰血。至今彈琴峽，流泉澀嗚咽。太平二百年，砥道走深轍。落日皂雕間，飛啄關門雪。持作九邊鎮，庶媿燕然碣。

别黄香鐵

百年在一夕，揮手卽萬里。自非木石人，誰能復禁此？我家東海濱，君家南海隅。海水漂浮萍，宛轉一須臾。君謂我盛强，相見當有期。我强君已衰，世事安可知？握手臨街衢，長嘆無言辭。遠燈炤君行，深巷風酸嘶。今日孤館宿，明旦易水湄。易水暮東流，青天無見時。痛惜有生初，爾我交參差。不爲茖與岑，猶爲斗與箕。南北耿相望，茫茫慘中私。

德州渡河

黄砂渺渺暮雲愁，無數帆檣繞德州。欲覓鄉船通一語，滿河燈影下中流。

題徐子容少府溪山垂釣長卷丁酉

南宗平遠窮纖穠，北宗莽蒼堆高空。營丘華源不復作，江山萬古誰清雄？國初蕭生聲隆隆，近來獨數徐髯工。髯也十二棄雕蟲，十五十六遠從戎，南極沈黎西甘松。寶刀殺賊不快意，一官手版今龍鍾。雁門馬邑連雲中，翁昔佐郡驂花驄。蔚州官舍簿領少，但餐山綠扶孤筇。日斜吏散坐小閣，千山萬水來心胷。吴縑百端墨百梃，突兀四壁生華崧。三年歸臥建陵月，倏忽騎馬摩蒼穹。幽州四月天多風，九門翠幰驕游龍。宣南小邸日扃鐍，冰槃堆案櫻桃紅。我來窺戶正磅礴，十指幻出千芙蓉。今之二圖尤慘澹，其一似仿山樵翁。溪山垂釣大不易，扁舟忽送江流東。四十年來鳥過目，卻憶快馬彎長弓。狐關雪嶺幾萬里，晚看鏡水磨青銅。思君不見愁枯桐〔一〕，片帆欲動蛟龍宫。梅梁禹穴今何在？渺渺青山一去鴻。

【校記】

〔一〕枯：《國朝正雅集》卷八十作『孤』。

郭羽可舍人墨竹引舍人自寫墨竹十二冊，傳之子孫，誓不以與人。余見之長安，真至寶也

湖州老守遊大荒，丹丘墨竹推擅場。七百年來失此筆，令我不復思瀟湘。永豐先生真肌腸，中有山淥兼湖光。清都夜直每發興，落筆驚動中書堂。當時手寫十二冊，誓傳孫子爲寶章。王侯貴人奪不得，驚風震霆久低昂。吾鄉老詩伯謂四農，與翁追逐雲龍翔。翁年視我丈人行，愛我贈我新篔簹。堅柯鏗鏗裂地極，古色慘慘愁天皇。五月酷熱宣南坊，驚起夜坐風繞廊。蓬萊道山天茫茫，落葉一散可憐傷〔一〕。潘侯與我同郎當，翁亦望雲思章江。都門痛哭一揮手，至今斑斑之淚留縹緗。蒼梧泱漭九疑長，望而不見心彷徨。嗚乎！此才乃得中書郎，人間蕭艾徒芬芳。

【校記】

〔一〕 可憐：《國朝正雅集》卷八十作『殊可』。

長歌贈吳稼軒孝廉

九河莽莽沙入天，黑風不鎖高陽關。二更城門半厏房，西南墨雲大於馬。急雷推雨渡滹沱，九十九淀飛白波。巾車迢迢夜奈何，我時擁轡君高歌。斜月青熒下交河，曉來鞍馬俱委蛇。當時被放四千人，潘侯師弟情最親。歸來萬事如轉輪，聞君南游江之濱。石城楊柳天門月，往往哀吟感鬼神。雨雪慘慘愁蕭晨，蹇驢訪子黃河津。尚書丹旐來，悲歌動行塵。汪巽泉尚書輿櫬歸里，貧不能達，稼軒經紀之。官高何足羨，不得歸荊榛。千金脫手贈，感子意氣真。漁溝曉起踐霜月，角城鼓角悲寒雲。惡懷正賴絲竹寫，發興那愁兒輩聞。夜深置酒河橋驛，美人如花捲簾出。琵琶聲急酒杯寬，醉搨寒梅上高壁。南雲北雁交參差，燈火如山又一時。我方走馬韓山陲，君亦載酒行從師。潘侯潘侯絕世姿，愛我不啻瓊與瑰。南行見汝鑾江湄，試將客舍王郎曲，譜入屯田柳七詞。

明大内蟋蟀磚歌

余在京師，於故人王考功宅見故明宮磚，甆色瑩粹，雜繢花草，細絕生動，中爲穿空四達。或謂後宫以甃階砌養蟋蟀之用，此戲宣宗時尤盛。甆質厚潔，亦非他窯所及。烏乎！宣皇仁厚恭儉，號稱聖明，猶未免此。山齋少事，聊復賦之。

祭酒昔賦蟋蟀盆，今我重歌蟋蟀磚。昇平樂事耿在眼，摩挲古物生寒烟。磚長九寸闊減半，廉隅肉好觚棱全。小孔穿風黑黝黝，研光映月寒娟娟。秋花的皪了可數，款式恐自宣皇傳。永洪之後久清晏，内庭進講《豳風》篇。齋宫茅茨邁皇古，瓜瓠雜植東西軒。宣宗於東苑起一草舍，雜植瓜瓠之屬，引閣臣遊賞。臣榮臣溥臣原吉，賡歌再拜軒羲前。豈有至人亦玩物，金盆玉合紛連蜷。黄門分道中旨出，豆棚瓜架欻忽已過中興年。雨淋日炙三百載，往往棄擲當街廛。銀鞍寶馬惜不得，雕籠萬箇來幽燕。楊公不語夏公默，飄茵墮溷江南天。蘇州太守下火牒，捉生小兒爭金錢。長安萬事貴新異，雞缸雀瓦同登筵。亦偶爾，金牀玉几悲茫然。太平君子重《小毖》，江河不絶由涓涓。君不見武林門外秋風裏，葛嶺荒寒何處邊？

憶長安舊遊

金海橋頭柳萬絲，浴鳧飛鷺晚參差。空吟太液滄波起，不見幺荷出水時。
新蒲古柏禁垣斜，水殿春深待翠華。不惜一鞭江海去，瀛臺南畔數宫鴉。
左掖門邊垂柳枝，金河橋上影離離。晚來風起千官散，正是宫鶯欲下時。
射苑平臨小殿開，先皇閱武在層臺。虎頭燕頷人何在？望斷秦雲去不回。徐建安開業。仁宗時武進士第一人，卒於潼關。參將。

後門烟月相公家，萬卷琳琅擁碧紗。誰道清時真御史，自攜鴉觜撥園花。汪幼清給諫報源。時李芝齡方居總憲，以中表迴避。

風流少宰典朝衣，鎖院春濃晝漏稀。一笑河陽花縣尹，衆中親捉叵羅歸。芝齡少宰招飲，酒器甚佳，四農捉其一，登車遽去。

吏部清貧老更狂，秦磚漢瓦聚東廂。不知俸米今餘幾，買研明朝典鸘鷞。王慈雨考功性嗜研，翁學士所藏皆歸其家，有九十六研齋。

江亭結客氣如雷，綺席雕筵次第開。四十二人如雨散，眼中誰是不凡才？

酒樓高敞傍仙寰，虎觀龍亭指顧間。誰識青袍一年少，滿斟金爵看西山？

宮樹濃陰拂講臺，澄懷園是小蓬萊。分明夢裏悤悤到，眼看羣仙渡海來。徐辛庵師入直上書房，因移居澄懷園中，招余課其諸公子，辭焉。

南海黃香老謫仙，短衣匹馬氣幽燕。僧樓一醉西風急，吹上潮陽萬里船。黃香鐵釗就官潮州，廣文。

戎馬書生黑鼠裘，湘簾棐几小山樓。五湖一舸衝風去，知在湖州定嵊州。徐子容少府廣緒。

千金肯買數竿竹，萬里爭求尺璧書。老可風流獨不見，滿船晴雪上匡廬[一]。郭羽可舍人儀霄。

【校記】

[一]『滿船』句：《小莽蒼蒼齋藏清代學者法書選集》第一六一號錄魯一同書札，此句作『章江何處覓雙魚』。

鸚綠猩紅到眼明，草橋風物可憐生。寒燈臥聽蕭蕭竹，猶作新荷驟雨聲。

烟樹依依隱塞垣，鳴駝催日下黃昏。毘盧閣上邊風緊，一傍寒雲望薊門。

相國荒莊緑草蕪，祝家園裏長蒲菰。旗亭酒幔都蕭索，誰與斜陽弔曼殊？
沈水簾櫳出翠蛾，金鳷樓閣月横波。櫻桃斜畔春星落，一曲淋鈴奈爾何！
江湖老我可閒行，忽夢搖鞭出鳳城。絕憶西堤好風日，乳茶掮酒過清明。

哭王慈雨

七載伙初見，春風紫陌長。到門驚跣足，拜嫂喜升堂。射圃臨街小，宫雲覆苑香。呼兒旋解榻，秉燭坐相忘。
洗沐春多暇，聊吟坐一車。暖風溫室樹，小雨帝城花。解褉西堤水，停鞭上相家。歸看馳道直，宫日每低斜。
不第自當去，將歸期屢更。疾風吹大道，雙淚出京城。書切仍追寄，心孤且暮征。桑乾千里水，嗚咽作離聲。
隔歲無消息，離居信眇驩。殘春逢令弟，落月上長安。客路千垂柳，鄉書一去鞍。入門翻痛絕，惻愴裂心肝。
舊宅歸鄰好，遺書散友生。羣公都一哭，孤櫬暮南行〔一〕。屢厄津門險，愁逢横海兵。姈娉出京邑，辛苦過任城。

【校記】

〔一〕行：《國朝正雅集》卷八十作『征』。

水驛仍遷次，孤兒更遠遊。亂山趨上黨，赤日度遼州。葛帔交情見，麻鞵踵血流。誰將故人子，重爲彦升謀？

猿鳥悲吟處，山城始哭君。喪車果巍峨，昔夢尚紛紜。墮地餘孤劍，招空有斷雲。傷心千萬語，冥漠幾回聞。

相向但泥首，諸雛忍更看。長塗毛骨瘦，清吏子孫寒。舊業推羣季，全家累一官。如何勤教育？不獨爲艱難。

風義兼師友，平生復幾人？每思營葬地，長嘆負恩深。事業終何濟？文章或有神。孟公遺集在，嗚咽涕沾巾。

通父詩存卷之二

茌平作戊戌

馬生起徒步，雅志輕王侯。抗論萬乘前，許身伊與周。騕褭千金蹄，風塵不可留。當其逆旅中，獨酌無人酬。長嘯《梁甫吟》，流盼觀九州。士也不逢時，浩歌天爲愁。茌平漢縣古，萬家聞清謳。朱繩提玉瓶，翠袖持金甌。當壚不能醻，皓月横天流。攬轡復中野，風霜增百憂。

贈張亨父同年

宣武坊南路，比鄰似一家。深談交涕淚，小飲敵風沙。樹隱千門月，霜低九陌花。莫尋騶卒語，遊騎滿京華。

贈澎湖蔡廷蘭孝廉蔡嘗帆海遇風，至安南

溟海崩騰際，餘生頃刻間。鯨呿全裂地，鰲斷忽逢山。草樹分諸島，文章落百蠻。不緣抱忠信，萬里許孤還。

未滿乘風志，單車天上來。羣公方相馬，無地與登臺。並世萍蓬合，中原塵土哀。南歸語蛟蜃，東望乃蓬萊。

長歌送亨父之武昌兼呈林少穆制府

張侯文章何卓犖，氣壓華嵩極寥廓。十年去住幾浮雲，四海飄零一孤鶴。前年別我遊廬山，奮身九疊雲錦間。南昌太守招不還，仙霞東望青巑岏。翩如倦鳥投林烟，揭來詞賦同燕關。燕關酒客多如雨，南城遊騎交衢舞。龍泉寺裏幾樹花，映天十丈嬌紅霞。高僧不歸仙鹿死，惟有詩客來咨嗟。詩客相逢總搖落，雕盤綺席難斟酌。西山落月半城樓，櫻桃斜畔春星幽。停尊下馬催清謳，銅龍咽水千花愁。酒亦不能醉，客亦不能留。浮丘仙人邀君住，呼我同看城南樹。山莊水木湛清華，乃是詩人斷腸處。尺五山莊園，主人葬焉。蘆芽掩水風蕭蕭，斷橋朽柱迴廊腰。君醉欲哭我欲笑，誰見女蘿山鬼心飄搖？明日重來更何有，下馬立盡旗亭酒。當筵未贈豐臺花，飛塵已滅黃村柳。昜陽門外波連天，君家阿兄

來周旋。小館燈昏各無語，使我鄉思同茫然。鄉思茫茫萬山阻，一尊送汝下南楚。西樓黃鶴已無情，何處江山弔黃祖？武昌大帥賢且才，盼汝欲使青雲開。飯汝青玉案，酌汝黃金罍。世問知己亦易得，如此傾倒知誰哉！我將南歸淮水涯，石田茆屋生蒼苔。亦知文章動卿相，且將名字薶蒿萊。聞君更欲渡瓊海，天南姚合遙相待。姚石父廉訪。萬里風帆一鳥飛，坐令青鬢繁霜改。繁霜青鬢兩酸嘶，炎天朔雪知何時？迴看去國塵千里，苦憶臨風笛一枝。

次亨父河間題壁韻

仙人高駐圭峯頂，臥聽龍潭百尺流。忽憶蓬萊幾清淺，便持寶劍任敖遊。白雲一散燕山晚，黃鶴重來漢渚秋。若念淮南舊松桂，他時迴馭海西頭。

亨父用前韻復贈再次其韻

明過東郡趨淇口，便渡蘭陽下汴流。宛葉青山非舊俗，漢襄紅樹記前遊。中原龍鳳誰同調？南國茎蘅獨感秋。何似歸尋洞庭水，誅茆好種橘千頭。

閏四月十八日袁江道中念亨父今日當至樊口馬上慨然爲詩

送汝東昌匹馬行，計程今日定樊城。三更夢裏齊山淚，一棹燈前漢水聲。短髮江湖悲世事，望門親舊見人情。隆中自古高吟地，我欲攜家從耦耕。

袁江遇江龍門歸桐城

君自岱宗來，絕背開天牖。昂首雲澥外，扶桑落襟肘。茫茫九宇窄，隆隆坤軸厚。俛仰七十代，雄詞振瓊玖。南望蒼梧綠，驅車遵海右。蕭條秦東門，殘碑失蝌蚪。遲迴渡黃河，握手驚蘚苔。上聞大鴻臚，新章動星斗。海內三十年，靡風積昏垢。君文關運會，假手告君后。少展濟時略，得辭寒儒醜。復聞徐孝穆，奄忽棄尊卣。此才極淳懿，問年匪耆耇。文章等飄風，誰能金石壽？嗟我別京師，六旬忽已久。近思七閩客，遠念五羊叟黃香鐵。傷心燕市遊，淒涼散屠狗。驚雷震華屋，檐雨注清瀏。洶洶榱桷動，勢與洪濤走。開懷掩潸涕，迴懽命卮酒。頗思皖伯國，龍眠好丘阜。六月大江流，扁舟繫沙柳。暫爲歸林人，誰畱活國手？春明佇重來，此邦多良友。終期雲龍合，膚寸徧九有。不見日觀峯，白雲重回首。

贈王郎考功子

雛鳳無凡毛，新桐無庳枝。由來汗血駒，墮地能橫馳。十年在故鄉，十年在京師。看汝日長大，紫氣騰雙眉。去歲晉陽游，老母紛涕洟。六月登太行，赤足血淋漓。貴交何足恃，痛哭黃河湄。歸來百無有，城腳團茆茨。舊書堆滿牀，兄弟相嚶咿。我時在京華，騎驢心悲摧。落日過君廬，但見烏雅飛。汝來今何爲？未語神先悲。看汝面色瘦，得非中寒飢？雖無舊業存，幸賴諸父慈。努力振門戶，男兒羞高貲。空山風雪多，側佇淩霜姿。

秋雨雜詩

秋霖無定端，颯沓淩晨來。戎戎帷幕暗，瀟瀟梁棟哀。淒禽共別葉，千里紛烟埃。頗似風波民，接館栖寒灰。鼲鼬晝欺人，蚊蚋薨成雷。身上寒女衣，淋漉生青苔。夜深大蛇出，蜿蜒當中階。畏此不敢行，拔劍心裴回。憂端如黃河，橫決隨巔崖。河流尚可塞，重陰無由開。

少小謬識字，不習把鉏犁。筋肉日緩散，文弱同嬰兒。三十上春官，再上迷丹梯。催頹八荒志，低首就轅軛。蒼涼海上田，老兄躬耕之。無人共力作，蕪漫爲荒蹊。秋雨灑牛欄，晚豆花已萎。努力同一苦，猶勝羈四蹄。築場或不任，庶驅雀與雞。

人生太古來，有如沙填河。衮衮赴狂瀾，死者亦何多。青歲徵逐人，各已歸蓬科。將軍沒關西，考功棄京華。寂寂張處士，有子今荷蓑。嗚呼萬夫姿，中壽一鳥過。秋燈洗孤劍，夜雨天滂沱。向來《蒿里》詩，恐是勞人歌。高齋白楊枝，百歲當如何？

洪湖阻我西，巨海迴我東。亂流驅我南，大河北來同。萬派一源困，灌輸始有終。如何九土士，散落紛驚鴻？向者升天行，叱吒雙飛龍。卿雲九光姿，炳爚三垣宮。密雨不須臾，化爲茫茫風。安期頭已白，玉女顔非紅。或傳玄圃窟，下與東瀛通。赤鯉期不來，青鳥爾何功？臨流佇天末，隻影愁蒼穹。

朝雨不出門，暮雨復嘆息。雨中十萬家，百態分苦逸。輿夫泥沒膝，貴官衝雨出。貧女愁唧唧，妖女倚清瑟。請言倚瑟女，金璫晃雲日。一帷五萬餘，一衾十萬值。貴官分所宜，賤女爾何職？不見窮巷士，柴茅吸幽泣？

幽蘭挺纖質，實爲閩產良。夏華解煩毒，秋華瑩清蒼。植之赤瓷盆，貢君白玉堂。涼秋疏雨來，露穎含低昂。昔爲窮士娱，今爲貴者芳。宛彼空谷姿，德衰違其常。傾心託微風，牆高不可當。側想故園菊，已隨秋草黄。古來重同根，惻惻憂風霜。

秋蚓蟠深泥，不識青天高。偶因龍雨升，夢夢遍九霄。一擲下土中，瞑目成黏膠。永隨糞壤朽，無復螻蛄號。風雷不易憑，鱗甲傷爾曹。蒼蠅致千里，井蛙東西跳。爲語草間螢，深夜無游敖。

長安春雨時，天街淨可掃。暮集韋孔廬，晨出直門道。鬭車層城風，嚼馬瀛洲草。淡淡昆明波，氣與天河杳。太行五色雲，輪困落懷抱。歸尋潘張輩，金石叩幽窅。袖中西京作，大字日晶晶。自視一日間，聲華動八表。側搶垂天翼，闃寂投林鳥。紅芳捐令節，枯荷覆幽沼。空館數風潮，青燈黯愁曉。

得林少穆制府書知亨父于役襄陽將返閩中且爲海外之遊憶之作詩

武昌開府寄雙魚，聞道張融未定居。暫向隆中尋大隱，還歸海表問先廬。九霄鸞鶴迴孤嶼，萬里滄溟接使車。時姚石甫廉訪臺灣。遙見東南客星在，青天一髮到夫餘。

送稼軒入都庚子

黄塵滿馬齊西道，碧水連雲趙北陂。朔雪山風騰虎氣，春沽茅屋隱蛾眉。江湖寂寞雙垂涕，廬旅荒寒一繫思。知汝聞雞愁不寐，籠燈照我去年詩。

宣南邸閣對西山，佳氣常浮几案間。夜擁千騶揮彩筆，朝看一老臥蒼顏。文章詩友飄零盡，歌管風花次第閒。往與潘、吳同居孔刑部宣武邸寓，都人謂文章交友之盛無逾此時。幾樹右安門外柳，春來金縷爲誰攀？比出都，孔刑部、韋駕部置酒餘芳亭，折柳攀條，泫然涕下。詩中「一老」，謂潘丈也。

苦思泥飲韋兵部，不見憐才黄侍郎。故舊風流餘繾綣，大都文物極雄蒼。行廚古刹仙泉淥，委佩江亭碧草芳。更道浮丘不可接，黄雲白浪滿瀟湘。黄侍郎謂樹齋，浮丘謂湯儀部海秋也。

張郎揮手武昌樓，萬里茫茫大海游。天下奇觀原絕域，古來春色自皇州。長鑱橡栗千篇淚，斜市櫻桃一夕愁。騎馬花時韋杜曲，因風道我雪盈頭。

得稼軒京師書重寄

憶汝宣南寺，山僧與誦經。階花連禁雪，窗樹繞宫星。舊雨隨年散，殘尊帶淚醒。不須悲宿草，故國已青青。

太行一片月，不到楚江頭。獨有何戡淚，南隨海水流。長風送消息，小市閉清愁。莫唱《陽關曲》，寒雲滿薊州。

太息張亭父，青霄一鶴飛。如何武昌去，不見帝城歸？滄海無舟楫，中原有渴飢。頻嗟老開府，辛苦破重圍。

聞道關西使，中途拜表行。海秋奉使關西，中途奉諱歸。萬山爲位哭，故國戴星征。忠孝難方始，功名老漸輕。傷心各嗚咽，並入暮江聲。

西便門前路，楊花與暮烟。月壇春寂寂，馳道草綿綿。寶帶宫門酒，銀豪馬上篇。玉泉遊賞地，春水一茫然。

象教西天遠，龍庭北府寒。聖恩思駕馭，此輩盡衣冠。賄贈勞中使，珍奇賜太官。如聞皇祖訓，留與萬方看。西僧哲布遵丹巴呼圖克圖入覲，天恩優渥，蓋欲以鎮撫諸番，與前世崇奉西法則有間矣。來書語及，故云。

西洛冠裳會，南皮賞讌同。朝賢盡壇坫，海内必英雄。一散江亭雨，三年棗寺風。白雲春萬里，側佇看歸鴻。

客思

客思自多感，商聲忍獨聞。山蟬知向暮，秋雨不隨雲。蟹蛤江南地，魚龍海上軍。中原徵調盡，攬涕望妖氛。

觀彭城兵赴吳淞防海

樓船下洪河，六月大興師。往問主將誰？南征行備夷。舟山不復守，乍浦勢尤危。吳淞控大江，東南纏地維。守險可百勝，嚴師固藩籬。中樞下火符，副相總戎麾。海疆八千里，腹背聯絡之。側聞蛟門軍，半是吳中兒。此輩市菜傭，臨難心然疑。楚兵氣精鋭，彪彪千熊羆。百年養汝曹，危急安足辭！獵獵大旆風，洸洸淮流馳。彎弓指東溟，不得中顧私。莫畏統御嚴，中丞有母慈。行矣謝送徒，報國方在兹。

金山寺

維舟瓜步城，解纜金山下。嵯峨俯要津，豈有避世者！登頓少盤陁，水樹漸瀟灑。秋色絢長林，朝陽浮萬瓦。龍馭六十年，寢殿落梧檟。金闕莽榛蕪，僧寮焕丹赭。憂來步江樓，清淚臨風瀉。永望海門軍，戈船去如馬。

北固山

蕭公北顧地，宫觀何槃槃。緣巖不數轉，已陟浮雲顛。白日動大江，怒龍迴其瀾。慨焉聖祖初，鯨豕屢洄旋。至今戰死血，沸渭波吞天。山南列戍守，旌旗晚翩翩。戰馬浮深池，奔突超風烟。何況築城卒，晝作夜不閒。築城不須高，戍卒未盈千。所恃在天險，睥睨層厓間。晚登多景樓，士女紛喧闐。晏游集清興，撫事深憂煎。人生戎馬際，慘戚凋朱顔。

遊焦山作

丁酉秋，潘文四農、毛君生甫、姚公石甫同遊茲山，都已有詩，石刻尚存。觀其澂遠灝溔，雄桀並出，自有茲山，惟斯文在。爾來潘丈死，姚公奉命海外，毛生亦老病，余獨後至，三復泣下。山方崩阤，又毀於兵。嘆日月之輪馳，盛衰之感抑，有不盡者也。

江聲西津來，鬱怒不可當。連峯犯驚濤，勢與蛟龍翔。茲山氣鴻濛，松栝槮虬蒼。深根穴地極，幽阻窺天光。天光漏雲日，甍棟開八荒。北風鶬鸛聲，清落吳天長。坐使枯槁懷，百動相雷硠。湍壁慄我魄，神定色不僵。終媿呂梁人，披髮游滄浪。

臨流去何之？登頓阻不前。中峯萬丈石，奮落如下天。立神盡摧糜，欄楯森鉤連。輦路壞嵯峨，金碧紛委闐。山川久莫定，感召誰使然？東南正格鬭，流血海水邊。魍魎纏清秋，羲和不可鞭。憶昨甘露遊，遂試中泠泉。三山同日圮，毋乃五行僭。感時氣崢嶸，念國心憂煎。安能從焦生，寂寂荒巖間？

昔遊有三士，氣與雲天杳。潘侯既下世，毛生色枯槁。航航姚使君，麾節領絕島。冠裳聚山澤，文章動霞表。大字龍虎姿，磨崖風浩浩。尊前幾浮雲，海內一孤鳥。痛哭九原人，沈薶不復曉。顧惟靈跡存，作鎮茲山寶。誰能傾東海，一洗憂心擣？

海門東山東，敻絕阻巖幽。入門淒有聲，風竹何修修！竹間綦履跡，潘吳昔同遊。捫崖辨姓名，苔石青已秋。自從軍馬來，蕩為荒丘。守卒數百人，解甲酣嬉游。禦寇當禦門，絡馬先絡頭。如何將鼙鼓，日夜驚沙鷗？

題元潁川王父子清秋迴獵圖

潁川王察罕帖木兒既死，立其甥王保保爲嗣，是爲擴廓帖木兒。明太祖定中原，擴廓走和林，屢侵北邊，雖以中山十五萬之衆而不能挫，所稱天下奇男子也。擴廓死，妻毛氏從之，别一妾攜幼子帆海，世居崇川。王衣冠墓在焉。裔孫保君大章出此圖：二胡奴前導，擴廓繼之，察罕居後，最後女奴。戎服、幞首、雲髻，儼然虬髯。騎而從，蓋王家姬也。此事元、明兩史不載，然其家乘如此。感王父子英武偉略，樂附於篇云。

君不見潁川父子兵馬雄，廓清河洛空山東。義旗一指羣盜縛，電掃六合如飛蓬。北塞太行西崤潼，崎嶇百戰摧堅鋒。推心置腹亦大度，遺恨不獨誅田豐。孛羅思齊皆乳童，羣狐鎮惡誰能容？中朝水火日尋釁，長城自壞天無功。王昔建義聲轟轟，汝潁子弟來相從。錦袍玉帶照原野，小隊結束明刀弓。白日慘慘天雨楓，馬矢燒徹山爲紅。可憐狐兔獵欲盡，至尊不在璚華宫。天魔舞罷鵾鳴風，真人濠泗占飛龍。黄河一木可徑渡，十五萬衆徒悤悤。是父是子英烈同，金華史筆存至公。崇川墓草秋蕭瑟，萬里和林一望中。

題路文貞公遺集

赤縣横流日，黄扉飲恨年。防河空劃地，蹈海已無天。詩草留蠻服，公在嶺表，有《非詩草》一卷。荷花落墓田。祠在葑山，前臨太湖，荷花數十里。蘋蘩何處薦？欲上洞庭船。

讀史雜感五首

鐵艦雲帆滿上游，建牙吹角動高秋。三千組練弢犀弩，一夜風烟散火牛。絶域威名驚小范，中朝黨論送維州。虎門鷺島孤懸地，坐甲從容待運籌。

立仗蕭蕭老驌驦，忽聞鳴鳳在朝陽。空傳天語褒殊錫，無復廷爭守御牀。戰鼓悲凉旄節落，星軺留滯海城荒。長沙稍喜能流涕，寂寞青蒲望報章。

條支萬國大荒西，職貢經年道不迷。旅拒公然爭互市，廟謨終與講招攜。大軍解甲供牢禮，小縣徵丁習鼓鼙。聖世祇須勤内治，旋教瀛海盡航梯。

征蠻部曲數楊羅，今日誰當馬伏波？楚國三男生絶小，將軍十萬辦原多。奇謀競摶中行説，猛士爭求曳落河。幕府紛紛滿朝傑，急應親奮魯陽戈。

圌山關外見旌旗，鐵甕城頭戍鼓悲。夜色横江狐吹火，軍聲滿地鵲移枝。中原徵調空千里，北固登臨又一時。獨倚蒼茫看海色，樓船如馬日東馳。

重有感辛丑

清酒黄龍約屢謡，珠江瘴海日横戈。全開門戶容蛇豕，漫握韜鈐布鸛鵝。燕將不聞誅騎劫，趙人猶是愛廉頗。征南部曲淒涼在，忍聽臨江節士歌。

披髮何人訴上蒼，孤舟百戰久低昂。前軍力盡宵泅水，幕府謀深坐裹糧。握節魂歸雲冉冉，颺灰風急海茫茫。神光金甲分明見，噀血銜鬚下大荒。

張公苦意絶天驕，忽報呼韓款聖朝。便遣頻陽老王翦，豈宜絶域棄班超？跕鳶事業心紆折，射虎河山氣寂寥。珍重玉關天萬里，西風大樹日蕭蕭。

白皙通侯畫戟雄，黄扉假節黑頭公。銀槍世領親軍使，鐵券家傳汗馬功。弓矢臨邊恩數異，金繒誤國古今同。如何更賣盧龍塞，從此東南鎖鑰空。

五羊城外趙陀營，百處風聲草木驚。仗鉞將軍喧就逮，秉鞭王子靜專征。螭頭妙選千金士，虎節新徵十道兵。見説珠崖近乘勝，前驅幾日斬長鯨。

龍額弓高拜故侯，羽林精鋭下黄頭。料兵荊楚遥傳箭，輓粟洪饒急唱籌。江轉千盤連鐵索，山圍五管似金甌。英謀老算今何在？一夕烽烟滿目愁。

吉網羅鉗事有無？金雞纔下痛慈烏。關中儲偫思劉晏，塞上風雲避郅都。麻絰臨戎天慘淡，干將出匣氣槃紆。斬蛟殺虎威名在，祇待從容展壯圖。

南州使者建雙旌，萬里相呼載酒行。本以文章期報國，翻令書劍學從征。倉皇發策丹心炯，慷慨登陴白髮生。草檄飛書枚乘事，獨能無意向功名。單地山師視學粵東，凡三書召與同行，以親老辭。先生後以失職長假歸。

苦憶

苦憶西川楊少保，十年長劍倚崆峒。河山信誓君臣契，關洛旌麾父子同。百戰威名資坐鎮，三朝禮數絕諸公。當時恩遇兼終始，不獨雲臺第一功。

羅藝平生勇絕倫，摧鋒陷陣必身親。王侯將相寧有種，磊落嶔崎可笑人。鑾府千峯聞坐嘯，河源萬馬識歸塵。征西宿將今餘幾，悵望南天淚滿巾。

送劉州丞赴皖

佐州非劇職，取道及霜晨。一舸兼天遠，長江到日春。水吞全楚盡，山接太湖鄰。定有郊門候，兒童意最真。

寰海仍防寇，中原急點行。誰將閭左戍，暫緩壽陽兵？地僻多虛警，軍孤有怨聲。憑君能坐嘯，莫作近功名。

萬里菖蒲海，三秋瓠子宫。鴻溝原向楚，汳水失朝東。渦泗紛紜裏，荊涂悵望中。所過殘井邑，何以集哀鴻？

烽戍四十韻壬寅

烽戍八千里，謳歌二百年。山河環北極，虹蜺亙東天。廟算紆長策，麾旄屬大賢。亞夫堅走敵，充國老屯田。成敗歸時議，衰榮與境遷。老羆失當路，俊鶻拆空拳。蛟蜃樓臺黯，龍蛇歲月纏。雄藩深坐甲，上相起行邊。已寵軒墀鶴，誰憐浪泊鳶？和戎計翻覆，嚴譴意流連。横隴京東道，梁溝洛北川。雉垣危㠑嵲，鱗屋激洄漩。使者中樞輟，溫綸閣下宣。自天恩浩蕩，奉詔涕潺湲。編管辭輸作，芻蕘竊備員。丁男大農籍，竹榩水衡錢。三尺梁園雪，孤臣屬國氈。脛毛銷毳罽，心血漬烽烟。賦土洪流奠，回春霽景鮮。雲中思魏尚，槎上忽張騫。白簡持朝論，黃扉拱御筵。聖懷虚擁護，國是太周旋。牛李同遷逐，松維永棄捐。釁原匪馬邑，功豈忘澶淵？惻愴舒劉嘯，蹉跎誤祖鞭。羣公一揮手，别淚灑河堧。遠鐸聲凄咽，鳴駝氣跼蹐。陽關風浩浩，黑水夢濺濺。路並陰山直，沙盤大漠圓。此生斷消息，吾道屬屯邅。每憶清淮夜，初迴下瀨船。深談略年輩，激賞數詩篇。置醴延申白，馳書問草《玄》。龍門終負李，馬骨未歸燕。字忍三年滅，旌悲萬里懸。黃雲遮不斷，落日眼常穿。塞迥稀逢雁，春寒慎脱棉。刀鐶愁滿月，劍血澀飛泉。縣寓仍防寇，邊兵盡控弦。誰傾西海水，直爲洗戈鋋？

崖州司戶行

君不見衛公矯矯人中龍，秉鞭作鎮川西東，弢弓臥鼓兵馬雄。二邊震讋趨華風，蓬婆滴博爭來同。一言不合奇章公，顛倒朝局如飛蓬。我欲登高望海水，珠崖茫茫八千里。手持湘竹枝，涕淚垂不已，古來萬事有如此。君能斷鰲續柱正四極，不能使馬頭生角烏頭白。又能趨山走海障狂瀾，不能使長虹貫日霜降天。車師疏勒連于闐，條枝更在西海邊。馬嘶無草人無泉，猰貐塞道蛇滿川，劍牙丹口腥流涎。行人十無一二全，君獨何爲浩浩然？叩天關，震天鼓，黃河經天卻東注。白日照耀寒門苦，不見崖州老司戶！

三公篇

裕公致命死，王公憂死，東南岌岌，劉公搘拄而已，又抱病幾死。懷賢憂國，情見乎詞。

故欽差大臣兩江總督裕靖節公謙

裕公忠臣後，正氣何堂堂！起家謝閥閱，致主繇文章。東南大藩地，實領財賦疆。士女饜笙竽，溝洫流稻粱。昏昏寶珠域，仙仙歌舞場。感嘆風俗頹，嫉邪森剛腸。意待五蠹除，坐使萬民康。淳風末迴斡，醜夷紛陸梁。舟山棄其甲，虎門若排牆。流涕拜表行，前驅心飛揚。昔我有先臣，戰血漂大荒。主憂臣則死，投袂親戎行。一呼百夫奮，再呼千帆張。流沫誓三軍，天水久低昂。斥堠日謹嚴，間諜亦有方。捉鬼剝其皮，斷筋續馬韁。羣鬼哭徹天，海水爲沸湯。初攻昌國城，三帥同時戕。再戰招寶山，軍門氣凋傷。公時秉鞭出，下馬頖宮旁。豐碑摩日月，大字標流芳。永痛誠勇公，血淚終承眶。軍門單馬來，登城語倉皇。揮手謝軍門，百口不得將。君與此賊生，我與此城亡！嗚乎英靈姿，鐵立色不僵。皇情久震悼，羣議猶披猖。安得傳此詞，稽首陳太常？

贈太子太師大學士王文恪公鼎

皇朝二百載，養士餘幾人？大哉蒲城公，隻手迴天鈞。立朝重山嶽，上殿驚星辰。當時中書筆，肺附專經綸。雖無伴食嫌，終謝幃幄親。賴其樸誠極，每叨恩遇頻。嶺海有棄甲，梁宋無安鱗。中原千里土，化爲荊與榛。被命紫閣下，持節黄河津。道逢侯官公，荷臿來天垠。僦屋風雨夕，露立冰雪晨。司空三尺籍，水衡百萬緡。銖兩慎支劄，尺寸籌茭薪。嗚乎兩賢績，萬古留河濱。公功未克敉，侯官出玉門。是時龍蛇鬭，虹蜺繞城闉。歸朝奏事畢，廷對升紫宸。流涕守御牀，聖意久逡巡。古來格天業，結念期精真。齋戒坐小閣，萬言倏然伸。一請罪大帥，再請責樞臣。語多氣激烈，反側聲酸吞。蕭蕭起草亭，耿耿燈火昏。一死豈溝瀆，留感天聽尊。天尊聽斯卑，公死無兒孫。哀贈何足榮，所貴公論存。觥觥史䲭節，精白無淄磷。我欲賦《大招》，雷電交天閽。剖心告百爾，此義難重陳。

浙江巡撫劉公韻珂

中丞齊魯士，屹立氣嶄絶。臥病臨安城，千里固積鐵。重值甬東敗，亹圉日脆脆。元帥天上來，驕盛貴莫匹。所將多禁卒，虎皮冒羊質。動止須關白，豈得無肘掣？義律固詭譎，僕鼎尤恍惚。乍浦逮餘姚，千帆常撇捩。砲火灑空來，晴天黯飛血。義勇先倒戈，大將莽奔蹶。關隘欻不閉，公怒目眥裂。抽刀斷江流，分寸不得越。氣阻昌國濤，令肅錢塘月。大義責主帥，小心詰姦黠。聞范破膽寒，撼岳力阻折。以茲西湖波，晴光蕩城闕。每恨貪功徒，上章苦論列。宸聰頗虛納，物議堅莫奪。嚴譴兩依違，公論未昭雪。伊昔侯官公，謫戍事倉卒。蕭條行李來，握手兩絶訣。解贈五百金，箱篋立空竭。金甌正完固，寶劍豈折缺！反念玉關人，萬里犯炎熱。隕涕下黄河，到海聲幽咽。去住兩忠賢，夢魂永忉怛。

投贈東阿周制府四十韻周方乞假歸宿州

憲皇振天綱，六合一開霽。田李擁旄節，傅鄂管朝議。惟時正恬熙，擺蕩羣蒙薉。擊伐厲衰俗，綜覈肅吏治。爾來又百年，休養劇汪濊。地大物斯衆，仁至缺者義。不無雷霆威，一震聵聾世。東阿起州郡，慘淡厲風氣。視漕淮楚來，青天散魑魅。滔滔江漢流，莽莽蠻獠裔。移節大賢後，謂林侯官。坐鎮羣僚際。嫉惡秉鷹鸇，守節匪毛鷙。參佐竊威福，彈劾起文字。古來大臣禮，不辱刀筆吏。氂纓造請室，慷慨自引對。傷心投荒年，慈暉虞淵逝。國法嚴程期，逋臣痛含襚。白日照精誠，天恩許下淚。嶺嶠水羣飛，鮫鯨毒相噬。荷戈憤所切，金革義毋避。麻衣赴萬里，草舍辭一涕。生當縛鬼章，死願填精衛。密陳攻守機，指畫營壘勢。未答中行背，已變司徒幟。醜虜再翻覆，吳楚勢旒綴。將軍三死綏，主帥九遷次。京口天下雄，行省財賦地。江山大焚獵，草木亂驚沸。敗聞天顏震，切責衆心悸。馬角一朝還，金雞九天唳。百谷復潰溢，二儀激澎湃。暫許金繒和，急通揚粵稅。許公論便宜，仗公爲屏蔽。王愾小敉謐，親恩愴迢遞。上書北闕下，歸守東山第。墳土渴營建，宗社永懷繫。焉知局促徒，猶切眶眥忌。四海厭瘡痍，孤忠老憔悴。默想雍乾年，思與數公濟。赫赫皇祖烈，蕩滌大無外。

檢篋中得嶺南黃廣文釗閩中張同年際亮手札

自枉書辭，皆三數年缺未酬報。昔與二三子居長安時，士大夫以文章聲氣折節四方之士，南城讌遊之樂，高軒飛蓋，華筵雕席，殆無虛日。今風塵憂迫，行老死丘壑間。泫然援筆，不復點次。

昔在長安日，朝野多歡娛。上計四千人，被褐懷璠璵。爾時振宗風，實惟大鴻臚黃侍郎爵滋。徐編修寶善葉鴻臚紹本氣誼古，黃編修琮陳侍御慶鏞才藻舒。折節盡下士，冠蓋紛九衢。江亭揖西山，秀色春槃紆。隆隆翠織幰，皎皎白雪駒。雕筵值十金，展席俯闉闍。奇文戛璆琊，天風吹明珠。黃子起嶺南，張生來東隅。肝膽照白日，翱翔驕上都。談笑盃酒間，千載一斯須。聖人坐齋宮，寰海氣萸腴。月竃逮日出，琛賫連舟車。言語則侏儷，漸染知詩書。上國求文章，諸君皆鳳雛。捆載滿歸橐，椎髻相歡呼。姓名動四夷，豈獨隘八區！摧頹壯事去，寂寞青歲徂。猶及太平年，長嘯歸樵漁。風飆忽振駭，邊徼日凋枯。崎嶇兵火間，誰復安田廬？朝廷注東南，親賢仗馳驅。亦有同志人，變化隨龍魚。亂離文雅賤，歌哭身世殊。高秋數晨星，少微光有無。聚散一桃梗，尚想歌黃虞。不見太行山，佳氣飛蓬壺。

憶焦山 癸卯

三年不到松寥閣，一飯遥思枯木堂。遲日魚龍仍瀺灂，中流栝柏自青蒼。雨餘舊壘崩危石，亂後殘僧聚夕陽。惟有上方鐘磬響，江風海月共雷硠。

憶金山

雲中笙鶴擁旌幢，不信天魔舞未降。六騎登山晨拜廟，一舟載索夜量江。得人未覺金甌缺，失策真宜玉斗撞。惱亂中泠泉下水，腥羶日夜洗奔瀧。

黄通守席上喜晤蔡少府卽事有作

驚飆駕長淮，五月氣淒厲。時艱惜歡娱，主客千里至。蔡侯歷下彦，骨氣聳精鋭。治譜夙曉達，兵法吐滂沛。前年隨上將，拔劍捎欃彗。蒼茫鬭將日，忼慨論兵地。到今廣州敗，激昂滿襟淚。計策獻不收，功名從所棄。横腰三尺鐵，中宵自磨礪。寰海滿謳歌，壯士默歔欷。藉問今何官，營造繕軍器。洗濯六州鐵，斟酌百工餼。看子鍊心兵，辛苦穿冥契。聖訓重不虞，此物豈嘗試？側聞太常卿，入告動天意。行當佐殳斨，不獨走魑魅。須爲杜武庫，勿隨竇車騎。談深酒杯闊，座促爐鼎沸。放浪客途狂，嗚咽歌喉細。萬國尚防戍，百年苦留滯。常恐相見時，非復平生志。夜闌披心肝，欲起重牽曳。當歡暫開顔，問事終裂眥。明發渡洪河，孤雲渺天際。

河決後填淤肥美友人藉資爲買田宅夏日遣奴子往視黍豆歸報有作

寶劍不下壁，妻孥使人愁。中歲忽無家，出處長悠悠。此邦人事熟，亦有良田疇。況多素心侣，結念棲林丘。百畝費百金，感此友誼周。去年金隄決，雞狗隨東流。死爲沙與蟲，生爲鵠與鳩。哀號市田宅，黠者仍掉頭。安知吾子孫，異日免此不？春風裂厚土，吹散空髑髏。久行無人烟，林燕聲噍啁。

不耕亦已種，黍菽何油油！常恐秋水溢，覆轍追前輈。蕭條江南東，戰地無人收。夷虜尚翻覆，兵食勞前籌。艱難愧一飽，鬱結懷九州。大哉生民初，粒食誰與謀？

客居

趨涂慎一決，知者識其端。如何百年内，雲雷長盤桓？跧處苦悽戚，飛鳴無羽翰。窮年坐突兀，刺促催朱顔。非無壯士姿，撫劍攄心肝。出門浩茫茫，嗚乎行路難。且復就良友，誅茆求田園。傍屋即僧家，無僧有旃檀。小松三五株，蒻竹數十竿。噌吰鐘鼓聲，亦來衾枕間。初意暫棲泊，忽踰三暑寒。人生寄所適，寂寂竟何言！

題周侍御宣府課經圖

雁山東斷五臺起，太行龍脈趨遼水。宣府一城控燕雲，十萬精兵敢傍此。昔時重鎮擁貔貅，今日師儒盛文史。侍御白面書生耳，琴劍漂零萬山底。邊女生小掣駱駝，邊兒十歲能弓矢。馬邑名豪捧雉羔，雲中太守供禄米。伊昔長安花滿天，君家兄弟俱少年。風流二到南朝彦，名字雙丁鄴下傳。無端點染辭朝籍，赤足茫茫踏沙磧。九邊冰雪馬牛風，三年月露關山笛。頭白歸來萬事空，大梁風雨愁哀鴻。侍御弟編修恩綬没於河南。霜淒北固寒沙水，潮落西津感暮鐘。江山萬里傳烽罷，世事中宵涕泗同。重來訪我淮西路，僧房葉落鴉啼樹。劇談卻憶漠南天，白草黄雲射雕處。玉關生入又頻仍，師友中年感慨新。更將磊落崎嶔意，慰爾東西南北人。

送邵生東歸

亢歲萎條柯，衰世貧高門。子家千戶貲，散落如飛塵。昔遊具鈎駟，今來乘獨輪。衆中一顧步，義氣高千春。典衣市金石，戛釜無炊薪。何知無炊薪？子有七尺身。文章未閎實，已見江海奔。鳳雛翀九天，困此竹石根。惻愴吴粤郊，烈火燔空村。萬事合變化，身外安足存？子歸但鍵關，吾亦誓墓人。詩成或寡和，載酒來相親。

東澗歌送嚴生

東澗澗東流，沄沄五十里。君家第幾橋？結屋照澗水。春風入我廬，就我吴城居。我居雙樹間，日夕聞齋魚。齋魚聲了了，落葉僧房早。夜來風雪寒，枯燈映窗小。燈火思依依，風雪送君歸。人生有家室，安得苦離違？明發渡河去，河水冰上渡。離人沙岸風，歸鞭郡城樹。城頭亂棲鴉，夜航君到家。扣門東橋月，已向吴城斜。勸君吴城酒，藉問東橋柳。橋頭木果軒，淒涼今在否？淒涼當奈何，送君《東澗歌》。春明若相憶，因書澗水波。

聞張亨父卒於都門哭之有作

北馬南船萬里餘，圭峯孤負好家居。懷中漫滅狂生刺，閣下浮沈宰相書。滄海乘桴空有願，洞庭結屋竟何如？平生風調凌雲去，仿佛高冠切太虚。

往事東南可涕流，紛紛功罪付陽秋。都門誰送楊臨賀，下澤翻同馬少游。不分玉關遮漢使，卻教丹旐累歸舟。龍眠風雪巴山雨，生死知交一哭休。姚廉訪被逮入都，將戍伊江，亨父從之，遽歿於宣南之松筠庵。廉訪旋奉旨謫四川。

升屋魂歸碧血祠，傾都人看素冠隨。醵金輂下衣衾易，犯雪河梁祖道遲。死託友朋君亦足，書無日月我終疑。桐棺萬里今何處？旋望乾坤一淚垂。

招魂何處暮山青？第一江楓海月亭。苔壁詩篇籠滮漫，殘僧燈火話晶熒。即看東海狂瀾水，已悟西方止觀經。華表山川渾未改，松寥魚鼓可重聽。亨父舊讀書於焦山之松寥閣，以名其集。

十年蹤跡共風烟，幾日分攜遂渺綿。公等皆生真咄咄，世人欲殺我拳拳。仙霞海畔三千里，杜曲城南尺五天。折盡丹心無一寸，遍題血淚叫重泉。

得周侍御都中書及詩知歲晏仍有宣府之行期以來秋南歸賦答二十四韻

牢落吳城雨，淒涼燕客書。中朝仍削跡，絕塞更愁予。日月玄冥外，乾坤洗濯餘。得歸欣解網，將母自推車。萬里侵華髮，三年展敝廬。故交多戰地，骨肉且安居。淮月沿孤棹，河風送蹇驢。村沽連客到，佛火點窗虛。傍我能瀟灑，登程獨嘆噓。中原憂灌莽，時議急儲胥。黿血頻東走，鯨波尚北呿。沙飛潛鬼蜮，風煖避鶢鶋。四海輸漿璲，諸公曳珮琚。人官竽已濫，天府篋誰胠？一例酬金失，千家掃地如。更聞誅半菽，何補漏多魚？大體終當惜，羣言莫漫攄。激昂呵壁淚，冷落侍臣裾。雪甕窮邊草，霜酸學舍葅。文章防貝錦，身世病籧篨。喜結黃花約，歸當白露初。古人念蒓鱠，吾道合耘鋤。試訪吳門卒，重尋楚澤漁。清通終聖代，泥飲共軒渠。

通父詩存卷之三

姚廉訪自海外被逮入都過南清河有缺將候旋奉恩命謫宦四川欣慨交錯賦寄三章甲辰

一片荷蘭土，三年戰伐塵。上功原幕府，寬政出恩綸。大海孤忠在，皇天老眼新。從來矜晚節，不獨報恩深。

四海窮張儉，謂亨父。何人惜禰衡？爲公甘一死，得士見平生。過嶺艱歸骨，傾都看去旌。猶聞上車日，誓伴玉關行。

執友黄泉滿，師門青海遙。石父亦出侯官公門。輟耕心惴惴，伐叛鬢蕭蕭。功罪書三筴，歌吟志一瓢。海天從寂寞，江路颯風飆。

雜感十二首

九府瓊林積，三朝朽貫俱。銖銖差至石，一一悔吹竽。莫避青驄馬，真愁赤水珠。度支誰實領？

吾意問中樞。

右族飛騰易，高門點染新。由來多幸地，恐是不疑人。株蔓無全獄，憂危有重臣。深恩當忍負，天語日諄諄。

銀幣終何益，銅山詎有人？大都開互市，不必算千緡。節儉朝廷意，彌縫宰相身。兵農氣蕭瑟，慎勿擾軍屯。

爲有茭薪急，兼愁寇賊過。椎牛爭養士，貸粟卽監河。山澤金銀氣，乾坤雀鼠羅。西園誰載筆？新政太平多。

寇退民逾憤，財殫國尚支。紛紛勞節鎮，草草定華夷。海色横珠貝，江風散雨旗。不無防抵突，猶及固藩籬。

再有櫌鋤聚，頻煩玉帛盟。邊民原向義，國計在休兵。飽積三年粟，雄當萬里城。幾回天上月，一照海東營。

史筆諸王表，宗盟恩澤侯。祇宜執珪玉，不省缺斨銶。義父能安漢，元公實祚周。蒼茫開國日，萬騎定神州。

廟算憂勞日，羣公引避年。似聞營獨樂，誰敢問三邊？南斗天軒輊，東山地靜偏。霜顛遺一老，吹淚海風前。

左相長虚位，天心念典刑。詢謀知有屬，夢寐尚無形。早月思三傑，他年問九齡。空傳遺疏在，賜地草青青。

今日封中旨，何人抗直詞？欣聞上殿語，如見裂麻時。牛李多翻覆，椒蘭足怨咨。調停勞聖慮，雷雨兩無私。

淇竹三年盡，霜鴻九郡多。不成趨漢沔，何日蟄蛟鼉。風色朱仙鎮，沙痕賈魯河。司農愁仰屋，猶幸海無波。

龔黄久寂寞，姚杜爾縱横。必若潢池斂，先宜盂水清。遷除今傳舍，威望古專城。治理吾君共，惟良頌太平。

哭湯海秋同年

盛夏枉君書，浩如風濤駛。上感潘張逝，下嘆身世否。君實早通籍，光鋩厲鋒齒。千金不自寶，烏鵲安足抵！抗聲誦彈文，五日真御史。朝封夕見斥，曳足百僚底。軺車阻關洛，輕舟犯江海。主帥死孤城，灰心去吳市。駿馬馱美人，笑握浮丘子。除歲坐河橋，對君風月裏。每思託空文，且復耗官米。安知二十年，埋頭京華死？君家阻洞庭，墓草無見理〔一〕。抉眼望西風，滔滔大江水。

【校記】

〔一〕理：底本作『埋』，據詩意及韻腳改。

絡緯乙巳

高館沾微雨，繁音並夕烟。苦添人寂寞，終待月嬋娟。露葉原難定，風林或遠遷。豆花零落盡，何處好秋田？

聞林侯官入關再秉節鉞枕上口號二首丙午

失喜兒童叫，從天雨露新。焉耆人入漢，張掖地通秦。國有河山福，朝多老大臣。薦賢蒙上賞，此誼足沾巾。伊犁將軍布彥太力薦，疏再上，得俞旨。

終竟朝廷意，遲回有歲年。政宜操管鑰，不遣掃鯨鱣。漢使初通馬，吐蕃遮留漢馬，公剿之有功，河隍舊墾田。公在伊犁墾田八十萬畝。書勳勞史筆，餘事及三邊。

蟋蟀

豈有聲難定，緣知聽未真。苦將階下意，說與夢中人。風露初侵夜，星河欲向晨。玉墀他日好，亦未稱閒身。

過荀卿墓丁未

六國尚縱横，士風日滔滔。鄒嶧紹遠源，蘭陵鬱孤標。著書炳千載，道與秋雲高。上蔡無賴兒，入室戈先操。後賢務刻深，議論如牛毛。立説非至公，何以定譏褒？三復《成相》篇，感激生鬱陶。卽以文字雄，豈不驂《風》、《騷》？驅車歷榛莽，西日鳴寒條。荒壟縱樵牧，豐碑空嶕嶢。寄詞守土賢，展敬陳溪芼。

雜詩

崇效寺中花滿蹊，聖安寺裏幾枝低。東寺車轍深一尺，西寺無人空鳥啼。
江亭春酒濃如雨，棗寺車聲走若雷。魚鳥漸知簪組樂，菰蒲翻爲管絃哀。
西郊燕麥不能青，南苑龍沙起欲冥。一雨金溝春水活，齋宮獨有聖人聽。
遼海雲帆路幾千，大農仰屋又經年。魚陂草泊無人問，望斷東吳萬里船。

贈别厲伯符林少子

鄉近轉愁疾，天高漫激昂。長途錯昏曉，野次亂衣裳。悰緒迷春草，山河畏夕陽。峒峿翻累汝，百里送蒼蒼。

不灑都門涕，淒迷戀舊歡。前途但妻子，老淚一汍瀾。亂鳥歸山疾，孤雲出海難。離堂惜明燭，短髮忍更看。

少穆師自關中移節滇南卽事寄其公子汝舟編修都中

馬角催歸萬里途，中原北望白髭鬚。三秦黎獻遠愁思，六詔風烟定有無。已仗麾旄安反側，况聞干羽慰來蘇。流沙黑水天南朔，一例春風入版圖。

玉京公子氣英英，元老芳筵叩姓名。汝舟於湯相國座中殷殷致詢，遂獲往還。夜仰星辰瞻太華，春傳魚雁到昆明。旌旗南服浮雲遠，禾黍東皋白髮生。不分間關趨幕府，弓衣遙與詠升平。

訂四農丈遺集告成感而有作戊申

喬松壽千載，烈士無百年。人生有情識，安能本根堅？何況百年中，傾身爲憂患。文章挽運會，古聞今不然。中宵發浩唱，鬚眉立我前。滔滔夜壑流，一去無時還。後死非我誰？力薄難仔肩。安知百代後，庶踐平生言。

城南五里岡，其勢如游龍。蕹才萬古底，氣鬱青濛濛。九年始一來，大柏吹天風。石路泄秋湍，霜草迷幽宮。豈無歡笑人，登高送飛鴻。時九日，同人飲於龍光閣。閣在潘墓之西。我淚在卮酒，下與淮流東。辛勤訂遺文，此意當感通。精靈期不來，冥默傷何窮！

君詩量山海，翕受普萬有。鬱積忠孝懷，俯仰一高厚。當其精氣足，往往入深黝。將奇歸重泉，此事付身後。我非雲龍人，昔辱牛馬走。含悲苦抉剔，甘心受攻掊。世或多口憎，君亮虛懷受。絕臏豈不傷，息壤一迴首。

長安結客時，襟裾連八表。忝居鄒枚末，壺尊侍幽討。趨風多國賓，淩雲散天藻。皇清二百載，斯文日再晶。奉君投贈篇，訪舊生存少。文章如車馬，日夜送人老。恐復先朝露，斯事忍草草。掩卷數晨鐘，隕涕憂心擣。

登馬陵己酉

馬陵一小山，遠勢有千里。橫略大東來，下飲崑崙水。三月山氣發，青天鏡無滓。擂鼓拜玉皇，閶闔煥丹紫。百神儼冠佩，羣龍翊階戺。上陳霸王略，下訴斯民否。昏昏楚漢來，紅塵鬭白蟻。嗚乎糞土臣，清淚瀉如駛。古井塞海眼，修鱗蛻精髓。萬民合變化，渾沌何年死？道人骨皮乾，微茫記甲子。苦說唐年樹，安知今誰是？登高迫暮景，乾坤有高視。不從赤松遊，腥膻徒爲爾。

王翁招飲馬陵山下適韋駕部奉使至順河不及展敬寄之以詩

北山高臨北郭低，東風吹塵西日迷。黃流灝灝檣燕去，丹樓漠漠神烏啼。詩客春枓足鮭菜，故人白馬來金題。咫尺不見獨歸臥，卑車明發同雞棲。

題蔡通守後亭

作吏故不惡，蔡侯佳有餘。焉知簿領勞，傍此湖山居。黃河抱君門，葛嶧繞君廬。君廬復不高，遠風來疏疏。環湖三十里，無人有菰蒲。鳧鴨往來熟，亦未識簪裾。東園紅藥花，公餘時荷鋤。其後結茆亭，草香泥新塗。頗欲錫佳名，題榜臨空虛。六月天風涼，登高看芙蕖。黄塵滿前路，後約知何如？

雨甚入於彭城

桓山山下雲，白與賈山接。雨聲西楚來，我馬嘶不發。叱馭車驅之，已過奎山刹。浮圖矯若空，黄樓坐超忽。句倨三五轉，石壁裂精鐵。嵌空慄下視，九鼎捲飛雪。雙輪俯危檣，鳥飛向城闕。平生鎮定心，對天植毛髮。古來霸王人，騎危氣充悦。飛騰戰伐材，慘澹英雄血。成敗決一晌，坦途有崩蹶。萬家入暮氣，疏鐘動騷屑。且復就孤館，張燈洗韝襪。明登牧馬臺，浩歌肺肝熱。

大士巖

山門下無地，諸天肅高潔。化身何年來，窈窕乳竇穴。罘罳外堂隍，嵌巖中迸裂。頗疑太古天，融蒸費凝結。苔壁漉雨痕，塵帷蕩華纈。洞門啓夕陽，靈尊澹愉悦。天迴反無風，僧老轉奓髮。别院偶徐步，飛花豔晴雪。塵躅尚難留，朗性何由徹！

放鶴亭

過巖風磴高，崩崖劃中斷。蹈險手足並，繩行趾頂貫。遂登山顛亭，中原一疏散。黄河下天西，楚山互糾縵。春晚雲日麗，川原霞錦焕。濛濛見樓堞，漠漠來鵝鸛。古來龍戰地，風雨鼪鼯竄。豈無黄鵠姿，高舉邈雲漢。文章久消歇，山川入樵爨。磨崖數瑰詞，標空映宸翰。當時駐金輿，碧瓦紛斷爛。井閭尚風俗，父老有歌嘆。憑欄指東流，遙悽入瀛瀚。

大佛寺

西山辭夕陽，側身下東巘。崖轉風自迴，苔滑足屢踐。齋心拜靈宫，目眙敢細辨。巍峨十丈身，眉宇山河遠。上天下厚土，十指法輪轉。向非緣山鑿，萬牛何由輦？太武昔南來，氊帳蔽徐兖。玄甲三十萬，投地同乳贙。足知佛力弘，坐使虎威斂。鐵垂四大字，淪精蝕苔蘚。迴飆卷松杉，金容宛慈善。旁舍掩花木，僧出晝每鍵。顧惟七尺軀，六塵紛難遣。願假石室光，收攝入微竅。

登戲馬臺

春山草芽綠，仗策城南臺。遠風起淮楚，萬里蒼烟來。山川久變易，雄姿尚崔嵬。不聞瑤池駕，荒淫窮九垓。豈有開天主，千金市龍媒。王孫既西去，亞父倏東歸。王馬獨安之，大澤空徘徊。宋公來逡巡，下馬銜金盃。關隴棄不守，得無皆中材？每想失主悲，如聽長鳴哀。日暮牛羊入，浩歌歸草萊。

中原昔喪亂，島索方遘患。寄奴勤北駕，佛貍亦南轅。雄師十萬乘，立幄茲山顛。揮鞭叱風雲，意欲無江堧。苞橋屬小卻，使命來周旋。橐駝紫貂裘，甘蔗黄金尊。登城問何人？長史姿翩翩。輝采照强鄰，雄詞矜瀾翻。音旨一以暢，三軍嗟其賢。攻圍計不就，笳鼓去喧喧。築宮瓜步上，水生復來還。雖云形勢殊，得人理則全。有險豈必守，天塹長漫漫。

登東城

東城背南山，十步一迴首。林迎暮雨青，峯遞歸雲黝。霞石隱奔陗，拱揖相授受。龍拏互頭角，人立並肩肘。沈吟天際帆，悵望縣南柳。憶昨躡芒屩，看山到石狗。安知昔夢身，已落前遊後。烟雲屢飲沐，形骸益塵垢。西日不相饒，流連我已久。

晚登黄樓

青山送白日，長嘯登黄樓。不見車馬來，河水東南流。雨苗靜春郊，風樹懷鳴鳩。欣欣化寓洽，城堞消我愁。仿像樓中人，綸巾紫綺裘。古來飢溺懷，不爲紳笏羞。琴尊照天壤，冠蓋淩林丘。豈曰文章雄，主客爲千秋。衰遲臥山澤，命世懷伊周。高風駕鴻鵠，顧盼皆有求。君看萬斛艦，茫茫何時收？

韓觀察招飲含青館醉歸奉簡

公庭百吏散，燕寢湛虚明。微風動芳樹，池館含晨清。嘉客江海流，道貫能合並。使君行春來，飛塵振華纓。上堂視絜羞，下堂延羣英。吳秔白玉粲，楚酒黄金觥。肴炙雜蔬蔌，意取調和平。歡言交酬獻，亦無冠弁傾。彭城八萬家，武寧三千兵。以此慶時雍，豈不由羣情？願歌樂職詩，更觀儒化成。取醉莫駕歸，公廚多朱櫻。

濃青起南山，寫君北堂酒。清池自欄檻，疊石宛戶牖。豈惟樂休燕，兼用懷林藪。氣清慮不喧，百務可剸剖。同也山野人，在昔枉小友。何用裨化理，時來憩奔走。庭深蛤吠涼，樹暗鶯啼久。遲遲花弄階，微微盃入口。風流東坡老，屈强山谷叟。追隨百代上，雄文振璚玖。更種南國棠，細數西門柳。高歌含青館，深刻庶難朽。

望湖亭

西山怪石何砐硪，上磨羲車下陰火。嵌硿疊磴凌險澀，細草纖蘿接婀娜。捫崖初辨丹篆紋，叩扉未合青銅鎖。騎危度索顛更隮，欲南反北右更左。才窮氣竭一寬然，始覺長大平帖妥。萬里洪河息聲籟，一葉漁舟自掀簸。青迴遠嶺外彎環，綠合平湖中瀇沱。霞光塵氣森慄人，笑語未辨風吹墮。長揖那能脱韁絆，循途徑欲煩氈裹。石牀櫂取半晌眠，茅齋會辦終年坐。

白鹿洞王考功二十年前嘗居此。考功物化時，自言本峨嵋頭陀，閉目雲根坐五十年矣

遊趣不厭深，險窮得幽閟。沈沈一世宙，苦寂幾人至。初通耿虚明，旁穿慘陰魅。側身石牴角，舉頭天在地。緊昔雲根人，面壁此憔悴。白月澹初心，明珠脱纖翳。一遊玉京旁，淪落金仙侍。冠笏化山丘，爐几永涕淚。我忝精魂合，未敢論根器。腥羶二十年，茫茫數殘醉。羣倫有扶植，孤身易失墜。道業兩無成，從君思美睡。

同史廣文譚少尹坐紫翠軒石牀品山泉作

山遊仗勇決，既坐形亦疲。階前得石牀，安用茵席爲？草多自生香，樹好無迴枝。可以挂我冠，解帶紛離披。野人進清泉，瑩滑同琉黎。豈緊泉甘冽，在山味如斯。開懷落朱果，仰見幽禽啼。清磬來遠寺，始與斜陽辭。

雲龍行宫

長林帶薄日，雨氣變丹赭。迴風蕩曾宫，㟧㠔陰崖下。朱鱗辭清池，時鳥歡初夏。居人指觚稜，行客問梧檟。雖無官寺守，未忍祇園舍。當時霑粟帛，故老淚盈把。中外尚歡虞，河山待車馬。登高盼九區，殷憂豈貧寡？欲訪百年人，浩歌與傾寫。

贈允上人

上人，先賢劉子政七十三世孫也，年八十一，偉乎魁壘而神采煖然，有異於人矣。彭城山勢勃鬱，氣當發洩，自士大夫文雅、閭井俠烈，耳目所接，無聞於時，誠不意緇流有此器業，重以帝王忠孝之門，可爲太息者矣。

高皇四昆弟，親賢一楚元。功成食大國，千里開東藩。嗣王棄昏德，旁葉產璵璠。光祿材冠古，直諒性所敦。經術掩賈董，忠氣彌乾坤。每讀封事書，深夜必汍瀾。精誠期感通，末契逢裔孫。大師道氣足，八十如飛仙。熟精内教文，指揮《青囊篇》。往往風日晴，飛步凌南山。山城百花謝，躡蹻來禪關。升堂肅下拜，大字書先賢。掃階坐新雨，師爲陳其端。黃河齧山腹，墓道隨崩奔。嵯峨北郭祠，榱桷狐兔鄰。撥草痛木主，手捧歸空門。焚香爲牲醴，洗鉢爲彝尊。諸劉三千家，此事在老身。嗚乎墨者流，子實忠孝人。不知守土誰，俎豆徒莘莘。問答已感愴，笑語還繽紛。呼童具棋局，茗飲亦逡巡。我棋行落落，師也壁壘新。覆局了無語，頭如青山尊。城頭噪烏鵲，日色低崑崙。辭去未忍决，暮鐘淒心魂。羈人倦應接，道侶有淵源。時來論先德，永結方外因。

十三夜月

望湖亭上月，今夜想淒迷。石榻連雲濕，山松翼閣齊。露添堤柳重，風過佛燈低。天果容高臥，全家亦可攜。

再贈允公

一日不見頭苦眩，走傍吾師索鍼砭。晝長香細綠陰間，微覺棋聲出松院。收枰斂子縱清談，拄杖徐行引方便。已説精心内教文，更聞妙訣元和嚥。千斛之鑪萬夫鑄，當時鐵臂從風旋。猛士空嗟臏膂傷，老夫未覺容顔變。城南舊有楊千金者，與師角力舉鑪而死。神閒氣定山動摇，塵沙颯颯來深殿。殘僧徒知饜酒肉，苦行從來啖麥麪。夜深星火暗松寮，翻水遺經三百遍。乃知萬事有根器，此老精爽幾曾見？皈依深悔十年遲，他日不羞供鑪扇。

觀允上人舉鑪歌

寶殿四合松風迴，洪鑪據地何雄哉！老僧八十頭聳嶽，翩然拄杖巍峨來。石堂斜日初到地，空階雨足無纖埃。精金洞耀百魅走，摹抄萬遍愁雷回。口講手畫出不意，顛趾卻倚蓮花臺。允公一笑旋輕舉，豕腹彭亨枕左股。潘侯鼓掌譚侯眙，謖謖諸天墮花雨。當時意氣軒乾坤，城南壯士好腰膂。隻手賭將鐘紐脱，百步要著高樓柱。惜哉豎子未聞道，此事今人賤如土。山鑪夜熖秋雨寒，夢裏猶驚鬬兩虎。吾師吾師老更閒，每逢佳日必看山。我有石牀淨可坐，我有湖亭好闌干。他時攜取鐵禪杖，爲我拔石青崖間。

四月十六日雲龍精舍同慕韓廣文攜譚雨生集紫翠軒作

林容披微風，石路縱遙眄。明湖澹猶波，朝山近如遠。頻來徑途熟，未至情已緬。垂垂拂青蘿，歷歷橫丹扁。初暉升未高，蒼翠入愈淺。徒吏脫拘束，多士欣遊衍。文章道亦小，幽勝事宜選。吟聲繞風泉，棋牀靜苔蘚。諸君談轉清，老夫力微勉。靜聽齋時鐘，遙情已東巘。

自桃山趨黃桑峪望瑞云寺

林窮山徑惡，峪口進徒步。一水纔通履，躡石得屢渡。初愛雲榛秀，漸入灌莽互。谽谺豁千尋，紆垂信一路。淒增石氣寒，慄疑虎風度。浩浩林籟奔，白日慘已暮。青嶂奮前崖，丹榜始高樹。且復遲叩關，煩君一回顧。

入瑞雲寺

入寺仗引接，欄楯行威遲。世尊苔雨色，闍黎村農姿。長者自行田，弟子學言詞。坐客開南樓，酬對及東菑。古來第一義，本爲衣食資。苦身謝百誘，是心卽菩提。雨洗暮竹色，風動新松枝。永保真實性，何以金碧爲？

瑞雲寺阻雨竟日

風溫谷有香，雲沍山無姿。晨光倏晻薄，巖雨遂離披。鐵鳳俯孤騫，蒼龍中威夷。萬綠陷玄坎，孤烟起無時。洞天閣未開，神女行及茲。醍醐洗我心，披衣起嫌遲。孤陽蕩驕陰，巖姿時一露。黄涌大地塵，黑入中嶺樹。五色亂鴻濛，一白泯迴互。風淒樹已秋，谷暗午方曙。巢居太古天，撫心起百慮。下土夫何知，曨曨隔烟霧。木魚響無期，空山錯昏曉。烟火絶萬壑，失時怨幽鳥。山童睡爛熳，老僧恤飢飽。村沽必十里，登頓媿泥潦。足知白雲中，不獨流霞好。醒面待飛泉，餘聲漱林表。危樓俯風臺，林霏斂夕靜。未轉西霞明，已合前峯暝。慘緑愛難名，曛黄耿微影。天容霽餘善，澗聲遞遥警。豫惜晨駕遄，樂共夜語永。安能斬六根，燈龕耐清景。

山中早起

幽起先明星，天人一交動。坐秉佛火光，受此羣峯擁。中年寡獨立，世味紛百孔。初氣入我懷，寸心炯孤捧。海色紅欲波，山毛翠逾氄。樓烏警未飛，梵潮靜已涌。機懷偶萌芽，鞭馳向枯冢。願反皇古初，煉心入澒洞。

晨陟後山觀洗鉢池

雲天垂光采，露氣蒙一山。樵僧稀來蹤，荒寂難具論。解衣挂崖木，跼身穿嶺菅。微徑無定端，連雲走闌干。危急親荊榛，刺手中心寒。仰見石氣清，始映朝霞丹。樹石同一根，蝸蘚爭斕斑。窈糾入風竇，側近聞潺湲。恐非渴飲資，未涸湯年乾。嶮窮得尺地，喟嘆心寬然。冥冥萬木合，絕磴安可扳？

樗公塔

幽壑深可思，樗公自書詩篇惟五字可讀，餘皆缺佚。得之《樗公篇》。清詩用心苦，安能衆口傳？生前布黃金，死後無一椽。樗公所築悚窩已圮。真髓入地脈，喬木上參天。宛彼不壞身，情識當棄捐。遂有樵蘇登，青山無百年。車過動深喟，傳語後來賢。

出谷行二十里至龍泉寺

好山無定姿，往復嗟愈妙。橫側殊面勢，千盤不一肖。嶺雲俄北趨，崖日轉西曜。山禽苦留人，溪流勇前導。中途稍改轅，觸境遂深造。披寫乍空明，沈吟嘆荒奥。幽蘿拂一山，涼颸颯然到。淵阻未遑窮，兹焉領其要。

道羅家港至二十五里橋

昨游遵東麓，今返傃西崦。馬嘶舊途非，林枉靡所漸。鷹湖點微明，箕谷勢多掩。山場日穰穰，原潁風剡剡。一村何窈窕，烟霏自薰染。農勞嗟未休，坐食得無忝？歸亦驅吾兒，躬耕傍厓隒。

瑞雲寺南樓

佛火懸危磴，當頭暗一峯。撥泉初過屐，籠燭細看松。壁畫捫愈澹，山蔬飫漸濃。下方聞梵唄，祇少暮天鐘。蕭縣無鐘聲。

送在上人歸安宜上人善製硯

昏態明珠翳，真詮軟語通。吟詩千樹杪，琢石萬山中。衣褫湖田緑，燈幢海日紅。東歸思寶筏，乞汝大河風。

柳泉庚戌

茅城達柳泉，山行道彌惡。亂峯無主名，崖塹自糾索。新烟驛樓重，細柳禁垣弱。古來金碧地，夢寐成今昨。匪無百年人，謳歌念耕鑿。西馭不可留，初陽澹城郭。吾身尚風塵，萬事有迴薄。沈思高妙年，清淚臨風落。舊有行宫，今廢。

微山湖

宿昔苦見山，前行臨大湖。暮氣合天地，魚鳥聲相呼。中流有舟楫，冥漠還疑無。吾行仗雙輪，此物非所需。雙輪有時摧，風波不可逾。

望月懷遠

沙如流水月如銀，樓上愁連馬上春。不用關山照顔色，最分明是夢中人。

贈葉潤臣舍人

濟濟豈弟人，使我肝膽盡。結交十五年，表裏一端謹。哲兄撫南服，萬里靖鼉黽。山岳蕩洪濤，顧步氣深穩〔一〕。起家列茅土，君也戶每楗〔二〕。朝衫積垢污，新詩日清損〔三〕。爾來風會殊，羣賢驟鑣軫。文章篤師訓，君師事潘四農。忠孝已根本〔四〕。紅芳晚霏霏，別酒春泯泯。違離那足道，繩墨失牽引。君若登臺垣，風期展閎遠。

【校記】

〔一〕氣：葉名澧《敦夙好齋詩初編》卷十一《薇省集》作「得」。
〔二〕戶每：葉名澧《敦夙好齋詩初編》卷十一《薇省集》作「閉扃」。
〔三〕損：葉名澧《敦夙好齋詩初編》卷十一《薇省集》作「省」。
〔四〕孝：葉名澧《敦夙好齋詩初編》卷十一《薇省集》作「愛」。

石門橋

五里見濃陰，乃是石門橋。午風動虛籟，林影東西交。新雨蒸驕陽，清流映衡茅。下馬展茵席，俯眺臨青郊。古廟擁東北，叢木干雲霄。聖跡信所崇，附會非一朝。尚想避世賢，英賞不可招。回首謝吾徒，驅車荒江皋。夕陽泛孤鳥，千里一遊翱。誰能久不歸？吁嗟身世勞。

雜感五首辛亥

四序功成事可知，紛紛牛李怨何爲？承恩每覺趨朝蚤，密議微聞下殿遲。廿考機樞從古少，十年和戰到今疑。主恩深重容骸骨，常憶先皇付託時。

邊風吹徹鬢毛霜，三載旌旗護雍梁。已許投閒老王翦，漫從推轂問馮唐。會師海上朝乘傳，輿疾軍門夜起行。留取雜耕心事在，漫天哀雁下潮陽。

一柱天南舊有名，貔貅坐擁十州兵。畫江妙算期全勝，跨海餘威仗老成。沙起川原迷短蜮，風高溟渤動長鯨。蒼梧萬里堯封地，猶有羣山氣不平。謂徐制軍。

牂牁江急雨瀟瀟，萬里封疆不寂寥。賜劍幾人開幕府，徵兵十道降星軺。瘴烟滿地心先醉，明月中天氣尚驕。聞說前驅新破虜，可曾親見霍嫖姚？

料兵轉餉事艱難，忍聽哀鴻大澤寒。每以苞稂傷下國，又將捧土困都官。事無奇策籌前箸，法有新章杜後冠。再使至尊勤旰食，也應相對涕汍瀾。

通父詩存卷之四

三月十四夜試院對月卽事有作壬子

合藥嫦娥去，投壺玉女來。霜痕悽輦谷，花韻倚樓臺。宛轉三珠樹，流離七寶杯。似聞青鳥喚，日日駕龍迴。

問訊天邊月，衡陽有雁聲。苦將燕地夢，還覓漢家營。左校殘驍果，中樞憶點行。蒼茫立風露，大角太分明。

痛飲思前夜，中丞報捷書。市廛知未改，士馬竟何如？已失重圍險，仍推上相車。由來調爕手，輕進不關渠。

黃河一千里，無路下滄溟。沛國沙全白，湖天草細青。風雷爭頃刻，璧馬失精靈。莫問司空籍，君王不忍聽。

衮衮鼂家令，寥寥卜大夫。堯民原向義，漢法慎多途。四海畱元氣，三司仰大儒。盈虛關至計，哀恤向肌膚。

讀史偶作

七校秋風指上蘭，從臣都戴惠文冠。相如諫草分明在，莫與鄒枚一例看。

講武

野色長楊館，春風細柳營。君王思講武，閫外正嚴兵。扈蹕龔天罰，岐蒐起頌聲。子雲能獻賦，可望漢公卿。

呂祖閣道士是仁宗時宮監

皓鶴歸來月似霜，明鐙殿角鐵鋃鐺。白頭宮監無言說，暗誦多羅報睿皇。

秦平陽斤銘拓本爲王比部賦

周鼎浩淪沒，六國皆西馳。秦皇張利吻，一一强食之。盡收天下兵，金人鑄中馗。餘者斤鈞石，輕重手中爲。緜緜三季法，掃蕩無孑遺。河東股肱郡，頒式先及茲。吏治雖刻深，畫一故無疑。豈惟黔首愚，鬼物猶訶撝。土花何斑斑，鐵鎖何纍纍。尋文辨其端，作者丞相斯。尚賴文章雄，閏位參尊彝。奈何做法涼，而欲追軒羲。鐘簴忽不守，一火金鐵飛。持此媿龜鑒，永爲來者規。

葉小鸞眉子硯爲王孝廉賦

宛孌一小硯，其重如玫瑰。隱隱缺月光，撫拓生光輝。豈惟貴美璞，嬋娟所寶遺。遂令摛藻士，冶語相追飛。王郎玉立人，靜抱寒女姿。結廬綠陰下，煮石常苦飢。煮石尚苦飢，何況畫蛾眉！無以飛仙骨，受此京塵緇。願言守貞素，磨涅爾何爲？

致經堂圖爲孔舍人賦

去聖日趨遠，眾家日趨繁。萬派統所歸，如海納百川。豈無非聖言，可以一火燔。與廢無如存，聊用備一端。茫茫好古士，百年窮朝昏。疲精則可嗤，放失良足嘆。君家道之海，乃不遺細瀾。區區漢宋說，東西一井闌。永砥立身節，此事爲籬藩。去去重回首，斯堂霄漢間。

題孫芝房同年蒼筤谷圖

聞説蒼梧野，層陰萬里生。遥憐湘水曲，尚有風篁鳴。紫蓋微茫遠，黄陵慘憺明。關心向樵采，不爲子規聲。

盡謝長安客，聽君話故山。琅玕日應長，鸞鶴幾時還。晨珮趨三殿，春愁落百蠻。丹青訴真宰，亦在有無間。

題伊漪君菰蘆息影圖

官閒那得似沙鷗，地僻猶聞過八騶。祇有烟波堪息影，可知野水亦横流。

野鵝山居圖歌爲鄒孝廉賦

千門走馬日，披君《山居圖》。林巒秀發不可以逼視，但見青蒼一氣盤空虚。生不識資江源，夢不過洞庭湖。胡爲置我首望麓，晴翠已似沾衣裾。長安逢鄒陽，鶴立長身軀。肝腸浣若雪，文章唾成珠。褏中久藏活國手，正待插筆天門趨。不慕瀛洲仙，時時卻夢山中廬。君不見衡嶽以南風沙矗，黄鼠戴頭追赤狐。壞雲壓城驚夜烏，烈火三月燔蒼梧。一嶺之隔更何有，未免猿鳥中宵呼。鄒生此時可上書，乃欲高枕尋菰蘆。南山北山真天都，雲溪汝溪天下無。武陵桃源在人世，迷陽郤曲悲中途，還君此圖增煩紆。

留別曾滌生侍郎

先皇棄羣臣，遺詔在中外。沖懷體恭儉，立法準萬世。兢淵三十年，憑几猶寅畏。禮從七廟降，道與三古邁。吾皇篤孝思，詔下殿廷議。侍郎首陳謨，精微動天地。上明神聖心，下推臣子義。屢頷至尊頤，退朝聞拭淚。此疏遂流傳，海内想風氣。老夫時被放，喜極忘身退。爾來又二年，時勢頗殊異。風雨長萌蘖，滋豐積凋敝。大陸起蛟鼉，長天走魑魅。殷憂則啓聖，衆正尚征彙。學士辭危激，侍御氣鋒厲。至於陳艱難，公憂滿眉際。憶昨枉深巷，從容屏車騎。朝衫入疏雨，履聲踏寒翠。初訪祇文雅，少深及世事。未稱傾吐懷，益知慘澹志。驚飆送西日，紅芳隕寒吹。黄鵠暮高翔，白水東南逝。深感辭大臣，況欲謝流輩。尚懷魏闕心，重以憂生累。浮雲滿西山，大塊一吹噫。疾風迴高枝，勳德公自愛。

過南苑作

繚垣亙百里，擁沙起堆阜。巍峩九紅門，海戶爲之守。川塗砥如掌，草樹自紛糾。春野秀葭蓬，秋宫冷檩柳。先皇謁山陵，迴蹕駐郊藪。蕭蕭旌旗入，詵詵羽衛走。網看一面合，令已三驅後。馬前起㝹兔，御矢注在手。一箭巧疊雙，天笑爲之久。從臣呼萬歲，六軍沾牛酒。此事經幾年，父老終在口。老儒歸山澤，駐馬趨道右。摩雲仰新宫，盪日開翠牖。當時擎天班，屬車載尊卣。永瞻慕陵松，流涕感恩厚。喬林風迴枝，新禾露盈畝。夕陰啼倦吭，夷塗散歸内。欲去苦未忍，重來恐非偶。將身化草木，近天復何有。追賦《攻車篇》，歸報山中叟。

鮮花會辭

鹿銜瑶草出天家，鳳啄靈芝又茁芽。萬國風沙渾不識，年年海戶賽鮮花。

送戴五鈞衡歸桐城

戴子强仕年，真氣震屋瓦。雖抱出世姿，未敢小天下。纏緜事友生，辛苦復《騷》、《雅》。長安多勝遊，真賞蓋已寡。每逢略崖分，時一就杯斝。洪風振天閶，九途紛去馬。羣公方嘆嗟，登車一瀟灑。瀼露被林柯，微陰薄炎夏。道亭不在朝，身屈不在野。夢夢白日中，誰是千秋者？

遊雲興八極，會合上天都。應龍昂其頭，百怪爭先趨。盤桓太清中，戰勝不須臾。訇霆一振盪，解駮歸山隅。與子各一山，澤氣潛轉輸。升天則爲霖，降亦還吾初。莫養黄長虯，乘霧恣睢盱。與爲尺水波，亦活涔蹏魚。惜哉羲輪馳，重以湯苗枯。寄謝鴻濛君，故山復何如？

桐鄉數先賢，方姚去已遠。豈謂文章雄，道力肅高蹇。後來或疏放，支別各流衍。子年實英少，尺寸視履踐。所虞神峯峻，未極法輪轉。屢挫氣當夷，戢翼睎一展。皖江波瀠洄，龍山境深淺。世事姑塞耳，躬耕守墳典。王塗若清夷，呼子共僶勉。

同昔少年時，顧盼多老蒼。朝野三十年，白楊風茫茫。訪舊每涕洟，感子言蒼涼。問年未爲衰，視子居兄行。我病在跅弛，子氣太矜方。怪石資磨礱，交流聲雷硠。今夕平原飲，明旦趨河陽。中原鮫鱷多，出沒難周防。善蹶非驊騮，易缺非干將。青天萬里途，慎善毋相忘。

送符孝廉遊皖

前年見君彭祖樓，紫衣吹笛沙棠舟。黃河驚浪作山立，一日不遣風帆留。今年見君長安道，翠幰華纓覺君好。高歌清切上浮雲，醉舞婆娑落春草。明珠白璧抵公卿，飛絮遊絲不擊人。低徊北闕能無意，跌宕江湖忽有神。南歸我指清淮樹，搴裳君渡蘭陽去。浮渦絕潁下瀠廬，要看長江射蛟處。蕭蕭易水今宵風，幾日青山見皖公。乾坤此際看長劍，風雨何方託短篷？名藩意氣傾山斗，金高南山起爲壽。百年文物尚清時，一代權衡屬君手。皖藩李君屬君選詩之役。戴侯健者才有餘，青雲歷落滿前塗。似聞西上雙龍引，憶否東飛一鶴孤？

南沙河雨夜聞軍中急遞有作

萬國竟何象？中宵屢此聲。掩書愁自語，繞柱起孤行。風雨纏兵氣，江湖隱亂萌。微生託餘慶，沮澤老歸耕。

嶧縣道中

北來久不雨，一夜水增波。新緑麥中出，亂泉橋上過。山如行客倦，樹爲望鄉多。歸臥疏櫰下，炎蒸爾奈何。

自嶧縣舟下氶水入泇河抵宿遷舟中雜詩

陸行厭塵壒，川塗散駘蕩。稍稍親鳧鷗，翹翹入菰蔣。氶流駛南趨，泇渠浩東枉。崩崖坼蒼巖，渺焉津潯廣。風草沒依微，岸戍出疏朗。浥兹天水明，喜見鬚眉晃。蒲帆終一挂，江海遂孤往。苧絲不可搴，南風日以長。散髮吾何求，裸身佐操榜。

高廟趨臺莊，十里八九轉。迷方身一旋，犢山終在眼。風期不我遺，於命未爲蹇。登艫送清眺，涼飀拂餘善。殷雷陷西日，茫茫別羣巘。市岸晚逾湍，燈樓暝如遠。夜眠得安枕，猛雨破窗楗。童僕聚一隙，尺寸敢舒展。勞悴故由天，巧避或未免。大哉乾坤內，幽人道坦坦。

昏波蕩眾綠，山氣夜來吐。夢驚赤日升，過枕聞飛艣。披衣怵已遲，抉背傍篷戶。濛濛浮水花，汎汎過白羽。澄澈憺夷猶，驚潨忽掀舞。似聞鮫人泣，蟄龍滿水府。前登王母山，揮涕望玄圃。洪波坼鼇足，戴勝空野處。豈無銅山金，半化河津土。願追雲駕還，一抍飢流苦。

荒山斷馬蹟，濁流揚哀聲。殘垣帶墟邑，云是梁王城。玄黃昔黲黷，南北以忿爭。少年殺長吏，朝暮成縱橫。世昇歸剷除，餘腥流剽輕。狼顧幸時艱，中宵篝火明。滔天覆洚流，二儀無光晶。山澤聚蕆惡，蛇蟥相迴縈。不斬井中蛙，終爲橫海鯨。勿聽市兒歌，聽之心膽驚。

西瞻宋唐山，東眺隅頭湖。長隄何蜿蜒，捷扞今淪胥。側耳無哀鴻，化爲湖中魚。百萬葬其腹，得魚忍食諸。人魚同一盡，天地爲洪鑪。莫貪腹下腴，看取眼中珠。棄魚擻波去，千網遮歸途。亦有轍中鮒，微沫相吹噓。吞舟久爲龍，此類自泥塗。安得澹沈菑，與爾分賢愚？

岱畎蹠東服，百谷西南流。黃河奪泗委，蒙沂無歸休。塹山斷馬陵，六塘爲嗌喉。長虹徹霄霓，康衢莽悠悠。地軸脫其輻，沈哭聞數州。萬派隘一門，旋斡趨上游。遂使升斗計，久貽黃屋憂。褎中本務書，叫天雲正愁。扁舟適泱漭，飢懷親咨諏。梁肉寡英圖，吾採漁人謳。

宿桃源驛

南下欣浮櫂，東歸又改轅。雲帆澹洪澤，風柳入桃源。花暗春泥驛，衣明新月村。侶徒齊所羨，笑語隔宵存。

入門

馬蹶如椎車脫輗，客子入門泥一尺。雨淫蠹粉亂牀頭，風引疏花蕩牆壁。拂拭莓苔安枕席，兒取圖編女脂澤。八荒四海同一愁，手寫歌詩振金石。

塘水瀌瀌溝水闊，客子入門泥沒膝。庖畐生菌螺蚌游，登場小麥飛蛾出。濕薪不燃有底急，市醞難賒最倉卒。西南長戟暗連天，忍飢誦經吾可畢。

贈周生癸丑

袑衣誰家郎？銀鞍騎大馬。新從河朔來，血戰大行下。主帥丹旐歸，李吉人中丞。脫身就里社。妖氛纏斗牛，江介無片瓦。將母豈不遑，豺狼嗥中野。怪子何淹留，清淚墮杯斝。歡場易荒忽，扁舟實瀟灑。落日照行營，長淮哀湍瀉。贈言尚慎旃，古道今已寡。

贈傅明經桐即送其之山東

飛火黯中原，君從何方來？風波滔日月，徒旅何艱哉！北首指齊魯，此行非所諧。亂離賤儒雅，或逢狼與豺。豺狼卽所親，豈惟兵火栽。邑有賢主人，將子且徘徊。華燈照高筵，中座歌聲哀。百年浩已半，萬事繇安排。贈子《猛虎行》，閶闔安能開？

降兵一夜變，飛矢及君屋。堂上鶴髮人，整粧秉華燭。白刃晃街衢，寒機侍幽獨。此才可十萬，嬋娟老儒服。示我諸將作，深心佇邦伯。州郡豈無人，所嗟更代速。四海同旅廬，誰能親骨肉？焚掠禍尋常，龍蛇將起陸。百言莫汝酬，浩歌去空谷。

送賞大禮

去年重九日，送子歸南州。今來鞠再榮，戰血如川流。亂離瘡痏多，軀幹何豐修！不敢臨郊衢，論心倡家樓。十年佐幕府，抱奇歸樊丘。天心有轉旋，曷謁東諸侯。君行但搖手，落月清波愁。可無當筵驩，蛾眉持金甌。扁舟尚不願，五湖安可求？炯炯一寸心，與君從白鷗。

題何子毅效錢南園六馬圖甲寅

嗚乎南園不復作，道州宿草同寂寞。諸郎並是渥洼姿，絕迹騰風向寥廓。長者神清吾未見，畫裏驚逢巖下電。想見高秋下筆時，天閑萬匹開生面。山深樹古雲物奇，天空海遠風沙變。自是昇平考牧圖，豈意寰寓今酣戰？道州一破湖湘危，諸弟相逢淚如霰。去年子貞入都，行至淮陰，聞道州破，相向欷悒。南園諫疏更何人，萬騎秋風擁畿甸。批圖讀跋重沈吟，對牀風雨憶情深。爲添一掬蓬瀛淚，報與三年劍閣心。時子貞視學四川。

周止安畫冊爲周蓮亭大令賦

畫無題印，大令於揚州亂後得之，真止安筆也。大令方爲雲臺之遊，幽巖絕巘，與畫中一一惟肖，若止安豫知有今日事者。爰各繫一詩，而包安吳爲題其首。後一年，余至東海，則安吳前歲死矣。念舊懷賢，斐然有作。

周子才如馬脫羈，指揮百怪風雨馳。奇文巨冊棄滿篋，長槍硬箭森陸離。有時作畫愛雕刻，十日一水五日石。大窮元氣細秋豪，寫罷茫茫自嗟惜。學書頗重包慎伯，端己而外畫無敵。記揮老淚託生平，夢裏傷心漢水聲。十五年中事反掌，包老亦作辭家行。止安將游漢陽，臨行謂：『吾與慎伯，他日非通甫莫能紀其生平。』明年果卒，而表幽之文至今缺如。慎伯去年扁舟避亂，遇盜而傷，其年冬亦沒。幽冥萬古負兩友，戎馬餘生戀升斗。卽看一髮是青山，那得扁舟同白首？湘潭文孫頗愛奇，揚州肆市偶得之。朅來雲臺中，昂首賦新詩。三磊吞混茫，九龍拖威夷。金牛玉女望不極，別峯幽巖森蔽虧。玩弄丈人松，顛倒翠屏姿。畫懸在壁詩在口，以畫配詩左合右。天生神物有同歸，包老大字妙奇醜。夜深星月下中庭，山鬼入戶秋鐙青。瓊花梅嶺事荒忽，斷縑遺墨嗟飄零。乃知二老真精靈，往事獨說無人聽。來朝高挂雲帆去，海天無際窮追尋。

牡丹畫卷乙卯

禁晴惜雨送春天，錦石雕欄暖欲然。車馬不來銅鑰掩，園亭深鎖太平年。鸚綠猩紅入座明，催春檀板泛金觥。君王不聽邊關曲，笑領清平第四聲。

宿遷道中遇西川張孝廉懋康二十韻丙辰

天台隔風濤，送子渺雲漢。豈知十二春，萬死一相見。道光二十五年相見淮上時，君有天台之遊。握手各問姓，驚定淚被面。嗚乎廉吏兒，奇窮命如線。荊璞非一刖，文身屬屢竄。粵寇蔽江下，孤山守中斷。大府走單舸，中丞抱空拳。君雖小身軀，流離勸轉戰。再扼集賢關，登山眺鞅絆。苦鬭午過申，江河一奔散。夜黑入深榛，血衣叩僧院。仰天看星河，淩亂走飛彈。三敗失舒桐，主將死國憲。灰心問家室，潛身傍虎贙。輾轉兩經秋，面目改漆炭。終懷報主忱，自拔出江岸。脱嶮赴皇塗，夜枕猶澌汗。問答苦難詳，顛倒説離亂。看子終一奮，國恥豈下咽。眠食幸自將，皇天照多難。

半城

海内榛菅滿，山中犖确平。溪明沙數米，谷暗柳成城。呼犢地中出，放犁天上耕。那知豺虎逼，此是太平氓。

青駝嶺大風

蚩尤吐毒霧，百怪雲端來。獅象舞爪牙，狐鼠皆爲災。巨者擲沙石，細亦揚烟埃。坐令赤日光，不照軒轅臺。我欲騎青駝，青駝高崔巍。玉鐙鞲金鞍，淩風尾毶毸。昂首叫天閽，如聞嗚聲哀。獮猴駕土牛〔一〕，十步九徘徊。鞭駝駝不前，桑榆忽西頹。夸父徒妄逐，姬滿非仙才。

【校記】

〔一〕土：底本作「士」，據《國朝正雅集》卷八十改。

公氏山居

柳節悤悤近，桃墟冉冉深。泠風渙沂水，晨氣潤蒙陰。池動濠魚樂，籠藏楚鳥吟。他年歸卜築，寫放一披襟。

登岱至一天門作

朝曦蘇萬峯，絳氣横百里。海色動衣裾，松風半天水。天路初坦夷，地脉闇隆起。安識置身高，俯首城郭是。微茫汶陽田，歷落明堂址。麻䡲登封路，萬古吾身始。裒褏出閶闔，龍虎宛夷俟。雲知開闢年，樹識漢唐祀。百歲紛旦暮，九霄方尺咫。發軔歷華嵩，浩蕩何窮已。

斗姥宫

靈宫俯丹壑，初景熹微陽。所居界人天，接引多芬芳。旛幢静不飛，几案浮幽光。延客敞雲軒，澗竇鏘明瑲。始知東帝雄，百態皆包藏。弟子十餘齡，纖步羅瓊漿。生天良已難，作使可憐傷。山石日巍巍，山松自蒼蒼。安得青鸞翼，送汝白雲翔？

迴馬嶺

稍度伏虎廟，已過迴馬嶺。浩與塵土辭，苦心躡幽迴。大壑垂天潢，危蹬接修綆。磨蟻左右旋，峽猿踵頂並。迴風激東坳，辰日忽西影。登降目一眩，九天下蒼冷。林明得沙塗，石壓阻叢梗。微茫瞻帝居，吁嗟霄路永。

半山亭時已圮

半山亭何如？陁裂不可縛。萬事誤中塗，此山非立腳。輿夫暫憩息，徒侶意前卻。青穹蕩巍巍，金光儵流鑠。如聞鸞鳳迎，笙璈奏萬壑。顧惟衰白姿，中歲腰呂弱。道有如象石，風吹萬丈落。途中巨石非一，輿夫云今年正月十五日風吹落也。閉目棄不顧，竦身思一躍。虎豹深九重，高厚終有託。

憩五大夫松下

風從何天來，晴霄散霖雨。沾灑雲中橋，拂面萬花舞。朱欄裊相接，玉砌粲可數。足知天帝尊，茆茨陋皇古。亭亭兩虯龍，秦時之所樹。親見咸陽火，未備阿房柱。古幹或非舊，託根自天府。榑桑有榮落，月桂遭斤斧。人天盡更代，子孫非父祖。醉呼祖龍魄，萬世今何許？

萬松嶺

萬松爭一門，石角走磕磕。陰飆中嗚嘑，翔陽避在外。巉巖慄虎豹，天光忽破碎。亭午山氣合，尊靈萬方會。低偃張幕簾，高褰樹旌旝。仿像絳節臨，家歷鸞聲噦。混合青冥中，風濤一世界。旁徑緣縈紆，紅牆宛襟帶。未必飛仙駐，去鳥入已隘。拊膺起嘆嗟，聖有垂堂戒。嶺下有昇仙洞，石路斷絶。

南天門磴道

十里見天門，五里升天階。推轉日月輪，涌溢金銀臺。層霄架玄玉，露氣浮丹崖。作使兩腋風，飄搖凌三台。俯瑰塵濁軀，中天一徘徊。深荷金繩接，宛見紅雲飛。青冥滑側足，寥一煩安排。莫倚唾成珠，殷爲空中雷。所貴介石心，不貴凌雲才。

登日觀峯

震宫秉木德，日觀聳孤標。盡納生方氣，坐擁羣神朝。維時二月中，斗柄臨青郊。躡衣御泠風，東挽扶桑條。海水忽西流，百怪矜宣驕。安得鞭羣山，極天駕長橋。遍通諸島國，琛賮聊征鑣。惜哉干舞歌，不得聆《虞韶》。六龍何道游？九日爭風飆。威弧弸勁弦，坐見毒霧消。瀛海重清明，萬里窮秋豪。顧瞻想吳楚，白髮樛飄蕭。

登玉皇頂觀古封禪臺〔一〕

白日麗中天，流光散層巒。巍峩帝居壯，祥雲繞闌干。踢身踐崇基，仰見金墀丹。煌煌七十代，佩玉鏗鳴鑾。升中舉大祀，望秩歆柴燔。豈有金函文，奓闊書璵璠？遂令雄才主，夢寐勞登壇。茫茫萬古風，吹冷東封乾。願焚封禪作，痛陳斯民艱。先殘猛獸羣，再迴洪水瀾。萬國車書一〔二〕，四民征戍間。西京黍油油，東魯鼓淵淵。玉輅動時巡，牛酒賜元元。小臣勤獻頌，永憶高宗年。

【校記】

〔一〕　封禪：《國朝正雅集》卷八十作「登封」。

〔二〕　車書一：《國朝正雅集》卷八十作「一車書」。

碧霞元君廟

天宮集羣愚，香氣一山動。叢叢寶域開，族族花鬘擁。奔走萬方人，所費無乃宂。禮因流俗盛，足爲禱祈勇。九州膏血乾，一殿觚稜聳。鑄鐵繡作花，鎔金柱成拱。闐咽三百年，力與丘山重。神靄發天光，爐灰聚成冢。雲扉午已扃，雪竇晚逾涌。旁窺玉女池，靈風淡淫溶。明發驟征軺，遥心尚欽悚。

東嶽祠

卷蹟北斗臺，潛尋東嶽祠。圭玉暴風日，不知典守誰？爐鼎黯不輝，巖岫寒無姿。磨崖有述作，大放瓊瑰詞。金薤垂琳琅，快劍斫蛟螭。有司困徵求，捶搨何纍纍！開元媲成康，燕許追龍夔。斯文秉元氣，風砂安能摧？陰廊積雪多，融液如琉璨。飛來兩青鳥，亦在仙壇枝。隔山鐘磬音，人影歸參差。余亦訪碑罷，獨與斜陽辭。

下山登南天門樓

憧憧天門客，登降無時休。安知清虛表，復此空中樓。梯石出睥睨，北風聲正遒。俯視盡黄埃，茫茫蓋九州。齊魯失戶庭，河濟空交流。時河決，由大清河入海。忽驚赤城霞，西射崑崙丘。九道錯星垣，日輪將安投？我非御氣人，疲精倏來遊。未窮千里眸，已觸百年憂。如何墮塵土，日日從蜉蝣？

齊河橋

長虹駕黿鼉，高與齊城齊。如何故鄉水，到此不思歸？禹蹟昔幾更，旁出今又非。似聞達識言，此非人力爲。哭聲震中原，檃栝不得施。二瀆會湫油，千官遠崔巍。登車西日冥，澄清知何時？願分酤榷惠，先與問瘡痍。

自阜城至河間道中

嗚咽滹沱水，長流戰伐聲。虹霓纏白晝，人鬼雜孤城。野市留軍竈，春壕剷賊營。如聞諸父老，猶説酒漿迎。

四月三日同人祀顧亭林先生於報國寺遂爲展禊之會賦五十韻

同昔來上都，惟宣廟中年。朝野方驩虞，紅塵溢街廛。公卿多魁梧，折節能下賢。城南冠裳會，車馬如波瀾。江亭揖太行，佳氣浮晴烟。鏘鏘鳴佩玉，肅肅陳豆籩。沽酒必芳醪，割擊必肥鮮。妙墨永和姿，鴻文流觴篇。朝士或不與，與者疑登仙。以茲盛傳播，亦復遭譏彈。中間隔世事，我又歸田園。

及乎嗣皇初，重道開經筵。廟謨急軍食，教則師儒先。開國有大儒，遺文日經天。春秋肅將祀，廟貌巍如山。招揖九州士，牲醴陳階堧。鰥生忝下風，拜跪中維虔。默想斯人徒，會合啓貞元。顛倒王霸略，斟酌周孔編。實錄甄累朝，形勢窮九邊。雖非王者師，將相盈其門。當時開太平，此老實仔肩。惜哉風教歇，文雅生灾患。禍始邪淫辭，又失教養源。中間吏治衰，武備餘空筌。蠱壞久西南，一決成潰川。江漢爲荒蹊，吴楚無堅垣。震驚及畿郊，天弓始張弦。兩載河朔清，惡首猶未駢。已覺元氣蘇，中外交歡闐。昨來拜闕下，金爵浮雲端。新綠靄御溝，繁紅驕上闌。列肆璨珍璆，遲日明管絃。有時衝風出，訪舊塵沙間。官閥或已崇，門巷赫新遷。中惟葉潤臣侍讀與孔繡山舍人，矢志同鹹酸。官米但易書，暇卽空芳尊。故交已晨星，新交多英騫。再續城南游，先之陳炮燔。入門心惻愴，有廟無籬藩。地懼空王奪，司無典守存。大松起寒濤，西日低城闉。欻如精靈來，憫此生民艱。座中桂林客朱伯韓觀察，五載疲戎軒。何況兩國老陶鳧香、張詩舲兩侍郎，身荷三朝恩。努力佐中興，掃蕩清乾坤。《商頌》土芒芒，《大雅》車檀檀。且詰周戎兵，勿陳虞羽干。功成薦太廟，巨筆摩天垠。浩歌去滄波，嗚乎行路難！

題葉潤臣江漢歸舟圖

大别山前漢江水，直下吴楚三千里。危樓傑閣照中原，列鎮雄藩竟誰是？湘江霧雨蒸長鯨，五年三繞漢陽城。晴川鸚鵡驚飛盡，玉笛樓頭起殺聲。昔年江上千帆影，蜀錦吴鹽交四境。暮雨曾無檥榜人，惟見寒潮向山静。君從何處覓歸舟，夢裏虚爲汗漫游。何如乞取雄師出，十道風帆上鄂州？

再題城南買醉圖

東邊日出西邊雨，一春狼藉風與土。二十九日醒何爲？三萬六千觴屬汝。聞君節飲經幾春，止酒復開良有因。自從前年漢陽破，一夕翻倒頭上巾。從此花前屢洪醉，有口不挂人間事。長安酒價比兼金，脱卻朝衫送酒肆。新來酒客汪仲穆與朱伯韓，我亦忝竊稱酒徒。天津泥甕來百車，城南城北提胡盧。不知千里酕醄睡，得見三方清晏無？

南歸述感雜詩

謁帝承明館，被放歸田廬。遲迴出南郊，山川增煩紆。恆暘氣蒸鬱，百卉嗟已枯。徵調半中原，誰復安井閭？所幸畿輔氓，盡室把犁鉏。一雨小麥熟，再雨春苗蘇。豈有蒼昊仁，不照皇躬劬？每懷遏亂略，先陳本務書。十説不得伸，一身安足圖？

惟王操利權，法始周九府。五銖隆漢業，三品逮孝武。後來更變制，輪廓緬規矩。重或相什伯，窮則代以楮。古大臣謀國，流極早深覩。豈有幻化方，百萬一朝聚？名實既已懸，廢興寧自主。苦窳勸姦猾，巧僞騰商賈。獨有法嚴明，不化民愚魯。不見固安道，重寶棄如土？

上幣積已多，重泉鬱不流。設法求疏洩，乃以名器收。以虛易彼實，折閲亦易酬。峩峩九門内，冠纓與雲浮。朝出御短轅，日暮擁華輈。六曹近膏腴，丞署頗優游。豈無馮公嗟，幸免臣朔憂。遂令揚馬徒，失計升瀛洲。不見曲江醉，歸來典敝裘？

士有甲乙科，皆可宰百里。遂於三涂內，獨負清流美。上懷奉檄榮，私亦爲祿仕。自從軍興來，千里生荊杞。節使申章請，吏部憑貲擬。之官忽無色，取道竟誰是？況聞新章嚴，病免無逭理。亦知許國身，不得顧妻子。譬彼江湖濱，乘雝焉用彼？中道逢我友，敦勸及衰齒。寄語謝流輩，堅臥誓不起。聞雲、貴諸省揀發州縣以下官，無一人往者，朝議始改新章。

朝發河間道，日暮宿交河。交河有美女，對客揚清歌。曲終發慨慷，英氣弩雙蛾。言昔粵寇來，萬家窮奔波。觥觥孔令君，雄劍三摩挲。跪送太夫人，兩淚掩如麻。歸來坐堂皇，朝冠高峩峩。賊前謂令君：『東魯聖人家。況有好官聲，但坐安無譁。』令君大詈罵：『鼠子敢爾爲？』發言未及終，霜鈹紛交加。公子披髮出，並命委庭柯。賊退貌如生，傾城涕滂沱。丹旐何翩翩，送歸聖人家。人生誰不死？死去如蟲沙。君看孔令君，精爽凌紫霞。

客行阜城縣，戰壘生春草。重壕何連蜷，流潦白浩浩。往問守城卒，賊來昔多少？攻圍連幾旬，取勝從何道？答云賊初至，焚掠空郵堡。所幸天兵速，長圍築成早。戰格外崇墉，甬道中晶晶。主將有新令，營門日灑掃。肅肅過行旅，悠悠達昏曉。從無暴客憂，足知師律好。僧王令南北行旅皆出大營，早夜貲送，行者大安。君看迴合處，不得渡飛鳥。傳語江南將，仁武以爲寶。

南征廣川國，所過多瘡痍。禍始臨洺關，東去無堅陴。巍巍異姓王，仁勇天挺姿。漠南三萬騎，掃籜無畱期。尾攻及連鎮，一舉成殲夷。王入拜丹墀，聖顏大驩怡。受寵語蹙踖，天誅良久稽。一勝不足多，江楚血流澌。願廣列聖仁，普救生靈危。角巾歸私第，溫溫無所施。廷議養威重，遂與旌麾辭。經行舊營壘，英略空人思。

杭稻挽東南，雲帆連上都。鬲津扼其衝，建牙吹笙竽。析津接潞河，京倉相委輸。坐食百萬家，紅腐成棄餘。地軸再翻覆，天庾中淪胥。南漕九千艘，板破丁逃逋。京朝賢公卿，脫粟沾中廚。豈無玉田產，貴逾明月珠。古來瀛莫郊，淀泊飛鷺鳧。願復力田科，功始鄭白渠。司牧皆勸農，則壤遵文敷。秋風捲黃雲，玉液如東吳。上者供御廩，官祿亦易儲。六軍驩飽騰，撻伐澄江湖。如何駕飛鵠，萬里淩空虛？

途中懷人五詩

此五君子者，皆性命交也。跡有疏密，行藏殊趨，生死隱顯。要皆秉天地之正氣，意存乎拯斯民於水火，志或不盡伸，庶乎措諸古今之間而無虧者矣。長途骫疲，勞而成歌，神志遙通，不必生者之日接，抑與死者之果有知也。

吾愛曾侍郎，憂國如飢渴。煌煌大禮疏，高議動天闕。奉使遘艱虞，組練裹衰絰。舟師五千人，洞庭捲飛雪。一戰收漢陽，半夜武昌拔。整眾下中流，三山見豪髮。分軍定蘄黃，水陸遂先發。業業九江城，湖口爲機筈。留攻計萬全，苦戰生蟣蝨。破膽力死拒，繞出智狡猾。遂令破竹勢，沈吟淹日月。生平報主忱，駕馭必英傑。軍門死嘔血，塔齊布自裨將薦登大帥，卒於軍中。廉訪禍倉卒。羅澤南以諸生帥義勇數十戰，積功至監司。痛惜國楨亡，愁思天柱折。何況連雞飛，每動得肘掣。雖喜拔距速，已恨輔車缺。坐見江州危，七郡聚虺蠍。彭蠡烟混茫，匡廬峯崱㠋。媿枉國士遇，寸奇無由竭。安得拏扁舟，訪子蛟鼉窟？曾滌生侍郎。

先朝三直臣，桂林有遠致。一奮雕獮威，翩與鳳麟逝。蘊奇桂海天，霞心隔朝寄。晚爲戎馬迫，起與蒼生事。轉圜五十家，指蹤三千騎。坐舒并樓嘯，密定崑關計。脫略收羣梟，至今備精鋭。稍洩枕中祕，未叩囊底智。拂衣嶺雲邊，軺車倏而至。長安尚全盛，敦槃恍隔世。文章兩密合，世事一籌備。當其謀略定，各以掌中示。擎風吹鴻鵠，蒼山逐征袂。草草萬人場，昏昏百年際。名壑儻偕尋，吾其奉鞭轡。朱伯韓侍御。

將軍死牖下，書生薶沙場。出門復入門，聽我歌慨慷。我友有臧洪，志大不可量。初從上將軍，並海驅長鯨。鬱奇不得吐，左目青生肓。再隨周東阿，逐盜渦潁旁。異軍起蒼頭，大書忠壯營。今日擒尤來，明日誅大槍。翦除未及半，淮南爲寇場。桓桓袁使君，奉命於鳳陽。倚君左右手，許君一面當。兩龍不共淵，兩虎不共岡。所恃一寸心，剖腹無他腸。千里一書來，血墨交淋浪。上言十月中，三路行出兵。南下收舒桐，西迎曾侍郎。奈何墨未乾，子命歸天閶。子命會有歸，馬革斯流芳。安知哀贈榮，逝者終迷茫。寄語忠義人，託身慎周防。臧牧庵孝廉。牧庵提兵收復桐城，六戰皆捷。南關之敗，以救不至，戰死城下。

桐鄉多奇節，戴五實天挺。滿懷家國恥，三年走榛梗。城邑昔陷沒，盡室傍烟嶺。偷生喪本性，一怒氣生癭。倉黃迎官軍，挈衣不得領。夜別牀頭人，納袖裏殘餅。辨色赴行營，潛身數竈井。慷慨備糧糗，委曲諭頑獷。大計一朝乖，巢卵無完整。瓊英姿如霜，嚴粧劚素頸。小星明比月，竿首視猶炯。

何況掌珠身，臂斷玉未冷。羣兇盛耳目，風色變俄頃。奉親藏趙璧，脱身附吳艇。痛哭訴軍門，萬言棄不省。南氛阻蘄黄，北櫂溯沙潁。臨淮九衢塗，白地樹矛梃。諸田舊齊宗，歃血盛牲皿。發言激義衆，對案食哀哽。書來訪籌略，計決殲黿鼉。辛讜力救泗，包胥哭存郢。每歎神峯峻，深虞歷塊猛。果然貫日誠，變滅秋虹影。殘寇猶在疆，歸骨渺何境？遺文滿箱篋，舊諾恧心肯。君以妻妾死難事略見寄，且曰：『非得君文，目不瞑矣。』許而未及作也。並賦璚華章，寄君泉路永。戴孝廉鈞衡。當賊陷桐城，舉室避山中。甲寅年十一月，官軍收桐，君夜赴行營，籌餉濟師。南關之敗，賊四出焚掠，索君尤疾。君妻某氏以剪刺喉，立死。妾某罵賊甚苦，賊斷其首，竿諸東門之外。長女斷臂救免。君遂奉親匿他所，而身詣軍門，三上書陳勦賊之策，不納。欲投曾侍郎，蘄、黄道梗，乃北説袁副使於臨淮。副使被議，去。屬臨淮田氏，宗族强盛，義衆千人，要君主其家。君前後四致書於余，論滅賊事宜。九月後，遂無耗。丙辰至都，晤何孝廉，言君死矣。嗚乎！君一文士而志存仇恥，功雖不就，其心爲可悲已。

昏波阻洞庭，武陵窅然遠。幾聞嬴劉來，山屐驚苔蘚。橫被藤峽蠻，驟下潰江艑。盡變漢衣冠，慘戮秦雞犬。竹樹倒搶攘，山雲亂偃蹇。楊子解金龜，誅茆傴蒼巘。千杵正邪許，四鄰走徒跣。椎牛饗父老，三百士可選。山砦夜漆黑，十輩耳語遣。捉諜竿其首，萬衆不敢眄。幕鳥讙有聲，雲構欻在眼。歌詩示鄰曲，勞苦獲安晏。嗤彼牀下人，疾怖面有靦。楊性農庶常。通籍後，不樂仕進，歸卜居於武陵山中。粤寇適至，練三百人擒其諜而誅之。賊不犯者，環所居三十里，因賦《晏然閣》詩以見志。

蕭寺尋秋圖爲張午橋舍人作丁巳

肅肅公省閒，寥寥鐘鼓晚。人隨暮雀行，山與秋城遠。卽事匪招邀，會心一疏散。清光蘆際月，欲就僧房飯。

宥函殉難江浦遥哭以詩戊午

烈風蕩南紀，江漢如湯流。天狼狎威弧，格殺無時休。夫子金閶人，養志歸林丘。夙秉壯士肝，裂眥向寇讎。十年慈母懷，宛轉兒女柔。豈有國士知，忽與風雲酬。幕府盛才傑，金貂逮俘囚。翩翩書記工，計策安足收？白刃起帳下，駭兕摧行輈。百萬沙蟲中，齒髮將焉求？落月見鬚眉，夢想忞冥搜。棄絕賦《大招》，嗒焉肝腸抽。

男兒百年身，沙場死亦好。有屍裹馬革，無屍膏野草。青陽二三月，江流白浩浩。東方千騎來，送君橫江道。秋風吹金陵，鏖兵歷陽城。旄頭屬軍壘，兇門降妖星。黑風吹鬱攸，飛矢著丁寧。不知主將誰，酩酊殊未醒？齵肝慘已甚，拔舌血猶腥。凜凜七尺軀，悠悠千載名。

挽弓挽强，其羽力真能飲石，直欲桀然而抗古人。此爲近世罍洗。

庚戌四月，武陵弟楊彝珍識。

橫出鋭入，驚心動魄，篤守少陵家法，而神明於規矩之外，非時手所能望見。

小弟葉名澧識。

要眇密栗，樸遬渾堅，注意設詞，闖入杜陵之奧。當今不得不以此事推袁。

善化同年弟孫鼎臣識。

題識〔一〕

負氣高奇，如泰山喬嶽，不可逼視。又如强弓勁弩，鐵厚一寸，可射而洞之。近著述日富，探之愈深，蓄之愈遠，沈警而幾於自然矣。知希則貴，相視而笑，亦千載一遇。願君深閉固拒如往時也。校讀數過，輒爲加墨，並題卷末，以志深契。

時丙辰夏初，桂林朱琦謹識。

右詩四卷，吾師通甫先生所手定也。於先生平生所作，僅十之二三，而少作之存蓋寥寥焉。先生之言曰：『凡文章之道，貴於外閎而中實。中實由於積理，理充而緯以實事，則光采日新。文無實事，斯爲徒作，窮工極麗，猶虛車也。』音持此論以窺古今之詩，陶、杜而外，其逮此者，唐之昌黎韓氏，明之青田劉氏、亭林顧氏三數人耳。由先生之論以讀先生之詩，然後知詩之工拙，不徒爭聲律，窮雕鐫，侈偉博也。先生少時學詩頗勤，四十以後，或經歲不作，或日得數篇，蓋非中有所感，勃發不可已，則不事苦吟。雖或迫之，亦徑謝去。其不苟如此！音學殖淺薄，不足以仰測高深。戊午出都，謁先生於家，適湯通政刻先生文集將成，竊喜。是編之初定也，亟出貲付諸梓，因承先生命而識其後。

咸豐九年孟春，沭陽受業門人周韶音敬識。

【校記】

〔一〕題目爲編者所加。

通父詩存之餘

通父詩存之餘上

雜詩

行行辭親故，去去黄河曲。風沙卷天地，蕉萃顔如玉。封侯亮未成，寄食不願足。驅車飛蓬轉，投轡落日晚。支離蘇李裘，寂寞王孫飯。人生不得意，何必經隴坂？

兔絲何纏綿，上施青松枝。秋風落黄葉，燕婉今何時？聞君將遠行，會面未有期。出門不相送，下堂非所宜。君爲雲中蓬，妾爲園中葵。蓬根終不定，葵心終不移。但令終始固，豈傷年命非？

秋江芙蓉花，珍禽雙紅衣。輕舟一摇蕩，參差背人飛。何意金風改，百卉凋光輝？寒塘雨雪多，垂楊門巷非。

朔風吹烈烈，寒雨迷朝昏。茫茫我所思，瘖彼下泉民。朱弦久淪落，白髮日夜新。相送各已散，寒兔守墓門。海水泛大荒，黄河號東奔。高墳有時毁，何況墳中人？念此嘿悽愴，幽恨不可吞。

憤泉勸秋沸，冤禽疾夜聲。杞婦一聲淚，萬古無堅城。黄鵠七年别，中宵發哀音。荒山鳳已老，桐花豈復春？我欲竟此曲，此曲傷人心。安得西逝波，馳情慰所親？

游鹿亦有羣，賓鴻亦有侣。況我同根生，豈復分爾汝？驚塵一旦飛，散若河洲雨。冉冉長年間，東西無定處。暮春情更親，歸家不爲身。入市同負米，入山同負薪。紫荊一寸根，終不移此心。

黄土橋弔楊太常

太常，蜀人，名正經，以鼓琴供奉思陵，國變後流落淮南，卒葬郡城東之黄土橋，詩人過而弔焉。

縹衣氈笠朝乘馬，思陵廟社崩如瓦。孤臣南走竟無家，七十老僧淚盈把。當時供奉一太常，玉熙春永侍君王。内翰新詞歌玉樹，宫人舊曲翻霓裳。瑶琴一闋祥光轉，畫省無人宫漏緩。百子池頭樹影移，萬年枝上鶯啼暖。無端銅馬勢跳梁，烽火連年照建章。鼎湖弓墮龍髯絶，内池流水空茫茫。殘裳破帽歸何處？鶯花故國江南路。春燈人散孝陵烟，落日猿啼京口樹。風木餘聲聲正悲，淮南太守淚雙垂。誰憐楚客操南樂，空遺黎臣歌《式微》。杜宇聲中歸不得，巴西萬里春江碧。白頭猶念錦城花，青衫曾對宫娥泣。龍鍾身世感相憐，紅簫卜宅淮東偏。古來共説汪元量，天涯重遇李龜年。此地經過重懷古，郊原麥秀多風雨。桂椒無復薦酒馨，牛羊空自銜花舞。陵遷岸改幾經秋，百年浩劫同蜉蝣。君不見錢莊阮第今何在？黄土橋前水尚流。

楊白花

楊白花，春風能吹爾。吹爾作花還作雪，又能吹入深宮裏。深宮不可居，春風還相欺。慎勿隨風渡江水。渡江化作江上萍，一去烟波千萬里。

寄遠

錦鱗逝參差，芳音坐消歇。瑤席生寒夜，金樽瀉秋月。古人信紅顔，他鄉憎白髮。何方通夢魂？庶往慰飢渴。

小別

落花與行雲，風前易分道。每嘆白日馳，坐送紅顔老。豈料意中人，小別看更好。如何一寸陰，爲君盡懷抱？

【批語】

『落花』二句旁批：　十字深情，口角與情味俱妙。此詩必當存。

夏日海上作

希世生日憂，退耕無二頃。居促栖瀛堧，暫喜塵蕆屏。火中腐草化，溽暑蒸頹景。新蟬向晚急，病葉先秋隕。雨檐疊雙珠，風簾散千影。坐地掃苔基，聽泉入野井。心逐歸雲沈，思與陰蟲緊。久齊志已非，望高用《公羊傳》語領空引。佳人隔川漢，悵然歌楚郢。

江行

兩岸青山合，長江送白雲。秋風瓦官閣，急浪雪紛紛。老樹團漁舍，平林散馬羣。臨流且孤詠，不爲謝將軍。

金陵送人歸桐城

皖水自然碧，皖山無限青。送君皖伯國，獨上勞勞亭。落日蕪湖雨，歸帆牛渚星。遥知維纜夜，風水帶愁聽。

感事

疏勒西河繞雪山，孤城不鎖白雲閒。金笳有淚秋乘障，鐵騎無聲夜度關。豈有哥舒能死節，可知馬謖竟生還。虜人舊識楊無敵，聞道蕭疏鬢已斑。

贈徐參戎

久隨豹尾幸甘泉，回首長安日下懸。積雪呼鷹行帳地，春風盤馬放朝天。閒搜圖史千金盡，老臥雲山一劍全。誰識天津橋上客，錦裘花帽舊翩翩。

不得顧秋碧消息

蒼梧山下逢君時，馬前折得楊柳枝。楊柳垂絲渡江去，幾時雪滿南朝路？小姑祠前流水香，君家舊宅近江郎。聞道北遊向燕趙，令人卻憶邯鄲倡。

落葉

銀屏秋冷蟲聲歇，空階夜静聞落葉。騷騷屑屑三兩聲，簾櫳不捲燈微明。初疑細雨灑秋箬，一聲半聲猶落索。春蠶夜食蟹爬沙，枯荷萬柄風吹斜。迴廊曲檻飛更起，宿鳥投林船過葦。轉空墮地輕更輕，軟沙細草行人行。隴頭孤客聽不得，淮南思婦難爲情。枯枝一夕慘蕭爽，曈曈曉日當窗上。

【批語】

眉批：幽細有緻。

秋江辭

秋江之水何洋洋，中有嘉魚鯉與魴。金刀雪藕藕如霜，單槳吴船船細長。美人夜遊梳薄粧，新月照水雙娥黄。丹脣徐囀隨風颺，高不過急低不傷，乃與船勢久低昂。滿身花露浸肌涼，心輸意與樂未央。啼雞一聲天宇荒，明星出地波茫茫。

長相思

梨花雪落風凄凄，子規望月傷心啼。錦屏不掩流黄色，紅燈黯黯銀河低。念君千里長相思，玉階淚滴春草死，年年經雨爲紅泥。春風春風能散水，楊柳不能掃開雙蛾眉。長相思，知不知？

楊春行〔一〕

昭陽露泣千花紅，美人憔悴啼春風。繡楹宛轉雙雕龍，香塵白日驕青空，絳樓朱戶烟濛濛。玉皇宴坐色不動，迴風吹墮青芙蓉。帝旁玉女癡且聾，揚眉而笑浮雲中。世間蛾眉垂曼睩，成烟化石難相從。

【校記】

〔一〕詩題疑應作《陽春行》。

意舊行寄從兄子秋

與君昔作廣陵客，吳公臺邊草猶碧。我來不見吹簫人，二十四橋空行跡。扁舟晚動邗江頭，夕陽簫鼓下真州。白沙亭前月華白，何人吹笛江中流？中流哀怨笛聲起，月下雙行誰家子？迴身向月囀歌喉，一聲咽斷西江水。隔江燈火三五星，似聞臨風吹玉笙。玉笙隱隱入雲去，迴風吹度廣陵城。當時與君舊遊路，祇今南望空烟樹。江花江月待遊人，明年同向此中去。

横江行寄楊心農

歷陽烟樹浮雲裏，横江波浪勝揚子。迴風吹雨作紅霞，散入金陵半江水。金陵江上一逢君，勞勞亭畔成離羣。東海東來無知己，西江西望空白雲。

夢得紫玉條脱喜笑而寤茫然有作

昔有佳人王厚丘，招我同登蒼梧山頂之高樓。謂我乃是蓬萊之散仙，以醉落職塵寰幽。當時聞言頗心動，十年一覺江南夢。王郎攀龍向天闕，我從漢陰學抱甕。大羅往事難具陳，道書寶籙猶在身。仙人與我玉條脱，夢中笑墮巫山雲。黄金之闕白玉京，中間十二樓五城。麻姑窈窕向我笑，雕胡飯熟君難醒。三年釣魚過東海，安期食棗今□在？琴溪赤鯉已飛天，陵陽白龍復誰待？手持寶劍空遊遨，分明記得隍中蕉。起來茫茫對明月，珠淚細逐春風飄。

秦鏡辭

咸陽宫中五尺鏡，照人之形見人性。當時照遍後宫人，三十六年無邪心。趙高指鹿鹿爲馬，白日公然走其下。

美人照鏡歌

花間閃閃秋星落，九微火滅晨光薄。夫容出匣照膽懸，桃花落水驚紅鮮。左盤右挽調蘭麝，瓊梳細櫛釵梁亞。低徊轉側不自持，一笑且試雙蛾眉。粧成形影自矜許，背人私向奩中語。

【批語】

題下批：此章近王仲初。

眉批：絕妙張、王樂府。

美人磨鏡歌

盤龍歲久古苔色，暮烟一片傷心碧。美人粧罷旋旋磨，金壺瀉水生微波。初看成規運纖指，韡紋半帶螺紋起。機圓手滑不停聲，雙輪碾地音嬌獰。長風掃空玉盤吐，銀塘爛爛飽秋雨。心鬧喘細不敢呵，置之玉臺平不陂。紅潮上頰嬌無力，起來欠伸良久立。一重磨去一重新，可惜今人非昔人。妾顏在鏡尚難保，君心非鏡何由明？

【批語】

題下批：膩旨妍思。

對雪

烹茶不用水，煮雪林間烟。烟中見茆屋，檐際流清泉。陰陽一蒸變，佳氣殊蒼然。閬苑何足羡，吾愛清泠天。

小徑竹間門，雙扉如合璧。何人先我來，冉冉見行跡。蒼松壓已垂，獨鶴飢猶立。朗吟《秋水》篇，清響答檐滴。

【批語】

『何人』句旁批：用意超妙。

王明經宅雨中探桂

濃陰忽墮地，空庭作秋雨。酒醒茶鼎沸，夜深桂華吐。賓主澹無言，一燈照廊廡。雨停稍露月，秋堂靜如許！

【批語】

眉批：清澈，味少醇。

題友人壁

晚花開上牆，幽草喜抱石。小院生秋陰，鳴蟲晝不息。主人出門去，獨鶴中庭立。風出窗上畫，鳥入松間室。待君久不歸，徘徊憺將夕。

秋懷二首

憂人易多淚，秋日易多雨。春禽啼更樂，寒蟲啼更苦。萬感攖汝心，誰能强笑語。金壺滴漏水，一口不得吐。

白日照天下，乃有迷途人。明明指南車，茫茫毒霧昏。行行得故轍，歸來淚滿巾。室闇更炳燭，悵然懷先民。

深巷

深巷曲復曲，綠楊低更低〔一〕。春城一夜雨，小市五更泥。向日花爭笑，登樓鶯亂啼。攜箏上小艇，更訪石橋西。

【批語】

題下批：次十年。

『深巷』二句旁批：詩體少近而致爲妍秀。

尾批：果齋梁向人韻味。

伏日作

書題白練裙，簟捲五花紋。雨滴竹間日，風浮松際雲。閒愁將酒泛，好夢著香薰。底事東方炙，殷勤遺細君。

【批語】

尾批：幽秀之作。

夏雨

夏雨如繩久，空山坐息機。常閒冠帶少〔一〕，極賤友朋稀〔二〕。親老依兒性，家貧典婦衣。清狂沈昭略，幾日減腰圍。

【校記】

〔一〕閒：《通父詩存外集》作『愁』。

〔二〕極賤：《通父詩存外集》作『多病』。

雞啼曲

啼雞未下牆，繁星猶在樹。飯罷無一言，提鞭出門去。

得家書

來使太悤悤，磨滅平安字。得書不及開，先問家中事。

古意

去年生阿侯，學語聲呀呀。憶郎口不言，但教兒呼爺。
歲歲盧龍塞，年年早寄衣。今年不寄去，或得早秋歸。

宋書小樂府

新洲斬龍子，草澤有英雄。他年壞陰室，笑爾葛燈籠。
行軍劉主簿，布袴裂殘裳。不能方丈食，寧解索檳榔。
虜馬飲江水，江州不更生。羣狐傾鎮惡，久已壞長城。
我自哭亡妾，霑襟涕不休。不知豫州伯，何事淚交流？
但可驚羊琇，無端慕魯連。祗應作山賊，未許得生天。
劫竟仍斂子，景文真丈夫。過門忘折屐，應媿後人無？
已自慚康樂，何須鄙謝莊。無令笑語拙，誰可得卿狂？
大山愛禪悅，小山殊老饕。一從充隱後，何氏有三高。
吾愛王方平，貂裘行採藥。日暮釣魚歸，載入上虞郭。

敬沖殊自得，出入歷三朝。力飲吳興酒，清風爾自高。江左風流相，翩翩帽幘斜。天生王仲寶，賣卻婦翁家。寧爲袁粲死，莫作褚淵生。更有二王者，居平不送迎。

勺湖感舊

城頭柳色黛眉勻，檻外湖光鏡面新。捲起水窗風色冷，龍興寺後雨如塵。沙禽刷羽夜深飛，漁火青熒露氣微。一碗瓊漿千尺水，月明風起並船歸。

雪霽效宋人體

曉窗氣象殊，開門果見日。衆山亦欣然，其勢爭欲出。俄看前嶺消，猶悵後峯失。譬如嬌嬈女，纔許半面識。殘粧寫更難，遺之雲林筆。深塢絕鳥聲，萬戶靜如睡。白日一晃燿，茆檐驚欲沸。散爲涓涓流，鬱成蒸蒸氣。向晚窺籬落，柴門漏三四。慎勿急銷卻，似得無窮意。老僕負雙帚，掃作沙沙聲。我意如勿掃，留取窗間明。窮愁眼力在，且可溫殘經。溫經亦細事，免借鄰家燈。

簷冰何參差，玉立森照耀。纍纍珠貫綴，煜煜劍出鞘。墮地響忽碎，老鶴驚一嘂。當其爪牙壯，根株等漆膠。積重尠不敗，少待汝莫躁。

我家門戶窄，堆積何崔巍。山僧且不至，安有故人來？晚食更煨芋，教婦然殘灰。夕陽射空窗，曬我研冰開。天冷詩亦瘦，咄咄吟寒梅。

新晴過三日，堆阜尚迤邐。遠郵行有人，平田沃如水。一雁低夕陽，微茫去不已。夜寒更得月，小樓坐清美。

【批語】

題下批：數詩近宋名家，而筆力絕瘦峭。

尾批：六章清澈入骨，筆力亦到。

車大畫山水歌

畫山昂首如欲來，北堂怪底誰人開？壯士高冠氣踴躍，蛾眉鬆鬐身摧頹。乾坤付與造物手，點化頑石皆奇才。畫水低頭如欲去，石齒泠泠笑且怒。懸崖絕壑高有風，臥樹橫槎暗無路。遠瀠谷口匯瀠溪，耳可聞聲不知處。車君作畫良已奇，恨不見君落筆時。想其意得手自隨，以手付筆心不知〔一〕。君言我道進乎技，更解彈琴書草隸。琴聲廉正不可昵，書如老女饒姿媚。天生十指不負君，安得把君之書囊君琴？臥聽秋山流泉音。

【批語】

眉批：詩得蘇之神緻，形容似不似爲妙。

【校記】

〔一〕以手付筆：《通父詩存外集》作『手與筆愜』。

寄海州張秀才

與君暮登觀音峯，後湖下瞰馮夷宮。羣山如蛇卻西上，臺城一握居掌中。九月霜遲氣候暖，來船斗轉西南風。流霞燒江鯉魚尾，欲落不落天浮紅。危磯俯唾八千尺，笑聲散與江流東。隔江青山接滁潁，符離大道塵連空。歷陽采石望不盡，秋浦水樹青濛濛。山根鳥穿入古寺，窈窕瘦削非人工。怒峯向人勢欲壓，老藤弩出張天弓。觚棱突縮各有態，似我不平之心胷。君言我昔走西北，太行王屋天下雄。眼飽少室窺玉女，手擘太華搴芙蓉。兩腳萬里足天險，看此婉娩如兒童。江山清興忽復往，快談在耳聲隆隆。殘年風色太黲澹，海氣一縷隨歸鴻。蒼梧北望眼欲眯，大雪滾滾天無窮。

似遺山。

寄贛榆許明經

梁武城頭夜吹笛，六朝烟水淒涼色。蔣王山上月輪秋，兩人對飲秦淮樓。樓頭宛轉吹簫女，隔河笑問公何許？亦自不言言不知，拍手大唱《涼州辭》。華鐙迢迢入秋夢，君醉不辭我不送。一聲南雁過江來，亂颿如葉海西歸。歸來時節又回換，矯首風塵有長嘆。壯夫終是出羣人，百辱莫負梨花春。君家祝其城畔住，乃是江南盡頭處。山中酒醒若喚余，落月半挂清淮樹。似青丘。

懷王考功欽霖

今節偏懷友，花時獨憑欄。春愁連上巳，細雨夢長安。郎署浮沈易，雲龍角逐難。買山空有約，悵望好巒巒。

新城

維舟今幾度，來往此鄉偏。風退歸槽水，燈明入塢船。黄花官驛雨，紅袖柁樓烟。欲采芳洲杜，夜深聞敏舷。

月夜過黃天蕩

戰地餘蕭瑟，崩波動窅冥。大江秋月白，一棹亂山青。沙鳥愁邊唤，漁榔空外聽。滔滔洗塵劫，風露幾人醒？

翠微寺

入寺疑無地，登峯别有天。雲中開楚邑，樹杪下吳船。路並丹陽直，山包白下圓〔一〕。孝陵黃瓦在，落日隱寒烟〔二〕。

【校記】

〔一〕包：《通父詩存外集》作『圍』。

〔二〕隱：《通父詩存外集》作『起』。

真州城南作

竹外茅簷三五家，縣南風物最清華。水禽入戶自呼食，江草無名齊著花。盪壁波光千疊湧，到門秋影一峯斜。殘陽莫逐征帆去〔一〕，留取空明照浣沙。

【批語】

『水禽』句旁批：清妙。『殘陽』句旁批：句易。

尾批：收峭諧。

【校記】

〔一〕去：《通父詩存外集》作『遠』。

高明寺

紫葛蒼藤覆萬家，紅牆曲折繞林斜。晚鶯來占金隄柳，遊女閒簪玉砌花。千里江光涵作雨，一宫秋水變成霞。風箏殿角琤瑽響，似聽聲聲問翠華。

珠湖夜泊

三十六湖生暮潮，柁樓落日聞吹簫。舟人早卧客人語，水禽不動沙禽摇。羣星浮空浪泊泊，老樹立岸風刁刁。青菱紅藕足一醉，夢醒大魚當枕跳。

小獵

沙迴烟銷破早晴，弓刀結束試身輕。鷹翻狡兔看猶轉，箭掠寒雲去有聲。百戰葱河仍入塞，三年雪嶺未歸兵。故人無復班超在，西望秦關百感生。

捕虎行

蘭陵人爲余言捕虎之法：每天大雪，跡之，至一穴洞然，一人持燈屏息入，見虎，手燈於地，虎注眂，蹲不動，逡巡出。後數人束葦急塞其穴〔一〕，最後碓巨石壓之。縱火，火熾，虎嘷暴室中，山谷響震，須臾悶絶。然方持燈時，或聞人聲。若燈光少搖動者，虎卽突出，人爲齏粉矣。戲爲俳體，詠歌其事。

南山一夜雪如簸，老虎忍飢蔽茆坐。山深雲暗虎無聲，一道蹏痕紛斗大。健兒八九走欲僵，終朝尋虎如尋羊。蓦坡注磵搜不得，一穴洞山黲然黑。操心練膽面色枯，數人坐守一人入。燈光炯炯行不疑，兩手束如枯樹枝。此時洞口卽虎口，人命在燈燈在手。以身試虎虎氣騰，虎心在人眼在燈。虎眼燈光兩照耀，人虎一室靜相弔。卓燈置地雙手輕，虎風逼燈燈不明。迴身背燈色如土，密葉乾薪下如雨。火炎石裂虎身縮〔二〕，尺寸盤拏聚頭足。一聲咆哮四山搖，十萬峯巒碎相觸。共言射虎飛將軍，此事今聞古未聞。除殘伏暴有長策，嗟爾深山痛哭人！

【批語】

眉批：刻劃精妙，雍乾時才人以此擅長，然非正始之音。

【校記】

〔一〕急塞其穴：《通父詩存外集》作『塞穴』。

〔二〕裂：《通父詩存外集》作『壓』。

題畫四首〔一〕

不雲而雷天有風，蒼髯翠鬣浩呼洶。有鳥毛摯羽骨豐，英眉怒目頭如峯。凜然一瞥垂檐虹，不擊不搏氣填胷。惟鸞有采鷺有容，汝鳥猛鷙宜折衝。霜枯秋冷窮山窮，白日荒荒江流東，何由送汝摩蒼穹？

荒灣煜煜波明沙，白藕迎涼齊著花。微風鱗起略彴斜，彷彿野岸江南家。風標公子靜如玉，翹足晴沙意態熟。蘆花漫漫魚天晚，悄立意與秋江遠。擬腰笭箵坐船梢，一寸銀鱸供晚飯。

新鞠抽黃楓葉舟，霜天洗出青銅盤。樓閣無風日影晃，天面平拖鴿鈴響。手抛紅粒一千珠，翻身卻下聲呱呱。芳巢小戶香泥塗，階平徑曲行相呼。主人畜汝如畜奴，紅絲繫足爲傳書。古來知塗有老馬，低頭局促鹽車下。

石骨鼇牙蘚斑大，修竹參天一兩个。十日鍵户人不過，獨鶴行來苔階破。主人忍飢鶴不餓，料理鶴糧手自簸。新綠茸茸不可唾，梳翎好對斜陽卧，那有高軒容汝坐？

【批語】

題下批：起句絕峭。

眉批：《秦郵守風舟中貽李少白》抄此處。

尾批：四章真小品，近人中似樂蓮裳。

【校記】

〔一〕《通父詩存外集》題下有『壬辰』。

園居

小築疑充隱，高吟豈噉名？林深晴更滑，水近午猶清。野港喧諸派，秋蟬並一聲。翻愁葛衣冷，閒澹過三庚。

官軍捷永州

嵐烟毒霧鎖青紅，窮寇魚游掌握中。張寶諸兄持左道，李波小妹有英風。辰溪地假羣巒險，洄曲天成一將功。插羽流星宣露布，元戎迴轡越江東。

遂平連山

湘江水急下天兵，墮地妖星壓賊營。七縱攻心降孟獲，一門泥首赦張嬰。蠻溪雨漲傳烽靜，獠洞春深戰壘平。見說兒童新向化，萬山深處讀書聲。時設瑤學。

書吳越世家後

錦樹山頭樂事多，三千犀弩射江波。四朝忠順涼張駿，半壁英雄漢趙陀。客醉堂前高士去，花開陌上鈿車過。生平衹媿羅昭諫，飲馬何曾到汴河？

舟中晤鍾吾生得鐵梅先生消息

停舟薄暮天，語罷各悽然。柳暗人歸郭，江鳴雨到船。因言浮海客，已扣入吳舷。舊業不歸隱，巢湖何處邊？

白下晤趙公子

秋風十七年，分手路三千。彭蠡書隨雁，西江浪繞天。親衰緣宦苦，身退喜家全。今日秦淮柳，烟絲共惘然。

呂明經見訪

呂生天下士，浩蕩入吳來。不受賢王拜，獨登江上臺。秋期同夜雨，官韻困奇才。家住九華下，年年掃綠苔。

王氏園亭

修廊度危橋，細草鬱相接。時見橋下人，交帚掃風葉。

雨後

花間瀝餘滴，林表生明星。蟲聲浮暖意，我欲行中庭。

通父詩存之餘下

班史小樂府〔一〕

西宮衛尉女兒語，長者行酒倒臨汝。大罵程李不值錢，四座公卿色如土。當時田竇分榮枯，引繩批捃惟有夫。吳楚七軍尚退舍，武安何足當一罵？東朝廷辨奈夫何，汲黯而外轅駒多。

朝采樵，暮采樵，謂君無謳，君謳愈急聲愈高。妻原可媿夫良鄙，前日洛陽蘇季子。我年五十當富貴，姑妄言之等兒戲。十年金印肘後懸，驚倒長安上計吏。伯通廡下彼何人？壯夫勿作朱買臣。

談經連折充宗角，請劍又奪安昌魄。攀檻大呼檻格格，佞臣幸臣膽雙落。將軍上殿冠履錯，帝曰此檻勿更作。因而輯之，以旌直臣。舊檻未舊新都新，太傅方賜肥牛亭。

叔孫生，真聖人，手操綿蕝干時君。魯兩生，不肯行，禮樂百年而後興。叔孫大笑若真鄙，不知時變乃如此，乃公亦是秦博士。兩生聞之笑不休，儒冠著溺使人愁。

弄兒笑，手擁上項求上抱；弄兒啼，公何怒目吾兒爲。兒有罪，臣敢隱，隱之固非殺亦忍。豈知不忍坐覆宗，博陸侯，殊恩恩。吁嗟武皇真知人，此胡腹中惟赤心。君不見，漁陽塵。

【校記】

〔一〕《通父詩存外集》每首各自有題，分别爲《灌夫駡》、《朝采樵》、《朱雲呼》、《魯兩生》、《弄兒啼》。

漢宫詞三篇

閨門起化，神靈是統，炎井熸光，由來漸矣。載觀班史，火德之衰，肇於衽席，備諸諷詠。其爲監戒，抑有補焉。時癸巳三月。

悲桐柏，桐柏亭邊風蕭瑟。小棺三尺無人收，萬姓淒涼淚霑臆。當時金屋嬌於花，主謳本出平陽家。三月三日灞橋水，千乘萬騎連雲起。衆中一顧已承恩，翠輦迢迢入宫裏。正值阿嬌嬌妬時，芳心那得龍顔知？已分編名歸代籍，還從灑涕識皇慈。雲窗夜感蛟龍夢，祝禖豔説君恩重。眼看青宫長養成，常思貴主殷勤送。可憐光采生門户，可憐姊弟皆茆土。外家氣焰足薰天，絶域經營二十年。欻忽英聲飛瀚海，蹉跎高冢出祁連。秋花春雪難長保，緑衣更比黄裳好。北方佳人舞袖工，河間奼女藏鉤巧。尚賴前星傍紫宸，雞鳴銅輦夢中聲。縱愛定陶能擊鼓，還憐子晉善吹笙。無端趙虜工狐媚，犬臺一見君臣契。費忌讒言伊戾心，望見宫中巫蠱氣。建章殺氣連西闕，萬户千門夜流血。投兔誰開覆盆門？泉鳩一痛天恩絶。不聞墳地雪中生，仍將廢錮同長門。傷心空舍横陳日，便是軒中得幸人。牛車一乘城南路，冷烟殘月蘼香處。朝朝野燕下銜泥，夜夜霜烏啼繞樹。天旋地轉難具陳，中興景運屬曾孫。爲憐遺體動深喟，冢地重開禮數異。玉柙黄腸腐化多，千人聚上看流涕。可憐堯母亦酸辛，雲陽秋草迷孤墳。聞道傾城仍配食，至今人恨霍將軍。

右悲桐柏

嗚乎！辭輦賢妃不可得，玉階華殿無行跡。三千粉黛色如灰，一雙嬌燕銜風入。大生尤物那能死，堤下收歸司徒子。龍漦兆禍已千年，又見人間歌啄矢。歌啄矢，悲皇孫，如花從此稀承恩。夕看窮袴重重襭，朝驗丹砂的的痕。牛官有女曾當夕，明珠墮地桃花色。未聞紅錦繡綳成，已見綠綈方底出。東交掖門呀然開，黄門夜半詔書來。可憐一寸中丞印，斷送君恩去不回。迴身掩淚看流涕，我兒正類元皇帝。獸鐶魚鑰開復閉[一]，多少龍種此中棄。今年曹偉能，明年許美人。汝曹死耳休吞聲，大家尚畏昭儀嗔。忽驚晝漏停宫箭，橋山獨去無人見。祗有班姬黯自傷，曾將德象奉君王。繐帷歌吹延陵路，哭送宫車淚數行。

右掖門怨

【校記】

〔一〕開：底本作『閉』，據《通父詩存外集》改。

君不見長壽宫，崩垣頽瓦來悲風。當時玉殿赫宏敞，祗今饔食虚堂空。空堂饔食爲誰有？長信宫中泣文母。憶從丙殿初承恩，玉雪佳兒字太孫。龍顔在抱歡先帝，象服宜家配至尊。沙麓門風奇女氣，九侯五將軒天地。曲旃廣廈武安家，洞房阿閣樊重第。安陽謹慎曲陽奢，元卿弱息尤加意。正值炎精頽百六，仲壬外丙天年蹙。四海謳歌陳氏鍾，滿朝指使秦庭鹿。虎脣鴟目久睢盱，猶道忠勤蓋代無。桑樂逢人誇阿壻〔一〕，梁王曲意媚諸姑。脂田粉碓酬君孺，白璧黄金送吕須。太阿倒授他人手，抱器猶同挈瓶守。大罵豺聲呼役夫，汝曹行誼同豬狗。符命紛紛銅壁文，閟宫松柏又更新。移來甲帳無人問，拆到金人有淚痕。鐵鳳銅烏飄又飄，金鋪玉檻草蕭蕭。便殿淒涼雕几卧，寶衣狼藉守祧逃〔二〕。眼看千官趨執豆，旋驚玉座鬪齟齬。一笸麥粥奠何人？宫樹蒼黄斜日瘦。烹麐炮鳳那能嘗，六宫嗚咽天顔傷。上蘭秋冷龍媒老，繭館春深豹尾涼。長御相看頭總白，滄桑坐話銀鐙夕。何處昭臺鎖寂寥，幾家團扇辭恩澤？社飯年年賸老身，黄羊臘酒伴淒清。重來甲館悲銅輦，怕向西風望渭陵。建章柳緑前朝色，長樂鐘沈異代聲。小年安定尤嗟怨，兩朝姑婦時相見。阿翁甘聽《鳳求凰》，妾身忍作離弦箭。淨土一抔何處尋，斜陽暮景同悲戀。地下相逢吕娥姁，等作司晨何其愚！祇餘誅筆光泉壤，一代雄文莽大夫。

右長壽宫

【校記】

〔一〕桑樂：底本作『桑落』，據《漢書·外戚傳》改。

〔二〕寶：《通父詩存外集》作『室』。

彭郎歌〔一〕

彭郎十六清如鵠，手爪尖纖削寒玉。見人掩抑似含愁，問是江南舊家族。老伯知名朱五經，阿翁六法擅通靈。青箱世業嗟淪落，負郭良田都典卻。阿翁時寫青山賣〔二〕，伯氏書堂鎮相對。放學歸來常忍飢，淚痕私被鄰生怪。明年湖水勢滔天，全家餓死淮濱田。隨人悄渡黄河北，露宿霜行頭頸縮。乞食誰憐馬氏孫，委身便作蕭家僕。禿巾小褰偏諸緣，見人羞澀那能前。學奉盤匜都未慣，乍聞呼喚尚茫然。偷臨畫稿愁嗔喝，私檢殘書淚不乾。主人見怪從容問，低徊訴出真名姓。昨來過我久沈吟，淺立斜窺覺有情。云説抱書歸去晚，曾從道路識先生。髣髴羊車經半面，燈前顉頷渾難辨。爲他一語動深情，累人竟夕迴腸斷。彭郎彭郎汝勿悲，殘灰當有復然時。君不見季公曾向朱家賣，將軍亦是平陽兒。名駒例合遭鞭苦，聽罷淒酸不能語。揮涕仍隨去馬塵，感激蒼天墮秋雨。

【批語】

尾批：淒絕。

【校記】

〔一〕《通父詩存外集》題下有『癸巳』。

〔二〕賣：底本作『買』，據《通父詩存外集》改。

徐園行〔一〕

滻水東流百餘里，平泉寂寞荒榛裏。衰木千章料峭風，斜陽三尺清泠水。殘脂斷粉誰家園？朱門舊事我能言。灞上名豪杜穉季，臨邛大姓卓王孫。西園買爵功名貴，東海承家閥閲尊。箭張酒趙時來往，公然意氣青雲上。杜鄠膏腴百頃多，南陽甲第連街廣。厭見紅塵溷市闤，老從別院起湖山。金絲玉管朝長合，魚鑰龜鋪夜不關。門前騶哄三千客，樓上花堆十八鬟。攬環結珮傾當路，平生有眼何曾遇。我來已是蕭寥天，猿鳥淒涼主人去。相逢子弟尚豪華，幾年小住高陽家。吹殘玉笛三更月〔二〕，啼煞嬌鶯一樹花。西風颯颯驚塵夢，鼠牙忽構爭桑訟。縣傳星馳赤捕來，官符火速鋃鐺送。薄俗喧傳灌氏誅，故人那免任安痛？斜日蒼黃下馬來，朱扉敲遍有人開。雕欄雨濕忘憂館，油幕風欹避債臺。藥砌從添蒼鼠穴，籬花任取鄰姬折。插架芸香爛作泥，拋梁蝠糞腥於血。鬬鴨欄邊水一條，戲貓庭畔草蕭蕭。何人夜雨燒紅燭，何處東風奏玉簫？雲烟過眼成飛絮，寒鴉怪鳥啼無數。祇餘半堵粉牆高，是儂少日題詩處。白髮朱絃日夜新，青山綠野最傷神。重來誰識劉郎在，腸斷山陽笛裏人。

此篇絕類梅村。

【校記】

〔一〕《通父詩存外集》題作《徐園嘆》，題下有『癸巳』。

〔二〕三更月：《通父詩存外集》作『三春雨』。

暮春〔一〕

費盡榆錢未買春，閒嘶玉勒碾芳塵。梨花辭樹全成雪，楊柳當門似有人。拋徑漸愁紅豆長，隔鄰偏遇曉鶯嗔。沈郎瘦絕江郎恨，並作東風潦倒身。

【校記】

〔一〕《通父詩存外集》題下有『癸巳』。

旅夜

何處柳牽衣？徘徊自不歸。夜琴茶後罷，春雁雨中飛。欹枕莊吟改，量腰沈帶非。吾家好烟水，恐沒舊苔磯。

淺夏

淺夏少人事，單居得靜便。蟻遷將雨地，蟲擾欲風天。俗客能銷日，殘詩不記年。晚來燈下意，低首看龍泉。

嵇氏別業

自少俗客過，重門轉不關。子艱翻累少，婦健得身閒。晚藥侵燈煮，春詩帶病刪。何時約禽慶，隨意訪名山？

聞河報甚急

聞說峁良口，驚心瓠子宮。捐金無此日，捧土有諸公。燕雀千家裏，滄桑一瞬中。天邊雙翼急，何處好西風？

東北蛟龍氣，乾坤蟻螻心。題書多誤字，望遠不成吟。急報傳宵柝，迴腸入夜霖。襄勤今不見，圭璧若爲沈？

海上舊游

蘆筍齊時乳雉飛，紫騮小隊試春衣。黑風口暗雲霾合，淡水洋明島嶼微。夜火一星籠鶴去，午潮三丈射魚歸。樓船橫海功名薄，曳足空山靜掩扉。

潮河櫂歌

南潮河水清且乾，北潮河水灣復灣。妾家近在東澳口，郎家遠在西陬山。

桅尖山高如劍鋩，郎船百尺飽帆檣。東風三日鯿魚出，不放南洋放北洋。

聞說鰕須一丈長，巨魚百丈更難量。鰕甲持歸作橋孔，魚骨持歸作屋梁。

潮去潮來尚有期，如何嫁與弄潮兒？郎情不及郎君子，雌雄相逐莫相離。郎君子生於海中島上，無耳目而有運動。動則雌雄相逐，俗採之以治產難，奇效。

十日打網九日空，內洋黑浪外洋風。昨來一網三十萬，富兒那辨作漁翁？

海汊渟淤膩不流，海船女兒水梳頭。阿儂解作蟹子飯，阿郎來索海龍油。

聞說開洋眉不開，受珠臺是望夫臺。望昊洋邊望不見，金星萬點火潮來。

南北蕭蕭兩葦營，郎船去日蘆芽青。蘆花能飛不過海，蘆管能吹不作聲。

望日占星不記年，大洋東望更無天。郎行倘遇新羅客，音書遞與販鮮船。

江上雜詩

俶裝犯晨陰，登艫曠清眺。微雨散城闉，江山澹相照。峨峨瓦官閣，鷩波互湔瀑。洲遙隱烟火，灘明見罾罩。霜小蘆花紅，天平雁聲到。餘霞轉驛樓，疏楓出江廟。一與城市遠，始歎烟波妙。明發浮玉峯，共躡凌雲嶠。

諸洞頗委蛇，晚景倦登歷。僂尋巖際閣，橫躐雲端壁。枯藤縱長根，蛇行入山骨。神工構危巢，鐵索半朽積。北風捲江來，森然吹欲活。老僧解覰客，清泉注狼藉。風爐掃陳荄，露林解新栗。安得謝塵攖，永此味禪寂？

下山路轉迂，宛宛度林樾。紅牆隱罩椒，金繩湧高闕。秋天肅羣陰，古佛慘不悦。怒峯眉際落，天光驚一瞥。飛梯接猨猱，金風動毛髮。高僧去已遥，碑塔蝕年月。宸翰煥天章，諸臣皆詞傑。我衰尚泥塗，撫事增騷屑。

暝到上方亭，層陰翳秋旻。雨久莓苔漬，石路滑欲倒。奮勇陟窮顛，江天一飛鳥。沙明巖月遲，地黑金陵小。萬象閉茫昧，意外想逾好。廟火澹無輝，山僧定疑槁。茲遊已清絶，昔夢猶紛擾。歸船憬不寐，亂柝喧江表。

未明催挂帆，逆風駕高浪。十里九停橈，分寸不得上。過午氣候恬，老晴半山放。揚舲馭輕飈，舉酒笑相向。一峯插中流，可愛不可傍。狂瀾際天地，卓立自清壯。東指儀鑾鎮，往事悲離喪。去去人代非，心旌日搖漾。

江行

壯志淩秋發，歸心傍晚濃。遠天浮客夢，小雨静山容。白鳥微微下，丹林往往逢。不愁霜露早，弭櫂采芙蓉。

靜海寺

古寺盤崖上，雄關帶郭斜。雲泉瀉山淥，風柳掃江沙。佛劫經寒火，鄉心入暮鴉。迴看天闕路，一半上明霞。

白沙洲

沙白蓼花殷，烟波去去閒。澄沙一行雁，柔櫓幾重山。廟鼓催霜急，城烏帶雨還。屯田今不見，楊柳若爲攀？

西津舟夜

已返崇川櫂，仍爲曲水游。大江低去雁，小雪過揚州。涉世初知誤，聞歌轉欲愁。不須歸載石，詩卷壓扁舟。

崇川謠

朝發黄泥山，暮宿白蒲水。挽郎郎不住，送郎三十里地名。
雄雉過江飛，雌雉巢庭樹。一笑博郎歡，莫向如皋去。

悼鶯〔一〕

家畜一鶯三年矣〔二〕，性介而慧，不甚依人，而楚楚顧景〔三〕。良晨美夕，聞吟詠聲〔四〕，則引吭長鳴，宛孌會意。飲飼不時，金衣繡領，猷爲塵土，愴然賦詩。

記放雕籠小閣前，背人終日語孅孅。雜花生樹仍三月，細雨銷魂又一年。夢裏關心虚玉彈，酒邊和淚忽哀弦。當時未解真憐汝，每到高吟一惘然。

【校記】

〔一〕《通父詩存外集》題下有『乙未』。
〔二〕家：《通父詩存外集》上有『余』字。
〔三〕顧景：《通父詩存外集》作『自愛』。
〔四〕聞：《通父詩存外集》下有『余』字。

河間

孤城背水晝陰森，舊侶高陽不可尋。白日未消奇女氣，黄河猶見古人心。地連上谷春光斷，天入瀛洲暮雨深。惆悵賢王芳躅遠，卻從何處結纓簪？

登雄縣城樓

雄關阻嶮鬱嶕嶢，勝侶雲中手共招。三輔河山龍脈遠，九州塵土馬蹄驕。吴淞水色瀰芳甸，杜鄠春光上柳條。北望帝京三百里，朗吟聲已徹丹霄。

江亭宴集詩三首逸其二

重門疊嶂鎖襟喉，趙北燕南數壯遊。一夜送人過易水，三邊寒色上征裘。雲中帆影趨遼海，樹裏湖光繞鄭州。便欲乘風向天闕，不堪鄉夢隔烟洲。

丙申夏四月四日，黄樹齋鴻臚、徐廉峯太史招集同人於城南江氏亭子，爲展禊之會，同人賦詩。

皇風扇八極，英俊紛來同。巍峨神皋秀，涓流盡朝宗。城南盛水樹，休沐來雍容。江亭矗遺構，樓觀皎若空。太行千里來，蒼翠浮簾櫳。沄沄井氣白，下與龍泓通。蘆芽戢淺渚，飛絮交微風。豈惟樂清暇，兼用歌時雍。諸公各努力，在盛彌憂豐。職理幸靡督，談讌庶有終。追美觴詠儔，一暢千秋胷。

將出都門過玉河橋望瓊島口號

華島參差半翠微，新檥古栝晚依依。如何太液波千頃，也有閒鷗任意飛？

露華如水洗仙銅，曉日光連太極紅。愿化微塵上宮柳，低徊常近鳳樓風。

平津

平津車庫感蒿萊，聞道公孫最愛才。一個董生容不得，思量東閣爲誰開？

《後村詩話》：『晏元獻《書平津侯傳》云：「主父仲舒容不得，未知賓閣是何人。」公能容富、歐二公於門下，然後可以爲此言。但主父非仲舒之倫，宜以汲黯代之。』此詩卽胎息晏語，似平，無甚意味。

阿城謠

妾理山桑絃，郎買阿城膠。將膠來續絃，問郎調未調？阿膠何光明，光明比妾心。郎心狼溪水，那得知淺深？郎來妾已老，妾貌魚山草。妾心郎不識，妾化穀城石。

新峭。

夜往南湖

幽人先寒潮，理榜前湖去。夜色曖澄波，繁星綴遙溆。漁家貪夜興，微燈立風露。野鶩入門飛，涼螢緣草度。四更蟲語疾，月出東溪樹。望遠忽無垠，觀空了可悟。不見同懷人，誰與契幽素？

寒夜

肅肅動寒吹，兀兀憎孤影。憂來如百草，忽焉滿修畛。往約已輟踐，來悰安可屏？俛印有形儔，百年何鼎鼎！常恐精氣頹，蒲雚先秋隕。瘁竹無寧聲，風廊有虛警。胡爲仰屋嘆？庶幾拊膺省。殉物喪其和，往哲將見哂。

必有所指。

過郡城老子祠

耽耽老子祠，仙山長青春。當時祠下水，雙照傷心人。人今竟安歸？流水渺無津。蕭條水芝華，狼藉欹枯根。根枯委深泥，花落隨飛塵。擾擾九衢間，誰爲心所親？寄辭後來者，燕婉及良辰。

西城

西城高極天，下有纍纍墳。及爾同歡娱，弔彼千載魂。顧謂百齡間，日日傾金尊。昔墳尚嶕嶤，昔歡今已陳。安知榛莽中，不有同心人？高城日摧頹，何況風露身。返駕顧我僕，縱橫淚沾巾。

出東門行

出東門，卻入西門還復來。念君遠行寒無衣，黄沙著人如烟煤。君有行，誰遣之？黄與緑，女所治；黑與白，君當知。車有輪，馬有蹏。高者陵，下者池。君所歷，妾所思。白日光，西南馳。妾無依，但空閨。閉荒城，烏雀啼。城中人，一是非。面目殊，心可知。不怨君，當怨誰？

四農云：直勁可愛。

顧横波小像

彥回鬚髯如有神，眉娘風貌真天人。遭時變化生風雲，魚軒綵翟江南春。江南朱樓綠水濱，清歌一曲花氤氲。雲窗霧閣天黄昏，紅燈促騎來逡巡。歸報相公公勿嗔，丈夫能死死甲申，夫人樂矣不憂君。

得徐子容少府書卽送其之官浙西

十五早從戎，崑崙月窟東。洗刀青海水，鳴鏑雪山風。衰白功名薄，關河道路窮。好爲五湖長，亦勝一漁翁。

西北風沙地，東南雲海間。一官如許大，作吏幾人閒。舊績三關戍，新詩兩浙山。因君憶苕霅，何日載雙鬟？

梅花長卷

元章墨梅天下絕，本朝作者晴江翁。百年好手出荒古，巢湖吾師風骨同。謂楊體之先生。我年十三侍君側，束書不觀時弄筆。大梁風雨海門秋，十載不見空消息。當時海內推神君，老屋今臥江之濱。青年弟子霜生鬢，寂寞秋齋畫凍雲。

感慨都入於景象中，又不作一裊娜之筆，是爲作家。

又題一絕

乍向客中見，旋疑夢裏看。憑人端相久，扶影近闌干。

戊戌四月同潘四農湯海秋張亨父姚梅伯遊小有餘芳亭子即席用梅伯韻

城南一小榭，清流繞其下。出郭展遐眺，始覺紅塵假。青天捲片雨，西山酒中瀉。浮靄觸隆景，百態煥丹赭。海內幾酒人，風流被壇社。雲雷鬱未成，壯色入盃斝。當筵劃長嘯，逝將適窮野。萬籟一孤竽，九州紛去馬。諸公各努力，厲精復騷雅。茫茫人代速，落落賞音寡。

尺五山莊

林芳去不歸，春塘點微雨。迴風掩菰蘆，萬綠散平楚。不知誰氏園，遺規入荒圃？墉壑昔疏鑿，雲霞滿窗戶。纏綿子孫謀，青山與終古。安知百年後，爾我已賓主。登高望京闕，浮雲萬飛羽。寂寞吾何依？言歸臥江渚。

趙北口次亨父韻

萬派東趨海，三關北擁塵。風烟盤戰地，雲水澹歸人。市酒澆愁劇，漁謳入夢真。如何折楊柳，並馬一沾巾？

茌平逆旅同四農次亨父留別韻時亨父將遊襄漢余與四農歸江南

南下穀城道，西趨衛水流。青天好明月，送爾武昌樓。海色歸雙鶴，江風下一鷗。他年屠狗伴，應憶入燕遊。

苦雨得晴月色清美卽事有作

稠疊三旬雨，高涼一夕風。明蟾纔半戶，流響已疏桐。枕簟莓苔外，欄干絡緯中。清光吾嗛汝，簾隙去悤悤。

題顧茂才水樹圖樹爲吳匏庵故第

尚書風流去不返，衹餘水樹湛孤清。座中佳士與秋遠，湖上好山如畫明。風起蓴羹思去棹，月高鐃吹有邊聲。滄浪亭畔行營地，說與依依魚鳥情。時大兵駐蘇州。

使君來

兒走呼爺爺語兒，侯官使君今日來。赦書如風行萬里，還公節鉞徵公起。一日數驚萬口傳，城中傾城市罷市。使君不來海水立，夷人仰天手加額。

題大雪防警圖

大洋天黑波皚皚，火輪滿地夷船來。千帆斂岸百郵閉，銀濤鐵馬聲喧豗。虎蹲之山不復守，游魂已渡雙溪口。列郡防兵三萬人，坐甲彎弓敵何有？浙東雪花大如席，一夜千山萬山白。軍門盛怒橫刀出，萬馬摶風一馬立。小舟江上氣隱如，軍門下馬神色殊。猩猩之氈紫貂襦，孔翠搖風珊瑚珠。此時忠勇鬚眉上，鐵面寒空凜相向。玉樓銀海光動摇，毒虺長鯨氣凋喪。將軍七十已歸田，詔起海上清烽烟。試將一卷平戎策，補入千秋《金鑑篇》。

病仙謠

玉斧削雲雲有聲，蟾蜍墮地爲幽人。桂宫飄香月瀰瀰，淚滴銀河一瓢水。纖衣曳霧九霞光，玉骨一把如雲涼。烹霜炮露不能飽，仙病細與秋風長。玉京瑤章三萬卷，欹枕琳宫看一遍。眼昏星細不分明，牀角吟聲答銀箭。

古怨歌七章

訣絕復訣絕，君如出山泉，我如辭林葉。出山泉不歸，辭柯之葉繞故枝。北風吹不南，東風吹不西。迴黃轉綠知何時？化爲根下泥。

拔劍起四顧，報仇殺人男兒事。銳頭小子沙叱利，我欲南行見要離。要離含笑鑷白髭：『黃衫黃衫爾何爲，敗乃公事知不知？』

贈我攢紗簇錦之鞶囊，報君背几交螭之玉珮。將囊繫珮還寄君，兩物同心復同意。一朝珮去囊不歸，囊中有淚化爲苔。化爲苔，慎勿摧燒之，此物是君初見時。

贈我桃絲千縷之聚扇，畫爲梅花百尺之高樓。樓中之人花一色，翠蛾銀海涵清秋。藏之匣笥中，蠹蝕花濛濛。此花之落非從風，空留高樓誰與同？

湘紈剪水秋蘭枝，一枝一裊如春絲。斜行小草真珠琲，銀絲玉印紅參差，不忍見之生塵埃。雄蜂蛺蜨偷眼窺，種之當門爾何爲？

金刀剪爪爪痕薄，墮地春葱淚雙落。飛龍出骨不值錢，寄向麻姑背上著。蓬萊水淺船風迴，歸來囓指血淋漓。愁雲怨雨徒爾爲，白雞赤犬升天飛。

江水東北流，淮水東南注。中有三十六鱗之鯉魚，一年來一度。牛渚老妖學人語，拔宅移家向西去，枯魚渡河淚如雨。

送稼軒之潤州

楚鶯歌不歇，吳蠶亦已稠。出門茂陰合，子爲千里遊。我養林下疴，敢謂子且休。春江富潮水，舟櫓涵輕柔。聽鐘廣陵郭，落帆芙蓉樓。頗聞京口雄，層城填清謳。願見士女嬉，復洗烽烟愁。海門盛風竹，得似當時幽。奇文鑱絕壁，斯人悲荒丘。江山駐光景，登臨非寫憂。倦游早歸臥，庶爲百歲謀。

贈邵黃二子

我衰既懶拙，始覺人事乖。出門厭車馬，何況塵與埃！所慰蓬蒿中，日與數子偕。春去夏已至，林芳委蒼苔。目倦榮落理，草木非吾儕。二子夫何求，得非爲我來？濁醪沽近市，口腹亦易諧。勿語城市人，供客何有哉？

陰陽轉大鑪，馮生何囂囂！昔時澗底松，今爲山上苗。置身豈不峻，直節成柔條。而我階前竹，日夕望干霄。子去今幾年，美箭仍寂寥。有時弄清影，亦復感蕭騷。豫章生七年，衆木同夭翹。匠石棄不顧，甘與秋草凋。

湖上大雪

銀屏凍金井，積雪孤城暮。洪湖三百里，中有釣魚處。

宿遷題項王廟

風起雲揚畫角哀，河聲猶似拔山迴。如何斷岸荒蘆外，有地能容蓋世才？

茌平雨夜

結客河橋倚醉回，明粧樺燭粲成圍。不知簾外春雷響，衹作絃中霹靂飛。
城鼓紞如起暮鴉，衝泥門外有行車。更燒列炬千枝火，照取高鬟一尺花。

入右安門晚宿蓮花寺贈稼軒

早作搴簾望，青林夾道斜。佳人在城闕，僧舍入流霞。久別緒如雨，重來鬢有華。十年離京國，吾特就蓮花。

丁未禮部試院遇湖南張孝廉開霽

南宮五千人，三試氣彌厲。胡牀踞西日，浩歌異人至。劇談目巖電，短後聳精鋭。足下豪豬韡，戰血澀凝滯。當時幕府材，縱横并一世。諸將儒雅姿，機宜委中制。君時擁戈出，飲虹瞥然逝。語及涅城戰，汍瀾滿膺淚。此來夫何爲？命世需文字。煌煌大廷策，精感動天意。朝論亟儲胥，東南苦凋敝。必若固本根，慎勿鑿元氣。十年就京國，萬事可深喟。車馬滿城南，從君駐游騎。

道出東阿汪明府送酒肴紀綱扞衛感德懷舊斐然有作

驅馬大清河，遙青落吾手。山田刻劃狀，崖谷斷杵臼。靈雨熹微陽，野潤散諸有。戎戎徑寸苗，氣與坤軸厚。微茫遠嶺塵，搖曳縣門柳。賢宰馳騎來，頃刻羅尊卣。苦辭腳疾嬰，周道失趨走。沾溉及蕉萃，此誼缺已久。夜深列炬出，光耀炳林藪。未免伏莽戎，失笑癯儒醜。敝篋復誰胠？飢腸實賴酒。飫德吾敢忘，歸詑山中叟。

兗州道中書所見

織翠錦幨幨，飛角垂流蘇。湘紋密魚須，中坐天人姝。天人年幾何？十五裁有餘。雖然十五餘，作使百餘夫。健足二八人，流汗肩戛摩。材官爲後隊，長鬣爲前驅。雙鬟啓簾帷，跪進璚漿酥。天人色不愉，勸進三踟躕。窈窕道旁女，薄粧無粉朱。拾穗不盈筐，坐觀天人姝。日暮蓬門歸，愁髮何能梳？人生有貴賤，美好徒區區。

山何高

山何高？窈以深。水何淫？淫波淪。困沈蒼苔羸廬一萬古，白日不照青楓林。人間猨鶴有時飛不到，何況車馬班班來好音。鳳笙龍管自太廟，天風落葉愁人心。戴夫子，囊君琴。南山之南北山北，雪夜往往來相尋。不忍奏此曲，泠浪沾衣襟。山何高高水何深，秋墳之鬼來孤吟。

堂前燕

涎涎堂前燕，十年一相見。君昔年未衰，賤妾亦是青春時。入君門，上君堂。君堂一何高，黃金爲㞎，白玉爲房。流光炫采不可以逼視，翩然一墜游大荒。思君那能已，尋君千山與萬水。蘭湯爲君沐，寶瑟爲君理。媒人致吉語，謂當可君意。妾顔雖改蘭質存，君今老矣雙瞳昏。望不見，心氤氳。生世何不諧，十年一度重逢君。

拉糧船

拉糧船，聲何哀！三月渡揚子，四月渡長淮。行人共説拉船苦，誰傳此聲中都女？中都女兒年十五，能以幺絃作人語。嘔呀咿嘎聲不停，一聲高空入青冥。千聲百聲轉相續，十萬檣烏尾撲速。中都女，汝傳此聲來何方？不南不北音悠揚。紅白繡韉尺半長，三年辭家别爺孃。獨柳樹邊秋雨暗，倭瓜淀裏湖風凉。嗟爾拉船人，酸嘶何時已？君不見今年糧艘行復止，臈月黄河凍連底，船夫無袴丁無米。官敲吏扑寂無聲，十里清江夜如水。

題葉觀察橋西老屋圖

鳳城烟樹去鬖鬖，越水吴山次第尋。長記停車斜日下，朱門風細一蟬吟。

庚申九月書感

北極天傾側，東溟氣沸騰。烟塵侵御宿，風雨暗觚棱。諸道勤王少，雄藩羽衛能。漠南秋色遠，紅日塞垣升。
紫禁稀宫漏，黄圖擁賊壕。六宫隨玉輦，萬騎出神皋。太弟專征貴，元功夾輔高。金湯無恙在，祗恐聖躬勞。
和戰經三載，居行半六卿。妖氛纏析木，賊火散昆明。荒服還交禮，王人許涖盟。一家中外共，鐘簴忍重驚。
江介仍殘孽，淮堧故戰場。竄身衣百結，望闕淚千行。七聖迷襄野，三年困鬼方。長城俾勿壞，早晚啓汾陽。

避地東歸舊宅示諸子姪兼柬親友

不爲驚烽火，何由返舊丘？花殘春水宅，書亂夕陽樓。别舍仍歸燕，荒池不下鷗。所親問戎馬，屈指淚長流。
全家車一乘，百里舍三遷。賊勢迴殘雨，鄉團聚晚烟。望門愁倉猝，蒙袂强周旋。歌哭平生地，今宵乍穩眠。

門戶何曾識，兒童已一家。淚痕方寂寞，笑語忽喧嘩。傍榻安書帙，挑鐙拂劍花。傳烽天外遠，猶映小窗紗。

舍北雙槐樹，陰連一畝餘。所悲分植久，莫忘結根初。接葉巢烏暗，流膠上蟻徐。行人仍指點，十里靄吾廬。

北海孫賓石孫文學，西涼馬少游馬上舍。鬢華衰共認，酒熟夜相求。野騎花塍遠，春鐙竹嶼幽。因君訪世事，或恐遇田疇。

淮麥垂垂白，江梅冉冉黃。歡聲民築壘，急鼓縣徵糧。祇益驚雞犬，長愁挹酒漿。桃花紅已過，絕境永茫茫。

通父詩存外集

通父詩存外集

別家乙酉　道光五年

歲暮方告歸，經春又言別。忍以繞膝身，散爲辭林葉。雞鳴起戒程，仰視見圓月。悤悤治行李，遲遲不忍發。歸期知無定，卻復輪指説。一夕戀庭闈，千里況冰雪？去去滄波遠，征塵忽已滅。

曉征

曉征天氣涼，攬轡登古丘。細雨冠輕日，晨光黯然收。墟烟逐鳥沒，原黍隨風柔。遙景明且滅，近彙疏兼稠。微陽起別壑，忽焉盈前疇。駐馬相睠隰，周覽窮滄洲。倦此風塵煩，高懷黄綺儔。

對雪

（見《通父詩存之餘上》之《對雪二首》第二首）

迢迢天邊樹

迢迢天邊樹，渺渺屬長路。長路傷人心，一宵三夢君。夢君在何許？紅豆生南浦。折花置羅袖，低頭不能語。見君復何方，東廂白玉牀。芙蓉作裙釵，對面理紅粧。見君更何爲？左把瓊樹枝。頭上九鸞釵，右手牽青絲。何以繫君腸？五色虎鞶囊。曷由通君意？明珠雙鳳佩。我向前致辭，君是天上人。已結鳳鸞侶，肯顧塵埃身？君言莫嗟呼，相思竟何如。少小枉驩愛，執手思同車。風吹斷根草，飄搖上天衢。一落北海北，一落南海隅。君恩良不殊，我分與君疏。

【批語】

眉批：音節諧緩，有古樂之遺。用意未盡深婉，收筆特妙。

病後家園作

小病如故人，時來復時去。遂謝纂履煩，冥懷超眾慮。晦景迴新陽，瑤軫澹可御。好鳥下幽窗，流雲度高樹。一與靜者緣，深悔勞生誤。

朱陽改令節，芳華忽已非。出門綠陰合，殊非林臥時。既感微疴釋，因念故人違。雲向廣陵下，鳥度清淮飛。予美不可見，悵然吟落暉。

錄別

昔別我送君，今別君送我。不忍上馬行，且對青山坐。我歸今已遲，君歸應後期。花開不可見，花落長相思。白雲起天隅，隨風故鄉去。流水引春城，晴烟斷高樹。垂鞭我已遠，巾車君未迴。夕陰黯古道，但見生塵埃。塵埃日以深，古道日以遠。後夜月明時，相期眉共展。

【批語】

眉批：　詩極韶令，氣脈微嫌短淺。『花開』二句，少易。

王氏明經宅雨中探桂

（見《通父詩存之餘上》）

有贈

（見《通父詩存之餘上》之《小别》）

憶昔青春時

憶昔青春時，嬌小兩鳳雛。君年十二三，儂年十歲餘。纖髪被當額，胭支脣間塗。芳心太珍重，問儂讀何書？有時君別去，未去神先殊。歲時到君家，彎彎雙眉舒。襶衣爲儂理，柔髪爲儂梳。春風飛楊花，吹動瓊瑶車。雲中兩青鳥，嬌鳴下庭除。連聲呼小鬟，置酒何紛如！日落百花中，君歸不須臾。秋江夫容開，見君雙垂珠。見後十年間，事與浮雲俱。大江流春夢，飄然墮空虛。日聞蓬萊淺，眼見東海枯。海水亦不枯，思君當如何？

【批語】

『未去』句旁批：五字入神。

聞慈雨青口帆海登泰山觀始皇刻石十三字

王郎好奇今無敵，要上青天觀日出。南朝烟雨塞北雲，萬里江山都看得。歸家高臥百不適，一胡盧酒空四壁。興來便作汗漫遊，揚鞭驅下東山石。東山高與東溟連，雲濤轉空天一尺。飄然挂席駕銀潢，太乙蓮花映空碧。星翻斗轉雲日沈，遠望一氣都昏黑。不知何土爲中外，何方爲南北。但見轉山隱隱之雷霆，點波一一之島國。帆輕風利不可勒，秦山劈面作人立。想其欻忽未達時，有似巨鼇露其脊。捫幽鑿險登槃陁，瓜苔剝蘚觀石刻。大篆連蜷十三字，知是上蔡丞相筆。可憐祖龍雖暴死，戰伐文章兩第一。雨零風掃二千年，光氣炯炯不可逼。我生好古尠見聞，怪君此遊太奇特。蘇老終爲海外人，謝公肯作山中賊？歌成洗眼望蓬萊，斜陽忽放青銅色。

【批語】

眉批：詩未盡致。

烏棲曲

夕陽欲没未没時，棲烏繞樹爭枝飛。爭枝未得鳴聲苦，月照紅窗烟如雨。天涯行客歸無期，爾但爭枝莫夜啼。

不得顧秋碧消息

（見《通父詩存之餘上》）

落葉

（見《通父詩存之餘上》之《落葉》）

霜晨騎馬小獵迴，馬頭紅葉隨人飛。青山見骨瘦不肥，微茫僧寺開烟扉。巖紅障碧升朝暉，迴塘曲磵行人稀。前奔狡兔後飛翬，野鹿呦呦蒼鷹飢。荒江路斷百草腓，朔風刺面天有威。天涯行客寒無衣，千山萬水迷不歸。

【批語】

眉批：此詩近劍南，微欠沈著。

秋江辭丙戌　次於六年

月孃者，淮千里兒也。值碧玉之小年，是紫雲之未嫁。有狹少年郎持其紈素，請書歌詩。孃詢是誰作，具道所以。乃顧玩裒裒，悉皆上口。屬諸文士會於勺湖，徵歌選色，爲招月孃同遊勺湖，解纜登舟，月孃在焉。新月照人，西風淒緊，乃徐起爲天邊孤雁之曲，賦《秋江辭》以付之。

芙蓉花開雲滿湖，秋江水長生蒲菰。烟中熠燿雙白鳧，美人照水閒且都。羅袖微揎見玉膚，流光弄影搖明珠。明月迢迢天東隅，天邊孤雁啼相呼。欲度不度朱絃徐，四座聽之顔色殊。再拜前進三踟躕，思爲君家屋上烏，不用金吾槃中魚。秋江之水何洋洋，中有嘉魚鯉與魴。金刀雪藕藕如霜，單槳吳舡舡細長。美人夜遊梳薄粧，新月照水雙娥黃。丹脣徐轉隨風揚，高不過急低不傷，乃與船勢久低昂。滿身花露浸肌涼，心輸意與歡未央。啼雞一聲天宇荒，明星出地波茫茫。〔一〕

【校記】

〔一〕本詩自『秋江之水何洋洋』至詩末，即《通父詩存之餘上》之《秋江辭》。

寒夜聞笛

初更已過夜尚淺，初月離離光在眼。誰家玉管一聲飛，散入霜林四五轉。數聲稍長數聲低，玉指參差安未齊。脣調氣舒手爪活，鹿盧漸轉井欄滑。迴聲變作水龍吟，千巖萬壑悲風生。隴頭月白降羌哭，洞庭水湧君山青。風林寂寞三更後，吹遍落梅吹折柳。開門月落霜滿天，一燈不燿高樓懸。

古鏡詞

玉匣塵薶古時鏡，秦銅漢款無人問。銀華錯莫飛青烟，市之市上千銅錢。欲照人心先照面，古人今人君所見。一語問君君定知，人面似古今爲誰？

【批語】

眉批：逾峭。

美人照鏡歌

（見《通父詩存之餘上》）

美人磨鏡歌

（見《通父詩存之餘上》）

上巳 戊子　八年

江城逢上巳，草色遠凄凄。緑樹一村雨，流鶯何處啼？新寒生白袂，舊夢滔青溪。惆悵流觴會，蘭亭惜重題。

【批語】

題下批：詩傷於易。

寄黄氏姊

吾家女學士，能讀上清書。一病瘦何似？新詩妍有餘。幽懷依草木，閒事注蟲魚。若論吟香茗，臣才恐不如。

畫梅送友北歸

十日淮南雨，梅花多欲闌。故人春與去，昨夜月同寒。以我尊前意，留君別後看。他時折枝寄，雲水浩漫漫。

寄内二首 丁亥 七年結婚 八年

歸思如流水，憐卿久病身。荒寒三月夢，辛苦百年人。江館催花雨，璇閨網戶塵。那堪燈一點，分照各傷神。

洛陽蘇季子，西蜀馬相如。自有功名累，非關恩義疏。一身初屬我，當日已愁余。不信長相憶，請烹雙鯉魚。

【批語】

尾批：二詩語近情深。去取再決之明識。

洞房

洞房昨夜冷，環珮鳴春風。河柳齊簷綠，山桃照酒紅。花鈴金落索，簾蒜玉瓏璁。更有北飛雁，一聲明月中。

【批語】

尾批：似院體。

贈鍊師

道骨五銖衣，仙山雙玉扉。花浮春磵出，鶴帶晚雲飛。無欲是真訣，忘言能息機。紫囊何藥物，五嶽採芝歸。

【批語】

『鶴帶』句旁批：鍊字近淺俗。

荒街

荒街塵欲黦，幽館草逾新。一雨暑歸屋，臨風天爽人。茶香思過客，松響自成鄰。不向深山住，居然物外真。

【批語】

『一雨』二句旁批：觸手清新。

尾批：淺論能新，則近矜淺窄分别觀之。

歲暮懷人

斜日與殘雪，都從烟外明。池膠霜葉色，風觸凍枝聲。豪氣隨年減，春愁逐酒生。歸與殊未決，一穗夜釭清。

【批語】

『斜日』二句旁批：十字殊妙。

尾批：五、六牽率。

深巷

（見《通父詩存之餘上》）

憶淮上舊遊贈徐鶴孫次十年

與君同宿處，芳草贊公房。城樹青連閣，春流緑到床。中宵聞響梵，遠浦靜鳴榔。見説西遊好，秋風作急裝。

移尊就白沙，解覽促紅牙。風起吹長笛，月明開藕花。玉人低弄水，金碗細分茶。共憶歸時路，翩翩帽幘斜。

【批語】

眉批：　此處兩首，再抄時分首抄。畏記。

伏日作

（見《通父詩存之餘上》）

銀河

擬向銀河更問津，難從錦水覓雙鱗。恩讎已盡尊前淚，生死空餘夢裏人。病蝶畏寒棲弱草，亂燐隨雨入深榛。瑶箋玉軸依然是，仿佛平生笑語親。

【批語】

題下批：何其淒婉！

春渡黄河 次九年

寥落雲天雁北飛，垂鞭蟬鞚思依依。千家細雨黄河渡，二月東風白袷衣。楊柳津亭歸櫂遠，桃花寒食行人稀。未知新月誰家宿，一向樵蘇問路歧。

【批語】

『二月』句旁批：詩太輕妍。

眉批：小時好作妍語，此是一病。

朗山見招小病未往先寄一律調之次九年

杏酪分香折柬迎，客愁無奈逼清明。一春聽雨心俱碎，三月懷人病易生。每憶松醪驚醉眼，肯教桃葉按歌聲？前期屢阻山陰櫂，慚愧平生范巨卿。

【批語】

『慚愧』句旁批：此典不當用。

燈

風腦龍膏莫更論，江郎向壁自清貧。爲看小草挑偏急，欲救飛蛾剔更頻。久別英雄齊下淚，暫歸兒女各親人。簷花細雨聞蕭瑟，爲爾高歌動鬼神。

【批語】

『暫歸』句旁批：七字入神。

秋懷十一年

小簟輕衾白露天，殘荷飄紫水生烟。酒香濃似重陽後，茶味清於穀雨前。枕上看山思世外，鏡中窺髮異茾年。蘇蘭新桂人何在？ 絕憶秋江弄笛船。

休論錦帶賜魚緋，且翦青荷補葛衣。槲葉有風樵徑晚，藕花如雪釣船稀。裁詩未敲閒中坐，遠望强於梦裏歸。寄語長安西笑客，浮雲心事已相違。

江行

扁舟一夜宿蘆花，人倚高樓獨柳斜。山色似憐千里客，江聲忽瀉九天霞。佛貍帳外生秋草，仙掌城西散曉鴉。漫道紫泉宮殿好，廣陵難作帝王家。

綠珠小像

明珠步障可憐身，金谷樓空跡已陳。堪嘆銅駝秋草沒，更無一個報恩人。

題畫鷹

百尺虯枝拂遠空，浮雲萬里擊長風。天青海碧無窮路，衹在雙眸一轉中。

重過徐園 三首

五年鴻爪閱滄桑，繫馬門前柳數行。敲遍朱扉人不應，一聲寒犬吠斜陽。

畫閣朱欄取次行，曲廊迴合記分明。長鬚奴老奚僮長，一訊當年舊姓名。

烏皮芳几滿塵埃，猩色屏風繡綠落。更有枯荷聽不得，夜寒齊作雨聲來。

題淮東別館 八或九年

涼天一雨荳花紅，榕葉蕉陰綠滿空。好在澹雲微月夜，布衾無恙聽秋風。

代意

金雀臺邊蟢子飛，玉梅花下牽郎衣。香塵滿面渾不識，郎自天涯何處歸？

春辭

鬬草歸來日已西，滿懷惆悵不相宜。花前一笑思量著，昨日是儂生日時。

述夢

夢倚雕欄干，斜對碧窗戶。燕子一雙來，春愁點欲雨。

李朗山自吴中歸卻寄

白馬銀濤江上迴，英雄往事劇堪哀。怪君俠氣鬚眉上，親向要離冢畔來。

題柳燕小幀

生生巧語裂繒新，花影雲波蕩漾頻。淺碧樓臺淡黄柳，不妨添畫捲簾人。

乙卯重陽前一夕，剪燈再校一過。

【批語】

『乙卯』旁批：咸豐五年，五十一歲。

雪齊

（見《通父詩存之餘上》之《雪霽效宋人體》）

日本劍歌王慈雨，十一年十二月

慈雨所藏寶劍，張鐵侯所贈也。鐵侯報仇殺人，走萬里，遇赦歸。攜劍七，以一贈慈雨。余幼時曾見之東海孫氏，臘夜不寐，追成長句。

遼東壯士張鐵侯，氣吞乳虎迴奔牛。袖中血漉仇人頭，東竄日本窮琉球。歸裝載得雙蟠虯，酒酣仰面天津樓。是時六月天未秋，袖出滿堂風颼飀。七星微露刃半抽，墮地一躍鏗三投。白日荒荒光西流，當時採鐵窮六州。山崩川竭長庚愁，雜以金銅銀鏤鏐。鄧林萬木共薪槱，千燒萬鑄繞指柔。旁鐫細字匠者歐，中原萬里無仇讎。飄然墮落海外洲，何不一揮殲其酋？興酣斫地歌聲遒，窗外暮鬼聲啾啾。

【批語】

眉批：《寄徐蓼亭丈》七古二首，存藍格本，鈔此處。　柏梁體最貴用韻堅而響，不以貪韻使典爲尚。

尾批：收少常。

車大山水歌

（見《通父詩存之餘上》之《車大畫山水歌》）

舟次安宜有懷陸小巖[一]

遠岸澹將夕[二]，湖光上客衣。烟波紅藕熟，鵝鴨白田肥。城小浮疑去[三]，船多住似歸。故人今慧曉，何處閉烟扉[四]？

【校記】

〔一〕《通父詩外集三鈔》題作《安宜懷陸明經》。

〔二〕『遠岸』句：《通父詩外集三鈔》作『寥岸淡將夕』。

〔三〕浮：《通父詩外集三鈔》作『游』。

〔四〕閉：《通父詩外集三鈔》作『款』。

真州城南作

（見《通父詩存之餘上》）

登高旻寺浮圖

高標遠上翠微宮，呼吸真疑帝座通。旛影飄蕭江縣雨，鈴聲搖曳海門風。參天竹樹常朝北，順水峯巒欲向東。無復南巡遺老在，夕陽空映蜀岡紅。

【批語】

尾批：以上辛卯（道光十一年）。

重遊莫愁湖歌壬辰　十二年

昔年我遊莫愁湖，莫愁顏色如明珠。今年我遊莫愁湖，莫愁焦萃花容枯。不識莫愁鏡中面，請君卻來湖上看。昔時朱樓大道邊，樓下夫容多於田。詞客尋秋幾兩屐，斜陽買醉幾人船。買醉尋秋三五里，湖態山容俱滿美。衣影飄搖蛺蝶風，簾波蕩漾蜻蛉水。簾波貼水低更低，湖光百步見鬚眉。白雲勸吸杯中物，黃鳥能歌席上詩。席上相看盡豪彥，蠻箋十萬題痕遍。春燈院本寫朱欄，夜月歌喉傳白練。瓜皮艇子波悠悠，青溪小姑船上頭。淒迷香氣皆蘇合，宛轉佳兒盡阿侯。此時行樂何能已，此地相逢說無死。頹垣斷甃一朝飛，水佩雲裳何處是？丹臒闌干百尺梯，瓦礫高與臺城齊。藻井泥香秋菌長，文窗草綠螻蛄啼。秋陰墮地諸天閉，寶幢欹倒經文碎。藏閣空聞蝙蝠腥，禪房猶帶旃檀味。別有波心小殿幽，錦瑟秋花相對愁。眉翻十樣風吹黑，佩解雙珠水不流。可憐一代稱佳麗，山河迴首重流涕。紅杏淒涼馬氏園，古槐疏冷汾陽第。何人重弔鬱金堂？何處平泉有賜莊？棋聲燕影都消歇，漁弟漁兄夢夕陽。

【批語】

尾批：首尾圓密。微覺詞多於意。

題畫四首

（見《通父詩存之餘上》）

送鶴孫歸海陵

芙蓉湖上路，烟水繞君家。別憶秋經雨，歸逢藕著花。詩懷南去好，酒量北遊加。一笑空囊在，黃壚幸可賒。

翠微亭

（見《通父詩存之餘上》之《翠微寺》）

寄秋碧時有入都之役

磊落嵚崎太可憐，長康風味一家偏。黄塵上國三千里，白首南朝四十年。老筆縱横龍虎氣，前身寥落水雲仙。直靈位業所言否？迴首蓬山一惘然。

夜歸

疲馬瘦凌兢，溪流澹月升。無人空喚渡，遠水一聲應。

馮淑妃

后衣一著可憐生，消受金輿十里迎。絶愛官家好風調，並頭馬上看西兵。

題高熲傳

盤水氂纓一劍加，房陵廢錮到姻家。君王懷恨公知否？半爲軍門斬麗華。

【批語】

尾批：以上壬辰（道光十二年）。

贈王生紫仙 癸巳 十三年

靜花無烈香，靜士無隆儀。緣飾汩真性，一靜自了之。炯炯白璧光，宛宛潛虯姿。扱户疑無人，見客疑無辭。平生喜唐突，對子翻不怡。三年辱侯芭，道貶非汝師。勖哉欺尚友，非古人其誰？

捕虎行

（見《通父詩存之餘上》）

班史小樂府〔一〕

黄頭郎

漸臺水，何漸漸！　黄頭郎，衣復穿，手扶紅日推上天。　旁求厥象郎惟肖，一日賜盡銅山錢。　風吹垢，説築巖，古夢今夢何其懸。　以夢取人那可恃，猳啄入夢叔孫死。

【校記】

〔一〕　組詩共六首，其中一、二、三、四、六已見《通父詩存之餘上》。

漢宫詞三篇

（見《通父詩存之餘下》）

黄河踏冰行

北風吹水水成壘，河津老狐首銜尾。奇寒一夜勝堯年，十丈黄河凍連底。舟牽著岸行人稀，老翁公然來杖藜。非鬼非神定何物，踏冰直去行如飛。肩擔首戴漸隨續，俄開大道通川陸。險地牛車百輛來，空洞雷聲走碌碌。砂堅石滑起嶙峋，車轍磨穿一尺深。安行徐步有底急，冰山如此真堪憑。一條迸裂千尋大，巨斧椎天呀然破。鐵鎖銀橋裊若龍，昨日南兵三萬過。造物狡獪陳奇觀，不須築土憂狂瀾。安得東海一朝凍如石，怒馬直踏三山脊。

彭郎歌

（見《通父詩存之餘下》）

行藥至北村

快晴腰腳健，行藥散清晨。虚岸影摇水，幽塘聲應人。風光徐轉日，草色細浮塵。泥飲誰家好，春來步屧頻。

袁江道中

首路清明近，吟悰馬上閒。湖光晴滿縣，麥氣遠沈山。別酒連朝殢，春泥兩袖班。前溪明鏡影，心怯照塵顏。

閒居卽事

小傍東風闢數椽，溪光罨畫水成烟。全家不醒梨花夢，十日難晴穀雨天。案有名香人靜好，春如醇酒味纏綿。非關鍵戶成長住，稍喜遊蹤異昔年。

無事精廬自掃除，藥欄琴薦總蕭疏。貧思易日能爲事，老愛兒時厭見書。借病小眠晨飯後，背花清坐午陰餘。平生愛說王僧祐，又道寬閒恐不如。

【批語】

題下批：止安盛稱此詩，然太近矣。

暮春

費盡榆錢未買春，閒思玉勒碾芳塵。梨花辭樹全成雪，楊柳當門似有人。拋徑漸愁紅豆長，隔鄰偏遇曉鶯嗔。沈郎瘦絕江郎恨，並作東風潦倒身。

【批語】

尾批：以上癸未（道光十三年）。

東村題壁[一] 甲午　十四年

蟹港南頭路，空村草樹華[二]。晚天交鷹鷲[三]，春水暖魚蝦。學廢權辭客，家貧勉問花。祇餘泥甕好，過從有侯芭。

【校記】

〔一〕《通父詩外集三鈔》題作《蟹港》。

〔二〕空：《通父詩外集三鈔》作『荒』。

〔三〕鷹：《通父詩外集三鈔》作『雁』。

鶴孫移家

舊約從《招隱》，新辭賦《卜居》。全家千里客，春水一船書。風物淮壖改，人烟海甸疏。雲梯東北望，楊柳到君廬。

重過大悲閣

三日入城市，周旋苦不已。曉夢劇紛紜，悵然思雲水。蓮界城西隅，傑閣穹霄裏。烟鳥水塘飛，風蟬柳陰起。昔遊雲雨散，今來猿鳥喜。塵懷期永割，庶此參淨理。

贈孔宥函

十年思一見，畢景聚成別。悤悤千古事，執手何由說。余性苦迂滯，子才劇弘達。與君非骨肉，贈言一何切。君行亟蒼黃，揚旌犯炎熱。風帆開似雲，離燈澹如雪。後會安足言，努力慎前轍。

白沙洲守風

萬頃波光入畫屏，魚龍吹浪迴聞腥。南人北人隔窗語，吳山楚山分水青。荒蘆接屋明寒火，老樹翻江落大星。正賴奇文銷永夜，四更風露有誰聽？

江上畫梅贈友人

三日欲渡不得渡，起來潑墨成烟霧。畫爲蓬萊之白雲，憑風吹上金陵去。君向金陵有底忙，夢裏猶聞喚渡江。看我作畫莫火急，船尾已作聲舂撞。

讀史

平津車庫感蒿萊，聞道公孫最愛才。一個董生容不得，思量東閣爲誰開？

題畫梅贈王考功

薄霰遽已集，峭風吟有聲。不愁窗影黑，畫出遠烟明。
紙作暮江色，墨作松林烟。的的小寒後，愔愔薄暝天。
幽禽期不來，斜月澹將落。畫君江上邨，閉目思量著。
乍向客中見，旋疑夢裏看。憑人端相久，扶影近欄干。
官驛吟都遍，山塘看得無。是誰臨水見，一樹背人孤。

又題畫梅

東風吹晴向江閣，溪水流光曉冰薄。高情野態破愁來，一朵仙雲夢中落。横塗斜抹豐不癯，山中兔毛掃欲枯〔一〕。廣平賦手推天豔，鐵石心腸换得無。

【校記】

〔一〕毛：北京保利國際拍賣有限公司第十二期中國書畫精品拍賣會拍品《通甫墨梅立軸》作『毫』。尾署『一同並題』。

鐵崖手筆仲圭格，古之畫梅推專家。俗工畫骨不畫韻，忍使造化生查牙。千林未要雪壓屋，數點纔足波明沙。烟縈霧繚不知處，莫遣落月窺天斜。

【批語】

尾批：以上甲午（道光十四年）。

悼鶯乙未

（見《通父詩存之餘下》）

與耿大夜話

纖月兼愁落，清尊入夜降。鼠聲餓傍夢，燈影澹分窗。天地吟身隻，風沙老鬢雙。相期過白露，聯臂聽秋江。

新樂府

票鹽客

票鹽客，何揚揚，高車大艑來煌煌。船頭黄旗字一行，上書票鹽新客商。亦有給事中，乃至尚書郎，連街列地居鹽場。黄金作路珠爲土，天下盡化爲商賈。我士人，爾農圃，何如將身作竈戶？

【批語】

題下批：數詩近俳。

眉批：夜讀《張亨父詩》一首、《畫龍歌一》、《張烈婦行》一首、《自題蒼松疏梅卷子》一首。

小鹽行

官行票鹽鹽價貴，私煮小鹽得微利。家有薄田百不宜，刮取地皮鋪鹽池。紅日燒天滷氣湧，長鑱鏟地地爲腫。一池水熱一池乾，縣吏下鄉索頭錢。急賣鹽斤報私税，免教明日進城去。

糧艘火

傴仄復傴仄，水中有火救不得。水中有火岸有賊，刀光水光相向明。天地無情黯然赤，河塘十里鼎沸聲，魚爛肉爛冤哉烹。大臣聯章奏聖尊，失火不戒由旗丁。旗丁殘骸飽魚腹，欲派均賠派河伯。

黄河謡

黄河捲天浪如雪，一十八廳緣何設？嗚珂佩玉照中流，南河自古稱金穴。年年保固歲歲修，敗絮焉能補敝裘？議遷議改總多事，不如安生鳴八騶。少府白金三百萬，輸與河買珍饌〔一〕。河兵生小識事宜，耕塌舊堤換新堤。

【校記】

〔一〕此句疑脱一字。

官兵苦

官兵捕賊何不力，作兵何如去作賊？賊傷官兵分所宜，官兵殺賊賊有辭。嗚銃聚嘯儼敵國，營伍回顧心狐疑。古來殺賊官民安，如今殺賊罪坐官。君不見安東小校有錢發，賊斫不死走沙磧。

豪吏行

豪吏下鄉何豪横，短袍小袖飛輕鞚。腰間朱符日月光，入門下馬滿堂鬨。借問豪吏何爲至，府牒牽連有名字。春苗未種麥在田，有錢幸免干汝事？博士員，太學生，拱手向吏呼爲兄。青銅白鏹那足顧，我送老兄吃茶去。

禁洋烟

官家禁烟烟轉盛，歲終詳報著爲令。烟禁愈嚴烟價增，荒街小館開烟燈。妖姬對枕挑星火，愔愔白晝成黄昏。偶因失意遭吏怒，鐵鏁長繩見官府。豈知官亦坐烟苦，枕上傳聲氣如縷。

夏雨

（見《通父詩存之餘上》）

下真州

雷塘烟水抱城流，一笛雨風渺渺秋。人坐篷窗山對面，緑陰入海下真州。

是冊詩體頗雜，然亦時有雋旨妍思，不忍拉雜摧燒之。蓋余少時學詩，無所師授，故時泛濫歧出而不自知也。冬夜檢得，以朱筆少品騭之，知必爲大方所見哂笑耳。

甲辰冬至前七日，一同自記。

【批語】

尾批：道光二十四年，先生四十歲。

跋

陳畏人

通甫外集手稿詩本，寄售於淮陰之濟生會，索價太巨。託友假來涉獵，卽同錢生勦錄。因時恖促，故潦草不堪入目。去秋，倩董生安和謄鈔，再三校對，仍不免訛舛，奈何？如此者皆通老自乙並志選者，間有眉批、旁評，亦通老手意。已刻入《詩存之餘》本，概可不鈔。又附鈔吳涑《抑抑堂札記》內及邵氏所錄，並畏人隨筆冊所有於末，以見尊崇，不忍舍寘之意云。庚午二月二日記。

癸酉涂月，宋文獻出通老手稿一冊，有潘、丁加批。據云是從通老手稿冊，經仲谷翁爲魯曾孫某藏，去番佛四十八事云云。甲戌二月，畏人记。

丁某家以六十元售，可謂崇拜之至。畏人二月再記。

通父詩外集又鈔

丙子　清和陳畏人鈔

我家有古槐〔一〕

我家有古槐，春來何青青。烏雀巢其顛，交枝如比鱗。一夕大風破，鄰人取爲薪。朝飛向我屋，交交多哀音。欲以責鄰人，傷哉鄰人貧。同里不時恤，使爾兩酸辛。

【校記】

〔一〕詩題下有小字『刪』。

射陵晚望丁亥　道光七年

春色忽如此，吾歸安可期？遥望海上山，近見河陽堤。飛鳥互翻覆，原樹相因依。芳草晚更緑，夕陽紅已微。遠墟見燈火，彷佛開荊扉。行人解鞍馬，歡笑聞依稀。江湖春水闊，鴻雁來何遲？天涯有稻粱，焉敢辭塗泥？不見梧桐死，鳳凰鳴且飢。願共牛馬食，甘辭野鳥棲。返顧天際雲，思與淮流馳。死生尚夢覺，豈必悲東西？黄蒿滿平原，充哉周餘黎。

悼徐潢

生別終有期，死別長已矣。側想平生讙，盛悼同心子。面目存彷彿，遺音如接耳。白璧一沉薶，重泉千萬里。他鄉滯孤客，夜雨枕風起。傷心芙蓉花，一夕萎江水。滔滔東逝波，此恨曷云已？疇昔別子時，楊花如雪飛。送我出西郊，揮手淚如絲。丁寧感贈言，殷勤問歸期。豈意河橋水，千古從此辭？君病臥在牀，我在天一涯。呼我我不往，思我我不知。患難弗相恤，安用友朋爲？蒼犬西北吠，烏鵲東南逝。壁暗燈熒熒，叩門故人至。容色何慘烈，相對但拭淚。問之無一言，含淒屢驚避。起坐汗浹背，達旦心每悸。家人共解説，恍惚何足急？豈知撤瑟晨，已是浹旬事。君體素孱弱，此來良不易。一身既蟬蜕，六合等遊戲。但能來往頻，蓬門豈幽閟？前有洛陽生，後有長爪郎。賦成《鵩鳥》篇，文修白天梁。彩霞易飄散，朝英萎秋霜。幽夢化蝴蝶，急風吹鸞皇。煢煢白髮人，娥娥紅粉粧。晚窗猶書聲，遺架空縹緗。極知天上樂，安念生者傷。

夏日歸田

我里散四方，十家而八九。今我獨歸來，空山復何有？上堂問白髮，中廚呼新婦。且言甕無糧，且言罇有酒。解橐三五金，稍稍羅升斗。晚食頗精良，滿案堆蔬韭。天中古今節，剪艾插門首。羣賢啞然來，綵繩繫左肘。感我久行役，全家笑滿口。偃仰讀《離騷》，支離觀莊叟。持訊東西加，此樂同乎否？

【批語】

「且言」句眉批：「甕」疑「釜」訛。畏人記。

送王慈雨入朝四十二韻 戊子　八年

惻惻復惻惻，臨紙三嘆息。王子將北征，遙念心悖抑。北征緊何爲？赴命趨京國。在昔求賢良，初通承明籍。視事方逾月，遽抱鮮民戚。哀號辭北闕，蒼黃返鄉邑。三年東海濱，讀禮營墓側。野看白兔馴，枝見連理出。餘哀方感愴，皇命遽嚴亟。行役在何時？王正月初吉。四海論交遊，與子稱莫逆。七載離合悲，從初更詳說。一年在朐陽，始快荊州識。二年在金陵，共浪名山跡。是歲登賢書，繼有燕臺役。明年君下第，相見孫氏宅。煮酒談英雄，狂歌發金石。秋盡我南旋，二年君遂北。一試捷禮闈，再授考功職。時我客東海，起舞中宵白。千里一書來，京華當七夕。感嘆牛女事，遠念同心隔。君歸我復東，對面不相覿。今年我輩扁舟訪，隱逸崇山控西北，迴環繞大澤。高樹出雲中，茅垣隱深碧。入門驚僮僕，坐定各恍惚。是時九月初，細雨連宵滴。野秔晚更香，霜螯味無敵。置酒洗心胷，萬古無空闊。初冬復一遇，草草未分晰。離合知多少，屈指今六七。男兒盛意氣，九州猶一室。代馬與秦雲，各爲長途急。君已絕意馳，我猶弱羽戢。共抱濟世懷，獨乏摶霄翼。當代論雄才，王郎誰與匹？

早登玄禮門，無輕繞影策。煌煌臨軒心，何以酬萬一？

春夢

春夢無拘束，忽與浮雲俱。拋我手中書，過我河上廬。斜通楊柳門，前對芙蓉湖。稚子啞然笑，有類心識余。野風吹鬢髮，悵然爲之虛。

寄慈雨都中己丑　九年十月

孟春花未發，送君赴燕川。河梁一尊酒，流涕不能言。君行過彭城，我稅淮東田。寄君雙鯉魚，道遠無由傳。孟夏君始行，巾車何翩翩。五月盧溝橋，行人殊灑然。七月猶漫水，楊柳秋風起。我歸不見君，思君暮雲裏。思君復何如？十月君寄書。書來自何處？書中竟何語？上言相見易，次言相憶苦。憶君何可支，見君當有時。君如雲在空，我如花戀枝。顛風一搖蕩，萬里常差池。夢中或相遇，君心知未知？

送從兄子秋

歲晏百事歇，君獨西南行。念茲冰雪遠，愴然勞我心。同居豈不驩，各各懷所營。兄弟既長大，亦復成酸辛。孤僕起寒色，羸馬愁風聲。已見別顔慘，況乃行勝貧。在遠詎違闊，庶幾心神親。

南湖詩 庚寅 十年

余舍南有湖，夏秋瀰漫數十里，往往漂溺。春或涸或不涸，民少佃作其中，邑誌所謂石佃湖也。觀察沈公爲濬渠洩水，農賴以蘇，述其事以美之。

驅馬南湖去，湖水清已竭。高原見鳥畊，下頭猶龜裂。憶昔揚帆來，烟波杳何闊！菱芡相因依，葭菼亂如髮。漁網澄夕陽，鳴榔響秋月。春來弄輕舟，湖中嘉可遊。蒲芽映渚出，荇帶隨風柔。家臨芳草渡，門對桃花流。嚴冬浦凍合，層冰何陽修。飢鳥望烟火，落葉瀰汀洲。念爾湖中人，魚鰕事生理。撤屋持作薪，煮魚湖中水。單衣曉露寒，破壁秋風起。雨中砍蘆根，霜前收菰米。寒塘柳向門，晚火漁開市。前年大吏至，初修鄭白集。彌歲功告蕆，日役萬餘夫。冬時議播種，春到把犁鋤。遲遲隴上犢，漠漠田中烏。雞塒收晚日，舟楫嘗新逋。四月微雨晴，門前生新碧。稚子問禾苗，沙鳥窺行客。枯樹垂鮮條，新泥塗舊壁。家家有歸人，處處迷行跡。當時揚舲者，重來不相識。

懷友人

君家湖水南，我家湖水北。曉露濯芙蓉，一片秋江色。芙蓉忽已老，綺歲風光早。芳樹籠夕陽，行人坐春草。春草萋以深，落日見君心。君心不可見，太息撫瑶琴。

過殷氏山莊

秋柳未全黄，鮮枯已各半。馬首故人村，遥景紛可玩。歷歷樹下屋，縷縷林間爨。到門無路溪，流水中分斷。新雨滿芳塘，鵝鴨聲相亂。主人久未出，柴徑荊須唤。苦辭奴僕蠢，琴書堆滿案。村酒連罌瓶，山肴雜韭蒜。愛此幽棲適，拊膺起三嘆。

秋懷

鑿石欲到水，磨杵期成鍼。兹事豈不難，吾以明吾心。心淺力自淺，心深境亦深。一食腥膻味，黄金不可成。

落落落地葉，飛飛飛天雲。所在無羈絆，一生常羡君。家雞狎野鶩，毋乃非其羣？古有御風者，斯人不可尋。

雜感辛卯　十一年

讀書二十年，久與世情疏。出言未及半，嗤嗤笑爲愚。豈徒笑爲愚，怵之以刑誅。越次實憂國，豈曰非瞀儒？持以獻吾君，或者今所需。

客中作

本無塵世緣，偶過城市裏。物態倦接目，喧聲亂人耳。愁來掩閨臥，入夢境稍美。夢我湖上村，遠似柴桑里。微塵散和風，晴光淡春水。何時坐垂釣？終身此休矣。

野行

野行愛風日，遲遲故不至。卻望所來徑，忍刓弗能棄。獨鳥無遠情，疏村有媚意。翻笑桃源人，千年枉幽閟。

鄰僧

平生不喜僧，偶共鄰僧飲。醉倒臥佛牀，殘經捲作枕。遊人頗已散，晚鐘敲自醒。明月照半窗，起視滿山頂。

寄丁儉卿

建安盛文章，儀廙隨鑣起。相人以皮毛，曹公庸奴耳。淮南有英傑，張徐今已矣。茫茫七百年，卓哉儉卿子。月明照東城，金樽泛綠蟻。妙論開人天，英詞亦何綺。但思避君鋒，焉敢摩君壘。疲馬遜霜鶻，何止三十里。少年負盛氣，思欲鑽故紙。胷無萬卷書，安能驅神鬼？間注七篇文，時余方注《南華內篇》。靜觀五千旨。好古有同心，眼前竟誰是？東風吹楊花，濛濛遍春水。南望不見君，心與浮雲駛。寄詩寫蓬心，因之琴高理。

草書歌

倉史荒唐籀史䰟，字體變化如蒼狗。秦篆漢隸不媚俗，中間草書又紛糾。二王高古無等倫，褚妍歐怪相爲友。公權崛强老不平，張顛狂蕩空濡首。文章不到緇髡流，驅策懷智歸上藪。霅翁涪翁各造極，就中尤愛溪堂叟。溪堂主人沙石動，窮簷窈穴龍虎吼。大江東奔三峽開，黄河西傾一華走。交横劍槊割鋒芒，一道金繩盤鏁鈕。或言元祐紹聖間，公也吾邦來作守。歲久碑碣有鬼神，往往遺卷大如斗。良工摹搨無差謬，精氣耿耿貫肩肘。生平愛古自有癖，況乃傾心素已久。願買萬木寫萬通，繭紙在案筆在手。永和歲月今蕭條，獨立蒼茫誰不朽？

田歌甲申　道光四年

草如鍼，稻如縷。蛙聲哈哈魚可數，墨雲如車天欲雨。

贈徐健安將軍丁亥　七年

先皇好文兼好武，功成理定彌環宇。九州萬里無風塵，絶塞窮荒編歌舞。强弓大馬搜英豪，平臺召見千羆虎。突兀崢嶸第一人，没石常驚雙白羽。嗚呼一蹶難具陳，投弓旅食淮南春。我從兒童窺半面，龍文虎氣猶精神。今望登極更召見，陛戟御上光明殿。魚鑰九門虯漏遲，鳳樓百尺龍旂颭。千官劍佩入逡巡，萬戶雲霞開瀲灩。宫中長日數花鬚，殿上祥光摇瑶扇。攀龍附鳳有輝光，誓將肌力報吾皇。誰知返哺意慘戚，麻衣一痛天雨霜。三載河陰守敝廬，髀肉全生世事疏。櫪上齒衰少遊馬，床頭塵滿黄公書。家徒壁立更何有，往往從人騎蹇驢。儒冠野服愛蕭瑟，射圃學種秋前蔬。昨來見我洛生詠，衆中對客歌嗚嗚。豈知我亦困枳棘，病欺愁劫無時無。丈夫意氣在萬里，班超乃是奇男子。紛紛甲第滿時流，誰向雲臺跋珠履。更憶荊南梅萬青，磊落嶔崎太有情。他時握手須道及，埋頭空老魯諸生。

荒年行

明河飛焰災星過，淮民十家九家破。赤地無毛生氣枯，高門大屋空廚餓。去年入秋一丈雨，舊穀全淹新難播。典衣賣口易斗糧，和糟作糜糠不簸。小家挑菜菜根死，榆皮細薄乾可磨。入春半月大雨雪，千戶萬戶枵腹臥。鳩顔鵠貌氣如絲，淨皮光面無一個。官糧放書不到民，豪家猾吏拱手賀。口得百錢竟何補，虛糜内帑十萬大。强者聚黨晝行劫，積案如山官無那。腰間佩刀日月光，官且畏賊賊可作。近聞淮東勸賑粥，此事可倡難爲和。救荒在官不在民，貧民死是富民禍。垂裳天子那得知，大官省事小官懦。言之無罪君莫嗤，會當叩頭陳黼座。

寄徐蓼亭丈此詩應在十年

丈夫忽墮地，二十有六年。不能金門據地歌向天，又不能騎鯨入東海，快彈水調呼成連。陸處無屋舟無水，藜牀可坐竃可眠。日飽鮭菜二十七，虞郎一貧真可憐。朝吟謝家春草句，暮玩莊生《秋水篇》。三年讀《易》不了解，一紀鍊賦何曾妍？先生大笑呼之前，小子乃以膏自煎。人生得意須金錢，汝不能豪何能仙？速焚舊作三千卷，來從我種河濱田。我昔方打細腰鼓，長者到門笑不語。手持素扇索吟詩，先生摩頂笑相許。蚪飛蠖動斯須出，據梧一氣如風雨。上言揚子雲，下言孔文舉。心知譽，口不言，當階伏地摩空舞。一散春風十八年，舊遊老輩如雲烟。小子懷中字尚全，文人白髮垂過肩。我亦亂髭生鬑鬑，當時了了惡能賢？玉堂金馬如登天，作詩作答瓊瑶篇，緘愁欲寄心茫然。

宿京口村夜次十一年

日落大江平，亂山孤月生。潮歸風有力，灘急鼓齊鳴。天險限南北，客心愁晦明。朝來挂帆去，雲重潤州城。

炯炯星臨戶，微微月墮林。滄溟猶薄產，書劍一長吟。殘角風雲氣，孤燈天地心。行藏莽牢落，人事日相侵。

歲晏甲申　道光四年

窮山仍歲晏，濁酒且孤嘗。殘雪未辭樹，疏梅已滿牆。冰聲開大壑，風力凍斜陽。向夕親燈火，蒼涼寶劍光。

白下得慈雨彭城書知慈雨已歸東海

八月長江水，茫茫天上流。片雲歸白下，明月望黃樓。及遇龍山信，因思海國秋。秦東門外路，五載憶前遊。

暮登燕子磯

山月墮高樹，大江寒不流。樓臺千堞雨，鐘磬半天秋。鐵鏁關潮信，金陵起暮愁。萬家烟火外，搖落帝王州。

自露筋乘風放舟溯流入湖三百里至淮陰

竟欲淩空去，珠湖萬頃瀾。近城風力大，出險櫓聲讙。甓社中流急，秦郵晚雨寒。淮陰古重鎮，秋草綠漫漫。

雲龍山一首寄慈雨時主講雲龍書院

四代龍飛地，河流日夜聲〔一〕。英雄爭小沛，山水壯彭城〔二〕。秋草羣羊臥，荒山野鶴鳴。談經有清暇，作賦且平生。

【校記】

〔一〕日：《通父詩存外集三鈔》作『入』。

〔二〕壯：《通父詩存外集三鈔》作『聚』。

白日

白日無一事，推書自理琴。簾虛搖夢影，香細定人心。一境涉冥想，半庭生午陰。何方悟琴妙，閒極欲無情。

巢湖楊鐵梅先生編於道光五年

吾師抱奇璞，著作滿蕭樓。百尺見豪氣，一官還舊丘。長才甘廢黜，儒吏有風流。七載今不見，淒涼江上秋。

金陵楊樂山

落落楊風子，金陵老布衣。門從衰病掩，貧到古今稀。細雨河橋別，秋風白下歸。思君江上柳，殘笛怨依依。

金陵顧秋碧

一代傷心客，江東顧虎頭。才名堪敵國，詩骨不封侯。白髮欺愁上，青衫迸淚流。唯將搖落意，管領秣陵秋。

厚丘王慈雨

平生幾心契，江北一王郎。酒暖詩無敵，邊寒劍有霜。十年窺大漠，三載臥江鄉。太息金臺去，雲山坐渺茫。

東海薛仲賓

薛據有清品，五言王李間。淮南多草木，不見郁州山。翰墨抱幽怪，功名學閉關。昨來寄雙鯉，長跪破愁顔。

射陽李朗山

李生標格好，朗朗玉山行。小飲必教醉，新詩多遠情。湖天疏雨歇，野館嫩涼生。坐對每忘久，祇今空月明。

南湖送家人

昔日南湖水，今成楊柳烟。送君芳春外，分手落花前。駿馬嘶風立，驕兒上道眠。别懷殊不惡，可惜是華年。

贈吴秀才以誠庚寅　十年

淮南招隱地，攜手梵宫行。蘆荻風千頃，鳧鷗水半城。魚梁低日影，經院散棋聲。一笑成揮手，知君萬事輕。

攜家歸自南湖

風日南湖道，扁舟放溜行。水花隨櫂湧，江鳥點波明。魚戲紅粧影，蒲喧翠袖聲。緑溪逢浣女，一訊阿侯名。時攜葵兒。

遊莫愁湖十一年

嫋嫋西風捲秣陵，南朝靈秀鬱湖濱。幾家戰伐空流水，如此江山屬美人。別燕帶聲辭極浦，斜陽催客下臺城。桂梁蘭室今何在？秋雨秋烟老白蘋。

官軍復回城

天驕昨夜獵居延，已報將軍住酒泉。雪海雲黄連虎帳，陰山風黑起狼烟。九邊鶻鴞秋初健，一笛關山月又圓。將士莫辭征戍苦，元戎不爲勒燕然。

舟過阜寧縣

孤帆遠與白雲齊，竟日輕颸五兩低。蕎麥細連湖雨秀，插禾閒趁客舟啼。青旗門巷多依郭，紅樹人家各枕溪。擬向烟波尋釣叟，登樓一醉爛如泥。

讀慈雨續哀江南賦兼懷顧秋碧

往事留都最愴神，蘭成詞賦若爲新。百年龍虎歸真主，六代江山有故人。輦路斜陽餘舊恨，桃花春水老吟身。彦先才調東南冠，聞道飄零老更貧。

聞官軍平定西域凱還恭賦戊子　八年

將軍天上奏鐃歌，九郡緣邊罷荷戈。掠陣秋風翻雪海，洗兵春雨下黄河。夷謳四面侵霜起，宛馬千羣入夜過。爲問漢家西北事，由來衛霍戰功多。

中外由來共戴天，豈容烽火照祁連！莎車久欲窺關右，葉護今看拜馬前。百戰兵歸遼海月，萬山人散柳條烟。輪臺西望平原地，解甲春風白日眠。

枚皋宅

灌木蕭疏故國秋，梁園賓從幾人留？漢家詞客公卿少，終古濤聲天地流。持節功臣虚異域，蒲輪風雨卧高丘。可憐一代文章盡，愁煞當年趙倚樓。

寄子秋己丑　九年

經卷香烟寄此身，鬢絲禪榻裊芳塵。閑看紅樹思歸騎，卧對青山憶遠人。少日功名成小劫，中年絲竹感蕭晨。時有期喪。朝來畏見繁霜落，一半分從鏡裏新。

寄慈雨

舟塞黄河水不瀾，郁州山色遠漫漫。遙知風雪孤村夜，猶倚燈前把劍看。

湖上有懷

湖光如鏡寫秋容，碧瓦朱樓定幾重。涼露滿天斜月下，曉風吹醒白芙蓉。

和白沙亭壁間韻

臨風愁見髮毵毵，春草袍痕尚帶藍。我欲吹簫寄明月，碧雲如水下東南。

下真州

（見《通父詩存外集》）

病中夢亡友徐漢卿

天涯抱病夜眠遲，噩梦驚心汗欲澌。淚眼未乾容未改，分明風雨對床時。

病中寄兄姊

近重三兩細闌珊，過寒食風生冷酸。莫向他鄉問小弟，來人總是道平安。

題淮東別館

畫樓燈火影飄蕭，新按《梁州》曲未調。倚遍闌干三十六，月明如水寺門橋。

淮陰〔一〕

隱隱三城一水穿，槐花滿地雨如烟。夕陽冉冉蒲上市，蘆葉青青人趁船。

八字橋邊女校書，迴波一曲淚盈裾。歸來臥對山門月，荷葉繞廊聞夜漁。

哀感頑豔之音，令人一唱銷魂。四農。

【校記】

〔一〕組詩原四首，其中二、四兩首已見《通父詩存之餘上》，題作《勺湖感舊》。

沈醉

沈醉人扶上馬行，羅衣涼潑露華生。半街斜月客俱睡，何處當壚燈小明。

客中上元

紅燈如水颭樓臺，醉裏聞歡眼倦開。忘是人家兒女笑，欲將身到後堂來。

通父詩存外集三鈔

丙子年　陳畏人鈔

雨宿舊縣寄懷蘭甫同年乙未　十五年

汪子鳴琴處，風光迥不同。山樓梅子雨，縣郭棗花風。問俗清尊外，孤吟暮靄中。廾沉吾已慣，契闊意何窮？

題潘太常養閒草堂圖丁酉　十七年

君家養閒堂，乃在京輦下。此間無閒人，抱膝何爲者？呼僕趨尊榼，請君過郊野。

茌平旅壁戊戌　十八年

独酌何人勸一杯，四更門巷管弦哀。劍光在壁雞聲動，夢向賓王冢上來。

彭城南山道中作庚子　二十年

朝曦冠東峯，厓轉氣候變。野雲非一族，澗水有千旋。墟烟偶翕散，林姿遞隱見。遇物意恐留，趨途急所願。羣巒趁突兀，一往割深戀。山鳥苦歌吟，村童倏呼抃。遙岑如候人，余情有深眷。

邳州道中作

楊柳金堤漫十圍，未曾作絮也依依。卻看西上黄河遠，不見東風紫燕飛。一堠一亭長短驛，宜春宜夏袷單衣。下邳山色分明在，可奈安期壯志違。

此《上岡北山□詩》未鈔。畏人記。

龍溪辛丑　二十一年

過岡迤行，峭石逾怒。有泉溶漾其間，中峙小嶼。芳竹羅生，不可得而名焉。因繫名於山，而誌以詩。

惡石震裂缺，清漪迴渟囦。安知半畝底，藏有太古泉？竇脈咽潛洩，浮藻揚澄鮮。中湧一孤嶼，如壺嶠三山。夕景射頹峯，蕩爲千淪漣。世無百東坡，我鬟眉其間。願言更洗心，塵垢已昔然。震龍倘震驚，拔宅升九天。

訪徐蓼亭丈不值壬寅　二十二年

幽溪不可渡，繫馬芳林晚。斜陽草際歸，秀色亦何遠。偶隨樵者行，遂造幽人館。階前竹樹間，案上琴書卷。山僮解共客，烹泉淥盈椀。興與白雲遲，路向蒼烟轉。鐘動前溪鐙，人歸隔林犬。卻憶王子猷，剡溪櫂初返。

渡大清河遇汪明府奴子知行縣未歸口占卻寄

問訊清河渡，卑書苦降登。溪聲長浩落，雲氣不飛騰。疏雨含春郭，遙山隱暮燈。此方古衝要，應接使君能。

宥函舟中讀其南郊詩晚歸吳城草堂口號癸卯　二十三年

初月出霧蒸微黄，大星歷落明枯桑。淮干車馬別孤艇，河北燈火趨茅堂。狂歌海内幾杯斝，息影山中空堵牆。新來一事睡不得，南郊紅葉多新霜。

過皂河乙巳　二十五年

驅車過皂河，沙堤益修整。青林晚霏霏，黃流春泯泯。循岸途屢折，意窮得所引。晴湖蒸成雲，遥山淡如粉。緬想賢主人，良宵款語近。目存眾妙接，翻愁所歷盡。淮浦人事熟，應接精神損。願抱孤桐居，此邦習便靜。

『晴湖』十字，写景入妙。自记。

即席留別王甘巖己酉　二十九年

雲外紛千種，尊罍共一天。山高得疏放，城小易周旋。白髮心淒壯，黃河路渺綿。雲龍有歸鶴，芳訊若爲傳。

發徐州三十年

淩晨膏我車，淒皇整行李。山川非故土，取別心尚爾。出郭臨大河，中懷鬱電起。咳唾下中流，東南五百里。龍蛇氣蒼茫，二儀積虧毀。自非倚天劍，亂絲與誰理？萬事合變化，孤生焉足恃？長揖謝雲龍，吾行自茲始。

試院對月 三十年

萬古同圓缺，孤生漫激昂。花光纔寶鑒，眉意已秋霜。海氣騰難上，雲端駐更涼。低徊向簾幕，河漢永相望。

南湖懷人 癸丑　咸豐三年〔一〕

（見《通父詩外集又鈔》之《懷友人》）

【校記】

〔一〕詩題下有『此詩與《通父詩存外集又鈔·懷友人》同。畏記』。

齋中讀書有懷嵇明經

息機有妙理，耽靜無塵容。年往物累減，境阻幽思通。過午氣候變，好鳥鳴簾櫳。飛雨灑白日，纖草交迴風。潤回細葛軟，涼生珍簟空。已悼逝驪遠，方期來去濃。寄言清泠子，真賞何繇同？

安宜懷陸明經聯桂　丙辰　咸豐六年

（見《通父詩存外集》之《舟次安宜有懷陸小巖》）

送王蘭陔同年入都

故國山陰遠，新交淮浦稀。一官春草外，三月鶯亂飛。去帶江雲熱，歸騎塞馬肥。才名須羨汝，日下有光輝。

心仿云：『五、六用典無跡。』

觀軍士校射

新破關西虜，諸軍脱劍歸。七重蹲甲透，一騎入雲飛。白羽朝分部，紅塵晝合圍。更聞山後路，草短雉初肥。

徐蓼亭云：從西師凱還，足見廟謨之遠、軍政之肅，此用意高妙處。

寄王慈雨考功雲龍山下

（見《通父詩外集又鈔》之《雪龍山一首寄慈雨》）

新年道中作

青衫騎馬易銷魂，狼藉新年漬酒痕。流水聲中殘臘雪，落梅風裏上元村。剪刀未破春前冷，楊柳將絲雨後溫。遙憶玉窗鈴索響，紫姑歸去月黄昏。

題高熲傳

（見《通父詩存外集》）

馮淑妃

（見《通父詩存外集》）

荒街

荒街塵欲黦，幽館草逾新。一雨暑歸屋，臨風天爽人。茶香思過客，松響自成鄰。不向深巖住，居然物外真。

田家

田家溝水生，小雨試春耕。旱澇占風信，陰晴課鳥聲。到門春酒熟，隔舍杏花明。常此比鄰住，子孫新長成。

移尊

移尊就白沙，解纜促紅牙。風起吹長笛，月明開藕花。玉人低弄水，金椀細分茶。共憶歸時路，翩翩帽幘斜。

銀河

（見《通父詩存外集》）

聞友人言匡廬之勝

廬山天下秀，翠壁插雲開。日落九江滿，天晴五老來。看峯得禪意，詠瀑窘詩才。李白讀書處，松風萬壑哀。

舟過清涼山下

暫脱風濤險，欣聞梵磬聲。亂山堆落日，一徑下秋城。羅綺臨江豔，松杉閲世清。那堪腰腳改，前度棄繻生。

哭張處士

周北張南忍暫違，兩家流水共苔磯。亂鴉飛盡寒蕪晚，長記柴門送汝歸。

病訊傳來踏雪行，到門聞哭始心驚。怨君一事終相負，忍死何妨待巨卿？

一笑淩雲願久虛，平生風調太蕭疏。《法華》小品休將去，地下從誰讀異書？

徐參戎歿於關右既已哭之櫬歸更作

霜氣到天塞烟紫，壯士歸骨窮泉裏。靈旗倒捲華嶽雲，英風夜渡黃河水。當時提兵西極行，豈知九死無還理？自言軀體金鐵堅，三月戎衣不曾洗。可憐忠膽滿一身，死後猶能行萬里。蒼梧南望集飛矢，狼荒獠奴鬭如蟻。爛羊侯尉徒紛紛，欲喚君魂報天子。

行藥至北村

（見《通父詩存外集》）

春日草堂初成書事二首

（見《通父詩存外集》之《閒居卽事二首》）

蟹港

（見《通父詩存外集》之《東村題壁》）

烈婦行

濟水不共黄河濁，東飛鵠鶬西飛雀，嗟哉難言小姑惡。小姑有行，兄嫂知之。反脣污阿嫂，阿母大罵：賤子不死何爲？妾身那得死，下有黄口兒。嗟哉小姑目睢睢，東家來西家來勸，阿嫂泣且悲。嗟哉小姑計不得施。雞鳴狗吠，艾豭入戶。刀光霍霍長尺五，婁豬如狐豭如虎。頭飛屍走血如雨，嗟哉小姑毒爾許！走報縣令，縣令不信。走報上官，嗟哉烈婦，身無父。一寸棺，一鍬土。顧之婦，羅之女。

路旁棗

路旁棗，何纂纂。攫紛拏，刺人眼。挂我冠，齧我履，裂我襦。我行見之，畏不能趨。此木豈無實，奈何種之當路衢？九達之馗，以植桃李。結子不成，桃僵李死。

聞陳筠翹將至沭陽先寄長歌

去年别君長安去，宴花樓前日將暮。今年遲君建陵來，眼穿不得開金罍。君昔二十何翩翩，痛飲東城兩少年。轟醉不聞雷破壁，開門一笑波吞天。三年小别意淒惻，伏雨闌風故鄉陌。玄元祠邊多藕花，吴船百斛裝流霞。夜深月出城南斜，月孃向月彈琵琶。紅衣翠蓋三千柄，白塔朱樓十萬家。事殊興極嗟蕭爽，楚水燕山倏來往。歸來冷落洞天間，苦竹黄蘆暮雨閒。楊柳潮生霜信急，鯉魚風起雁飛還。殘懽墜夢誰能遣？飢驅忽向天涯遠。作客三時廢嘯歌，思君十日愁眠飯。君不見，介眉生，烏犀白紵可憐人。東華騎馬如有神，歸家爛醉江樓春。一夕怪鴉啼古屋，洞房淚濕熒熒燭。紅羅翠被紙錢風，少婦傷心老翁哭。爾我風流仍照映，蒼鷹快馬同神駿。一杯且复散千愁，三策何須千萬乘？春風狼藉遇花朝，野岸山蹊放小桃。君來倘及作寒食，更與幽魂賦《大招》。

舟過如皋

東過蓉塘又一程，烟江人語櫂歌聲。天寒不見湘中閣，九十九灣空月明。

陳家孫子茶邨老，老輩風流劇可憐。當時已似晨星散，我又遲生二百年。

東平南郭旅店題壁和四農丈

山盡日初上，城開水亂流。芳潭落春樹，清露咽啼鳩。境似前生到，人方觸熱遊。聞君欲垂釣，鼓枻遠相求。

短歌

薄酒不滿腸，終勝提空壺。博遊不滿裝，終勝閉門居。雖無良宴會，對客興不孤。雖無好顔色，一飽意有餘。

早春寄王考功

鳳城烟樹鬱岧嶢，紫禁人歸詠早朝。柳色山關雲藹藹，鶯聲九陌雨瀟瀟。狂吟沽酒衣常典，休沐逢晴客競招。憶否淒涼前度事，小樓燈火白門橋。

送邵生〔一〕

截竹八尺長，橫吹當天風。一吹摧百草〔二〕，再吹遲孤鴻。問此曲何悲？悲彼山陽翁。張徐謝千載，軺鐸驕黃鐘。我昔少年日，拜翁如長松。火氣欻吹嘘，濤轉青雲中。飄搖萬古心，不得開鴻濛。使我用世志，永與黃河東。邵生產其鄉，杖履頗追從。喬崧失崻嵲，我實慚丘封。手勘《七略》編，目存百氏蹤。非無斲堊人，質死難爲功。城南有潘岡，宰樹搖青紅。子歸攜淚往，道我心忡忡。

【校記】

〔一〕詩題：《國朝正雅集》卷八十作《送邵生東歸》。

〔二〕摧：《國朝正雅集》卷八十作『枯』。

晨出東平南郭汪明府遣衛送詩二章口占答之

城門日出掃花開，小館臨流偶溯洄。一騎山中忽飛至，東阿賢宰送詩來。

巾車席帽走間關，殘客紛如亂鳥還。只有青山解迎送，故人情更重於山。

附　陳畏人輯通甫詩

戊戌三月初二與孔宥函吴稼軒聯句

三人一百有二歲，哀樂中年慷慨同（宥函）。短袖黄塵仍冀北（稼軒），高堂白髮共淮東（通甫）。烟鴻滅沒關城月（宥函），廄馬悲鳴朔漠風（稼軒）。爾我不須悲抑塞（通甫），長歌潘老氣如虹（宥函）。

畫梅壽李梓夫舅氏

吾舅九十甥半百，猶憶兒童捧杖時。願變黄河作春酒，好花開遍萬年枝。

下邳題壁二律

趙北飛塵並馬來，江南小雨又迎梅。水聲易別荊卿驛，山勢似迴項羽臺。滄海有家難作客，乾坤何事復須才？　長淮草閣宜高卧，莫漫閒愁對酒杯。

大河西下水渾渾，歸去江南自有村。夢裏鶯花仍杜曲，望中烟雨已彭門。關河歷歷催華髮，禾黍油油入故園。便欲攜鋤去東海，那能無地飯王孫？

吳仲深曉風殘月小景

楊柳萬條風，春人一夢中。溪痕新演漾，月影小玲瓏。情託微波遠，歌傳拍板工。屯田真絕代，何必大江東？

吳稼軒小像

淮雨洗征衫，馬嘶到庭院。雖含絲綸姿，未改湖海面。春明別酒散，夢寐想巖電。苟全幸茅舍，勞心苦金殿。行藏兩盤桓，日月去弦箭。壯士一絲髮，乾坤五載戰。何況密勿地，憂虞子親見。看子眉宇舒，已卜和風扇。少慰倚門愁，再拭承明研。致身雲臺上，精爽期百鍊。

爲丁頤伯畫梅四幀壬子　咸豐二年

我畫本無法，聊以意爲之。花尚不求似，矧復贅以詩。當時託而逃，姑以遠行辭。今來頗多暇，嬾復不卽爲。丁君醉以酒，三日送一鴟。五日開一筵，使我神淋漓。感此歌一放，噀墨滿鬚髭。歌成已復醉，歸則馬倒騎。市兒拍手笑，長安老畫師。不惜畫師老，但問賞者誰？傳語車馬客，勿溷老夫爲。『爲』字重均，古人多有，不欲更也。

門前翠幰轉如雷，壁上寒香凍未開。如此風沙君莫笑，老夫特爲補詩來。此幅多含苞半吐，今再期矣，花尚偃蹇如昔耶？賦詩以促之，博頤伯世兄一笑。或能更作轉語，則花之幸也。

當年撥馬向江村，手寫梅花爲愴魂。除卻枝間雙翠羽，重來誰與話黃昏？余昔寫此，悤悤戒途，未爲極思。而頤伯裝置几案間，若珍惜之不勝者，是可感也。一同補題二十八字。

前年別長安去，梅子纍纍金滿樹。今年向長安來，梅花簇簇香初胎。去來三年足塵土，花亦如人惜風雨。愁雲凍雀滿天涯，大幹狂根老何補？前年別君寫此圖，倚裝火急如索逋。圖成一字說不出，但見奇氣盤空虛。丁君愛我知無匹，飲君醇醪醉千日。新詩重補舊時題，花尚如前我頭白。壬子三月晦日，補題於宣南寓館，一同走筆。

畫梅

炎天几席熱，近水軒窗涼。賴有筆墨靜，時聞冰雪香。

豹奴解作幹，熊兒喜吟詩。笑向枝頭花，何如未開時。客居無緒，藉筆墨以消長晝，清興所至，正復不淺。豹奴、熊兒，皆實錄也。

寄李朗山詩中句

（見《通父詩存》卷一《述舊長歌寄李朗山》『勺湖水淥如瓜瓤』至『樓臺似欲浮空行』十三句）

勺湖感舊

（見《通父詩存之餘上》）

畫梅丙辰　咸豐六年

西郊燕麥雨初晴，南苑風來柳浪輕。一笛冷香吹不散，喚人銅盞賣冰聲。丙辰浴佛前三日，與子賢話雨宣南，出此幀索畫墨梅。長安筆墨酬接，日不暇給。今日少閒，寫成，並書二十八字。不必是此花，亦不必是此詩也，擲筆相與一笑。

巢湖吾師老更狂，江南張老氣清蒼。眼前好手不可得，要與林君細品量。用鐵梅先生筆意，並題二十八字。憶去年見張君壽庭乾墨畫，未嘗不歎絶也。

龔聖予金陵六桂圖爲王慈雨題

開卷拂拂生古香，萬枝金粟堆新黄。金粉銷沈一千載，六朝烟靄看微茫。微茫不辨臺城路，舊是通明隱居處。羽衣仙客去何方？猶有廣寒丹桂樹。桂樹培養是何年？相傳植自隋唐前。滄桑换劫市朝改，不曾變滅隨風烟。龔君畫手時無匹，南渡以來推第一。我知畫此有深心，欲爲江表存遺跡。卷尾標題識景炎，怱怱末帝已南遷。山河半壁猶難住，話到開元事可憐。可憐帝后宫車北，錢塘烟月非當日。回首金陵夢舊遊，秋風樹樹傷心色。别有宫娥去國愁，風沙憔悴淚交流。題詞最惜王昭婉，太液芙蓉一夜秋。晚年遯跡淮陰里，賣畫茅簷貧若洗。更圖三十六英雄，中原豪傑今餘幾？筆墨荒涼慘不春，南朝往事逐香塵。同心好上西臺哭，俱是遺民傳裏人。留都往跡無人記，當年六桂今餘二。好作殘山賸水看，蒼苔點點都成淚。卻憶紅羊换劫年，閒花野草各凄然。待看一樹冬青月，夜夜西泠叫杜鵑。

七夕答李梅江

鄉近仍爲客，天長迴獨愁。鳥歸滄海空，星入大河流。露簟千家夜，風燈兩鬢秋。百年飛動意，鬱鬱一登樓。亦有西南月，娟娟小閣明。如何東北望，日夜大波聲？宛轉辭兒女，悲豪託友生。浮槎自天地，終作御風行。

二月十六夜對月 初到北京作　丙申

寂寞三生事，蹉跎萬古寒。去年搔短鬢，今日到長安。圓缺吾何恨？雲霄爾更難。茫茫天闕上，誰解倚闌干？

痛哭黄壚遠，閒吟白髮生。夜臺無滿月，人世有清明。雲轉淒涼色，風添瑟縮聲。良宵遲入夢，可是太忘情？

中山店

芳草客中歇，浮雲天上還。朗吟過泗水，小雨宿中山。野闊千家静，春歸百鳥閒。未應□腳懶，凫峯重躋攀。

臨城驛

農事先百動，山家燈已懸。驅車千里客，打麥四更天。行役憐予早，勞生覺爾便。便因棄名姓，淮上有瓜田。

過冶關

鎖鑰東南壯，巖巒虎豹蹲。近天高得路，架石險通門。市火搖江影，山風損石痕。因緣悲往事，幽憤不堪吞。

秋雨 此詩見爲丁儉卿書冊　戊戌

朝陽炳八荒，萬動疾清晝。蕩蕩虛空中，孤雲百不就。本意高風來，爛漫適遠岫。陰溽巧騰鬱，援繫變斗牛。煩憎蠛蠓遊，怒恐蛟螭鬬。微根不牢壯，勢靡暫奔湊。與物一淆沍，誰能返其舊？吾欲拜真宰，煉氣塞天竇。念此復誰爲？嗒焉中自疚。

雨亦不可止，愁亦不可已。寒蟲太古心，亂緒爲誰理？抽此一寸腸，訴君笙簧耳。美人滿中闈，焉得發皓齒？峨峨玉階上，側足不容趾。盛年歌黃鵠，北風中夜起。

舟過如皋

（見《通父詩存外集三鈔》之《舟過如皋》第一首）

贈胡子純介眉胞兄

令弟吾骨肉，懽愛夙所敦。並馬長安郊，意氣同輪囷。百年不可居，千秋安足論？昔來百卉蓴，今來宿草陳。茫茫桑梓間，此情誰與信？哲兄豈弟人，視我猶諸昆。相延入寢舍，梧竹陰黄昏。玄冬萬象閉，陽景催歸輪。斗酒豈不歡，觸緒傷吾神。勖哉各自愛，以慰泉下人。滔滔東逝波，去去復何言？

春詞

白玉樓臺楊柳絲，青春時節黄金卮。花開一醉騰騰睡，忘卻郎行上馬時。

偶成

美人臨鏡寫雙蛾，粧罷盈盈掩素羅。織就回文無處寄，世間那有竇連波？

海上舊作爲李某書

萬頃蘆芽一雉飛，紫騮馬上試春衣。捕蝗官吏操銅鼓，祈雨兒童折柳圍。夜火一星探鶴去，午潮三丈射魚歸。綠烟雲錦都親見，莫笑玄虚作賦非。

崇川謠〔一〕

霜柳動霜條，繫纜北門橋。北門人不見，言泛廣陵潮。
妾家江山門，送郎福山口。江神不留人，枉奠吳興酒。

【校記】

〔一〕《通父詩存之餘下》有同題之作二首。

畫梅

晴江二樹不復作，巢湖吾師稱絕倫。那得千金滿高價，也應寂寞臥江春。溪天落日有歸鴉，晴雪蕭蕭數點斜。一種風神誰得見，練裙縞帔玉川家。

畫梅

五月不熱麥風清，梅子黄時雨滿城。怪底客懷流似水，家家銅盞賣冰聲。江南大雪四尺餘，一夜凍合吳淞水。河北纔看糝地飛，野戍荒莊暮烟起。山門早閉亂鴉啼，空谷跫然足音喜。潘郎下馬向我笑，笑我寒骨殭欲死。滄海横流處處同，老屋枯燈對吾子。數點寒花倚憔悴，兩世交情託終始。且謀一日兩日醉，寘君千山萬山裏。手捲此幅感茫茫，歸告先人淚如洗。意緒所觸，感喟無端。詩不必工，恐元欽讀之，不任淒惻耳。辛丑仲冬，一同記。

大庾嶺前花似雪，錦官城外雪爲花。斜陽滿樹客歸驛，清磬出林僧煮茶。

盧苞元小照

盧君信瀟灑，别我秣陵城。聞道讀書處，終年風竹聲。閒門足高尚，有子藹孤清。何日重攜手，萬松深處行？

長安歌席戊戌四月

撥馬看新月，移尊就晚花。簾櫳低笑語，鼓角自風沙。決去卽長策，悲歌共一家。倚窗幾楊柳，寂寞數歸鴉。戊戌四月，長安歌席成此。四農丈醉中歌之，低徊不已，殆有不自得於中者歟？兹又屬書此作，余亦爲之憮然若有失也。

爲潘丈四農畫梅

鐵梅道人年已老，江東畫梅傳者少。通甫作畫如寫詩，興之所到揮灑之。有時一朵復兩朵，倏忽千枝與萬枝。離奇誕漫李長吉，佶屈聱牙樊家師。三年閉戶無一紙，近來愛者子潘子。謂我落筆良有以，畫雖不工狂可喜。怪根枯枿不足多，爲君潑墨翻天河。

附　孔宥函跋

《壬寅十月，讀通甫畫題》：通甫少年氣如虎，一識家師卽爾汝。開口有氣不肯下，放筆直欲摩天舞。千里鶯花吹上京，聯驂結袂心相並。張子湯子並意氣，坐我一室長歌行。子規叫自淮山渚，碧草纏霜黯黄土。雲散風流不可收，眼中今夕真千古。通甫早鬢蕭蕭秋，我亦師門感舊遊。西風木果軒中宿，剪燭中宵雙淚流。繼鑅。

畫梅

高閣不成夢，斜陽淡有神。嬋娟倚修竹，絕代此花身。

湖天欲雪晚冥冥，湖上青山著意青。拗取一枝何處寄，放船先上冷泉亭。

松遮竹掩已多時，雪壓苔封未見奇。數有寒梅明月始，知花開在最高枝。

山阪路幽絕，年年芳訊遲。如何開已遍，不遺一人知。

山人作畫本無師，興到臨池揮灑之。記向東風摹粉本，橫斜月影上窗時。

一拳瘦石一枝花，橫抹斜塗自一家。頗似老顛狂醉後，濡額潑墨寫龍蛇。

（『大庾嶺前花似雪』四句，見《陳畏人輯通甫詩》之《畫梅》第三首）

春意著枝太偃蹇，狂根拔地何查牙！祇應笑倒林君復，坐對東風老歲華。

楊鐵梅先生筆意

鐵梅先生七十一，畫梅勁與晴江敵。一官脱手相摶沙，老臥廬江看秋月。我年十四殊翩翩，先生教我寫春烟。彭宣兩鬢今蕭瑟，何處人間老鄭虔？

題巢湖先生畫梅兼憶南雅先生畫

向者畫梅多用交枝偃蓋，巢湖先生始用勁筆直幹，於此花性情爲近也。此作占根髐腹，尤有寂寞荒寒之致，識者賞之。余少畫梅用巢湖先生法。丙申入都，於今相國華陽夫子家乃見南雅學士畫，心輒好之，作詩曰：

南雅先生絕世姿，鐵梅老子畫中師。百年粉本無人見，記取當窗月上時。

通甫詩文輯補

通甫詩文輯補

詩

憶長安舊遊補

雲白山青萬里天，隱囊紗帽楚江眠。高齋夢醒聞鈴索，小別長安又一年。
潘吳同病各西東，春水鑾江一夜風。知否鰥生更憔悴，孤村寒雨聽歸鴻。

海秋招同人遊城南尺五山莊卽以道別

林芳散不歸，春塘點微雨。迴風掩菰蘆，萬綠一軒擧。不知誰氏園，遺規傍蔬圃？墉壑昔疏鑿，烟霞入樓宇。纏綿子孫謀，青山並終古。安知百年後，爾我已賓主。瞢瞢守株人，死據一抔土。登高望城闕，青天遇飛羽。寂寞吾何依，歸臥江南渚。

奉酬四農夫子枉贈之作

大道日回遠，時態生榛蕪。負彼遼豕躑，謂握靈蛇珠。迴瀾夙所愿，單征心易孤。夫子慨相許，謂爾真吾徒。感謝祇欲涕，誰能識區區？誓以千秋業，符此七尺軀。城西烟水深，舊遊今幾載？牢落重相逢，蒼然顏鬢改。幸此比舍居，日夕烹泉待。析疑慰今懷，辨途生昔悔。神釋苦未能，吾師了然在。所思倘不移，揚帆濟東海。

四更醉歸得見四農夫子贈詩原韻奉酬

空城聚衆靜，殘月上滿眼。鄰鐘出樹微，流螢泛烟遠。良夕闊晤言，新詩太繾綣。明朝期不違，來共蘭岑館。

奉寄四農三丈大人詩四章

海水吞三山，大鳥東南飛。千里一徘徊，下顧長江湄。綠草日夜合，孤芳日夜稀。處世非雲龍，安得常追隨？京華一尊酒，過江難重持。側耳西北風，聆我感慨詩。

昔出西安門，回首望蒼穹。我馬白四蹏，君馬黃兩騣。翹尾共悲鳴，日夜向蒿蓬。悠悠黃村路，油油南苑風。夕宿昭王館，晤嘆懷諸公。爾來若敘用，北斗迴南東。浮雲大蔽天，楚江渺何窮？

陰林百鳥絕，踞地橫鳴琴。十指驕不成，凌獵多哀音。飛泉灑長天，下注大溪深。壯士無成功，妻孥繫我心。見疑匪白璧，見信匪黃金。此曲不見賞，落落將焉尋？

人生無別離，共此六合中。上有青冥天，下有浩蕩風。醯雞處一甕，適意各西東。與君並世生，豈非造化功？中夜望星鄉，耿耿精靈通。南海一少年，西江一老翁。結交不及始，使我心忡忡。

——以上五題十首，錄自潘德輿家藏副本《養一齋同人酬唱集》

贈伯章先生

索畫催詩笑口開，西川夫子太憐才。平生恨坐春風晚，不見居庸萬騎來。

——《小莽蒼蒼齋藏清代學者法書選集》第一六一號

贈湯海秋同年

江漢風流在，幽燕感慨多。深心託山嶽，老筆挽江河。談劇花爭發，官閒酒漫過。故人盡憔悴，得爾未蹉跎。

哭王慈雨〔一〕

昔别青門路，巾車送我回。今朝建陵道，丹旐望君來。生死一年夢，漂零十口哀。科名真負汝，吾志欲成灰。

【校記】

〔一〕《國朝正雅集》卷八十魯一同《哭王慈雨》題下四首，其二、三、四，分别是《通甫詩存》卷一同題九首的第三、五、八。此是其第一首。

——以上《國朝正雅集》卷八十

題陳豫林先生遺像萬竿烟月圖

淳風日虧蔽，瑕釁起彝倫。惻然澆俗餘，見此孝悌門。先生家五世同居，内外百餘人。綿綿百年來，典型今猶存。長源鍾秀異，哲士含清敦。眉髯藹天和，色映東海春。文章觀國賓，宇内歌其真。成均錄刻先生文，海内誦之。鳳毛不一燿，虬姿終潛淪。晢此式下士，薰使風俗淳。德劭齒未優，傾邑走酸辛。我後三十載，遺像瞻恭溫。陰森萬竹風，靈來公有神。賢閭篤先訓，令器皆恂恂。寄語同根人，梨栗勿怒嗔。

——咸豐四年刻陳樟《求定軒文存》卷首

畫梅自題

枯根秃縮如老翁，見人卻立俯其躬。新枝窈窕如幽女，背倚春風手慵舉。何處深山不見春，何處梅花好結鄰。北風惡雪欺茅屋，一點幽思愁惹人。

——吴涑《抑抑堂集》卷十五

奉題四農先生岱峯晴雪圖卽求大教

有手不折秦皇松，有足不登日觀峯。眼中擾擾盡儕輩，笑閱萬古成愚蒙。我行徐邳歷鄒魯，北涉漳衛來雲中。紛紛培塿小丘壑，聳身無計排天風。翻然示我《晴雪圖》，不覺吐舌垂長虹。但見寒芒凛冽四千丈，沐日浴月光曈曨。玉塵銀海塞天地，更無渣滓留虛空。咄嗟溫子筆，浩蕩潘侯胷，側身東望雲溟蒙。陽烟煮水海波赤，瓊樓忽換朝霞紅。晴光炯焠不可已，逼視天門一徑趨琳宮。七十二代化春水，古來何處有乾封？十年夢境墮荒晦，己丑春，夢登岱宗，並贈四農詩，有『高鳥擁歸雲，長天倚秋嶽』之句，乃夢中所作。君時乃在徂徠之北梁父東，驢背瑟縮腰如弓。羊裘脱落革帶瘦，一肩寒色生林淞。至今粉本尚光怪，當時造物難爲功。玉河春雨流淙淙，西山坐挹朝光濃。卻恨羣峯不南去，隔絕雲海無由通。丈夫會展排雲翮，餐露飲綠非英雄。臥游大好莫太息，掩卷晴日生高春。

——潘德輿家藏《岱峯晴雪圖題詠》

癸未秋題松鷹立軸

華嶽峯尖秋氣高，喬松百尺卷寒濤。斂身暫作高枝借，側目長思萬里翺。野闊風多衰草勁，江空雲散暮禽號。何當擊肉平原去，一碧寥天灑血毛。

寄稼軒都中作

西曹孔生宅，舊在城南斜。當日談經處，今爲朝士家。高樓迷竹樹，暗壁失龍蛇。千里珠湖水，漁歌起暮霞。

題贈白倩墨梅圖

再折再轉勢更古，一重一掩愁奈何。今夜月明起遶樹，不知香夢爲誰多？

繪梅折扇題贈智卿五兄

枯枝兀兀勁如鐵，千朵百朵凌空發。天寒路峭不見人，水冷鐘殘唯有月。

平生作畫愛高奇，興之所到無專師。古人不作誰寶之，一任南山雪壓枝。

——以上四題書畫，淮安市博物館藏

爲黄質庵畫梅花立幅並題

質翁乞我寫高寒，挂在湖烟浦樹間。我恐湖風吹太緊，將花飛去隔湖山。

——段朝端藏王璵札，現存淮安陳廷順齋

自作垂枝梅寫意

懸崖激水擦空根，怪雲荒月畱精魂。山中老衲喚不醒，樹鴉凍鵲愁黄昏。十日大雪壓不折，千年古雪堅難皴。興酣忽盡一斗墨，旁與萬象相吐吞。

——圖係河下聚寶緣古玩店原藏

題錢叔美爲儉卿繪半畝園圖

長安逢令嗣，爲道山中居。竹徑合無地，石池清有餘。蛛絲侵藥裹，牕雨長園蔬。老子自高臥，行藏不問渠。壬子五月歸自都中。柘老適以此圖屬題，因憶在都與令嗣頤伯農部往還款密，率賦此詩。一同。

——雅昌拍賣網載西泠印社拍賣有限公司二〇一三秋季拍賣會中國書畫古代作品專場拍品

題盧小配守備德繪梅花帳沿

連番釀雪未成寒，籠燭歸來夜已闌。一笑暗香浮動處，明朝恐向霧中看。

癸丑嘉平月十四日醉墨。夜飲狂醉，潑墨寫此，燈已灺矣。迷離漫慮，不辨花之爲花，墨之爲墨也。特贈小配世大兄。老境頹唐，得無爲倚花人所笑耶！一同並識。

——丁志安《魯一同先生簡譜》

三月初二夜與宥函聯句

大道若元氣，爾我更共之（蘭）。百年浮雲吹，今日同天涯（宥）。天涯聚有期，浮雲散有時（蘭）。聚散理固然，古人先我悲（宥）。我悲未散時，杯酒徒然持（蘭）。同貌不同心，對面隔山陂（宥）。嘉樹有好鳥，飛鳴兩不疑（蘭）。君爲梓與桐，我爲漆與絲（宥）。宫商應歡樂，悲苦同涕洟（蘭）。在物各異形，適用身不知（宥）。烏兔有東西，寒暑無參差（蘭）。

初三夜與四農亨甫宥函聯句

春風今夕寒（亨甫），殘月猶未出。寥寥素心子（四農），欣歎同一室。江海昔殊方（蘭岑），闃處曠誰匹？天風吹裳衣（宥函），杯酒結膠漆。烟鴻高不翔（亨甫），暗鳥就林密。高歌夫何爲（四農），往者去我疾。極苦塵土下（蘭岑），車馬送白日。野黑星動摇，誰能問箕畢（宥函）？少讀莘渭書，野老可元弼（亨甫）。虚名老不就，長鳴愧鶗蟀（四農）。勉矣毋多言，千春志删述（蘭岑）。

又一首

慷慨荊高幾輩存（亨甫），蒼山夜氣入琴尊（宥函）。百年落落窮愁骨（蘭岑），寸燭依依契闊魂（四農）。寒角高城吹月色（亨甫），故園老樹長霜痕（宥函）。羈人夢與滹沱水（蘭岑），千里盤回出薊門（四農）。

初五夜長歌聯句

城頭白日落未落，城門車馬走盤礴。黄沙撲衣吾獨行（四），放眼青天極寥廓。不知天外太行山，何人俯仰蒼茫間。古人已往今不還（亨），但見懸崖絶壁高孱顔。山中流泉下百道，匯爲昆明湖水青一灣（蘭）。湖光接天山倒影，積雪猶在巉巖頂。百年大木待春風（宥），虬枝屈曲無人境。蒼涼已伴海上松，華采能爲日邊杏（四）。我聞榑桑照天東，下有跛浪千蛟龍。上有大鵬百鳥不敢顧（亨），垂天大翼雲濛濛，道逢稀有鳥，奮翮來相從（蘭）。人生遇合豈有極，悲彼青芝緑茝齊蒿蓬。我欲上叩蓬萊宫（宥），閶闔欲開，雷聲隆隆。帝旁玉女顧我笑，笑我何故兩鬢霜華濃（四）。霜華何足道，咄咄天公有時老。誰能煉石補缺陷（亨）？手攬銀河灌瑶草。銀河風濤日西下，一杯湛湛願我借（蘭）。夢騎渴虹一痛飲，萬斛瓊漿自天瀉。胷中芒角森繁星（宥），下顧齊州點點烟痕青。離婁明目不可以辨析，胡爲洗剔毛髮長清醒（四）？欲入九淵，中道悲伶俜。欲帆四海，萬里常飄零（亨）。不如結屋西山陲，春夏射獵冬譚經（蘭）。西山非故土，骨肉渺何許。堂上燭如月，窗下霾如雨（宥）。晨起入市濁酒三百杯，安知今之人兮不如古。十步之外卽溝壑（四），朝吟伐木夕鉏鋙。願得蟠天際地皆吾徒，飄飄意氣如霞舉。嗚呼！人生意氣知何限，亢爽能平千蜀棧。世間長蛇猛虎亦天數，白日昭昭常在眼（海秋）。

三月晦夜與四農梅伯宥函聯句

春風爾莫逝，我意尚低徊（四農）。相對依孤燭，誰能任淺杯（宥函）。車塵憐殢柳，郊雨盼迎梅（梅伯）。尺五城南地，空羣冀北才（通甫）。敢因降明詔，試與向蓬萊（四）。雲馬霄舒轡，松蚪棟選材（宥）。袖長誇妙舞，花好仗深栽（梅）。直道諸公在，狂瀾一柱迴（通）。獨臨溟渤望，若有鳳鸞來（四）。感默靈斯贊，機潛運所開（宥）。窮通猶末耳，去住信悠哉（梅）。遠想燕詔館，羞登郭隗臺（通）。縱横前世誤，綱紀寸心該（四）。耿耿懸澄月，荒荒掃積霾（宥）。清歡敦萬古，祥曜轉三台（梅）。道大神樞洽，聲弘景物恢（通）。丹樓瞻聳出，青管喜追陪（四）。醉興明州賀（梅伯寧波人），鄉思楚苑枚（宥）。夢猶依水石，氣蚤郁雲雷（梅）。人海闐闐集，天風浩浩吹（通）。頹齡偕奮迅，真息葆嬰孩（四）。騷雅須扶樹，靈修幾溯洄（宥）。此間多健者，有願托良媒（梅）。漏轉窗雞動，憑欄看斗魁（通）。

食車螯與宥函聯句

海物有萬族，車螯嗟獨妙。靈氣抱開闔，蜃母實汝造。門關辟雙扇，鏁鍵釘一鉸。韌滑蒙有包，潛閉鑿無竅。水泗沙蕩漾，日曬碧炤燿。側拙螺行旋，走讓蟹螯躁。媚膩膚脂探，柔纖舌本掉。外窺偶風扇（平聲），中潤豈雨膏。讒涎任旁垂，鮮質堅內奧。緣隙苦猛擘，張鋍忍深剽。得雋覩挐摩，棄甲任顛倒。頓愁燃豆泣，囊夢含沙笑。月下蚌胎死，釜底魚魂弔。爭沸走如丸，視膜皺成皰。一入光愈瑩，百轉色恐縹。脆縱水母遜，鮮可蜆妹傲。來其遂空箱，豐本爲出窖。水國飽漁樵，朱門珍貴要。苦捶地骨碎，終殄天物暴。安知有許事，傾尊且一釂。

浪石莊偕宥函過稼軒東莊車中聯句

過從淩寒色（宥），招攜入暮烟。燈明牛巷靜（通），風起雁沙旋。情話輪雙轉（宥），沉冥天四懸。東村歡有客（通），杯酒莫淒然（宥）。末二語爲元直發。

暮至娘子莊復聯句

釀雪豈天意，禁寒見汝心。一杯消涕淚，百歲幾招尋。黑夜征鞍急，黄河故道深。風沙莫慘慽，草澤有謳吟。

與宥函之稼軒東莊車中聯句七首

江天聚寒鴉，獨我買棹去（宥）。換馬渡黄河，東指吳城路（通）。吳城賢主人，有弟悲朝露（宥）。赤烏推天去卻回，黄泉不種榑桑樹（通）。彭籛大哭老聃啼，十歲小兒來杖藜（宥）。春香秋蜜一摧折，瑶池斫斷蟠桃枝（通）。安得上弦下弦月，照我不圓亦不缺（宥）。君不見車中之人頭如雪（通）。

馬蹄踏冰冰作沙（宥），凍日側墜紅如瓜（通）。小兒臥啼絮蓋面，寒氣故入窮簷家（宥）。御狐白裘坐大屋，千金之子無寒燠（通）。一車兩轍殊平頗，東家大笑西家哭（宥）。

雙輪碾我腸百結，停車下澗呑殘雪（通）。雪中老槐幹作鐵，誰能使鐵爲百折（宥）？旋旋我心悲，欲語不能詞。酸齏苦藜填滿臆，平步走入荊榛枝（通）。手召霹靂散君戹，白日當天照衢術（宥）。嗚呼白日何由得（通）？

朝駕騾車，暮駕騾車。雙騾昂昂蹶且趨。一生以路爲性命（通），有口不得言崎嶇。道旁老農冬種麥，再拜祝麥麥不出（宥），牛頭無草雞無食（通）。有客有客歌逼側（宥），爾騾一飽猶可得（通）。

燃薪不代衣裳單，菽豆不代盤與餐（宥）。城門乞兒裹蒲薦（通），老羊臥雪忘其寒（宥）。鵝鴨貪冰不入欄，床下蟋蟀夜長嘆。苦者自苦甘者甘（通），厖澒誰得知其然（宥）？

昨日北來今向東，杳若天邊之飛鴻（通）。爾我家室各湖海，近別遠別隨天風（宥）。風吹老屋日蔽陋，兒身苦肥母苦瘦（通）。下車回首拜湖海，如天如地萬千壽（宥）。人生有母知飢寒，送君歸去我心酸。兒肥兒瘦無人看（通）。

磊砢坡陀，車聲奈何。車中客淚如黄河（宥）。我欲登山望遠悲欽欽，我欲入水見寒泉傷心（通）。人生慘怛豈有極，少年慎莫悲竛竮。君不見大椿萬丈天青青（宥）。

校潘四農遺集與宥函聯句

岡松坼霜皮，涷風慓澤腹（通父）。驅車慰所系，言邁大河陸。匪眷盍簪雅，難舍師門哭（宥函）。鴻章照淮流，丹旐黯寒穀。海内元氣孤，萬悲慘在目（通）。長天逝不盡，日月斯文續。擘揣見心肝，抉擇關膚肉（宥）。反思同調人，隕葉半辭木（通）。三湘深復深（謂海秋），八閩曲復曲（謂亨甫）。故山爾與我，深宵更秉燭（宥）。

五絕七首與宥函聯句

久客無好懷（通），歲晚有餘樂。江上幾梅華（宥），盼君倚高閣（通）。

村夜萬瓦霜（宥），山房一爐火。碁散小窗明（通），無風落松果（宥）。

百狐不一裘（通），萬錢不一飽。路上老鴟啼（宥），不如歸去好（通）。

寸燭知夜長（通），滴水知海凍。杯酒知客情（宥），冷暖無人共（通）。

木瓜何團團，奉以明月盤（宥）。香色世所重，請君剖心看（通）。

買書拄屋梁（宥），一生讀幾許。蠹魚七尺長（通）。不如太倉鼠（宥）。

明鏡在君側，中有青天光（宥）。掩鏡不見天，君心胡可量（通）。

晚與宥函聯句

促坐又今夕（通），高歌異去年。霜旌沉海色（宥），野哭動江天。地僻多虛警（通），雲開望遠烟。北征問鴻雁（宥），消息轉茫然（通）。

烽戍八千里，升平二百年（通）。驚心值戎馬，蒿目有林泉（宥）。聖主勞推轂，邊兵盡控弦（通）。莫令三輔地，輕染百蠻烟（宥）。

——以上十二題，見《心嚮往齋集》卷四

黃質庵斌湖上草堂坐與宥函聯句三首

不改清秋夜（宥），湖天一倍明。虛聯舊襟袖（通），還對好壺罍。木葉爾何事（宥）淮川流不情。蒼涼落星外（通），況復雁來聲（宥）。其一

苔徑十年雨（通），烟籬九月花。酸心得言笑（宥），昔夢太喧嘩。塵外琴絲掩（通），霜邊鬢色加。誰能與明月（宥）。重到鄭莊家（通）。其二

野墅去人遠（宥），白鷗能數來。非關食魚美（通），直作看花回。隔縣青山在（宥），臨流晚笛哀。遲明各南北（通），相送有池臺（宥）。其三

——《心嚮往齋集》卷六

題戴南樵淮樓聽雨圖

湖樹江雲似昔年，淮南長戟暗連天。當時聽雨人何在，每過高樓一惘然。

痛飲狂歌捋白髭，嶔崎抑塞果吾師。三韜七略終何用，不見横刀躍馬時。

——上海國際商品拍賣有限公司二〇〇二秋季藝術品拍賣會拍品

題梅花圖贈協甫二兄

梅花如高人，不肯入州府。我昨城市歸，面目翻慚汝。拱揖失本性，襟裾況塵土。誓將謝羣豔，共君守環堵。

自題梅花圖

松欺竹掩已多時，石壓冰封未見奇。數盡寒更明月上，始知花在最高枝。

自題梅花圖贈竹溪

開時似雪，落時似雪，花中奇絕。香不在枝，香不在葉，骨中香澈。

太湖三萬六千頃，中有洞壑接幽靈。孤舟欲去不得去，有如病鶴號沙汀。靈巖鄧尉夢不到，我心更在西洞庭。山中丈人莫相憶，圖君面目留丹青。

癸卯春自題梅花圖

鐵崖手筆仲圭格，古之畫梅推魯家。俗工畫骨不畫韻，忍使造物生槎枒。千巖未要雪壓屋，數點才足波明沙。烟横霧繚不知處，莫遣落月窺夭斜。

——以上四題，均自綱上

題扇時禮闈被放

觀榜長安二十春，一回花樣一回新。誰知九陌紅塵裏，尚有淋漓潑墨人。

——段朝端《三洲畫史》卷上

自題松鷹圖

百尺青松拂遠峯，浮雲萬里繫長空。天青海碧無窮路，都在雙眸一瞬中。

——段朝端《三洲畫史》卷上引裴枏《賓楚叢談》

梅花長卷自題〔一〕

瓊樓人去佩珊珊，一笛東風倚畫欄。骨冷怕逢春後雪，香酣微帶古時寒。三生舊事仙難證，半畝荒園鶴亦完。我欲登高望瀛海，蓬萊天遠水漫漫。

【校記】

〔一〕通甫繪梅花巨制，長一百三十釐米，寬六十釐米。淮安胡彬藏。自題此詩，落款：『蓉圃大兄先生正之，蘭岑魯一同。』

題梅鵲圖

凍月如丸夜有風，芳巢合著廣寒宮。一聲碎玉驚初定，春在微霜淺夢中。仲深二弟屬。一同。

自題盆梅圖贈質庵

湖光百里泛明霞，小閣疏簾月又斜。心事滿懷譚不得，一盆清供對梅花。

質庵仁兄以槃礴大士閒居湖上，蘆簾草閣，翛然有天際真人之想。夙叨知愛，時獲過從，又以風濤間阻不時見爲恨，爰寫小幀並繫以詩，畫不足觀，聊以見意云爾。時道光庚子一月下澣，通甫弟同並識。

——以上二題，圖係河下聚寶緣古玩店原藏

題傅壽毛墨竹

一心有所甘，是節都不苦。寥寥種竹人，龍孫復何所。其一

壽毛昔以我名集，詩膽已欲無千秋。偶承家學寫生竹，意中豈有文湖州。填胷奇氣鬱不收，老幹屈鐵枝盤虬。龍孫何所勿須問，黃竹闋寒行未休。其二

友人贈竹百許竿酬以詩

京師苦粟貴，竹更貴於粟。百錢買一竿，大者不盈握。幽人肯相贈，似欲砭我俗。大車捆載來，新晴土方溽。位置詳密疏，灌溉約童僕。一畦種未遍，早覺空庭緑。破壁忘欹斜，荒徑增繚曲。能教明月碎，更使清風足。此惠非錙銖，平生好幽獨。得酒百不問，矧乃居有竹。已儲木柄钁，新筍未可斸。且擬聽秋聲，虛窗戛寒玉。

——以上二題，錄自《古今詠竹集》，劉學文主編，湖南人民出版社二〇〇二年版，第六七六—六七七頁

自題墨梅圖

檐端凍鵲啼，霜天清如洗。旭日射空林，一花明隨水。

自題家藏梅花一幀

家藏舊紙作書，有餘墨，阿葵持索畫。昔韋仲將、閻立本之流，皆以書畫爲累。吾無昔人之能，而

受病復不減。汝曹當立德立功，勿以小技受人趨迫也。畫畢，書數語爲戒。

——以上《抑抑堂集》卷十三

作墨梅贈勤伯戲題句

禪房燈影照無眠，觸撥花枝欲動烟。不見當頭好明月，生憎今夜是今年。

——黄鈞宰《金壺浪墨》卷八

賦得江面山樓月照時得樓字

有客登浮玉，天空月滿樓。江山千里夜，今古一輪秋。塔勢淩虛聳，濤聲拍岸流。水雲消北固，燈火射揚州。雪浪三更湧，瑤臺四面收。高宜吹鐵笛，涼欲浸漁舟。此夕憑欄望，何人放棹遊？桂華香正發，翹首到瀛洲。

——《清代硃卷集成》第一二五册

詞

念奴娇　橅鐵梅道人手意

早春天氣，記嫩晴、微雪酒旗江郭。疏竹人家斜照裏，第一淮南村落。斷角山城，殘鐘野寺，處處思量著。十年遊屐，相逢畫裏依約。　況我衣敝囊空，香殘茶冷，瘦馬東風弱。試問梅花知道否，天畔又有人流落。小酒孤斟，疏星欲沒，好夢從頭覺。一枝窗外，驚心夜月飛鵲。

——搜藝網載上海敬華藝術品拍賣有限公司二〇〇七年秋季拍品

文

君子不以言舉人

有不專任夫言者，君子之慎於舉人也。夫言亦舉人之端，而君子不以之者，爲欲求詳於人也，蓋其慎也。且自鄉舉里選之法不行，議者遂謂國家之舉人舍言無由，不知三代選舉之法，亦非不考其言也。

惟其精於求天下之言，而後能精於求天下之人。而或過於信天下之人，則必過於信天下之言。於是以能言而收之，必且以不能言而棄之，而其取人也似寬，而其舉人也反隘。不然，『八元』升，『八愷』進，舉人有以氏族者矣；師有錫，嶽有薦，舉人有以尋訪者矣；求諸巖，遇諸釣，舉人有以夢卜者矣。若實而征諸言，卽確而舉之，以言奚不可者？而君子曰『此非舉人之道也』。且亦思國家舉人何爲也哉？舉命世之人則觀其才，舉經世之人則觀其學。夫才學之人，不必能言，亦何必不能言？而究之辯論非真才，淹通非實學。核之以言而才學彰，概之以言而才學反隱。舉有爲之人則取其志，舉有守之人則取其節。夫志節之士，不言可知，言亦何不可知？而究之抱膝歌吟不爲志，憂時慷慨不爲節。征之以言而志節可信，定之以言而志節亦可疑。夫考詢者，旁求之雅也；謨猷者，入告之資也。蓄道德而能文章，天下未嘗無真士也。然而君子於此欲其慎，不欲其疏，待之隆必求其備。不以清談而舉華士，不以放論而舉英才，不以議事剴切而舉任鉅艱，不以出語侃直而舉參諷議，乃至聞嘉謨而動色，聆碩畫而傾心。而愛其言未嘗不微惜其人者，以爲吾窺其中而無可恃，其以空談取也。彼厚重少文之士，議論無足動人，而當宁有心，隱屬以子孫黎民之寄，不可悟其簡拔之微權也哉？不以識時務而舉新進，不以諳舊典而舉老成，不以侈談經術而舉之以誤蒼生，不以高語中庸而舉之以倡僞學，乃至覽奏牘而流連，讀諫書而太息。而用其言未嘗不姑置其人者，以爲吾老其才以待他日，恐其執術疏也。彼英髦秀出之姿，才略自堪佐主，而陳書見棄，或反在明良契合之朝，豈真謂其延求之無意也哉？夫惟不以言故也。若必並言而舍之，則君子又斷不出此矣。

柔遠人則四方歸之懷諸侯則天下畏之

推柔與懷之效，而政無不屈矣。夫四方遠人之所散而處，而天下則諸侯之所統而攝也，柔焉懷焉，其效不可睹乎？且九野至遼闊也，萬國至疏逖也，以情似不足以相通，以勢似不足以相及。而居中馭外，獨能用恩於其所能通能及，推而暨焉，以至於無不通、無不及。夫是以六服承流，八荒仰德，陸讋水栗，奔走而偕來，頌曰盛哉乎斯世。試更言柔與懷之效。無端而車轍馬跡，思欲遍歷乎四方，勿論遐陬未可通也，而遠人有望而解體者。茲何以文誥不煩，羣回首而面内也？夫有傳其『膏雨』者矣。無端而車攻馬同，思欲震疊乎天下，勿論藩荒未可服也，而諸侯有從而生心者。茲何以聲色不動，遂稽首而來庭也？夫有歌其《湛露》者矣。蓋四方，遠人所居也；天下，諸侯所治也。人心所繫屬之處，不能身至之，猶聞聲而思慕之。四方之繫心於京室也久矣。一人向闕而鄰里傾觀，有欲附征塵以往者。苟寬政其未逢，亦懷而思沮耳。今而聖天子日月照臨，雖荒陬猶輦轂也。河山見阻而款志遙來，彼哀鴻中澤之聲可無慮矣。誰將西歸，有不念綏柔而懷好音哉？人情所懾服之端，不必身受之，已聞風而惕息之。天下之服從乎共主也久矣。牧伯入朝而小侯側聽，有唯恐恩威之叵測者。苟譽處之不聞，亦怠而不振耳。今而聖天子龍光寵錫，雖外服猶中朝也。帶礪依然而聲靈頓改，彼苞稂下泉之慨可無庸矣。畏天之威，有不念懷寶而銷異萌哉？然後知羈縻之術暫而不能久也。有柔與懷以聯其情，而後國本固。但使望喬木者如歸故國，眷京邑者咸戀新恩，彼六州之化、二國之成，豈復異斯象也？東遷之衰也，楚之伶空操土音，黎之臣興言瑣尾，中外一體之休，爲無望也已。卽督責之爲，亦强而不能馴也。有柔與懷以振其勢，而後國維張。但使歌黄鳥者無悲邦族，詠白馬者勿替淫威，彼《書》紀旅獒，《圖》陳陰羽，豈復難再見也？宗邦之盛也，南國之英才來觀象鑰，東夷之貴客遠紀雲龍，遐邇同風之美，庸有冀也已？至是而九經之效已全。

有安社稷臣者以安社稷爲悦者也

有繫乎社稷者，臣心純而臣道光矣。夫爲臣而不以社稷爲心，烏在其爲臣也？安在是卽悦在是，而社稷爲有臣矣。彼事君人者，烏足語此？且大臣報國之心與庸臣媚主之心，兩不相蒙者也，而適相效非果相效也。彼其性情之所結與心思之所注，各有不可解免之懷。而所托之偶殊，遂歧出而不能以相喻，則莫若卽以庸臣之心喻大臣之心，而其心見，其品亦與之俱見。以容悦之才而謂之事君人者，豈事君宜若此哉？嗚呼！此所以别之爲人，而不得等之爲臣也，蓋一言臣而社稷之重繫焉矣。股肱心膂之任，臣與君爲體，然而君固不得私其臣也。薦之天則曰元輔，命之廟則曰宗功，山川百神，實式憑之矣。奔走先後之材，臣非後何戴？然而臣亦不得而私其君也。應於天則爲列星，降於地則爲霖雨，壇坫神明，如或鑒之矣。此其臣爲何如臣，而其心爲何如心哉？無党援依附而孤立於朝廷，衆人猶托命於君，而若臣獨托命於社稷。托命於君，爵禄得而動之；托命社稷，功名並不得而動之也。歷險阻艱難而自將其愚直，衆人不過委身於君，而若臣獨委身於社稷。委身於君，寵辱得而奪之；委身社稷，生死並不得而奪之也。蓋其心固亦欣欣然，若有所悦者。其悦也，則以安社稷爲悦者也。圖報亦公忠之誼，而以安爲悦，則公也而若有所私。當夫艱大既投，僚友動色而談共濟，而中懷所結，固有不告於内廷，不謀於同列，而委曲周旋，必求此心之無憾者。國家歲進數百人，誰堪付託？而留此一念，幸不負社稷默簡之靈，則其有良非偶也。而一切願爲良臣、不爲忠臣之説，猶其淺焉者已。靖獻亦心理之同，而以安爲悦，則理也而通之以情。當夫事勢既極，舉朝袖手而無如何，而内念所營，固有不諒於君親，不諧於物議，而從公繾綣，必求隱願之克償者。朝廷養士數百載，不乏英奇，而惟此一人，實能造社稷無疆之福，則其有爲不虚也。而一切公爾忘私、國爾忘家之見，猶其後焉者矣。夫如是，故曰臣也。彼徒知事君者，烏足與若臣比烈哉！

——以上三題，載《清代硃卷集成》第一三五册

恬齋存稿序

《恬齋詩》一卷，總若干首，竹坪兵部之所爲作也。嗚呼！君之詩止於此矣。君少習科舉，長而從政。已乃奉天子命，隨大使循四方，歲動數千里，經歷絶塞崎嶇，冰雪萬狀，致力於文辭蓋寡，要其旨約而思婉，蓋所得於天者如此。天方不欲竟君之用，使隱約露丰采以死，於詩何有哉？當丙申、戊戌之間，海内士大夫以文章風誼羣聚輦轂下，意氣相標映，君獨冥默禂座，不欲炳焉自見。其思靜而深，故不隆於譽；其慮顓壹而好勤其職，故易傷其和。雖然，以與夫世之遊聲噂沓者何如哉？嗚呼！君

自不究其才，其所爲與文章之士固已遠矣。

咸豐元年四月，同邑魯一同序。

——同治十三年甲戌仲春刊行本《恬齋存稿》卷首

薔卿詩存序

大作幽思儁骨，是散仙語，是病維摩語，是十五女兒幽閨自憐語。其間又有才鬼語、退院僧語、失意秀才語、衰翁語，因而作清磬聲、遠笛聲、脱葉聲、秋蛩吟聲、病鶴聲、風溝春雨聲、紙窗窸窣聲、簾鉤聲、花徑流泉聲、裂冰聲、野寺鐘聲、壞塔鐸鈴聲，使我讀之欲笑欲哭。忽微吟，忽低眉長籲，忽凝神遠想。然閣下年力英富，慎無爲此等詩。若充其所至，愈幽愈苦，愈豔愈冷，則僕尤將愛之。愛之而不能不爲閣下憂之。愛之者憐才之心，而憂之者則護惜閣下之私情俗見也。閣下豈私情俗見所能動，而僕又豈爲私情俗見苟以取悦當世者？然恐閣下久爲此等詩，卽詩亦不能再工，而詩之外具可憂者方大也。閣下試以僕語平心思之二三日，並以質之天下之愛閣下、護惜閣下而又能解閣下之意、爲閣下所敬重而愛惜，其人親於僕而其讀書明理遠勝於僕者，當必心佩首肯，讚歎不絕，以爲僕之愛才，善諷喻人以道，有如是之諄切懇至而不能自已也。

道光十七年四月朔日，二更小雨，一燈正碧，愚兄蘭岑題於建陵行館。

——《耿氏家集》第二編

拳峯館詩詞題識

一洗常音，力趨拗峭，固由思路鑱絶，更兼筆力過人。展誦一過，爲之歎服。承屬勘校，日來酬接損神，未敢加墨。惟望意去其過雋，詞去其太新，使奇情奕致，一歸深渾，他日藏之名山，庶無千秋之憾耳。一得之愚，亮不見適。

道光三十年四月九日清晨，讀一過並識。山陽愚弟魯一同。

——許宗衡《拳峯館詩詞》卷首，稿本，國家圖書館藏

諧伯詩存序

周生弱冠從余遊，卽已能爲歌詩。賦性狷卓，爲文章多邁往不屑之韻，顧數困於州舉。不數年而病，乃盡廢所學，澶漫物外，與農衲相往還。凡五六年，病良已。自以吟詠刻酷，損耗心氣，去而治經。年幾四十，乃復取陶、杜之詩，流連諷味，嘆曰：『烏有古人以道性情而能致病者哉？』蓋生之不爲詩者，間十有餘年矣。假令以生之志氣，自二十以後勤爲之不已，以迄於今，其於黄初、正始蓋彬彬矣。然世固有終身謳吟，去風雅彌遠者，生輟吟十餘年，一旦爲之，而深思淡旨，所造忽復加進，茲亦有故焉，殆非求工於詩者之所知也。生將供職入都，似有疑於余説也。余故刪存其前後之詩，就質於當世

達人長德、深於詩之道者。

咸豐七年十月朔日，友人魯一同敘。

——周韶音《諧伯詩存》卷首，咸豐七年刻本

建陵山房詩鈔序

曩讀子揚《小遊仙詩》數十篇，靈思恍惚，飄然有淩雲之想，歎爲此才未易。忽忽三數年，而子揚之詩一變。其歌行雄奇宕軼，遂摩作者之壘。昔昌黎讀長吉《雁門太守行》，至於解帶離床，稱快不置。今觀子揚集中《贈劉小松先德篇》，其雄快豈出《雁門太守》下哉？厚丘區區百里地，負山襟海，土風樸至而鬱勃。前三十年有吾友王考功，才思偉麗，下筆不休。近則周生諧伯剛棱介特，游心初古。今得子揚而三焉。沭固多奇士，考功學無師授，弱冠時見賞於枳村徐明經，遂終身執弟子禮。今吾門乃有二士，可以傲枳村矣。

咸豐八年歲在戊午夏至後七日，山陽友人魯一同。

——王翃《建陵山房詩鈔》卷首，光緒十三年刻本

古藤書屋詩存序

古有作詩，無論詩。詩之有論説，其盛於明之中晚乎？信陽、北地之分途，太倉、濟南之繼起，公安、竟陵之别趨，幾社、復社之後勁，紛爭競起，大要二端：一曰復古，一曰心得。心得者標性靈而易入歧途，復古者爭體格而頗傷剽竊，其弊均也。兩害相形，復古者優已。

國家龍興，施、宋、王、朱之倫，體勢未改乎先民，而頗濟之以學術，敷之以華藻，所患和雅有餘，而沉鬱不足，良由其時海寓昌平，諸君子席豐處順，本無不得已於其心，而徒以詞章爲聲華酬酢之具，真意不充而非體格爲累也。乾嘉才人，以爲不足以饜乎人心，一切吐棄，而跅弛以爲才，叫囂以爲氣，諧謔以爲趣，儇冶以爲情，此何異袁、譚變古於何、李、王、李代興之後乎？然而海内靡然從之者且三十年。

吴君古音，少負英絶之姿，當袁、趙餘焰方張之際，獨能違棄世好，力追古初，其宗尚不外乎新城、長洲兩家。每一篇成，則曼聲長吟，音節自喜。於時同郡潘先生方爲復古之學，思欲以文章振起一世，君就而問焉，先生所以獎勵之者甚至。中年，家世衰落，頗以憂生爲累。惜乎君有卓立之志，學不足以充其才，而年又限之，其所就遂止於此也。惜新城論詩諸體，獨謂七律近體，自初唐以降，爲之而能滿其量者，少陵而外，率不多見，君遂悉力爲之。陽開陰闔，極盡體勢；詠史感事，沉雄要窈；情詞音采，淵淵動人。晚年爲《鸛鶴樓題壁》二十章，往復沉痛，幾於少陵《諸將》之具體矣。

往時蜀人張船山有《竇雞縣題壁》諸詩，一時傳誦，以爲極思。以僕論之，船山之詩，爽雋瀏亮，而頗傷輕薄，少深沉藴藉之旨，以今視昔，殆於過之。惜君年位未至，又無朋友人有力者爲之推挽。文章聲譽之流播於世，蓋有幸有不幸焉，非平心深造之士，烏足以馳域外之觀哉？稼軒比部爲君再從子，平生持論頗復殊趣，而讀君之詩，未嘗不三復感嘆，爲之刻而傳之，可謂得人心之公，而君亦可以死矣。是爲序。

咸豐九年冬月，山陽魯一同撰。

——吴以誠《古藤書屋詩存》卷首，咸豐十年刻本

七葉詩存跋

李子莘樵録其先世潁升公以下之詩，附以己作，爲《七葉詩存》，屬予序其後。予讀其詩，皆沖淡夷粹，備載家法，傳世行遠無疑也。獨是李氏自潁升公爲明季諸生，以詩書世其家，二百餘年矣。其間自一方以至天下高門盛族，清德世胄，興廢盛衰之故，不可勝道，而李氏文章風雅，綿綿延延，不墜於地，有加隆焉，可不謂難乎？因是以求方俗之遞變，文運之轉移，又於是乎在；亦可以見國家休養漸摩二百年間，士大夫守其家業，樂歌其風，以紹休美於無窮者，有由然也。莘樵守之哉！

道光丁酉季冬，同邑後學魯一同謹跋。

——淮安區圖書館藏家刻本《七葉詩存》

海秋詩集評

太白，仙才；子美，地才；摩詰，人才；長吉，鬼才。各擅一才，而不相兼。海秋生四子之後，而樹旗戟於風雅之林，其不如四子者固望風而靡。即以四子論，分之則不足以盡海秋，而合之乃見海秋之無所不宜。其雲升霞舉，飄逸如藐姑仙人，得太白之高雋；其茹古含今，陶鑄如軒帝烘爐，得子美之沉著；至於清臞瘦削，梅竹交並，老鶴一鳴，萬竅停籟，得摩詰之幽深；忽而風雨驟至，怒鬼搏人，猿啼魈哭，毛髮皆竪，得長吉之奇峭。湖湘爲古今騷雅之邦，故應挺生此才，可敬可畏。

山陽魯一同。

——湯鵬《海秋詩集》卷尾，道光十八年刻本

怡志堂詩初編評

集中五、七古皆雄峻，近體亦清迥有遠韻，《新鐃歌》希蹤漢、魏，老硬生横而一控以法度，近今殆無與抗手矣。卷中以意爲去取，未知當否？願勤十反以衷一是。

丙辰夏，山陽魯一同。

——朱琦《怡志堂詩初編》卷首，咸豐七年刻本

萬壽祺詩集按語

（萬）年少詩集鈔本，藏彭城孫繡田明經家。又一選本，明經以贈余。壬子入都，與葉潤臣侍讀言之，侍讀願出百金梓行。後聞左青峙刺史任其事，遂不果寄。今檢架上選本已失，不勝悵恨。年少詩壯浪清麗，最近陳忠裕。《金陵懷古》數章，尤爲絕調。擬致函明經，鈔一副本來。蓋左刺史雖欲付板，後亦不果也。聞前年孫明經家毀於火，未知此集存否？

——范以煦《淮壖小記》

周太宜人事略

余聞丁少溪司馬之爲吏也，廉正强直，如古趙、張然，威而不猛，粵人歌之。後至南清河，知君家世益悉也。咸豐元年，丁氏修家乘，君次子仲樞出君母周太宜人事，屬爲紀略。烏乎！古之賢能吏見於前史，往往有母教，豈不信哉？

太宜人爲明忠孝公裔孫通封君息陸翁婦，蓋自少至於中歲，茹貧食淡。息陸翁友教里中，家事悉付宜人。息陸翁爲弟授室，出奩具恣所取。時太姑在堂，聞之喜曰：『新婦宜我家矣！』司馬君之幼，太宜人督之嚴。是時海隅富安，高宗皇帝以時巡訪親嶽，屢至江南。父老兒童，奔走輿衛屬車間，伏謁縱觀，歡聲呼萬歲。司馬君欲隨衆往，太宜人弗許，曰：『兒果勵志，親光有日，何事俯伏道周耶？』丁氏自明文恪公以進士第一人爲名臣，有祭田，傳世二百餘年。族之貧者將質諸人，而强息陸翁署名，太宜人聞之，爭曰：『祭田所以奉禮事、修廢墜也，諸公皆尊屬，可以是導子侄乎？』衆語塞，然事竟不可已。及司馬君貴，乃奉封君命，贖而歸諸公，由太宜人啓之也。

太宜人頎而晳，掌色殷紅，作松花狀，人以爲壽徵。性儉謹，稀言笑，深惡巫覡祈禱之事，而祭心必誠潔。及司馬出宰江西，漸至攝守肇慶，與封翁年皆八十餘，優遊禄養，然治家嘗不使有過。司馬壯且貴，每退衙侍立，左右肅然。封翁歿，司馬奉以歸里又十餘年，行不需杖，目力猶能縫紉。一絲寸布，未嘗輕棄。九十誕辰，司馬奉觴上壽，孫曾環立。於時河督康公、制府松公、觀察林公，皆遣使致敬。鄉里榮之，太宜人淡如也。年九十三而卒。

當少溪君之歸也，中外大吏方倚以爲重，徒以母年老不出，遂以林下終，蓋近世所難。然非所得於太宜人者深哉？語曰：『非此母不生此子。』信夫！

——《御書堂丁氏族譜》卷二《內傳》

王惜庵墓誌銘

君諱相，字惜庵，姓王氏，系出琅琊，自錢塘再遷秀水。曾祖諱林，宿、虹、邳、睢同知，事載志乘。祖諱錚，候補州同知，歸仁司巡檢。父諱治，雅遊有聲。君少穎出，識字過目不忘。同知君歿，君甫四歲，哭泣如成人禮。年十二，能做擘窠書。

少長，棄舉子業，肆力於古人之學。有先人遺產，設流泉肆於桃源之鄭曲，所居百花萬卷草堂，金石圖書插架充棟，四方之士望門投止，坐無虛席，門不停賓。或以籌計相關白，遽揮去，曰『屬方有公事』，擁鼻高吟，意岸如也。桃源令利君財，以公事相齮齕，君笑曰：『吾視去此腐鼠耳，飛而冥冥，彼將何慕？』遂遷居宿遷之歸仁集，再遷城中，築亭疏沼，聚書日益多，手自讎校。意或不適，率意買舟，放浪於南郊、北固、武林、天竺之間，出或數月不歸。終愛馬陵、峒峿之勝，遂占籍焉。然白以門族州郡冠冕東南，時時有北風相關之思。

其後，君次子禹疇充貢成均，於是君年六十矣，親送入都。長安士大夫先聞其名者，倒屣至門，酬對款備，翰札如飛。每值佳風景，青鞵布韈，攜一童子，登西山絕頂，俯視京邑，窅然久之，莫有窺其際者，蓋君少時嘗有志於天下之故矣。既自知其不能，輒不欲自表襮其深心遠懷，猶時時見於眉目，乃以文雅詞翰，重自韜抑，抑猶有所不盡也。

君居鄉多隱德，綢繆骨肉，至性過人，尤篤於朋友。余辱知聞近二十年乃相見，每過君居，如至吾家，去亦不强留，常常至亦不厭。與君之長嗣裴之交，乃更敬君，蓋羣紀之間也。君歿之後，裴之以狀來乞銘，其軼事多可觀，余舉其大者。其著書十餘種，書法精老，世多有好者，不復詳述云。

君配陸宜人，先君卒。子三：長裴之，翰林院待詔；次禹疇，拔貢生；次頤正。君生於乾隆五十四年閏五月二十三日，歿於咸豐二年六月十四日，卜於是年十月七日，葬於先原之側。銘曰：

僂僂傴傴，是爲真士。今之風緒，或登車而舞。魚魚雅雅，裝書滿家。登君堂，鼓君琴，物則尤是也，而音則亡耶。是敦是欽，以啓其後人。

——王相《無止境存稿》附錄，《清代詩文集彙編》五六三册

皇清太學生吴茂南親家哀辭

余以丙申之歲，獲交於今刑部吴君稼軒，因得與其族兄茂南爲婚姻家。當是時，稼軒之諸父長老頗雄於財，而茂南爲之經濟。兩人者，意氣相得也。顧其志趣頗殊異，大率稼軒性剛急而君柔緩；稼軒與人落落而執禮嚴謹，君夷然和粹，不拘苛文小禮；稼軒力學攻苦，君不甚讀書而筆劄娓娓，善道人意。以是兩人者，相濟而有功。及諸父先後謝世，君遂爲族中老成。每鄉里中無有公私鉅細，待君平準，靡不帖服以去。

當粵賊東竄金陵，鎮、揚不守，今觀察吴公方宰清河，舉行團練，自大河以北十餘鎮，練勇數千，舉練長，修卒伍，醵錢米，置旗械，首賴君以集事。蓋君爲人平易而樂盡人情，故凡事之所不易爲人當之，或齟齬百出，君虚與委蛇，不動聲色而次第畢理。及其成也，無有偏私左右，故無怨謗之聲。勞不居功，勤不言賢，故無排擠傾軋之患，蓋亦人所難也。君以六十之年，奔走道路，風雨寒暑，不自珍惜。及吴公既去，繼之者采衆望而首及君。其事之曲折煩難，幾十倍於疇昔，而君亦無由自脱於當途之牽挽，此則君之隱受敝於無形，至今思之而不能不爲之太息流涕者也。

君善心計而性不耐積聚，既勇於爲人，往往不問家中生産，五十以後，逋負甚鉅。不知者猶以爲君

有所私蓄，君夷然不以爲意。去年秋，偶患瘡疥之疾，獨居深念，余每候之，則曰：『吾非樂恬静而惡酬接，顧心中怦怦常若有物焉授之，不如避人寂處之爲愈。』余退而嘆曰：『夫子殆將病矣。』嗚呼！孰意余之不幸而多中，而君之天年遂止於此乎？

方新歲之初，稼軒自都致書，猶諄諄以君之六十壽辰爲言，蓋偶忘君壽之在去年仲冬，而君之撤瑟已旬日矣。兄弟之感，生死遠近之悲，可勝痛哉！吴觀察偶詣余於郵舍，語及君，幾於泣下。嗚呼！君之生平亦可以觀矣。今以二月十八日，爲君瘞玉之期，援筆流涕，不能文辭，謹述君之大概而隱致其悲悼之沈。靈而有知，庶幾來饗。魯一同撰。

——《清河吴氏宗譜·哀辭》

致曾國藩函

滌生先生閣下：

略奉教言，具見大臣體國憂時、虚衷愛士之意。鄉人尹儀部傳語，鈐榜之日，深以一同被黜爲之嘆慨，雖一人之私在於其身，能無感激？即於日内驅車行矣，情不能已，賦詩一章，敬呈左右。惟有以進而教之，幸甚。一同頓。十五日。

昨於南屏先生扇頭見大作，送唐鏡海先生詩七首，讀之數過，爲之心折，朝廷伏望，賜書一紙，以寵其歸，更感之。又頓。

——《湖南圖書館藏近現代名人手劄》第一册

致安鴻勳札

昨譚未暢，卽束帶奉訪，而騶從尚未返，甚悵。頃蒙賜詩，雄厲有氣幹，敬服敬服！惟獎飾太過，萬不敢當。尊紙塗出，奉上。玉屑箋宜作書，以寫水墨，尚非所宜。草草不工，幸勿見哂。悤謹數字，卽請元安。撝謙敬璧，小琴大兄大人閣下。弟一同頓首。

——《小莽蒼蒼齋藏清代學者書劄》第二册

致孫運錦函一

心仿尊兄大人閣下：

再奉手裁，並晤左清石先生三月事，具知近狀。畢刺史蒞邳，弟力言兄之品學，渠頗殷嚮往，欲延以筆墨之事，未知賓主東南，曾有延津之合否？

《白奔山人集》得吾兄《年譜》節鈔及《寅賓錄》。弟以三月之功細加編校，復爲《年譜》一册，頗搜昔遁。日夕冀望刻貲之來，乃潤臣以家事煩溷，遂以力有不逮爲辭。據吳稼軒員外云，渠終當遂事，惟不能克期應命耳。當此時勢，豈可遲而又久？弟意別約同人醵金爲之，而歲事不登，頗難啓口，至今耿耿未嘗去懷抱也。

至其中時日先後，尚有可疑。此類甚多，姑舉一二：如汧罝草堂落成，張譜與本集竟相徑庭。而詳味詩意，似本集繫之癸未，亦非實錄。錢塘之遊或以爲戊申，戊申八月尚在大名，明年元旦又在邯鄲，此中幾何時而遊錢塘？拜孝陵亦少迫促矣。或以爲在三關之後，又或以爲拜孝陵與遊錢塘並非一年，刻在袁浦，未嘗以本集得隨，姑記之如此，以質先生。此皆節目之不可解者。先生登岱凡四，竟不可知繫何年。葉潤山侍郎曾仕閩中，卒以憂死，見《全謝山集》中。而本集題注稱爲部郎，國變死節。凡此之類，未敢懸定。安得親就先生而面質之，庶可無草草成書之誚。先生如已就畢刺史之招，妙不可言。否則能仗策來遊，就清翁於浦上，謀十日之談。或能卽事生情，另圖坐席，亦一妙也。

茲以胡香亭孝廉來使之便，率草數行。臨楮百拜，幸弗浮沉，相思此心，無任惓惓。敬請道安，惟照百一。

小弟魯一同頓首，八月廿二日袁浦書。

致孫運錦函二

心仿先生左右：

省書往復，以增嘆息。東徐小憩，遂爾流連。雲龍戔戔，捷足多竟腐鼠，得失聽之而已。隰西遺文纂輯藏事，良固欣然。欲捐刻者，內閣葉君名澧。其刻資尚未寄到，歸當再寄書也。聞諸貴居停師少府，明年安研有方，不勝欣慰。的系何處？望示知，以便尺一得達也。府試弟未必來郡，將來萬集作何交代，寧緩勿誤，是所至禱。高君字伯平。所云工駢體者，卽亡友顧秋碧，足下亦識其人也。今爲廣陵散矣，言之怏悒。奉請道安，總總不偈。一同頓首。

——以上二劄，錄自原思訓《孫運錦與〈白耷山人年譜〉及〈寅賓錄〉》，《文獻》二〇一四年第五期

與高伯平札

伯平弟安！來告拳拳於養一齋遺文，使人增感。此中之故，我兩人知之，而尚有不能爲足下盡者，非再得一面論不能快然也。歸期未定，而月中旬有安東之行，二十外方回，其時乃□□未發也。吾輩聚合乃大不易，念當遠別，如何如何！子微事料不能斡旋。然有聲無辭，□□□□，順復數行，卽承動靜安善，不次。一同頓首。

——上海馳翰二〇一六春季藝術品拍賣會（二）《名家信札》第五十五號

答黃鈞宰問古文書

某於此事，望而未見，而俗學榛蕪，又無可問津者，能者冥心以始之，博采以縱之，定志以終之，勤而不迫，夫何遠哉！

——黃鈞宰《金壺浪墨》卷五之『鐵犀』條

附録一　魯一同先生簡譜

丁志安

清嘉慶十年乙丑（一八〇五），一歲

月日，先生生。

先生名一同，字蘭岑，一字通甫。其先不知所自始，或曰甘涼故世將，或曰燕京人。清初嘗從吴三桂平雲南，已窺其有異志，挈孥而逃於淮安之山陽。遂占籍，世居安東。

父長泰，字特山，郡庠生，工書善畫，時年三十九。

母李氏。兄純，字粹夫。

從兄一成，字子秋。

長姊，□仙。

次姊，芝仙，後適馬天成，時年六歲。

三姊，蘭仙，字靈香，能詩，善吹笛，並工射擊。著有《瘦春仙館詩賸》。後適黄照。時年四歲。

嘉慶十五年庚午（一八一〇），六歲

通五音，少長，工爲古文辭。

嘉慶二十二年丁丑（一八一七），十三歲

從楊體之先生遊。先生《梅花長卷》詩句云：『我年十三侍師側。』

性嗜菊。先生撰《王翁鞠譜敘》云：『予幼讀書漣東之野，荒園半畝，春時蒔鞠百種，壅培剪插，終歲爲命。』

道光元年辛巳（一八二一），十七歲

補博士弟子員。

秋，應鄉試不售。識沭陽王欽霖。先生《與孔宥函書》云：『僕年十七，初交王考功慈雨，稍識度外，作爲文章，篋衍盈寸。』

道光二年壬午（一八二二），十八歲

與王欽霖同赴江南鄉試。先生《送王慈雨入都》詩云：『明年初渡江，方舟踏怒瀾。論兵北固樓，感歎周郎賢。歌呼振林壑，蛟龍驚洄漩。歸來孫卿宅，夜夜分寒氈。』

榜發，王欽霖中式舉人，先生中副榜。

道光五年乙酉（一八二五），二十一歲

是年作《送王慈雨入都》、《昔游》二詩。《通甫詩存》始於是年。

道光六年丙戌（一八二六），二十二歲

初識同里潘先生德輿。先生《與孔宥函書》云：『年二十二，見潘丈於本郡，時方被酒，與里中人士會於城西之道觀，疎鬒飄然，劇談大暢，顧謂余文有長沙、敬輿之風。』按潘、魯二先生雖同籍山陽，但潘家車橋，魯家安東，以故不常相見，是時方晤於郡城也。

道光七年丁亥（一八二七），二十三歲

六月二十一日，友人徐潢卒，年二十二。先生撰《徐漢槎小傳》。

道光八年戊子（一八二八），二十四歲

秋，潘德輿捷鄉闈第一。

道光九年己丑（一八二九），二十五歲

《詩存》是年有《送徐健安之官潼關》七律二首。按潘先生《養一齋集》卷四《送徐健安之潼關》詩列於次年，又有《健安招集卽席再賦》句云：『名將風流親翰墨，雄關雲物照弓刀。』健安名開業，阜寧籍，嘉慶庚辰科武狀元。黄鈞宰《金壺七墨·武殿元》卽指此人。

長子葵生，字伯向。

道光十年庚寅（一八三〇），二十六歲

潘先生在都門作《寄懷魯通甫》五古二首，先生作《酬潘四農自都枉贈之作》答之。

《詩存》是年又有《鬱金篇》、《雙燕離》、《春曉齋中作》、《有所思》、《送王孝廉之山左》、《太華篇》、《讀青山李翰林新墓碑歌》、《徐健安兩上書幕府，求從大軍西征，壯其志氣，慨然寄詩》諸詩。

道光十一年辛卯（一八三一），二十七歲

徐健安卒，先生作《哭健安參戎》五律四首，又《哭徐健安將軍文》。

秋，應江南鄉試不售。

是年有《揚州五臺山寺》、《述舊長歌寄李朗山》、《吴環〈九牛圖〉》、《臺城晚眺》諸詩。

道光十二年壬辰(一八三二),二十八歲

安東大水成災,冬盜起不寧。先生著《安東歲災記敘》,云:『自皇上登極之歲,歲在辛巳。前一年災,明年壬午又災,乙酉、丙戌連災,戊子則又災,壬辰又大災。十三年之間,災居其六七,於是而極焉。是年冬,水涸,種宿麥。而盜起,千百爲羣,鳴銃,佩大刀、長鎩,比戶鳥鈔。居民好爲備,競賣牛種,買刀。小村八九家,刀必浮其人數。日出陳刀於門,刀詭異百狀,光霍霍照人。薄暮,子婦藏密,壯者謹守望,連村相應有聲。其被劫,雖巨室大家,下至貧不舉火,靡擇也。』

是年有《徐鶴孫涉江渡河千里見訪詩以慰之》、《李元忠歌》、《過張處士崇弼隱居》、《雨泊灣頭》諸詩。

次子蕡生,字仲實。

道光十三年癸巳(一八三三),二十九歲

是年作《荒年謠》五首,歷敘當年慘況。一、《賣耕牛》;二、《拾遺骸》;三、《縛孤兒》;四、《撤屋作薪》;五、《小車轔轔》。前有小序云:『饑沴洊疊,瘡痏日甚,聞見之際,滑焉傷懷。爰次其事,命爲《荒年謠》。事皆徵實,言通里俗,敢云「言之無罪」,然所陳者,十之二三而已。』

道光十四年甲午(一八三四),三十歲

先生《與孔宥函書》:『三十而獲交周丈止安。止安論文少許可,獨愛余文,謂歸震川後無能爲此事者。』按止安名濟,一字保緒,荆溪人。嘉慶十年(一八〇五)進士,官淮安教授。工書,善畫。著有

《晉略》、《說文字繫》、《韻原》、《介存齋詩》、《味雋齋詞》等書。

是年有《送人南遊寄題金山寺》、《江夜》、《寄徐廣文潁上》三詩。

潘先生有《與通甫》、《晚坐遲通甫不至》二詩。

道光十五年乙未（一八三五），三十一歲

三子蘅生，字叔杜，小字夢官。

秋，應江南鄉試，中式舉人。

十一月，撰《鹽城孫貞烈女墓銘》。

潘先生有《郡城晤通甫臨別作詩二首》。

先生是年作《吴子野畫〈東海營圖〉》、《諸郎二首》、《履霜行》、《春雨示同學諸子》、《明月》、《古別離》、《古歌》、《響水口》、《和友人登雲臺絕頂》、《哭王郎炅》、《懷孫進士檠廣州》、《吴陵》、《登通州城樓》、《舟夜感懷》、《曉起》、《自邵伯埭西至引塘橋遂遊梵行寺》諸詩。

道光十六年丙申（一八三六），三十二歲

春，入都應會試不售。

四月四日，宜黃黃樹齋爵滋、歙縣徐廉峯寶善、歸安葉筠潭紹本、昆明黃渠卿琮、晉江陳頌南慶鏞、甘泉汪孟慈喜荀等六人，召集公車文士及在都學者四十二人於陶然亭。孟慈出示宋刻《禊帖》，上元畫家溫翰初肇江繪圖，爲江亭展禊之會，極一時之盛。孟慈以《禊帖》送藏古棗花寺。先生作《江亭宴集詩》：『皇風扇八極，英俊紛來同。巍峨神皋秀，涓流盡朝宗。城南盛水樹，休沐來雍容。江亭矗遺構，樓觀皎若空。太行千里來，蒼翠浮簾櫳。沄沄井氣白，下與龍泓通。蘆芽戢淺渚，飛絮交微風。豈惟樂清暇，兼用歌時雍。諸公各努力，在盛彌憂豐。職理幸靡闓，談讌庶有終。追美觴詠儔，一暢千秋胷。』

潘先生德輿及同里丁頤志老人晏、鎮海姚梅伯燮、上元梅伯言曾亮、宿迁臧牧龕紆青、甘泉杨季子亮、永豐郭羽可儀霄、黟縣俞理初正燮、沭陽王慈雨欽霖、江寧顧褱三褱生、遼寧黄香鐵釗、日照許印林翰、固始蔣子瀟湘南、昆明戴雲帆絅孫、滿洲斌秋士桐、宛平楊息柯翰、句容陳卓人立、武陵楊性農彝珍、南豐吴子苾式芬、江都梅嵇盦植之、東鄉艾至堂暢、漢陽葉潤臣名灃、益陽湯海秋鵬、道州何子貞紹基、寶應劉鶴汀寶樹、劉楚楨寶楠諸先生皆參與此會，各有詩文紀事，極一時之盛。

先生是年又有《奉題卓海帆夫子〈居庸題壁圖〉》、《别黄香鐵》、《德州渡河》三詩。

十一月十日，同年友胡錫祺卒，年二十二。先生撰《哭胡介眉同年文》。

父特山先生七十生日，潘先生撰文爲壽。

道光十七年丁酉（一八三七），三十三歲

正月，侯官林則徐授湖廣總督，邀與偕往，先生以親老辭之。

三月十一日，友人王欽霖卒於京師，先生作《哭王慈雨》詩五律九首，又《哭王考功文》。

潘先生是年有《高郵舟次寄懷通甫》七絶詩四首。

先生是年作《憶長安舊遊》七絶十八首、《題徐子容少府〈溪山垂釣〉長卷》、《郭羽可舍人墨竹引》、《長歌贈吴稼軒孝廉》、《明大内蟋蟀磚歌》諸詩。

道光十八年戊戌(一八三八),三十四歲

春,偕潘先生四農、吳先生稼軒入都應會試,同寓孔宥函先生邸。溫翰初先生爲作《燕山話雨圖》。潘先生題詩云:『垂楊不必畱班馬,明月依然共一家。別淚多於山下雨,東風將去作塵沙。』

四月,與潘先生四農及湯海秋、張亨甫、姚梅伯諸先生遊小餘芳亭子,姚先生作詩一首,先生次其韻和之。

榜發未售,湯海秋餞於尺五山莊。潘先生有《海秋招同亨甫、梅伯、通甫、孔、吳二生飲尺五山莊,畱詩與海秋別》七絕六首。先生作《尺五山莊》詩五古一首。同里韋竹坪先生坦有《魯蘭岑表弟出都》五古一首,見《恬齋存稿》。

張亨甫出都往應林則徐湖廣督署幕友之聘,先生作《長歌送亨父之武昌兼呈林少穆制府》詩,有句云:『鄉思茫茫萬山阻,一尊送汝下南楚。西樓黃鶴已無情,何處江山弔黃祖? 武昌大帥賢且才,盼汝欲使青雲開。飯汝青玉案,酌汝黃金罍。世間知己亦易得,如此傾倒知誰哉!』

歸途至淮陰遇桐城江龍門先生開,時龍門方在京爲宜黃黄爵滋草擬《請嚴塞漏卮以培國本疏》,奏稿後南返。先生贈以詩句云:『遲迴渡黃河,握手驚薾苶。上聞大鴻臚,新章動星斗。海内三十年,靡風積昏垢。君文關運會,假手告君后。少展濟時略,得辭寒儒醜。』見《通甫詩存》卷二《袁江遇江龍門歸桐城》。按此疏稿爲鴉片戰爭中重要史料,當時傳説不一,或謂建寧張際亮起草,或謂富順倪印垣屬稿、江開書折。讀先生詩,可知擬稿者確爲江開,不僅書折也。

先生是年並有《茌平作》、《贈張亨父同年》、《贈澎湖蔡廷蘭孝廉》、《次亨父河間題壁韻》、《亨父

用前韻復贈再次其韻》、《閏四月十八日袁江道中，念亨父今日當至樊口，馬上慨然爲詩》、《贈王郎》、《秋雨雜詩》、《得林少穆制府書，知亨父于役襄陽，將返閩中，且爲海外之遊，憶之作詩》諸詩。

道光十九年己亥（一八三九），三十五歲

正月十一日，次姊芝仙卒，年四十。先生撰《適馬氏姊年四十行略》。

正月二十六日，丁母憂。

五月十一日，三姊蘭仙病故，年三十八。先生撰《适黄氏姊年三十八行略》。

七月初三日，荊溪周止安先生濟病卒夏口旅社。

七月二十七日，潘四農先生在里廬逝世。

是年先生既失慈母，復哭兩姊，更有知己師友之喪，眼枯淚竭，終歲無詩。

道光二十年庚子（一八四〇），三十六歲

春，友人吳稼軒北上會試，先生作《送稼軒入都》七律四首。

四月，撰《安東清漣書院記》。

是年又有《得稼軒京師書重寄》、《客思》、《觀彭城兵赴吳淞防海》、《金山寺》、《北固山》、《遊焦山作》、《題元潁川王父子〈清秋迴獵圖〉》、《題路文貞公遺集》、《讀史雜感》諸詩。

道光二十一年辛丑（一八四一），三十七歲

正月二十五日，友人吳稼軒丁父憂，先生撰《少鶴吳君家傳》。

二月初六日，同里民族英雄、廣東水師提督關天培抵抗侵略在虎門陣亡，先生撰《關忠節公家傳》。

八月十七日，清兩江總督裕謙在浙江鎮海督師抵抗英國侵略軍，城陷投水殉難。先生撰《書裕靖節公死節事略》。

是年館於吴城義塾，清河文學丁樞從遊。

《詩存》有《重有感》、《苦憶》、《送劉州丞赴皖》諸詩，皆是年作。

道光二十二年壬寅（一八四二），三十八歲

正月，英侵略軍船侵入大安港，友人姚瑩時任臺灣道，誘沈之，獲鐵炮槍刀，皆侵略我鎮海、寧波之物。七月，喪權辱國之《江寧條約》訂立，翻以姚瑩之抵抗侵略爲罪。是非顛倒，先生極爲憤慨，撰《擬論姚瑩功罪狀》以鳴不平。

五月三日，丁父憂。表兄韋坦有《哭魯特山丈，兼唁蘭岑》詩五律二首。

是年有《烽戍四十韻》、《崖州司戶行》、《三公篇》、《投贈東阿周制府四十韻，周方乞假歸宿州》、《檢篋中，得嶺南黃廣文釗、閩中張同年際亮手札》諸詩。

道光二十三年癸卯（一八四三），三十九歲

七月，返漣上故宅，道經友人王某之居。王善種鞠，編有《鞠譜》，先生爲作序。

韋坦《恬齋存稿》有《癸卯秋日，黃質盦通守招魯蘭岑、吴稼軒兩孝廉、程戒浮、潘元欽兩茂才为湖上載酒之遊，徐雨生繪圖，蔡鶴門招飲，看演大礮，賦詩紀事》五古一首。先生有《黃通守席上喜晤蔡少府，即事有作》詩。

是年又有《憶焦山》、《憶金山》、《河決後填淤肥美，友人藉資爲買田宅，夏日遣奴子往視黍豆，歸報有作》、《客居》、《題周侍御〈宣府課經圖〉》、《送邵生東歸》、《東澗歌送嚴生》、《聞張亨父卒於都門，哭之有作》、《得周侍御都中書及詩……》諸詩。

道光二十四年甲辰（一八四四），四十歲

十月十一日，爲友人吴昆田畫雀梅，署曰：『甲辰小雪前二日寫，为稼軒大弟大人正之，一同戲墨。』按此畫雖成，並未舉贈。後稼翁之子溫叟見之，方才攜歸，並囑先生之孫蔭亭志其緣起。蔭亭名樾，跋云：『昔先曾王父僻居漣水之東，以畫自娱。工於翎毛，而世無知者。及先王父文章驚海內，畫則以墨梅云。此幅獨繪雙禽，且署以「戲墨」，亦可知意之不精於此矣。故雖署款为贈吴先生，而庋於家者有年。然以質之近今寫生家，舉所謂片楮千金，卓然自命者，未嘗不驚为妙筆。迨反而證其所自爲，轉遜謝若有媿色。是雖意之所不精，已爲世之精於斯者所不及。樾生也晚，不及侍王父，幼習帖括，長遊四方，絕然抱軀爲明德後。文章之業既已廢絕，卽區區筆墨餘技亦無能得其万一，咎戾何辭？丁酉冬，偶檢敝簏，温丈見署款，索歸，付之裝池，以示不忘先澤。己亥秋，再过吴城，温丈屬書後。追念先德，墨撫藐躬，戰惧屏营，用陳廢疾，温丈或有以起之乎？　中秋前三日，樾謹識。』見《抑抑堂集》卷十五。

是年有《姚廉訪自海外被逮入都，過南清河有缺將候，旋奉恩命，謫宦四川，欣慨交錯，賦寄三章》、《雜感十二首》、《哭湯海秋同年》諸詩。

道光二十五年乙巳（一八四五），四十一歲

撰《淮揚河營遊擊黃君墓碑》。

代譚祖同撰《文學陳君墓誌銘》。

冬，海陵梅氏纂修族譜，乞先生撰《梅君父子家傳》。

是年作《絡緯》詩一首。

道光二十六年丙午（一八四六），四十二歲

二月，撰《淮郡節孝祠志敘》。

八月，歸自徐州，視友人黄斌疾。後三日，斌卒，先生撰《黄君行狀》。

是年有《聞林侯官入關再秉節鉞枕上口號二首》、《蟋蟀》二詩。

道光二十七年丁未（一八四七），四十三歲

春，入都應會試不售。同里丁壽昌中式進士。

試院遇湖南張開霽，先生有詩句云：『十年就京國，萬事可深喟。車馬滿城南，從君駐游騎。』

在都爲表兄韋坦長女畫梅花宫紈，花用胭脂點色，作含苞欲啓狀，時禮闈榜將放，先生自喻也。見《漱經齋詩鈔》。

是年有《過荀卿墓》、《雜詩》、《贈別厲伯符、林少子》、《少穆師自關中移節滇南郎事寄其公子汝舟編修都中》諸詩。

道光二十八年戊申（一八四八），四十四歲

春，歸安東故居，爲友人孫春曦撰其太夫人《孫節母墓誌銘》。

撰友人吴仲深元配《王孺人墓碣》。

重九日，同友人飲於龍光閣，時方編訂潘先生德輿《養一齋集》，有《訂四農丈遺集告成，感而有作》五古四首。

道光二十九年己酉（一八四九），四十五歲

春，遊徐州，有《登馬陵》、《王翁招飲馬陵山下，適韋駕部奉使至順河，不及展敬，寄之以詩》、《題蔡通守後亭》、《雨甚入於彭城》、《大士巖》、《放鶴亭》、《大佛寺》、《登戲馬臺》、《登東城》、《晚登黄樓》、《韓觀察招飲含青館，醉歸奉簡》、《望湖亭》、《白鹿洞》、《同史廣文、譚少尹坐紫翠軒石牀品山泉作》、《雲龍行宫》、《贈允上人》、《十三夜月》、《再贈允公》、《觀允上人舉鑪歌》、《四月十六日雲龍精舍，同慕韓廣文攜譚雨聲集紫翠軒作》、《自桃山趨黄桑峪，望瑞云寺》、《入瑞雲寺》、《瑞雲寺阻雨竟日》、《山中早起》、《晨陟後山觀洗鉢池》、《樗公塔》、《出谷行二十里，至龍泉寺》、《道羅家港，至二十五里橋》、《瑞雲寺南樓》、《送在上人歸安宜》諸詩。

在徐識《銅山縣志》編纂人孫運錦，秋應其請撰其父文蔚墓志銘。

十二月，撰《太學丁君墓志銘》。

道光三十年庚戌（一八五〇），四十六歲

春，入都會試，不售。

三月十四日，表兄韋坦病卒都門，時先生方在禮闈，及出闈往探，已殯三日。撰《兵部職方司員外郎韋君墓表》。

四月，爲同里丁頤伯畫梅四幅，後壬子三月晦日補題。

四月，武陵楊彝珍題《通甫詩存》。

七月，邳州知州董用威聘修《邳州志》，次年成書二十四卷，自撰後序。門人沭陽周韶音有《讀通甫師〈邳州志〉，感而有作》五古五首，見《諧伯詩存》。

是年有《柳泉》、《微山湖》、《望月懷遠》、《贈葉潤臣舍人》、《石門橋》諸詩。

上元許宗衡贈詩，見《玉井山館詩》卷四。

咸豐元年辛亥（一八五一），四十七歲

四月，撰韋坦《恬齋存稿》序。

十二月，自序《補過軒四書文》。

是年有《雜感》詩五首。

咸豐二年壬子（一八五二），四十八歲

春，入都應會試不售，有《三月十四夜試院對月，即事有作》詩。

爲丁頤伯補題所畫梅花。第一幀云：『我畫本無法，聊以意爲之。花尚不求似，矧復贅以詩。當時託而逃，姑以遠行辭。今來頗多暇，嬾復不即爲。丁君醉以酒，三日送一鴟。五日开一筵，使我神淋漓。感此歌一放，噀墨滿鬚髭。歌成已復醉，歸則馬倒騎。市兒拍手笑，长安老畫師。不惜畫師老，但問賞者誰？傳語車馬客，勿溷老夫爲。』自注：『「爲」字重均，古人多有，不欲更也。一同並識。』第二幀云：『門前翠幰轉如雷，壁上寒香凍未開。如此風沙君莫笑，老夫特爲補詩來。』自注：『此幅多含苞半吐，今再期矣，花尚偃蹇如昔耶？賦詩以促之，博頤伯世兄一笑。或能更作轉語，則花之幸也。』第三幀云：『當年撥馬向江村，手寫梅花爲愴魂。除卻枝間雙翠羽，重來誰與話黄昏？』自注：『余昔寫此，悤悤戒途，未爲極思，而頤伯裝置几案間，若珍惜之不勝者，是可感也。一同補題二十八字。』第四幀云：『前年别長安去，梅子纍纍金滿树。今年向長安來，梅花簇簇香初胎。去來三年足塵土，花亦如人惜風雨。愁雲凍雀滿天涯，大幹狂根老何補？前年别君寫此圖，倚裝火急如索逋。圖成一字説不出，但见奇氣盤空虚。丁君愛我知無匹，飲君醇醪醉千日。新詩重補舊時題，花尚如前我頭白。』自注：『壬子三月晦日，補題於宣南寓館，一同走筆。』見《抑抑堂集》卷十二。

《詩存》中《讀史偶作》、《講武》、《吕祖閣道士是仁宗時宫監》、《秦平陽斤銘拓本爲王比部賦》、《葉小鸞眉子硯爲王孝廉賦》、《致經堂圖爲孔舍人賦》、《題孫芝芳同年〈蒼筤谷圖〉》、《題伊漪君〈菰蘆息影圖〉》、《〈野鵝山居圖〉歌爲鄒孝廉賦》、《留别曾滁生侍郎》、《過南苑作》、《鮮花會辭》、《送戴五鈞衡歸桐城》、《送符孝廉遊皖》諸詩，均在都時作。

出都時，桃源（今泗陽）尹耕雲作《送通甫南旋》詩，有句云：『科名一芥何加損，重爲朝廷惜此才。』見《心白日齋集》卷五。

途中至到家有《南沙河雨夜聞軍中急遞有作》、《嶧縣道中》、《自嶧縣舟下氶水，入泇河，抵宿遷舟中，雜詩》、《宿桃源驛》、《入門》諸詩。

撰《吴仲仙明府同年四十敘》。

冬，應清河（今淮陰）知縣同年吴仲仙棠請，纂修《清河縣志》，甲寅成書二十四卷，棠爲之序。

咸豐三年癸丑（一八五三），四十九歲

二月二十三日，致于司馬書。

九月，致吴稼軒書。

十一月，與吴中翰論時事書。

十二月十五日夜飲，醉後爲盧小配守備德繪梅花帳沿。

是年有《贈周生》、《贈傅明經桐卿送其之山東》、《送賞大禮》諸詩。

咸豐四年甲寅（一八五四），五十歲

舅氏安東李粹夫純年九十，先生畫梅爲壽，並題詩云：『吾舅九十甥半百，猶憶兒童捧杖時。願變黄河作春酒，好花開遍萬年枝。』見《抑抑堂集》卷十二。

代吴棠撰《安涉橋碑》。

代河標中營副將聯昌撰《新撥中營養馬灘地碑》。

是年有《題何子毅效錢南園〈六馬圖〉》、《周止安畫冊爲周蓮亭大令賦》諸詩。

咸豐五年乙卯（一八五五），五十一歲

吴稼軒先生是年四十八歲，繪寫小像，先生題詩云：『淮雨洗征衫，馬嘶到庭院。雖含絲綸姿，未改湖海面。春明别酒散，夢寐想巖電。苟全幸茅舍，勞心苦金殿。行藏兩盤桓，日月去弦箭。壯士一絲髮，乾坤五載戰。何況密勿地，憂虞子親見。看子眉宇舒，已卜和風扇。少慰倚門愁，再拭承明研。致身雲臺上，精爽期百鍊。』見《抑抑堂集》卷十五。

四月，復戴孝廉書。六月，復戴孝廉第二書。

《詩存》有《牡丹畫卷》詩七絶二首。

咸豐六年丙辰（一八五六），五十二歲

春，入都應會試，途中有《宿遷道中遇西川張孝廉懋康二十韻》、《半城》、《青駝嶺大風》、《公氏山居》、《登岱至一天門作》、《斗姥宫》、《迴馬嶺》、《半山亭》、《憩五大夫松下》、《萬松嶺》、《南天門磴道》、《登日觀峯》、《登玉皇頂觀古封禪臺》、《碧霞元君廟》、《東嶽祠》、《下山登南天門樓》、《齊河橋》、《自阜城至河間道中》諸詩。

禮闈榜發不售。四月三日，同人祀顧亭林先生於報國寺，遂爲展禊之會，賦五古五十韻。

四月五日，作梅花横幅，並題云：『西郊燕麥雨初晴，南苑風來柳浪輕。一笛冷香吹不散，唤人銅盞賣冰聲。』自注：『丙辰浴佛前三日，與子賢話雨宣南，出此幀索畫墨梅。長安筆墨酬接，日不暇給。今日少閑，寫成並書二十八字。不必是此花，亦不必是此詩也，擲筆相與一笑。』見《抑抑堂集》卷十三。

桂林朱琦題《通甫詩存》。

瀨歸，又有《題葉潤臣〈江漢歸舟圖〉》、《再題〈城南買醉圖〉》、《南歸述感雜詩》、《途中懷人五詩》。

八月二十一日，江寧布政使望江何俊六十生日，先生撰《何亦民六十敘》。

是年又撰《安徽巡撫蔣公神道碑》及《許母孫太安人墓誌銘》。

門人周韶音《諧伯詩存》有《讀通甫師〈登岱〉諸作，敬題卷後》五古一首。

咸豐七年丁巳（一八五七），五十三歲

撰《蕭山湯文端公神道碑》。道州何紹基評云：『公之推，豈以保林文忠乎？此爲誣朝廷矣。文雖佳，非事實也。事因吏部司官陳起詩揭告降三級。』又云：『推重湯公至非事實於宣廟何？亦非所以慰湯公於地下也。』見《賓楚叢談》卷三。

吴涑《抑抑堂集》卷十四：『通丈撰《湯文端神道碑》，有因忌諱敍次隱約者二事，見先子致通丈書中，謹識其略：道光六年，宣宗命授皇長子讀。十一年，皇長子疾，文端取上書房所存《聖訓》一函與讀，俾毋以疾自逸。其時宣宗憂皇長子疾，日命皇后視湯藥，中旨稠疊。忽一日，大怒，特旨不許后視疾，曰：「此子法當死，死晚矣！」未幾而皇長子薨。命查鈔阿哥所得《聖訓》一函，内夾一紙，爲文端手跡。飭軍機大臣傳訊，而以輔導無方降官。蓋其時有以蜚語上聞者，謂皇長子急欲得大位，《聖訓》乃治天下之方，讀爲非分也。逾年，命典江南鄉試，始得召見，請訓畢，奏曰：「臣在上書房輔導無方，罪應黜。惟教皇子讀《聖訓》，臣自謂無罪。列聖明訓，纂修既成，頒發上書房，非教皇子習誦而何？且以之頒賞臣工，豈有子孫而不當讀祖宗之遺訓者乎？」宣宗默然。二十二年，夷務不靖，文端以筆劄謝恩召對。語次，宣宗詢粤東事，何人可了，文端以林侯官對。宣宗怒曰：「此僨粤事者，而汝乃比之乎？」文端對曰：「臣但知其成事，實不知其僨事也。」宣宗大怒，急曰：「出去！」聲徹殿廷，近侍皆咋舌。歸謂公子修曰：「我身爲大臣，今被斥如此，從此不可復入矣。」旋以微眚罣議降調，逾年授光祿寺卿。復語公子曰：「吾既言之矣，何顔更對揚大廷乎？」卽日以衰老乞休去。』

十月朔日，撰門人沭陽周韶音《諧伯詩存》序。

是年詩有《〈蕭寺尋秋圖〉，爲張午橋舍人作》。

咸豐八年戊午（一八五八），五十四歲

吳稼軒先生《潄六山房全集》卷二有《元日與通甫飲，用蘇味道〈元夕〉詩韻同作》，又《元夕又與通甫飲，用蔡君謨詩韻同作》。

偕鄉人合詞吁請潘先生德輿崇祀鄉賢。

蕭山湯修刻先生《通甫類稿》。次年九月刻成，修有序。

是年又有《宥函殉難江浦，遥哭以詩》。

咸豐九年己未（一八五九），五十五歲

正月，門人周韶音刻先生《通甫詩存》，書成有跋。

正月初七日，題吳棠《燼餘集》云：『以沈鬱跌宕之懷，處家國艱難之際，由衷之言，佇興而就，故非徒以詞采聲律見長可比。』

二月，門人周韶音太夫人病故，乞先生撰墓誌銘。

是年並撰丹徒《解氏三世家傳》。

咸豐十年庚申（一八六〇），五十六歲

正月，撰《安徽候補知縣鄉賢潘先生行狀》。

正月三十日，捻軍入清江浦。先生方病，次子蕡奉之回安東故居。先生作《避地東歸舊宅，示諸子姪，兼柬親友》詩云：『不爲驚烽火，何由返舊丘？花殘春水宅，書亂夕陽樓。别舍仍歸燕，荒池不下鷗。所親問戎馬，屈指淚長流。』『全家車一乘，百里舍三遷。賊勢迴殘雨，鄉團聚晚烟。望門愁倉猝，蒙袂强周旋。歌哭平生地，今宵乍穩眠。』『門戶何曾識，兒童已一家。淚痕方寂寞，笑語忽喧嘩。傍榻安書帙，挑燈拂劍花。傳烽天外遠，猶映小窗紗。』『舍北雙槐樹，陰連一畝餘。所悲分植久，莫忘結根初。接葉巢烏暗，流膠上蟻徐。行人仍指點，十里靄吾廬。』『北海孫賓石孫文學，西涼馬少遊馬上舍。鬢華衰共認，酒熟夜相求。野騎花塍遠，春燈竹嶼幽。因君訪世事，或恐遇田疇。』『淮麥垂垂白，江梅冉冉黃。歡聲民築壘，急鼓縣徵糧。祗益驚雞犬，長愁挹酒漿。桃花紅已過，絕境永茫茫。』此詩六首，情景交融。置之唐人集中，未可多讓。末二句已自傷頹暮矣。

秋，有《庚申九月書感》五律四首。

咸豐十一年辛酉（一八六一），五十七歲

先生養疴於安東故宅，智慧漸減，舊事恆不記憶。

同治元年壬戌（一八六二），五十八歲

春，老友吳棠以江寧布政使署漕運總督，駐清江浦。先生力疾爲撰《江寧布政使吳公仲仙同年五十敘》。

先生仍在安東，夫人某氏仍居住清河（今淮陰）。次子蕡，每晝侍父，昏夜握刀徒步往省母。比曉疾走詣父所，往返二百里，踵血淋漓，不自知也。

秋，吳棠檢閱《清河縣志》，板已殘缺，重事補刊。九月，吳棠撰後跋時，先生『方以老病奄逝』。

——原載《漣水文史資料》第五輯

附錄二　傳記

魯一同傳

魯一同，字通甫，清河人。善屬文，師事潘德輿。道光十五年舉人。時承平久，一同獨深憂，謂：『今天下多不激之氣，積而不化之習。在位者貪不去之身，陳説者務不駭之論。風烈不紀。一旦有緩急，莫可倚仗。』既再試不第，益研精於學。凡田賦、兵戎諸大政，及河道遷變、地形險要，悉得其機牙。爲文務切世情，古茂峻厲，有杜牧、尹洙之風。漕督周天爵見之，曰：『天下大材也，豈直文字哉！』曾國藩尤歎異之。試禮部，入都，國藩數屏騶從就問天下事。粤逆踞金陵也，同年生吳棠方宰清河，一同爲草檄，傳示列縣，辭氣奮發，江北人心大定。江忠源師抵廬州，友人戴鈞衡爲書通國藩之指，欲其起佐忠源。一同謝不出，復書極論用兵機宜，謂當緩金陵，專攻旁郡。其後大兵築長圍，期旦夕破金陵，一同獨決其必敗。未幾，果潰裂，蘇、浙淪陷。已而國藩克安慶，復金陵，一如所論。同治二年，卒，年五十九。著《邳州志》、《清河志》、《通甫類稿》。

——《清史稿》卷四八六《文苑三》

魯一同傳

魯一同，字通甫，江蘇清河人。道光十五年舉人。時海内方承平，一同獨以爲深憂，謂今天下多不激之氣，積而爲不化之習。在位者貪不去之身，陳説者務不駭之論，學者建不樹之幟，師儒築不高之牆，容容自安，風烈不紀，恐一旦有緩急，相顧莫敢當其衝。又嘗論天下之患，蓋在治事之官少，治官之官多。時以爲名言。寶山毛嶽生見其文，謂七百年來文患於柔，惟此爲能得剛之美。建寧張際亮以詩名天下，見其古歌行，自以爲不及。既再試不第，益研精爲文章。其説長於史例，旁及諸子百家之言，禽魚草木之變，靡不貫曉。林則徐總督湖廣，請與偕行，以親老止。周天爵督漕時見之，曰：『此天下之大材也，豈直文章哉！』曾國藩尤相敬異。

粤逆之居金陵也，盱眙吴棠方宰清河，衆志洶洶。一同爲之明部分，決機宜，傳檄鳳、潁、淮、徐、滁、泗、宿、海各府州縣，辭氣奮發，河北人心大定，清江浦屹然成重鎮焉。人或以是稱其能，嘆曰：『天下事有百倍於此者，何可易言也？』廬州危急，江忠源馳赴安徽巡撫之任，桐城戴孝廉鈞衡走書通曾國藩之指，欲其起佐忠源。一同謝不出，而復以書極言用兵之宜，謂爲今之計，莫若暫緩金陵之攻而專收旁郡。其時有謂先攻金陵，刳賊腹心，肢體自然散落者，故書中及之。其後大兵攻金陵，築長圍，江帥何桂清以爲賊若釜魚阱獸，期於旦夕成功。一同獨決其必敗。未幾而果潰裂，蘇、浙淪陷。迨國藩舟師下壓，坐鎮安慶，指復金陵，一如所論。

一同無尺寸之柄，而憂傷時事之艱危，於田賦、兵戎諸大政，與夫河道遷變、地形險要，以及中外大勢，無不究其端委而得其機牙。罕有遇合，則一發之於文章。爲文務切世情，其言曰：『文章事業，皆以靜儉爲根本。』又曰：『行不蹈道則非經，道不宗經則非道。』皆至言也。

同治二年卒，年五十九。著有《邳州志》二十卷、《清河縣志》二十四卷、《通甫類稿》四卷、《續稿》二卷、《詩存》四卷、《詩存之餘》二卷，又有《右軍年譜》二卷、《白耷山人年譜》一卷。

——《清史列傳》卷七十三

魯通甫傳

吴昆田

魯一同，字蘭岑，一字通甫。其先不知所自始，或曰甘凉故世將，或曰燕京人。國初嘗從吴藩平雲南，已窺其有異志，挈孥而逃於淮安之山陽，遂占籍焉，世居安東。一同始遷清河。父長泰，郡庠生，工書善畫，閉門養素，以道自負。一同生而穎悟絕人，六歲通五音，少長工爲古文辭。年十七，補博士弟子，次年舉道光壬午科副貢生。年三十一，中道光十五年舉人。

當是時，海内方承平，一同獨以爲深憂。謂今天下多不激之氣，積而爲不化之習。在位者貪不去之身，陳説者務不駭之論，學者建不樹之幟，師儒築不高之牆，容容自安，風烈不紀，恐一旦有緩急，相顧莫敢當其衝。又嘗論天下之患，蓋在治事之官少，治官之官多。官多者非事之利也，胥吏之利也。重府之權以統州縣，而並道按察於布政使，得詳察所屬，以專達於天子。其鹽、漕、軍、政興革之大者，設總督若巡撫一人主之，而地方之事不得撓布政使之權。布政使者，亦不得越府而苛責州縣，則州縣之事減。今天下之弊，蓋在於知府擁虛名以容與於屬吏上官之間，其實無所能爲。知府者，親民之首也。誠重知府之權，以制所屬長吏，統轄不甚遼闊。耳目易周，情僞易悉，賞罰與奪，朝發而暮至。門鑰未峻，百姓呼號易達，佐貳丞尉詳察而周知。苟得其人，委以數百里之地，卽事必舉。故誠能得一廉平公正之方伯，正身率屬，則府必得其人；府得其人，州縣莫敢爲姦，久任而責其成功。其視督撫、司道叢治於一方者，功相萬也。親民之官多，治官之官少，胥吏之數減，長吏之權伸。彼州縣者，以趨承上司之力治吾民，以申詳反覆之精明治吾吏，必能耳目清明，公務修舉。當世以爲名言。

嘗就試禮部，有蔡生者，亦與計諧，稠座中揖君，問姓字，大驚曰：『少時讀先生文，嘗恨古人不可復見，乃今先生故在也！』立起蹴踖，備弟子禮而去。寶山毛嶽生見其文，謂七百年來文患於柔，惟此爲能得剛之美。建寧張際亮以詩名天下，見其古歌行，自以爲不及。

既再試不第，益研精爲文章，乃氾濫無涯涘。其説長於史例，旁及諸子百家之言，禽魚草木之變，靡不貫曉。然居恆鬱鬱，嘗自嘆曰：『吾乃爲文人耶？』林文忠公則徐總督湖廣，請與偕，欲行，而以親老止。周文忠公天爵見其文曰：『此天下之大才也，豈直文章哉！』最後曾文正公國藩尤敬異。庚戌，試禮部，居淮安館舍。數屏騶從，就問天下事。時當揭曉，文正爲禮部侍郎，例鈐榜，先言於衆曰：『淮安魯通甫若成進士，天下之幸也！』及見榜無名，爲懊喪，如失左右手。

粤賊居金陵，同年生盱眙吳公棠方宰清河，衆志洶洶。一同爲之明部分，決機宜，傳檄鳳、潁、淮、徐、滁、泗、宿、海各府州若縣，辭氣奮發，指誓天日，共期滅賊，河北人心大定，清江浦屹然成重鎮焉。

人或以是稱其能，嘆曰：『天下事有百倍於此者，何可易言也？』廬州危急，江忠烈公忠源馳赴安徽巡撫之任，桐城戴孝廉鈞衡走書通曾文正之指，欲其起佐忠烈。謝不出而復以書，有曰：『故今日之憂，不在已被賊之省，而在未被賊之省；不在已殘破州縣，在未破而先自殘之州縣；不在已從賊之民，在未從賊而岌岌思爲賊之民。經營天下大事，當先注意於此。首重州縣之權，次講耕戰之法。凡被賊之省會州府不難克復，難於堅凝。且如武昌一府，向軍門復之於前，曾侍郎克之於後。去未移時，旋皆陷沒，人物彫散，倉庫空竭，金城蕩蕩，莽若邱墟。節帥式臨，徒抱空器，寇至則靡，固其所也。昔唐季之亂，東都居民不滿百戶，荊南兵餘裁十七家。史稱，張全義尹河南，韓建刺華州，皆能招懷流散，勸課農桑，數年之中，民富軍贍，安集殘破，莫良於此。』又曰：『賊之初起數十輩，愚妄人耳，脅從既多，遂出梟桀。又有縉紳科目之無耻者閒廁其間，指使引導，於是其教則參以泰西，其軍制略仿周官，軍帥卒旅，其官雜取漢、宋諸目色，而其用兵則令嚴而法簡，行速而多詐。既得金陵，志意少滿，僭立制度，然而未有立國之勢也。自古戰伐之朝有立國之勢者，則先攻其本。桓溫之直走成都，王鎮惡之泝舟渭水，韓擒虎之順流三山，李愬之夜入淮蔡是也。無立國之勢者，則宜先翦其枝。張角死而飛燕、黑山熾，仙芝殛而黄巢、尚讓横，迎祥滅而自成、獻忠狂，皆繇賊基未立，東西游走，合散無常，殲厥渠魁，則各自雄長，益多樹敵，翦除黨翼，首惡自孤。爲今之計，莫若暫緩金陵之攻而耑收旁郡。豫帥壁信陽收蘄、黄，皖帥仍壁廬收舒、桐，江帥壁廣饒收宣、歙，蘇帥壁江南，北兵壁江北，仍同收瓜、鎮，皆觀釁而動。而專責西帥以上游之任武昌，若復深駐大軍，營繕耕戰，益具舟船，練習水師，以虞變待時。而以曾侍郎九江之圍爲綴賊之勢，西師既盛，出一不意，順流東下，直踞安慶，突出九江之前，號召南北，使羅、石之黨外牽於曾、塔之師，急不得返顧，沿江諸賊必當同時解散，入穴金陵，則成功可望。』其時有謂先攻金陵，築長圍，刳賊腹心，肢體自然散落者，故書中及之。其後大兵攻金陵，築長圍，江帥何桂清以爲賊若釜魚阱獸，期於旦夕成功，朝野幾同聲慶幸。一同獨決其必敗。未幾而潰裂，蘇、浙淪陷，桂清伏辜。迨於文正東征，舟師下壓，據安慶，指復金陵，一如所論。

一同無尺寸之柄，而憂傷時事之艱危，於田賦、兵戎諸大政，與夫河道遷變、地形險要，以及中外大勢，無不究其端委而得其機牙。罕有遇合，則一發之於文章。爲文務切事情，其言曰：『文章事業，皆以靜儉爲根本。』又曰：『行不蹈道則非經，道不宗經則非道。』皆至言也。性極孤闊，不立畔岸，風節卓然。或請爲文壽一鉅公，卻之曰：『吾輩之文，疏直樸野，不足說勢要。必若肆其狂愚，爲足下得罪當塗，安所用之！』其不苟說於人，皆此類也。文字交游盡一時四海之名士，而清修篤學，獨重潘先生德輿，誼在師友之間，相契莫逆焉。

——《湫六山房全集》卷七

魯通甫傳

方宗誠

君名一同，字通甫，姓魯氏，世爲江蘇山陽人。及君，始遷清河。父長泰，淮安府學生，以書畫名淮海間。君少穎異，爲詩文倜儻嚴整，通達事理。中道光壬午副榜貢生，乙未恩科舉人。

君學熟於史，而尤留心時務。當君少壯時，海內方承平，而君獨以爲憂。謂今天下多不激之氣，積而爲不化之習。在位者貪不去之身，陳説者務不駭之論，容容自安，風烈不紀，恐一旦猝有緩急，相顧莫敢一當其衝，今之隱憂蓋在於此。夫習氣牢固，於下不可破，則上當有以激之。尊勸敢言之士，設不諱之刑，廣上書之路，削誦諛之章，起廢退之人，示天下無拘禁，以震動一切之耳目，則方正之士來，庸懦之風革矣。又嘗論天下之患蓋在治事之官少，治官之官多。官多者非事之利也，胥吏之利也。重府之權以統州縣，而並道按察於布政使，得詳察所屬，專達於天子。其鹽、漕、軍、政興革之大者，設總督若巡撫一人主之，而地方之事不得撓布政使之權。布政使者，亦不得越府而苛責州縣，則州縣之事減。今天下之弊，蓋在於知府擁虚名以容與於屬吏上官之間，其實無所能爲。法令之不行，吏治之不古，皆此之由也。知府者，親民之首也。誠重知府之權，以制所屬長吏，統轄不甚遼闊。耳目易周，情僞易悉，賞罰與奪，朝發而暮至。門鑰未峻，百姓呼號易達，佐貳丞尉詳察而周知。苟得其人，委以數百里之地，卽事必舉。親民之官多，治官之官少，胥吏之數減，長吏之權伸。彼州縣者，以趨承上司之力治吾民，以申詳反覆之精明治吾吏，必將公務修舉，耳目清明，文法簡易。其識深謀遠，多按切時弊以立言。然老於公車，知者惜之。

粤賊初起，文恬武嬉，人不知兵。君嘗言：今日當事之治軍，患在國容多而軍容少。國容主於詳雅，軍容貴於簡質，虚文足以費日，盛禮足以隔情。宜省事以惜日，變容以作氣，分部以明分，推心以收威，變節以防猝，練民以歸兵。總此數端，皆以軍容改易常調，逸者漸而趨勞，脆者漸而趨堅，紛者漸而趨一。恩勢固結，膽氣自倍。其後湘鄉曾公、益陽胡公治軍暗與此合，而賊果滅。又言：今日之憂，不在已被賊之省，而在未被賊之省；不在已殘破之州縣，而在未殘破而先自殘之州縣；不在已從賊之民，在未從賊而岌岌思爲賊之民。經營天下大事，當先注意於此。惜其時無能用其言者。

今制府吴公棠時方宰清河，最重君。當賊據金陵、揚州，勢洶洶將北竄，君爲吴公明部分，決機宜，傳檄鳳、潁、淮、徐、滁、泗、宿、海，辭氣奮發，指天誓日，期共滅賊，河北大定。自是鄰境皆賊，而淮、徐間未失寸壤。論者以爲吴公屏障江淮之功，而贊成者君也。

君既不獲大用，遂以詩文名世，所著《通甫類稿》、《邳州志》、《清河縣志》，皆刊行，兩《志》尤爲海内所推服云。同治二年，年六十，卒。子四人，葵、蕡，府學生。

論曰：天下常患乎無才，而當承平時，有才者則莫不眾嫉之以爲狂，而惟取氣息奄奄者，謂是有涵養，能治大事。烏呼！此正氣所以衰，天下事變所以生，而卒無能善其後者也。湘鄉相國每與余論君之才而嘆其不遇。夫不遇，於君何損？獨惜其以有用之才而僅以著述終也。

——《柏堂集續編》卷十二

魯通甫先生傳

湯紀尚

先生氏魯，名一同，字蘭岑，一字通甫。上世甘涼故將，國初從吴藩入滇，既窺其異志，遂間走江南，占籍淮安之安東，至先生始遷山陽。父長泰，郡庠生，工書畫，不仕。先生六歲辨四聲，少長治古文，年十七爲弟子員，以道光壬午副貢，舉乙未本省鄉試。

當是時，國家承平久，風紀蕩佚，文武百執事安於無爲，乃相習爲浮湛婞婀，務樂暇豫，鉗舌縮朒，以不諱之世爲重足之憂。於是粵東西兵事漸興，而吏事益不可問。先生嘗推當世之故而極論之，以爲天下有氣有息，以不激之氣爲不化之習，貪不去之身，務不駭之論，尋尋常常、演迆庸懦之中，以叨富貴、保歲月，他莫敢誰何？善爲治者務伸其氣於振厲激發，而杜其旁出於陰佞之門。今之隱憂實在於是。蓋先生之意，務究極時變，而棘棘昌言，使人知媿厲，以挽季俗、拯世亂。既屢試不遇，則伊鬱自誓，恥爲文人。

先生性疏奇，不治畔岸而風烈皎然。晚居江淮，寇氛沓至，嘗一出佐吳勤惠治城守。事平，衆歸其才，迺嘆曰：『天下艱巨百倍，此何易言也！』先後爲林文忠、江忠烈、曾文正所延禮，均不樂赴。則絕意仕進，間關憔悴，乃益雄於文。其爲文昌明洞達，切於事情，而以靜儉爲本。或請爲文壽某巨公，以書卻之曰：『吾文樸野，不足悅勢要，强欲肆其狂愚，得罪當塗，安所用之？』寶山毛嶽生謂：『七百年文氣柔靡，獨此爲剛美！』著詩文《類稿》十一卷、《右軍年譜》一卷，其《邳州志》、《清河縣志》尤爲世推重。同治二年卒，年六十。有子四：葵、蕡、芾、蘅。蕡能繼父業，早卒。孫樾，舉人。

論曰：以予聞盱眙有王效成者，字約甫，以學禦貧，與吳山尊、李申耆爲友，二人深引重，效成傲然自見也。於時桐城之學方日盛，效成獨能經世綜物，爲漢廷賈、董之文，與先生爲頡頏。竟其身，名不出州里。一旦觸前痛，赴淮以死。先生嘗序其文而悲之。淮、泗之濱，風雲之蒸，二奇之興，抑有由已。道、咸時，文士輩起，若會稽潘諮、嘉興錢儀吉、仁和龔自珍，其尤魁壘逸羣之選也。曾文正序歐陽生文，頗事甄敘而略未旁及，卽先生極爲文正悅重，亦不一稱焉。甚矣！時習相囿之，概依古已然爾。

言爲世重，又不能孤行於風尚是非之間，則世所慕效，亦徒得不徑庭於俗者已爾，中所獨造，又能遇儔侶於一時哉！予傳先生，附著效成而推論之。孑孑四顧，憂獨學之無和也。

——《槃薖文集》乙集卷下

附録三　題跋　提要

通甫類稿跋

陳三立

右魯通甫先生文稿，凡四卷。家大人早歲購録於京師，歸而藏於家有年矣。三立童子時卽讀而好之，既而隨侍來湖南，間於時賢選集中得稍稍見先生所爲詩，而持此編以語人，則別無刊本，未有能稱述之者。今年春，湘中友人始以機器聚珍字法板行各書，工良而事易，於是三立爲審校其文，梓而行之。

先生當道、咸之際，時事泯棼，岌岌不可終日，未幾而流寇之禍遍天下。先生以儒者而談經世之略，擘畫理事，度務揆幾，曲折剌取，無經生迂鄙之言。而中所著《胥吏論》凡五篇，所以救俗政之弊，酌古今之痛，拔本塞源，著明深切。萬物久而必變，後有王者，蓋可規而行之。其爲文主識議務爲己出，而有以自達於其心，非斤斤於文章家言所有也。往者桐城姚姬傳氏承其鄉先輩之學，蓋嘗以古文辭義法授天下學者，而天下學者之言古文辭類，無不宗仰姚氏，而以桐城爲歸，若無以易之。先生崛起於其間，獨披露心腑，而以通才達識者爲論列，經緯往復不一，切循用其矩度，而文之俊偉疏達，脈絡條理貫輸而融聚。考以桐城家之言，有或過之而無不及者，此以見文章之變無窮，而志士豪傑所由卓卓樹立，固在此而不在彼。而讀先生之文者，亦有可得而知之矣。勘閲略畢，因綴數言以志緣起。至其中繕寫脱誤乖舛頗多，無覆稿，未敢妄爲更定，尚有俟於當代君子訂正之焉。

光緒三年春二月，分寧後學陳三立謹跋。

——光緒本《通甫類稿》卷末

通甫類稿　通甫詩存解題

李慈銘

閲近人山陽魯孝廉一同《通甫類稿》及《通甫詩存》。《類稿》凡四卷。其《胥吏論》五篇、《復潘四農書》、《與左逸民第二書》、《與于司馬書》、《與吳中翰論時勢書》、《復戴孝廉第二書》，皆識議絶人，筆力亦足相副。擬之杜牧、尹洙，良無媿色；葉適、陳亮，非其敵也。潘、戴之書，名論獨創，實近世之奇作。《與左逸民第一書》、《與高伯平論學案小識書》，辭意深醇，於學術源流邪正之辨，反覆詳盡。《與王學博書》、《與黄通判書》，氣宇嶄然，足以扶翼名教。《安東歲災記敘》、《王翁小傳》、《沈貞女傳》、《關忠節公家傳》、《裕靖節公死節事略》、《湯文端公神道碑》、《孫節母墓誌銘》、《擬論姚瑩功罪狀》諸篇，俱足於古文家中自樹一幟。餘如《蓋寬饒論》、《秦論》、《舜論》、《沭陽仲氏族譜敘》、《邳州志後敘》、《吳城義塾記》、《王氏旌孝録敘》，俱極有關係之作。《二燕記》亦不減李義山、陸魯望諸小文。通計四卷，文四十八篇，多閎肆而謹嚴，演迤而峻峭，幾於篇篇可傳。道光以來，殆無第二手，梅曾亮輩，不足道耳。

詩亦四卷，氣象雄闊而未成家，蹊徑亦多未化，然浩蕩之勢，獨來獨往，固爲偏師之雄矣。中如《李元忠歌》、《題元潁川王父子清秋回獵圖》、《三公篇》、《投贈東阿周制府四十韻》諸作，氣象嶽嶽，想見其人。他亦多涉時事，傳至將來，足當詩史。恨其人已往，不得起九原而友之。

嗚呼！以視世之絺繡粉繪，津津詞賦之末，行詭品汙，搔頭弄姿者，豈特鵬鵾之於斥鷃乎？士夫平日學問，不求根柢，專爲浮靡，以自炫鬻，必至墮操烈節，或下流爲異類，甚可嘆也！如通甫者，其志豈顧以文自見者哉！宋人謂杜司勳非文士，恨唐無知而用之者，吾於通甫亦云。同治戊辰八月初四日。

——《越縵堂讀書記·集部·別集類》（同治壬戌十月初八日）

通甫類稿　續編　詩存　詩存之餘提要

劉啟瑞

《通甫類稿》四卷、《續編》二卷、《詩存》四卷、《詩存之餘》二卷，家刻本。山陽魯一同撰。一同字蘭岑，號通甫。道光壬午副貢，乙未舉人。工書善畫，尤善古文辭。與同里潘四農德輿並以古文名，《清史》附潘傳。爲文昌明洞達，切於事情，而以靜儉爲本。寶山毛生甫嶽生見其文，謂『七百年來，文患於柔，惟此爲能得剛之美』。嘗應禮部試，有蔡生者，同計諧，稠座中揖問姓字，大驚曰：『少時讀先生文，嘗恨古人不可復見，乃今先生故在也！』立起踧踖，備弟子禮而去。其爲時人所重也如此！

既累試不第，益研精爲文，氾濫無涯涘。其説長於史例，旁及諸子百家之言，禽魚草木之變，靡不貫曉。然居恆鬱鬱不樂，嘗自嘆曰：『吾乃爲文人耶？』時海內方承平，而通甫獨以爲深憂。嘗著《胥吏論》五篇以見志，載《類稿》卷首。大旨謂天下之患，蓋在治事之官少，治官之官多。官多者非事之利也，胥吏之利也。重府之權以統州縣，而並道按察於布政使，得詳察所屬，以專達於天子。其鹽、漕、軍、政興革之大者，設總督若巡撫一人主之，而地方之事不得撓布政使之權。布政使者，亦不得越府而苛責州縣，則州縣之事減。今天下之弊，蓋在於知府擁虛名以容與於上官屬吏之間，其實無所能爲。知府者，親民之首也。誠重知府之權，以制所屬長吏，統轄不甚遼闊。耳目易周，情僞易悉，賞罰與奪，朝發而暮至。門鑰未峻，百姓呼號易達，佐貳丞尉詳察而周知。苟得其人，委以數百里之地，即事必舉。故誠能得一廉平公正之方伯，正身率屬，則府必得其人；府得其人，州縣莫敢爲姦，久任而責其成功。其視督撫、司道叢治於一方者，功相萬也。親民之官多，治官之官少，胥吏之數減，長吏之權伸。彼州縣者，以趨承上司之力治吾民，以申詳反覆之精明治吾吏，必能耳目清明，公務修舉。當世以爲名言，謂與顧亭林之論郡縣生員相上下。而顧不能行，乃馴。至有粤匪之亂，海內鼎沸，東南十數省被患，論者咸服其先知。後曾文正欲起之，命戴鈞衡走書達旨，謝不就，復申前意，即《類稿》卷二所載《乙卯六月復戴孝廉第二書》是也。其他諸作亦多有關於田賦、兵戎諸大政，與夫河道遷變、地形險要，以及中外大勢，無不究其端委，得其機牙。謝章鋌《賭棋山莊餘集·通甫類稿跋》謂『其文俊偉切實，特立深造，與常州、桐城兩派無所毘，乃豪傑之文』，蓋能得之。

詩宗少陵，而得其樸實。少時學詩頗勤，四十以後或經歲不作，或日得數篇，蓋非中有所感，勃發不可已，則不事苦吟。雖或迫之，亦徑謝去。其不苟如此！《集》爲手訂，錄平生所作僅十之二三，而少作又多不豫，其自嚴於選訂又如此。最工古歌行，得《風》、《雅》遺意。建寧張際亮見之，自以爲不及。葉名澧評其詩，謂其『横出鋭入，驚心動魄，篤守少陵家法，而神明於規矩之外』。孫鼎臣亦謂其『要眇密栗，樸邀渾堅，注意設詞，闖入杜陵之奥』。均能評得其實。

蓋通甫之文與詩，並以雄稱，與潘四農不相上下。張亨父《歲暮懷人》詩所謂『江淮夢隔三千里，潘魯才俱十倍雄』者是也。

——《續修四庫全書總目提要·集部·别集類》（稿本），齊魯書社一九九六年版

通甫類稿書後

胡玉縉

右《通甫類稿》四卷、《續編》二卷，山陽魯一同撰。一同有《右軍年譜》，已爲之書後。是稿多根據理要、通達治體之文，非務爲浮靡、規規於宗派者所能企。中如《舜論》以《孟子》言『舜避南河之南』爲非，事情固無害於理，而云『二十八年以來，舜之爲嗣天子久矣』，究有語病。《春秋論》以傳稱『書君君無道爲非所以治亂賊』，謂『書臣者罪一人，書國人者罪衆人，書國者罪一國』，似不如魏源云『不書何人弑而書通國弑其君者，罪在君；罪在君者，人人得而誅之』（《古微堂集四·書金史完顔元宜傳後》）較爲可通。《周公誅管叔論》云『伊尹未嘗放太甲，武王未嘗誅紂，周公未嘗誅管叔，後人以爲放、誅、殺』。立論之旨固善，但舍事而言意，實失之偏。《胥吏論》三云『計《周官》一書，吏之數不能十官』，亦未盡覈。

其他《伊蒿室集敘》云『以中華萬里全盛之力』，及《關忠節公家傳》云『長慶義士，誠感犬羊』，以中國方里爲萬里，以外人爲犬羊，當時文人類如此，不足爲一同苛責，要之此皆小失。李慈銘少所許可者，而《越縵堂日記鈔》卷二独謂其文『多閎肆而謹嚴，演迤而峻峭，幾於篇篇可傳，道光以來，殆無第二手，恨不得起九原而友之』（《古學匯刊》本），其傾折爲有由也。惟據慈銘說，尚未見《續編》，殆後刻耳。

——《許廎經籍題跋》卷四《集部》，上海書店出版社二〇〇二年版

附錄四　題詠　評論

書魯一同詩後四則

意氣不可縶，鵬摶大澥雲。命才殊落落，後起漫紛紛。元柄高難斡？旁流下益分。勉哉自珍重，風會繫斯文。　造語懾羣子，卮言瀝九經。千錘極堅老，一掉轉空靈。海盡仙山出，天高古月冥。泠然張上樂，未許下方聽。　平生亦能詠，骨槁肉相腴。爾與示龍象，吾今得頷珠。星明堪助月，韓在願爲蘇。白日照千里，黄河合一趨。戊戌四月，梅伯姚燮。

大著各體皆善，五古尤沈鬱開宕。凡杜所入門徑，均能深貫而融會之，真作手也。弟小松程祥棟拜讀。

骨高氣雄，已摩古作者之壘。若音節之激宕感人，在近今實無敵手矣，此天人均到之詣。或驚其姿分，或賞雕飾，皆未盡也。愚兄潘德輿。

拜讀大集，五古直追漢、魏，七古出入杜、韓，近體婉約清越，亦不落宋元窠臼，真騷壇霹靂手。戊戌五月，琴山汪承德讀。

以上四則，從朱洛生迻錄《通甫先生遺稿》鈔來，詩未暇錄。時丁丑九月廿四日，書於詠六草堂。

——以上錄自《通甫詩存外集》卷末

贈通甫〔一〕

曾國藩

畸士青松姿，但爲冰霜顧。平世不崢嶸，時危肝膽露。淮海魯夫子，大圭無點污。詩名塞九州，例受鬼神妬。昨歲客下邳，緣麟紀邦故。上寫河山壯，下記租庸數。因革三千年，牛毛晰法度。擲筆一長嘆，浩歌出郭去。日落弔戰場，傾酒繞呂布。著述如有靈，終藉英雄護。書成祕篋衍，卻踏春明路。我憐桓檀智，强索《太玄》趣。低頭拜床下，微波一相喣。高論揖孟荀，小心察巾屨。日月不自盲，斯人會有遇。豈謂韶咸音，難爲里耳喻？又被春官放，得非天所錮？東南兵甲腥，海岱蛟龍倨。進寸未爲良，退尺未爲誤。黄鵠一盤旋，雙眸納六寓。大哉乾坤内，知君翔何處？跋云：通甫尊兄示我以所爲《邳州志》，史例之精、考證之覈、文辭之古，皆方志所未有也。余固思爲一詩題後，通兄將南歸，以詩别我，因賦此奉酬。

【校記】

〔一〕本詩録自《通父詩存外集》卷末，亦見吴涑《抑抑堂集》卷十二《劄記》，現存諸《曾國藩詩文集》俱失收，乃曾氏佚作。

懷人雜詩

李元庚

鬱鬱寒巖百尺桐，奇才大筆氣如虹。虞山詩律濳丘學，日下人呼陸士龍。魯蘭岑孝廉。

——《李莘老詩存》（稿本）

敬題通甫師詩集後時師新自都歸

周韶音

昔我策馬南山陲，天陰月黑驚奔雷。前臨大溪阻絕壁，巉巖一木相撐持。電光下掃五千丈，仙人王母翻雲旗。我行不語嘆荒怪，喟然卻悟先生詩。先生之才真屈宋，下筆羞論周鼎重。寒如西嶽倚高秋，快如天馬絕塵鞚。隆慶以來數作家，宫聲嘈雜紛箏琶。袁趙横流六十載，啾啾兒女歌淫哇。先生知其困必反，矯以清奇極深穩。扶桑捧日海雲開，鯨魚挾浪江流轉。是豈有筆如秋虹，化爲劍鍔藏霜鋒。杜詩韓集分明在，千秋正氣淩寒空。音也雕蟲學小技，鷽鳩詎識鯤鵬意。前月聞自上京來，歸鞍定帶幽燕氣。荊卿寒水去蕭蕭，郭隗荒臺久寂寥。會從市上尋屠狗，便向山中逐射雕。

——《諧伯詩存》卷一

論淮上國朝人詩用遺山體

楊慶之

魯通甫一同孝廉

蒼勁雄奇自一家，寒梅傲雪自横斜。杜陵宗派中州乳，此是瑶闆天半霞。

——《一草亭詩集》（稿本）

與劉彦清司馬書

傅　桐

魯君通甫，此間作者。其詩文遒麗宕逸，自一時之雋也。追思昔游，宛如昨日。兹擬重證業修，不謂宿草已列。車過腹痛，可復言哉！聞其集已染版，雅足傳後。烏乎！此子爲不朽矣。

——《梧生文鈔》卷六

詠山陽魯一同通甫

徐子苓

通甫倜儻姿，材略龍川亞。奮筆俯羣英，原原述王霸。白雪和者稀，青萍售無價。行歌易水頭，問年各悲吒。威遲病碧蝦，夢失瑶池駕。狂飈卷疾裝，訣語戀僧舍。荒岑淮陰城，苔磯老堪藉。翩翩七尺軀，釣魚應多暇。

——《敦艮吉齋詩存》卷二

讀魯通甫先生類稿

丁恩誥

文章非徒爲，要使動人目。少年弄章句，筆力苦不足。我愛魯侯詩，焚香百回讀。浩氣横秋空，警句震聾俗。爐錘字裹金，唾落風前玉。猶憶見公時，談聲震瓦屋。屢游京華春，未種玉堂竹。此才世不重，大名天使獨。淮南數遺老，潘四農解元丁柘塘孝廉實名宿。與公成三峯，一壓小山縮。

——《夢松草堂詩稿》卷下

郝吟仙蜀遊草序

徐　嘉

往四十年，吾鄉潘四農、魯通甫兩先生稱詩日下，中朝士大夫與海内魁艾英髦之士，導揚中聲，標舉正始，槃敦之會，時謂極盛。……

——《味静齋文存》卷一

詠魯通甫

李福基

梅花詩卷已傳罶，班馬文章更罕儔。試讀關公家傳論，虎門數語直千秋。

——《三近草堂詩集》卷五

二牖軒隨録

王國維

宋、元以來，詩人爲中唐長慶體者甚少，爲之亦輒不工。至國初，始得吳婁東。乾、嘉以後，效吳體者漸多，大抵有肉無骨，如陳雲伯輩耳。獨山陽魯通甫先生，根柢深厚，氣骨高騫，乃能與婁東抗手。茲録其《漢宫詞》三篇，可見其一班。

——《王國維全集》第三卷，浙江教育出版社二〇〇九年版

光宣以來詩壇旁記

汪國垣

光、宣之際，（余）入京師大學堂讀書，而林琴南則以五城學校教員，兼主講京師大學堂預科。余嘗謁之教員憩息室中，遂得挹其丰采。……蓋余時於唐人頗重吕和叔、劉夢得，於宋人推宋景文，清人自汪容甫、邵叔山外，殊不甚喜。琴南每欲勸予從惜抱、柏梘入手，意欲導諸桐城一派也。余甚不謂然，因叩：『先生譯西稗，奈何不學方、姚，而效《南北史》、唐人小説語？今人推先生者，不在彼而在此，得無自相鑿枘乎？』琴南不能爲確切答覆，而但云：『君不喜方、姚，此年少氣盛之故，他日當思鄙言。』予曰：『桐城派中，吾以魯通甫爲第一人，曾滌生次之。至於惜抱，與其學其文，不如學其詩。』琴南大異之，徐曰：『君殆遇名師乎？』余笑曰：『生平未嘗從師，更未遇名師。予所師者，乃吾心耳。

心所喜者，篤信之，守之；所不喜者，亦未嘗薄之，但置而不論耳。卽如先生譯著滿天下，予讀而好之，久則不甚好，並未嘗如他人加以輕薄之詞。梁卓如之文亦然。』琴南益大異。

——《汪辟疆文集》，上海古籍出版社一九八八年版

夢苕盦詩話

錢仲聯

第二十九條：閱陳石遺《近代詩鈔》一過，未能滿意。石遺交遊遍海內，晚清人物，是集已得大半。然名家如丘逢甲等皆未入選；而選錄諸家，如魏源、姚燮、朱琦、魯一同、王錫振、鄧輔綸、高心夔、黃遵憲、袁昶、沈汝瑾、范當世、劉光第、康有爲、金天羽，皆未盡所長。卽鄭珍、陳三立、沈瑜慶、陳曾壽諸家，名篇尚多，皆從刊棄。至於樊增祥之《彩雲曲》，王國維之《頤和園詞》，皆譽滿藝林，無愧詩史者，豈得以長慶體之故，遂屏不錄？……

第二九九條：李愛伯於嘉、道間詩人，多所詆訶，而獨以魯通甫才氣筆力爲可取。通甫詩蓋私淑潘四農，幾欲出藍。鴉片戰時，所爲哀時感事之作，尤蒼涼悲壯，足當詩史。《讀史雜感》五首云：『鐵艦雲帆滿上游，建牙吹角動高秋。三千組練弢犀弩，一夜風烟散火牛。絕域威名驚小范，中朝黨論送維州。虎門鷺島孤懸地，坐甲從容待運籌。』『小范』，指林文忠也。『立仗蕭蕭老驌驦，忽聞鳴鳳在朝陽。空傳天語褒殊錫，無復廷爭守御床。戰鼓悲涼旆節落，星軺留滯海城荒。長沙稍喜能流涕，寂寞青蒲望報章。』『條支萬國大荒西，職貢經年道不迷。旅拒公然爭互市，廟謨終與講招攜。大軍解甲供

牢禮，小縣徵丁習鼓鼙。聖世只須勤内治，旋教瀛海盡航梯。』此首猶是閉關時代之思想，足爲清人夜郎自大之證。『征蠻部曲數楊羅，今日誰當馬伏波？ 楚國三男生絶小，將軍十萬辦原多。奇謀競搏中行說，猛士爭求曳落河。幕府紛紛滿朝傑，急應親奮魯陽戈。』楊、羅謂楊芳、羅藝也。道光二十一年，楊芳以參贊大臣赴廣東。『圌山門外見旌旗，鐵甕城頭戍鼓悲。夜色横江狐吹火，軍聲滿地鵲移枝。中原徵調空千里，北固登臨又一時。獨倚蒼茫看海色，樓船如馬日東馳。』《辛丑重有感》八首云：『清酒黄龍約屢訛，珠江瘴海日横戈。全開門戶容蛇豕，漫握韜鈐布鸛鵝。燕將不聞誅騎劫，趙人猶是愛廉頗。征南部曲淒涼在，忍聽臨江節士歌。』此首指琦善、奕山諸人，先後與英人談判反復。『騎劫』謂奕山。『披髮何人訴上蒼？ 孤舟百戰久低昂。前軍力盡宵泗水，幕府謀深坐裹糧。握節魂歸雲冉冉，颶灰風疾海茫茫。神光金甲分明見，噀血銜鬚下大荒。』此首詠關忠節公天培虎門殉難事也。字字沈郁，精靈恍惚。『張公苦意絶天驕，忽報呼韓款聖朝。便遣頻陽老王翦，豈宜絶域棄班超。跕鳶事業心紆折，射虎河山氣寂寥。珍重玉關天萬里，西風大樹日蕭蕭。』此首指林文忠公戍伊犁也。『白皙通侯畫戟雄，黄扉假節黑頭公。銀槍世領親軍使，鐵券家傳汗馬功。弓矢臨邊恩數異，金繒誤國古今同。如何更賣盧龍塞？ 從此東南鎖鑰空。』『五羊城外趙佗營，百處風聲草木驚。仗鉞將軍喧就逮，秉鞭王子靜專征。螭頭妙選千金士，虎節新徵十道兵。見說珠崖近乘勝，前驅幾日斬長鯨？』『龍額功高拜故侯，羽林精鋭下黄頭。料兵荊楚遥傳箭，挽粟洪饒急唱籌。江轉千盤連鐵索，山圍五管似金甌。英謀老算今何在？ 一夕烽烟滿目愁。』『吉網羅鉗事有無，金雞才下痛慈烏。關中儲偫思劉晏，塞上風雲避郅都。麻經臨戎天慘澹，干將出匣氣盤紆。斬蛟殺虎威名在，只待從容展壯圖。』『南州使者建雙旌，萬里呼相載酒行。本以文章期報國，翻令書劍學從征。倉皇發策丹心炯，慷慨登陴白髮生。草檄飛書枚乘事，獨能無意向功名。』單地山師視學粵東，凡三書召與同行，以親老辭。先生後以失職長假歸。老杜《諸將》，後人學之者多落空腔，如此堅蒼，得未曾有。

第三〇〇條：通甫《烽戍四十韻》、《崖州司戶行》，皆爲林文忠公遣戍而作。《烽戍四十韻》云：『烽戍八千里，謳歌二百年。山河環北極，虹蜺互東天。廟算紓長策，麾旌屬大賢。亞夫堅走敵，充國老屯田。成敗歸時議，衰榮與境遷。老羆失當路，俊鶻坼空拳。蛟蜃樓臺黯，龍蛇歲月纏。雄藩深坐甲，上相起行邊。已寵軒墀鶴，誰憐浪泊鳶？和戎計翻覆，嚴譴意流連。橫隴京東道，梁溝洛北川。雉垣危嵽嵲，鱗屋激洄漩。使者中樞轍，溫綸閣下宣。自天恩浩蕩，奉詔涕潺湲。編管辭輸作，芻蕘竊備員。丁男大農籍，竹楗水衡錢。三尺梁園雪，孤臣屬國氈。脛毛銷毳幅，心血漬烽烟。賦士洪流奠，回春霽景鮮。雲中思魏尚，槎上忽張騫。白簡持朝論，黃扉拱御筵。聖懷虛擁護，國是太周旋。牛李同遷逐，松維永棄捐。覊原匪馬邑，功豈忘澶淵？惻愴舒劉嘯，蹉跎誤祖鞭。羣公一揮手，別淚灑河壖。遠鐸聲淒咽，鳴駝氣局踡。陽關風浩浩，黑水夢濺濺。路並陰山直，沙盤大漠圓。此生斷消息，吾道屬屯邅。每憶清淮夜，初回下瀨船。深談略年輩，激賞數詩篇。置醴延申白，馳書問草《玄》。龍門終負李，馬骨未歸燕。字忍三年滅，旌悲萬里懸。黃雲遮不斷，落日眼常穿。塞迥稀逢雁，春寒慎脫棉。刀環愁滿月，劍血濯飛泉。縣宇仍防寇，邊兵盡控弦。誰傾西海水，直爲洗戈鋋？』沈雄開闔，神似杜公。《崖州司戶行》云：『君不見衛公矯矯人中龍，秉鞭作鎮川西東。弢兵臥鼓兵馬雄，二邊震聾趨華風，蓬婆滴博爭來同。一言不合奇章公，顛倒朝局如飛蓬。我欲登高望海水，珠崖茫茫八千里。

手持湘竹枝，涕淚垂不已。古來萬物有如此，君能斷鼇續柱正四極，不能使馬頭生角烏頭白。又能驅山走海障狂瀾，不能使長虹貫日霜降天。車師疏勒連于闐，條枝更在西海邊。馬嘶無草人無泉，猰貐塞道蛇滿川，劍牙丹口腥流涎。行人十無一二全，君獨何爲浩浩然。叩天關，震天鼓。黄河經天卻東注，白日照耀寒門苦。不見崖州老司戶！』此詩音節意境，從梅村《悲歌贈吴季子》脱胎而來。

第三〇一條：《通甫詩存》中，以《三公篇》最爲巨制，筆力堅蒼，敘事簡淨。惟極贊裕謙，稍與史事不合。《故欽差大臣兩江總督裕靖節公謙》云：『裕公忠臣後，正氣何堂堂！起家謝閥閱，致主由文章。東南大藩地，實領財賦疆。士女餍笙竽，溝洫流稻糧。昏昏賨珠域，仙仙歌舞場。感歎風俗頹，嫉邪森剛腸。意待五蠹除，坐使萬民康。淳風未回斡，醜夷紛陸梁。舟山棄其甲，虎門嗟排牆。流涕拜表行，前驅心飛揚。昔我有先臣，戰血漂大荒。主憂臣則死，投袂親戎行。一呼百夫奮，再呼千帆張。流沫誓三軍，天水久低昂。斥堠日謹嚴，間諜亦有方。捉鬼剝其皮，斷筋續馬韁。羣鬼哭徹天，海水爲沸湯。初攻昌國城，三帥同時戕。再戰招賨山，軍門氣凋傷。公時秉鞭出，下馬泮宮旁。豐碑摩日月，大字標流芳。永痛誠勇公，血淚終承眶。軍門單馬來，登城語倉皇。揮手謝軍門，百口不得將。君與此賊生，我與此城亡。嗚呼英靈姿，鐵立色不僵。皇情久震悼，羣議猶披猖。安得傳此詞，稽首陳太常？』『三帥』謂總兵王錫朋、鄭國鴻、葛雲飛也。『軍門』謂余步雲，兵敗而逃，後正法。《贈太子太師大學士王文恪公鼎》云：『皇朝二百載，養士餘幾人？大哉蒲城公，隻手回天鈞。立朝重山嶽，上殿驚星辰。當時中書筆，肺腑專經綸。雖無伴食嫌，終謝幃幄親。賴其樸誠極，每叨恩遇頻。嶺海有棄甲，梁宋無安鱗。中原千里土，化爲荊與榛。被命紫閣下，持節黄河津。道逢侯官公，荷臿來天垠。

僦屋風雨夕，露立冰雪晨。司空三尺籍，水衡百萬緡。銖兩慎支剳，尺寸籌芟薪。嗚呼兩賢績，萬古留河湄。公功未克敉，侯官出玉門。是時龍蛇鬭，虹霓繞城闉。歸朝奏事畢，廷對升紫宸。流涕守御床，聖意久逡巡。古來格天業，結念期精真。齋戒坐小閣，萬言倏然伸。一請罪大帥，再請責樞臣。語多氣激烈，反側聲酸吞。蕭蕭起草亭，耿耿燈火昏。一死豈溝瀆，留感天聽尊。天尊聽斯卑，公死無兒孫。哀贈何足榮，所貴公論存。觥觥史鰌節，精白無淄磷。我欲賦《大招》，雷電交天閽。剖心告百爾，此義難重陳。』末段敘尸諫事，可謂神血湛湛矣。《浙江巡撫劉公韻珂》云：『中丞齊魯士，屹立氣嶄絕。臥病臨安城，千里固積鐵。重值甬東敗，疆圉日杌隉。元帥天上來，驕盛貴莫匹。所將多禁卒，虎皮冒羊質。動止須關白，豈得無肘掣？義律固詭譎，璞鼎尤恍惚。乍浦逮餘姚，千帆常撇捩。炮火灑空來，晴天黯飛血。義勇先倒戈，大將莽奔蹶。關隘欻不閉，公怒目眥裂。抽刀斷江流，分寸不得越。氣阻昌國濤，令肅錢塘月。大義責主帥，小心詰奸黠。聞范破膽寒，撼岳力阻折。以茲西湖波，晴光蕩城闕。每恨貪功徒，上章苦論列。宸聰頗虛納，物議堅莫奪。嚴譴兩依違，公論未昭雪。伊昔侯官公，謫戍事倉卒。蕭條行李來，握手兩絕訣。解贈五百金，箱篋立空竭。金甌正完固，寶劍豈折缺！反念玉關人，萬里犯炎熱。隕涕下黃河，到海聲幽咽。去住兩忠賢，夢魂永忉怛。』『元帥』謂揚威將軍奕經。『義律』爲英國領事，後召回，以璞鼎查爲全權公使。三詩不愧大手筆，並時惟朱伯韓可以抗手。

第三一四條：魯通甫詩筆雄健，私淑四農，幾欲出藍。其傑篇巨著，感時紀事之作，蒼涼雄直，可備一代詩史，前已話之，茲再錄其《荒年謠》五首。《賣耕牛》云：『賣耕牛，耕牛嗚何哀？原頭草盡不得食，牽牛躑躅屠門來。牛不能言但嗚咽，屠人磨刀向牛說。有田可耕汝當活，農夫死盡汝命絕。

旁觀老子方幅巾，戒人食牛人怒嗔，不見前村人食人。』《拾遺骸》云：『拾遺骸，遺骸滿路旁。犬饕烏啄皮肉碎，血染草赤天雨霜。北風吹走僵屍僵，欲行不行醜且尪。今日殘魂身上布，明日誰家衣上絮？行人見慣去不顧，髑髏生齒横當路。』《縛孤兒》云：『縛孤兒，孤兒縛急啼聲悲。主人出門呵阿母，阿母垂涕洟。已經三日不得食，安用以子殉母爲？不如棄兒去，或有人憐取。主人聞言淚如雨，家中亦有三齡女，前日棄去無處所。』《撤屋作薪》云：『撤屋作薪，雪霰紛紛。三間老屋昏無燈。朝撤暮撤屋盡破，竈下濕烟寒不溫。大兒袒，小兒裸，餘草布地與包裹。明日思量無一可，尚有門扉堪舉火。』《小車轔轔》云：『小車轔轔，女吟男呻。竹頭木屑載零星，嘔呀啁哳行不停，破釜墮地灰痕青。路逢相識人，勸言不可行。南走五日道路斷，縣官驅人如驅蠅。同去十人九人死，黄河東流卷哭聲。車轔轔，難爲聽。』驚心動魄，如讀吳野人樂府。近體佳句如『歸牛徐隱樹，小雨久藏村。』『廟火懸孤嶂，江風捲亂星。』『春雲如遲客，高柳漸依人。』『逆風過午驟，危岸入冬高。』『湖天寒變白，冬樹水留青。』『深談交涕淚，小飲敵風沙。』『山蟬知向暮，秋雨不隨雲。』『石榻連雲濕，山松翼閣齊。』『露添堤柳重，風過佛燈低。』『撥泉初過屐，籠燭細看松。』『壁畫捫逾淡，山蔬飫漸濃。』『山如行客倦，樹爲望鄉多。』『溪明沙數米，谷暗柳成城。』『虹霓纏白晝，人鬼雜孤城。』『閒愁將酒泛，好夢著香薰。』『路並丹陽直，山包白下圓。』『林深晴更滑，水近午猶清。』『柳暗人歸郭，江鳴雨到船。』『蟻遷將雨地，蟲擾欲風天。』『晚藥侵燈煮，春詩帶病刪。』『遠天浮客夢，小雨靜山容。』『雲泉瀉山綠，風柳掃江沙。』『風烟盤戰地，雲水淡歸人。』『樓船似馬爭趨海，鐘阜如龍欲進城。』『九點烟迷三島月，十洲風轉六鼇身。』『三更夢裏齊山淚，一棹燈前漢水聲。』『天下奇觀原絶域，古來春色自皇州。』『鑾府千峯聞坐嘯，河源萬馬識歸塵。』『金笳有淚秋乘障，鐵騎無聲夜度關。』『水禽入戶自呼食，江草無名齊著花。』『千里江光涵作雨，一宫秋水變成霞。』『梨花辭樹全成雪，楊柳當門似有人。』『白日未消奇女氣，黄河猶見古人心。』『三輔河山龍脈遠，九州塵土馬蹄驕。』『雲中帆影趨遼海，樹裏湖光繞鄭州〔一〕。』『座中佳士與秋遠，湖上好山如畫明。』誦法浣花，森然有可畏之色。滬上博古齋書店有莫郘亭批校《通甫詩鈔》本，索值太昂，未購取，不知其月旦如何？

——《夢茗盦詩話》，齊魯書社一九八六年版

【校記】

〔一〕鄭州：底本作『鄭州』，據《登雄縣城樓》其二改。

附錄五　白奓山人詩選本批語輯錄

此吾淮道咸年間著名古文學家魯一同號蘭岑，又號通甫，所著《通甫類稿》知名於世嫡筆精選白奓山人詩，閻爾梅，沛縣人，明季遺民，號白奓山人。計分七律、五律、七絕、五絕四卷，采輯多係刻本所未收，搜集極富，特別是注釋考證精審。閻氏死後有知，當必感謝萬分。惜乎魯氏選本，未曾付刻。此稿僅傳，不禁什襲藏之，視同鴻寶。

山陽後學宋振仁沭手跋。

白奓山人詩選本七言律

京師閑詠

題下批：　此詩當是崇禎戊辰先生初入都時作。　　尾批：　燕京分野，近天市垣。

答魏石生相國惠菊酒

題下批：謝帖用『白岙山人』，不書姓名，京師異之。　尾批：魏好道，故詩及之。

送吴岱觀之涼州

題下批：前壬午卽崇禎壬午也，若再前壬午則六七十年前，孝廉安得尚存？

曹秋岳自雲中入都顧余邸中贈之

次句『萬壽峯前進玉杯』旁批：秋岳時以壽表入都。

出都謝魏相國龔尚書兼示伯紫仲調

其一，尾批：神致愴然。此詩當是戊申歲作。

別魏子存員外

頸聯『白龍憔悴嘶初服，黄雀飛鳴謝少年』旁批： 屬對自然，用意復深婉。先生集中，此等最爲合作。

七月登鎮朔樓

尾批： 鎮朔樓，朔平府北門樓也。此詩當作於己酉。

從玉泉西遊歷建文景泰二陵至臥佛寺

尾批： 此詩當是乙巳年遊昌平時作，或明時詩。

孟夏朔日宗伯攜伯紫青藜昭侯餞余真空寺限韻

題下批： 龔合肥轉禮部尚書在康熙八年。案，山人是年遊邯鄲，至塞外。明年方入都，四月出都。此詩當其時也。

登馬服山

題下批：己酉春在邯鄲作。

孝升以大司馬晉階一品賀之

題下批：應酬之章，如此典切。丙午。眉批：按，龔孝升以康熙三年遷刑部尚書，五年轉兵部尚書，八年轉禮部尚書。此詩當作於丙午之歲。

戊申禊日詩

題下批：諸作利鈍不同，要有感興無端之致，似可全選。其一，尾聯『長安惟獨真空寺，不改居停四十年』旁批：悽絕。其八，眉批：按此詩，則公當生於萬曆癸卯，國變時正四十二歲矣。其十二，首句『未必玄亭著美新』旁批：翻空曲折。第三句『初因去就難違衆』旁批：切至柔婉。

其十四，頷聯『憐人正是我憐我，送我還如人送人』旁批：二句少纖。

澮村地震

題下批： 孫氏云，山人自注：『六月七日。』

重過大名卽事

題下批： 以下十八首皆遊歷大名時作。遊大名似在戊申出都之後，譜云『戊申八月』。尾批： 觀此則先生由大同重至大名，當庚戌歲也。丁未游上谷、恆嶽，然後入都，次年過大名，與詩亦相應。若庚戌，未見有過大名的證。『西園花塢半騎山』旁批： 大名有騎山樓。山人題計甫草鹿裘詩：『騎山樓外月眉斜。』

九日攜六如登高

眉批： 叜置別業於河南，當在甲辰歲，有《樂冶新莊》詩可證。玩詩中第六句，乃青雷堂弟二首『縱使無家還作客』。竊意此次遊大名，尚在乙巳放還之先，甲辰出亡之後。蓋山人以甲辰重至河南，爲叜兒題樂冶新莊，未幾而都案復起，故云『風波未定』，又云『無家』也。第三句『山頭盡改當時帽』旁批：微辭。

雨霽後石笥夢闌石漢起陸志伊美中攜酒

文昌閣月下餞余時游上黨

題下批：此暫遊也。先生遊大名後，遂遊上黨。第二句『禁足炎天處暑行』旁批：玩此句與前中秋等詩，非一時作。此詩乃庚戌作，前詩則戊申也。若庚戌，則五月已還沛矣。復旁批：亦非庚戌。

歷滑縣開州抵東明訪袁杜少

尾批：當是辛亥，康熙十年也。若己亥，先生方在陝。

徐原易公肅招飲贈之

題下批：此詩又似在都中作。『祭酒先成文廟禮』旁批：時公肅爲大司成。

燕趙雜吟

題下批：山人己酉在邯鄲，後遊五臺，遍歷宣府、大同之勝。庚戌春日，塞外入都，後至大名，轉入上黨。詩當作於此時也。

登大名城遠眺

第三句『宰相有名銷鎮變』旁批：李絳事。第四句『將軍無算失牙兵』旁批：羅紹威事。

太行山

題下批：庚戌。

遊古代城望上谷雲中諸山

題下批：辛亥。

天平山

題下批：　與游林慮同時。庚戌。　以下六首皆系庚戌，而無確證，再考。

閼於城觀馬服君祠堂遂抵漚麻池登黄榆嶺關

題下批：　庚戌。　眉批：　閼於城在沁州城北三十里，俗呼爲馬蘇村。《史記》趙奢大敗秦軍，解閼於之圍卽此。漚麻池，在和順縣東北三十里，卽石勒與李陽相爭處。　尾批：　積布山在黎城縣西北六十里，形如積布，故云。

太原秋望

題下批：　辛亥九月至太原。　其二，尾批：　松莊，傅青主所居。

恆山

題下批：己酉自宣府南遊渾源州，登恆山。或在丁未遊上谷之後，再考。丁未較確，據潘次耕詩友戴務宣府送山人遊恆嶽詩。

重陽偕潘次耕登小五臺限少陵韻

題下批：辛亥。

訪傅青主於松莊

題下批：辛亥元月。

萬卦山

題下批：辛亥。恐是次年壬子，以下武園下榻諸詩推之。

保德州卽事贈州守張符猷

題下批：先生文集中有《保德州刺史張治績序》，卽此人也。

大同攬勝

題下批：當是己酉歲作，或丁未遊上谷時至此。　眉批：按山人贈李武曾詩，則丁未八月在宣化、北山。越一年，遊大同、宣府，亦在秋冬。此詩當其時也。若丁未秋分，恐不得至此。

上華嚴寺

題下批：己酉。

秋夜聽妓人度曲

題下批：己酉。

懷仁縣爲同年吴儋庵作

題下批：己酉。

東城懷古

題下批：己酉。

吴儋庵招飲菊亭

題下批：己酉。

登柳港寺塔南望恆山

題下批：己酉。

應州贈傅哲祥

題下批：己酉。

題應州木塔

題下批：己酉。

從壽陽踰瓦合鉢嶺抵孟縣

題下批：『孟』字誤，當作『盂』字。孟縣在河南，此題與上篇不相屬。

眉批：□已抵陝州西去，此下仍紀山西之故，集中先後多次。

河津諸友以公席見招誌之

題下批：丙申。然丙申，山人間道東還，恐無公席見招事。再考。

汾陰后土祠

題下批：丙申。

題秋風樓

題下批：丙申。

首陽山謁二賢廟

題下批：丙申。

遊抵柱峯

題下批：己亥。平陸在芮城之東，相去密邇。詩中多春景，必己亥西遊道過此也。　其三，頷聯『一聲春鳥知何處？四顧空山不見人』旁批：漸近自然。

從三門夜投梁家谷

題下批：己亥。

清暉閣海棠盛開詠之

尾批：第四句創獲。

答陳百史

其一，尾批：首句『海外生還九死餘』：謂東走廟灣也。　其二，首句『放廢苦茨學種蔬』旁批：玩此句，則詩爲乙酉年作。　其三，尾批：五雲堂，翰林院舊名。百史仍居其中，故云。

三答百史

尾批：收語可謂決絕，想見人品之峻。

皈僧

頸聯『出世有人傳貝葉，還家無路託桑門』旁批：痛絕。

夜雨

題下批：此詩起句與後三韻未能情景相生，存其用意可也。

尾批：時同年魏思令以鼎元三載拜相，作會試主考，故詩中云云。思令，名藻德，通州人。

眉批：此詩当是甲申年作。

步行至下邳

眉批：以下諸詩乙酉年作。

乞師淮上道經白洋河有感

尾批：舊爲史閣部駐師處。

白耷山人詩選本七言律

汧罝草堂讀史詩有序

其二，頷聯『黄水半沈官道柳，白雲環鎖墓堂松』旁批：是年邑中大水。　其二，尾批：五、六不解所謂。　其六，頷聯『甘餓不情猶望歲，偷閒無謂且窮經』旁批：入情之語。　其六，尾批：此詩竟似在壬寅歸家之後所作，觀二、三兩句可見，而小序繫之癸未，真可疑也。　其七，首聯『當年説劍學縱横，此日尪羸一老生』旁批：癸未，先生年方四十一，何以有『尪羸老生』之語？

濮州葉潤山見訪次韻

題下批：潤山曾仕唐王，至侍郎。事敗爲僧，故有第七、八句。據張譜，己亥，山人稱『蹈東和尚』。至河南，少林寺僧異之，不敢留。徘徊歷時，復歸於沛。杜門謝客，惟葉潤山素冠相訪。則此詩當繫己亥年。

答龔孝升

尾批：　此詩當在丙戌歲，時陳百史尚未聘山人也，故有末句。

丹陽楊巖公京口談長益曹縣王四聰相繼來候卽次其韻

尾批：　此詩當在丙、戊之後，壬辰發難之前，山人居沛時也，但不可定爲何年耳。

龔孝升偕紀伯紫登岱以書來約答之

尾批：　玩首句，當是孝升入都時，約先生同行也。

吳嵩三過汧罝草堂喜而志之

題下批：　此詩亦晚年作，癸丑七八月。　眉批：　按吳嵩三帖云：　樓下拜別，在癸丑八月，恩恩七年於茲矣。此詩當其時也。　尾批：　山人詩每敘年無一不核，如此詩『不見諸侯三十年』，則自甲申至癸丑已三十年也。其他如『二十五年賡和斷』、『潦倒西南十六春』、『天涯一十八重陽』、『三十二年人不見』、『四海無家十二年』之類，按其本事，無一不合，可謂之詩史矣。余纂山人年譜，每多依據，非如他人之詩，可以籠總計數也。尾批：嵩三名珊，山陽諸生，明末落籍。

移居

題下批：味第三首『西林草草結吾廬』句，則先生晚年作也。山人癸卯歲移居西林，亦曰西村，詩當其地。

春日寄懷王似鶴

其一，頸聯『春風灞上祠文帝，臘月隆中弔武侯』旁批：言南遊道路所經地。其三，首聯『鬚眉嶽嶽古沙門，持鉢緣江采蕙蓀』旁批：翫此句，詩當作於庚子。

讀樓山堂遺稿有感

題下批：此亦晚年詩。

山中答友人

首聯『中原離亂歲云徂，日日移家家漸無』旁批：　此語慘然。

廟灣雨中示王永吉黄國琦張含光諸人

尾批：　『苑樹微』，似無所指。

哭呂賓式山人

尾批：　『泥林』二字，未詳所出。

冬月送姚現聞師南去

尾批：　時爲日講官，説《商書》，故云『六事』。

白奄山人詩選本五言律

游藏龙峽七首

眉批：『渔樵』五字深浑。

中秋夜作

題下批：此發難以後詩。

通許卽事

題下批：山人乙未冬至通許，然此詩非乙未作也。當在丙申或戊戌之秋冬至通許，無確證。或是秋深。讀過趙屯、過七步等詩可見。通父又注。

贈孟依之

題下批：名岡騤，《寅賓錄》中有帖。　眉批：起高勝。　首句『戰馬叫雍丘』旁批：雍丘，今杞縣。

楊猶龍署中大雪刻燭徵詩遂成十五首時十二月初七夜

題下批：當是丁酉十二月。以下皆丁酉冬作。

許昌春夜贈何仲端山人

題下批：戊戌。　眉批：丁酉除夕、戊戌元旦，山人皆在臨潁。臨潁屬許州，相去密邇，故此詩戊戌春作。　絕句可傳，悲感無端。

送楊猶龍方伯之四川

題下批：戊戌夏初。

甫園

題下批：此亦戊戌作，山人是春在臨皋，與鄢陵密邇，故時至杜陵也。

戊戌穀日平烟水梁以道見訪臨皋作此贈之

眉批：按，戊戌爲順治十五年。　其八，第六句『誰解顧銅駝』旁批：婉而憤。

雁門送李天生歸陝

題下批：己酉九月。　其一，尾批：木塔在應州。　其四，第六句『完家我不如』旁批：五字深悲。

重過陰太峯清暉園

題下批：己亥三月作。

白耷山人詩選本七言律

飲繹堂署中與許子山陶季深分韻

題下批：丁酉。

虞城至歸德道中同襄宸作

題下批：襄宸姓孫，見後。此詩刊本無有。

題城耳岡僧舍

題下批：刊本無此詩，地亦未詳。

立春日李驤王印送煛兒至通許

題下批：順治十二年。　眉批：存此以記先生行蹤。案，乙未十二月二十二日，今刊本無此詩。

登崆峒山絕頂

題下批：丁酉秋八月。

題梁以道伏村別墅村在鄢陵西南十里

題下批：刊本無『南』字。　首句『香城仙子玉琴裝』旁批：山人自謂也。

丙申三月十九日過閿鄉縣有感

頷聯『一驢亡命三千路，四海無家十二年』旁批：　自乙酉極變至丙申，得十二年。

爲睍兒題樂冶新莊遂示張十六

題下批：　甲辰。　尾批：　按，山人出亡之年，睍兒纔九齡，挾之走虞城張十六家。張以女妻之，至是成婚。梁伏村丁未與山人書：『令郎大兒曾續弦否？二兒聞已成婚。』則在丁未之前矣。當在癸卯、甲辰之間，所謂『風光猶似十年前』也。若乙巳，則山人又當亡矣。

雲間遇同年殷伯巖

首句『庚辰二月集燕京』眉批：　庚辰，崇禎十三年。是年會試，先生當赴公車，山人只一試禮部而罷。　眉批：　殷仕雖難縣令，故三句及之。

錢牧齋招飲池亭談及國變事慟哭作此志之時同嚴武伯雄

尾批：此詩必非贈錢，果爾，豈復能以面向人耶？

讀龔孝升九日見懷詩有感有序

眉批：此下三詩當在乙巳年，再考。　此詩當存以紀時事。　尾批：『烈婦』，謂先生之室張氏、樊氏。

遊宣府諸山偕戴無忝吳采臣

題下批：同按：戴無忝，和州人，著有《碧落後人詩》。

寒食坐戒壇松下有懷

題下批：山人出塞皆在秋冬，惟庚戌春自塞外歸。此當庚戌作也。

續讀史

其一，尾批：西洋曆以觜參爲參觜，乃琍瑪竇門徒湯若望杜撰。病，兒寬真是醒而狂』眉批：『醒而狂』乃蓋寬饒事，先生恐誤記。通父。

其五，頷聯『原憲不將貧作

揚州偕吴彼岸縱遊城北山水

題下批：壬寅。

立秋日遊蜀岡迷樓過梅花嶺有感

題下批：壬寅自吴返，過揚州作。尾批：使事悲切。

六旬初度過呂僊祠與尹高陽煉師閑話

題下批：九月十二日。眉批：康熙元年，先生年六十。

偕姚文初訪沈伯敘因過楊維斗故居

題下批：　按，楊維斗殉於丁亥。

蘄州九日遇談長益謂予已死作挽詩矣感賦

題旁批：　此九日，或庚子，或辛丑，未能定也。竊意巴河、麻城、黄州諸作，皆在庚子歲爲確。蓋山人以庚子夏抵武昌，歲暮方至九江、德化。若辛丑，則久遊匡廬，遂東下吴門，未必後上溯黄、蘄耳。

其一，尾批：　三、四使事殊妙。　其二，頷聯『天留鐵石爲生面，歲在龍蛇與死鄰』旁批：　此事更切，先生下獄正在龍蛇之歲。

黄州贈樊海逋有引

眉批：　順治十七年庚子歲作。　『别去十有六載』旁批：　自乙酉至庚子，正十六年。　小引尾批：　辭中警句云：『日月逝矣，空留不共戴之天；　风雨淒然，到此无用武之地』云云。

樊湖訪鄔期仲卽次其韻

首句『十七年來賦歲初』旁批：　從甲申數，正十七年。

麻城哭梅惠連

其一，尾批：　惠連，衡湘公子。　　其二，尾批：　惠連老而失明。

哭曾坡餘

題下批：　名鴻烈，麻城人。幼爲葛屺瞻拔楚中，博學鴻辭第一。後以風流敗事，乃爲僧，名依秀。

從滎陽河陰觀古戰場

眉批：　壬寅十一月山人抵家，癸卯移居西林，甲辰又出亡。此詩當是甲辰七月哭成婚於樂冶新莊，去乙未正十年。○又據本傳，山人寄其子於臨潁，其地名龍墿岡，則山人兩兒又當至臨潁。○又本集有許州寓文華寺卽事詩，注『炅、炅二子在塔下受經』，則二子又至許州。

函谷關

『身旁夾』旁批：　三字未雅。　尾批：　時避難西行，故五、六云。然五、六自然，第三句粗。

題霍將軍墓

題下批：　在茂陵東南。　刊本無。

從榆林至寧夏卽事

題下批：　此詩當係遊三關時所作。　刊本無。

登太白寄懷孝升兼示韓聖秋用京師舊韻

題下批：　己亥。　尾批：　第六句怪。〇非怪也，乃危苦之極思。

此詩未知在己亥由永壽西行，抑辛亥遊三關

從皋蘭至枹罕即事

題下批：枹罕，即《禹貢》『積石』，今河州衛。時西至寧夏，南行至此？　尾批：常惠封長羅侯。

登七盤關望漢中

尾批：『豐沛人從高帝入南鄭者，别爲一城，曰流離城。』刊本無。

月夜宿靜明寺與丈雪和尚暨懶石完白分韻

題下批：文集中有《破山語録》，或亦此時作。

漢中題漢高帝拜將壇

尾批：第六句粗。

黄雷岸同年見顧因往答之

題下批： 辛丑歲作。

除夕與談長益同宿雨若署中分韻

題下批： 庚子。 尾批： 辛卯與長益共臥京師真空寺，今辛丑矣。

先慈昔在病中諭予必三禮泰山今竣事矣報命

第五句『萬死復開亡命路』旁批： 味此句，當在巳山之先。 尾批： 泰山捨身崖，今名愛生崖。

重過兗州有感

尾批： 詩最蘊藉。

遊大明湖夜歸

頸聯『水中山色忽明滅，花里琴聲半有無』旁批：　自然入妙。　尾批：　此詩頗似白太傅。

端午

題下批：　順治十年。

中秋有感示黄若曾魏君重諸同難者

題旁批：　此甲午中秋也。

炅兒來歷下省予作此送之

首句『發棹淮陰步濟南』旁批：　先生辛巳攜家淮陰，豈此時尚在彼邪？

冠縣訪梁東川於小化村

題下批：　五言中有《中秋夜作，時同梁東川、馬龍賓、魏君重、黄若曾同飲》，是梁亦同難者。

元夜觀少林方丈

眉批：　此元夜當是丁酉。若戊戌則在臨臯，己亥則在沛，不合。

漢卓太傅祠

眉批：　在密縣。謹按，先生曾爲密令作祠記，載《密縣志》，時變姓名爲翁深。　按，先生文集有《卓君廟碑記》，丁酉十月書，則順治十四年也。

遊禹州三峯山示沈繹堂太史

題下批：　丁酉。　首聯『空谷年來有市塵，何如遊戲隱通津』旁批：　所謂『一隊夷齊下首陽』

也。　以下皆辛丑、壬寅年作。

袁公白沈伯敘顧我虎丘志之

眉批：先生五言中有《天壇集飲》詩，袁、沈皆與，謂此時也。通父。

姚文初除夕過虎丘守歲

眉批：辛丑除夕在虎丘。　壬寅爲康熙元年。　自注『自甲申至壬寅十九年』：此辛丑作，注中『壬寅』謂來歲也。

潭山望洞庭湖

題下批：此東西洞庭也。

巡撫福星遣官張龍劉三奇辛金褚光銑招余卻之

眉批：諸篇存其事可也。

歸次先子墓上偕仲弟爾羹

眉批：此詩當作於乙酉十月。○先生《與呂賓武詩》序：『甲申冬初，余南去。乙酉冬歸。』謂此時也。尾批：五、六使事切實。

哭季弟墳上

眉批：以上皆一時詩。乙酉。

張步蟾郝君述張崇者李玉珌李玉琝見過

尾聯『英雄用武吾鄉最，決計深山卜考槃』旁批：二語伸縮用意，妙有含蓄。

丙戌元旦

第六句『日痕如血黯蓬廬』旁批：慘然。

乙酉除夕

尾聯『田家讌笑如無事，夜坐祈年爨櫟樗』旁批：反説，更有深悲。

莊尚之見過有引

第七句『孤征童僕亦嫌多』旁批：七字非經難人不知。尾批：第二句微欠融。

喜單臣素歸自金陵有引

尾批：『三湘』，似當作『三洲』。

野興有引

其二，尾批：先生一舉明經，再舉京兆，詩云『再舉孝廉』，未詳。

白耷山人詩選本五言絶

（本部分無評語）

七言絶

桃花城挽辭

題下批：地在廬州西南，龔尚書葬顧眉生處。眉生卽徐夫人。

稻香樓

題下批： 全詩六首，此存其二。

謁鍾山孝陵

題下批： 辛丑東下吴門過金陵作，非也，乃戊申歲南遊至錢塘，還過金陵時作，故有『二十餘年』之語。

夜宿盧家山

題下批： 乙酉自桓山東走時作。

廟灣卽事時在吴琜伯署中

題下批： 此時廟灣何得有署，再考。

余守一陳聯芳趙仲達黄若曾俱來廟灣相唁志之

題旁批：　黄若曾，卽後日山左同難之人。

戊戌除夜至西莊

題下批：　先生自乙未、丙申、丁酉皆往來河南鄭、許之間，是年間歸，蓋葬其室人張氏、樊氏也。

眉批：　順治十五年。

題周質含村墅

其二，後兩句『莫根小兒成立晚，將來遲作太平人』旁批：　深悲。　尾批：　質含有子甚幼。

八月十九日亡室忌辰炅兒墓祭作此志之

題下批：　康熙十五年乙卯。

遊揚州北湖有感

題下批：此壬寅自吳門北歸時詩也，去壬午適二十年。

贈蔣馭鹿有引

尾批：康熙十年。

題張元操別業

眉批：順治十六年。

漢中三月十九日有感

題下批：按，山人自武功至漢中在庚子秋，至冬遂至保寧。此云『漢中三月十九日』，蓋辛丑自蜀復至漢中，遂東至郊陽，下樊口、武昌也。

陳公載招飲溢浦與文燈巖吴用今同賦

眉批：風致翩翩。　尾批：庚子。

黄龍潭三月十五日有感

題旁批：辛丑。　其三，後兩句『記取生辰須一醉，可曾寒食掃微山。先考墓是時尚在微山』旁批：自咎之言，惻愴無盡。

廬山得王敬止書答之

眉批：按，王敬止疑是漢臺王氏，見本集《漢臺王氏譜》，當是官於西寧者。山人在關中時，有《皋蘭至栒罕道中》詩，豈就敬止於西寧邪？當□心仿先生問之。　尾批：風調最近龍標、供奉。

瀑布

尾批：　又與『紅英吹得滿潯陽』意相近，彼此酌存一首可也。

單臣素書來借夏鎮園亭將移家焉答之

其二，首句『雙檜亭前竹石蒼』旁批：　即山人夏陽別墅也。

單子寄我圖書二方謝之有引

尾批：　老筆深悲。

彥存偕頓修上人訪我黃龍潭遂留宿焉贈之

尾批：　幽絕，清絕。

九奇峯

其一，尾批： 奇險可畏，妙得沖融。

陶靖節墓

其一，尾批： 高氣蓋世。

聞吳彼岸在和州寄之

次句『初心如火漸如霜』旁批： 七字說盡久經憂患人心事。

觀瀑布寄懷單子

其一，尾批： 先生遭變時年四十有二，加十七年則辛丑年也，當順治十八年。

子午汀題王竹庵書室

尾批：　景色如見。　　此庚子八月也，九月始至蘄州。

中秋前一夜與廖長卿萬具岩慧愷上人橋上步月偶成

題下批：　此庚子中秋也。

登大梁鐵塔懷信陵君

尾批：　與『寄奴猶帶英雄意』格調略同。

題馬人表膽瀘兼示其子乳箋

題下批：　乳箋其卽千秋耶？

雨中答密縣令招飲

題下批：丁酉。

題朱憲之壁上

題下批：丁酉。　尾批：朱憲之，名鼎鑢，明宗室伯翔中尉之季子。宗庠生，以徵辟歷任河南道御史。國變遁去。山人文集有《朱立洲詩選序》，卽中尉也。

超化砦送楊猶龍入蜀

題下批：砦在密縣。　尾批：風致。

戲書少林方丈

題下批：戊戌。

少林别諸送客者

題下批：戊戌。　尾批：可以入畫。

伏村雜詠

其一，尾批：氣象昂藏。

彰德弔先房師吕公

題下批：以下己酉詩，康熙八年也。　其一，首二句『崇禎三載侍宫牆，四十年來一夢荒』旁批：康熙八年己酉。　眉批：先生遊彰德，在康熙八九年間，與前在伏村、杜郎非一時詩。

其二，第三句『三十二年人不見』旁批：己酉是也。　眉批：戊寅爲崇禎十一年，下數三十二年爲康熙己酉。或除戊寅算，則庚戌，爲康熙九年也。